U0120862

汪耀楠 著

哲人的悲歌

楚辞今读

中国文史出版社

图书在版编目（CIP）数据

哲人的悲歌：楚辞今读 / 汪耀楠著 . -- 北京：中国文史出版社，2023.5

ISBN 978-7-5205-4137-4

I. ①哲… II. ①汪… III. ①楚辞研究 IV. ① I207.223

中国国家版本馆 CIP 数据核字（2023）第 105211 号

责任编辑：胡福星

出版发行：中国文史出版社

社　　址：北京市海淀区西八里庄路 69 号　　邮编：100142

电　　话：010-81136606 81136602 81136603 81136642（发行部）

传　　真：010-81136655

印　　装：廊坊市海涛印刷有限公司

经　　销：全国新华书店

开　　本：787×1092　1/16

印　　张：33

字　　数：471 千字

版　　次：2024 年 2 月北京第 1 版

印　　次：2024 年 2 月第 1 次印刷

定　　价：128.00 元

屈子行吟图（【明】陈洪绶）

屈原卜居图（局部）（【清】黄应谌）

湖北秭归屈原祠

屈原画像（傅抱石）

湖南汨罗屈原祠

　　1996年，本书作者在十堰市宾馆大厅向省政协常委、省工会主席、全国著名劳模马学礼（左二），省政协常委刘纯臣（右一），武汉作协副主席李德复（左三）介绍楚辞《九歌》

朱祖延先生赠诗

骚经振逸响，千载邈难追。

不有三闾志，怎传幼妇辞。

佩琼悬宝璐，乘鹥驾虬螭。

绮靡惊才艳，恢弘绝世奇。

不解灵均愠，离忧沉汨罗。

才名悬日月，浩气作山河。

致治思三后，伤情寄九歌。

惜哉士不遇，砾石弃随和。

　　耀楠老弟《楚辞》新著撰成，爰书旧作《读楚辞哀屈子》之什以贻之，聊志在昔鹤鸣之叹云尔。

朱祖延

一九九二年五月

·

　　朱祖延（1922—2011）著名学者，湖北大学文学院教授，古籍所第一任学术带头人。1960—1962 年赴埃及开罗高等语言学院汉语系讲学。著有《北魏佚书考》《古汉语修辞例话》《引用语大辞典》，并任《汉语大字典》副主编，主编有《尔雅诂林》《中华大典·语言文字典》。

哲人的悲歌

——楚辞今读

目 录

中篇《楚辞》研究简史

目录

一

V

上篇

《楚辞》

——哲人的悲歌

第一章 《诗经》之后的又一座丰碑（代序）

一、奇文郁起，其《离骚》哉

中国古代文学，在《诗经》以前只是处于萌芽阶段。见之于后世文籍的是属于口头文学的神话传说，他们有一些保存在《山海经》《庄子》《楚辞》《淮南子》中。《诗经》以前的《尚书》，在文学史的研究中不可避免地要提到，齐梁时代的刘勰甚至把它作为为文的典范之一，那不过是一些誓词、政府文告之类的记述文字，如《盘庚》《顾命》虽不乏生动形象的语言、清晰的记载，但离文学的要求还有距离。

中国的真正的文学是从《诗经》开始的。

《诗经》是西周和春秋时代诗歌的总集，这部诗集收了三百零五首诗。其中《国风》多为民间诗作，反映了社会生活的各个方面，展现了我国早期诗歌艺术的成就，是很伟大的。有些男女相悦而歌的俚巷之作，劳动人民的怨愤的歌唱，都有感人的艺术力量。

然而至少是从孔子时代起，《诗经》的文学价值就被经学价值掩抑了。孔子对于《诗》的社会意义虽有着积极的评价，以为"诗可以兴，可以观，可以群，可以怨。迩之事父，远之事君；多识于鸟兽草木之名"[①]，且谓"不学诗，无以言"[②]，实际上是把《诗》作为社会风化的教科书和交接宾客

---

① 《论语·阳货》。

② 《论语·季氏》。

与人问答可以征引的语录对待的。

《诗经》是文学作品的诗，是我国最早的一部文学艺术的结晶，它标志着中国在前十世纪，就有了诗歌创作，而到前六世纪就有了一部精选的总集，树起了一座诗歌的丰碑。

但是《诗经》之作为文学艺术的诗歌，毕竟只是处在早期的形成和开始发展阶段，其语言形式不少还是较为滞板的，文人的诗作还没有诞生。在孔子整理《诗》之后二百年间，诗歌的发展处于停滞，至少是在现存文藉中没有记载的状态。而到了屈原，情况发生了变化，酝酿于楚国民间，而完成于屈原的一种新的诗歌形式崛起了，这便是楚辞。

以屈原为代表的楚辞的崛起，使诗歌突破四言的藩篱，在语言风格、艺术境界和方法上向前跨进了一大步，树起了一座更高的诗的丰碑。诚如鲁迅在《汉文学史纲要》中所说：

> 楚辞，较之于《诗》则其言甚长，其思甚幻，其文甚丽，其旨甚明，凭心而言，不遵矩度，故后儒之服膺诗教者，或訾而绌之，然其影响于后来之文学，乃甚或在三百篇以上。

姜亮夫指出："屈赋有自己的特点，有它自己的路子，远远超过《诗经》的水平。"因此他主张"不要把《楚辞》作为《诗经》的后继，而应该是把《楚辞》与《诗经》并列"[①]是有道理的。

二、历久不衰的楚辞热

屈赋以它崇高的思想内容和完美的艺术形式，在人们面前展开了一幅幅绚丽的图画，把一个哲人的水晶般透明的人格，深沉的思考和艺术才华呈现在发展历史并不长久的诗歌的园地，如同一株株奇花异卉，立即引起了人们的崇敬和赞赏。在当时有宋玉、唐勒、景差的效仿。在汉世，由于汉高祖刘邦的提倡，楚辞更是受到推崇，擅楚辞者甚至可以得到升迁。在唐朝诗人中有不读《诗经》者，但是没有人不读《楚辞》。唐人刘秩在《选

---

① 见姜亮夫《楚辞今绎讲录·第三讲》。

举论》中谈到自汉以降的社会风尚，有一段耐人寻味的文字：

> 无何汉氏失驭，曹魏僭窃……于时圣人不出，贤哲无位，诗道大作，怨旷之端也。泊乎晋、宋、齐、梁，递相祖习，其风弥盛。舍学问，尚文章，小仁义，大放诞。谈庄周、老聃之说，诵《楚辞》《文选》之言；六经九流，时曾阅目？百家三史，罕闻于耳。

从思想史和文学史角度看，它反映了人们较为普遍的叛经离道的倾向和对文学作品的喜爱，尤其是喜爱《楚辞》。这种现象并非到唐代为止，在宋代甚至形成了"楚辞学"。唐宋以后直至清代，就是毕生致力于经学研究和文字训诂考证的学者，也往往要研究《楚辞》。至于近现代，读《楚辞》、研究《楚辞》的热情并无丝毫减弱，人们对于屈原的热爱，对于《楚辞》的热爱，表现在对《楚辞》中众多的学术课题的探讨和以历史唯物主义观点深入研究屈原的思想品格和创作艺术上。

苏联汉学家 H.T. 费德林在《论屈原诗歌的独特性与全人类性》一文中写道：

> 一个新的历史时期，虽然以新的认识准则为其特点，可是它并不摈弃那个创造了独一无二的艺术瑰宝和重要作品的过去时代的审美标准。

又指出：

> 艺术，如果是真正的艺术，总是超越自己时代的。

这恰好说明屈原热、楚辞热历久不衰的原因。

中国文化在春秋战国时代是有南北之分的，刘师培从学术、思想、制度上详细分析过这个现象。不只是春秋战国时代，南北朝时代的经学也有南学和北学之别。即以诗歌而论，《诗经》是属于北方文学的，《楚辞》则是南方文学。我们撇开历史流逝的时间因素，不从后来居上这一层立论，而只是就诗与骚的最为显著的区别立论，则诗质骚丽，楚辞有更高的艺术性。因此《楚辞》在文学发展史上会产生更大的影响。姜亮夫在《楚辞今绎讲录》中说："中国文学史自从有了楚辞，特别是到了汉代，得到高祖

的提倡，可以说，整个中国文学都楚化了。"这个事实正可和费德林的观点相印证。

这是不难理解的：屈赋向人们第一次在文学作品中提出了热爱祖国和人民为最高审美标准的美学原理；第一个以诗歌的艺术形式，显示了人的独立人格的价值；第一个以完美的艺术手法表现了崇高的思想情操。从而为文学理论工作者研究"质"（内容）与"文"（形式）的关系提供了典型材料。毫不夸张地说：屈原和他的作品对于培育和形成中华民族的民族精神，培育中国以积极的进取精神关心祖国命运和人民疾苦的现实主义文学传统都立下了不朽的功勋。

三、处处是迷宫

我们知道，楚辞与楚族民间歌谣的关系是十分密切的，屈原的创作充分地吸收了民间文学、群众语言的精华。他所运用的语言就是当时群众所使用的语言。郭沫若曾这样写道：

> 诗歌一到了《楚辞》，便是有意地成就了一番伟大的革命……屈原，

可以毫不夸张的给他一个尊号，是最伟大的一位革命的白话诗人！[1]

又说：

> "骚体"是民间文学的扩大，是白话诗。[2]

但这并不是说我们现在读楚辞，就能如读白话诗那样没有语言障碍，当时的白话在现在都是很难懂的文言。时有古今，地有南北，晋人郭璞注《尔雅》所说的"古今异言，方俗殊语"的现象是古今皆然的。即便是在屈原后不久的汉世，也不是都能读楚辞的，何况是两千多年后的现代！仅《楚辞》的语言就给后人留下了许许多多的谜。比如"离骚"，这是个不可分训的联绵词呢，还是动宾结构的短语？翻一翻汗牛充栋的《楚辞》训诂著

---

① 见郭沫若《屈原研究》。

② 见郭沫若《屈原的艺术与思想》转引自杨金鼎等选编《楚辞研究论文选》湖北人民出版社 1985 年 7 月第 1 版。

作，那纷呈的歧说往往是叫人眼花缭乱的。

像这样的问题是太多太多了。况且语言仅仅是表现思维的物质外壳，在语言这个外壳中所含蕴的思想，所反映的历史事件和民俗以及其他一些问题，理解起来才是最为困难的。比如《离骚》的起首："帝高阳之苗裔兮，朕皇考曰伯庸。摄提贞于孟陬兮，惟庚寅吾以降"，它关涉到楚国的历史、屈原的家世和他诞生的时间。这又涉及古天文历法，没有古天文历法方面的知识，要据此推算屈原的诞生年、月、日是不可能的。

四、《楚辞》研究的两个方向和本书的写作

《楚辞》的注释与研究，历来为学者所重视。古代的研究偏重于语言文字的训诂，现代则重于美学的分析和多学科的考证。随着《楚辞》涉及的古代的多种学科的知识逐渐被了解，随着出土文物的增多，因而使《楚辞》的某些诗篇的内容得到实物的证明，人们对它的兴趣是更浓了，其研究出现了深入发展的势头。

从民族学、民俗学和人类学的角度解释《楚辞》的某些篇章或诗句的论文，往往能使一些争论不休的问题得到澄清。中国和日本学者的研究成绩是尤其卓著的。

除语言文字的训诂而外，现代楚辞学的研究沿着两个方向发展：一是文学的方向；二是史学的方向。

楚辞是诗，是文学，这是它的本质特征。从明人汪瑗的《楚辞集解》开始，对《楚辞》的文学价值的重视得到了加强。他不赞成过分地探求屈原微言大义的研究方法，不以为屈赋之作处处有君臣讽谏之意。而贺贻孙的《骚筏》更是以探求楚辞的文学价值为主要内容，他研究《楚辞》本身和对后世的影响都是从文学和文学鉴赏的角度立论的。清人林云铭《楚辞灯》的注重篇章结构和艺术技巧分析，陈本礼《屈辞精义》注重讲文气，都是楚辞研究的文学方向。

重考证是从清人蒋骥的《山带阁注楚辞》开始的。由于屈赋一些篇章

的自传性质，决定了楚辞的研究不可避免地要走上另一条道路，即史学的道路。又由于楚辞所涉及的古代极为广阔的学科领域，则史学又必然会与民族、民俗、古天文、历法、博物、神话传说等杂糅在一起。因此这一方向的研究也饶有趣味。

问题是楚辞本身的特殊性和复杂性决定了研究的难度，任何一种单方面的研究都不足以揭示楚辞的全貌。在做美学的、文学的分析的时候，不能回避史学的解释；在做史学的探求的时候，又不能不考虑屈原的作品是文学的诗，那些篇章，那些诗句所映射的史，多是谜语式的，和信史绝不相同。因此几乎所有的中外楚辞学家都在这一错综复杂的诗作面前感到了某种困惑。

我赞赏闻一多还原《九歌》歌舞剧的努力，汤炳正对《楚辞》成书过程的推断，蒋天枢坐实每一诗作，提出对屈原生平再认识的探讨；赞赏姜亮夫、游国恩集大成全面的整理与研究；赞赏鲁迅、郭沫若和匈牙利 F. 托凯、苏联 H.T. 费德林等人的美学分析；赞赏日本藤野岩友、星川清孝、竹治贞夫，英国戴维·霍克思对楚辞性质的论证。中外学者的多课题的研究，必能使屈赋之美大白于天下，楚辞文化及屈原之秘密大白于天下。①

本书分上中下三篇，共十四章，上篇属文学分析，中篇为研究史述评，意在为爱好文学的青年提供与注释、今译、讲解性质相区别的楚辞读物，下篇为《离骚》《九歌》《九章》注译。其分析和述评力求简洁明了。在学术见解上，本书在对屈赋做分析时表述了如下的观点：一、屈原是一位积极的生活干预者，他的作品表现了进取的精神和入世的思想，而不是出世的思想；二、屈赋的艺术手法决定于他的遭遇和时代文化习俗的影响，他的作品足以印证《文心雕龙》文附质、质待文的文质观；三、屈原的宇宙观、社会观，他的哲学思想反映了战国时代的儒、法、道诸派别的积极因素，而成为一种综合性的、独特的思想体系。

---

① 以上所述研究史情况，详《中篇》。

《楚辞》研究史的研究，有待深入。应当说，资料是较为欠缺的，且多属按时代先后编排的要籍解题。本书立楚辞研究史一篇，在解题的基础上做了适当的纵横比较说明，希望能把楚辞研究的历史做一简明的评述。同时又以一章的篇幅对日本、欧美的楚辞研究做了介绍。

　　楚辞有丰富的学术课题，这些饶有趣味的学术课题在研究史的述评中大体可以展现出来。这样写史，同时可收到介绍学术课题，展示未来研究图景之效。

第二章　楚辞概述

一、"楚辞"释名

什么是"楚辞"？

"楚辞"一名在《史记》《汉书》中均有记载：

> 始长史朱买臣，会稽人也，读《春秋》。庄助使人言买臣，买臣以《楚辞》与助俱幸。
>
> （《史记·酷吏列传》）

> 汉兴，高祖王兄子濞于吴，招致天下之娱游子弟枚乘、邹阳、严夫子之徒，兴于文、景之际；而淮南王安亦都寿春，招宾客著书。而吴有严助、朱买臣，贵显汉朝，文辞并发，故世传《楚辞》。
>
> （《汉书·地理志下》）

> 会邑子严助贵幸，荐买臣，召见，说《春秋》，言《楚辞》，帝甚说（悦）之。
>
> （《汉书·朱买臣传》）

> 宣帝时，修武帝故事，讲论六艺群书，博尽奇异之好，征能为《楚辞》九江被公，召见诵读。
>
> （《汉书·王褒传》）

从《史记》的"读《春秋》""买臣以《楚辞》与助俱幸"，《汉书》的"招宾客著书"到"故世传《楚辞》"，"说《春秋》，言《楚辞》"的对举，"讲论六艺群书"与"征能为《楚辞》"相应，可见"楚辞"之为诗集、文体名在刘安时代已经定型，而在汉武帝时"言《楚辞》"已成风尚。诚如汤炳正《〈楚辞〉成书之探索》[①] 所说："《四库全书提要》所谓'裒屈宋诸赋，定名《楚辞》，自刘向始也'，是错误的结论。"

刘向在刘安、朱买臣之后，元帝时为中垒校尉，成帝时任光禄大夫。曾校书天禄阁，著成《别录》，辑录屈原、宋玉等人辞赋十六卷名曰《楚辞》，使作为文体和诗集名的楚辞进一步稳定和流传下来。不过这时的《楚辞》篇目和淮南王刘安时代的《楚辞》已有所区别了。从下面的有关文字中我们可以知道，今传的《楚辞》定本是逐步增益而成的。"楚辞"之作为文体和文集名亦并非始于刘向。

"辞"本诉讼之名，后用为文辞、言辞，与"词"同义。又与赋连语，谓之辞赋。作为韵文文体专名，则称"楚辞"，本亦作"楚词"，系指以屈赋为代表的楚国诗人的作品和汉代部分摹拟屈、宋之作。而"词"在后世则专指从古乐府变化而成，起于唐而盛于宋的诗余，即长短句。

"楚辞"一名，又有以"楚谣""楚骚"相代的情况。南朝梁钟嵘《诗品·总论》：

> 夏歌曰："郁陶乎予心。"楚谣曰："名余曰正则。"虽诗体未全，
> 然是五言之滥觞也。

"名余曰正则"系《离骚》文。但"楚谣"这个词有随意性，且多泛指楚地歌谣，与"楚歌""楚声"同类。

现在我们来探讨"楚辞"一名的含蕴。

《隋书·经籍志》说：

> 《楚辞》者，屈原之所作也。自周室衰乱，诗人寝息，谄佞之道兴，
> 讽刺之辞废。楚有贤臣屈原，被谗放逐，乃著《离骚》八篇，言己离

---

① 见汤炳正《屈赋新探》。

别愁思，申抒其心，自明无罪，因以讽谏，冀君觉悟，卒不省察，遂赴汨罗死焉。弟子宋玉，痛惜其师，伤而和之。其后，贾谊、东方朔、刘向、扬雄，嘉其文彩，拟之而作。益以原楚人也，谓之"楚辞"。

其说仅述其作者，因是楚人，故曰"楚辞"。

宋人黄伯思则释其地域特征：

> 屈、宋诸骚，皆书楚语，作楚声，纪楚地，名楚物，故可谓之"楚辞"。若些、只、羌、谇、謇、纷、侘傺者，楚语也；顿挫悲壮或韵或否者，楚声也；沅、湘、江、澧、修门、夏首者，楚地也；兰、茝、荃、药、蕙、若、苹、蘅者，楚物也。他皆率若此，故以楚名之。
>
> （《东观余论》卷下《校定楚辞序》）

其地域特征包括语词、声调、地名、植物。

明人陆时雍《楚辞疏·楚辞条例》解释的含蕴较丰，很可参考：

昔人编是书也，以《离骚》为经，此下二十四篇皆名以传。而余概题以"楚辞"者，备楚风也。《诗》之《江汉》，收载《周南》，而楚无闻焉。自屈原感愤陈情，而沅湘之音，创为特体。其人楚，其情楚，而其音复楚，谓之"楚辞"，雅称也。

"楚辞"之名，本无深义，说之者万变不离其宗，"楚"字是最重要的限定。所以刘永济说："屈子之文，刘、班皆以为源于六义之赋，故曰赋也。其曰楚辞者，若曰楚人所为辞尔。"[1] 陆侃如、冯沅君说："楚辞最正确的解释是：楚族的诗歌。"[2]

不论哪一种解释都没有什么错误，因为"楚辞"一词的词汇义也就是那么多，辞是辞赋，楚是楚国或楚族或楚人，二者相加，便是它的词义全部。但是若要深求，不只是要明了一般性的解释，还要明了其界说、定义，问题就要复杂得多。

为"楚辞"一名做界说，需要满足如下的条件：第一，地域的、民族

---

① 见刘永济《屈赋通笺·叙论》。

② 见陆侃如、冯沅君《中国诗史》。

的特征；第二，渊源之所自；第三，最有代表性的作家和作品；四，作为文学（尤其是诗歌）发展史上有别于前代文学式样（主要是《诗经》）的文体（诗体）和艺术风格。詹安泰对"楚辞"的特异之点从五个方面做了说明，可以和本书所提出的四点部分相印证：第一，具有民歌的风格；第二，采用楚国的方言；第三，运用楚国的音调；第四，描写楚国的特殊名物；第五，吸收大量的神话故事。[①] 至于读者如何做出判断，如何见仁见智，百花齐放，那是对《楚辞》各篇有了全面、较为深入的了解以后的事。

二、楚辞渊源

诗歌的历史和其他文学式样的历史一样，都有一个产生和形成的过程。

楚辞在屈赋之前就有了雏形，是它们影响和促成了楚辞的形成：

首先是《诗经》，它对屈赋的影响是多方面的、深远的。晋人皇甫谧《三都赋序》说：

> 诗人之作，杂有赋体。子夏序《诗》曰："一曰风，二曰赋。"故知赋者，古诗之流也。至于战国，王道陵迟，风雅寝顿，于是贤人失志，辞赋作焉。是以孙卿、屈原之属，遗文炳然，辞义可观，存其所惑，咸有古诗之意，皆因文以寄其心，托理以全其制，赋之首也。[②]

这就从文体立意两方面说明了屈赋和《诗》的一脉相承。唐人李德裕在《斑竹笔管赋》[③]中说得更为直截：

> 念楚人之所赋，实周诗之变风。

柳宗元甚至认为《离骚》是效《颂》《雅》《风》而作。

这些议论多少还流于空泛，而明人徐师曾的《文体明辨序说·楚辞》却具体说明了楚辞和《诗经》的关系：

---

① 见《中国文学史（先秦两汉部分）》第六章《楚辞》。

② 见《全上古三代秦汉三国六朝文》卷七十一。

③ 见《全唐文》卷六百九十六。

按《楚辞》者，《诗》之变也。《诗》无楚风，然江汉之间，皆为楚地，自文王化行南国，《汉广》《江有汜》诸诗列于《二南》，乃居十五国风之先。是《诗》虽无楚风，而实为风首也。

《周南·汉广》："汉之广矣，不可泳思！江之永矣，不可方思！"其地域已达武汉地带。《召南·江有汜》"江有汜""江有渚""江有沱"，其地域已达武汉以上长江流域，"二南"是最早的楚歌。

《诗经》的许多诗是为讥刺而作的，它的艺术经验和语言风格必然为屈原等楚辞作家所吸收：所借鉴。因此在《诗》道寝息后的两百余年，出现了屈原这样一位伟大的诗人，他的《离骚》和其他篇章，承继《诗经》的优良传统，并在思想境界、艺术手法和语言风格上加以发扬光大，成为中国文学史上的一座里程碑。刘勰在《文心雕龙·辨骚》中对这一层有精彩的表述：

自风雅寝声，莫或抽绪，奇文郁起，其《离骚》哉！固已轩翥诗人之后，奋飞辞家之前，岂去圣之未远，而楚人之多才乎！昔汉武爱《骚》，而淮南作传，以为《国风》好色而不淫，《小雅》怨诽而不乱，若《离骚》者，可谓兼之。

《诗经》而外，《楚辞》以前的南方歌谣更是促使"楚辞"形成的重要因素。《说苑·善说篇》所记载的《越人歌》是最早的一首与楚辞相类的诗歌：

今夕何夕兮，搴舟中流。今日何日兮，得与王子同舟。蒙羞被好兮，不訾诟耻。心几烦而不绝兮，得知王子。山有木兮木有枝，心悦君兮君不知。

《新序·节士篇》所载《徐人歌》也具有楚辞的风格：

延陵季子兮不忘故，

脱千金之剑兮带丘墓。

至于《孟子·离娄篇》所载《孺子歌》是孔子游楚时听见一个小孩子唱的，更是地道的楚歌：

沧浪之水清兮，可以濯我缨。

　　沧浪之水浊兮，可以濯我足。

《论语·微子》篇所载《楚狂接舆歌》也是楚辞体的歌谣：

　　凤兮，凤兮，何德之衰。

　　往者不可谏，来者犹可追。

　　已而，已而，今之从政者殆而。

　　给屈赋以影响的不仅仅是越、徐、楚人的歌谣，略早于孔子的楚国苦县人老子的著作《老子》（亦称《道德经》），无疑也给了屈原以影响：

　　众人熙熙，如享太牢，如登春台，我独泊兮其未兆，如婴儿之未孩。

　　儽儽兮若无所归，众人皆有余，而我独若遗……俗人昭昭，我独昏昏，俗人察察，我独闷闷。澹兮其若海，飂兮若无止。

　　此外，第十五章、第二十一章与《楚辞》也极相似，这一点游国恩在《楚辞概论》中早已指出。王国维说："楚辞之体，非屈子所创也，《沧浪》《凤兮》之歌已与《三百篇》异，然至屈子而最工"，又说，"《沧浪》《凤兮》二歌，已开楚辞体格，然楚辞之最工者，推屈原、宋玉。"[①]是正确的。

　　不过仅从《诗经》的某些讥刺时政的思想，楚地早期歌谣的文体语言特征，并不能形成楚辞风格。我们说到《楚辞》，很自然地会想到那些篇章中酣畅淋漓的感情抒泄、瑰丽的神话色彩、浓郁的浪漫主义气息。这一切属于更为根本的方面，我们只有从楚国文化特质中才能找到楚辞植根的土壤、萌生的条件。

　　楚国，这是一个令人神往的国度。在春秋战国时代，它的幅员之大，居诸侯各国之冠。它的文化是从与黄河流域所发源的人类文化同样古老的长江流域文化发展起来的，而所不同的是：北方民族的质朴与南方民族的富于幻想，形成了北方文学的代表《诗经》的少有神话和南方文学的代表《楚辞》的多有神话，北方文学的简约质朴与南方文学的细腻华美相区别。而楚国山川之奇伟秀丽、物产之丰饶，对于楚辞的形成也有一定的影响，

---

　　① 见王国维《人间词话》。

刘勰在《文心雕龙·物色篇》中写道：

> 若乃山林皋壤，实文思之奥府……然屈平所以能洞监风骚之情者，
> 抑亦江山之助乎！

是的，"楚，泽国也。其南沅湘之交，抑山国也。叠波旷宇，以荡遥情，而迫之以崟嵚（yín qīn，高峻貌）戍削（xū xuē，高耸特立貌）之幽菀，故推宕无涯。而天采蔷发，江山光怪之气，莫能掩抑"[1]。王夫之这一段叙写，使楚国的自然风光与屈赋的跳跃的节奏、浪漫主义气息融为一体，正好说明刘勰所说的："情以物迁，辞以情发。""诗人感物，连类不穷。流连万象之际，沉吟视听之区；写气图貌，既随物以宛转；属采附声，亦与心而徘徊。""屈平所以能洞监风骚之情者，抑亦江山之助乎！"

不过我们并不是地理环境决定论者。我们把屈原摆在一个广袤的楚国国土的背景下来讨论问题，毕竟只是看到自然环境的影响，而不是说的决定。就连刘勰，也不过是用的"抑亦江山之助乎"这种非绝对肯定的语气。

关于楚辞风格的形成，我们还必须了明了楚国宗教的影响。

宗教是文化的重要组成部分，楚国的强烈的宗教意识和习俗，对《楚辞》的影响是至为明显的。王逸《楚辞章句》曾经指出："昔楚国南郢之邑，沅湘之间，其俗信鬼而好祠，其祠必作歌乐鼓舞以乐诸神。"荆楚的好祠鬼神，一直延续到现代，某些山区仍保存着楚俗遗风。自然的崇拜，祖先的崇拜，勋烈的崇拜，社稷的崇拜，动植物的崇拜，在楚俗中是一应俱全的。唐人元稹在荆州做官，目睹了这一切，作了一首《寓神》诗：

> 楚俗不事事，巫风事妖神。
>
> 事妖结妖社，不问疏与亲。

真如《汉书·地理志》所述："楚地家信巫觋，重淫祠。"

这许多愚昧的、落后的东西却并不表明楚文化的落后，它们融进诗人的文学创作之中，往往使作品增加异彩，这只要看一看《九歌》《招魂》就可以明了。

---

① 见王夫之《楚辞通释·序例》。

日本《楚辞》学家星川清孝曾论及《楚辞》的宗教基础："《楚辞》本来就是祝、祝人或称为尸的神官所使用的辞。由此而逐渐发展成为一种专门的文学，而真正将它发展成为精美文学作品的则是楚国的屈原，这就是所谓《楚辞》。因此，其内容上神秘的素材极为丰富，这样就正好弥补了《诗经》的不足之处。"但我们并不能由此而得出结论说，《楚辞》就是宗教的文学。这一层藤野岩友是说得十分清楚的：

> 楚辞出于巫所掌管的文学，即文学之前的文学系统。概而言之，我认为屈原等人的作品已经是自觉的文学，并非是宗教性的文学。

以上我们从楚国的习俗，楚国歌谣和《诗经》的影响以及楚国自然环境诸方面介绍了《楚辞》赖以产生的外部条件。这是不够的，我们还必须明了内因这个重要方面。

刘勰在《辨骚》的结尾写道：

> 不有屈原，岂见《离骚》？惊才风逸，壮志烟高。山川无极，情理实劳。金相玉式，艳溢锱毫。

屈原和楚辞的关系在这里是表述得至为明晰的，刘勰特别强调了屈原的个人才华和思想品格的作用，这事实上是强调作家的素质和创作个性所起的作用。

屈原是时代的产物。如果说"诗"发展到屈原时代已经需要有一个大的变革和突破，只是一种文体演变的规律在起作用，那么战国末期各国的斗争，尤其是在秦楚之间进行的旨在统一中国的斗争中，楚国日渐衰弱、内外交困的局势，呼唤着一位歌手，来抒发楚国人民和有识之士的郁愤和忧思，则是时代美学的需要。"明于治乱，娴于辞令"而又"正道直行，竭忠尽智以事其君"的屈原在政治上的失败，却使他在诗歌创作上获得了极大成功。司马迁《史记·屈原贾生列传》中写道："屈平之作《离骚》，盖自怨生也。"愤怒出诗人，是楚国这个内外交困、行将灭亡的时代造就了这样一位伟大的爱国诗人。正是这样一位伟大的爱国诗人，使"楚辞"这一诗体得以完成，使中国的文学开始了文人创作的时代。

三、《楚辞》成书之谜

楚辞作家和作品的确定，先得明确一个界限：屈原的作品称赋，但真正以赋名篇的却不一定能视为楚辞。

《史记·屈原列传》说："屈原既死之后，楚有宋玉、唐勒、景差之徒者，皆好辞而以赋见称。然皆祖屈原之从容辞令，终莫敢直谏。"这里以"辞"和"赋"为两个概念。《汉书·艺文志·诗赋略》于"屈原赋之属"下列屈原赋二十五篇，唐勒赋四篇，宋玉赋十六篇，赵幽王赋一篇，庄夫子赋二十四篇，贾谊赋七篇……共二十家，三百六十一篇。而入《楚辞》者，宋玉只有《九辩》《招魂》，严忌（庄夫子）只有《哀时命》，贾谊只有《惜誓》，淮南王群臣四十四篇只有淮南小山《招隐士》，刘向十六篇只有《九叹》，王褒十六篇只有《九怀》。

确定为楚辞作家，入选为《楚辞》作品须满足两个条件：一、"祖屈原之从容辞令"，承袭"骚体"风格；二、是有韵的诗歌，而不是有韵的散文。如"骚体"之诗是楚辞，有韵之散文则为赋。

楚辞作品流传下来的是东汉王逸《楚辞章句》十七卷的各篇。

在上文中我们曾指出，以为《楚辞》之成集始于刘向是不对的。《楚辞》的结集在王逸之前有刘向，在刘向之前还有辑录者。宋晁公武《郡斋读书志》卷十七提供了古本《楚辞》篇次的信息：

> 《楚辞释文》一卷，未详撰人。其编次不与世行本同，盖以《离骚经》《九辩》《九歌》《天问》《九章》《远游》《卜居》《渔父》《招隐士》《招魂》《九怀》《七谏》《九叹》《哀时命》《惜誓》《大招》《九思》为次。按今本《九章》第四，《九辩》第八，而王逸《九章》注云："皆解于《九辩》中。"知《释文》篇第，盖旧本也，后人始以作者先后次第之耳。或曰：天圣中陈说之所为也。

宋陈振孙《直斋书录解题》卷十五、洪兴祖《楚辞补注》目录所录《楚辞释文》编次亦与晁氏合。

"知《释文》篇第，盖旧本也，后人始以作者先后次第之耳。"是很值得深究的一段议论：第一，《楚辞释文》是旧本；第二，它的篇第因不分作者先后顺序而混并；第三，宋代通行的"今本"是按作者先后顺序编排的。现将两种版本编次并作者抄录如下：

《楚辞释文》			今本《楚辞章句》		
离骚	第一	（屈原）	离骚	第一	（屈原）
九辩	第二	（宋玉）	九歌	第二	（屈原）
九歌	第三	（屈原）	天问	第三	（屈原）
天问	第四	（屈原）	九章	第四	（屈原）
九章	第五	（屈原）	远游	第五	（屈原）
远游	第六	（屈原）	卜居	第六	（屈原）
卜居	第七	（屈原）	渔父	第七	（屈原）
渔父	第八	（屈原）	九辩	第八	（宋玉）
招隐士	第九	（淮南小山）	招魂	第九	（宋玉）
招魂	第十	（宋玉）	大招	第十	（屈原或景差）
九怀	第十一	（王褒）	惜誓	第十一	（贾谊）
七谏	第十二	（东方朔）	招隐士	第十二	（淮南小山）
九叹	第十三	（刘向）	七谏	第十三	（东方朔）
哀时命	第十四	（严忌）	哀时命	第十四	（严忌）
惜誓	第十五	（贾谊）	九怀	第十五	（王褒）
大招	第十六	（屈原或景差）	九叹	第十六	（刘向）
九思	第十七	（王逸）	九思	第十七	（王逸）

这两种本子的比较提出了几个值得思考的问题：何以宋玉的《九辩》串入屈原作品中列为第二？何以《九辩》后屈原的一组作品与宋玉《招魂》之间是淮南小山的《招隐士》？何以又有严忌、贾谊、屈原或景差这样颠倒次序的编排，而他们之后的刘向的作品又前置？何以两种本子的最末一篇都是王逸的《九思》？

这些是真正的编排上的"颠倒凌乱""乱七八糟"①呢，还是这古本本身就是一种合理的编排？或者是反映了某一种历史现象呢？

"按今本《九章》第四，《九辩》第八，而王逸《九章》注云：'皆解于《九辩》中'"，是对古本《楚辞释文》的极好证明。王逸《楚辞章句》的本来面貌就是《九辩》在《九章》之前。汤炳正在《〈楚辞〉成书之探索》②一文中正是利用这些材料提供的线索，通过周密的考证，对《楚辞》的编辑过程做了精辟的分析，从而令人信服地说明：《楚辞释文》的编次反映了《楚辞》在编辑过程中的几个阶段：

离骚	第一	屈原
九辩	第二	宋玉
		以上第一组
九歌	第三	屈原
天问	第四	屈原
九章	第五	屈原
远游	第六	屈原
卜居	第七	屈原
渔父	第八	屈原
招隐士	第九	淮南小山
		以上第二组
招魂	第十	宋玉
九怀	第十一	王褒
七谏	第十二	东方朔
九叹	第十三	刘向
		以上第三组
哀时命	第十四	严忌

① 见游国恩《楚辞论文集·楚辞九辩的作者问题》。

② 见汤炳正《屈赋新探》。

汤炳正指出：“世传王逸《楚辞章句》十七卷本，乃先秦到东汉这一较长的历史时期中累积而成的，并不是刘向一人所纂辑的。”他对五个阶段（五组）逐一做了说明：

第一组的纂辑时间，当在先秦，其纂辑者或即为宋玉。此为屈宋合集之始。

第二组的增辑时间，当在西汉武帝时，其增辑者为淮南王宾客淮南小山辈，或即为淮南王刘安本人。

第三组作品的增辑时间，当西汉元、成之世，其增辑者即刘向。

第四组[①]作品的增辑，既不出于一人之手，也不在一个时期，而是在较长的时间里，由不同的人一篇一篇地增辑起来的。增辑者已不可考，增辑的时期当在班固以后，王逸以前。

这一组跟上述的三组合为一集，就是王逸作《楚辞章句》时所根据的十六卷本。

第五组[②]只有王逸的《九思》一卷。它跟以前的十六卷合并，就是后世流传的王逸《楚辞章句》十七卷。把《九思》附入《楚辞章句》的，乃王逸自己，其叙文及注文，乃后人所为。

关于古本《楚辞释文》和今本《楚辞章句》的篇次的研究，历来分歧很大。明代的焦竑，清代的吴汝纶、孙志祖，近现代的梁启超、刘永济、游国恩、姜亮夫都有过争论。汤炳正力排众议，对古本看似混乱的篇目做出了入情入理的分析，得出了科学的结论，令人信服地说明了原本王逸《楚辞章句》的篇目看似混乱的原因，从而揭开了《楚辞》成书之谜。

————————————————

①② 原文均作“这一组”。

第三章 伟大的诗人、哲人屈原

一、屈原生活在风雷激荡、祖国面临生死存亡的紧要关头

屈原生活的时代是中国历史上著名的战国时代（前 403—前 221 年），这个时代：

1. 七国纷争，中国处于统一前夕，楚国由强变弱，处在生死存亡关头。

自周族取代殷商以后，中国社会由奴隶社会向封建社会转化，生产力和文化有了很大发展。而周室分封的诸侯割据对社会的进一步发展却是极大的障碍，为改变这种割据状态，建立统一集权的中国已成为迫切的需要。周初的千八百国到春秋时仅剩百余国，而较大者只有秦、晋、齐、楚、鲁、卫、燕、曹、宋、陈、蔡、郑、吴、越等十四国。到战国时代，形成齐、楚、燕、韩、赵、魏、秦七雄并峙的局面。七国之中，秦、楚、齐国力强盛，都具有统一中国的条件，尤其是秦国和楚国。

群雄并峙，为各国政治家、思想家、军事家、外交家提供了广阔的活动舞台，一批有识之士应运而生。为所事国和自己的理想、自身的利益进行了殊死的斗争。如商鞅、吴起、张仪、苏秦。

秦国地处西北，经济曾较落后。自秦孝公任用商鞅，于公元前 356 年实行变法，"行之十年，秦民大悦，道不拾遗，山无盗贼，家给人足，民勇于公战，怯于私斗，乡邑大治"[①]，秦国很快富强起来，奠定了统一中

[①] 见《史记·商君列传》。

国的物质基础。

楚国地处长江、汉水流域。在公元前十一世纪便已强大，至公元前七世纪、前六世纪，楚国日拓国土百里，长江、淮河流域几十个国家，连同陈、吴、越这样的大国也或被吞噬，或被蚕食。它的国土，近于六国领土的总和，它的军队，车千乘，骑万匹，带甲百万。公元前386年，楚悼王以吴起为令尹，实行变法"辟土四面，拓地千里"。[①] 使楚国有了足以和秦国相抗衡的力量。

楚国的变法较秦国早，但以失败告终。到楚怀王时，楚国的国力已经由强盛逐渐转向衰弱了。这时楚国要和秦国斗争，争取统一中国，就必须任用贤能、改革内政、实行联合齐国和其他山东各国的"合纵"的外交政策，组成强大的抗秦联合阵线。

所谓"合纵"，就是苏秦所从事的联合山东六国（即南北联合，故为"合纵"），西抗强秦的国际联盟的策略。苏秦，东周洛阳人。生年不详，卒于公元前317年。他为合纵的实现奋斗了一生，曾佩六国相印，为纵约之长。

与"合纵"相抗衡的是张仪的"连横"。所谓"连横"，就是由秦与山东六国的任意一国结成联盟，然后各个击破，蚕食至并吞六国。张仪，魏国贵族后代，与苏秦同为楚人纵横家之祖鬼谷子学生。生年不详，卒于公元前310年。他在秦惠文王十年（前328）任秦相，以连横之策说服六国服从秦国，瓦解齐楚联盟，"合纵"终为"连横"所破。

七国争斗，错综复杂，各国之间或争战，或联合，尔虞我诈，变化莫测。王应麟说："秦之争天下在韩魏。"[②] 故张仪连横，必说韩魏以事秦。秦与韩魏最近，争取韩魏可先除后顾之忧。秦齐国势相敌，则楚国所向又可决定秦齐的胜败。所以秦最怕齐楚的联盟，齐亦怕秦楚的联盟。

当七国纷争之时，审时度势的游说之士和各国政治家进行了十分频繁的活动。据《史记·孟尝君列传》载："冯谖乃西说秦王曰：天下游说之士凭轼结靷而西入秦者，无不欲强秦而弱齐；凭轼结靷东入齐者，无不欲

---

① 见周·吴起《吴子·图国》。

② 见宋·王应麟《国学纪闻·考史》。

强齐而弱秦。此雌雄之国也，势不两立为雄，雄者得天下矣。"正是这种游说的频繁活动的写照。

然而秦欲兼并天下的最大敌人是楚。张仪向魏王说："秦之所欲弱者，莫如楚。"

向韩王说："秦之所欲莫如弱楚。"① 秦与楚的斗争才是争霸天下的关键。合纵与连横的焦点就是秦楚采取的外交和国际统一阵线。刘永济在《屈赋通笺·叙论》中有一段很好的概括：

> 为秦计者，必使韩魏听命而后出兵无后忧，必败齐楚之交，而后近攻无远患。韩魏皆制于秦，齐楚之交既败，于是齐乱则伐楚，楚弊则攻齐，使二国不能相救，而后得肆其志。为楚谋者，必北连韩魏以扼秦吭，东讲齐交以树强援，而后可安枕而无患。

《战国策·秦策四》所谓"横成则秦帝，纵成则楚王"就是这个意思。

屈原生活在这样一个波涛汹涌的国际斗争漩流之中，对于楚国所面临的严峻形势和祖国的前途是始终保持着清醒的认识的。一度为怀王所信任，"入则与王图议国事，以出号令；出则接遇宾客，应对诸侯"的屈原在这一场国际生死攸关的斗争中，自然会采取联齐抗秦的策略，以求得国家的生存和发展。刘向《新序》说："秦欲吞灭诸侯，屈原为楚东使齐，以结强党，秦患之。"对于秦国，屈原成了他们吞并诸侯的一大障碍。而秦国和它的国相张仪，则是屈原不共戴天的敌人。屈原的伟大爱国精神及其光辉诗篇《离骚》《九章》就是在这一特定历史背景下产生的。

屈原面临着复杂险峻的国际斗争形势，对祖国的前途忧心忡忡。

楚国这么一个南方第一强国，以它的广阔的国土、丰富的产物和百万的军队，在和强秦的斗争中被逐渐削弱，令人痛心。楚国的内政在吴起变法失败之后，到屈原时代已经是黑暗腐败不堪了。军政大权掌握在反对变法革新的贵族屈、景、昭三姓公族手里，吴起变法所取得的成就几乎前功尽弃，生活物资已到极端贫乏的地步。据《战国策·楚策三》载："楚国

---

① 见《史记·张仪列传》。

之食贵于玉，薪贵于桂。"

屈原对于楚国发展的历史，对于吴起变法后楚国曾经"南平百越，北并陈蔡，却三晋，西伐秦"的强盛情况及其原因了如指掌。他生活的怀王时代正处在改革与反对改革的矛盾缪辖中，国家的何去何从再没有谁比屈原更关心的了。他希望从根本上振兴楚国，实行正确的内政和外交政策，挽狂澜于既倒。可是贵族的保守势力太顽固、太强大了。昏聩的楚怀王，徘徊于以屈原、陈轸、昭雎为代表的改革派、主张联齐抗秦的力量和以靳尚、郑袖、子兰为代表的反对改革派，实行亲秦投降路线的力量之间，最后"内惑于郑袖，外欺于张仪"，不仅疏远和排斥了屈原，自己也困死秦国，从此楚国也就一蹶不振了。到顷襄王时，虽然还能在云南一带扩地数千里，但在与秦的斗争中，国势每况愈下，屈原的处境也更加不幸，终于在流放中度过残年，投汨罗江而亡。

2. 诸子蜂起，百家争鸣，中国政治哲学思想和文化处于空前繁荣时期。

先秦的学术，以战国百家争鸣为黄金时代。这时群雄并峙，相互为用，相互斗争，或合纵，或连横，无不望一统天下为王。诸子百家虽不尽起于战国，但战国的这种错综复杂的斗争形势却刺激了各政治和哲学流派的发展。他们希望以自己的政治哲学思想改造世界，一匡天下却是重要的动机。《吕氏春秋·爱类》篇写道："贤人之不远海内之路，而时往来乎王公之朝，非以要利也，以民为务故也。人主有能以民为务者，则天下归之矣。"《韩非子·说难》篇写道："伊尹为宰，百里奚为虏，皆所以干其上也。此二人者，皆圣人也，然犹不能无役身以进，如此其污也。今以吾言为宰虏，而可以听用而振世，此非能仕之所耻也。"其为民救世之心昭然可知。《说难》虽在说纵横家，却有普遍意义。吕思勉《先秦学术概论》有一句精辟的分析："凡成为一种学术，未有以自利为心者；以自利为心，必不能成为学术也。"

先秦诸子百家，《汉书·艺文志·诸子略》载有儒家、道家、阴阳家、法家、名家、墨家、纵横家、杂家、农家、小说家十家。此外《兵书略》

① 见《史记·吴起列传》。

《数术略》《方技略》亦可为兵家、方技家，而"数术"则可与"阴阳家"合为"阴阳数术家"。

百家之中有"饰邪说，文奸言……使天下浑然不知是非治乱之所存者"，稍后于屈原的荀子在《非十二子》中曾予以批判，不过对墨子、孟子的批判并不中肯。

各国对于各家的学说和政治主张都是有选择地加以利用的，而法家在各国的治理中起了更为明显的作用。魏文侯（？—前396年）任李悝为相，吴起为将，西取秦的河西，北灭中山国，使魏成为战国初期最强国。法家之祖申不害主张"因任而授官，循名而责实，操杀生之权，课群臣之能"，为韩昭侯国相，执政达十五年之久。邹忌以鼓琴游说齐宣王奖励群臣吏民进谏，主张革新政治，修订法律，选拔人才，奖励贤臣，处罚奸吏，选得力大臣坚守四境，使齐国国势渐强。商鞅之相秦，吴起之相楚，秦取张仪之术，说已见前。燕昭王（？—前279年）于前311年七国纷争最剧烈之时，为求得国家的生存，以卑身厚币招揽人才，为郭隗筑黄金台，以师相待，使乐毅、邹衍、剧辛等人来燕，国势日盛，曾联合各国攻齐，破齐七十余城，已成历史佳话。各国风尚由此可见一斑。

屈原生活在这样一个时代，对各家的政治主张、哲学思想自然会十分熟悉，并且会受其影响。我们从屈原的诗歌中是可以清楚看到这种影响和他如何兼采各家之长形成自己独特的政治主张、哲学思想乃至于艺术风格的。

二、屈原光辉、悲壮的一生

屈原的生平事迹至今还是一个未曾完全解开的谜。正如本书的起始部分所说的那样，难以一下说清的问题是太多太多了。

记载屈原生平事迹的文献材料有太史公的《史记·屈原列传》《张仪列传》《楚世家》、刘向《新序·节士篇》（见下节）、屈赋《离骚》《九章》和其他篇章的某些只言片语以及东方朔的《七谏》。

我们先来看看《屈原列传》所提供的材料：

> 屈原者，名平，楚之同姓也。为楚怀王左徒。博闻强志，明于治乱，

娴于辞令。入则与王图议国事，以出号令；出则接遇宾客，应对诸侯。王甚任之。

上官大夫与之同列，争宠，而心害其能。怀王使屈原造为宪令，屈平属草蒿未定，上官大夫见而欲夺之，屈平不与，因谗之曰："王使屈平为令，众莫不知。每一令出，平伐其功，曰以为'非我莫能为也'。"王怒而疏屈平。

屈平疾王听之不聪也，谗谄之蔽明也，邪曲之害公也，方正之不容也，故忧愁幽思而作《离骚》……

屈原既绌，其后秦欲伐齐，齐与楚从亲。惠王患之，乃令张仪佯去秦，厚币委质事楚，曰："秦甚憎齐，齐与楚从亲，楚诚能绝齐，秦愿献商、於之地六百里。"楚怀王贪而信张仪，遂绝齐，使使如秦受地。张仪诈之曰："仪与王约六里，不闻六百里。"楚使怒去，归告怀王。怀王怒，大兴师伐秦。秦发兵击之，大破楚师于丹、淅，斩首八万，虏楚将屈匄，遂取楚之汉中地。怀王乃悉发国中兵，以深入击秦，战于兰田。魏闻之，袭楚至邓。楚兵惧，自秦归。而齐竟怒，不救楚，楚大困。

明年，秦割汉中地与楚以和。楚王曰："不愿得地，愿得张仪而甘心焉！"张仪闻，乃曰："以一仪而当汉中地，臣请往如楚。"如楚，又因厚币用事者臣靳尚，而设诡辩于怀王之宠姬郑袖。怀王竟听郑袖，复释去张仪。

是时屈原既疏，不复在位，使于齐，顾反，谏怀王曰："何不杀张仪？"怀王悔，追张仪，不及。

其后诸侯共击楚，大破之，杀其将唐昧。

时秦昭王与楚婚，欲与怀王会。怀王欲行，屈平曰："秦，虎狼之国，不可信，不如无行。"怀王稚子子兰劝王行："奈何绝秦欢？"怀王卒行。

入武关，秦伏兵绝其后，因留怀王以求割地。怀王怒，不听，亡走赵，赵不内。复之秦，竟死于秦而归葬。

长子顷襄王立，以其弟子兰为令尹。

楚人既咎子兰以劝怀王入秦而不反也，屈平既嫉之，虽放流，眷顾楚国，系心怀王，不忘欲反，冀幸君之一悟，俗之一改也。其存君兴国，而欲反复之，一篇之中，三致志焉。然终无可奈何，故不可以反。卒以此见怀王之终不悟也。

……怀王以不知忠臣之分，故内惑于郑袖，外欺于张仪，疏屈平而信上官大夫、令尹子兰，兵挫地削，亡其六郡，身客死于秦，为天下笑。此不知人之祸也……

令尹子兰闻之，大怒。卒使上官大夫短屈原于顷襄王，顷襄王怒而迁之。

屈原至于江滨，被发行吟泽畔，形容枯槁。渔父见而问之，曰："子非三闾大夫欤？何故而至此？"屈原曰："举世皆浊而我独清，众人皆醉而我独醒，是以见放。"渔父曰："夫圣人者，不凝滞于物，而能与世推移。举世混浊，何不随其流而扬其波？众人皆醉，何不哺其糟而啜其醨？何故怀瑾握瑜，而自令见放为？"屈原曰："吾闻之，新沐者必弹冠，新浴者必振衣。人又谁能以身之察察，受物之汶汶者乎！宁赴常流，而葬乎江鱼腹中耳。又安能以皓皓之白，而蒙世之温蠖乎！"乃作《怀沙》之赋。于是怀石，遂自投汨罗以死。

屈原既死之后，楚有宋玉、唐勒、景差之徒者，皆好辞而以赋见称；然皆祖屈原之从容辞令，终莫敢直谏。其后楚日以削，数十年竟为秦所灭。

自屈原沉汨罗后，百有余年，汉有贾生，为长沙王太傅，过湘水，投书以吊屈原。……

又《楚世家》：

张仪已去，屈原使从齐来，谏王曰："何不诛张仪？"怀王悔，使人追仪，弗及，是岁，秦惠王卒。

《张仪列传》：

> 屈原曰："前大王见欺于张仪，张仪至，臣以为大王烹之。今纵，弗忍杀之，又听其邪说，不可！"

《史记》所提供的材料虽可证明屈原的存在和几件确凿的事迹，但缺乏更为清楚的记载，有一些事件的信息是模糊的，使后世研究者发生了许多困难。《新序》载屈原两次被放逐，则较明晰。[①]

事实上太史公本身对屈原的了解也是有限的，加之时代久远，版本抄写、刻印，"鲁鱼亥豕"难以免除。有的地方有明显的讹误，如："平伐其功曰，以为非我莫能为也"，或衍"曰"，或衍"以为"。有的地方交代不清，如"秦昭王与楚王婚，欲与怀王会"。屈原虽被疏远，犹能谏楚王"秦……不可信，不如无行"，接下"楚人既咎子兰以劝怀王入秦而不反也，屈平既嫉之，虽放流，眷顾楚国，系心怀王，不忘欲反"，亦缺乏必要的交代。这样后世学者就只有捕捉某些时间事件信息，去进行考证和推断，因此难以取得一致的意见。

屈原本人所写《离骚》中的"帝高阳之苗裔兮，朕皇考曰伯庸。摄提贞于孟陬兮，惟庚寅吾以降"。对自己的出生年月也只是提出了一个天文历法的思考。

正是因为材料有限，分析考证有许多困难，所以出现了廖平、胡适、何天行、朱东润否定屈原实有其人的谬说。日本研究《楚辞》有较长历史，也曾出现过否定屈原存在的议论，不过都没有什么影响。郭沫若在20世纪40年代所写的《屈原考》，对廖、胡的议论进行过有力的批判。美国学者詹姆士·R.海陶玮在《屈原研究》中虽不否定屈原实有其人，但认为从屈原传说所提供的材料看，屈原不是历史型人物，而是文学型人物。[②]

---

① 见刘向《新序·节士》。

② 《史记》的记载不止一处，海陶玮大约只见到《屈原传》一处，故有此论。

美国学者史内德在《楚国的狂人》（1980年）一书中说明，在不同的历史时代，屈原的身份有不同的内容。这种意见有一定参考价值。

上面我们介绍了研究屈原的主要材料来源和研究中的主要现象，这里我们来介绍了解屈原生平事迹的最为重要的几个方面。

1. 屈原的家世及其生卒年月

屈原的家世，据《史记》提供的材料我们只知道他与楚同姓。楚本芈姓之国，公元前八世纪，楚武王的儿子莫敖子瑕受封于屈地，因以为氏。他的远祖是莫敖子瑕，他的父亲名叫伯庸，《离骚》起始句"帝高阳之苗裔兮"，说的是他是古帝颛顼氏的后代子孙，与现在海内外华人所说"我们是炎黄子孙"相类。楚为颛顼之后，而屈原又是楚国的同姓，可见屈原和楚国的关系是十分密切的。屈原的故乡是湖北秭归。《水经注》引《宜都记》云："秭归盖楚子熊绎之始国，而屈原之乡里也，原田宅于今俱存。"也有说屈原故乡是郢都（江陵）或湖南汉寿及其他一些地方的。

说屈原故乡是秭归，主要依据郦道元《水经注》引袁崧的记载和秭归的传闻、遗迹。郦道元是北魏人，地理学家，袁崧是东晋人，史学家，著有《后汉书》百篇。有关屈原故里的传闻和遗迹多在秭归。而秭归一名之秭亦颇耐人寻味，秭是数量词。《孙子算经》说："凡大数之法，万万曰亿，万万亿曰兆，万万兆曰京，万万京曰垓，万万垓曰秭。"这是一个天文数字之名，与"归"字连缀成名，于理难通，而以秭为姊，则于情理正合。同音通假，古之常例。《后汉书·和帝纪》"戊辰，秭归山崩"李贤注曰："秭归县，属南郡，古之夔国，今归州也。袁山松（山松亦作崧）曰：'屈原此县人，既被流放忽然暂归，其姊亦来，因名其地为秭归。'秭亦姊也。"按照这个名称，可视为屈原之姐也随着屈原回归了故里，乡人为了纪念其事而名其地，亦人情之常。传闻和事实杂糅，以袁崧和郦道元史家、地理学家的身份之所述，是难以否定的。

屈原出生江陵说的主要依据是东方朔的《七谏·初放》："平生于国兮，长于原野。"王逸注曰："言屈原少生于楚国，与君同朝，长大见远，弃于山野，伤有始而无终也。"而《九章·哀郢》则再言及故乡，"去故乡而就远兮""发郢都而去闾兮""去终古之所居兮""鸟飞反故乡兮，狐死必首丘"都明确无误地表示着郢都（江陵）是他和一起东迁逃亡的百姓的故乡。

故乡一词也包含着出生或长期居住过的地方两层含义，亦即家乡。而其所指往往愈远愈泛。《哀郢》所写多是包含着百姓在内的情怀，据此而否定郦道元引袁崧说似嫌依据不足。东方朔的话看似铁证，也是使人不得其解的。"平生于国兮，长于原野。言语讷涩兮，又无强辅。浅智偏能兮，闻见又寡。"这和《史记》所写是两码事。王逸虽迂曲为说，亦不能使人信服。生、长二字难以理解，且以楚国释国，更觉不妥。此"国"字与"原野"相对，所指为都邑、国都。王逸是训诂学家，似不应不知道不能以大释小，以宽泛之名释被包容之名。不以都邑郢释国是令人不解的。所谓"长于原野"，王注曰"长大见远，弃于山野"也与事实不合。屈原少年得志，21岁为三闾大夫，26岁官至左徒，为朝廷重臣，直到45岁，屈原被召回，还能向怀王直谏，这都不是可以用"长于原野"并王注可以解释的。《七谏》并王注留给了我们太多的遗憾。司马迁与东方朔是同龄人，对屈原的了解不会少于东方朔，且是史家，对屈原的生平事迹只能语焉不详，司马迁写《史记·滑稽列传》附有东方朔，应是看到过《七谏》，知道"平生于国，长于原野"的说法的。郦道元和袁崧也应知道。在没有更充分的论证之前，"屈原出生江陵说"难成定论。

至于湖南汉寿，虽传闻、遗迹众多，但只能说明屈原流放江南直至投汨罗殉国与汉寿关系密切，而不能证明汉寿是屈原乡里。

屈原是楚国的公族之一，是王族的分支。同为公族的还有景、昭二族。公族与王室关系密切，因此屈原在很年轻的时候就能够参与王室的政治活动，一度受到楚怀王的信用。

屈原的生卒年月始终是一个谜。对屈原出生年月日的推断，学术界进行了大量的考证。其考证的唯一文字依据便是《离骚》的"摄提贞于孟陬兮，惟庚寅吾以降"。考证方法是推演古天文历法，而结论却在十种以上：

（1）生于楚宣王四年乙卯（公元前366年）夏历正月（清·刘梦鹏《屈子纪略》）

（2）生于楚宣王十五年丙寅（公元前355年）夏历正月（清·曹耀湘《屈子编年》）

（3）生于楚宣王二十七年戊寅（公元前343年）夏历正月二十一日庚寅（清·邹汉勋《屈子生卒年月日考》、刘师培《古历管窥》同）

（4）生于楚宣王二十七年戊寅（公元前343年）夏历正月二十二日庚寅（清·陈玚《屈子生卒年月考》）

（5）生于楚宣王三十年辛巳（公元前340年）夏历正月初七日庚寅（郭沫若《屈原研究》）

（6）生于楚成王元年壬午（公元前339年）夏历正月十四日庚寅（浦江清《屈原生年月日推算问题》）

（7）生于楚成王五年丙戌（公元前335年）夏历正月初七日庚寅（林庚《屈原生卒年考》）

（8）生于楚宣王二十八年乙卯（公元前342年）夏历正月二十六日庚寅（汤炳正《历史文物的新出土与屈原生年月日的再探讨》）

（9）生于楚宣王二十九年（公元前341年）正月（陈久金《屈原生年考》）

（10）生于楚宣王十七年（公元前353年）夏历正月二十日庚寅（胡念贻《屈原生年新考》）

探讨文章不限此十家，不著专文讨论者往往取其成说或表示倾向性的意见。游国恩《离骚纂义》以为"浦氏之说较为精密，其余（按指邹汉勋、陈玚、刘师培、郭沫若说）可供参考"。陆侃如在《楚辞选·前言》中仅述其大略"他的生年不能确定，大约在公元前343年——前339年间"。

刘永济《屈赋通笺·总论》则取陈瑒说。《辞海》《辞源》等辞书取郭沫若说，而加"约"字表示不能完全确定。各家中国文学史，或取浦江清说，或取郭沫若说之生年，没有一定。大凡科普介绍性的取郭说为多。

屈原卒年，有死于顷襄王二十一年（前278）之说（郭沫若、郑振铎、孙作云），有死于顷襄王二十二年（前277）之说（游国恩），有死于顷襄王十九年（前280）或稍前之说（浦江清），有死于顷襄王十一年（前288）以前之说（陈瑒、刘永济）。

郭沫若主屈原死于顷襄王二十一年说为《辞海》《辞源》所取，影响颇大，他在《屈原研究》中写道：

> 《哀郢》的一篇，应该从王船山说，是（顷）襄王二十一年楚为秦兵所败，郢都为秦白起所据，"东北保于陈城"时做的。①

据此又推断道：

> 屈原是被逐放在汉北的。当秦兵深入时，他一定是先受压迫，逃亡到了郢都，到郢都被据，又被赶到了江南。到了江南惜不能安住，所以接连做了《涉江》《怀沙》《惜往日》诸篇，便终于自沉了。

屈原的卒年，在《史记》中仅有"顷襄王怒而迁之""屈原至于江滨，被发行吟泽畔，形容枯槁。渔父见而问之……乃作《怀沙》之赋……于是怀石，遂自投汨罗以死"几种模糊的记述。此外又有"自屈原沉汨罗后，百又余年，汉有贾生，为长沙王太傅，过湘水，投书以吊屈原"一条可供考证屈原卒年的旁证。郭沫若从《哀郢》王夫之说加以推断，理由是不充分的，且有明显错误。

《哀郢》的写作时间，王夫之《楚辞通释》在《哀郢》"忽若不信兮，至今九年而不复"下注释说得十分明白："至此作赋之时，九年不复，终不可复矣。赋作于九年之后，则前云仲春，甲之朝者，皆追忆迁而言之。"在释《哀郢》要旨中又说："曰东迁、曰楫齐扬、曰下浮、曰来东、曰江介、

---

① 《哀郢》作于顷襄王二十一年白起破郢之时，系明人汪瑗所创。说详《楚辞集解》。

曰陵阳、曰夏为丘、曰两东门可芜、曰九年不复，其非迁原于沅湘，而为楚之迁陈也明甚。王逸不恤纪事之实，谓迁为原之被放，于《哀郢》之义奚取焉。"王船山明言《哀郢》作于顷襄王三十年，而郭文误为二十一年，并由此误而断屈原卒年，其结论的不可据信可想而知。章培恒《关于屈原生平的几个问题》[①]对此做了深刻分析，指出，若取王夫之说："东迁"为迁陈，则"必须承认屈原死于顷襄王三十年之后"，而这样一来，"屈原生平中的许多事情都要重新做出结论"。这自然包括对《史记·屈原贾生列传》所说的"百有余年"，贾谊投书吊屈原的时间的准确性的评价。

章培恒的研究只是提出了问题，而并未做出肯定的结论。而本书也绝不希望把人们的推论作为信史，因此在屈原的生卒年月上只是介绍一些情况。如果在明显地存在着许多解释不了的矛盾的情况下断然下结论，不是介绍相对的时间，而是断定绝对的时间，对读者是没有好处的。

这是一个很有趣的现象，假若我们取一家生年时间最早的观点和一家卒年时间最晚的观点，那就是公元前366年——前268年以后，那么屈原便是以百岁的高龄在作《怀沙》之赋后抱石投了汨罗江。而按最晚的生年公元前335年和最早的卒年公元前288年以前计算，屈原最多只活了四十六岁。至于屈原投江的月份和日期，《艺文类聚》四引《续齐谐记》说："屈原五月五日自投汨罗而死，楚人哀之，每至此日，辄以竹筒贮米，投水祭之。汉建武中，长沙欧回，白日忽见一人自称三闾大夫，谓曰：'君常见祭，甚善。但常所遗，苦为蛟龙所窃。今若有惠，可以楝树叶塞其上，以五彩丝缚之。此二物，蛟龙所惮也。'回依其言。世人五日作粽，并带五色丝及楝叶，皆汨罗之遗风也。"此外《荆楚岁时记》《太平寰宇记》一四五引《襄阳风俗记》都有类似记载。郭沫若说："我们吊屈原是在五月五日，这种风俗，沿习至今，未尝中辍，我相信五月五日是他的死期这是不会成问题的。"[②]

取郭沫若这种说法的较多，我们也不排斥历史传说在屈原自投汨罗月

---

① 原载《学术月刊》1981年第10期。

② 见郭沫若《屈原考》。

份、日期问题上的可靠性。因为关于吃粽子一事，再没有比这个传说更有意义的了。但是五月初五这个时间却不只属屈原一个人。《北堂书钞》一五五引《邺中记》说："并州俗以介子推五月五日烧死，世人为其忌，故不举饷食。"介子推是春秋时晋国的一位品格高尚的忠臣，据说晋文公为纪念他，禁止在介子推烧死日举火，于是有了"寒食节"，不过这个节日流传下来不是五月初五，而是在清明节的前一二日。传说和信史到底是有距离的。闻一多有一篇《端午考》，提供了一些有趣的材料。五月五日是南方民族的一个有意义的日子，伟大的屈原对他的出生时间是那么重视，对于死日，也许是有意的选择吧。

2. 屈原生平事迹

屈原生平事迹的脉络，如上所述，仅有太史公的《史记》本传，刘向的《新序·节士》篇的粗略记载。我们现在的任务是稍微具体地勾画出他一生的重大事件、重要经历的轮廓，这就需要先在他的生卒年代的歧说中找到一个相对合理的近似值出来，然后据《史记》《新序》《战国策》的有关史实记载和屈原作品本身提供的线索相比照，绘制出一份相对可靠的屈原生平大事年表。

这一方面的研究已有许多人做过。明人黄文焕有感于史籍记载之不详，在《楚辞听直》一书中首开将屈原作品与史料相印证，考察屈原行迹及其作品的写作时间地点的风气。清人林云铭受其影响，在其所著《楚辞灯》中，以史籍所载楚国大事为正文，下附屈子事迹及作品写作年代，其方法亦为后人所取。至蒋骥作《山带阁注楚辞》，采摭事迹博洽，在屈原事迹与史实相比照的研究中，创获颇多，而所绘制《楚辞地图》五幅，更有利于读者了解屈原涉历先后。胡文英于乾隆年间，不辞辛劳，"两涉楚南，三留楚北，询之耆宿，按之众图，绎之屈子之书，仿佛之所涉"[1]。将作品研究和实地考察结合起来，对屈原行迹和作品写作时地的研究更趋深入。此后刘梦鹏、梁启超、郭沫若、陆侃如、游国恩、刘永济都有深入研究，而游国恩、刘永济所用方法均与林云铭同。今试以游国恩《屈原年表》为

① 见胡文英《屈骚指掌·凡例》。

主，参照刘永济《屈子时事》和其他诸家之说，制表如下。

公 元	楚纪年	屈原年龄	楚国时势	屈原事迹
前 343	宣王二十七年	1 岁		
前 333	成王七年	11 岁	苏秦合从相六国。	
前 332	成王八年	12 岁	秦欺齐魏伐赵。从约解。	
前 328	怀王元年	16 岁	张仪始相秦，说魏王献上郡十五县于秦。	
前 324	怀王五年	20 岁	苏秦伪得罪于燕，奔齐。	
前 323	怀王六年	21 岁	楚攻魏，齐患之。后张仪与齐楚魏会于啮桑。	官三闾大夫，率其贤良以励国士，当在此后数年中。
前 322	怀王七年	22 岁	张仪为秦相魏，令魏先事秦。魏不听，秦伐魏。	
前 318	怀王十一年	26 岁	苏秦约从山东六国攻秦，怀王为从长。	初为左徒，入则与王图议国事，出则接遇宾客。王甚任之。
前 317	怀王十二年	27 岁	齐伐赵魏，秦伐韩，秦齐争长。	东使于齐，以结强党，秦惠王患之。
前 316	怀王十三年	28 岁		怀王使屈原造为宪令，方属草稿未定，上官大夫见而欲夺之，屈原不与，因谗之王，遂见疏。《九歌》之作当在为左徒时。
前 313	怀王十六年	31 岁	秦欲伐齐，齐与楚从亲，秦惠王使张仪诈许商於之地六百里于楚。怀王遂绝齐。齐与秦合，楚伐秦。	陈轸谏怀王，不听，屈原此时未放，必力谏。

前 312	怀王十七年	32 岁	楚与秦大战于丹阳，大败。复悉发国中兵伐秦，战于兰田，又大败。韩魏袭楚，楚大困。	《新序》谓怀王悔不用屈原之策，于是复用屈原使齐，复旧好。
前 311	怀王十八年	33 岁	秦复约与楚亲，分汉中之半以和楚。怀王曰："不愿得地，愿得张仪。"及仪至，又释之，明年，张仪死。	使齐反，谏曰："何不杀张仪？"怀王悔，追之不及。
前 305	怀王二十四年	39 岁	楚复背齐而合秦。时昭王初立，乃厚赂楚，楚往迎妇。	屈原切谏，不听。放于汉北。
前 304	怀王二十五年	40 岁	怀王入秦，与秦昭王盟于黄棘。秦复与楚上庸。	孙作云以为为反对黄棘之会，屈子作《离骚》并《惜诵》《抽思》，刘永济谓《离骚》作于 45 岁左右。
前 303	怀王二十六年	41 岁	齐韩魏为楚负从亲而合秦，三国共伐楚。楚使太子入质于秦以请救。	
前 302	怀王二十七年	42 岁	楚太子杀秦太子亡归，秦与魏韩会于临晋。	
前 301	怀王二十八年	43 岁	秦与齐韩魏共攻楚，杀楚将唐昧。	
前 300	怀王二十九年	44 岁	秦复攻楚，大破之，杀其将景缺。怀王恐，乃质太子齐以求平。	召屈原于汉北，使于齐。

哲人的悲歌——楚辞今读

前299	怀王三十年	45岁	秦昭王遗书怀王，欲会武关结盟，王用子兰言，往会。秦留之以求割黔中。昭睢诈赴于齐，齐王迎楚太子横。	屈原与昭睢谏王勿会武关，王不从。
前298	顷襄王元年	46岁	楚太子归，立为王。秦攻楚，取十六城，齐与魏韩共击秦，败秦于函谷。	刘永济以为屈原为子兰所谗，远放江南。《九歌》《天问》《九章》皆在此后十年中作。（或以为放江南在顷襄十三年。于此年再放，则与《哀郢》"至今九年而不复"相合）。
前297	顷襄王二年	47岁	怀王逃归，亡走赵，赵弗内，追及之，复归秦。	
前296	顷襄王三年	48岁	怀王卒于秦，秦人归其丧于楚。楚人皆哀怜之。秦楚绝。齐韩魏同击秦。	
前293	顷襄王六年	51岁	秦使白起伐韩，大胜，乃遗书楚王约决战，楚王惧，谋复与秦平。	
前292	顷襄王七年	52岁	楚王迎妇于秦。秦楚复平。	
前288	顷襄王十一年	56岁	秦称西帝，齐称东帝。二月，复皆去帝称王。秦攻赵。	刘永济据陈瑒说，定屈原自沉汨罗在此年前。

前285	顷襄王十四年	59 岁	顷襄王与秦昭王好会于宛，结和亲。秦伐齐。	游国恩以为屈原再放于陵阳在前一年58岁时。所据为《哀郢》王夫之说。
前284	顷襄王十五年	60 岁	楚与秦韩魏燕共伐齐，取淮北。齐湣王被杀。	
前283	顷襄王十六年	61 岁	顷襄王与秦昭王好会于鄢。其秋，复会于穰。齐人立湣王子于莒。	
前280	顷襄王十九年	64 岁	秦伐楚。楚割上庸汉北地于秦。	
前279	顷襄王二十年	65 岁	秦白起拔楚西陵、鄢、邓三城。	
前278	顷襄王二十一年	66 岁	白起拔郢，烧楚先王陵墓夷陵。襄王兵败，不复战，东北保于陈城。秦以郢为南郡。	游国恩以为，屈原再放已九年，作《哀郢》，次年初春自陵阳西南行，溯江入湖，上沅水而达辰溆。
前277	顷襄王二十二年	67 岁	秦复拔楚巫郡，及江南，为黔中郡。	黔中即屈子此行所至之地，栖息甫定，而秦兵大至，乃以是年孟夏下沅入湘，至于长沙。又逾月，自沉汨罗。
前263	顷襄王三十六年		顷襄王薨，太子即位，是为考烈王。	王夫之以《哀郢》作于白起拔郢后九年，当在顷襄王三十年。而屈原卒年当在是年以后。章培恒即主此说。

考烈王在位二十五年卒，子幽王立，在位十年卒。幽王卒，弟哀王立二月余，兄负刍弑之自立。王负刍五年被虏，楚亡，时在公元前223年。秦于前230年灭韩，前225年灭魏，前223年灭楚，前222年灭赵、灭燕，前221年灭齐。《史记·项羽本纪》说："故楚南公曰'楚虽三户，亡秦必楚'。"楚国人民对屈原的热爱即是其证。楚国人民对强秦的斗争未曾止息。六国为秦所灭仅十余年，首先在楚国爆发了陈涉、吴广领导的农民起义。秦帝国终为楚人项羽、刘邦所灭。

清人蒋骥"考订楚辞地理，与屈子两朝迁谪行踪"，制楚辞地图五种，十分清楚，既可使读者了解屈原迁谪行踪，又可使读者对有关诗作了解得更为透彻，山川位置虽不可与今《中国历史地图集》相比，而方位大局无甚差错，颇具参考价值，兹附录于下：

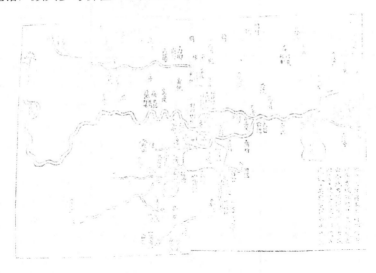

【清】蒋骥《楚辞地理总图》

第四章　哲人的悲歌

　　——从《离骚》《九章》看屈原的思想品格

　　在中国数千年的文学历史中，出现过许许多多杰出的诗人，如陶渊明、李白、杜甫、白居易、苏轼，但是却没有谁能像屈原那样受到人们如此广泛、长久的崇敬；在秦汉以后，产生过许许多多优美的诗篇，却没有哪一首能够像《离骚》那样震撼人心，引起读者如此强烈的共鸣。究其原因，在于屈原在祖国面临着生死存亡的关头，以他的积极的进取精神，为祖国的利益进行了持久不懈的斗争，并且以他的生命殉了祖国；屈原在长期的流放生涯中，以他独一无二的艺术风格，创作了以《离骚》为代表的不朽诗章，表现了他为中华民族所推崇的完美思想品格，成为中国知识分子人格的一个榜样。以下将从五个方面加以讨论。

一、乘骐骥以驰骋兮，来吾道夫先路

　　　　　　　　　　　——他要引导国家走向光明

　　我们在《屈原所生活的时代》中曾经指出战国七雄的争斗是以并吞六国，统一中国为目标的，而秦与楚是最为强大的两个国家。楚国要取得这场斗争的胜利，在内政上必须进行改革，使国家富强，拥有雄厚的物质基础；在外交上必须联齐抗秦，实行合纵的国际统一阵线。对楚国君臣来说，这是判断是非曲直与忠奸的最高标准。是明主还是昏君，是忠臣还是奸佞，

都应当用这个标准去检验。屈原正是在内政、外交这个原则问题上鲜明地表现了他对祖国的热爱和忠诚。

屈原对祖国的热爱首先表现在积极推行法治，实行内政的改革上。在《惜往日》中，屈原对他少年得志时期的这一段经历有美好的回忆：

> 惜往日之曾信兮，受命诏以昭时。
>
> 奉先功以照下兮，明法度之嫌疑。
>
> 国富强而法立兮，属贞臣而日娭。

这是他政治上的黄金时代，"入则与王图议国事，以出号令"，并受王之命，"造为宪令"。屈原从李悝、商鞅、吴起这些改革家的活动与魏国、秦国、楚国的治理和发展中得到启示，必然会向怀王宣传内政改革的重要意义，"往日之曾信"便是他的宣传取得了怀王赞同的证明。因此怀王信任屈原，授之左徒的要职，委之以"造为宪令"的重任，而屈原的才华又足以胜任治理国家，因此出现了"国富强而法立兮，属贞臣而日娭"的局面。

> 乘骐骥而驰骋兮，无辔衔而自载。
>
> 乘氾泭以下流兮，无舟楫而自备。
>
> 背法度而心治兮，辟与此其无异。

屈原深知国家一刻也不能离开法度而随心所欲，国家政策必须是有法可循的。正如《韩非子·用人篇》所说："释法术而心治，尧不能正一国；去规矩而妄意度，奚仲不能成一轮，……使中主守法术，拙匠守规矩尺寸，则万不失矣。"否则，国家的政治生活就如同乘着骐骥却没有辔衔，乘着木筏而没有舟楫，那就会使国家处于"路幽昧以险隘"（《离骚》）的可怕境地。

屈原对于楚国的价值，最清楚的莫过于他本人和楚国的敌人——秦。《孙子·谋攻篇》有一段写战略的文字：

> 故上兵伐谋，其次伐交，其次伐兵，其下攻城，攻城之法为不得已。

挫败敌国的战略计谋和外交是最为重要的策略，秦欲灭楚，必须破坏楚国的内政外交，仅有军事实力是不够的。因此秦以屈原为患。在屈原"造为宪令"之日，也便是张仪在楚行离间计之时。有人以为，上官大夫在屈原造为宪令，属草稿未定的时候"欲夺之"，极可能是与张仪贿赂他们，探听楚国机密有关。夺之不成，就在怀王面前拨弄是非，使昏聩的怀王疏远乃至放逐了屈原。[1]

屈原对祖国的深沉的爱和无比的忠诚，使他始终是以积极的进取精神关心国家大事。以天下为己任是他最可宝贵的思想品格之一，在顺境时是这样，在逆境时仍是这样。他在《离骚》中写道：

　　不抚壮而弃秽兮，何不改乎此度？

　　乘骐骥以驰骋兮，来吾道夫先路！

　　……

　　忽奔走以先后兮，及前王之踵武。

屈原要引导怀王走上一条康庄的大道，使怀王能够效法先王，赶上先王的踪迹。

按照封建的君臣观念，屈原这样的自白，似乎是过分地轻狂了。班固就有过"今若屈原，露才扬己"[2]之讥。秦国的威胁迫在眉睫，楚国国君的周围有一群小人，而怀王本身在内政、外交方面表现的动摇和昏聩态度对于国家是一种危险，看到这种危险，看到潜伏的危机不大声疾呼行么？

《孟子·尽心上》说："古之人，得志，泽加于民；不得志，修身见于世。穷则独善其身，达则兼善天下。"又《公孙丑下》说："如欲平治天下，当今之世，舍我其谁也！""穷则独善其身"屈原做不到。对于楚国，他确实有"舍我其谁"的气概。屈原不是那种"谦谦君子，卑以自牧"（《周易·谦》）的人，他是"王佐之才"（清·奚禄诒《楚辞详解·自序》）即令是在逆境，乃至晚年决计自杀，仍然是"章画志墨兮，前图未改"。（《怀沙》）

---

　　① 按《新序》的说法，在屈原东使于齐后，张仪到楚行离间计，使怀王放屈于外。

　　② 班固《离骚序》，引自《楚辞章句》。

屈原的诗作没有直接反映当时合纵连横的国际斗争，在对外政策方面我们只能从司马迁的《史记》和刘向的《新序》中找到研究材料。但是从《离骚》等诗篇中仍能发现某些蛛丝马迹，可以用作分析这一背景的参考：

> 初既与余成言兮，后悔遁而有他。

> 余既不难夫离别兮，伤灵修之数化。

怀王在内外政策上摇摆不定，与齐国关系时好时坏，给强秦以可乘之机，这几句诗我们是有理由从内外政策方面去理解怀王的立场变化的。屈原从受信任到被疏远再到流放，中间也有复出的时候。他数次出使齐国，而怀王的前后矛盾，却往往使联齐发生困难。这对于楚国的危害之大，只有把自己的命运与国家的命运拴在一起的屈原才有清醒的认识。个人的悲欢离合算不了什么，他所为之伤心的，是"灵修之数化"。屈原的爱国感情是已经从个人利害得失中超脱出来，升华了的感情。

二、昔三后之纯粹兮，固众芳之所在

——他希望怀王效法先王的榜样

屈原对祖国的热爱，十分鲜明地表现在他对君王的态度上。他的一生主要经历与楚国的两代昏君相始终。面对错综复杂的政治局面和强秦日益严重的威胁，屈原把楚国富强的主要希望寄托在怀王和顷襄王身上。

在内政上力主法治的屈原具有明显的法先王的思想，他心目中理想的国君是三王和五霸。

> 望三五以为像兮，指彭咸以为仪。（《抽思》）

三，指三王，即夏禹王、商汤王、周文王；五，指五霸，一般指春秋时期的齐桓公、晋文公、秦穆公、宋襄公、楚庄王。屈原在《离骚》和《九章》中是一而再、再而三地歌颂这些在历史上建立过丰功伟绩的先王的。《离骚》写道：

> 昔三后之纯粹兮，固众芳之所在。

> ……

> 汤禹俨而祗敬兮，周论道而莫差。

> 举贤才而授能兮，循绳墨而不颇。

先王之可效法，在于他们能够举贤授能，循绳墨而不偏颇。因此在他们的周围聚集了一批有用的人才：

> 杂申椒与菌桂兮，岂维纫夫蕙茝？

上面所征引的诗句只是抽象地歌颂了先王的举贤授能，下面则是具体地作了说明：

> 汤、禹严而求合兮，挚、咎繇而能调。

> ……

> 说操筑于傅岩兮，武丁用而不疑。

> 吕望之鼓刀兮，遭周文而得举。

> 宁戚之讴歌兮，齐桓闻以该辅。

商汤之与伊尹（挚），夏禹之与皋陶（咎繇），武丁之与傅说（悦），周文王之与吕望（姜太公），齐桓公之与宁戚，这些古代君臣际遇的佳话都是发人深思的。国家的治理和富强要有明君，也要有贤臣。屈原对国君的希望都反映在《离骚》中，《离骚》是屈原被怀王疏远并放逐于汉北时的作品。他与怀王既曾有过十分亲密的关系，早期的怀王既曾有所作为，那么自己虽遭到挫折，对怀王还抱着希望则是自然的。

　　写于怀王之世，在内容上紧承《离骚》的《惜诵》和《抽思》，在表白自己对君王的忠诚时，仍然流露出无限的希望。《抽思》的"愿荪美之可光"，和《离骚》的"及前王之踵武"在内容上毫无二致。

　　国君和国家在那个时代往往是统一的概念，国君是国家的代表和象征，对国君的深情期望也便是对国家富强的热烈追求。

　　屈原为了楚王和楚国的利益和前途，对怀王的劝导到了苦口婆心的地步。在正面表白他的期望，提出应当效法的榜样的同时，又从反面列出历史的教训：

> 启《九辩》与《九歌》兮，夏康娱以自纵。

> 不顾难以图后兮，五子用失乎家巷。
>
> 羿淫游以逸畋兮，又好射夫封狐；
>
> 固乱流其鲜终兮，浞又贪夫厥家。
>
> 浇身被服强圉兮，纵欲而不忍；
>
> 日康娱而自忘兮，厥首用夫颠陨。
>
> 夏桀之常违兮，乃遂焉而逢殃。
>
> 后辛之菹醢兮，殷宗用而不长。

夏桀、殷纣和其他有名的昏君纵欲无度，残害贤能，导致国家和自己的灾祸的教训是必须吸取的。

屈原不是写历史，不是写政论，他在《离骚》和其他篇章中，以诗的语言来介绍这些历史事实，并且又使这种介绍深含哲理教育意味实在是难得的，这就是"史诗"。他在正反的介绍之后，用有神论的观点写下了如下的诗句：

> 皇天无私阿兮，览民德焉错辅。
>
> 夫维圣哲以茂行兮，苟得用此下土。

在《抽思》中他又写道：

> 善不由外来兮，名不可以虚作。
>
> 孰无施而有报兮，孰不实而有获？

善不由外来，名不可虚作；有施才有报，有实才有获。这就是屈原对于怀王、对于国君要有"茂行"的希望。联系上面所引诗句可以看到，屈原之规劝的最终目的在于举贤授能，遵行法度。没有这两条，国家的富强是无望的。

> 闻百里之为虏兮，伊尹烹于庖厨。
>
> 吕望屠于朝歌兮，甯戚歌而饭牛。
>
> 不逢汤、武与桓、缪兮，世孰云而知之。
>
> 吴信谗而弗味兮，子胥死而后忧。
>
> 介子忠而立枯兮，文君寤而追求。

封介山而为之禁兮，报大德之优游。

在《惜往日》中列举的正反两方面的教训和《离骚》所述，是屈原规劝怀王、顷襄王两代昏君的一个整体。值得注意的是：屈原在晚年写的诗歌中，毫不隐讳地指出，忠直贤能之臣遭谗致死，会导致国家的败亡，他希望楚王（这时早已是顷襄王了）从中吸取教训，等到自己的忠臣死后，国家已到不可收拾的地步，那就后悔也来不及了。

屈原的一片苦心并未能使怀王完全觉醒。在放逐汉北以后，怀王虽有过起用屈原，让他出使齐国的时候，但是他的敌对的力量是太强大了。怀王到底听信了谗言，使屈原蒙受不白之冤，不能再参与国政。"信而见疑，忠而被谤"，靳尚、子兰、郑袖等人同样可以用对怀王的不忠的罪名来加害屈原。屈原在《怀沙》中愤怒地指出：

变白以为黑兮，倒上以为下。

"阴阳易位"（《涉江》）乾坤颠倒，黑白不分，是非混淆，在这样的处境中，屈原要辩白自己的清白和无辜谈何容易！

屈原是不会缄默的：

恐情质之不信兮，故重著以自明。

（《惜诵》）

他在《离骚》和《惜诵》中一再表白了自己对于国君的忠诚：

岂余身之惮殃兮，恐皇舆之败绩。

……

指九天以为正兮，夫唯灵修之故也。

屈原的诗，一言以蔽之是一个"忠"字，而形式上则是一个"怨"字。太史公所慨叹的"信而见疑，忠而被谤，能无怨乎"是说得很深刻的。

《离骚》《九章》无一首不是这样。而最为集中、最为明白显露地表现他对楚王的忠心的则是《惜诵》：

所非忠而言之兮，指苍天以为正。

……

　　谒忠诚以事君兮，反离群而赘疣。

　　……

　　思君其莫我忠兮，忽忘身之贱贫。

　　……

　　忠何罪以遇罚兮，亦非余心之所志。

　　……

　　吾闻作忠以造怨兮，忽谓之过言。

一篇之中，"忠"凡五出，其情之切感人至深。屈原还一再表白："吾谊先君而后身""专为君而无他""壹心而不豫""疾亲君而无他""事君而不贰"。他甚至对天发誓："令五帝以折中兮，命皋陶使听直"，已处于"愿陈志而无路""近呼号又莫吾闻"的困境。

　　屈原诗歌政治思想的可贵处还在于他面对残酷的现实，敢于直斥与之相始终的怀王、顷襄王，屈原的诗作，为我国诗歌史上留下了难得的昏君形象，而这个昏君并不是历史的、别国的。这是他独立的崇高个性和人格的表现。

　　他责备怀王的听信谗言，忠奸不分：

　　荃不察余之中情兮，反信谗而齌怒。

　　……

　　怨灵修之浩荡兮，终不察夫民心。

（《离骚》）

他责备怀王反复无常，不守信用：

　　曰黄昏以为期兮，羌中道而改路。

（《离骚》）

　　昔君与我成言兮，曰黄昏以为期。

　　羌中道而回畔兮，反既有此他志。

　　憍吾以其美好兮，览余以其修姱。

与余言而不信兮，盖为余而造怒。

（《抽思》）

他对怀王的不听申诉尤其不满：

兹历情以陈辞兮，荪详聋而不闻。

……

憍吾以其美好兮，敖朕辞而不听。

（《抽思》）

作于顷襄王流放江南时代的《惜往日》，屈原对昏君已经是怒不可遏了：

心纯庞而不泄兮，遭谗人而嫉之。

君含怒而待臣兮，不清澈其然否。

蔽晦君之聪明兮，虚惑误又以欺。

弗参验以考实兮，远迁臣而弗思。

信谗谀之溷浊兮，盛气志而过之。

何贞臣之无罪兮，被离谤而见尤。

……

他甚至含蓄地指出，顷襄王的行为与逼伍子胥自杀的吴王夫差和把比干剁
为肉酱的殷纣王无异：

忠不必用兮，贤不必以。

伍子逢殃兮，比干菹醢。

与前世而皆然兮，吾又何怨乎今之人！

（《涉江》）

"与前世而皆然"一句毫不含糊地把今日之昏君与前世之昏君等同视之了。
屈原对国君的忠并不是愚忠，这样地直斥君王的过失，抒发对君王的愤慨
之情，和他对国君的劝诫一样，是出自对祖国的深爱。人们读到这些愤疾
的诗句，难道不会感到痛快淋漓吗？

劝诫也好，表白忠心也好，责备也好，这都是无济于事的。在七国的

纷争中，在秦楚的斗争中，秦国是始终处于主动的、支配的地位，它的政策是一以贯之的，它的目标是坚定不移的，它的战略是随机应变的。而楚怀王、顷襄王的昏聩和动摇，使楚国在内政上处于奸佞当道、忠良遭逐，在外交上处于摇摆不定、被人左右，因而在军事上被动挨打的境地。秦国对楚国斗争的一个重要手段便是在内部破坏楚王与忠臣的密切关系，在外部破坏齐楚的联盟，而屈原的被贬被逐正是秦国政治斗争的一个杰作。

我们并不是英雄造时势的唯心论者，唯物论者始终认为时势造英雄，然而这并不是说个人的作用在历史的进程中是微乎其微的。秦将白起在顷襄王二十一年攻破郢都之后，看到楚国这个昔日的大国、强国一败涂地的情景，也曾有过深切的慨叹："楚王恃其国大，不恤其政，群臣相妒以为功，谄谀用事，良臣斥疏，百姓心离，城池不修，既无良臣，又无守备，故起所以得引兵深入，多倍城邑，以有功也。"（《战国策·中山策》）

楚国怀王、顷襄王父子两代，假若对屈原的信任不变，因而对内实行改革立法的政策不变，对外实行联合山东五国尤其是齐国，以结成坚强的抗秦联盟的路线不变，那么中国的统一的中央集权的国家是不是会由秦来建立就很难说了。

屈原的终极目的是什么，我们不得而知。他闻名于世，为世人所景仰者是他的品格和文学。可以肯定，博闻强志，明于治乱的屈原不会满足于"国富强而法立"，在七国纷争局面下的一己之安。由楚国来统一中国自然会是这位深谋远虑的政治家的追求目标。

然而这一切都因为君王的动摇和昏聩，奸佞的当道成了泡影，他的政治抱负终因秦国的政策的成功而粉碎。因此他的诗歌在抒发他的炽烈的爱国之心、效忠之情的时候，也写出了一个伟大哲人的绝望和呼号：

曾歔欷余郁邑兮，哀朕时之不当。

（《离骚》）

他生不逢时，他借以劝诫君王和排遣自己烦忧的历史上的明君是不可求的：

不逢汤武与桓缪兮，世孰云而知之。

（《惜往日》）

汤武久远兮，邈不可慕也。

（《怀沙》）

他终于感到他的国君不可救药，不可能和他共行美政：

国无人莫我知兮，又何怀乎故都！

既莫足与为美政兮，吾将从彭咸之所居！

（《离骚》）

班固在《离骚赞序》中总结得好：

屈原痛君不明，信用群小，国将危亡，忠诚之情怀不能已，故作《离骚》。上陈尧、舜、禹、汤、文王之法，下言羿、浇、桀、纣之失，以风怀王，终不觉悟，信反间之说，西朝于秦，秦人拘之，客死不还。至于襄王，复用谗言，逐屈原在野。又作《九章赋》以风谏，卒不见纳。不忍浊世，自投汨罗。

生不逢时，高丘无女，屈原在上下求索、忧思绝望中结束了一生。

三、惟夫党人之偷乐兮，路幽昧以险隘

——他和奸佞势不两立

揭露与谴责奸邪小人的丑恶嘴脸和世俗偏见是屈赋思想内容的重要方面。屈原以他的艺术画笔，勾勒了楚怀王、顷襄王周围的一群奸佞之徒的脸谱和他们丑恶的内心世界。他的义正词严的揭露和批判是令人义愤填膺，同时也拍手称快的。

在我国文学史上，忠良与奸佞、善与恶的斗争题材，几乎和爱情题材一样引起作家的关注和读者的兴趣。而忠与奸的斗争题材在国家面临着何去何从、生死存亡的关头，则更能引起社会的重视。所不同的是，屈赋所写，是他个人的经历和感受，他本人就是中国历史上一个忠臣的代表。他一生的悲剧，主要就是由上官大夫、靳尚、令尹子兰、司马子椒和郑袖造成的。如果不是他们嫉贤妒能，妄加诬陷，怀王、顷襄王不致那样贬斥放逐屈原；如果不是他们接受秦国奸细的贿赂，楚国联齐抗秦的路线不致改

变。正因为屈原是这一群奸佞的牺牲品，屈原对他们才有更深刻的认识，因而也才能入木三分地对他们加以揭露和鞭笞：

> 惟夫党人之偷乐兮，路幽昧以险隘。
>
> ......
>
> 众皆竞进以贪婪兮，凭不厌乎求索。

（《离骚》）

忠与奸的对立是每一个朝代都存在的，尤其是在国家面临着动乱、改革与战争的时候就更为严重。而奸佞者的一个共同点便是谋求私利，贪得无厌，置民族、国家的利益于不顾。《离骚》的这两句诗揭露的正是围绕在楚王周围的奸佞之徒的共同本质特征。张仪对楚国内政外交的破坏，首先是从奸佞之徒中打开缺口的。他在被怀王拘囚以后还能安然得释，起决定作用的就是对这一群奸臣的贿赂。

投机取巧，违背法度，以获得私利，是他们惯用的方法：

> 固时俗之工巧兮，偭规矩而改错；
>
> 背绳墨以追曲兮，竞周容以为度。

实行法治，是屈原的治国主张，这和贵族的利益是不相容的。上官大夫、靳尚、令尹子兰等人要想"背绳墨以追曲"，"竞周容以为度"，就必须排斥屈原，打击屈原。嫉妒贤能，造谣中伤于是发生：

> 众女嫉余之蛾眉兮，谣诼谓余以善淫。

屈原对世俗的偏见和邪恶势力的行为是不可理解的：

> 何琼佩之偃蹇兮，众薆然而蔽之？

对人们好恶之不同，是无可奈何的：

> 户服艾以盈要兮，谓幽兰其不可佩。
>
> ......
>
> 苏粪壤以充帏兮，谓申椒其不芳。

（《离骚》）

妒佳冶之芬芳兮，嫫母姣而自好。

虽有西施之美容兮，谗妒入以自代。

（《惜往日》）

知识渊博、深通世事的屈原对于世俗的丑恶的势力和历代的忠与奸、善与恶、美与丑的矛盾和斗争自会有深刻的了解：

世溷浊而不分兮，好蔽美而嫉妒。

······

世溷浊而嫉贤兮，好蔽美而称恶。

（《离骚》）

而奸佞之徒所惯用的是蒙蔽和欺骗：

蔽晦君之聪明兮，虚惑误又以欺。

（《惜往日》）

欺骗国君、诬陷忠良，是历代奸臣共同的伎俩。屈原在《惜诵》中愤怒地指出：

矰弋机而在上兮，罻罗张而在下。

设张辟以娱君兮，愿侧身而无所。

在国君周围的一群小人竟是一个阴谋集团，他们为了私利而实行蒙骗君王，打击忠良的祸国政策是经过了周密策划的。由于他们人多势众，使你想摆脱也不可能。而他们在表面上对楚王却是很顺从的：

外承欢之汋约兮，谌荏弱而难持。

（《哀郢》）

一切奸臣都必然是两面派。屈原的揭露是何等深刻！

正是由于楚王的被蒙蔽和昏聩，奸佞的倒行逆施，使国家处于阴阳易位、是非颠倒的黑暗、混乱局面：

鸾鸟凤皇，日以远兮。

燕雀乌鹊，巢堂坛兮。

露申辛夷，死林薄兮。

腥臊并御，芳不得薄兮。

阴阳易位，时不当兮。

（《涉江》）

变白以为黑兮，倒上以为下。

凤皇在笯兮，鸡鹜翔舞。

同糅玉石兮，一概而相量。

（《怀沙》）

这一切使屈原感到愤慨，怒不可遏，痛骂他们是群吠之犬：

邑犬群吠兮，吠所怪也。

非俊疑杰兮，固庸态也。

（《怀沙》）

四、苟余心其端直兮，虽僻远之何伤

——他决不因遭到放逐而屈服

屈原对自我修养的重视，对正义的坚持精神十分感人。人们在评论他的爱国思想、高风亮节时，对他的自我完善、对真理和正义的追求与坚持往往会给予最高的评价。

先秦时代，对于出生时间是很讲究的，屈原生于寅年寅月寅日，岁逢三寅，被认为是极为吉祥的日子，因此他的父亲揣度以后给他取了美好的名字。屈原重视这与生俱来的内美，更重视外部的修饰，亦即后天的修养：

纷吾既有此内美兮，又重之以修能。

扈江离与辟芷兮，纫秋兰以为佩。

（《离骚》）

这便是表里的一致。

屈原的思想，有儒家的重视自我修养的一面。比他略早的孟子所讲求的修身、齐家、治国、平天下的修养和实践过程，在屈原的诗歌中表现得十分鲜明：

汩余若将不及兮，恐年岁之不吾与。

······

老冉冉其将至兮，恐修名之不立。

（《离骚》）

古人是很讲"名"的，《论语·卫灵公》载："子曰：君子疾没世而名不称焉"邢昺疏："此章劝人修德也，疾犹病也，君子病其终世而善名不称也。"屈原重视立名，恐年华不再，不在鹜利禄，而在"恐上不能正君，下不能正俗"[1]，其动机在国家。他的修身与实现他的美政思想完全一致，因此在任何时候，他都要在服食上严格要求自己。他完全懂得"善不由外来，名不可以虚作"（《抽思》）。他的佩芳与佩玉与"朝饮木兰之坠露兮，夕餐秋菊之落英"正是以形象的比喻来表白自己的修炼功夫。

屈原明白，他的追求志行的高洁与自我完善是世俗所不理解的，但是这并不能使他改变初衷，随波逐流：

世溷浊而莫余知兮，吾方高驰而不顾。

（《涉江》）

屈原深信自己的追求是高洁的，因此他能够我行我素，"年既老而不衰"。即便是体肤憔悴、身遭流放、他也要坚持：

苟余情其信姱以练要兮，长顩颔亦何伤！

（《离骚》）

苟余心其端直兮，虽僻远之何伤！

（《涉江》）

屈原这样的修养，使他在与奸佞的斗争与坚持美政的理想中表现出顽强的意志与百折不回的精神：

---

① 见朱冀《离骚辩》。

亦余心之所善兮，虽九死其犹未悔。

……

虽体解吾犹未变兮，岂余心之可惩。

……

阽余身而危死兮，览余初其犹未悔。

（《离骚》）

屈原身遭流放，并不因此而对他所认定的真理发生动摇。他以极其坚定的语言，必死的决心，表明自己的志向、初衷是不可改易的，他热爱祖国、热爱人民、坚持真理的心是不可征服的。在《离骚》中他连续运用了"九死""溘死""死直""体解""危死"这样愤极、果决的词语，读之使人泪下。唐代大诗人李贺有一段感情深挚的话，耐人寻味：

感慨沉痛，读之有不欷歔欲泣者，其为人臣可知矣。①

李贺在这里把对屈原的感情作为了区别人臣的忠奸的一个标尺，不是没有道理的。《离骚》的这种精神，在后代臣子中只有文天祥的《正气歌》可以与之相比。

屈原一生遭到两次流放。如果说第一次放逐汉北他还存在着幻想与希望，而第二次遭顷襄王放逐江南，他就幻灭了。即使在这种时候，他的高尚的品格、爱国的思想、治国的主张仍然没有改变：

吾不能变心而从俗兮，故将愁苦而终穷。

（《涉江》）

刓方以为圜兮，常度未替。

易初本迪兮，君子所鄙。

章画志墨兮，前图未改。

（《怀沙》）

须知，这时的屈原已经是"限之以大故""知死不可让"，生命已到尽头。

---

① 转引自《楚辞评论资料选》。

五、愿摇起而横奔兮，览民尤以自镇

——他至死不忍离开祖国和人民

屈原在流放中，思想感情痛苦万分。国家的处境个人的遭遇使他忧心如焚。

他对于个人的何去何从，有时也处在矛盾之中。

在屈原那个时代，有为之士并不都以自己的故国为归宿，只要能发挥他们的聪明才智，到哪一个国家都是可以奉献的。因此在一个国家不能实现自己的抱负，便会跑到另一个国家去。而各国国君对于来自别国的人才往往用而不疑，委之以重任，张仪和苏秦即是其例。在战国时代，人才的流动是十分平常的事，历史上对于这种现象也并无贬词。司马迁有感于屈原的才华，同情他的遭遇，甚至说过以他的才智到哪一个国家都是可以容纳的话。

屈原在被疏远流放后也有过痛苦的矛盾和斗争。"路漫漫其修远兮，吾将上下而求索"，就已经隐含着探求人生归宿的成分。他的所求虽是以"美女"为喻，实质上是求能与他一道共行美政的明君，这在《离骚》的结尾是说得很清楚的。在《思美人》中他慨叹生不逢时，"惜吾不及古人兮，吾谁与玩此芳草"也是这个意思。在这首诗和《离骚》中，反映了他"媒绝路阻兮，言不可结而诒""登高无不说兮，入下无不能"的窘困处境。

既然是高丘无女，国中无人，那么他自己的何去何从就不能不使他认真考虑，做出抉择。

屈原在《离骚》中借女媭和灵氛的劝告反映了他的矛盾心理。

女媭的劝告，是叫屈原吸取历史教训，随同俗流，与《渔父》篇中渔父对屈原的劝告一样，屈原对此是不予接受的。然而灵氛的劝告却不同：

> 两美其必合兮，孰信修而慕之？

> 思九州之博大兮，岂惟是其有女？

> 勉远逝而无狐疑兮，孰求美而释女？

> 何所独无芳草兮，尔何怀乎故宇？

灵氛的话提出了在当时看来是合情合理的又是可以决定屈原的去从和命运的几个重大问题：一、君与臣必须是志同道合的"两美"。屈原上下求索的美女（明君）在楚国既不存在，而九州又是如此博大，就不一定非在楚国寻求美女不可；二、别处自有美女芳草，你既然有美好的才智，高洁的德行，他国之求美者自不会放弃你，你在别国自可实行美政；三、因此，在你这样地遭到谗害、放逐，这样的痛苦中怀念故国是没有必要的。这不能不引起屈原的思考，甚至于发生犹疑：

> 欲从灵氛之吉占兮，心犹豫而狐疑。

因为灵氛所言并不是叫屈原改变节操，和女媭的劝告很不相同，因此屈原才有如上的两句写实情的话。接着，屈原又以巫咸"告余以吉故"，叙写了汤与伊尹、禹与皋陶、殷王武丁与傅说、周文王与姜太公、齐桓公与甯戚君臣遇合的佳话，其含义虽有屈原劝诫怀王效法古代贤君的成分，同时也反映了他自己的理想和追求。"及年岁之未晏兮，时亦犹其未央。恐鹈鴃之先鸣兮，使夫百草为之不芳"明显地表示着劝屈原及早打算，去求明君，等到年老，就无所作为了。在巫咸的劝告以后，屈原确乎是发生了一系列的幻想：

> 和调度以自娱兮，聊浮游而求女。

> 及余饰之方壮兮，周流观乎上下。

在《抽思》中他甚至写出了"愿摇起而横奔"的话。是的，"屈原以彼其才，游诸侯，何国不容"？[①]

屈原的这一些自白，人们满可以给他扣上不忠、不坚定的帽子。但是且慢，屈原生活在各国竞相网罗人才的社会背景下，他的思想不可能不打上时代的烙印。而屈原的异乎寻常的伟大处则在于，他并不因此而真的离开祖国和人民，对祖国和人民的深情使他镇定下来，从而使他热爱祖国和人民的思想得到最为鲜明的表现：

> 欲高飞而远集兮，君罔谓汝何之？

---

① 见《史记·屈原贾生列传》。

欲横奔而失路兮，坚志而不忍。

（《惜诵》）

愿摇起而横奔兮，览民尤以自镇。

（《抽思》）

陟升皇之赫戏兮，忽临睨夫旧乡。

仆夫悲余马怀兮，蜷局顾而不行。

楚君、旧乡和民尤是他的镇静剂。"欲高飞而远集""愿摇起而横奔"都因为想到旧乡、人民而改变，还有什么比人民的灾难、祖国的前途更值得关心的呢？

清人李光地于《离骚经注》中有一段分析很值得参考：

> 远逝自疏，将以周游天下。然一曰至于西极，再曰西皇涉予，三曰西海为期，何哉？是时山东诸国，政之混乱无异南荆。惟秦勤于刑政，收纳列国贤士，一言投合，俯仰卿士，士之欲急功名，舍是莫适归者。是以览观大势，属意于斯，所过山川，悉表西路。然父母之邦可去，而仇雠之国不可依，中途回望，仆马悲鸣。况贵戚之卿，义与国共哉！卒之死而靡他，为乱章以自矢。呜呼！淮南所谓与日月争光者，此也。

问题不在于屈原曾经想到过什么，重要的是他如何对待自己，最终采取了什么行动。

屈原的感情与人民是息息相通的：

> 皇天之不纯命兮，何百姓之震愆？
>
> 民离散而相失兮，方仲春而东迁。

（《哀郢》）

人民在战乱中逃亡，妻离子散，使诗人感到揪心的疼痛，在《离骚》中曾写过"皇天无私阿兮，览民德焉错辅"的诗人，在一幅悲惨的战败流亡图面前对上苍也发生了怀疑。诗人为人民的灾难而呼天抢地，还有什么感情比这更为崇高的呢？

屈原的热爱人民，关心人民疾苦的感情在《离骚》《抽思》中都有深切的表现，"长太息以掩涕兮，哀民生之多艰"（《离骚》），"愿摇起而横奔兮，览民尤以自镇"（《抽思》）在他的不朽篇章中是最为辉煌的诗句。

对祖国和人民的深沉的爱，使他在放流生活中备受感情的折磨和煎熬：

> 羌灵魂之欲归兮，何须臾而忘反。
>
> 背夏浦而西思兮，哀故都之日远。
>
> ……
>
> 惟郢路之辽远兮，江与夏之不可涉。
>
> 忽若去不信兮，至今九年而不复。
>
> ……
>
> 曼余目以流观兮，冀壹反之何时。
>
> 鸟飞反故乡兮，狐死必首丘。
>
> 信非吾罪而弃逐兮，何日夜而忘之？
>
> （《哀郢》）

经过了长期的流放，已经感到自己将死，对故国的感情仍无稍减。写于第一次放逐汉北的《抽思》，其感情的炽烈、思念的痛苦更可想而知：

> 望北山而流涕兮，临流水而太息。
>
> 望孟夏之短夜兮，何晦明之若岁。
>
> 惟郢路之辽远兮，魂一夕而九逝。
>
> 曾不知路之曲直兮，南指月与列星。
>
> 愿径逝而未得兮，魂识路之营营。

魂一夕而九逝，度短夜而如年。思念故国，愁肠寸断。读其词，"至美人梦寐，一篇三致其思，自有一种涕泣无从，令血化碧于九泉，而天地震惊之意"。[1]

---

① 见明·蒋之翘《七十二家评楚辞·序》。

然而君王到底不曾觉悟，楚国大势已去，而多年的流放已耗尽了他的精力。他不愿再这样痛苦地生活下去：

> 终长夜之曼曼兮，掩此哀而不去。
>
> 宁逝死而流亡兮，不忍为此之常愁。
>
> （《悲回风》）

他只有以死来解脱痛苦、报效祖国。

在《离骚》中虽然已有必死之意，但到底还怀着一线希望，还有所期待。而现在人已老迈，希望破灭，苟活何益！在《怀沙》中他明言大限已到，"知死不可让"，在《悲回风》中他"托彭咸之所居""求介子之所存""见伯夷之放迹""从子胥而自适""悲申徒之抗迹"，都表示着他十分冷静，死意已决。屈原和与他同时的宋国贤臣申徒狄一样，投水而死。他死得从容、死得悲壮、死得伟大。他死在僻远的汨罗，却震撼了全楚国人民的心。

"楚虽三户，亡秦必楚"，屈原以他的死激励了楚国人民的抗秦斗争！

上篇 《楚辞》——哲人的悲歌

第五章　哲人的思考

——从《天问》看屈原的哲学思想

一、希腊和中国：文学和哲学

世界各古老民族的文化有许多惊人的相似之处，古希腊从公元前九世纪到前五世纪是荷马史诗时代。《荷马史诗》从在人民中间口头流传到写成定本经过了四个世纪，这和我国在公元前十世纪到前六世纪形成的《诗经》发展过程十分相似。《荷马史诗》在当时是一般人民的教科书，流传既广，影响亦深，这又和《诗经》的情况相似。孔子说："不学诗，无以言"，也是把它作为学生的必读教科书对待的。所不同的是，《荷马史诗》是由荷马这一位到处行吟的盲歌者传下的，这便是著名史诗《伊利亚特》和《奥德赛》。而《诗经》却是周代收集的周王室的庙堂诗和民间歌谣，是各阶级、各阶层的集体创作。

荷马史诗的时代是希腊的文艺时代，到了前五世纪，"希腊文化由传统思想统治转变到自由批判，由文艺时代转变到哲学时代"[①]，这和中国的情况又十分相似。在《诗》以后，中国的文化的精华便是老子、孔子和春秋战国时代的诸子百家在他们的文章中所阐发的政治哲学思想。毫无疑义，这个时候的中国是处于自由批判的哲学的黄金时代。所不同的是：希腊的这一转变是以著名悲剧家欧里庇得斯和喜剧家亚里斯多芬在他们的作

---

① 见朱光潜《西方美学史》（上）第 21 页。

品中对社会现实问题进行自由批判为发端的，在他们以后，才涌现出一批卓越的哲学家，如毕达哥拉斯、赫拉克里特、德谟克利特、苏格拉底、柏拉图和亚里士多德。而中国的哲学家的产生与文学却无明显联系，《诗经》时代我们还没有一位称得上文学家的人。即便是诸子百家的兴起，在文学发展史上要给予必要的评价，但那到底不是地道的专门文学艺术。在战国末期，首先出现的文学家是屈原。他的伟大诗作和他那个时代的生活紧密地结合着，对楚国的现实社会进行了尖锐的批判，在《离骚》等篇章中提出或者是反映出了一些极富哲理意味的问题，他的一首最为奇特的诗《天问》是其集中反映，是很值得研讨的。

由文学到哲学，在屈原个人身上得到完整的反映。如果说《离骚》等篇重在表现或抒发一位哲人的思想感情，那么《天问》，则重在反映一位哲人的思考，《天问》所反映的屈原的思想已是在一个更高的层次上了。

但是屈原毕竟是一位诗人，他的流放生涯使他不可能如先秦诸子一样去撰写哲学论文，而他的思想品格的完美，诗歌艺术手法的高超更能够吸引人们的主要注意力，因此也就掩盖了他在哲学思想范畴所达到的高度。

二、奇与不奇

正如在本书的起始部分所说，《楚辞》是《诗经》之后崛起的奇文，而奇中之奇者莫如《天问》。贺贻孙说："《天问》一篇，灵均碎金也。无首无尾，无伦无次，无断无案，倏而问此，倏而问彼，倏而问可解，倏而问不可解，盖烦懑已极，触目伤心，人间天上，无非疑端。既以自广，实自伤也。其词与意，虽不如诸篇之曲折变化，然自是宇宙间一种奇文。"①因为奇，所以十分难读。林云铭说："一部《楚辞》，最难解者，莫如《天问》一篇。以其重复倒置，且所引用典实，多荒远无稽，王逸以为题壁之词，文义不序次。而朱晦庵《集注》，阙其疑，阙其谬者，十之二三，使后人执卷茫然，读未竟而中罢。"②既奇且难，是一般学人的评价。夏大霖《屈

---

① 见清·贺贻《骚伐》。
② 见林云铭《楚辞灯》。

骚心印·发凡》对《天问》更迭用"奇"字以为评：

> 人有言"奇文共欣赏"。不图二千余年来，尚留《天问》篇之奇文以待赏。其创格奇、设问奇、穷幽极渺奇、不伦不类奇、不经不典奇。一支笔排除八门六花，堂堂井井，转使读者没寻绪处，大奇大奇！然不得其解，便是大闷事，何赏之有？愚细看到"皇天极命""悟过改更"句，知其志意所归。就他讲帝王的正道，推寻入去，却好是一篇道德广崇，治乱条贯的平正文字，庶几欣赏矣乎！观其神联意会，如龙变云蒸，奇气纵横，独步千古，今而后识其奇也。

《天问》是屈原于放逐中所作。王逸所谓仰见庙堂图画，因书其壁之说虽为过实，而仰天叹息，以泄愤懑，呵天而问之，却符合屈原的思想。

对《天问》的主旨，林云铭的分析是有参考价值的。他写道：

> 兹细味其立言之意，以三代之兴亡作骨，其所以兴在贤臣，所以亡在惑妇；惟其有惑妇，所以贤臣被斥，谗谄益张，全为自己抒胸中不平之恨耳。

对于《天问》之所问及的人和事，林云铭也作了分析：

> 篇中点出妹喜、妲己、褒姒为郑袖写照；点出雷开为子兰、上官、靳尚写照；点出伊尹、太公、梅伯、萁、比干为自己写照。末段转入楚事，一字一泪，总以天命作线，见得国家兴亡，皆本于天。无论贤臣，即惑妇、谗谄，未必不由天降，或阴相而默夺之，或见端于千百年之前，而收效于千百年之后。天道不可知，不得不历举而问也。

那么，篇中所问及的人和事又为什么显得错杂不堪、似无次序呢？他又写道：

> 至于引舜、象、王乔、二姚、简狄、女娲、昭王、穆王、幽王、齐桓、彭铿、吴光、子文，皆逐段中错综衬贴，反击旁敲，原不分其事迹之先后，点染呼应，步步曲尽其妙。看来只是一气到底，序次甚明，未尝重复，亦未尝倒置，无疑可阙，亦无谬可阙，世岂有题壁之文能妥确不易若此者乎？

其说似嫌武断，但指出《天问》为可读之文，亦有条理可循，却是不错的。李陈玉谓自"曰遂古之初"起，至"曜灵安藏"共四十四句为上段，是问天上事许多不可解处。自"不任汩鸿"至"焉解羽止"共六十八句为中一段，是问地上事许多不可解处。[1] 自"禹之力献功"起至末"忠名弥彰"二百六十句为后一段，是问人间事许多不可解处。全诗一千五百余言，一百六十八问，经这样划分，则奇文从可读性说也就不奇了。

屈原所问，"首问两仪未分，洪荒未辟之事；次问天地既形，阴阳变化之理；以及造化神功，八柱九天，日月星辰之位，四时开阖晦明之原；乃至河海川谷之深广，地形四方之经度，昆仑、增城之高，冬暖夏寒之所"，这都是"天事"。"天事之外，旁及动植珍怪之产，往古圣贤凶顽之事，理乱兴衰之故"，这又是"天道"。而"天统万物，凡一切人事之纷纭错综，变幻无端者，皆得统于天道之中，而与夫天体天象天算等，广大精微，不可思议者，同其问焉"。这便是《天问》的意义。游国恩《天问纂义》的解释较之李陈玉更为明晰。至于屈原写作《天问》的原因，游氏以为"非直为抒愁，亦非专为讽谏"，这与屈子的家世和曾任左徒之职有关：屈子为楚之同姓。楚之先有重黎，即司天司地之南北正。《尚书·尧典》说："乃命羲和，钦若昊天，历象日月星辰，敬受人时。"羲氏和氏又重黎之后，屈原曾为左徒，与周之史官同，所以屈原能致疑于幽邈不测之天道。

三、天道可测吗？

诚如游国恩所说，"《天问》云者，犹言以此自然界之一切事理为问耳"。

我国先民对于天地间万事万物的认识，经历了漫长的探索和思考的过程。《天问》首先提出的是天地的开辟，宇宙的构成问题：

　　曰：遂古之初，谁传道之？

　　（请问：关于远古的开头，谁个能够传授？）

----

[1]　见曹锦炎《楚辞笺注》。

上下未形，何由考之？

（那时天地未分，能根据什么来考究？）

冥昭瞢暗，谁能极之？

（那时浑浑沌沌，谁个能够弄清？）

冯翼惟像，何以识之？

（有什么在迴旋浮动，如何可以分明？）

明明暗暗，惟时何为？

（无底的黑暗生出光明，这样为的何故？）

阴阳三合，何本何化？

（阴阳二气，渗合而生，它们的来历又在何处？）

圜则九重，孰营度之？

（穹隆的天盖有九层，是谁动手经营？）

惟兹何功？孰初作之？

（这样一个工程，何等伟大，谁个是最初的工人？）[①]

生活在二千三百年以前的屈原所提出的是当时还不能解释，在其后一段相当长的时间内也找不到正确答案的问题。但是从屈原之所问，可以看出"混在哲理中的中国古代神话传说的影子"。[②]透露出在他之前有关天地开辟、宇宙构成已经有了种种神话传说，他之所问在于：由无形到有形，由黑暗到光明，是谁又是怎样知道的。可以说，屈原之所问既是关于世界的创造和起源的，又是关于神话传说的来源的问题。

关于天地开辟、世界创造，各文明古国都有自己的神话传说。巴比伦《咏世界创造》的史诗，玛尔都克是宇宙的创造者。这一史诗咏唱着春天的太阳和世界创造力之神玛尔都克战胜了凶恶的混沌的黑暗力量——妖怪提阿玛特——并从它的身体创造了世界：

---

① 译文用郭沫若《屈赋今译》。

② 袁珂《中国古代神话》第30页。

主宰停下了，他观看他的尸体，

他切开了躯体，至圣者就想：

正像贝壳那样把它分成两半吧，

一半立起来当作天盖（穹苍），

他上了门，派守门人守在那里，

他命令他们警戒着山上的洪水。

随后的传说记述着造物神怎样在天上分配星座，怎样规定他们的运转，最后又怎样创造了人。①

在闪族语世界里，每个人都知道上帝对精伯的斥责：

是谁以无知的语言，

把上帝描绘得依稀难辨？

我要逼问你几个问题，

要听一听你的答案！

我创造大地之时，你在何方？

你若知道，就请快讲！

是谁确定了大地和疆界？

是谁在上面牵绳丈量？

大地的柱脚由什么来支撑？

这方基础是谁奠定？②

后一段与《天问》如出一辙。

古印度所传世界和人的创造者是阿德摩。印度还有天地未分之时，是

①　见［苏］阿甫基耶夫《古代东方史》第四章《巴比伦文化》（王从锋译，三联书店 1957 版）。

②　转引自［法］戴密微《道家的谜》。（见《楚辞资料海外编》，诗见《约伯记》《百岁老人的圣经》第 3 卷。巴黎，1947 年。）

一片洪水混沌世界的说法，《外道小乘涅槃论》说："本无日月星辰，虚空及地，惟有大水。时大安荼生，形如鸡子，周匝金色。时熟，破为二段，一段在上作天，一段在下作地。"[①]

我国也有盘古开天地的传说，与印度传说相似。但是与《天问》内容大致相符的是西汉初的《淮南子·精神训》：

> 古未有天地之时，惟像无形，窈窈冥冥，……有二神混生，经天营地，孔乎莫知其所终极，滔乎莫知其所止息。于是乃别为阴阳，离为八极，刚柔相成，万物乃形。（二神，高诱注："二神，阴阳之神也。"）

屈原博闻强志，又是羲和世官，自然对历代传说了如指掌。略早于屈原的《庄子》，略晚于屈原的《淮南子》有关天地开辟的传闻，事实上开头的发问中已经包含了。屈原之所问表现出了对于传统观念从理性出发的怀疑和批判精神。

致疑于幽邈不测之天道所表现出的怀疑精神是十分可贵的，没有怀疑就没有探索，是怀疑和探索孕育了哲学和真理。

屈原对于邈冥天道的发问不仅仅在于天地的开辟、阴阳二气的交合及其变化，又对天地既形以后的现象（天地布置等）提出了一系列的问题：

> 斡惟焉系？天极焉加？
>
> （这天的伞把子，到底插在什么地方？绳子，究竟拴在何处？）
>
> 八柱何当？东南何亏？
>
> （八方有八根擎天柱，指的究竟是什么山？东南方是海水所在，擎天柱岂不会完蛋？）
>
> 九天之际，安放安属？
>
> （九重天盖的边缘，是放在什么东西上面？）
>
> 隅隈多有，谁知其数？
>
> （既有很多弯曲，谁个把它的度数晓得周全？）

---

① 见吕思勉《先秦史》第五章《开辟传说》（上海古籍出版社1982年版）。

天何所沓？十二分焉？

（到底根据什么尺子，把天体分成了十二等分？）

日月安属？列星安陈？

（太阳和月亮何以不坠？列星何以嵌得很稳？）

所谓"九天八柱"和"天盖"是古代还不知道天地到底是怎么一回事时的想象。《淮南子》的《天文训》《地形训》《精神训》都曾企图解释这些问题，然而也都不可能有正确的答案。

接着屈原又对太阳的出没、月亮的盈亏、白昼和黑夜的相代以及风、雨和大地山川提出疑问：

出自汤谷，次于蒙汜，

（太阳从汤谷出来，晚间落到蒙水边上，）

自明及晦，所行几里？

（它到底走了多少路程，从清早直到黄昏？）

夜光何德，死则又育？

（月亮有什么本领，为何死了又能够再生？）

厥利维何，而顾菟在腹？

（它的肚子里有个蟾蜍，那对它有何好处？）

女岐无合，夫焉取九子？

（女岐没有丈夫，为什么又生了九个儿子？）

伯强何处？惠气安在？

（伯强究竟住在何处，惠气究竟住在哪里？）

何阖而晦？何开而明？

（何以太阳落土天要黑，太阳出来天要亮？）

角宿未旦，曜灵安藏？

（星星还在天上的时候，太阳又在哪儿躲藏？）

屈原对于浑沌未辟及天地既形之事种种疑问有许多是现代科学的普遍常识，有的则至今还在研究之中。而在当时，屈原能够提出许多重大的问题，比起那些仅凭想象编制传说，或者是以传说为信史加以申发，企图回答宇宙的起源，日月的运转以及天文地理的诸种重大问题的主观唯心论来是要深刻得多的。

这里我们必须提到先秦最伟大的哲学家老子。老子是春秋末期人，他仅只五千言的哲学名著《老子》（又名《道德经》）一书就是想揭示自然的法则和规律：天地之根是什么？天地怎样形成？天地怎样发展和经过哪些阶段？在天地未形，宇宙之始，究竟有些什么东西？处在什么样的状态？怎样一步又一步发展为天地？正如詹剑锋所说："这里包含着哲学上最根本的问题：天地万物的本原是什么（本体论）？天地万物怎样演化出来（宇宙论）？"① 老子说：

有物混成，　　　　　　（有一个浑然一体的东西，②）

先天地生，　　　　　　（它先于天地而存在，）

寂兮寥兮！　　　　　　（无声啊，又无形！）

独立不改，　　　　　　（它永远不会依靠外在的力量，）

周行而不殆，　　　　　（不停地循环运行，）

可以为天下母。　　　　（它可以算作天下万物的根本（母）

老子把这种"混成"之物名曰"道"。又说：

道生一，　　　　　　　（"道"产生统一的事物，）

一生二，　　　　　　　（统一的事物分裂为对立的两个方面，）

二生三，　　　　　　　（对立的两个方面产生新的第三者，）

三生万物。　　　　　　（新的第三者产生千差万别的东西。）

万物负阴而抱阳，　　　（万物内涵着阴阳两种对立的势力，）

---

① 见詹剑锋《老子其人其书及其道论》第 184 页（湖北人民出版社 1982 年版）。

② 括号中用任继愈《老子新译》（上海古籍出版社 1978 年版）。

冲气以为和。 （它们（阴阳）在看不到的气中得到统一。）

老子以为道是天地万物之本是自然及其变化的总规律，宇宙、万事万物都是由这一本原生化出来的。"昭昭生于冥冥，有伦生于无形"，[①] 阴阳"两者交通成和，而万物生焉"[②]。这种宇宙起源论恐不能说是"唯心主义体系"[③]。

与屈原相先后的庄子、韩非子，汉代的刘安、张衡、王充对于老子的宇宙起源，世界发生的理论都有过研究。而屈原则是以诗句询问的方式表示了自己的倾向性明显的观点。当然屈原之所问不必符合老子，然而在内容上却是可以和老子互相补充、相得益彰的。

四、传说可信吗？

在人类的幼年时期，出于对自然现象的迷惘和敬畏，编织了许许多多的传说和神话，正如高尔基所说："一般说来，神话乃是自然现象，对自然的斗争，以及社会生活在广大的艺术概括中的反映。"原始人不明白自然间万事万物的产生之源，以为那些令人恐怖、令人惊讶、令人迷惑、令人敬仰的事物，是由一种超自然的力量，即神灵和魔力主宰着。于是就有了开天辟地创造世界创造人类的英雄，主管与人类生活密切相关的风、雨、水、火、百谷的神祇，乃至于同一件事物的内容不同的神话。

在先秦的文献中，保留远古神话最丰富的是《山海经》[④] 和屈原的诗作《九歌》《离骚》《天问》。所不同的是：《山海经》是记述，屈赋是流传下来的神话传说的疑问，二者是性质不同、大异其趣的。

值得注意的是，我国的早期神话有的被儒家篡改成了历史。《韩非子·外储说左下》曾记载孔子篡改神话的故事：

---

① 见《庄子·知北游》老子语。

② 见《庄子·田子方》老子语。

③ 见任继愈《老子新译》第10页。

④ 《山海经》的《山经》《海内外经》计十三卷是先秦作品，《荒经》四卷和《海内经》一卷是汉初人作品。

襄公问于孔子曰:"吾闻夔一足,信乎?"曰:"夔人也,何故一足?彼其无他异,而独通于声。尧曰:夔一而足矣。使为乐正。故君子曰:夔有一足,非一足也。"

鲁哀公之所问是神话之夔。汉韦昭注《国语·鲁语》说:"夔一足,越人谓之山臊,人面猴身能言。"孔子的回答在句读上做游戏,十分轻巧地改换了所指,将神兽之夔变为尧臣乐正之夔。

由神话传说到历史的演变有其传说故事自然演变的原因,也有人为的,即统治阶级为了自身的需要加以改造的原因。因此屈原时代的众多的神话传说,在《诗》《书》中有作为神话使用的一面,也有作为历史加以叙述的一面。这样真真假假,成为历史传闻,或者由历史变为神话,这就更易使人发生疑惑。屈原的《天问》所质疑者以这类传说居多[1],主要原因就在这里。

屈原不相信那些违背自然法则的事情。

现在我们来分析《天问》中质疑的神话传说的性质。

在上一段引文中有"女岐无合,夫焉取九子"一问,屈原是不相信这一传说的。我们知道,他曾提出"阴阳三合,何本何化"这一哲学上的重大命题,这一命题是以承认世界是物质的为前提的,是阴阳与气结合而产生了万物。他提出了"本"和"化"的概念,就是说物质在一定条件下会发生变化,产生新的事物。《穀梁传·庄公三年》说:"独阴不生,独阳不生,独天不生,三合然后生",可与屈原所问相印证。在屈原之前的老子,有"万物负阴而抱阳,冲气以为和"的观点。这种观点可以说是楚国先哲的观点,屈原是接受的,因此对事物的这种传说自然就不相信了。

对女娲造人说,他同样是不信的:

女娲有体,孰制匠之?(女娲人面蛇身,一日七十变,又是谁所安排?)

女娲能造人,那么她自己的身体又是谁造的?我们在汉代画像中所看到的女娲和伏羲上为人身、下为蛇体、二尾交接的情景,伏羲所捧为太阳,

① 与《离骚》和《九章》中屈原所用的神话性质不同。

女娲所捧为月亮。这实际上就是《周易·系辞》所说的"天地氤氲，万物化醇，男女构精，万物化生"的图画，阴阳交合的图画。

屈原也不相信长生不死之说：

延年不死，寿何所止？（人长生不死，寿命到何时才有终止？）[1]

他认为阴阳消长是不可抗拒的自然法则，连神也不可避免：

天式从横，阳离爰死，（自然的法式，阴阳的消长，那是无可抵抗；阳气一脱离了躯体，任何生物都只好下场。）

大鸟何鸣，夫焉丧厥体？（哪里有钟山之神，死后化为大鸟而大张喉噪？假使神的本领那样，为什么神又要死亡？）

郭沫若所译，意取蒋骥、丁晏之说，事出《山海经·西山经》："钟山，其子曰鼓……是与钦䲹杀葆江于昆仑之阳，帝乃戮之钟山之东曰崿崖。䲹化为大鹗，……其音如晨鹄；……鼓亦化为鵕鸟，……其音如鹄。"丁晏按曰："天有常法，阴阳相生，杀之则阳气离而身死矣，何由化为大鸟，而鸣声如鹄耶？既身化能鸣，何杀之而亦丧其体耶？"游国恩则取王逸《楚辞章句》并洪兴祖补注以为说："天式犹言天道，从横谓阴阳也。天式从横，阳离爰死者，言天道一从一横，阴阳二气而已；人禀二气以生，阳离则未有不死者；何以王子乔既毙于戈击，又能化为大鸟而鸣乎？既化为鸟，是不死矣，又焉得谓之丧其生乎？此屈子致疑于神仙家言之诞妄也。"郭、游二说内容虽殊，而主旨则一。

屈原也不相信传说中怪诞的事物：

焉有石林？何兽能言？（哪里有野兽能够说话的？哪里有石桩子成了林？）

焉有虬龙，负熊以游？（哪里有无角的虬龙，在背上背着黄熊游戏？）

雄虺九首，倏忽焉在？（雄的九头蛇，忽然来，忽然去，何处是它的窝？）

何所不死，长人何守？（什么地方有不死之国？长人守卫着什么？）

---

① 郭沫若译文："黑水边有木禾，吃了人长寿，要长到何时？"

灵蛇吞象，厥大如何？（大蛇能把大象吞下，它究竟有多少大？）

鲮鱼何所？鬿堆焉处？（鲮鱼人面鱼身，鬿雀鸡形虎爪，谁可见到？）

屈原亦绝不以为雨师、风伯、巨鳌真有其事：

萍号起雨，何以兴之？（雨师萍号何以能够兴云雨，而他的身子只像个蚕子？）

撰体协胁，鹿何膺之？（风伯飞来何以能够起风暴，他的身体像只鹿子？）

鳌戴山抃，何以安之？（何以要使巨鳌在海底蹒跚，鼎着五山使它们安稳？）

释舟陵行，何以迁之？（何以又让龙伯把巨鳌钓去，使得五山在海上飘零？）

对这一介于天文和地理之间的传说的怀疑，和对于怪诞事物的怀疑一样，反映了屈原的唯物论的宇宙观和探索、批判、进取的哲学思想。

五、天命可知吗？

在上两段我们提出了天道是否可测、传说是否可信两个问题。这里又提出"天命可知吗"这一命题，并不是要把屈原当作不可知论者。屈原致疑于"天道""传闻""天命"，其价值在于思考、探索和批判，在于对人们的启发。他对"天命"的全面怀疑，是他的哲学思想、批判精神最为光彩夺目的部分。他的质疑由传说时代到有史时代，可以说是我国最早地"怀疑一切"[①]的哲学家和诗人。

屈原对殷周以来在社会上占统治地位的"天命"观是表示怀疑的。所谓"天命"，主要有两个方面的内容：一是敬上帝；二是"皇天元亲，惟德是辅"的"天道福善祸淫"。这和天道问题一样，宇宙间有超自然的神，人世间有主宰一切的上帝，因此信且敬上帝就成了社会的正常的观念形态。

屈原对皇天、上帝没有多少赞美，在他的笔下，上帝的形象并不怎么

---

① 马克思语。

高尚，胡念贻在《屈原的哲学思想》[1]一文中写道："《天问》里面，这个上帝是贪吃的、偏私的、狠毒的，也没有多大智慧和本领。"所据为下面几件事。

关于羿：

帝降夷羿，革孽夏民。（上帝把后羿遣下凡尘，为的是革除夏民的忧困。）

胡射夫河伯，而妻彼雒嫔？（他为什么射瞎河伯，又把洛神作为自己的妃嫔？）

冯珧利玦，封豨是射。（后羿有宝弓珧弧，天赐玉玦，射死为害的大猪。）

何献蒸肉之膏，而后帝不若？（为什么用猪肉来献祭上帝又怪他好吃懒做？）

关于桀：

缘鹄饰玉，后帝是飨。（夏桀用鸿鹄的羹、玉铉的鼎，来飨祀上皇。）

何承谋夏桀，终以灭丧？（他承受着夏代的基业，为什么终于灭亡？）

关于彭铿：

彭铿斟雉，帝何飨？（彭祖八百岁，上帝何以又喜欢他的野鸡汤？）

受寿永多，夫何久长？（活了那么长的寿命，为什么彭祖还要惆怅？）

关于稷：

稷惟元子，帝何竺之？（后稷是第一个儿子，上帝为什么要毒害于他？）

投之于冰上，鸟何燠之？（丢他在冰上地上，群鸟又为什么用翅膀去盖他？）

这几个疑问都有关于上帝的形象和品格。上帝对于羿，既不能事前洞

---

① 见胡念贻《先秦文学论集》。

察一切，不能使羿循规蹈矩，以后又不能明辨是非好恶；对于桀和彭铿则表现出一种贪欲；对于稷则又不公。

屈原在《九章·哀郢》中曾有"皇天之不纯命兮，何百姓之震愆"的呼号，与上面的几组质疑精神是一致的。

我们不能据此而断定屈原是否完全不信上帝，但对上帝的怀疑和不恭不敬却是无疑的。

以大量的史实否定"天道福善祸淫"说，是屈原对"天命"进行批判的重要内容。

我们知道，屈原为了劝诫怀王，在《离骚》中曾有"皇天无私阿兮，览民德焉错辅。夫维圣哲以茂行兮，苟得用此下土。瞻前而顾后兮，相观民之计极。夫孰非义而可用兮，孰非善而可服？"一段咏唱。这一段诗前两句似乎表明屈原对天命的确信无疑，但分析起来却会发现，他所宣传的实质上是德行和结果的关系，是治国者本人的品格、治国方略和国家兴亡的关系。他以夏桀、商纣等昏君和汤、禹、周等明主为例，在对比中说明为人君者必须"举贤授能""循绳墨而不颇"的道理。

不能否认这里有那么一点儿"福善祸淫"的意味，但是"皇天"在这里似乎是表明着一种规律和法则，即"善"的结果是"福"，"淫"的结果是祸，这是历史的规律。

要知道屈原的《离骚》是针对君主的，君主是掌握国家命脉的人。君主的"善"，必然导致"举贤授能""循绳墨而不颇"；而君主的"淫"，则必然相反。因此对君和他所统治的国家，"善"与"福"，"淫"与"祸"有着必然的联系。而对于人臣，情况则不相同。臣受着君的主宰和制约，他不能完全掌握自己的命运，他的"善"与"淫"的结果通常的规律不尽相同。贤臣遇明主方能成就事业，遇昏君则往往遭到祸患。奸佞则相反，遇昏君便可为所欲为，得到一己的私利。这是古往今来被无数事实所一再证明的，是对"天道福善祸淫"的否定，善有善报、恶有恶报的因果关系在这种情况下是不存在的。

屈原的《天问》以及《离骚》《九章》的某些篇章，列举了大量的与"天道福善祸淫"相反的事例，在质疑中说明了天道对于人事的莫可奈何和无能为力，从而对"天命"进行了深刻的批判。

屈原不明白，为什么父子（鲧与禹）同治洪水，而受到不同对待；为什么伯益与夏禹同受禅让，王亥与王恒同受季业而结局不同；为什么猪狗一样的坏人象（舜的兄弟）后嗣繁昌；为什么忠直的比干、梅伯、箕子要遭到不幸，而奸臣雷开却得到封赏。而最能表现他对"天命"的怀疑和批判精神的是：

　　　天命反侧，何罚何佑？（老天爷的脾气反复无常，有什么一定的赏罚？）

　　　齐桓九合，卒然身杀。（齐桓公九合诸侯，一匡天下，终于被人残杀！）

王逸说："言天道神明，降于人之命，反侧无常，善者佑之，恶者罚之。"又说，"齐桓公任管仲，九合诸侯，一匡天下。任竖刁易牙，子孙相杀，虫流出户。一人之身，一善一恶，天命无常，罚佑之不恒也。"历来注家皆从其说。夏大霖谓"此结出天命之福善祸淫，原无常定，其转移如转身之速。而举齐桓以一身当天之佑，当天之罚以证之也。"[1]游国恩《天问纂义》亦从之。这都是以屈原承认"天道福善祸淫"为前提的似是而非的看法。

屈原在这里所问的是，像齐桓公这样成就了霸业的人为什么会有如此可悲的下场，这难道就是"天命"吗？自王逸而以"齐桓九合，卒然身杀"为佑与罚的注脚，因此以"九合"为一事，以"身杀"为又一事，并把"九合"与任用管仲，"身杀"与任用竖刁、易牙联系起来分析。这样立论与屈原诗作口气及上之文意不合。

还有一问是值得注意的：

　　　皇天集命，惟何戒之？

　　　受礼天下，又使至代之？

贺宽解释得好："言天既以天下授之，何不告戒之以不亡之道？而奈何旋以天下礼之，不久而又使人代之耶？"[2]郭沫若的译文即与此解相同：

----

① 　见清·夏大林《屈骚心印》。

② 　见清·贺宽《饮骚》。

上帝为什么要把天下给人？给了又要让别人拿去？

屈原之所思考，在于历代的成败兴亡。成败兴亡在人不在天，这是他一再表白的思想。在屈原看来，在昏君之下，忠臣必然遭到不幸，奸佞却往往得宠，"忠不必用兮，贤不必以。伍子逢殃兮，比干菹醢。与前世而皆然兮，吾又何怨乎今之人！"（《九章·涉江》）正因为如此，昏君到头来必然导致国家的灭亡。假若真有"天命"，就应当把天下交给能够举贤授能、循绳墨而不颇的人，而不应该把天下给了人又要让人拿去。

二千三百年前的屈原当然不明白社会的改朝换代是怎么一回事，更不会明白生产力和生产关系的矛盾和斗争、阶级间的斗争会演出多少社会变革的戏剧来。但他的致疑于自然和社会的一切所表现的怀疑和批判精神，求实证的唯物思想，在我国哲学思想史上却是难能可贵的。

六、儒乎？法乎？道乎？

屈原的哲学思想，素为其诗歌创造的杰出成就所掩，因此对于他的哲学思想的讨论远没有讨论他的文学成就深入，屈原思想体系的归宿也没有统一的看法。

屈原思想体系究竟是属于先秦哲学政治思想流派的哪一家呢？

毫无疑义，在治国方略上，屈原是属于法家的。《惜往日》所说的"惜往日之曾信兮，受命诏以昭时。奉先功以照下兮，明法度之嫌疑。国富强而法立兮，属贞臣而日娭"。这种思想是在《九章》其他篇章和《离骚》中一再表白的。国君应当"循绳墨而不颇"，不能"背法度而心治"。不论《惜往日》的真伪如何结论，所反映的屈原的情况当属确定无疑。

在讨论屈原《离骚》及其他诗歌的思想内容时曾经指出，屈原的治国方略及进取精神和儒家不同。然而在处理君臣关系及其所表现的封建伦理观念上，屈原又表现出儒家的风格，如祖述尧舜、宪章文武的法先王思想，讲"德治"、言"仁义"的政治主张。

在宇宙观、认识论方面，屈原又在某种程度上与道家合辙。这主要表现在对宇宙万事万物的起源的观点上近于老子，对许多问题的怀疑与庄子相似。

然而屈原并不是法家，也不是儒家或道家，屈原就是屈原，如同他的文学成就一样，他的哲学思想也是独树一帜的。

我们知道，战国晚期的哲学已出现道家与法家合流的北方黄老之学，道家与儒家合流的南方黄老之学。北方的可从长沙马王堆出土的汉墓帛书《经法》《十大经》《称》《道原》中得其梗概，南方的可在《庄子》的《天道》《天下》等篇中见其端倪。屈原博闻强志，一生心血，不在著书立说、创立学派，而在七国纷争，秦国之势日炽的情况下求得楚国的生存与发展，在身处逆境之中也不变初衷。因此在治国方略、封建伦理以及对宇宙、对人民的看法上他采取了兼容并蓄、为我所用的态度，形成了他自己的政治主张和哲学思想。司马迁在《史记·太史公自序》中曾对阴阳、儒、墨、名、法、道家做过客观的评价，以为阴阳家之"不可失"者在"序四时之大顺"；儒家之"不可易"者在"序君臣父子之礼，列夫妇长幼之别"；墨家之"不可废"者在"强本节用"；法家之"不可改"者在"正君臣上下之分"。至于道家，太史公写道："道家使人精神专一，动合无形，赡足万物。其为术也，因阴阳之大顺，采儒墨之善，撮名法之要，与时迁移，应物万变。立俗施事，无所不宜，指约而易操，事少而功多。"评价最高。屈原在对待各家学说的态度上，与司马迁对道家的评价相类。这也是为什么对屈原政治哲学思想的归宿众说纷纭、莫衷一是的原因。不可以某一家来评判屈原，这正是屈原的哲学思想特色。

第六章 神鬼与现实

——优美的小品《九歌》

不同于汪洋恣肆的《离骚》《九章》、深沉奇伟的《天问》，构成屈赋的还有优美明快如梦如幻的小品《九歌》。这是由十一首短小的诗歌组成的，反映着楚国民俗、宗教祭祀，与歌、舞结合的诗剧。

《九歌》和屈赋其他篇章一样，也有许多学术争论，如《九歌》之"九"的理解；《九歌》是否为屈原所作，又作于何时；《九歌》的性质和诸神的原型；《九歌》的整体结构和歌舞；等等。

一、《九歌》之名，自古有之，"九"是实数

《九歌》由十一首小诗组成，它们是：

《东皇太一》《云中君》《湘君》《湘夫人》《大司命》《少司命》《东君》《河伯》《山鬼》《国殇》《礼魂》。

《九章》是九篇，《九歌》是十一篇，十一篇名之曰"九"，于是注释家发生歧解。

1. 《九歌》之"九"是虚数。

主其说者有姚宽（说见《西溪丛话》）、杨慎（说见《丹铅录》）、吴景旭（说见《历代诗话》）、陆侃如（说见《中国诗史》）。杨升庵说："古人言数，多止于九。《逸周书》云：'左儒九谏于主'，《孙武子》

'善攻者动于九天之上，善守者伏于九地之下'，此岂实数耶？《楚辞·九歌》乃十一篇，《九辩》亦十篇。宋人不晓古人虚用九字义，强合《九辩》二章为一章，以协九数，兹又可笑耳。"陆侃如列举屈赋中"九死""九天""九畹""九游""九重""九子""九则""九首""九衢"之例指出："九是虚数，为古书上的通例。""我们看了汪中的《释三九》，便不必再来调和'九'和'十一'的差异了。"

2. 《九歌》之"九"是实数。

主其说者很多。为了证明"九"为实数，注家们采取了多种说法：马承骕《九歌证辨》做了统计[1]：

（1）《湘君》《湘夫人》《大司命》《少司命》各为一歌说，说见蒋骥《山带阁注楚辞》、王邦采《屈子杂文笺略》。蒋骥说："其言九者，盖以神之类有九而名。"

（2）《山鬼》《国殇》《礼魂》合章说。说见黄文焕《楚辞听直》、林云铭《楚辞灯》。黄文焕说："歌以九名，当止于《山鬼》。既增《国殇》《礼魂》共成十一，仍以九名者，殇、魂皆鬼也，虽三仍一也。"

（3）二司命合，《礼魂》为乱辞说。说见张诗《屈子贯》。

（4）《河伯》《山鬼》二章不取说。钱澄之《庄屈合诂》说："楚祀不经，如河非楚所及，《山鬼》涉及妖邪，不宜祀。"

（5）《国殇》《礼魂》二章不取说。说见陆时雍《楚辞疏》、李光地《离骚解义》、刘永济《屈赋通笺》。刘永济以为："九歌之作，初为九神。《国殇》人鬼，不应类及。"而《礼魂》："总摄其意而终之，即前九篇之乱也。"

（6）首尾二章为迎送神曲说。说见闻一多《神话与诗·什么是九歌》、姜亮夫《屈原赋校注》。闻一多说："迎神送神本是祭歌的传统形式……本篇既是一种祭歌，就必须含有迎送神的歌曲在内。既有迎送神曲，当然是首尾两章。这是常识的判断，但也不缺少历史的证例。""除去首尾两

① 王从仁《九歌》题解、说明做了相类似的统计（《楚辞研究集成·楚辞注释》，湖北人民出版社 1985 年版）。

章迎送神曲，中间所余九章大概即《楚辞》所谓《九歌》。"近人郑振铎、孙作云、丁山的看法都与此相类。孙常叙《〈楚辞·九歌〉十一章的整体关系》也指出有迎神送神曲。不过他的迎神曲包括《东皇太一》和《云中君》两篇。他又指出，"云中君的任务是奉太一车驾降临寿宫"，被祀对象只有东皇太一，这样在认识《九歌》的"九"字上又和闻一多接近了。

如果我们对学术上的讨论不分青红皂白加以兼容并蓄，那么，《九歌》之"九"就会不得其解。

不论去其首尾，取迎送神曲不在计数之列；也不论就所祀神的性质以类相从，加以分合；也不论去掉人鬼，使其不占九之数，都不过是推论而已。

《九歌》之名，自古有之，洪兴祖《楚辞补注》说："《九歌》十一首，《九章》九首，皆以九为名者，取《箫韶》九成，启《九辩》《九歌》之义。《骚经》曰：'奏《九歌》而舞《韶》兮，聊假日以媮乐'，即其义也。宋玉《九辩》以下皆出于此。""九歌"之名，《离骚》《天问》凡三见。郭璞注《山海经》"夏后上三嫔于天，得《九辩》与《九歌》以下"云："皆天地乐名，启登天而窃以下用之。"闻一多指出，"九歌"由神话的《九歌》到经典的《九歌》到《楚辞》的《九歌》有一个发展过程。

神话的《九歌》，一方面是外形固守着僵化的古典格式，内容却在反动的方向发展成教诲式的"九德之歌"一类的《九歌》；一方面是外形几乎完全放弃了旧有的格局，内容则仍本着那原始的情欲冲动，经过文化的提炼作用，而升华为飘然欲仙的诗，那便是《楚辞》的《九歌》。

其简明表示可如下：

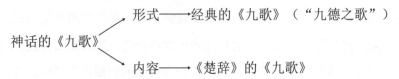

用古已有之的《九歌》之名，在内容上保持着神话、宗教的色彩，在形式上做了适合反映内容需要的改造，这便是《楚辞》的《九歌》。至于"九"

是实是虚，闻一多实数说较为可取，即首尾为迎送神曲，中间九篇是娱神曲，是为"九歌"。

取这一说，还可从《楚辞》其他作品得到部分印证。宋玉的《九辩》（刘永济以为是屈原所作）和屈原的《九歌》同为古乐名，在屈赋中是并出的，因此剖析《九辩》之"九"对判定《九歌》之"九"是重要参考。

刘永济《屈赋音注详解》分《九辩》为九章，末章"愿赐不肖之躯而别离兮，放游志乎云中"以下为"乱曰"之辞，"皆无可奈何之情，聊以寄托心神于想象境界中"，说本王逸、朱熹。这样看来《九辩》也是实数了。

《楚辞》之篇名有数字者还有《七谏》《九怀》《九叹》《九思》，都是汉人作品，"七""九"都是实数，且都有子题。我们把这些作品和屈、宋作品放在一起分析，虽然会感到《九歌》和《九辩》给人留下了疑窦，而迎神送神以及乱辞却是可使人相信，《楚辞》以"九"名篇者都是实数。

但是这样做结论也不一定是没有疑问的。闻一多在他的遗作《〈九歌〉的结构》中对《九歌》的篇名篇数又做了新的考证，他认为除迎送神曲外，《九歌》应为十篇。《礼魂》的内容应与《国殇》相应，而原辞遗失。今所见《礼魂》应为《成礼》，是送神曲（迎神曲应名《吉日》）。他把《九歌》按十二篇分类，除去迎送神曲不动外，中间各篇"任凭怎么计算，总不是九篇。"又说："纵使中间是八篇或十篇，也不妨害那首尾两篇是迎送神曲。"在这篇遗作中他写道："原始《九歌》之'九'本不是代表篇目的数字（但也不是虚数，说详下）。"十分可惜的是这篇文章未曾写完，因此不能见到新的详说。

表明倾向性的意见，提出疑问，这是目前的研究所能做的工作。

在众多的研究中差不多都忽略了从先秦文籍的全部语言材料中去求得旁证。没有这样的旁证，是不能够对杨升庵说、陆侃如说做出正确判断的。因此也就不能发现杨所谓"古人言数，多止于九"、陆所谓"九是虚数，为古书上的通例"，与事实是多么不合。

先秦文籍以"九"字领头构成的偏正复词极多，如九土、九山、九川、九子、九天、九夫、九日、九文、九功、九世、九本、九丘、九刑、九仞、九戒、九地、九共、九有、九成、九死、九夷、九因、九伐、九行、九合、

九州、九妃、九戒、九攻、九佐、九伯、九言、九牢、九两、九牧、九和、九命、九服、九京、九府、九法、九河、九沸、九宗、九门、九奏、九垓、九轨、九则、九拜、九重、九首、九洛、九津、九室、九宫、九军、九约、九纪、九贡、九逝、九夏、九原、九卿、九部、九容、九陵、九野、九距、九过、九皋、九叙、九族、九章、九扈、九阶、九阳、九隅、九终、九惠、九暑、九围、九税、九等、九筵、九御、九道、九渊、九禁、九畹、九罭、九雉、九会、九貉、九旒、九经、九歌、九巍、九凤、九韶（九招）、九旗、九隩、九谷、九赋、九数、九黎、九仪、九德、九征、九层、九畿、九纬、九丑、九举、九锡、九泽、九浍、九藏、九礼、九职、九薮、九筮、九窍、九畴、九关、九献、九钟、九辩、九体、九变、九衢，凡131个。131个"九×"，至少可以说是反映了最主要的情况。现代各种类型的索引、引得和大型词典《汉语大词典》《中文大辞典》所反映的"九×"的基本情况就是这样。令人惊讶的是，除了极少数的词（如"九逝""九陵""九京"等）外，都是与"九"这个实实在在的数有关或其数就只是九的。陆侃如据汪中《释三九》说"九是虚数，为古书上的通例"，是没有调查研究的结论，恰恰是说反了。而这个结论产生的原因之一是将《楚辞》这一先秦作品所反映的语言现象与整个古代文学作品所反映的语言现象混同。实词的虚化、实数的虚用的发展有一个过程，大量的虚化是以后发生的。

我们再来看看几部以"九"为名的书篇名：

九丘　《左传·昭公十二年》："楚左史倚相趋过，王曰：'是良史也，子善视之，是能读《三坟》《五典》《八索》《九丘》。'"杜预注："皆古书名。"孔颖达正义引孔安国《尚书序》云："九州之志，谓之《九邱》。"引贾逵云："《九邱》，九州亡国之戒。"

九刑　《左传·昭公六年》："周有乱政而作《九刑》。"杜预注："周之衰，亦为刑书，谓之《九刑》。"按，《汉书·刑法志》："周有乱政而作《九刑》"颜师古注引韦昭曰："谓正刑五及流、赎、鞭、扑也。"

九地 《孙子兵法·九地》："诸侯自战其地为散地……为轻地……为争地……为交地……为衢地……为重地……为圮地……为危地。疾战则存，不疾战则亡，为死地。"

九共 《书·舜典》附亡书序："帝厘下土，方设居方，别生分类，作《汩作》《九共》九篇、《槁饫》。"孔颖达疏："凡十一篇，皆亡。"

九洛 《庄子·天运》："《九洛》之事，治成德备。"陆德明释文："其即谓禹所受之《洛书》九类乎！"

以"九"名的乐名：

九夏 《周礼·春官·钟师》："钟师掌金奏。凡乐事以钟鼓奏《九夏》：《王夏》《肆夏》《昭夏》《纳夏》《章夏》《齐夏》《族夏》《祴夏》《骜夏》。"郑玄注："九夏皆诗篇名，颂之族类也。此歌之大者，载在乐章，乐崩亦从而亡。"

九渊 《周礼·春官·大司乐》："以乐舞教国子。"曹公彦疏："少昊之乐曰《九渊》。"

还有舜之乐《九招》，禹之乐《九歌》。

闻一多考证神话的《九歌》到教诲式的《九歌》（即"九德之歌"）到屈原的《九歌》，其"九"都为实数。《周礼·春官·大司乐》有"九德之歌，《九韶》之舞"，《左传·文公七年》有"九功之德，皆可歌也，谓之《九歌》"。所谓"九德""九功之德"，《书》《左传》《逸周书》虽说法有异，而其德为九则一。洪兴祖谓《九歌》"取《箫韶》九成"之义，"九成"即"九奏""九变""九终"，每一曲或段终为一成，九成即九章、九段。《史记·五帝本纪》"四海之内，咸戴帝舜之功，于是禹乃兴《九招》之乐。"司马贞索隐曰："招音韶，即舜乐《箫韶》。九成，故曰《九招》。"可以断定，《九歌》和《九招》《九夏》一样，不论是内容，还是形式，都是"九"。《吕氏春秋·古乐》："帝喾命咸墨作为声歌：《九招》《六列》《六英》。"《论语》又有"八佾"。"六英"未详，"六列"

即"六佾"是六列共三十六人的乐舞，"八佾"是八列共六十四人的乐舞。"三""九"后世多有虚用，而先秦数字之结合于名词，除少数词外，多为实指。《九歌》之"九"非实而何！王逸注《离骚》"启《九辩》与《九歌》兮"，应当是"实数"说的最好说明："启，禹子也。《九辩》《九歌》，禹乐也。言禹平治水土，以有天下，启能承先志，缵叙其业，育养品类，故九州之物，皆可辩数，九功之德，皆有次序而可歌也。《左氏传》曰：六府三事，谓之九功；九功之德，皆可歌也，谓之《九歌》。水、火、金、木、土、谷谓之六府，正德、利用、厚生，谓之三事。"洪兴祖补注："《山海经》云，夏后上三嫔于天，得《九辩》与《九歌》以下。注云，皆天帝乐名，启登天而窃以下，用之。《天问》亦云，启棘宾商，《九辩》《九歌》。王逸不见《山海经》，故以为禹乐。"然以九为实数则可从。至于十一篇可取《国殇》《礼魂》不在计数之列说。《礼魂》就是《礼成》，表示祭祀歌舞的完成。而《国殇》为旧祀所无，是楚国民间或者就是屈原本人利用祭神的《九歌》加进的一篇，表示对为国牺牲的英烈的崇拜。

二、《九歌》是据民间祀神歌舞创作的宗教歌舞剧

《九歌》性质的分析，我们可以部分地相信王逸的说法：

> 《九歌》者，屈原之所作也。昔楚国南郢之邑，沅湘之间，其俗信鬼而好祠。其祠，必作歌乐鼓舞以乐诸神。屈原放逐，窜伏其域，怀忧苦毒，愁思沸郁。出见俗人祭祀之礼，歌舞之乐，其祠鄙陋。因作《九歌》之曲，上陈事神之敬，下见己之冤结，托之以讽谏。故其文意不同，章句杂错，而广异义焉。

据王说，《九歌》是屈原据南郢、沅湘之间的祀神歌舞写作的。南郢沅湘之间的原始歌舞是否就是《九歌》尚不得而知，但其宗教祭祀之中杂有鄙陋之词是无疑的。

这是很为有趣的文字记载，反映了原始民族是已经把祭神和娱民结合起来了。郭沫若说："古时候祭祀神祇正是男和女发展爱情的机会，就在《诗经》里面也有好些诗还保留着这种情形。故在祭神的歌辞中叙述男女

相爱，男神与女神相爱，或把男女之间的爱情扩大成为人神之间的关系，都是极其自然而现实的。"①王逸所说楚人之"好祠"，而"俗人祭祀之礼，歌舞之乐，其词鄙陋"，正好透露了"醉翁之意既在酒又不在酒"这一现象。

王逸所说也有不可信者，这就是"下见己之冤结，托之以讽谏"。

在探讨文学作品中，历来就有好牵强附会、探求微言大义的一派。这种"微言大义"派如同研究《红楼梦》的索隐派，好做比附的功夫。

我们知道，在《诗经》的研究中过多地以史证诗是十分有害的。研究文学艺术的《九歌》也同样有这一问题。有好些长篇论文研究《九歌》创作的缘由和时间，《九歌》与秦楚争战的关系（不只是《国殇》），在学术上虽都有意义，能启发人们去思考新的问题，但那些考证都不过是可备一说而已，可信的程度不是很大的。至于"下见己之冤结，托之以讽谏"那是完完全全不着边际的议论，《九歌》清新、快乐的格调和咏唱歌舞中某种悲欢离合的感伤与此是风马牛不相及的。

正因为这样，又可以认为，王逸所说屈原作《九歌》是在屈原放逐沅湘，"愁思沸郁"之时也不可信。

有的论证从《九歌》的地域特征判定必作于屈原放逐于湘沅之时，以部分创作题材的地域来做推论亦属猜测，《九歌》所祀亦有不属于沅湘间的神祇。博闻强志的屈原完全可以从他的经历见闻中取得直接或间接的素材，南郢沅湘间的民间宗教祭祀歌舞活动亦有可能在一定范围内流传到楚国政治文化中心郢都一带，先民的宗教文化的交流是不曾停止过的。《汉书·地理志》谓"楚地家信巫觋，重淫祀"，《吕氏春秋·侈乐篇》谓"楚之衰也，作为巫音"，《国语·楚语下》谓"民匮于祀，而不知其福。烝享无度，民神同位"，所反映的都是整个楚国，而不仅仅是沅湘间的现象。"作为巫音"是淫祠之风传到宫廷，反映了民间对王室的影响。至于楚怀王"隆祭祀，事鬼神"，楚灵王"简贤务鬼，信巫祝之道"，也都是于史有征的。上上下下，巫风盛行，灵、怀二位昏君欲以求福，而为吴人和秦国所败，留下笑柄。求诸内证，我们从《九歌》比较活泼欢快的格调中推测是作于

① 见姜亮夫《屈原赋今译·九歌解题》。

早年，但是却不能判定必作于屈原任左徒之时。陈子展《〈楚辞·九歌〉之全面观察及其篇义分析》断定《九歌》作于怀王十一年（前318）左右，其主要证据是《九章·惜往日》的"惜往日之曾信兮，受命诏以昭诗"和司马迁《史记》的"怀王使屈原造为宪令"的记载。孙常叙的《〈楚辞·九歌〉十一章的整体关系》考定"《九歌》就是在丹阳败后蓝田战前，楚怀王为了战胜秦军，祠祭东皇太一，命屈原而作的。其目的在借助东皇太一的灵威以神力压倒秦国"。这都可视为重要的一说。用鲁迅先生的话说，《九歌》便是"遵命文学"了。

这不能说是没有道理的。最重要的根据是"惜往日曾信兮，受命诏以昭诗"王逸释"昭诗"为"明典文"，而这与《史记》的记载"使屈原造为宪令"相合。从诗歌本身看，东皇太一又是主战之神。再加上《国殇》，有更为明显的抗秦内容，这就更易使人相信，《九歌》之作确实是有重要的政治需要为背景的。

这种探求的方法多少有一些臆断的成分，而且必然会导致《九歌》为纯宗教巫歌的结论，其文学价值就自然地减弱了。

日人藤野岩友有很好的见解：

> 《楚辞》起源于祭祀和咒禁等仪式中所使用的文辞，这种文辞是与巫觋和工祝有关的宗教性文学（宗教性文学尚不属文学之列）。在将这种文辞升华到有明显的自觉意识的文学作品的过程中，屈原的重大作用应给予高度的评价。屈原以他的独创精神将这种传统的文学形式加以改革，使其完全摆脱了宗教的从属地位，成为立足于表现人的自觉意识而带有强烈个性的文学。《离骚》《天问》《九章》就是如此。《九歌》《招魂》等篇虽然是出于宗教的目的而作，却完全是按照文学上的要求而选择文辞并修饰其结构的，所以仍然不失为高度文学化的作品。[1]

---

[1] 见《〈楚辞〉解说》（尹锡康等《楚辞资料海外编》湖北人民出版社1986第年3月第！版）。

他把屈赋分为卜问、占卜、祝辞、神舞剧、招魂五个类别。《九歌》是神舞剧，是在神前演出的歌舞剧台本。

《九歌》是祭神、娱神歌舞剧，最早是宗教形式，只是在屈原改造以后才成为高度的文学，这在王逸注中已经表明了。马其昶、王国维、闻一多、青木正儿等人都论证过《九歌》的歌舞剧性质。

说明了《九歌》的宗教歌舞剧性质，还不能说明它到底是民间祭祀还是宫廷祭祀。

马其昶说："史称原娴于辞令，当时为文，无出原右。怀王撰辞告神，舍原谁属？"据此则《九歌》系遵命之作。闻一多、孙作云、刘大杰、陈子展、孙常叙都以严肃的国家祀典说论《九歌》。

巫觋之制，起源甚古，《周礼·春官》之司巫"掌群巫之政令"。"三代命祀，祭不越望"[①]，楚之望在江、汉、睢、漳。楚国公室所重视的是祭祀祖先和大川。"非所当祭而祭之，名曰淫祀。"[②] 楚昭王不祭河伯，即其例也。

《九歌》十一篇，无江、汉、睢、漳，若说《九歌》乃国家祀典，与古制不合。且国家祭典，并非在怀王屈原时才需制定。从《国语·楚语下》所载观射父向昭王指出的祭祀的作用在"昭孝息民，抚国家，定百姓"看，楚的国家祭典必定是很完备的。在昭王之前，淫祀之风曾在宫廷泛滥，但到昭王时已经有了改变。

不论怀王怎样命屈原"撰辞告神"，屈原也断无为宫廷作淫祀《九歌》之理。《九歌》的内容既"越望"，又无多少反映楚王祈上帝助楚胜强秦的痕迹，则马、闻、陈、孙诸家之说的可信程度也就可知了。

较为合理的解释看来应当是：屈原为丰富多彩的民间宗教歌舞剧吸引，产生了强烈的创作欲望，于是以古天帝之乐的《九歌》的形式，取材于湘沅和其他地方的宗教歌舞，不改变所祀神鬼，完全保持着祭神娱民的平民祭祀歌舞的性质，以优美轻快的文学语言，改造鄙俗的文辞，创作了反映

---

① 见左丘明《左传·襄公六年》。

② 见班固《白虎通·五祀篇》。

一个完整祭祀过程的歌舞组诗，这便是《楚辞》的《九歌》。

我们在谈到《楚辞》的来源时曾经说起《越人歌》，而湘水流域的土著便是越人，"沅湘之间"就是越人聚居之地。张正明指出："屈原的《九歌》，从若干迹象来看，应是在越人之地仿越人之歌而作的"。①他列举了五点理由作为证明：①《九歌》的比兴和句式韵式与越人之歌相像；②《九歌》作于沅湘之间，而"沅湘之间"是越人的聚居之地；③《九歌》有越人之神《湘君》《湘夫人》（楚人之神最多，夏人之神有《河伯》）；④《九歌》有越人之俗，越人祀神见神，祀鬼见鬼，越巫的本领比楚巫大。屈原《九歌》除太一外，神鬼与人声息相通；⑤《九歌》中无楚人崇奉的凤而多越人崇奉的龙。屈赋中凤凡十四见，而无一见于《九歌》，龙及同类出现二十三次，而《九歌》独九次。

张正明的分析很有意义，从少数民族的宗教习俗和语言现象来研究楚语和《楚辞》，是值得重视的研究途径。汤炳正的《〈招魂〉"些"字的来源》②将《招魂》与苗族风习，与缅甸加仑人的招魂习俗加以比较发现，《招魂》所述外界之"险恶情景，跟湘西苗族招魂的传说如出一辙"，"缅甸加仑人的招魂习俗……先叙外界之危险，次叙屋内之舒适，与《招魂》相似"。而《招魂》所特有的语尾"些"字，和现代苗族招魂咒语语尾声的"写写"相当，最初是"此此"，而将重字写作"二"成为"些"的。

从以上的材料中可以看出，屈原的《九歌》是在民间宗教祭祀歌舞的基础上，重新创作的祭祀歌舞剧本，而它的湘沅地域特色又尤其明显。它不当是受怀王之命，以祈神助楚制秦为目的为主题的"遵命"之作，它没有多少政治背景，没有特别深奥难求的政治思想内容。屈原只不过是在他春风得意，还未遇到国家的危难和个人的不幸时，作了一次文学创作的尝试。他运用传统的形式《九歌》，杂糅楚、北方诸夏、南方夷越之神，使他们同坛受祭，与民同乐，而其语言既有浓郁的民间气息，又有清醇健康的文学素养。这样使纯宗教的巫风得以改造，其文辞其歌舞既能为贵族、

---

① 见张正明《楚文化史·第四章鼎盛的楚文化》。

② 见《屈原新探》，齐鲁书社 1984 年版。

知识分子乃至王室所欣赏，又能为平民百姓所喜爱。在巫风极盛的楚国，屈原以这样的文学改造和创作活动来规范民间祀典，制约"淫祠"也不是没有可能的。这也许就是屈原之作《九歌》的最大深义。做这样的推测，与屈原崇高独立的思想品格是相一致的。他早期的诗作《橘颂》那种"苏世独立，横而不流"的精神，那种"淑丽不淫"的格调在《九歌》创作中得到了完美的体现。

三、《九歌》诸神与人民生活息息相关

《九歌》所祀，有神有鬼，其神可亲，其鬼可爱，与人民生活息息相关，这是屈赋人民性的重要表现。

历代注家都对《九歌》所祀诸神做过介绍和研究，近年又有肖兵、周勋初的深入考证。肖兵对《九歌》所祀神祇的新解，对《九歌》做全面研究分析的《十论》，周勋初的《九歌新考》都是很有学术价值的可读之作。

本书毕竟不是就某一个或几个专题深入讨论的专著。在有限的篇幅中要对《楚辞》的各个主要方面的知识加以介绍和讨论，其深入程度总是十分有限的。国内《楚辞》研究仅1974年至1985年发表的近二百篇论文，直接以《九歌》为题者近四十。可见《九歌》可研究的课题之多之难，如《九歌》的神鬼，就涉及楚国公室至民间祭祀习俗的众多问题。我们只能讨论介绍最主要的方面。

《九歌》所祀的神有至高无上的东皇太一，有日神东君、云神云中君、掌寿夭的大司命、掌少年儿童命运的少司命，有山神山鬼、水神河伯、湘君、湘夫人。河伯是北方诸夏之神，湘君、湘夫人是南方夷越之神。按照《史记·封禅书》的记载，东君、云中君、司命为晋巫所祠，太一为天子所祭，可知《九歌》所祀不以楚地为限，其实是多民族信仰的反映。

那么这么驳杂的神祇为什么都要写入《九歌》呢？这许多神都是该祭的吗？《国语·鲁语上》说：

夫祀，国之大节也；而节，政之所成也，故慎制祀以为国典。今无故而加典，非政之宜也。夫圣王之制祀也，法施于民则祀之，以死

勤事则祀之，以劳定国则祀之，能御大灾则祀之，能扞大患则祀之。

非是族也，不在祀典。

这是展禽向鲁文公说的一段话，说的是对先祖祭祀的原则。他认为能殖百谷百蔬的烈山氏之子柱，能平九土的共工氏之子后土，能成命百物，以明民共财的黄帝、颛顼，能序三辰以固民的帝喾，能单均刑法以仪民的尧，能勤民事而野死的舜，能障洪水的鲧和禹……能去民之秽的文王、武王，都应该受到祭祀。"凡禘、郊、祖、宗、报，此五者，国之祀典也。"

这只是论及了祖先崇拜、勋烈崇拜。他又说：

加之以社稷山川之神，皆有功烈于民者也；及前哲令德之人，所以为明质也；及天之三辰，民所以瞻仰也；及地之五行，所以生殖也；及九州名山川泽，所以出财用也。非是，不在祀典。

展禽的民本思想是很鲜明的，而《九歌》之所颂所祀与祖先无涉，只在社稷山川之神及为国捐躯者，主要是表现自然崇拜。

原始民族对于自然的力量无比敬畏。他们不具备认识自然的本质、充分利用乃至战胜自然的条件，面对着自然界的既可造福于人，又可造成灾害的现实，联系着人类社会的统治与被统治现象，想象着自然界的各种事物的神灵存在，于是千方百计讨好神灵，表示对神灵的畏惧与崇敬，希望神灵能赐福于人民。《九歌》所祀的日神、云神、水神、山神都是与人民的生产活动和生活关系最为密切的。人民需要光明、温暖，需要风调雨顺，物产丰茂，害怕干旱和水灾。这就是在楚俗所崇奉的众多神祇中要写东君、云中君、湘君、湘夫人、河伯、山鬼的原因。每一个人都希望健康长寿，父母都希望子女幸福，而大司命、少司命是主掌人类命运的，因此两司命是《九歌》的重要内容。从屈原所选择的创作题材、祭祀对象可以看出，他在年轻的时候对人民的生活已是十分关心的了。他在失意后能写出"长太息以掩涕兮，哀民生之多艰""愿摇起而横奔兮，览民尤以自镇"的感人肺腑的诗句，不是偶然的。

那么《九歌》之首的《东皇太一》又该如何解释呢？他与国家与人民

有什么关系呢？

在《九歌》所祀的神中，东皇太一是最为虚无缥缈的一位。全诗十五句，仅是"灵偃蹇兮姣服"一句直接写东皇太一，十四句都是写祭祀的排场和隆重气氛的，末尾的"君欣欣兮乐康"是祭祀者对东皇太一的祝愿。

有的学者持《东皇太一》为迎神曲说，认为太一之神是主要祭祀对象，其他对象是陪祀者。这是因为他是天上最为尊贵的。

现在我们来谈谈太一之神的至高至贵在何处。

《淮南子·本经》说：

> 太一者，牢笼天地，弹压山川，含吐阴阳，伸曳四时，纪纲八极，经纬六合，覆露照导，普泛无私，蠉非蠕动，莫不仰德而生。

可见太一是主宰一切的。

《吕氏春秋·大乐》说：

> 太一出两仪，两仪出阴阳，阴阳变化，……是谓天常。……万物所出，造于太一，化于阴阳，萌芽始震，凝滋以形。

太一又是造化万物的。

太一的形状，《庄子·天下篇》说是"至大无外"，《吕氏春秋·大乐》说是"不可为形"。其居处在太微，在紫宫①。据《史记·天官书》说："中宫天极星，其一明者，太一常居也。"天极即北极。"太一常居"之星即现代天文学上的小熊座β，唐以后亦称为帝星。

因此太一被视为"天之尊神"。洪兴祖注引五臣云："太一，星名，天之尊神，祠在楚东，以配东帝，故云东皇。"亦称上帝。

太一的无外、无形与化生天地、阴阳、万物，很有些哲学意味，其来源在于《老子》。《老子》说：

> 有物混成，先天地生，寂兮寥兮，独立而不改，周行而不殆，可以为天下母。吾不知其名，故强字之曰道，强为之名曰太。

（《二十五章》）

> 昔之得一者，天得一以清，地得一以宁，神得一以灵，谷得一以

① 《淮南子·天文训》："太微者，太一之庭也；紫宫者，太一之居也。"

盈万物得一以生，侯王得一以为天下贞。

（《三十九章》）

道生一，一生二，二生三，三生万物。

（《四十二章》）

到了《庄子》，合成太一[①]。张正明指出："战国时代凡道家思想播及之处，即有太乙。南方与北方不同的，是把太乙尊为至高无上之神了。"[②]周勋初以为太一是齐国之神，可备一说。丁山以为："老庄宇宙本体论与屈原思想完全一致"，这一层我们在讨论屈原的哲学思想时已经涉及了。但丁山又说，他们的思想"都发源于楚史倚相所读的《三坟》，也即是印度的三吠陀"。[③]其理论根据主要是日人高楠顺次郎的《印度哲学宗教史》，这一层本书也曾注意到了。但是做出这样的结论还涉及许多历史问题，在目前史料还不能提供足资证明的材料的时候，我们还不能做出这样的判断，还不能认定"太一"是公元前六世纪印度的创造万物之神"唯一"的舶来品，"太一神"乃是"唯一神"的转化。

涉猎世界文明古国的历史和宗教神话，我们会发现有许多共同的东西。这许多共同的东西有的可能同出一源，有的则出自多源。在没有确凿的史料和实物（出土文物）证明以前，切不可持一源的观点。真正的源在自然和社会中存在。各古老民族在生产力还十分低下的时期，面对着大自然的各种恩赐和灾害，面对着渺冥的不可思议的自然和宇宙景观，会发生相同的思考，乃至产生相同的想象，得出相似的主观意念构拟的答案。因此产生相近的宗教信仰和神话传说就不足为怪了。

屈原不信天命，具有明显的唯物思想，但是这并不妨碍他取材于宗教神话的文学创作。太一既已由哲学的概念转变为太一之神，且成为至高无上、至贵至尊的主宰一切的天帝，自然也就成了祭祀的主要对象。在《九

---

① 见《庄子·天下篇》："建之以常无有，主之以太一。"

② 见张正明《楚文化史》第四章。

③ 《中国古代宗教与神话考》，第461页（龙门联合书局1961年版）。

歌》中冠压群神之首，屈原也自然希望人们从对太一的隆重祭祀中获得神灵保佑和恩赐。

至于《国殇》，是被祭的最后一位，鲜明地反映了楚国人民的爱国思想、英勇精神。屈原为为国捐躯的将士讴歌，使他的宗教性的文学创作具有了更高的思想价值。

所谓"殇"，其义有二，戴震说："男女未冠笄而死者谓之殇，在外而死者谓之殇。殇之言伤也。国殇，死国事。[①]"

前面我们曾引用《国语·鲁语》展禽向鲁文公说的一段话，有"以死勤事则祀之，以劳定国则祀之"的祭祀内容，这是说的国家重臣，不会是普通将士。老百姓的祭祀大约不管这一套，"淫祠"既已成风，则他们对于自己的战死在疆场的子弟是不会忘怀的，这也是勋烈崇拜的反映。在这种祭祀中，楚国人民的爱国感情，为国家利益而英勇斗争的英雄主义气概都会得到一次培养。屈原以《国殇》入《九歌》，其思想感情与老百姓息息相通不是明明白白的吗？

以上我们从《九歌》所祭祀的神鬼与人民生活，与现实的关系中讨论了屈赋的人民性，下面我们将通过对《九歌》内容及表现方法的分析来继续讨论这个问题。

我十分不赞成那种牵强附会的分析方法。有的文章以为"令湘沅兮无波，使江水兮安流"表现了"人民为了要根除水患的心声"，"不只是湘夫人为了方便自己驾舟去迎接湘君时要控制自然的企图"。以为《湘君》《湘夫人》《河伯》《山鬼》"甚至可以看作是古代劳动人民'用语言底力量，"魔术"和"咒语"的手段以控制自发的害人的自然现象'的例子"[②]。

屈原之作《九歌》，表达了人民的愿望，他按照民间所描绘的神的模式，给以美化，再创造，使所祭祀神祇具有可感知性，可接受性、于虚无缥缈之中现出活生生的形象。他们的服饰或"姣服"（《东皇太一》），或"帝

---

① 见戴震《屈原赋注》。

② 赵仲邑《〈九歌〉的人民性和现实主义精神》（1956年11月2日《光明日报》，收入《楚辞研究论文选》）。

上篇 《楚辞》——哲人的悲歌

095

服"(《云中君》），或"灵衣兮被被，玉佩兮陆离"（《大司命》），
或"荷衣兮蕙带"（《少司命》），或"青云衣兮白霓裳"（《东君》），
或"被薜荔兮带女罗"（《山鬼》），或"操吴戈兮被犀甲"（《国殇》）；
他们的车驾或所乘骑或为"龙驾"（《云中君》），或为"桂舟"（《湘
君》），或为"玄云"（《大司命》），或为"回风"（《少司命》），
或为"马"拉的"龙辀"（《东君》），或为"龙"拉的"水车"（《河
伯》），或为"赤豹"拉"文狸"随的"辛夷车"（《山鬼》）。其服饰
之盛，车乘之奇，所显示出的歌舞的排场与气氛是壮观而热烈的。可以想
象，在五音繁会，灵巫翩翩起舞的祭坛，人们会得到多么愉悦的美的享受！
山鬼的原型也许是《山海经》所说的"山獏"，也许是"旱魃"，其状貌
是属于青面獠牙的一类。而在屈原的笔下，山鬼之美不在湘夫人之下：

> 若有人兮山之阿，被薜荔兮带女萝。既含睇兮又宜笑，子慕予兮
> 善窈窕……山中人兮芳杜若，饮石泉兮荫松柏。

当然有些鬼气、阴气，但是她很美而且芳洁。这是屈原的创造，是毫无疑
问的。

《九歌》给人以多方面美的享受，服饰车乘的华贵之美，神神、人神
爱恋的缠绵之美，神灵行踪的缥缈之美，国殇战死疆场的悲壮之美以及美
的歌舞、美的文辞，实实在在是美不胜收的。能不能说屈原是利用人民喜
闻乐见的形式，描写了与人民群众生活密切相关的内容？能不能说屈原是
以人民群众所关心的题材，做了一次成功的艺术创造实践？我想是可以这
样说的。

尤其难能可贵的是，屈原所赋予的所祀神鬼的人民的思想感情，这是
《九歌》的人民性的最为重要的特征。

前面已经指出，民间的祭祀是祭神与娱民相结合的。假若神灵都是不
可捉摸的，与人民不可交通的，或者都如"东皇太一"这位至贵至尊的神
一样，十分地庄严肃穆，使人们"敬鬼神而远之"，那么祭祀的娱民作用
也就甚微了。

《礼祀·祭义》说："斋之时，思其居处，思其笑语，思其志意，思其所乐，思其所嗜。斋三日，乃见其所为斋者。祭之日，入室，僾然必有见乎其位；周还出户，肃然必有闻乎其容声；出户而听，忾然必有闻乎其叹息之声。"如果说孔子所说的"祭神如神在"只表现出虔诚，而"神"到底还远隔着，因此"神在"只是设想（注意"如"字），而《礼祀》所说则是祭者和被祭者可以进行感情交流，这正是中国古代以礼乐为中心的美学思想，表现出具有鲜明的人情味的反映。《礼祀》是汉人作品，极可能是楚国祭神见神、祭鬼见鬼的宗教思想的遗风。这种遗风我们在《九歌》中是可以找到事实根据的。

屈原笔下的神具有如同常人一样的思想感情，湘君与湘夫人这一对青年恋人的思念、盼望，望而不至的猜疑与烦忧以及象征性的投赠信物所表示的复杂心态，都是神的人化。因此我们完全可以想见，祭祀时的广大观众已如同祭坛上表演者一样，是全神贯注、欣赏着、感受着的。

饶有趣味的是，人之与神在祭祀中因为被祭与祭祀，一在天上，一在地下，似有尊卑之分，一般地表现为人求神与敬神，人的追求是主要的。但同时我们也不难看出人与神有时是平等的，神爱恋和追求着人。这在《大司命》《少司命》《山鬼》中都很明显。人之追求神如《大司命》：

> 折疏麻兮瑶华，将以遗兮离居。

> 老冉冉兮既极，不寖近兮愈疏。

> 乘龙兮辚辚，高驰（驼，一作驰）兮冲天。

> 结桂枝兮延伫，羌愈思兮愁人。

神之追求人如《少司命》：

> 夫人自有兮美子，苏何以兮愁苦。

少司命有着淡淡的哀愁。

> 满堂兮美人，忽独与余兮目成。

少司命看中了满堂美人中的"余"，女巫，主动与她眉目传情。

> 与女沐兮咸池，晞女发兮阳之阿。

望美人兮未来，临风怳兮浩歌。

少司命毕竟是神，他"倏而来"，"忽而逝"，夕宿于帝郊，他幻想着与女巫一道去咸池洗澡，然后看着她在阳之阿山上晒干头发，很有些肉欲的冲动。然而美人未来，他的幻想的甜蜜的爱情生活未能实现，于是他只有惆怅地歌唱，以寄托烦忧。

在《湘君》《湘夫人》《大司命》《少司命》《山鬼》中都有一层哀愁的情思，这对于深化神与神、人与神的爱情的主题是有意义的。而在这层悲切的情绪中，祭祀者（巫）所发出的感慨，如"悲莫悲兮生别离，乐莫乐兮新相知"（《少司命》）、"固人命兮有当，孰离合兮何为"（《大司命》）、"留灵脩兮憺忘归，岁既晏兮孰华予"（《山鬼》）都属于人生哲学的范畴，颇有深意。而在祭祀的神灵中，对少司命的歌颂最为明显：

孔盖兮翠旌，登九天兮抚彗星。

竦长剑兮拥幼艾，荪独宜兮为民正。

少司命保护着少年男女，为老百姓扫除邪秽，因此受到人民的拥戴。少司命在天上的神灵中地位不是最高的，而却受到最高的颂扬，以为只有他适宜做人民的主宰，这事实上是屈原的民本思想的反映。

讨论《九歌》的思想性，即人民性，我们必须要分析《国殇》。

这是一曲悲壮的颂歌。诗作以热烈奔放的激情、酣畅淋漓的笔触，展现了秦楚两军交战的壮伟酷烈的场面。

这是一场规模浩大的战争。敌军如同云涌，旌旗遮蔽太阳，两军披坚执锐，短兵相接，战斗混作一团，以至于车轮交错、飞矢交坠、战马或死或伤、战士尸横遍野。这样的酷烈战争场面，连上天也要痛恨、神灵也要发怒。

屈原这样地写战争与当时楚国的情势是相合的，屈原在这里是要艺术地再现秦楚之间你死我活，而楚国处境困难的战争形势。从全诗的描写和气氛看，《国殇》所写的似乎是一次楚国战败的场面。正是这种场面才更容易激发起楚国人民的爱国热忱和为国效死的精神。《国殇》这首祭歌正是这样写作的。

在激烈的敌如云涌的白刃战中，楚国的将士奋勇争先，他们要杀尽敌人，杀个痛快。"出不入兮往不反，平原忽兮路超远。"楚国将士怀着一往直前、誓死不归的决心奔赴遥远的战场。他们"诚既勇兮又以武，终刚强兮不可凌"，他们是宁愿战死也不愿受敌人凌辱，宁可站着死，不可跪着生。楚国将士一个又一个倒下，即便是这样，他们也不放下武器，首身已经分离而心里也毫无恐惧、抱怨，"带长剑兮挟秦弓，首身离兮心不惩"，这是何等感人的精神！"身既死兮神以灵，子魂魄兮为鬼雄。"屈原这样歌颂着，人民这样歌颂着，这种歌颂也正是人民的自我激励。

楚国人民的爱国感情特别深厚，尤其是在国家遭到危难的时候。《淮南子·泰族》曾记载楚国百姓"却吴兵，复楚地"的事迹：

> 阖闾伐楚，五战入郢，烧高府之粟，破九龙之钟，鞭荆平王之墓，舍昭王之宫。昭王奔随，百姓父兄携幼扶老而随之，乃相率而为致勇之寇，皆方命奋臂而为之斗。当此之时，无将卒以行列之，各致其死，却吴兵，复楚地。

《史记·项羽本纪》载："故楚南公曰：'楚虽三户，亡秦必楚。'"《国殇》所歌颂的正是这一种精神。

第七章　惊采绝艳，难与并能

——屈赋的艺术之美

人们对屈赋的艺术之美，没有不佩服的，即便是对屈原的思想行为有微词的班固，也认为屈赋"其文弘博丽雅，为辞赋宗"，王逸以为屈赋是"金相玉质，百世无匹"。而第一位给屈赋以全面评价的则是齐梁时代的刘勰，《文心雕龙·辨骚》写道：

> 《离骚》《九章》，朗丽以哀志；《九歌》《九辩》，绮靡以伤情；《远游》《天问》，瑰诡而慧巧，《招魂》《大招》，耀艳而深华；《卜居》标放言之致，《渔父》寄独往之才，故能气往轹古，辞来切今，惊采绝艳，难与并能矣。

评价是否得当姑且不论，但其崇高的赞美之意却很明白。班固在《离骚序》中谈到屈赋对后世的影响时写道：

> 后世莫不斟酌其英华，则象其从容（从容犹言仪态也）。自宋玉、唐勒、景差之徒，汉兴枚乘、司马相如、刘向、杨雄骋极文辞，好而悲之，自谓不能及也。

这正好作为"惊采绝艳，难与并能"的注脚。也许班固之说正是刘勰所本。

今人对屈原创作的艺术性的评价已少有再沿用旧时的几个词的空泛议论了。所谓"朗丽""绮靡""瑰诡""耀艳"到底只能给人以浮泛不深的感受。屈赋在内容上的现实主义，在方法上的浪漫主义是那么和谐地统一着，这就使我们必然会感到，屈原的创作手法是与他的品格、思想、遭遇和心理状态紧紧地联系着的，我们讨论屈原的艺术似乎只有把内容和形式的辩证统一这一原理作为出发点，才会获得正确的认识。

一、遭遇的不幸和沉郁之美

清人陈廷焯在《白雨斋词话》（卷一）中曾谈到词的风格：

> 作词之法，首贵沉郁，沉则不浮，郁则不薄。顾沉郁未易强求，不根柢于风骚，乌能沉郁？

这一节的文字有两层意思：第一，沉郁的风格是作词的最为重要的风格；第二，这一风格在风骚中得到完美的体现，因此要能具备这种风格就应以风骚为规范。这话和班固所说的屈原的诗歌艺术"为辞赋宗"相一致。

屈赋的沉郁风格以《离骚》《九章》为最，现在我们离屈原已经二千三百年了，然而读他的诗作，却仍然能够强烈地感受到那种慷慨悲凉、抑塞磊落的气氛。

我们知道，屈原的痛苦郁结是由四个方面构成的：政治主张得不到支持；忠贞之心得不到理解；身遭不幸而无由申诉；国家危殆而无力匡扶。"意有所郁结，不得通其道，故述往事，思来者。"这就导致了屈赋在《离骚》《九章》乃至《天问》中所表现的风格的基本特征。

屈赋的沉郁风格主要是由他在政治上的失意决定的。

屈赋曾以怀王的引路人自居。他希望怀王"乘骐骥以驰骋""及前王之踵武""举贤而授能""循绳墨而不颇"（以上《离骚》）；他希望"国富强而法立"，国君能够把国事托付给"贞臣"，他自己可以悠闲自在地娱乐。（见《惜往日》）然而这一切却因为怀王的"外欺于张仪，内惑于郑袖"成为泡影。屈原为实现治国的理想"章画志墨"，而到头来却遭到一次又一次的打击，这就使他的思想感情处在极度的痛苦沉郁之中。他的诗好用"哀""怨""伤""恐"这些直抒胸臆、感情极其外露的字眼，实在是悲凉沉痛的心情郁结而不能自拔的反映。《惜诵》《抽思》《哀郢》表明这种心情尤其显露：

情沈抑而不达兮，又蔽而莫之白。

心郁邑余侘傺兮，又莫察余之中情。

固烦言不可结而诒兮，愿陈志而无路。

退静默而莫余知兮，进呼号又莫吾闻。

申侘傺之烦惑兮，中闷瞀之忳忳。

（《惜诵》）

心纯结而不解兮，思蹇产而不释。

心不怡之长久兮，忧与愁其相接。

惨郁郁而不通兮，蹇侘傺而含慼。

（《哀郢》）

心郁郁之忧思兮，独永叹乎增伤。

思蹇产之不释兮，曼遭夜之方长。

（《抽思》）

郁结纡轸兮，离慜而长鞠。

抚情效志兮，冤屈而自抑。

（《怀沙》）

蹇蹇之烦忧兮，陷滞而不发。

申旦以舒中情兮，志沈菀而莫达。

《思美人》）

这种沉痛郁结的心情在《悲回风》中表现得极为深沉：

悲回风之摇蕙兮，心冤结而内伤。

……

涕泣交而凄凄兮，思不眠以至曙。

终长夜之曼曼兮，掩此哀而不去。

……

伤太息之愍怜兮，气於邑而不可止。

糺思心以为纕兮，编愁苦以为膺。

……

孤子唫而抆泪兮，放子出而不还。

……

愁郁郁之无快兮，居戚戚而不可解。

心鞿羁而不形兮，气缭转而自缔。

如此深沉的精神折磨，使他在诗中叠用了感情色彩十分浓烈的"哀""伤"一类字眼。仅《离骚》一篇就有"哀众芳之芜秽""哀民生之多艰""哀朕时之不当""哀高丘之无女"四"哀"字。又《涉江》有"哀南夷之莫吾知""哀吾生之无乐兮"，《哀郢》有"哀见君而不再得""哀故都之日远""哀州土之平乐兮，悲江介之遗风"。

沉郁的风格（或沉郁之美）若仅仅是对自己遭遇的表现，那不会有那么长久的、巨大的震撼人心的力量。写自己他基本上用抑郁一类的字眼，而用"哀"则多属国家和人民。他教育和培养的人才的变节使他悲哀；人民生活的多灾多难使他悲哀；他没有生在能够施展治国之才的时代使他悲哀；他找不到贤明的君主，找不到志同道合的人使他悲哀；他被逐在外，想亲近国君，为国效力而不可得使他悲哀；故都的沦陷，他离故都一天天遥远使他悲哀；国土的丧失，遗风的沦落使他悲哀。这无穷无尽的悲哀不仅使他的诗作的沉郁风格得以体现，同时也使他的爱祖国、爱人民的思想感情得到升华。

还有"恐"字，屈赋的"恐"，在自己是担心人格修养是否能完善（"恐年岁之不吾与""恐修名之不立"），在社稷是担心国家是否能昌盛，国君是否能有作为（"恐美人之迟暮""恐皇舆之败绩"）。

屈原在遭谗被疏被逐以后，忧心忡忡，矛盾异常，痛苦万状。而根源在国家在人民，因此他的沉郁的写作风格就有了思想的深度、感情的深度，这就远非一般的表示沉痛感情的用字所能比拟的了。

屈原被逐以后，过着以泪洗面的生活，他的伟大诗作是用眼泪写出的。

在探讨他的沉郁的风格的时候，我们不能忽视他所写的哭泣：

> 长太息以掩涕兮，哀民生之多艰。
>
> ……
>
> 揽茹蕙以掩涕兮，霑余襟之浪浪。
>
> ……
>
> 忽反顾以流涕兮，哀高丘之无女。
>
> （《离骚》）
>
> 望长楸而太息兮，涕淫淫其若霰。
>
> （《哀郢》）
>
> 望北山而流涕兮，临流水而太息。
>
> （《抽思》）
>
> 思美人兮，揽涕而竚眙。
>
> （《思美人》）
>
> 涕泣交而凄凄兮，思不眠以至曙。
>
> ……
>
> 孤子唫而抆泪兮，放子出而不还。
>
> （《悲回风》）

"涕泣""抆泪"上文已引，《离骚》《九章》写眼泪七八见，其痛苦之深可以想见。

中国古代的美学，是和封建的伦理道德相统一的。西方中世纪那种追求个人享受的审美观，那种极端的个性解放，在中国宗法社会得不到共鸣。人们崇敬屈原，把一个更为古老的端午吃粽子、竞渡龙舟的习俗变为纪念屈原的活动，是崇拜英烈、同情正义的民族感情的表现。假若屈原的一生没有这么巨大的不幸，假若屈原在政治上是一位胜利者，结局不是抱石投江，而是寿终正寝，那么屈原的诗歌写得再好，也不会这么长久地引起一代又一代人的赞美与同情。痛苦折磨是屈原遭受着，而后世的人们却甘愿一遍又一遍地读他的诗，分担他的不幸。痛苦折磨绝不是美好的事物，然而当这种不堪忍受的，应当诅咒的事物的背后包含着光照日月的精神品格，能够教育和激励人的思想感情的时候；当这一切又是借助于完美的艺术形式加以表现，形成一种沉郁的艺术风格的时候，那么屈原所吟哦的不幸就具有了巨大的美学价值，成为一种沉郁之美，给人以美的享受。明人蒋之翘在《七十二家评楚辞·序》中有一段很有美学意味的话：

> 予酷嗜《骚》，未尝一日肯释手。每值明月下，必扫地焚香，坐石上，痛饮酒，熟读之。如有凄风苦雨，飒飒从四壁间至，闻者莫不怆然，悲心生焉。……至美人梦寐，一篇三致其思，自有一种涕泣无从，令血化碧于九泉，而天地震惊之意。

蒋之翘从《离骚》的艺术中得到了感情的满足和美的享受，这是悲剧的力量所致，也是屈原沉郁的艺术风格的力量之所致。

二、"愿陈志而无路"和回环复沓之美

最早指出屈赋的回环复沓的表现方法（也是内容特征）的是司马迁：

> 屈原……虽放流，眷顾楚国，系心怀王，不忘欲反，冀幸君之一悟，俗之一改也。其存君兴国而欲反复之，一篇之中三致志焉。

今人俞平伯也指出了屈赋的这种风格：

> 《离骚》有一突出之点容易觉察的，便是回环复沓。这有原故的。第一，屈原自己的心情，永远在矛盾之中。……他的回环复沓，非仅技巧使然，实为情深之故。

（《屈原作品选述》）[1]

"回环复沓"字样明清学者亦曾提出。

回环复沓可以表现在一篇之中，也可以表现在多篇之中。一位伟大诗人的思想品格、精神追求，多具有前后一贯的同一性，没有这种同一性，则某种风格的形成就不可能。比如晋代诗人陶潜的追求闲适、个性的解放

---

① 1953 年 6 月 15 日《文汇报》。

与自由，唐代诗人李白的狂放不羁、不随同俗流，宋代诗人陆游的忧国忧民与图谋收复中原，都是在他们的诗作中一再表现的主题。

屈原在《离骚》中反复表达的对国家、人民的命运的忧虑，反复表白对国君的忠诚与良好愿望，反复申述对自我品格修养的重视，反复揭露党人的自私并宣布与他们的势不两立，反复表示自己对理想的追求和为理想的实现不惜牺牲的意志，都具有催人泪下、震撼人心的艺术力量。

这种回环复沓并不是简单地重复某些话语，他把一切个别的铺叙都很自然巧妙地纳入了主题思想的轨道。他写"纷吾既有此内美兮，又重之以修能"一节，表示着自己所担心的是"汩余若将不及兮，恐年岁之不吾与"，而归结到"惟草木之零落兮，恐美人之迟暮。……乘骐骥以驰骋兮，来吾导夫先路"。屈原的个人修养因此具有了深刻的社会意义：他的完善自我不只是为了洁身自好，而是为了江山社稷。他以对比的手法叙述历史，把"昔三后之纯粹兮，固众芳之所在""彼尧舜之耿介兮，既遵道而得路"和"何桀纣之猖披兮，夫唯捷径以窘步"对比，然后回到现实社会："惟夫党人之偷乐兮，路幽昧以险隘"，接着又表明心迹："岂余身之惮殃兮，恐皇舆之败绩。"他叙述任左徒时奔走在怀王前后左右，是希望怀王能"及前王之踵武"；他明明知道忠言直谏会带来祸患，然而却不能放弃这种作风，那是"唯灵修之故"。我们看到《离骚》是这样，《九章》也是这样。他有那么深的爱国感情，因此一而再、再而三地表白心志，这就是一篇之中三致其意的意思。

《离骚》写在被疏以后。他深知楚王周围群小力量的强大，他的忧国忧民及其改革路线与党人的利益水火不容，他的处境已经十分艰难，他的执着追求和抗争甚至会导致更大的不幸，然而他宁为玉碎，不为瓦全。"长太息以掩涕兮，哀民生之多艰"一段凡三言死，表明他的决心：

亦余心之所善兮，虽九死其犹未悔。

……

宁溘死以流亡兮，余不忍为此态也。

……

> 伏清白以死直兮，固前世之所厚。

这也是一篇之中三致其志。

尤其难能可贵的是，贯穿这一段的是他的民本思想。"长太息以掩涕兮，哀民生之多艰"，这是他的诗作第一次写到他的哭泣，他的涕泪是为老百姓，为人民而流下的。在这一段他把自己摆到了和楚王和党人完全的对立面上。一方面是"哀民生之多艰"，另一方面是"终不察夫民心"；一方面是为国家和人民的利益不惜"九死"，另一方面是"背绳墨以追曲兮，竞周容以为度"。这样的矛盾，这样的尖锐对立，这样的对楚王和奸佞的批判，也是以回环复沓的手法表现出来的。

如果说《离骚》的回环复沓的表现手法重在表白自己的政治主张，追求真理的精神以及为真理而不惜牺牲的决心，那么《九章》更多的是表达着"愿陈志而无路"的心情；如果说《离骚》中多少还反映出诗人的寄托和希望，那么《九章》就是借助于回忆，借助于描写流放生活表示着绝望。前者主要是针对怀王和党人的，后者主要是针对顷襄王和党人的。

《九章》各篇并非作于一时，《惜诵》和《橘颂》系放逐江南以前的作品。《橘颂》是借歌颂橘树的风格来歌颂人的美好品德，也是个人操守和信仰的写照。《惜诵》与其他七篇的精神大体相同。

先谈《惜诵》。

这是一篇反复申诉自己的清白无辜的诗作，一篇之中"忠"凡五出：

> 所非忠而言之兮，指苍天以为正。
>
> ……
>
> 竭忠诚以事君兮，反离群而赘肬。
>
> ……
>
> 思君其莫我忠兮，忽忘身之贱贫。
>
> ……
>
> 忠何以遇罚兮，亦非余心之所志。
>
> ……

吾闻作忠以造怨兮，忽谓之过言。

与"忠"同一概念的亦五见：

吾谊先君而后身兮，羌众人之所仇。

……

专惟君而无他兮，又众兆之所雠。

……

壹心而不豫兮，羌不可保也。

……

疾亲君而无他兮，有招祸之道也。

……

事君而不贰兮，迷不知宠之门。

……

屈原对君是这样忠诚，却受到不白之冤，因此他要对天发誓，请上苍证明，反反复复说明，再三再四申诉，因此对君之、之专一的字样一遍又一遍地出现。

我们讲修辞有反复一格，那是从个别的微观的修辞现象说的。在宏观上，屈赋这样的回环复沓与微观修辞的反复格有相同之处。

如果说上面所举的例子多少还表明着语言词汇的相同和近似，这样地研究一种风格还显得肤浅，那么下面的例子就会使我们看到，没有词汇的相类似也同样表现出了回环复沓的风格：

所非忠而言之兮，指苍天以为正。

令五帝以折中兮，戒六神与向服。

俾山川以备御兮，命咎繇使听直。

……

言与行其可迹兮，情与貌其不变。

故相臣莫若君兮，所以证之不远。

屈原对天发誓，表示可以接受任何形式的审判，"五帝""六神""山川""咎繇"都可以请他们证明。尤其是国君，证之不远，更可以考察知道事情的真相。假若不从修辞、不从文章的艺术手法上着眼，这许多诗句其实有"所非忠而言之兮，指苍天以为正"一句就已明白了。但这样做的艺术效果则远不如动用上苍各种神灵都来做证浓郁。

《哀郢》是描写郢都失守，他随百姓流亡的痛苦心情，对故国他有着无限的爱，他感到茫然，一次又一次望着故乡：

去故乡而就远兮，遵江夏以流亡。

出国门而轸怀兮，甲之朝吾以行。

发郢都而去闾兮，怊荒忽其焉极。

楫齐杨以容与兮，哀见君而不再得。

望长楸而太息兮，涕淫淫其若霰。

过夏首而西浮兮，顾龙门而不见。

心婵媛而伤怀兮，眇不知其所蹠。

这是一个过程："出国门"，"发郢都"，"过夏首"。屈原的行动细节是"望长楸"，"顾龙门"；其心情是"轸怀""哀""太息""涕淫淫""心婵媛""伤怀"。

过夏首西浮以后，"上洞庭而下江"。这时他是"背夏浦而西思兮，哀故都之日远。登大坟以远望兮，聊以舒吾忧心"。他的灵魂时时想着回归故里，没有一时一刻忘怀。

离开故都已有九年，九年的思念与日俱增：

曾不知夏之为丘兮，孰两东门之可芜。

心不怡之长久兮，忧与愁其相接。

惟郢路之辽远兮，江与夏之不可涉。

忽若去不信兮，至今九年而不复。

诗的结尾，又以"鸟飞反故乡""狐死必首丘"为喻，表达了对故乡的日夜思念。

这样地回环复沓的原因，屈原自己说得很清楚：

> 道思作颂，聊以自救兮。
>
> 忧心不遂，斯言谁告兮？
>
> （《抽思》）
>
> 恐情质之不信兮，故重著以自明。
>
> （《惜诵》）

三、想象、巫术和奇幻之美

想象的丰富、幻想的奇特是屈赋艺术风格和内容的重要特征。

《文心雕龙·辨骚》对于屈赋的艺术风格曾有一段于批评之中无意而言中的精彩议论：

> 将核其论，必征言焉。故其陈尧舜之耿介，称禹汤之祗敬，典诰之体也；讥桀纣之猖披，伤羿浇之颠陨，规讽之旨也；虬龙以喻君子，云蜺以譬谗邪，比兴之义也；每一顾而掩涕，叹君门之九重，忠恕之辞也；观兹四事，同于风雅者也。至于托云龙，说迂怪，丰隆求宓妃，鸩鸟媒娀女，诡异之辞也；康回倾地，夷羿彃日，木夫九首，土伯三目，谲怪之谈也；依彭咸之遗则，从子胥以自适，狷狭之志也；士女杂坐，乱而不分，指以为乐，娱酒不废，沉湎日夜，举以为欢，荒淫之意也；摘此四事，异乎经典者也。故论其典诰则如彼，语其夸诞则如此。

这一议论，涉及屈赋艺术的最为本质的方面，即"诡异之辞""谲怪之谈""荒淫之意""狷狭之志"所反映的屈赋的浪漫主义创作方法。正如苏联汉学家费德林所说："屈原在自己的创作意图中往往脱出日常生活的有限范围，超越寻常的界线，驰骋诗意的想象，任自己内心的幻想自由往还。"①

屈赋的想象的丰富，幻想的奇特在中国文学史上是少见的。在《天问》中我们看到了哲人的深沉的思考，一百七十余问包括了天文地理、历史和

---

① ［苏］H.T.费德林《屈原词赋垂千古——纪念诗人逝世二千二百五十周年》李少雍译（见《楚辞资料海外编》）。

传说的广阔的内容。在这首奇特的诗中，屈原的渊博知识和丰富的想象力得到最为充分的表现。他动用他的想象，使它们达到可能涉及的一切方面，来探求宇宙、历史和人类精神的奥秘。而在《离骚》《九歌》《九章》中，则于想象之外，还加上了幻想。"路漫漫其修远兮，吾将上下而求索"，包含了屈原的丰富的想象和幻想的内容。

仅仅是神话的描写那不是幻想；仅仅是想象，那也不是幻想。幻想在屈赋中是于虚无缥缈中，反映出的真假合一的那些内容，在屈原是一种暂时的精神解脱。《离骚》所写"济沅湘以南征兮，就重华而陈词"一段就是以幻想写出他的辩白和申诉。而"跪敷衽以陈辞兮，耿吾既得此中正。驷玉虬以乘鹥兮，溘埃风余上征"至"吾令帝阍开关兮，倚阊阖而望予。时暧暧其将罢兮，结幽兰而延伫"则是上下求索、遨游天界的情景。这时月御、风神、雷神以及飘风、云霓都来为他所驱使。这当然是想象，也是幻觉，而从写作方法上看，就是浪漫主义。接下几段写"济白水""登阆风""游春宫""求宓妃""周流乎天"，其想象之奇特、丰伟，无有其比。《惜诵》曾写到梦：

　　昔余梦登天兮，魄中道而无杭。

《抽思》写到梦：

　　惟郢路之辽远兮，魂一夕而九逝。

　　曾不知路之曲直兮，南指月与列星。

　　愿径逝而不得兮，魂识路之营营。

梦境是现实生活的曲折反映，借梦境抒发感情与《离骚》所写上下求索、周流乎天都属一类手法。至于《九歌》，虽直接写神，奇幻异常，然而在手法上却近于写实，与浪漫主义不相涉。

读屈赋，使人强烈地感受到神仙气息和奇幻之美，亦即怪诞之美，仅用想象的丰富是不能解释清楚的。

"屈原的创作道路太复杂了，用任何一般的含义，单一的表现方式都是不可能表达清楚的。一个语言艺术家越是有才能、思想越深刻，他为思考他那个时代的尖锐的社会与个人的问题所提供的空间就越广阔，要从这些思考里得出含义单一的社会学结论也就越难。""屈原的力量有时主要不是表现在理性分析上，而是表现为令人惊讶的幻想，这种幻想把周围世界的现实看成是具体的、形象的，并且把隐伏在现实中的现象、他人所不了解和所没有预料到的相互联系显示出来。"费德林的这两段话对于我们了解屈赋创作艺术的多样性和奇幻之美都有理论概括意义。

和上面所讨论的沉郁、复沓的艺术风格一样，屈赋的令人惊讶的幻想也不仅仅是创作方法问题，是巫术在屈原的创作中起了作用。

屈赋与巫术的密切关系是不言而喻的，中外学者都注意到了。英国汉学家戴维·霍克思的《求宓妃之所在》，日本楚辞家藤野岩友的《巫系文学论》《〈天问〉和卜筮》、吹野安的《〈楚辞〉的〈九歌〉和巫舞》，我国学者王锡荣的《离骚的浪漫手法与古代巫术》都发表了很好的意见。在研究材料上这些论著已经展示得很充分。如《离骚》所写漫游天界求女的过程，车驾服饰的排场，人与神的交通，都不能简单地看作是幻想。"济沅湘以南征兮，就重华而陈词"以下至"乱曰"之前，主要部分都可看作是巫术。

问题是屈原是信巫术还是用巫术。我们在对屈原的哲学思想进行的分析中绝不会产生他信巫术的结论。我们也说过，《九歌》近于写实，是屈原对宗教歌舞的再创造。巫术是《九歌》原本的存在，屈原不过是做了艺术改造，使其更有文学意味而已。而《离骚》以及《九章》的个别处的情况不同，屈原是运用巫术，或者说至少是在巫术的启发下，以漫游天界求美女、与众神交通为手段来表达他的追求和愿望，发抒他的愤怒和忧思。这样就形成了如梦似幻、变化无穷、怪诞异常的浪漫主义手法，产生了奇幻之美的特殊艺术效果。

人类对美的要求是追求感官的享受和心灵的满足。虽因民族、文化、习俗的差别而形成美学思想的差异，但这一基本点是相同的。为什么中国的文人和外国的能够阅读《楚辞》的人对屈赋是那么欣赏？难道不是因为这一美学原理在发挥潜移默化的作用吗？屈赋的沉郁之美，使人们感受到一颗伟大炽烈的爱国心灵的跳动；回环复沓之美，使人们看到了一种为理想为纯真而执着追求的宁折不弯的形象；奇幻之美，使人们观赏了一幅又一幅色彩斑斓、变化无穷的画卷。这一切，既属于内容，又属于形式，使楚辞——屈赋这一文学式样成为了真、善、美的结晶，健康的思想内容和完美的艺术形式相统一的典范。因此人们崇敬屈原的人格，钦佩屈原的才华，使楚辞的研究之热历两千年不衰。

屈原的生命是永恒的！屈赋的艺术是永恒的！这便是我们研讨屈赋艺术的结论。

第八章　衣被词人，非一代也

——《楚辞》的深远影响

《楚辞》对中国文学的影响在《诗经》之上，鲁迅先生在《汉文学史纲要》中曾经这样说过。著名《楚辞》学家姜亮夫甚至有整个中国文学都楚化了的议论。

《楚辞》的深远影响主要是两个方面的，一是文学的影响；二是人格的影响。而这二者往往又不易划分开来。

一、《楚辞》对中国文学的影响

《楚辞》对中国文学的影响是深远而广泛的。《楚辞》的现实主义传统和批判精神及其高超的艺术手法，在中国文学史上一直发生着积极的潜移默化的作用。

首先是诗歌的创作对现实生活的干预。屈原的诗歌为文学反映和干预现实生活树立了光辉的典范。他以满腔的激情歌颂光明，歌颂真、善、美，揭露和鞭挞黑暗与丑恶的势力；他以百折不挠的毅力从事着反映祖国最高利益的政治斗争，并在这斗争失败后以诗的艺术加以表现。"文章合为时而著，歌诗合为事而作"，白居易在《与元九书》中所提出的，所总结的这一创作原理，在屈原的创作中是体现得很充分很完美的。这一点我们从《离骚》《九章》《天问》和《九歌》以及其他篇章中都可以看到。

这是很重要的，中国文学虽曾有过六朝和以后的朝代一些文人的"连篇累牍，不出月露之形；积案盈箱，唯是风云之状"①的消极现象，但从汉赋到五言诗，直到唐宋元明清的各种文学式样，文学对生活的干预，所反映的现实主义传统和批判精神却是很鲜明的。这里面有着《楚辞》和屈原的巨大影响。西晋陆云在《九愍序》中有一段很好的概括：

> 昔屈原放逐，而《离骚》之辞兴。自今及古，文雅之士，莫不以其情而玩其辞，而表意焉。②

陆云所说的"自今及古"，不过五百多年，却可以代表屈原以后的整个封建时代，直到鲁迅、郭沫若、朱自清、闻一多、柳亚子，我们都可以看到屈原和《楚辞》的影响。"以其情而玩其辞而表意"，正是说的以屈赋为代表的《楚辞》的思想内容的精华滋润了后世文人的创作。

东晋的陶渊明是著名的田园诗人，是属于出世的隐逸派的。在表面上我们看到的是他的"采菊东篱下，悠然见南山""欢言酌春酒，摘我园中蔬"，而他的思想深处却是入世的。他在《感士不遇赋序》中写道：

> 自真风告逝，大伪斯兴，闾阎懈廉退之节，市朝驱易进之心。怀正志道之士，或潜玉于当年；洁己清操之人，或没世以徒勤。故夷皓有"安归"之叹，三闾发"已矣"之哀。

在《读史述九章·屈贾》中又写道：

> 进德修业，将以及时。如彼稷契，孰不愿之？嗟乎二贤，逢世多疑。候瞻写志，感鹏献辞。

陶潜的归隐是对现实极端失望，他的"大济于苍生"的抱负无法实现，不得已而为之的。他对屈原的景仰，对屈（原）贾（谊）辞赋的写作缘由的评述实际上与他本人的诗赋创作也是密切关联的。当然，陶渊明缺乏那种抗争精神，但他的诗文之作，却是以与当世不合作的相对立的面貌出现的。屈诗的那种"苏世独立""餐秋菊之落英"的高洁品格在陶诗中表现得十分鲜明。梁沈约在《宋书·谢灵运传论》中总结自汉至魏，四百余年

---

① 见（唐）魏徵《隋书·李谔传》。

② 见（唐）欧阳询《艺文类聚》卷六十四。

的文学创作，评价自司马相如至建安诸子的艺术成就时指出："原其飚流所始，莫不同祖《风》《骚》。"这绝不仅是形式的模仿，主要的还是风骨，是现实主义的批判的创作精神。唐代大诗人李白在《古风》一诗中有"正声何微茫，哀怨起骚人""文质相炳焕，众星罗秋旻"之吟，他也曾有"屈原长逝，无堪与言"之叹。杜甫则有"不薄今人爱古人，清词丽句必为邻。窃攀屈宋宜方驾，恐与齐梁作后尘"之诗。明人王文禄在《诗的》中评价李贺时说："李长吉鬼才，非也，仙之奇才也。法《楚骚》，多惊人句，无烟火气，在太白之上。"都主要是说的风骨，说的思想内容。

论艺术风格，李太白与屈诗有许多相似之处，而杜甫则不同。他们之所以具有崇高的地位，被誉为"诗仙""诗圣""诗鬼"，主要的还在于他们以诗的艺术，积极地干预了生活，深刻地反映了那个时代，表现了他们对国家命运的关切，对人民疾苦的同情。他们许多脍炙人口、具有悲剧性质的诗篇与屈赋的基本精神一脉相承。宋代诗人陆游、辛弃疾的诗词作品表现的爱国精神和民族气节，也有着屈原的影响。

《楚辞》和屈原又成为戏剧、绘画及音乐创作的题材。元代剧作家睢景臣、吴仁卿均有戏剧《屈原投江》，今俱不存。清尤侗有《读离骚》，本剧有四折，其正目为"湘累回天呵壁，渔父说客垂纶，巫女朝云感梦，宋子午日招魂"。抗战时期郭沫若的五幕剧《屈原》更是轰动中国文坛。以楚辞为题材的书画尤多，据姜亮夫《楚辞书目五种》所载，楚辞图谱达四十七种，如苏轼书《九歌》《九辩》，篆《离骚》，李公麟《九歌图》，吴伟《屈原问渡图》，萧从云《离骚经图》，都是有所寄托的作品。

从汉至清乃至近现代，对爱国精神、民族气节、忠正品质的歌颂，对奸佞之徒、变节行为和昏君的批判是文学创作的最重要主题。探本溯源，则是屈原和《离骚》。

其次是《楚辞》的艺术手法对中国文学的影响。这主要可以从驰骋想象、善用幻景的浪漫主义方法的细腻描写，反复铺陈的修辞风格这两个方面理解。

在《诗经》时代，诗歌的创作以平铺直叙者居多，文学气息浓烈的诗篇不是很多。《楚辞》以后，文学创作成了专业化的艺术，诗人在语言的运用，加强表达效果的艺术手法方面进行了探索，使《楚辞》的风格得以继承和发扬。

中国文学史上的"词赋"（不仅仅是汉赋）是一种重要的文体，这一文体就是在《楚辞》的基础上发展而成的。

宋玉的《九辩》由九则组成，是被鲁迅誉为"凄怨之情，实为独绝"的作品。作者身处黑暗的社会之中，满怀感伤而又孤高不屈，在悲凉的秋天的激发下，他产生了诗的灵感，找到了寄托和发泄他的感慨与不平的典型环境，写作了这样一篇佳作：

> 悲哉秋之为气也！萧瑟兮草木摇落而变衰；憭栗兮若在远行，登山临水兮送将归。泬寥兮，天高而气清；宋（寂）寥兮，收潦而水清；憯凄增欷兮，薄寒之中人；怆怳懭悢兮，去故而就新。坎廪兮，贫士失职而志不平；廓落兮，羁旅而无友生；惆怅兮，而私自怜。

作品一开始展示的秋日的萧瑟悲凉气氛和个人的遭遇就具有震慑人心的力量，有人认为前四句是悲秋的"千古绝唱"。"贫士失职而志不平""惆怅兮，而私自怜"的悲凉基调都借悲凉萧瑟的秋气表现出来。中国古典文学的文人悲秋的最为成功的作品就是宋玉的《九辩》。

宋玉从《诗经》和屈原作品中得到借鉴，极善于借景吟物抒情。他以燕的"辞归"、蝉的"无声"、雁的"南游"、鹍鸡的"悲鸣"、蟋蟀的"宵征"这些鸟虫的活动，表现秋深的季节特征，并借这些细微的事物来抒发内心的凄凉。这种情景交融、借景抒情、吟物抒情的写作技巧的成功运用，是超越前人的。

《九辩》的思想境界自不及《离骚》《九章》，但是也不是浅薄的等闲之作。它所表示的对国君的忠诚和怨恨以及在失职后不肯随同俗流，坚持正义的精神与屈原的思想品格是相合的。

> 专思君兮不可化，君不知兮可奈何！

宋玉对楚王的忠心和屈原一样得不到理解，他面临的问题与屈原完全相同：

> 何时俗之工巧兮？背绳墨而改错！

> 却骐骥而不乘兮，策驽骀而取路。
>
> 当世岂无骐骥兮，诚莫之能善御。

"却骐骥"而"策驽骀"的现实，使"骐骥伏匿而不服，凤凰高飞而不下"。宋玉也不屈服于世俗的压力，表现了可贵的高洁品质：

> 独耿介而不随兮，愿慕先圣之遗教。
>
> 处浊世而显荣兮，非余心之所乐。
>
> 与其无义而有名兮，宁穷处而守高。
>
> 食不媮而为饱兮，衣不苟而为温。
>
> 窃慕诗人之遗风兮，愿托志乎素餐。

"先圣之遗教""诗人之遗风"在《九辩》中的体现同时也反映着屈原崇高思想品格对宋玉诗作的影响。

《九辩》与《离骚》是一脉相承的，在思想内容上，在写作技巧和语言上都是这样。有些诗句和屈诗无异，这里面有袭用，也有化用，有继承，也有创新。因此，宋玉的作品不可视为对屈诗的简单模仿，他的《九辩》和其他辞赋在文学史上无疑具有独立地位。《文心雕龙·辨骚》谓"屈宋逸步，莫之能追"，对宋玉的《九辩》给了很高评价。杜甫和一些有成就的诗人往往屈宋并提，不是没有道理的。

宋玉的《九辩》和其他篇章已有明显的散文化倾向，这种倾向到汉世，发展成为一种新的文体——赋。赋在写作技巧上讲求细腻描写和铺排，想象丰富，其渊源自在《楚辞》。

《楚辞》的影响深远而广泛，屈原以后有许多直接模仿《离骚》《九章》进行创作的作品。宋人晁补之编有《楚辞》十六卷、《续楚辞》二十卷、《变离骚》二十卷。《楚辞》十六卷是屈原、宋玉、贾谊、王褒等西汉以前的作品，《续楚辞》收录王逸《九思》、韩愈《复志赋》等26人共60篇作品，《变离骚》收录荀卿《成相》、李白《鸣皋歌》、顾况《招北客》等38人共96篇作品。

屈原的《离骚》《九章》是中国文学史上早期的悲歌，这些悲歌以及屈原本身的悲剧生涯和投水而死的悲壮结局成为历代诗人哀悼讴歌的对象，于是从宋玉、贾谊之后，哀辞吊辞成了文学史上不可忽视的题材。或悯己，或吊人，都有一定的思想性和艺术性，如韩愈的《闵己赋》《吊田横文》《享罗池》（吊柳宗元），柳宗元的《吊屈原文》，都很有名。

蹈袭或者是明显地表现出《楚辞》传统的诗文很多，朱熹的《楚辞后语》收有属楚辞流派的唐宋诗文的众多作品。

还有一些虽不属楚辞传统，而在创作中却明显地反映出楚辞的思想和艺术影响，借用或化用楚辞语词和典故的作品。从魏晋五言诗到唐诗直到明清诗作，都不难找到事例。我国现代文学的伟大旗手，鲁迅的旧体诗作也有一些借用和化用屈原诗的例子。

鲁迅的旧体诗据张向天《鲁迅旧诗笺注》统计，共有四十六题六十一首，其中有十首与屈原诗有密切关系。1902年鲁迅二十一岁时在日本有一首《自题小像》的诗：

> 灵台无计逃神矢，风雨如磐暗故园。
>
> 寄意寒星荃不察，我以我血荐轩辕。

其效忠祖国的思想和所运用的语言与《离骚》相似。"寄意寒星荃不察"，就是《离骚》"荃不察余之中情兮"的化用。不过鲁迅诗的"荃"系指封建专制下的没有觉醒的中国民众，不是如《离骚》所指是国君。

鲁迅的炽烈的爱国感情、高洁人品在他的旧体诗作中有许多都是化用屈原诗意和词语表现的，如：

> 高丘寂寞竦中夜，芳荃零落无余春。
>
> （《湘灵歌》，出《集外集》）
>
> 所思美人不可见，归忆江天发浩歌。
>
> （《无题二首》之二，出《集外集拾遗》）
>
> 洞庭木落楚天高，眉黛猩红浣战袍。
>
> 泽畔有人吟不得，秋波渺渺失《离骚》。
>
> （《无题》，出《集外集》）

上篇 《楚辞》——哲人的悲歌

有的诗句句都是化用楚辞：

> 一支清采妥湘灵，九畹贞风慰独醒。
>
> 无奈终输萧艾密，却成迁客播芳馨。
>
> （《无题》，出《集外集拾遗》）

二、屈原对中国文人的影响

屈原对中国文人的影响和他的诗作对中国文学的影响一样深远，正如在上一节所说，屈诗对中国文学的影响与对中国文人的影响往往是不易区别的。

所谓对文人的影响，主要的也是从这个人的诗文作品和生平事迹中表现出来的。因此我们讨论这个问题不可只论人，不论文。

中国封建社会中，有众多的爱国思想浓烈、民族气节高尚、注重个人品德修养的志士仁人。在官僚、学者、诗人、作家群里这样的志士仁人在历史上都占有一定地位。这些人有一个共同点，就是仰慕屈原，熟读《离骚》。姜亮夫在《楚辞今绎讲录》中曾讲述一段颇耐人寻味的故事：

> 我们历史著名人物表现的民族气节与屈原的作品有很大关系。文天祥并不是抱着宋儒的话来讲，倒是抱了屈子的东西，他的《正气歌》几乎是屈原的正义这两个字的发挥。还有陆秀夫、史可法，哪一个不是忠君爱国，以死报国，以死报君，以死来保卫民族？在我们整个国家民族里的所谓民族气节，恐怕受屈子的影响比受儒家的影响大得多。……一个革命家在旧社会从日本回家蹈海而死，最后是读两句《离骚》而死的。屈原的作品那样掀动并抓住人民的感情，是千古以来所未有的。苏曼殊也说过两句话：一个人在三十岁以前不读《离骚》是应当死的，没活气了；三十岁以后读了《离骚》不能替国家死，也是没有活气的。《离骚》的影响实在太大了。

这是对全国重点大学讲师以上的楚辞进修生的讲话，并非严格意义上的专论，而所提出的问题却能启发人的思考。李贺以读《离骚》的感受为评判人物品格忠奸的标尺，姜亮夫认为中国历史上著名人物的民族气节均与屈原作品有很大关系，这都不是空泛的议论。

屈原及其作品对中国文人的影响主要有三点：

第一，注重个人品德的修养，保持自我人格的独立和完善；

第二，正道直行，有相当强烈的抗争精神；

第三，为国家和民族利益奋不顾身，不惜牺牲自己的生命。

并不是说这三个方面的内容可以截然分开，有的人仰慕屈原，只在某一方面表现出屈原的精神。如陶渊明，他的洁身自好，不与世俗同流合污，是第一种的代表。文天祥是南宋右丞相，他抗击元军，于被囚后坚贞不屈，从容就义。他的《正气歌》写于元大都狱中，诗中遍举古代胸怀"正气"之士的高风亮节以自勉。他在《过零丁洋》一诗中写下的"人生自古谁无死，留取丹心照汗青"，其光照日月的精神是可以和《离骚》比配的。屈原的爱国精神、文天祥的民族气节在中华民族精神文明史上是两颗璀璨的明星。

在中国文学史上，自宋玉、贾谊以降，凡属有较高成就的诗人、作家，无不表示对屈原的景仰和钦佩。唐代大诗人李白、杜甫、柳宗元，宋代大诗人苏轼、陆游、辛弃疾，直至清代诗人龚自珍，都从屈原的思想和人品中汲取了滋养。他们诗文作品的对国家命运和人民疾苦的关心，对黑暗势力的批判，对光明和正义的歌颂都是他们的人格的表现。不随同流俗，不为权势所屈，不放弃对理想的追求，敢于评论时弊，是他们的共同特点。同时他们中的绝大多数都感叹自己的怀才不遇，生不逢时，这样就使他们的某些作品具有了较为丰富的社会内容，他们的人格和气节也就因此得到充分的表现。

在现代中国文人身上，屈原的独立人格和正道直行的精神以及深厚的爱国感情、民族气节，在新的历史条件下得到继承和发扬，鲁迅和郭沫若是最为杰出的代表。1974年，日人山田敬三曾写作《鲁迅其人的屈原影子——其现实主义和浪漫主义》一文，这个论题本身就有吸引力和启发性。第一次国内革命战争和抗日战争时期的郭沫若也有着屈原的影子。他们把

民族和国家利益置于个人安危之上，与黑暗反动势力进行了不妥协的斗争。屈原的诗篇及其独立的完美的人格在他们的诗文创作和社会活动中都起到了潜移默化的作用。

当然，鲁迅和郭沫若的思想品格是在中国进入新民主主义革命阶段的历史条件下形成的，我们也不能够把屈原的思想品格升华到二十世纪。但是应当承认，人类的一切活动，不都是可以用阶级和阶级斗争这个标尺衡量的。人类的美好品德，有时是可以超过这个标尺，跨越时代界限，提炼和抽象出共同点来的。屈原是楚国之魂，鲁迅是中华民族之魂。从屈原到鲁迅，中国知识分子的独立人格得到了最为完美的体现。

中篇

《楚辞》研究简史

第九章　九重之渊得骊珠

——古代《楚辞》注释研究史述略

一、汉代《楚辞》注释和王逸的《楚辞章句》

现在能见到的最古的《楚辞》注本是东汉王逸的《楚辞章句》。王逸以前的《楚辞》传播注释历史，在《楚辞章句》的《离骚》后叙中可以约略窥其梗概：

> 屈原履忠被谗，忧悲愁思，独依诗人之义而作《离骚》，上以讽谏，下以自慰。遭时暗乱，不见省纳，不胜愤懑，遂复作《九歌》以下凡二十五篇。楚人高其行义，玮其文采，以相教传。至于孝武帝，恢廓道训，使淮南王安作《离骚经章句》，则大义粲然。后世雄俊，莫不瞻慕，舒肆妙虑，缵述其词。逮至刘向，典校经书，分为十六卷。孝章即位，深弘道艺，而班固、贾逵复以所见改易前疑，各作《离骚经章句》。其余十五卷，阙而不说。

至于孝武帝，"恢廓道训，使淮南王安作《离骚经章句》"即《文心雕龙》所载"昔汉武爱骚而淮南作传"。

又《天问》后叙曰：

> 昔屈原所作，凡二十五篇，世相教传，而莫能说《天问》，以其文义不次，又多奇怪之事。自太史公口论道之，多所不逮。至于刘向、

扬雄，援引传记，以解说之，亦不能详悉。所阙者众，日无闻焉。……

故其义不昭，微旨不皙，自游览者，靡不苦之，而不能照也。

全部《楚辞》的形成，大约经过了二百多年。

王逸，字叔师，南郡宜城（即今湖北宜城县）人，约公元89年至158年在世。汉安帝元初中（117年左右）为校书郎，顺帝时为侍中。《楚辞章句》作于任校书郎时。又有赋、诔、书、论及杂文凡二十一篇，汉诗百二十三篇。事见《后汉书·文苑传》。

汉世文籍注释繁荣，体式亦较完备。西汉《毛诗故训传》即由序、诗文注释和章句划分组成，成为我国早期注释的代表作。"传"亦即"章句"，"章句"亦即是"传"。王逸《楚辞章句》一仿《毛诗故训传》体例，于每篇注释之前作一叙文（不出"叙"字），以说明作者、写作背景和命意。《离骚》《天问》后复有叙（出"叙曰"二字）。如：

《离骚经》者，屈原之所作也。屈原与楚同姓，仕于怀王，……王甚珍之。同列大夫上官、靳尚妒害其能，共谮毁之，王乃疏屈原。屈原执履忠贞而被谗邪，忧心烦乱，不知所愬，乃作《离骚经》。离，别也。骚，愁也。经，径也。言己放逐离别，中心愁思，犹依道径，以讽谏君也。

此为前叙。其所述生平及《离骚》写作缘由，本诸《史记》，而释"离"为别，"骚"为愁，与淮南王、太史公、班孟坚三家"遭忧"之释不合，且谬说"经"字。以下介绍《离骚》内容，作《九章》，自沉汨罗经过，并对《离骚》写作特点（即比兴之义）给予评价。叙文内容丰富，为正确理解本文提供了有益参考。

前叙意犹未尽，又益之以后叙，叙说自孔子删诗书，正礼乐，作春秋，以至于屈原独依诗人之义作《离骚》及其传播和注释历史。然后说明作《楚辞章句》缘由，并对屈原其人其诗给予评价。其评价与班孟坚针锋相对，谓班所谓"露才扬己"之说，"是亏其高明，而损其清洁者也"，且谓《离骚》之文，依托《五经》以立义""金相玉质，百世无匹，名垂冈极，永不刊灭"。王逸对屈原的认识在班固之上，对屈诗的讽谏、怨刺作用的评价都是正确的。

《楚辞章句》逐句注释，详为训诂，多有可取。如"惟草木之零落兮，恐美人之迟暮"，王注曰："零、落皆堕也，草曰零，木曰落。零，一作苓。迟，晚也。美人，谓怀王也，人君服饰美好，故言美人也。言天时运转，春生秋杀，草木零落，岁复尽矣。而君不建立道德，举贤用能，则年老耄晚暮，而功不成，事不遂也。"对字词义的训释，词和诗句的比喻和含蕴的讲解均较为精当。

王逸出生于楚地，又去古未远，故能注明屈诗中的楚语。如"夕揽洲之宿莽"，王注曰："草冬生不死者，楚人名曰宿莽。"王注对异说亦都一一指明，如"余既滋兰之九畹兮"，王注曰："十二亩曰畹，或曰田之长为畹也。"王注亦注意到虚词，如"羌内恕己以量人兮"，王注曰："羌，楚人语词也。"

王注采撷众说，对保存旧说是有益的，因此王注又有一定的文献价值。所云"或曰"甚多，当是刘向、扬雄、班固、贾逵等人的注解。《四库全书总目提要》说："逸注虽不甚详赅，而去古未远，多传先儒之训诂。"可惜王注所引"或曰"之语，未具体指明出处。

《九章》自《抽思》以下，注释多用整齐的八字句式，且时为韵语。如"思美人"："思美人兮，揽涕而竚眙。媒绝路阻兮，言不可结而诒。"王注曰：

> 言己忧思，念怀王也。

> 伫立悲哀，涕交横也。

> 良友隔绝，道坏崩也。

> 秘密之语，难传诵也。

这种体式在汉人注释中为首创，其韵语能揭示原文的含蕴，且有助于研究秦汉古音。

王逸以《离骚》比附《五经》，失之迂曲，是汉儒注释独尊儒术的通病，在释义发微方面妄作解说处也不少。如对《离骚》的评价，为了驳班固就说了不少牵强附会的话。又如注《九辩》云："九者，阳之数，道之纲纪也"，也不可取。

二、魏晋至隋唐的《楚辞》注释、研究和著作

汉以后，《楚辞》作为文学作品，继续受到文人学士的喜爱，而注释和研究性的著作却不是很多。《隋书·经籍志》所列《楚辞》书目仅有十种：

《楚辞》十二卷（王逸注）；《楚辞》三卷（郭璞注）；《楚辞·九悼》一卷（杨穆撰）；《参解楚辞》七卷（皇甫遵训撰）；《楚辞音》一卷（徐邈撰）；《楚辞音》一卷（宋处士诸葛氏撰）；《楚辞音》一卷（孟奥撰）；《楚辞音》一卷（佚名）；《楚辞音》一卷（释道骞撰）；《离骚草木疏》二卷（刘杳撰）。

自魏孙炎以后，我国的音韵学研究开始发展，所以在这一时期，以《毛诗》和《楚辞》为对象的音韵学研究注释著作较多，后魏刘芳、梁徐邈的音注都很有名。

这些音注早佚，郭璞注也已亡佚，仅散见于隋唐以来著述中。王逸注《楚辞》，以儒家思想为准绳，在注释神话传说及浪漫风格方面不如郭璞杂引《山海经》《穆天子传》《淮南子》《方言》等精当。释道骞《楚辞音》仅存敦煌旧钞残卷，现藏法国巴黎图书馆。残卷注音 270 余条，有"直音""如字""依文读""协韵"诸例。《隋书·经籍志》说："隋时有释道骞善读之，能为楚声，音韵清切，至今传楚辞者，皆祖骞公之音。"

《离骚草木疏》，一如《毛诗草木鸟兽虫鱼疏》（吴陆玑撰），考释名物，使《楚辞》的注释研究向专门化发展了一步。

注释研究之外，梁刘勰《文心雕龙》对《离骚》和屈原的评论是值得注意的。《文心雕龙》论及《楚辞》不止一处，而《辨骚》篇可以说是古代评论屈原及其作品的最重要专论。刘勰本诸刘安、王逸定下的基调，对屈原的忠君爱国思想、正道直行、高风亮节的品格和高超的艺术水平以及对当世和后世文学的影响做了崇高的评价，认为《离骚》是《诗经》后的

"奇文""伟词"。然而刘勰以儒家经典为准绳，与屈诗作牵强附会的类比，有所谓"诡异之辞""谲怪之谈""狷狭之志""荒淫之意"之讥，以屈诗创作方法、艺术风格的精华为糟粕，则殊不可取。

唐代是我国经济文化十分发达的时代，经籍注释的大一统局面就是在这一时期形成的。唐人对屈原、对《楚辞》也都十分崇拜，从帝王李世民、政治家魏徵到文学家和诗人，几乎没有人不读《楚辞》，不讴歌屈原。但是奇怪的是唐人未留下一部注释和研究《楚辞》的专门著作。新、旧《唐书》所列书目，《楚辞》竟与《隋书》无异，一无成绩可言。

唐代《楚辞》注释，有陆善经的《文选离骚注》，系唐写本，现藏于日本，饶宗颐《楚辞书录》有辑录。

《文选》是梁昭明太子萧统所编我国第一部诗文总集，中有《楚辞》。在唐代，《文选》因有李善注，吕延济、刘良、张铣、吕向、李周翰五臣注（两注合称六臣注）而成为显学。李善注《楚辞》，一仍王逸《章句》之旧，不出己意。宋人洪兴祖《楚辞补注》引《楚辞释文》77条，于古音古字有参考价值，可能是唐末、五代时的作品。

三、宋代的《楚辞》注释、研究和洪兴祖、朱熹的贡献

《楚辞》的注释和研究到宋代发生了很大变化。

（一）《楚辞》系统作品编辑的完成

《楚辞》编辑成书第一位功臣是西汉的刘向，是刘向汇集和校定了屈赋25篇和完整的楚辞作品，这一层在第二章已经介绍了。同时刘向又撰有《天问解》，其书不传。王逸的《章句》就是用刘向的本子。刘向的辑录校定本和王逸的《章句》差不多流传了八九百年而没有改变。到了宋代，晁补之又做了一次编辑，这是在刘向的基础上扩充分类而成的，含《楚辞》十六卷，《继楚辞》二十卷，《变离骚》二十卷。《楚辞》十六卷含屈原、宋玉、贾谊、王褒、刘向等西汉以前的作品；《继楚辞》含王逸《九思》、韩愈《复志赋》等26人的60篇作品；《变离骚》含荀卿《成相》直到李白《鸣皋歌》、顾况《招北客》等38人96篇作品。这样就在文学形式上

把屈原和受其影响创作的楚辞类作品做了一次总纂，使千余年的楚辞创作得到一次总结。朱熹的《楚辞后语》52篇就是在此基础上修订删削而成的。

当然，晁补之、朱熹所做的这一工作只是编辑和整理，并不是研究，但对研究有益。它可以使人们看到屈原和《楚辞》的深远影响，从而对《楚辞》系统的作品有一个完整的了解。

（二）注释研究的深入和发展

宋代的《楚辞》注释和研究，以洪兴祖的《楚辞补注》、朱熹的《楚辞集注》为代表。

在洪兴祖以前，校注《楚辞》者有苏轼、欧阳修等十余家。陈振孙《直斋书录解题》说："兴祖少时从柳展如得东坡手校《楚辞》十卷，凡诸本异同皆两出之。后又得洪玉父而下本十四五家参校，遂为定本，始补王逸《章句》之未备者。书成又得姚廷辉本，作《考异》附古本《释文》之后。其末又得欧阳永叔、孙莘老、苏子容本于关子东、叶少协，校正以补《考异》之遗。洪于是书用力亦以勤矣。"

洪兴祖的《楚辞补注》是宋代最重要的注本。

洪兴祖（1090—1155）字庆善，丹阳（今江苏省丹阳县）人。宋高宗时历任秘书省正字、太常博士等职。后出知真州、饶州，因触犯秦桧而编管昭州卒。另著有《老庄本旨》《周易通义》《系辞要旨》《古文孝经序》，事见《宋史·儒林传》。

《补注》是承袭王逸《章句》来的，其体例为：先列王逸注文，再以"补曰"二字为断加以疏通证明、补正。其价值有三：

第一，驳正旧解。宋人开疑经考据之风，善于独立思考，学术思想活跃，因此在经籍的注释研究中有较大成绩。洪以王为基础，对王注之失多所驳正。如《离骚》后之"经"字，本系后之尊《骚》者所加，王逸注曰："经，径也。言己放逐离别，中心愁思，犹依道径，以讽谏君也。"洪兴祖曰："古人引《离骚》未有言经者，盖后世之士祖述其词，尊之为经耳，非屈原意也。逸说非是。"又如王逸谓："秦昭王使张仪谲诈怀王，令绝齐交。"洪兴祖引《史记》驳正曰："使张仪谲诈怀王，令绝齐者，乃惠王，非昭王也。"

第二，精心校勘，保存异文。宋人校勘成绩卓著，于《楚辞》亦然。今所传《楚辞补注》于"补曰"之前多有异文，接于王注后，多为洪注所为。如《九歌·湘夫人》："荒忽兮远望"注："荒，一作慌。忽，一作惚。"又"麋何食兮庭中"注："食，一作为。"又"白玉兮为镇"注："镇，一作瑱。一本'为'上有'以'字。"又"擗蕙櫋兮既张"注："擗，柿也。以柿蕙覆櫋屋。擗，一从木，一作擘。柿，一作析。櫋，一作楄。五臣云：罔结以为帷帐，擗析以为屋联，尽张设于中也。〔补〕曰：擗，普觅切，一音觅。櫋，音绵，又弥坚切。""擗，一从木"，至引五臣注，非王注无疑，全系洪补注。

《楚辞》流传至宋，经千余年，传写刻印，异文、脱简、衍文、颠倒，纷然杂陈，《补注》亦详为之勘订考辨。如《九歌·少司命》有"与汝遊兮九河，冲风至兮水扬波"。洪注曰："王逸无注。古本无此二句。《文选》遊作游，女作汝，风至作飙起。五臣曰：汝，谓司命。九河，天河也；冲风，暴风也。〔补〕曰：此二句，《河伯》章中语也。"此二句的篡入可能在唐。

第三，征引丰富，具有较高文献价值。《楚辞》涉及社会和自然多种学科，是一座知识的宝库。仅古史传说、神话故事就有极为庞杂的内容。《补注》取郭璞注方法，广为征引，务使所补均有所本，经、史、子、集部各书，字韵书并训诂之属无不征引。如《天问》前数句，便引有《列子》《周礼》《淮南子》《谷梁传》《说文》《易》《天对》《匡谬正俗》《鹏鸟赋》《灵宪》《太玄经》《神异经》《素问》《孟子》《尔雅》《古传》《论衡》《物理论》《书》《博雅》《苏鹗演义》《古今注》《博物志》《释文》《国语》《山海经》。此外引郭璞、徐邈、张揖，不胜枚举。有些书早亡佚，赖《补注》得以部分保存。

《楚辞补注》的问题也不少，有些解释亦不可取，如王逸释"皇考"为父，洪以为非，且谓："原为人子，忍斥其父名乎？"失之臆断。有的补释，迂曲为说，文理不通，如释"彼尧舜之耿介兮，既遵道而得路"曰："上言三后，下言尧舜，谓三后遵尧舜之道，以得路也。"上言三后，即

"昔三后之纯粹兮，固众芳之所在"的三后。述三后，说尧舜，二事并列，并无承继关系。

如果说王逸的《章句》是《楚辞》注释研究的奠基之作，则洪兴祖的《补注》便是宋以前的集大成之作。因此《章句》和《补注》为后代学者所重视，成为研读《楚辞》的必读书。朱熹的《楚辞集注》就是在王、洪两家注释的基础上写作的。

朱熹（1130—1200）字元晦，号晦庵，又字仲晦，号紫阳、晦翁，婺源（今江西省婺源县）人。南宋著名理学家、学者，著述极丰。

《楚辞集注》是有所感而作的。朱熹力主抗金，因此对屈原的忠君爱国之心极力强调。但是朱熹的立场与班固无异，谓原之为人，其志行过于中庸而不可以法，其辞旨流于跌宕怪神、怨怼激发而不可以为训。实际上是在内容和形式两个方面部分地否定了屈原及其《离骚》等作的精华。同时朱熹又认为，注释《楚辞》，可以"增夫三纲五典之重"，有利于宣扬封建伦理，以巩固封建统治。因此他一方面说"醇儒庄士或羞称之"，一方面又说"不敢直以'词人之赋'视之"。在注《天问》中，处处表明他理学家的唯心思想，如"开辟之初，其事虽不可知，其理则具于吾心，因可反求而默识"（"曰遂古之初"至"何以识之"注），又如"然所谓太极，亦曰理而已矣"（"阴阳三合，何本何化"注）。

《楚辞集注》对篇义的解释，多有独到的见解，对每诗划分章节加以解释也较精当。如《九辩》，《集注》曰："章既无名，旧本连写，或分或合，易致差误，今既厘正，因各标章次以别之。"朱熹每章末标章次，说大意，眉目清楚，且对前人分合说解不当处亦多有驳正。

《集注》附《楚辞辩证》，于文字训诂史实有许多精密的考辨。如释"惟""维""唯"，《辩证》曰："据字书，惟从心者思也，维从糸者繫（系）也，皆语辞也；唯从口者专辞也，应词也。三字不同，用各有当。然古书多通用之，此亦然也。"又如王逸创屈子生于寅年寅月寅日，得阴阳之正中说，朱熹则以为"月日虽寅，而岁则未必寅也"。他指出"摄提贞于孟陬兮"之"摄提"是星名，若为岁名，其下当有"格"字，"贞于"

二字为衍文。这是推算屈子出生年月的重要一说。

《楚辞集注》虽有一些显而易见的问题，但在义理的推求，篇章大意的概括，某些文字的训诂方面都有新义，使《楚辞》的注释在向深入探讨思想内容方面前进了一步，具有鲜明的宋儒注释经籍，诠说义理，且在诠释中掺合自己的政治哲学思想的风格特征。因此这部《集注》在《楚辞》研究史上也是很著名的，为后世研究者所重视。

与朱熹相友善的吴仁杰所著《离骚草木疏》也是值得一提的作品。此书取《离骚》等25篇，分芳草嘉木和恶草两大类，计55种。每一草木名下，先引原文，次引王逸、洪兴祖、沈括、郭璞、陆玑、《尔雅》各家之言，再加己按。按语对同物异名和同名异物、草木特性及其喻指象征意义加以揭示，把感情色彩引进草木注释中，亦别有寄托和情趣。其跋云："《离骚》以芳草为忠正，莸草为小人。荪、芙蓉以下凡四十又四种，犹青史氏忠义独行之有全传也。蘉蓁蔽之类十一种，傅著卷末，犹佞信奸臣传也。彼既不能流芳后世，姑使之遗臭万载云。"

吴氏谓《离骚》之文，多怪怪奇奇，"实本之《山经》"，故每每征引《山海经》以佐证所释，全以神话故事传说中物为现实中物，不足为训。而过分深求各种草木的喻指义，亦时有穿凿附会之弊。

在中国注释史上宋人独善思考，视野开阔，因此不仅在义理探求上独树一帜，在疑经改经上思想解放，而且他们的眼光有时看得比汉唐旧注还要深远。如沈括在《梦溪笔谈》中谈到《招魂》中的"些"字，认为是从印度传过来的。

印度与中国交流的历史，史学家认为始于东汉。若沈括之说可以成立，则这一交流历史可以前移到战国末期。

沈括所说当然不可视为的论。今人《楚辞》学家汤炳正曾撰文讨论"些"字，认为是"此此"二字连写所致，其音为"此"，其源在今湘西、云贵苗族。究竟是何情形，难以定论。今云、贵、西康等地，招魂呼喊尾音为"些"，音 suò，与《楚辞·招魂》正合。

这实在是饶有趣味的有启发意义的研究课题。本书在讨论《天问》屈原的宇宙起源观时，曾谈到丁山的观点，他以为老子的宇宙起源观、屈原的哲学思想源自印度。这些对于深化《楚辞》的研究极有益处。姜亮夫曾指出《楚辞》地名关涉亚洲、美洲，"扶桑"就在美洲，曾引起国内外学者广泛的讨论。

有人认为宋代已形成"楚辞学"，不无道理。

我们知道，中国学术思想除专书外，许多有关《楚辞》和屈原的评论和局部的研究散见于文集、笔记、小说中。苏轼《屈原庙赋》见于《经进东坡文集事略》，晁补之《离骚新序》见于《济北晁先生鸡肋集》，葛立芳《韵语阳秋》，洪迈《容斋随笔》，王应麟《困学纪闻》等，都有关于《楚辞》的论述。有些论述还有相当的地位，如黄伯思《新校〈楚辞〉序》"盖屈宋诸骚，皆书楚语，作楚声，纪楚地，名楚物，故可谓之《楚辞》"的《楚辞》界说及其举例是《楚辞》释名的重要观点，为后代注家和研究者广为征引。

四、明代《楚辞》研究的成果

明代《楚辞》研究作为一门科学，其水平亦很可观。以下试就若干种有代表性的著作，择其重点加以介绍。

（一）新意叠出的《楚辞集解》

《楚辞集解》系明汪瑗所作。汪瑗，字玉卿，新安（今安徽省歙县）人。另著有《巽簏草堂诗集》。

汪瑗对《楚辞》的研究有一套不同于前人的见解。他对《史记·屈原列传》的记载持批评态度，认为《离骚》意在去国，所谓《怀沙》并非抱石怀沙，自沉汨罗而死。其《离骚蒙引·屈原投水辩》云："屈子自沉之事，汉初诸君子亦得之于传闻者耳，非楚有文献足征信以传信之言也。屈子投水而死之说果足信乎？"又《楚辞集解·怀沙》云："《悲回风》曰：'浮江淮而入海兮，从子胥而自适；望大河之洲渚兮，悲申徒之抗迹。骤谏君而不听兮，任重石之何益。'屈子于此思之审而筹之熟矣，则不肯负石以自沉也决矣。其诸所言欲赴渊而沉流者，盖皆设言其欲死，而深见其不必死耳。"

对于前人过分的探求微言大义，汪瑗也不赞成，在《九歌》集释中指出，《九歌》之作，"或道享神礼乐之盛，或道神自相赠答之情，或直道己之意兴。然即此而歌舞之，亦可以乐神而侑觞矣。……其文意与君臣讽谏之说全不相关。旧注者多致意楚王言之，支离甚矣"。又说，"昔人谓解杜诗者，句句字字为念君忧国之心，则杜诗扫地矣。瑗亦谓解楚辞者，句句字字念君忧国之心，则楚辞亦扫地矣。"

有些见解在后世曾发生影响，如以《礼魂》为《九歌》各篇之乱辞；《哀郢》作于白起破郢时；谓"昔三后之纯粹兮，固众芳之所在"之"三后"，并非王逸所说禹、汤、文王，亦非朱熹所说少昊、颛顼、高辛，当为"楚之先君，特不知其何所的指也"。又曰，颛顼高阳氏为楚之鼻祖，祝融、鬻熊、熊绎为受封之始，"昔夔不祀祝融、鬻熊而楚成王灭之，则二氏为楚之尊敬也久矣。然此所谓三后者，以理揆之，当指祝融、鬻熊、熊绎也。昔周成王举文、武勤劳之后嗣，而封熊绎于楚蛮，封以子男之田，则是熊绎为楚之始祖，其必祀也无疑矣。今无所考证，姑志其疑"。其说颇近情理，为王夫之、戴震、马其昶所重视。

总之，汪瑗所释，虽瑕瑜互见，但在《楚辞》研究史上仍有一定价值。

（二）注重文学欣赏的《骚筏》

贺贻孙的《骚筏》是一部别开生面，着重从文学艺术的角度分析《楚辞》的作品，引人注目。

和《诗经》一样，《楚辞》也是中国文学的源头之一，然而着重从《楚辞》的本来面目去作探讨，不是从儒学的观点把一部活生生的文学创作当作忠君爱国的谶语，则《骚筏》的意义是大的。

贺贻孙，字子翼，江西永新（今江西永新县）人。生于 1606 年（明万历三十四年），卒年不详。著有《激书》《易触》《诗筏》《水田居诗文集》等。事见《清史稿》。

《骚筏》（与《诗筏》合刊）取屈宋 26 篇，不全录或全不录原诗加以评论，

不属注释性著作。其书评讲内容为作品大义、章法结构、艺术特点。如"女
媭之婵媛兮，申申其詈予"，至"世并举而好朋兮，夫何茕独而不予听？"
前人注释，重在释女媭。或以为姊，或以为妹，或以为伴，或以为侍，或
以为妾。《骚筏》据郦道元《水经注》析曰：

> 袁崧云，屈姊有贤德，原放逐后亦来归慰，令之自宽，篇中所引
> 女媭之婵媛兮，申申其詈予，即其相慰之语也。自"鲧婞直以亡身"，
> 至"夫何茕独而不予听"八句，呢喃絮叨，无限亲爱，酷肖妇人姑息
> 口气。无端插此一段作波澜，妙甚；尤妙在不作答语，便接以依前圣
> 以节中云云，盖吾行吾意，付之不辩也，笔法高绝。《史记》聂政姊
> 一段波澜，从此脱出。

经《骚筏》这样一讲，则作品之精妙读者自可领会。讲析的文字也十分优美。

《骚筏》的分析角度及其鉴赏水平由此可见一斑。贺谓"《史记》聂
政姊一段波澜，从此脱出"，反映了《离骚》的艺术对司马迁的影响。注
重从文学创作艺术的角度，研讨《楚辞》对后世作品的影响，是《骚筏》
的又一特色。

在讨论屈原和《楚辞》对后世的影响中，我们从文学和人格两个方面
作了分析，贺贻孙在文学的影响方面的探讨与本书的写作是相似的。《骚
筏》从后世文学的创作题材、风格方面，从语词、意境方面，从体制方面，
较为广泛地讨论了这个问题。如指出李白的《蜀道难》《梦游天姥吟留别》
与《山鬼》有关，谢庄《月赋》"洞庭始波，木叶微落"系化用《湘夫人》
"洞庭波兮木叶下"。贺谓后世写秋日景物和情怀（如秋声、秋色、秋梦、
秋光、秋水、秋江、秋叶、秋砧、秋蛩、秋云、秋月、秋烟、秋灯，种种
秋意）皆本诸宋玉《九辩》"悲哉，秋之为气也"七字。而此七字又源自
"洞庭波兮木叶下"七字。

这样说明问题，好处是找到彼此之间的联系，反映文学艺术的承继关
系。然而贺氏所论，属皮相者多，所谓"种种秋意，皆从气字内指某一种
以为秋耳"，实属不经之谈。秋日景物乃客观存在，以秋时事物及情怀为

写作对象未必都得熟读《九辩》。使无《九辩》，文人墨客就未必不能写出动人的秋日抒情诗文。

刻意求新，不免失之虚玄，如谓日神象征君德，《九歌》为思君之词，持论反不及汪瑗。

（三）别有所寄，详考屈子行迹和各篇写作时地的《楚辞听直》

《楚辞听直》由《楚辞听直》和《楚辞合论》组成，作者黄文焕。

黄文焕，字维章，明末永福（今福建省永泰县）人。崇祯时擢翰林院编修，与黄道周同下诏狱。《听直》作于狱中，《合论》作于清顺治十四年（1657年）。另著有《诗经考》《陶诗析义》《赫留集》。晚年流寓白下（南京附近）。

其书名"听直"，系取《九章·惜诵》"命咎繇使听直"之意。《广雅·释诂四》曰："听，谋也。"《周礼·小宰》"以听官府之六计"注："平治也"。听亦可释为平察、平议。《周礼·秋官·小司寇》："以五声听狱讼，求民情：一曰辞听，二曰色听，三曰气听，四曰耳听，五曰目听。"其听可释为判断，引申为治理。

《听直》八卷，释《离骚》《远游》《天问》《九歌》《渔父》《卜居》《九章》各一卷，卷八释《大招》《招魂》，《合编》一卷，附《听直》之后。前半部平议十个问题，共十篇，为《听忠》《听孝》《听年》《听次》《听复》《听芳》《听玉》《听路》《听女》《听礼》。后半部平议七篇，为《听离骚》《听远游》《听天问》《听九歌》《听卜居渔父》《听九章》《听二招》。

黄文焕遭遇之不幸甚于屈原。他在《合编》自序中说"憔悴约结，视屈百倍"。在凡例中他又写道："余抱病狱中，憔悴枯槁，有倍于行吟泽畔者。著书自贻，用等'招魂'之法。其惧国运之将替，则尝与原同痛矣。惟痛同病倍，故于《骚》中探之必求其深入，洗之必求其显出。"他的注《骚》是怀着深切的感情，寄托着自己的不平与忧愤的。

"乘骐骥以驰骋兮，来吾道夫先路。"黄文焕曰："道，引也，引君以行也。先路者，体国经野，先一着则事事可为，后一着则事事难救也。经世贵有妙手，观世贵有明眸也。"

"虽萎绝其亦何伤兮，哀众芳之芜秽。"黄文焕曰："草木不能不零落，萎绝则香枯，刈之香亦枯，有荣必有萎，恒理如是，岂是深伤。然吾不忍其萎地，与他草同芜秽也，故萎而香枯，宁刈而枯也。枯同秽不同也。惜香之意，不以香歇贱视也。且吾功存焉，尤深自惜耳。"

"羌内恕己以量人兮，各兴心而嫉妒。"黄文焕曰："兴心者，触之而心辄起，不待我之开罪也。各兴心者，不谋而同，不待彼之合商也。"

"怨灵修之浩荡兮，终不察夫民心。"黄文焕曰："吾方日哀夫民生，而灵修乃不察夫民心。心之不察，生何以聊？驰于浩荡者，必不足于详细，病根深矣，非一朝一夕之故矣。"

"固时俗之工巧兮，偭规矩而改错。"黄文焕曰："吾依前修日以拙，彼依时俗日以巧，误灵修以改路，国之不幸；背规矩以改错，彼之得计也。"

"屈心而抑志兮，忍尤而攘诟。"黄文焕曰："彼之气焰既张，我之心志难展。自曲自抑，抱不忍为之愤，而又有不得不忍之痛。以此获尤，不能不忍而受也；若舍此蒙诟，不敢不攘而去也。"

其矛头之所指，心志之不平，跃然纸上。即令是《天问》之释之议，亦与众家不同：

题名《天问》，开口乃从遂古莫传，未有天之先，以为发问之始。盖欲问其无繇问者也。此原一腔之深恨，非混沌之泛谈也。自有天以来，世间物理人事无一而不令人可疑，无一而不令人可愤。种种弗堪，难言难尽，不知莫传未形之先，可愤可疑者又更何苦也。

从以上平议中可以清楚看出，黄著此书是为黄道周冤狱案和自己鸣不平，其锋芒所向，直指朝廷。明末民族矛盾和阶级矛盾异常尖锐，斗争异常激烈，明廷之灭亡已成定势。即使二黄等朝廷忠臣能一展抱负，也无济于事。《楚辞听直》这样写法，从思想方法的角度看是很有价值的。他可以启示人们，怎样带着个人的感情，一头钻进《楚辞》中，然后从某些思想性强烈的诗句中去体会深蕴，概括出几句精要的话来。而这种概括对于加深对作品的理解，引起读者更多的联想是有益的。文学创作的社会功能和教育作用，从黄文焕的借题发挥，别有所寄的平议中我们可以得到有益的启示。

黄文焕对屈原行迹和各篇诗写作时地的考察，为后人的研究提供了很好的参考，起了开风气之先的作用。

屈子生平事迹和各诗的写作时地，在《史记》《楚辞章句》中都已涉及。但全面的以史证诗、以诗证诗，采用内证外证多方面考索的方法，黄文焕是第一人。

关于屈原行迹，黄氏以为被疏在怀王时，被逐在顷襄王初，卒年在顷襄王十年，依据是《史记·屈原列传》和《哀郢》"至今九年而不复"。

各诗创作的时地，则《离骚》作于怀王疏屈原，但尚未放逐时，其余各篇写作时地为：《惜诵》作于被放当年（顷襄王初或次年）冬未行之时，亦未定远身之地；《思美人》作于初行之时，南向；《抽思》作于放逐途中，时间为春、夏至初秋；《涉江》作于放流途中，时止时行，时由秋而冬；《橘颂》作于是岁之末；《悲回风》志途间、舟间之愁苦，时合夏、秋、冬，"岁曶曶其若颓兮"，明言岁之终；《哀郢》《惜往日》作于被放九年之后；《怀沙》作于自沉前一月。这些考证未必完全可信，但其考证方法无疑是有价值的，对后世学者产生了影响。

有些议论流于臆断，如《听女》，有的学者受其影响，以"女性中心"说《楚辞》，其源可能在此。

以自己的身世来读《楚辞》的还有明末清初李陈玉的《楚辞笺注》。《楚辞笺注》略于名物训诂，重在阐发屈原的思想情操。对某些词语字句的解释对后世影响也较大。如以"女嬃"为侍女，其说为郭沫若所取；释"怀沙"为怀长沙，为蒋骥所取，近世学者亦多信从其说。

（四）研究古音的《屈宋古音义》

在中国音韵史上，陈第占有较高地位。他的《毛诗古音考》《屈宋古音义》

是《毛诗》和《楚辞》的重要研究作品，也是音韵学研究的重要作品。

陈第（1541—1617）字季立，号连斋，连江（今福建连江县）人。万历时为诸生，官至蓟镇游击将军。另著有《粤草》《寄心集》《五岳游草》，总编为《一斋诗集》，又著有《读诗拙言》。

对《诗经》《楚辞》音读的研究，前人早已注意，并有著作行世。而陈第提出"时有古今，地有南北，字有更革，音有转移"，以历史发展的、辩证的观点从时间和地域两方面研究古音变却十分难得。他用《毛诗》古音读屈宋作品，多能谐韵，屈宋谐韵字而《毛诗》所无者，则音读又与《周易》和秦汉间歌谣诗赋相合，如"天，音汀。《诗》《易》多与'人'韵。详见《毛诗古音考》"。同时他又主张从《说文》形声字来考求古音。

利用先秦韵文和汉字谐声偏旁（声符）是研究古音的重要途径，清代古音研究的卓越成就就是这样取得的。段玉裁在《六书音韵表》中总结出"同声必同部"的规律，就是发现谐声偏旁和《诗经》韵脚的一致性后提出的。应当承认，这两个途径，在陈第的研究中都已开其端绪。如"降"音"洪"，陈第在《毛诗古音考》中说解甚详。而《屈宋古音义》则举《离骚》《九歌·云中君》《风赋》以证明：

　　帝高阳之苗裔兮，朕皇考曰伯庸。

　　摄提贞于孟陬兮，惟庚寅吾以降。

（《离骚》）

　　灵皇皇兮既降，猋远举兮云中。

　　览冀州兮有余，横四海兮焉穷。

（《九歌·云中君》）

　　故其清凉雄风，则飘举升降。乘凌高城，入于深宫。

（宋玉《风赋》）

其《目录》列《离骚》古音，凡58字：

　　降（音洪）能（音泥）佩（音皮）莽（音姥）在（音止）阽（音益）

　　怒（上声）舍（音暑）他（音拖）化（音讹）晦秽（音意）索（音素）

英（音央）蕊（音里）服（音逼）艰（音斤）替（音侵）悔（音喜）

时（音是）态（音剃）安（音烟）反（音显）远（音演）亏（音欺）

惩（音长）予（上声）野（音暑）节（音即）巷（音讽）家（音姑）

差（音磋）醢（音以）当（平声）正（音征）迫（音薄）属（音注）

夜（音裕）下（音虎）马（音姥）盘（音便）巧（音窍）恶（音污）

古（音故）异（平声）迎（音寤）调（音同）媒（音迷）折（音制）

茅（音侔）怫（音怡）化（音嬉）沫（音迷）行（音杭）待（音持）

驰（音驼）蛇（音陀）邦（音崩）

《古音义》释音，均有所本，已如上述。兹另举一列：

> 《九歌·山鬼》："风飒飒兮木萧萧，思公子兮徒离忧。"陈第释曰："萧，音飕。《诗·下泉》：'冽彼下泉，浸彼苞萧，忾我寤叹，念彼京周。'刘向《九叹·逢纷》：'白露纷以涂涂兮，秋风浏以萧萧。身永流而不还兮，魂长逝而常愁。'"

《凡例》曰：

> 曩余辑《毛诗古音考》，其音合于古而异于今者，凡五百字。今检屈宋音与《毛诗》同者，八十余字，则提其本音，直注云详见《毛诗古音考》。其《毛诗》所无者，一百五十余字，辄旁引他书，以相质证。俾读者一游目于此，已得其大旨。至于本文韵脚，复注云古音某，庶几迎刃而解矣。凡此皆以发明古音，以见叶音之说谬也。

《屈宋古音义》未能论及古今韵部异同，一字数音，处理亦有未妥处。顾炎武对他的"扞格于四声，一一为之引证"（《音论》卷中）也提出过批评。此书于文义训释，可取处不多。

自陈第而后，研讨《楚辞》音韵的在明还有屠本畯《楚辞协韵》、张学礼胡文焕《离骚直音》、戈汕毛晋《楚辞释韵释字》数种。在清有十余种之多，蔚为大观。现代楚辞学家刘永济《屈赋音注详解》所释古音，多与陈第相合。陈第在《楚辞》音韵研究上的贡献是毋庸置疑的。

《楚辞》注释研究，明人著作三十余种，而万历以后独多。除学术发展的必然外，与明代后期的阶级矛盾和民族矛盾的激化有密切关系，这在明末清初的学者中都有明显反映。此外集评之类的资料汇编，如蒋之翘辑《七十二家评楚辞》、沈云翔辑《楚辞评林》（又名《八十四家评》《楚辞集注评林》）在汇集资料方面也做了有意义的工作。

五、清代《楚辞》研究的成就

清代的经籍整理和注释之学，在中国经学和注释学史上是处于可与汉唐媲美，甚至超越前代的时期。不仅明末具有民族气节，不愿与清廷合作的学者（如王夫之），潜心于著述，就是与明清斗争无关的生于清的学者，也多以著述为其职志。加上种种的清廷统治政治上的原因，注释、校勘、辑佚、考据、训诂之学，在清代，尤其是在乾嘉时蓬蓬勃勃地发展起来了。拙文《古代注释史初探》①曾谈到这一问题，可资参考。

清代的《楚辞》注释与研究，在名物训诂、篇章结构、思想含蕴、屈子生平事迹考证、文字假借和韵读以及与《诗》的比较研究方面都取得了卓越成就。据《楚辞要籍题解·楚辞专著目录》②统计，先秦至当代共235种，清代占92种之多。王夫之的《楚辞通释》、蒋骥的《山带阁注楚辞》、戴震的《屈原赋注》是最负盛名的作品。

（一）从思想角度解释的《楚辞通释》

王夫之（1619—1692）字而农，号姜斋，衡阳（今湖南衡阳市）人，是明末清初著名思想家和学者。曾组织抗清义军，抗清失败曾窜身瑶洞，伏处深山，晚年隐居衡阳石船山，著书立说，不与清廷合作，表现了崇高的民族气节。著作宏富，有《周易外传》《尚书引义》《读四书大全说》《张子正蒙注》《读通鉴论》《思问录》等，在注释和政治思想史上都有价值。

《楚辞通释》重于从政治思想的角度揭示屈赋的含蕴，以表达他对社

---

① 见《文献》1988 年第 3、4 期。

② 《楚辞研究集成》书目之一。

稷沦亡之痛和自己的身世之慨。王夫之说，"蔽屈子一言曰忠"（《序例》），在怀王不聪不信，"内为艳妻佞幸之所蛊，外为横人之所劫，沈溺瞀乱，终拒药石"的情况下，屈子"犹且低回而不遽舍"，这乃是"千古独绝之忠"。（见《离骚》解题）因此他对朱熹本诸班固，谓屈原"过于忠"，是持批评态度的。

王夫之"生于屈子之乡，而遭闵戕志，有过于屈者"（《九招》自序），因此他又作《九招》以"旌三闾之志"。其作《通释》，亦在"希达屈子之请"（《序例》）。这种著作的指导思想和个人的感情色彩与黄文焕著《楚辞听直》是十分相似的。

王夫之采取分段释文的方法注释《楚辞》。在每一小节或段注释文字音义后，均作心得体会式的发挥，以揭示其深刻含蕴和微言大义，并借以寄托自己的情怀，且颇富文采。如《离骚》："日月忽其不淹兮，春与秋其代序。惟草木之零落兮，恐美人之迟暮。不抚壮而弃秽兮，何不改乎此度也。"王夫之通释曰："春秋代序，喻国之盛则有衰。草木零落，喻楚承积疆之后，至于怀王，秦难益棘，疆宇日蹙，有陨坠之忧。君之起衰振敝，当如救焚拯溺，不容濡迟。盖不用自疆之术，弃邪佞之说，以改纪其政而免于倾丧。以上言己所必谏之故，以国势之将危也。"其社稷沦丧之痛，个人身世之慨，表现得相当自然，毫无穿凿附会痕迹。十分明显，这和凿空妄谈义理不相同，对后世探求微言大义者无疑是有积极意义的。这是《通释》最为精彩的部分。

王夫之是有朴素唯物主义思想的思想家和学者。他的《通释》和某些学者处处求微言大义，以一成不变的观点和方法研究注释屈赋者不同，表现了实事求是的态度。王逸谓《九歌》："上陈事神之敬，下见己之冤结，托之以讽谏。"王夫之则说："熟绎篇中之旨，但以颂其所祠之神，而婉娩缠绵，尽巫与主人之敬慕，举无叛弃本旨，阑及己冤。"（《九歌》解题）

其于文字训诂，简洁明了，精当者多，如"名余曰正则兮，字余曰灵均。"王逸所释，肤廓无当，马永卿、陈第以为是屈子少时之名，亦属臆说。《文选》五臣注谓正则为释原名，灵均为释平字，其说甚确，为李陈玉所本：

"不说出名字，以正则代名，以灵均代字，又是一样寓言。"王夫之释曰："平者，正之则也；原者，地之善而均平者也。隐其名而取其义，以属辞赋体然也。"至此，则正则、灵均之释才至确至明。后世赋家乌有、子虚之名，实仿于此。又如"汝何博謇而好修兮，纷独有此姱节"。此女婺劝诫之辞。王夫之释曰："博，过其幅量之谓，犹言过也。姱节，奇行也。"其释与前人大异其趣，十分精彩。游国恩《离骚纂义》即取以为说。

文字训诂，诗文义理，在学术上完全取得同一的结论，似不可能。但凡能自成体系，言之有据者，就应当承认其学术价值，这和自然科学的研究往往是不同的。王夫之注《楚辞》不当处亦在所难免，如释"怀沙"云："怀沙者，自述其沈湘而陈尸于沙碛之怀，所谓不畏死而勿让也。"其说虽新，却显得穿凿。

王夫之以道家思想解释《远游》，姜亮夫以为不妥。从表象上看，《远游》似老庄思想的诗化，又似刻意为游仙之说。故《通释》措辞亦处处现出道家气息，神仙意味。如"内惟省以端操兮，求正气之所由。漠虚静以恬愉兮，澹无为而自得"。《通释》曰："惟，思也。端，审也。操，志也。正气，人所受于天之元气也。元气之所由，生于至虚之中，为万有之始。涵于至静之中，为万动之基。冲和澹泊，乃我生之所自得，此玄家所谓先天气也。守此则长生久视之道存矣。盖欲庶几得之，以回枯槁之形，凝倏忽之神，而舒其迫陋之愁也。"又曰："此篇所赋，与骚经卒章之旨略同"。《通释》较之前贤所释，在更深一层意义上更有其参考价值。

（二）注重篇章结构、艺术技巧分析的《楚辞灯》

林云铭的《楚辞灯》在明清之际众多的《楚辞》研究著作中是一部个性鲜明，有相当影响的作品，日本学者对这部著作也很重视。

林云铭，字道昭，号西仲，侯官（今福州市）人。清顺治十五年进士。著作有《庄子因》《韩文起》《评选古文析义》等。

《楚辞灯》取屈赋52篇（入《招魂》《大招》，以《山鬼》《国殇》《礼魂》为一篇），于每篇正文逐句诠释，旁加圈点，分段注疏，并于篇末总论全文。林云铭谓此书之作，"止求其大旨吻合，脉络分明，使读者洞若观火，还他一部有首有尾、有断有续之文"。因此他着力探求作者的构思之妙，从一个完整的艺术品的整体上为读者指出了欣赏方向。如《东君》分三段评讲："已上叙日出佳景""已上叙见日，作乐招巫以乐神""已上叙送日神作结。"

这种分段评讲，朱熹、王夫之和其他一些注家都做过，但不如林云铭的注重艺术性和前后连贯的分析具有文艺欣赏意味。如《山鬼》，林评曰："篇中凡五转：思鬼不遇，一转；遇神不留，二转；思人而怨之，三转；怨人不得，四转；思人无益，五转。"多能给人以启发，不过这样评点缺乏深度。又谓《九歌》为《九章》变调，又不精于音韵训诂，或属不经之论，或属功力不深，故《四库全书总目提要》称其为"乡塾课蒙之本"。姜亮夫谓此书易读，其优点在普及与可读，其缺点在学术价值不很高。

（三）资料翔实，精于考证的《山带阁注楚辞》

在清代近百种《楚辞》研究著作中，蒋骥的《山带阁注楚辞》的成就特别引人注目。

蒋骥（约1678—1745）字涑塍，武进（今江苏省常州市）人。一生以诗书自娱，此书从康熙四十七年（1708）开始撰写，至雍正五年（1727）刊行，经历了二十年。

此书由四部分组成。卷首，含《序》《后序》《采撫书目》《屈原列传》《屈原外传》《楚世家节略》《考正地图》；注六卷，所注篇目为《离骚》《九歌》《天问》《九章》《远游》《卜居》《渔父》《招魂》《大招》；余记，有总论和各篇分论；四，说韵。

蒋骥穷毕生心血著成此书，其主要价值在于：

第一，把文学的研究建立在考证的基础上，用"知人论世"的方法来阐明作品的内涵。

在《楚世家节略》中，他引孟子的话，反映了他为屈赋作注的指导思想："诵其诗，读其书，不知其人，可乎？"因此他从楚怀王元年，至顷襄王三十六年，记述秦楚斗争大事和屈原行迹，为把屈原的作品和思想放在广阔的社会背景下进行考证奠定了基础。同时他又详考屈子两朝迁谪行踪，绘制地图五幅，使屈原一生活动区域，尤其是《九章》之《抽思》《思美人》《哀郢》《涉江》《渔父》《怀沙》的活动路线，一目了然。有了这些直观的材料，再在各篇说明写作背景和时间地域，就有了充足的依据。《楚辞篇目》附记对各篇写作时地的总体说明，是能自成体系、成一家言的。

姜亮夫指出，"这部书是清初人尚未开始以考证研究文学之前的一部开创性的书。"从征引材料看，《山带阁注楚辞》采摭书目达421种，是较旧注任何一家都更为丰富的。

这部著作总共十二万八千字，而参考征引资料，囊括经、史、子、集各类图书，可以说凡《楚辞》所涉及的天文地理、历史传说、神话宗教、文字音韵、草木名物各类知识都涉猎到了。如《几何原本》（利玛窦）、《西洋新法历书》（汤若望）、《樗蒲经略》（程大昌）、《儒棋格》（魏肇）、《琵琶谱》（贺怀智），真可谓丰富多彩、琳琅满目。这样许许多多一般注家不曾征引的材料，他都遍览无遗，就使他的注释和考证显出深厚的功力，从而为他对作品进行文学的分析提供了可靠的参考资料。

第二，不局限于一种思想、一种模式来研究《楚辞》，各篇注释与分析完全是以作品本身的性质为出发点。这样就使他的研究具有了鲜明的个性，能够发前人所未发，推动研究的深入。

中华书局上海编辑所在1985年的该书出版说明中指出，《楚辞》所运用的资料，"多保存古代神话传说，它和北方儒家的经典属于两个不同的系统，蒋氏对此颇有认识，书中征引详博，别择甚精，在这方面贡献尤多"。蒋骥注《楚辞》对于章法的变换、时地的变易给予了充分的重视，因此他能"权时势以论其书，融全书以定其篇，审全篇以推其节次句字之义"。对屈赋的"命意措辞次第条理之所以然"了如指掌。

先秦文学及文化有南北之分。屈原的作品在思想内容、艺术风格方面与北方文学的区别十分明显，完全属于不同的体系。屈赋所运用神话传说材料，浪漫的风格，绝不是可以用"依托五经以立义"的儒家观点可以解释的。王逸、刘勰、朱熹正是这一点上表现出了极大的局限，因此他们的解释有时是南辕北辙、穿凿附会、主观臆测。

《远游》一篇，其大旨与《离骚》篇末略同。蒋骥指出："幽忧之极，思欲飞举以舒其郁，故为此篇。""慨然有志于延年度世之事，盖皆有激之言而非本意也。"同时又指出，"篇中所云，皆属幻语"。因此他对《远游》所写东西南北之游都作了符合文学创作特点、不拘于以思想流派的某一家之言进行分析的评价。在这一点上，他批判了王夫之以道家、神仙家思想所作的解释。他说："若王姜斋于东西南北之游，皆指为龙虎丹铅寓言，妖氛满纸，于《远游》本义，不啻秦越，尤不足当识者一笑。"

既不用儒家，亦不用道家，这对于注释和研究屈原及其创作是重要的原则。

第三，对屈原作品的构思和浪漫主义风格给予了评价。

古代评论对于文章章法是很重视的，然而把屈赋的奇妙章法，也就是构思和浪漫主义风格结合起来认识，蒋骥是第一人。其评《离骚》下半篇云：

> 俱自往观四荒句生出，只是一意，却翻出无限烟波。然至行车已驾，而卒归于为彭咸，则皆如海市蜃楼，自起自灭耳。盖愿依彭咸之遗则，本旨已了然，必于空中千回百转，至明言好修之必有合；傅说吕望之功，可以袖手致之；而卒归死于楚，所以证行道之心，终不胜其忠君之心，而为彭咸之志，确不可移也。

又评《楚辞》章法云：

> 《楚辞》章法绝奇处：如《离骚》本意，只注"从彭咸之所居"句，却用"将往观乎四荒"，开下半篇之局，临末以"蜷局顾而不行"跌转；与《思美人》本意，只注"思彭咸之故"句，却用"聊假日以须时"，开下半篇，临末以"愿及日之未暮"跌转；《悲回风》本意，未欲遽死，却用"托彭咸之所居"开下半篇，临末以"任重石之何益"跌转；《招魂》本意，只注"魂兮归来哀江南"句，却全篇用巫咸口中，侈陈入修门之乐，临末以乱词发春南征跌转。机法并同，纯用客意飞舞腾那，写来如火如锦，使人目迷心眩，杳不知町畦所在。此千古未有之格，亦说《骚》者千年未揭之秘也。故于骚经以求君他国为疑，于《招魂》

以谲怪荒淫为诮，而不知皆幻境也。观云霞之变态，而以为天体在是，可谓知天者乎！

浪漫主义是现代文学评论术语。而蒋骥所评，正是从构思的奇幻与巧妙这一点上道出了屈原艺术风格的最可宝贵的精华。

蒋骥的注释研究，亦不是完全出自己意。其《楚辞》篇目的确定，本诸黄文焕与林云铭，其论《九歌》主旨，则本诸汪瑗。说篇章，与朱熹、王夫之亦不无关系。至于注释和评论、考证的可商处，亦在所难免，如释"离骚"为"别愁"，本诸王逸；释"三后"为"伯夷、禹、稷"，都不过是一家之言，仅可参考而已。《四库全书简明目录》谓蒋氏之书为"征实之学"又谓"其书颇为冗杂"。"征实"，是；"冗杂"，则未必。

（四）重语言文字解释的《屈原赋注》

清代是朴学大昌的时代，尤其是乾嘉诸儒研究经籍，主要是从语言文字的精密考证和辨析来进行的。朴学大师戴震的《屈原赋注》，就是以语言文字的研究为基础，探求大义微旨的代表作。

戴震（1723—1777）字东原，安徽休宁人，是乾嘉学派的领袖人物。对天文、数学、历史、地理、音韵、训诂均有深入研究。著作宏富，于经学、语言学均有重要贡献。

《屈原赋注》所取篇目为《离骚》《九歌》《天问》《九章》《远游》《卜居》《渔父》，各篇注释分段进行。如分《离骚》为十段，文字注释毕，于段末作评语，述其大意。

《赋注》之后有《通释》105条，均系山川地名和草木鸟兽虫鱼考证短文，如"屈原故宅""郢""夏首""玄鸟"之类。

戴震的治学态度谨严，不事臆测，不尚空谈，所为注释，务求精善。如释"离骚"，初稿本释曰："离，犹隔也，骚者，动扰有声之谓。盖遭谗放逐，幽忧而有言，故以'离骚'名篇。"初稿成于乾隆十七年（1752），时戴震30岁。而刻成问世在乾隆二十五年（1760），刻本则释为："离、牢一声之转，犹今人言牢骚。"歙县许氏藏《屈原赋注》初篇本三卷，作跋文曰："先生之治学，不护前非如此。"戴震于文字音义转化演变有深入研究，尝著《转语》（已佚，仅存一序），即专论语源和词语转变规律。"离骚"犹牢骚，成为释《离骚》篇名的重要一说。又如释"惜诵"，曰："诵者，言前事之称。惜诵，悼惜而诵言之也。"其说可参。对于《离骚》的求淑女，亦能由表及里，明了其本质含蕴："淑女以比贤士，自视孤持，哀无贤士与己为侣，此原求女之意也。"对于某些浪漫手法，多用神话故事，也发表了好的见解："战国时言仙者，托之昆仑，故多不经之说。篇内寓言及之，不必深求也。"

乾嘉学术精于文字校勘考证，探求和发挥义理，则不如明末清初注释。《屈原赋注》也是这样。

对《屈原赋注》的评价，卢文弨序谓："指博而辞约，义创而理确""微言奥指，具见疏抉。"今人或谓"代表了乾嘉学派在《楚辞》研究方面的成果"，评价似过高。

《安徽丛书》本《屈原赋注》又有《音义》三卷，据汪梧凤跋"右据戴君注本为《音义》三卷"之语，似为汪氏所作。《音义》体例略似陆德明《经典释文》，段玉裁以为"《音义》三卷亦先生所自为，假名汪君"。（见段玉裁《戴东原年谱》）《音义》校勘精审，注音考义多有可取。

（五）重实地考察的《屈骚指掌》

胡文英的《屈骚指掌》，是一部别有参考价值的著作。

胡文英，字质余，号绳崖，江苏武进人。乾隆三十年贡生，做过知县。

《屈骚指掌》的特点是注释特为简洁明了，不拖泥带水。姜亮夫指出："他可能参考过许多书，在这些书中找出最重要、最好的、最简洁明了的来作注。"然而据胡文英自己说，他作注，"不看诸解，惟求其理之是，神之顺，情之曲挚无所不到，而铢黍不失乎正"。只是在冥思苦想仍求之不得时才"检诸解之是非"。因为凭借的是自我理解，独抒己见，所以作注时往往是三言两语，文字干净利落，少有引证。是什么，不是什么，毫不含糊。

此书"于地理、名物考索最精，不为空言疏释，而骚人之旨趣自出"（王鸣盛序）。为考索屈子所涉历地域及《九章》所述行程，胡氏"两涉楚南，三留楚北，询之耆宿，按之众图，绎之屈子之书，仿佛之所涉"，因此对于《涉江》《哀郢》等有地名和行程线索可寻的都在各篇解题、注文中说明。把胡氏的考察和蒋骥的地图结合起来研读，对了解屈子行迹无疑有很大帮助。

《屈骚指掌》的写作指导思想很有可取之处。他所写的《凡例》都一一说明，值得一读。《凡例》涉及篇目、篇次、校勘、注释原则方法众多问题，其见解往往有利于研究的深入。如对朱熹的赋比兴之说，胡氏以为"屈赋篇幅宏阔，赋比兴杂出，难与《毛诗》同论界限"。因此对朱熹分章系以比、兴、赋持批评否定态度，显然是正确的。其实陈廷焯在《白雨斋词话》中早已批评过，以为这样作"尤属无谓"。胡氏善于全面地、辩证地思考问题。和对赋、比、兴的认识一样，他对楚音的认识也是值得重视的。他指出："屈骚之音，楚音也。然楚地甚广，上至今之湖南北，下至今之上下江、江西。大抵楚辞之音，楚南北音十居其七，上下江音十居其三，秦燕豫粤之音亦多有之"，因此他不赞成以沈约韵书为唯一读音标准，而采取凡同声相谐者，"概从古韵相通"；"不同声者，乃取土音读之"；而"无可读者阙之"。他主张："皆以自然为贵，不欲强古人以不适也。"如《离骚》前数句，注"庸、降古通韵""能字与均字本属一韵，他解叶入佩韵，而不必叶者，多仿此"。具体的处理不一定正确，但其总的指导思想是有启发意义的。

此外，胡氏注文极少批驳之语，偶或有之，态度也较为平和。他反对"注家取己之所长，击人之所短，甚至苦相排挤"使人"无立锥之地"，"明道不可不力，然亦不必过为已甚。"王鸣盛称赞他说："其有刊落旧说，别竖新义者，盖必稽之往籍，按之目验，而后著之。未尝苟驳前师，谰词膇说，以相诋讦。从来屈注，当以此为第一家。"胡氏的这种学者胸怀和风度十分可贵。

清代的《楚辞》注释研究面较广，如陈本礼《屈辞精义》注重讲文气；

刘梦鹏《屈子章句》注重思想和历史的探讨；朱骏声《离骚赋补注》注重研讨《离骚》的节奏声调，字的读音本义和通假；王念孙《毛诗群经楚辞古韵谱》、江有浩《楚辞韵读》专研古音，都在《楚辞》研究史上占有一定地位。

　　但是，清人的研究，从本质上讲与汉人的研究没有大的区别。其研究方式的主流是单一的，以字句文章讲疏为主的。他们的主要精力放在一个字一个字的解释上，专门的、《楚辞》本身所涉及的广博的学科的研究不多，视野不够开阔，还没有大的成绩。如果按照这个传统走下去，《楚辞》的研究就必然不能深入发展，不能提高到一个新的高度。

第十章　《楚辞》研究的深入和多学科发展

——现代《楚辞》研究之一瞥

《楚辞》具有永恒的研究价值。如果按照传统的研究方法走下去，无非是注释评讲著述的无限膨胀，古人已经解决或基本解决的问题，再由现代的学人来重复一遍。迄今为止，注释和一般性评讲《楚辞》的著述还在增多。有些是出于社会阅读的需要，有些则连这种需要也没有。

《楚辞》研究价值是由三个方面的因素决定的：一是文学创作的因素；二是创作者本人的因素；三是《楚辞》所涉及的文学之外的多种学科知识的因素。这三种因素的研究如何继续发展，使其达到一个新的水平和高度，是摆在每一位楚辞学家和教学工作者面前的任务。

自清末民初以后，西方科学文化大量传入中国，使我国的学术研究方法、指导思想发生了变化。《楚辞》的研究亦然。在屈赋及其他楚辞作者所涉及的文学、史学、宗教神话、民族、民俗、博物、天文历法、考古、哲学、语言文字等学科，楚辞学家倾注了大量精力，取得了显著成就，传统的训诂和只言片语的评论再也不能满足学术发展的需要。于是以专门的、专题的考证和研究为主的新的楚辞学形成了。

一、现代楚辞学奠基人梁启超的研究

梁启超（1873—1929）字卓如，号任公，自号饮冰室主人，广东新会人。近代著名思想家、资产阶级改良主义者、学者。涉猎广泛，著述宏富，编为《饮冰室合集》。其《楚辞》著作有《屈原研究》（1922年）、《楚辞解题及其读法》（为《要籍解题》（1923年）的一部分）、《老孔墨以后学派概观》第二节《老子所衍生之学派》的屈原部分。

《屈原研究》由七部分组成，第一部分考释屈原生平事迹；第二部分论述《楚辞》的产生背景，并逐篇分析作品旨意；第三部分分析屈原的哲学思想、人生态度；第四部分介绍屈原的政治斗争；第五部分论述屈原对社会、对人民的热爱和同情及其死因；第六部分分析屈原的生死观；第七部分论述屈原作品的艺术成就。

这是一部"概论"式的著作。此后支伟成的《楚辞之研究》，游国恩的《楚辞概论》就是由梁启超的研究体系发展而成的。

《屈原研究》在《楚辞》研究史上是有划时代意义的作品。作者第一个以资产阶级的文艺思想研究屈原及其作品，把屈原的诗歌艺术放在世界文学的背景下加以考察，指出屈赋丰富瑰伟的想象，只有但丁的《神曲》能与之匹敌；他第一个把屈原的思想放在中国文化思想史的背景下加以分析，指出楚国华夏文化的完成和所受齐国稷下学派的影响，产生了伟大的屈赋。在对屈原哲学思想和人生态度的分析中，他指出，屈原源于老子，而又与老子，亦与庄子不同；对于屈原的极高寒的理想和极热烈的感情，对社会的责任感，对人民的同情，对祖国的热爱，都有深刻的分析。梁启超认为，屈原的自沉，是老庄之学"贵出世，尊理想"的表现。同时，梁启超又对《楚辞》和《诗经》在文学风格和创作特点上进行比较，从而扩大了《楚辞》的研究范围。

毫无疑义，在《楚辞》研究的学术思想体系和方法上，梁启超是超越前人的，他开启了以专题的、系统的考辨和论证为主导的研究风气，大大推动了《楚辞》学术研究的发展。但是梁启超以为，前人的成就仅在训诂，凡有关义理微旨的研究不屑一顾，未免偏激狂妄。事实上，梁启超以为屈子自沉是"贵出世"，其哲学思想属老子支脉，也都是皮相之论。屈原的文学是干预生活的、积极进取的文学，屈原的一生是以"入世"为特征的。他的诗作是愤怒的呼号，他的诗歌反映的思想在社会伦理学和宇宙观方面绝不可用先秦诸子哲学流派的某一派衡量。

二、谢无量的比较研究和对廖平、胡适的驳斥

和梁启超同时出版的研究有谢无量的《楚辞新论》（1923 年）。

谢无量（1884—1964）四川乐至人。著有《中国大文学史纲》《中国哲学史》《诗经研究》等多种著作。

《楚辞新论》的体系与《屈原研究》是不谋而合的，谢和梁二人的研究方法也十分相近。这是中国自辛亥革命、"五四"运动以后，中国社会新思潮影响于学术的反映。以历史的眼光、比较的方法、辩证的观点来研究古人所没有解决的问题，或者是提出崭新的问题，是这一时期的显著特征。

《楚辞新论》共六章：第一章，绪论；第二章，研究屈原历史；第三章，说《楚辞篇目》；第四章，释《离骚》；第五章，论屈原的思想及其影响；第六章，《楚辞》评论家之评论。

这一体系同样是"概论"性质，内容很全面。

在绪论章中，作者运用民族、民俗学研究《楚辞》的产生，指出《楚辞》的研究应当以我国南北文化、文学思想异同为发端，探求其渊源。

作者对先秦诸子的哲学思想、伦理道德观和行为进行考察，得出以孔孟为首的儒家为北派，道家、法家、墨家、名家及纵横家为南派的结论。在文学上，则北方以《诗经》为代表，南方则有近于诗体的《道德经》和古代民歌。《楚辞》是受《道德经》和南方古代民歌的影响产生的。以屈赋为代表的《楚辞》，以其与《诗经》有显著区别的特征独立于世，成为南方文学的代表。作者从南北学术思想和文学的区别来探求《楚辞》的产生，对推进《楚辞》的产生的研究有意义。

作者从句式、章节、写作手法和作品的思想特征，分十个方面比较了《诗经》和《楚辞》。指出人们或用北方思想来解释，或用《诗经》来类比都是错误的。

这是一个古老的问题。从刘安开始，一直到清末，对屈赋的褒贬差不

多都是这样，因此总不能得出正确的结论。只有从南北学术和文化的异同、民族和民族的区别中去评价，才能做出科学的判断。在研究方法上，《新论》的贡献是大的。

"五四"新文化运动以后，"由于近代科学的发达，怀疑精神和批判精神急剧进展，人们对古代的一切，都想用另外一副眼光去加以怀疑，加以评判。因此，过去不成问题的东西，许多到现在成为问题了"。[①] 和"古史辩"派对传统文化的怀疑一样，廖平、胡适率先刮起了否定屈原的旋风。廖平在他的《楚辞讲义》中否定了屈原的创作权，以为《九歌》是古书，非新作，《九章》为九人所作，《离骚》也是九个人的作品合成，都是秦始皇时的作品。在《楚辞新解》中，廖平又说"屈原并没有这人"。[②] 胡适在《谈楚辞》中据《史记·屈原贾生列传》也提出"五大可疑"，否定屈原的存在。如果仅仅是学术讨论，只要言之有据，也属正常现象。然而他们在没有充分证据作基础的情况下发此狂论，只能看作是民族虚无主义。谢无量的《楚辞新论》在第二章考证屈原历史，论证《史记·屈原贾生列传》和其他史料的可靠性，有针对性地驳斥了廖、胡的否定屈原其人其诗的谬论。这一历史功绩是应当充分肯定的。

《新论》在《楚辞》与《诗经》的比较中，在第五章专论屈原的思想及其形成因素中提出"超人间思想"一说，并过分强调地理环境的因素，是唯心的。第六章评论之评论，以为除刘安、班固、王逸、洪兴祖数人尚有可取，并对朱熹表示推崇外，其他楚辞学家则概斥之为"与屈原同床异梦"，全无重视的必要。这种极端的、偏激的言论与梁启超如出一辙。

三、鲁迅的精辟见解

在《楚辞》研究史上，鲁迅并没有专门的著作，他对《楚辞》和屈原的研究和淮南王、司马迁、刘勰一样，仅有不多的文字。但是正如我在前面谈到刘勰等人一样，鲁迅对《楚辞》和屈原的见解和评价，在《楚辞》

① 见郭沫若《屈原考》。
② 转引自谢无量《楚辞新论》。

155

中篇 《楚辞》研究简史

研究史上是有相当重要价值的。

鲁迅（1881—1936）现代伟大的文学家、思想家和革命家。原名周树人，字豫才，浙江绍兴人。著译极丰，有《鲁迅全集》十六卷。其《楚辞》研究评述，主要在《汉文学史纲要》（1926 年在厦门大学讲授中国文学史课程讲义，1938 年编入《鲁迅全集》第十卷，现为第九卷）和《摩罗诗力说》（1907 年）中。

鲁迅崇敬屈原，在他的旧体诗作中，至少有十首从屈赋得到借鉴；他的崇高理想、执着追求以及完美的人格，和屈原是一脉相承的。可以说，屈原的人格和精神的积极方面，在中国处在新的变革的历史条件下，在鲁迅身上得到升华。

鲁迅对《楚辞》的最重要评价是"放言无惮，为前人所不敢言"。

中国的诗歌传统的源泉之一是《诗经》，"诗言志"是先民最重要的理论，然而到了孔子以"思无邪"评《诗》，则"言志"就成为有条件范围的原则了。这样把《诗》的文学价值降低，而抬高其经学价值，造成了诗学理论的桎梏。鲁迅指出："强以无邪，即非人志。许自由鞭策羁縻之下，殆此事乎？"按照儒家的原则，则诗歌始终应当如宗教的教义一样，不能有那么些充分揭示人们的内在世界，反映人的欲望的作品，个性的解放和自由将受到约束和批判。宋人欧阳修说《诗》，能够揭示其某些描写性爱的诗作的含蕴，曾遭到封建卫道士的责难。儒学家在先秦两汉都已有强大势力。在这种情况下来看屈原的诗作，读者是会被他的一反传统诗教的勇气所折服的。鲁迅指出：

> 惟灵均将逝，脑海波起，通于汨罗；返顾高丘，哀其无女，则抽写哀怨，郁为奇文。茫洋在前，顾忌皆去。怼世俗之浑浊，颂己身之修能，遂疑自遂古之初，直至百物之琐末。放言无惮，为前人所不敢言。

《摩罗诗力说》的这段文字，十分深刻地概括了屈赋批判的怀疑的思想光芒，给屈赋作了前无古人的评价。

鲁迅在写作《摩罗诗力说》时，思想还处在民主主义的阶段，离他的思想向共产主义转化还有距离。就是这样，鲁迅又继续指出：

> 然中亦多芳菲凄恻之音，而反抗挑战，则终其篇末能见，感动后世，
> 为力非强。

和班固、刘勰、朱熹等人对屈赋思想内容的批判完全相反，鲁迅站在人民的、革命的立场指出了屈赋思想内容的局限。因此对屈原的自沉，鲁迅的评价是"孤伟自死，社会依然"。

此时的鲁迅，已经主张诗的创作应当是"立意在反抗，指归在动作"。但是是不是能够这样地要求两千年前的朝廷忠臣，这是在评价古人时值得思考的。

鲁迅对《楚辞》的内容和形式的特色以及在文学史上的地位的见解是十分精辟的。在《汉文学史纲要》第四篇《屈原及宋玉》中写道：

> 战国之世，言道术既有庄周之蔑诗礼，贵虚无，尤以文辞陵轹诸子。
> 在韵言则有屈原起于楚，被谗放逐，乃作《离骚》。逸响伟辞，卓绝
> 一世。后人惊其文采，相率仿效，以原产楚，故称楚辞。较之于《诗》，
> 则其言甚长，其思甚幻，其文甚丽，其旨甚明，凭心而言，不遵矩度。
> 故后儒之服膺诗教者，或訾而绌之，然则影响于后来之文章，乃甚或
> 在三百篇以上。

又指出："《离骚》之异于《诗》者，特在形式藻采之间耳。"所谓"言甚长""思甚幻""文甚丽""旨甚明"，主要都是形式和语言的问题。

鲁迅不是写专论，在他所列参考书目中有谢无量的《楚辞新论》、游国恩的《楚辞概论》、朱熹的《楚辞集注》。和《楚辞新论》所列《诗经》与《楚辞》的十大区别相较，鲁迅是更能抓住本质方面进行更为精确的概括的。

在《楚辞》风格特征的形成方面，鲁迅用民族、民俗学和历史的观点进行了分析：

> 时与俗异，故声调不同；地异，故山川神灵动植皆不同；惟欲婚
> 简狄，留二姚，或为北方人民所不敢道，若其怨愤责数之言，则三百

篇中之甚于此者多矣。

鲁迅并不以为《楚辞》就是纯南方的产物，他正确地指出了《楚辞》和《诗经》的关系：

> 楚虽蛮夷，久为大国，春秋之世，已能赋诗。风雅之教，宁所未习，幸其固有文化，尚未沦亡，交错为文，遂生壮采。

这也就是继承和创新的关系。因此对刘勰的雅颂之博徒、战国之风雅，"虽取镕经义，亦自铸伟辞"之说给予肯定。

鲁迅分析《楚辞》的形式文采之所以异的原因，指出：列国的游说之风，繁辞华句波及文苑，而沅湘风物习俗又与北方不同，"又重巫，浩歌曼舞，足以乐神，盛造歌辞，用于祭祀。……俗歌俚句，非不可沾溉词人，句不拘于四言，圣不限于尧舜，盖荆楚之常习，其所由来者远矣"。

对宋玉《九辩》，鲁迅以为"虽驰神造想，不如《离骚》，而凄怨之情，实为独绝"。

从《屈原与宋玉》一文中，我们可以看出鲁迅见解的独到和精深，他的历史唯物主义的、辩证的研究分析方法在学术史上占有重要地位。

四、郭沫若的精密考证和对屈原的护卫与宣传

郭沫若（1892—1978）原名郭开贞，又名郭鼎堂，笔名沫若。四川乐山县沙湾镇人。伟大的文学家、革命家和学者。在文学创作、历史学、古文字学、古代哲学思想和古典文学研究方面都取得了卓越成就。著作极丰，有《沫若文集》《郭沫若全集》行世。上海古籍出版社出版有《郭沫若古典文学论文集》，收有专著《屈原研究》和屈原论文十九种。另有《屈原赋今译》单行本。

郭沫若对《楚辞》研究是很深入的。《屈原研究》由三部分组成：①屈原身世及其作品；②屈原的时代；③屈原的思想。

郭沫若是屈原的热烈崇拜者、护卫者和宣传者。在"屈原的身世和作品"篇，以无可置疑的分析肯定了《史记·屈原贾生列传》的真实性，援引并针对廖季平和胡适对屈原的否定给予了坚决的批判。胡适在《读离骚》中

提出了"五大可疑"，《研究》的批判重点即在胡适。他根据《桑庚楚》《齐物论》和《史记》贾谊的材料、《张仪传》以及淮南王刘安对《离骚》的评论，揭示出胡适引用和理解历史材料的断章取义和疏漏，有力地否定了胡适的论点。

廖季平以为《离骚》系秦博士所作，"帝高阳之苗裔兮"一节系秦始皇自传，其主要根据有"名余曰正则兮，字余曰灵均"。《研究》从秦代"政"的避讳和"正"不能读本音的事实以及秦朝文风特点等方面批驳了廖氏的谬论。

这个工作谢无量做过，在郭沫若则做得更为彻底、意义也更为深刻。在廖、胡以后的抗战初期，又有何天行作《楚辞作于汉代考》（前此有《楚辞新考》），从书名可以看出，此人是屈原的彻底否定者。而到了 20 世纪 50 年代，朱东润在《光明日报》学术栏连续发表了几篇否定屈原的文章。其中总名曰《楚辞探故》，之一为《楚歌及楚辞》（1957 年 3 月 17 日），之二为《离骚底作者》（3 月 31 日），之三为《淮南王安及其作品》（4 月 28 日），之四为《离骚以外的"屈赋"》（5 月 12 日）。可以看出这是一个从大前提的否定开始，全面否定屈原著作权的论文系列，以为《离骚》的作者是淮南王刘安，而其他屈赋则是刘安的群臣所作，并且斥《九章》的几篇诗是"小学生描红影的产品"。

朱东润是文学批评史家。然而这几篇作品不过是胡适、何天行老调的重弹，都是据史料记载的某些缺陷和有的可资曲解的历史材料所作的唯心主义的推断。郭沫若针锋相对，在同一刊物上发表了《评〈离骚的作者〉》（5 月 26 日）和《评〈离骚以外的"屈赋"〉》（同期）。1957 年并有一附记：

何天行有《楚辞作于汉代考》（一九四八年中华书局出版），其自序云乃十年前之旧作。朱东润说多与之相同。朱与何不知是否一人。

朱氏的文章较简单，郭沫若的批驳则据史料和屈赋内容本身，对其主要论点加以批判，深刻而有力，读之使人畅快，且影响深远。

到了 20 世纪六七十年代，日本《楚辞》学界又有不多的几个人刮起了一股否定屈原其人，或者剥夺屈原创作权的邪风。日本的一部有影响的，被称为是"代表了日本学术界研究中国文学史的最新成果"的《中国文学史》（铃木修次等主编）提出了"屈原传说"的论点，不仅剥夺了屈原的创作权，也否定了屈原的存在。他们的谬论，引起了我国《楚辞》学界的极大关注，先后有三十余篇论文批判"屈原否定论"。姜书阁在《"屈原赋二十五篇"臆说》（1985年稿，见中国屈原学会编《楚辞研究》）写道：

> 最近两年，忽然又有号称汉学家的日本人出来，倡为屈原否定论，其所持论点，根本不能出于廖、胡、何的谬说之外，我认为那是不值一驳的。他们不过是拾四五十年前中国少数几个数典忘祖的文人的唾余牙慧，妄欲标奇立异，借以自炫而已。对此，已有些人发表了一批反驳文章，我看这就够了。此种谬论只能表现作者的无聊与无知，根本不足损我作为世界文化名人的伟大诗人屈原及其光辉诗篇——《离骚》之一毛。

我国学术界为护卫民族文化精华的这种斗争精神和谨严的治学态度是值得赞扬的。

郭沫若对屈原生卒年月的考证，也是他的《屈原研究》的重要贡献。

屈原的生卒年月，是屈原研究的大课题之一，在郭沫若之前，已有众多的推算和考证。清人的考证，以陈玚《屈子生卒年月考》最精。陈氏据甄鸾《五经算术》所载《周历法》推定宣王三十七年（前343）戊寅建寅之月（正月）己巳朔庚寅，为月之二十二日。屈子殆以是年生，年五十五，以顷襄王九年而投汨罗。姜亮夫以为"为清人考屈子生卒者最为有据之作"。[①] 邹汉勋用殷历推算，刘师培用夏历推算，则为楚宣王二十七年正月二十一。而郭沫若用太岁超辰法推算，屈原生年为楚宣王三十年（前340）正月初七。其后有浦江清和汤炳正等人的推算，都是很有功力的作品。在《屈原研究》的《哀郢》章中，又详考了他的卒年是楚顷襄王二十一年（前278），活了六十二岁。据此，他考证《离骚》是六十二岁时作品，《惜往日》是绝笔。

---

① 见姜亮夫《楚辞书目五种》。

郭沫若把屈赋分为三期：

第一期《橘颂》《九歌》《招魂》；

第二期《悲回风》《惜诵》《抽思》《思美人》《天问》；

第三期《哀郢》《涉江》《离骚》《怀沙》《惜往日》。

在训诂方面郭沫若以其广博的学识和深厚的古文字考证功力，也提出了许多创见。如肯定游国恩"离骚"即"牢骚"通转之说，而不同意"离骚"即"劳商"，乃楚国一种曲名的结论；谓"乱"即"辞"；据郭璞注《山海经》引《归藏启筮》"昔彼九冥，是与帝辩同宫之序，是为《九歌》"，判定"《九歌》和《九辩》都是因九冥而得名"；据殷代卜辞的考证材料，确认了《天问》中所写到的殷代先人的名字，并对《天问》所涉历史传说次序的合理性做出解释，使一些不易解释的诗句得到解释，批驳了胡适所谓"《天问》文理不通"之说。

郭沫若把屈原的思想放在春秋、战国的整个社会背景中加以研究，有相当的深度。他指出春秋战国时期，中国社会处于大变革之中，人民的地位由生产奴隶开始上升，从而使"伦理思想也发生了变革，人道主义思想便澎湃了起来"。"保卫人民的德政思想成了普遍的潮流"，而且文学艺术也发生了变化。屈原的诗歌创作从内容到形式都是这一时代变革的产物，在这一基础上，确定"屈原思想很明显地带有儒家的风貌"，其具体表现便是"注重民生"，"想以德政来让楚国统一中国"，并且在道德观念上"注重在'修己以安人'"。而对于《天问》中所表现的对神的怀疑和在《九歌》等诗篇中表现的对神的承认这种矛盾现象，郭沫若作了独具慧眼的解释：

> 屈原并不是一位纯粹的思想家，而是一位卓越的艺术家。他在思想上尽管是北方式的一位现实主义的儒者，而在艺术上却是一位南方式的浪漫主义的诗人。这两者在他的作品中，在他的人格中，老实说是相合无间，并显不出怎么的矛盾的。

郭沫若以史学家、文学家、诗人、思想家的眼光分析屈原，可谓是得天独厚，因而其研究纵横捭阖，也就格外深刻。我们并不以为郭沫若的见解就是定论，但是这种研究对推动《楚辞》学术的发展的深远意义却是无可置疑的。

对于屈原的艺术成就，他不止在一处谈到浪漫主义风格、想象的丰富，这一点前人差不多都注意到了。而在郭沫若，以专论讨论《屈原的艺术与思想》时，却近于完全回避这些问题，从社会革命和文学革命这个高度评价了屈原的艺术成就。

郭沫若指出，中国历史上有两次重大的社会变革，一次是现代的"五四"，一次是春秋战国，这两次的社会变革都引起了文学的革命：在"五四"，是产生了白话文；在春秋战国，是产生了诸子散文和屈赋。他指出，"《雅》《颂》为北方文学的代表"，"是贵族的文学"；"《楚辞》为南方文学的代表"，"是白话诗"。因此郭沫若进而指出，屈原的艺术成就是"在文学史上成就了一大革命。……他把民间文学扩大起来，成为与生活配合的新文学""他解放了中国的诗歌，……创造并完成了中国的一种诗体。这种功绩在历史上真是千古不朽"。

不过，两千年前的白话诗，到了现代，也是十分地艰涩难懂了，而郭沫若的《屈原赋今译》正是用屈原本身重视运用楚国人民的通俗语言的精神，翻译了《九歌》《招魂》《天问》《离骚》《九章》《卜居》《渔父》。

郭沫若的今译是以坚实的训诂和考证为基础的。关于译文的用意及对于原作辞句文字上的考订，在每篇都附有解题和注释，创获发明，时有所见。如《离骚》"芳与泽其杂糅"句，今译据《诗·秦风》"子曰无衣，与子同泽"郑注"泽，亵衣也，近污垢"译为污垢，就很精当。又如《天问》，脱简错乱严重，在译诗中都做了考订和调整。

古诗的今译有相当的难度，要译得准确、生动、活泼则更不易。拙作《古诗的今译》一文①，曾讨论过这个问题。郭沫若以学者和诗人的气质翻译，做到了信、达、雅的和谐与统一。迄今为止，又出现了好些种屈原赋今译，但是没有一种能够和郭译相比。

我要把碧绿的荷叶裁成上衫，

我要把洁白的荷花缀成下裳。

① 见《古籍整理研究学刊》1988 年第 3 期。

没人知道我也就让他抹杀罢，

只要我的内心是真正的芬芳。

要把头上的冠戴加得高而又高，

要把项下的环佩增得长而又长，

芳香和污垢纵使会被人们混淆呀，

只我这清白的精神是丝毫无恙。

我忽然又回过头来放开眼界，

打算往东西南北去四处观光。

我的花环是参差而又多趣呀，

馥郁的花气呵会向四方远扬。

多么优美的诗呵！是译还是作，已经无法分辨。舒缓的节奏，和谐的声韵，整齐的句式、准确的解释，使原作的光辉在现代白话中放出异彩，令人击节称颂、叹为观止。大哉郭沫若，不是渊博的学识、超人的才气，不是与屈原的精神息息相通，做得到吗？

郭沫若的今译为《楚辞》的普及做了一件值得歌颂的工作，在全面进行着古籍整理的今天，他的精神和业绩是应当借鉴与继承的。

郭沫若除研究屈原外，还不遗余力地宣传屈原。1942 年，他在重庆写出了著名的剧本《屈原》，这是他写作的一组以历史故事为题材的剧本之一。在中华民族处在日本帝国主义侵略下的生死存亡关头，郭沫若以他的强烈的爱国感情和民族精神，写作并上演了这一部引起极大轰动的历史剧，对于宣传屈原的精神，激发人民群众的爱国热情和民族气节有着极大的现实意义，受到抗日民主人士和一切热爱祖国的人们的热烈欢迎。剧中以宋玉为变节者，曾引起一些学者的非议，在 20 世纪 50 年代初，曾进行过讨论。郭沫若在《关于宋玉》和《读〈屈原〉剧本中的宋玉》两篇文章中以学术的考证作了回答。和鲁迅评屈原"孤伟自死，社会依然"一样，郭沫若对屈原也有责难，他写道：

> 我对于屈原的责难，问"他既有自杀的勇气，为什么不把当时的民众领导起来，向秦人作一殊死战"？

这样的发问同样是以历史的考证和分析为前提提出的。因为当时的楚国的生产工具和兵器已经是铁器了，比秦国所使用的铜兵器要锐利得多。白起攻破郢都、洞庭、五湖、江南而又放弃，与兵器的劣势和楚国百姓的反抗都有密切关系。屈原在放逐的十五六年里是有声望和能力把老百姓组织起来的。郭沫若写道："如果屈原真是那样的实际家，秦、楚的争霸真是未知鹿死谁手。"

"屈原是一个诗人"，他没有这样做，但是他在诗歌领域内的成功是"足以不朽"的。

五、闻一多的校勘与考辨

闻一多（1898—1946）本名家骅，湖北浠水人。著名诗人、学者。早期著有诗集《红烛》《死水》，后期从事学术研究，在《周易》《诗经》《庄子》《楚辞》方面均有杰出成就。其《楚辞》研究著作有《离骚解诂》《天问释天》《楚辞校补》《敦煌旧钞本楚辞音残卷跋》[1]《屈原问题》《人民的诗人——屈原》《什么是九歌》《怎样读九歌》《"九歌"古歌舞剧悬解》《廖季平论离骚》[2]。

闻一多的研究是以坚实的训诂为基础的。他的眼光犀利，考索赅博，立说新颖而翔实[3]。如释《天问》"夜光何德，死则又育；厥利维何，而顾菟在腹"之"顾菟"，举十一例证明为蟾蜍的别名。蟾蜍的别名为居蝫，与顾菟一音之转，又可转为科斗、活东[4]。又如释《离骚》"朕皇考曰伯庸"，王逸释皇考为父，刘向释为远祖。闻一多曰："刘王二家之说违戾如此，

---

① 见《闻一多全集》第一卷。
② 见《闻一多全集》第一卷。
③ 见《闻一多全集》，郭沫若序。
④ 见《天问释天》。

后之学者，其将谁从？间尝蓄疑累岁，反复寻绎，终疑刘是而王非"，且举例以申刘说，以明刘持此说"必有所受"。又如释"肇锡余以嘉名"之"肇"，以为"肇兆古通"，当据刘向"兆出名曰正则兮，卦发字曰灵均"之意释为兆卦之兆，则以肇为兆，益可证伯庸为屈原远祖之说[①]。这都是重要的一说。

闻一多的研究十分注重体系的完整。在《楚辞校补》中，又据洪兴祖补注"皇览揆余初度兮""一本余下有于字"校补语，加以考证，谓"当从一本补于字"。这样"初度"就可释为"天体运行纪数之开端"，与"肇"的"兆"义相谐。这些考校亦可成一家言。不过谓"皇览揆余于初度"乃"皇考据天之度以观测余之禄命"，与释"皇考"为远祖说相抵牾。

闻一多针对古代文学作品的阅读困难，定下了三项研究课题：一是说明背景；二是诠释词义；三是校正文字。[②] 而以二、三两项为基础层次。第一项则是属于文化史的范围，是高一层的。正如朱自清所说，他"从训诂和史料的考据下手"，是"走正统的道路，就是语史学的和历史学的道路"。他要从卜辞、从铭文找到训诂的源头，更重要的还是从古代作品和神话传说，诸如《高唐神女传说》《伏羲考》中探求"这民族，这文化"的源头。并在此基础上研究唯物史观，继而建立起中国文学史[③]。闻一多的《楚辞》研究有基础工作的一面，也有专题考证"说明背景"的高层的一面。《什么是九歌》《怎样读九歌》《"九歌"古歌舞剧悬解》以及神话与诗的众多论文，如《龙凤》《姜嫄履大人迹考》《司命考》《道教的精神》《神仙考》《端午考》等，无不与《楚辞》的研究相关连。闻一多第一个把《天问》按四句一单元进行诠释，委托在巴黎校书的王重民拍摄到藏于巴黎图书馆《楚辞音》残卷照片，说明这部残卷的重大史料价值和在《楚辞》研究中的意义。他又深入地剖析《九歌》的篇章与"九"的矛盾，作了合理的解释，同时又努力还原了古代民间歌舞剧的表演艺术。这一些把《楚辞》

---

① 见闻一多《离骚解诂》。

② 见闻一多《楚辞校补·引言》。

③ 见《闻一多全集》，朱自清序。

的研究作为探求古老中国文化和民族的源头的成绩，无疑是十分杰出的。

闻一多对古典文学的研究，经历了"由庄子礼赞转为屈原颂扬"[1]的过程。他曾经说过庄子是有史以来最古怪最伟大的一个精神。但是后来他认识了庄子不是属于人民的，属于人民的是屈原。庄子古今独步的文笔固然叫人欣赏，但道家的思想却不可取。而屈原则不同，他的主要作品《离骚》的形式是人民的艺术形式，《九歌》是民歌，《离骚》的内容是暴露统治阶层的罪行，"用人民的形式，喊出了人民的愤怒"；而他的死，"更把那反抗情绪提高到爆炸的边沿，只等秦国的大军一来，就用溃退和叛变方式，来向他们万恶的统治者，实行报复性的反击"。闻一多甚至认为："屈原虽没有写人民的生活，诉人民的痛苦，然而实质地等于领导了一次人民革命，替人民报了一次仇。屈原是中国历史上唯一有充分条件称为人民诗人的人。"[2]

这样地把屈原放在中国先秦和秦汉之际的历史背景下加以评论，不仅见解深刻、概括精要，而且有很浓的时代气息，读之使人感奋。

从闻一多的研究，以及从他自己的崇高品格中，我们不难看出，一个学者应当怎样地进行研究，才是最有意义的。

六、游国恩的"女性中心说"和《楚辞长编》

游国恩（1899—1978）字泽承，江西南昌人，是我国著名《楚辞》学家。他穷毕生精力研究《楚辞》，在我国现代的《楚辞》研究中有较大影响。鲁迅《汉文学史纲要》有《屈原与宋玉》篇，所列古今参考书目数种，即有游氏所著《楚辞概论》。

《楚辞概论》是游国恩就读于北京大学时的作品，1927年出版。

这是一部全面论述《楚辞》的专著，全书六篇二十三章，体系是很完备的。它差不多包容了《楚辞》研究的各方面的知识和学术问题。陆侃如认为它"最大的特点，是把《楚辞》当作一个有机体，不但研究它本身，

---

[1] 《闻一多全集》。郭沫若序。

[2] 以上所引均见《人民的诗人——屈原》。

还研究它的来源和去路。这种历史的眼光，是前人所没有的"。①在讨论《楚辞》的成因、作者事迹和作品时地方面，在征引材料和论证方面都有独到之处。

但这部作品并不是很成熟，如以为《九歌》不是屈原所作，在后来他自己也纠正了。姜亮夫评价颇为中肯："分论《楚辞》，极为全面，虽讹误异说，骤然董理，而初学得之，亦入门之阶梯也。"②

游国恩的《楚辞》理论引人注目，他的《楚辞女性中心说》《论屈原文学的比兴作风》《楚辞用夏正说》③都是重要的论文。

可用于文学的比兴材料很多，如《诗经》中的草木鸟兽虫鱼乃至风雨雷电。但是用"女人"来做比兴材料，"最早是《楚辞》"，明人黄文焕著《楚辞听直》，即有《听妇》一篇。游氏指出，屈原是把自己比作楚王的弃妇的，"在《楚辞》所表现的，无往而非女子之口吻"，他从"美人""香草""荃荪""昏期""女嬃""灵修""求女""媒理"以及"嫉妒""哭泣""陈诉""卜问"等方面直接或间接作了论证，很有启迪作用。他继而指出，刘安所谓："《国风》好色而不淫，《小雅》怨诽而不乱，若《离骚》者，可谓兼之。"就有"《楚辞》尽管讲'女人'，但都是借为政治的譬喻，而并非真讲'女人'"。④

游氏在《论屈原文学的比兴作风》一文中全面系统地探讨了屈赋的比兴手法。他从显而易见的例子中介绍了十种：一，以栽培香草比延揽人才；二，以众芳芜秽比好人变坏；三，以善鸟恶禽比忠奸异类；四，以舟车驾驶比用贤为治；五，以车马迷途比惆怅失志；六，以规矩绳墨比公私法度；七，以饮食芳洁比人格高尚；八，以服饰精美比品德坚贞；九，以撷采芳物比及时自修；十，以女子身份比君臣关系。对屈赋比兴的来源作者也作了深入的探讨。可以说，游氏的这两篇文章是从文学的角度对屈赋的比兴

① 见游国恩《楚辞概论》陆序。
② 见姜亮夫《楚辞书目提要》。
③ 见《楚辞论文集》。
④ 以上均引自《楚辞女性中心说》。

作风所做的最为全面的研究，比朱熹所做的工作系统深入得多。

《楚辞用夏正说》在研究方法上值得注意，对屈子生卒年月的考证是使楚辞家感到困惑的问题之一。邹汉勋用殷历推算，定为楚宣王二十七年戊寅（前343年）正月二十一日，刘师培用夏历推算，结果与邹汉勋同。游国恩把屈赋所有的有关时月及物候的材料，按春、夏、秋、冬四季加以分类检验，发现"凡《楚辞》所纪时月及物候，不但与周正不合，即与殷正亦不相应，而独合夏正"。在《离骚纂义》中，他虽特别肯定了浦江清的推算①，否定了自己所取屈原生于楚宣王二十七年一说②，但这篇文章的重全面系统内证的方法却有重要价值。浦江清就说楚国"怕是向来用夏正的一个国家"。

游国恩的论文以功力深厚，考辨精详见长。《论屈原之放死及楚辞地理》《论九歌山川之神》并《天问》诸解亦多有可取。而《屈赋考源》所论屈赋四大观念（即宇宙观念、神仙观念、神怪观念、历史观念）也都概括了屈赋观念形态的重大课题，无疑对推动《楚辞》研究的深入有现实意义。

《楚辞注疏长编》是训诂的集大成的作品，宋人朱熹的《楚辞集注》，如他的《诗集传》一样，并不是真正的集传、集注。朱熹不过是对前人的传注稍加征引而已，游氏的长编才是真正的集注。

《长编》从构思准备到编写，经过了40余年。1980年出版的《离骚纂义》《天问纂义》就是在20世纪30年代完成的讲义基础上经过20年辛勤劳动（1959—1978）由金开诚、董洪利、高路明等多人的协助修订而成的。《离骚纂义》348千字，《天问纂义》334千字，仅此两种就有近70万字的篇幅。若加上《九歌》《九章》和其他各篇，其规模恐在200万言以上，真可谓是洋洋大观了。

《长编》征引资料特详，《离骚》166种，《天问》90种。自汉至清，《楚辞》注释和研究著作征引无遗。其体例是先释书名、篇名，再以两句

① 浦江清《屈原生年月日的推算问题》说屈原生于楚成王五年（前339年正月十四日）。

② 见《楚辞论文集·论屈原之放死及楚辞地理》所附《屈原年表》。

为一单位（少有例外）注释诗句本文。其注释方法为先列众说（重复者只引最早一说），然后作按语，或拨正说明旧注是非，或发明新义，都能言之有据，启发读者思考。可以说，每一按语，都是对所注释所考证诗句的研究历史的小结。有此《长编》，则历代《楚辞》注释情况就可了若指掌了。因此这两种《纂义》可以视为集历代之大成的作品。

不过征引资料限于古人，1955 年准备修订，1959 年开始修订，是完全有条件引入现代《楚辞》注释研究成果的。《离骚》和《天问》两种纂义征引书目最末均为马其昶《屈赋微》和曹耀湘《读骚论世》，可见其局限。现代人研究成果只是在按语中偶有涉及，如屈子生年言及刘师培、郭沫若、林庚、浦江清，释"初度"言及闻一多。其他处全不及现代，与闻一多《楚辞校补》采列成说至郭沫若比较，《纂义》显得保守。若能博采时人之说，如闻一多释《天问》"顾菟在腹"之"顾菟"为科斗、活东，必能提供更多可资参考的材料。

七、刘永济的《屈赋音注详解》和《屈赋释词》

刘永济（1887—1966）字弘度，湖南新宁县人，是现代著名学者。著有《十四朝文学要略》《文学论》《文心雕龙校释》《唐人绝句精华》《词论》《唐五代两宋词简析》《屈赋通笺》《笺屈余义》《屈赋释词》等。《屈赋通笺》（附《笺屈余义》）的出版，曾引起海内外学者重视。《屈赋音注详解》系取上述三种屈赋著作的结论编纂而成。作者谓是书之作，以"供初学诵读易于领会"，而"实为一生研究屈赋的结晶"[1]。

《屈赋音注详解》定屈赋为《离骚》《九辩》《九歌》《国殇》（从《九歌》中析出）《天问》《九章》。《九章》仅取《惜诵》《涉江》《哀郢》《抽思》《怀沙》五篇，谓《思美人》《惜往日》《橘颂》《悲回风》"四篇非屈作"，"屈子作《九章》未毕，至《怀沙》便自沉也"。或取或去，在《通笺》中均有考证。作者释《天问》篇名，说本王逸，以为"此篇乃屈原据庙壁图画发问之辞"。通篇主旨，在明天命难知，而人力可凭，治

---

[1] 上海古籍出版社《出版说明》（1981 年）。

国者"不应舍可凭的人力而委之难知的天命"。"人事果当，天必从之"，屈原对天人问题的认识反映了当时贤哲的普遍的观点。释《礼魂》，本诸王夫之，说："此五句即前九篇的'乱辞'。"在《通笺》中对众说一一具引，再加论断："此篇歌辞特简，意亦空泛，通用之说，亦殊近理。"释《国殇》，谓"通体皆写卫国战争，皆招卫国战死者之魂而祭之之祠。其与《九歌》不同者，无巫觋与神交接之事。又《九歌》所迎者，皆天神地祇，而非人鬼。又王逸原本所无，故《礼魂》'成礼兮会鼓'句下，王注：'言祠祀九神，皆先斋戒，成其礼敬，乃传歌作乐，急疾击鼓，以称神意也。'""此篇所祭者，即历次之国殇也。太史公读《招魂》而'悲其志'当是此篇，故别出之，不入《九歌》中"。

刘氏的考证以充分的材料为依凭，因此所作的结论均足以成一家之言，不可忽视，在现代《楚辞》研究史上占有重要地位。

《屈赋音注详解》的内容完备、体例合理，便于获得系统的知识。其体例为：每篇正文多以两句为注释单位，每两句后释句意，每段后释段意，最后释篇意，进行总结。句与句间，小段与小段间，大段与大段间的互相联系，作者往往都分析得很透彻，对于读者理解全诗的构思很有益处。每句的注释与今译相似，句、节、篇注解毕，再释"韵读"。

| 芳 | 英 | 音央 | 央 | 光 | 章 | 阳部五韵 |
| 降 | 月冬反 | 中 | 穷 | 爉 | 徒冬反 | 中部三韵 |

《云中君》

接下释"音义"。如：

九歌　相传天帝之乐章，启窃以下者，　　穆　敬也。……

琳琅　音林郎，美玉也。灵……神也。神降于巫身，则称巫为灵。

繁会　错杂合奏也。　　欣欣　喜貌。　　东皇太一　天神之尊贵者，祠在楚东以配东帝。

《东皇太一》

《音注详解》只取其结论，其考证见功力者在《屈赋通笺》及《笺屈余义》。杨家骆主编《中国学术类编》，有《楚辞新义五种》[①]前两种即为这两种专著。杨家骆曰：

> 刘永济《屈赋通笺》，……凡被确认之屈作，逐篇分《题解》《正名》《审音》《通训》《评论》以详说之。永济讲授屈赋有年，骆虽不敢尽同意于其所见，然功力至深，令人倾服处固不少也。

> 《笺屈余义》系永济论屈赋文十九篇，于古史今人著作，质疑颇多，为屈赋研究提出不少新见解及资料，与《通笺》同读，益可观其会通矣。[②]

刘氏所论，精义颇多。如《笺·叙论》评屈子学术，罗列班（固）、扬（雄）、颜（之推）、刘（知几）、司马光并朱熹之讥评，加以抨击。《通笺》曰：

> 统观诸家讥评屈子之意，不出两端。其一，以屈子行过中庸，未闻周孔之大道。其一，以屈子恃才傲物，有违由聃之高趣。二说不同，要皆缘自沉一事而发。

刘氏以为，屈子之沉湘，与匹夫匹妇自经于沟渎者未可同日而语，而诸家犹致其讥评，"其意自别有在"。他指出，"此事实与学养有关，此事不明，则于屈子之文章，必难莹澈"。于是从屈子身被六艺之教，所以自沉之故深入分析，以"辩班扬讥诃之意，以为衡论屈赋之本，且以见淮南、史迁推崇之当"。刘氏的考辨虽带有儒家的色彩，但其考据辩论方法及所掌握的广博知识却十分可取。

《通笺》的工作做得很深很细，仅所列《屈子时事表》《离骚节旨诸家异同表》《九歌宾主词诸家异同表》就有许多发人思考的东西。全书征引书目凡246种，且多为历代《楚辞》注释研究之外的书籍。这样就使他的研究具有了鲜明的个性。论据既来源于第一手直接和间接的资料，论证又很严密，那么结论也就自然地多出自己见，非同凡响了。

《屈赋释词》（今附于《屈赋音注详解》后）由卷首《序》《凡例》，

---

① 中国台湾鼎文书局1974年版。
② 见《楚辞新义五种识语》。

卷上《释虚词》，卷中《释词汇》，卷下《释句例》组成。

这是作者贡献于《楚辞》学术研究的一部语言学著作。释虚词重在"说明这些虚词在句中的作用"，"与今日何等口语相当"。有异文互文，如唯、惟、维、虽，则说明互异发生的缘故。释词汇，注重说明古今义的区别和各篇的不同用法。凡字有假借，必说明何字为本字，何字为借字，二者何以能相通。对于联绵词，则本诸王念孙凡连语之字，上下同义，不可分训的理论详为解释。释句例，注重说明屈赋文句构造的特殊性，亦即词的位置的特殊性。可以说这部著作兼有《楚辞》语法和词典的功能。而卷首序说明写作指导思想，并驳刘师培滥用同声通假规律误说"娥眉"，亦很精彩。

八、饶宗颐的《楚辞地理考》

饶宗颐（1917—2018）香港中文大学教授。1946年出版《楚辞地理考》。
这是第一部研究《楚辞》地理的专著。

古人的《楚辞》专门研究，多为草木、音韵之类，清俞樾撰《楚辞人名考》，扩展了专题论著的范围。

《楚辞》地理，为历代注家所重视，王逸注《九歌》即说明写作时地。没有《楚辞》地理的研究，则屈子的生平事迹及其《九章》和其他篇章将难以深入理解。因此历代注家于诗句本文注释中已不能满足阅读和研究需要，专门的《楚辞》地理研究开始引起注意。

先是《楚辞》地图的绘制。明有汪仲弘绘《山海舆地全图》《古今州域新旧河道舆图》附于汪瑗《楚辞集解》。清有蒋骥绘制《楚辞地图》五幅。蒋氏曰："余所考订《楚辞》地理与屈子两朝迁谪行踪，既散著于诸篇，犹恐览者之未察其详也，次为图如左。"一为《楚辞地理总图》，二为《〈抽思〉〈思美人〉路图》，三为《〈哀郢〉路图》，四为《〈涉江〉路图》，五为《〈渔父〉〈怀沙〉路图》。胡文英著《屈骚指掌》，"两涉楚南，三留楚北，询之耆宿，按之众图，绎之屈子之书，仿佛之所涉"。把文籍注释研究与实地考察结合起来，有利于学术的深入。

到现代，绘制《楚辞》地图者有陆侃如、林庚，而自清人汪中作《释郢》，写作《楚辞》地理专题论文，或在专著中以专章加以讨论发展起来。胡元仪《三楚考》、方授楚《洞庭仍在江南屈原非死江北辨》、罗尔纲《楚建国考》、冯永轩《楚都考》、游国恩《论屈原之放死及楚辞地理》，都是重要作品。又有钱穆《楚辞地名考》《再论楚辞地名答方君》，陈梦家《论长沙古墓年代》。

《楚辞地理考》之作，就是在这一研讨热潮中产生的。饶氏说："楚辞地名之讨论，为近年来文史界一大事，拙作《楚辞地理考》三卷，即为解决此问题而作也。"①

饶氏对古地名的名与实的复杂情况有清醒的认识："古代地名，多同号而异地，或殊名而同实。其纷纽繁颐，至难悉究。"因此他确定了考证的两种方法：一是"辨地名"，为"考原之事"；二是"审地望"，为"究流之事"。前者为追溯命名由来和所指范围，后者即探求其地之所在和迁徙沿革。大凡编过大型百科词典地名条目和地名词典的人都会明白，饶氏所确定的方针抓住了解决问题的关键。因此他对于《楚辞》地名的泛称（如江南，指大江以南一带）、专称（如江南又为邑名）、合称（如鄢郢，即宜城之鄢与江陵之郢）、别称（楚徙陈，鄢指鄢陵，郢指郢陈）、借称（楚迁都，以郢为楚都代称，迁都纪为纪郢，迁都鄢为鄢郢，迁都陈为郢陈）、混称（如边裔地名，多所淆乱，南方苍梧之名，亦被讹传于东方或西方），都能一一辨明。至于本诸传说而造为地名者，如《渔父》"沧浪之水"，或谓泛言其地在汉水、夏水之域，或谓其地确在某州某县。饶氏指出，一定要确指，"必不正确，且亦属无谓。近古之说，但泛言汉、夏之域，虽非定见，究亦有理"。

对"地望"的考证，必留意于民族迁徙与建置沿革。如蔡为楚灭，迁于武陵，谓之高蔡；楚黔中之疆域与秦汉黔中郡不同。这样使地名历史沿革得到说明，可避免以今说古之弊。

地名的考证与辩证屈赋创作时地关系至为密切，饶氏对此亦格外留意。如《离骚》"朝搴阰之木兰兮"，王逸仅释"山名"，饶氏考证"阰"即

① 《楚辞地理考》卷末附《楚辞地名讨论集》饶氏题记。

庐江沘山，以实王逸之释。并进而据司马迁《报任安书》"屈原放逐，乃赋《离骚》"以证郭沫若《离骚》作于放江南以后之说。又如《九章·抽思》"低徊夷犹，宿北姑兮"，王逸释以"地名"，饶氏考证"北姑"即齐地之薄姑，在今山东省博兴县东北，以实王逸之释。并进而论证此篇作于第二次使齐，而怀王入秦之后。其识断之精，见解之新，为《楚辞》地理并屈赋创作时地的研究提供了有重要学术价值的参考。此外，饶氏又辑有《楚辞书录》（1956 年香港出版），是最早的一部《楚辞》书录专著。其书的体制和所辑材料与姜亮夫 1933 年完成初稿，1961 年出版的《楚辞书目五种》可以互相补充。如台湾和香港的部分专著与馆藏情况，为姜书所无；所辑录的研究资料，如郭璞注各书引及《楚辞》多条，可窥见久已失传的郭璞《楚辞注》大略；所辑唐代陆善经《文选离骚注》的主要注文，录自日本所藏唐写本。游国恩《离骚纂义》所引陆善经语，即出自此书。此书与姜书并洪湛侯主编之《楚辞要籍解题》，为《楚辞》研究提供了十分有用的工具，都很有意义。

九、姜亮夫百科全书式的《楚辞通故》

现代《楚辞》学家著述最为宏富的莫过于姜亮夫。

姜亮夫（1902—1995）原名寅清，以字行，云南昭通县人。早年曾在清华大学研究院师从王国维学语言文字学，并师事章太炎。1934 年至 1937 年赴法国巴黎大学进修。历任厦门、暨南、复旦、云南等大学教授，后任杭州大学教授。一生致力于教学和学术研究。现出版有成均楼论文辑四种：一是《楚辞学论文集》，二是敦煌学论文集，三是古史学论文集，四是古汉语论文集。《楚辞》学著作除论文集外，又有《诗骚联绵字考》《屈原赋校注》《陈本礼楚辞精义留真》《楚辞书目五种》。

《楚辞通故》从 1931 年积累材料起，至 1973 年完稿，经历了四十余年，至出版，已近半个世纪。这是作者一生治学的结晶："余一生业迹，能草草结束者，此为最巨。"①

---

① 见姜亮夫《楚辞通故撰写经过及其得失》。

《楚辞通故》分十部五十六类，凡百八十万言，图四百四十余幅。十部为：一、词；二、天事；三、地舆；四、人事；五、史，六、文物；七、制度；八、博物；九、意识；十、解题与文体。

各大类又分若干小类，兹简述如次[①]：

词部凡七类：一、单词，二、虚助词，三、叠词，四、联绵词，五、组合词，六、成语（以两言为主），七、章句（非作全句解析不能明其义蕴者）。

天事部凡九类：一、太空、气色，二、天体，三、日月星辰，四、岁时，五、天象（道），六、天庭，七、天神，八、迷信，九、颜色。

舆地部，略分山水、城郭（名），渊薮及形态。

历史部，略析为姓名、史事、方国、作家。

人物部，略析为形态、姿容、行能、称谓、亲属、杂事六事。

文物部，略析为旌旗、车船、兵器、饮食、衣履、玉饰、乐舞、杂器用八事。

制度部，略析为国都、官职、宗族、宫室、民社、量衡六类。

意识部，略析为宇宙、认识、人生、政治、道德、人等，共六类。

博物部，分草木、虫鱼、鸟兽及矿物四类。

解题文体，分通论、篇目两类。

从所分十部并细目可以看出，《楚辞通故》已成为一部《楚辞》学的百科全书。所谓"体大思精"，《通故》是当之无愧的；所谓"集大成"，《通故》也是当之无愧的。

姜亮夫以其渊博的学识、谨严的态度、科学的方法治《楚辞》，其最为明显的特点在于把《楚辞》放在赖以产生的极为广阔的社会背景中进行研究。因此他的研究不是就《楚辞》论《楚辞》，而是从楚国的历史、文化和整个中华民族的古代文化的发展演变中去探索、去发现。他全面地利用了历史统计学、古史学、古社会学、民族学、民俗学、语言学、地理学、古器物学、古文字学、考古学、汉语语音学、哲学、逻辑学，乃至自然科

① 据姜亮夫《楚辞通故叙录》。

学的成果，去解释《楚辞》中的问题，往往能发前人所未发，得出令人信服的结论。如研究原始之光明崇拜、日光传说、十日衍论，以推论《天问》中的传说；以古今地名与历史相结合，据颛顼、若水、西蜀的关系，揭开昆仑玄圃的神秘，定高阳起自西土，进而阐明屈子的四方观念，何以西方为屈子神游意往之所，何以言南方多有亲切之感因而大明。凡《楚辞》所及名物，能取诸物证者，必广采甲金文字、出土器物证明。如"'机臂''弋缴'，取证长沙、信阳实物与铜器纹样。'小腰''秀颈'，取证长沙画帛。《天问》诸端，取证马王堆幡画"。这样把文字训诂和实物考证结合起来，就可以"明事物之本变，文化之传播"。

姜氏全面地运用民族学、民俗学研究《楚辞》和南北文化的不同，对深入理解屈赋的特色很有意义。《简论屈子文学》[①]一文，透彻、全面分析了南北文化的异同。其论屈子文学"民族性特点"一节，从社会制度、文化习俗、宗教信仰、语言（音、义、语法、虚助词）特征、修辞技巧几方面，比较南北之异，《诗》《骚》之异。作者指出：在南楚，周家宗法势力始终不如其土著之三苗及若干少数民族，绝大多数基本成员尚保存其氏族社会遗习。这在《九歌》《离骚》《九章》《远游》《卜居》《渔父》中都有反映。如《离骚》言庚寅日生，庚寅是楚俗的吉宜之日，与三晋、齐、鲁不同。又如《九歌》，为楚民间习祀之乐，是一整套联章之作，为北方所无。"其中以巫为主。巫以乐神者也，北土亦无此法，此举在一切民族之氏族社会中，皆有相类似之风习。"北方宗教意识低落，而屈子文中求占卜，求灵巫，以彭咸（巫彭、巫咸也）为仪则，大谈其天地四方神祇，以"顺遂于民之氏族精神"。《远游》（姜氏断为屈原所作）之神仙羽人思想，亦非北土士子所崇奉。凡此种种，均能说明屈子文学的南楚民族特征。

《楚文化与文明点滴钩沉》[②]一文，论"楚民习与社会政治"，也有精细的比较研究。他说："凡艺术之盛，必依于宗教，此举世所同然。希腊、

① 见姜亮夫《楚辞学论文集》。
② 见姜亮夫《楚辞学论文集》。

罗马乃至高卢民族，莫不有具体事实可征。"他以《九歌》为例，从十个方面比较了南北诸神的不同。北方之神或胼手胝足，或为奇兽怪人，而南方之神则多为美人美女；北方祭神用牛、羊膻腥之牲畜，南方则用蕙肴、桂酒之芳物；北方祭祀用苍髯皓首之祝史，南方则用彩衣姣服之巫女。而《九歌》之神留念人间，与人相亲，且如人一样追求爱情，与北方之神的行性亦大异其趣。又如鲧、禹传说，"北土以鲧为元恶，禹为至圣。而《离骚》言鲧不过'婞直'，《天问》且传其有成。禹亦非纯德"。[①] 这样的比较，既有助于读者了解南北文化的区别，又有助于读者体会屈赋的思想内容和艺术特征。

这样的比较研究很多。如《三楚所传古史与齐鲁三晋异同辩》[②]，"以屈、宋文中所传古史为主，以较齐、鲁、三晋之所传"，论列二十余事，如史籍、政治社会、意识形态。每一方面又列若干小目，如楚无河图洛书之说，无黄老之学，而有飞升之说、治气养心之术之类。

姜氏的研究既深且细，如《屈子思想简述》《屈子天道观》，与前人和时人相较，其立足点之新、见解之精、剖析之细也是使人佩服的。

姜亮夫精于训诂，有深厚的语言学功力。他的研究以语言文字的考释为基础，《屈原赋校注》就是在写作《诗骚联绵字考》《楚辞释例》《楚语言与诗歌》《楚方言考》等论文的基础上，参采历代《楚辞》注释和文字、音韵、训诂及语法著作写成的。《楚辞通故》一书，语言部分就占了三分之一，凡千五百余则。下仅录《简论屈子文学》语法一例，以作印证：

（楚辞）词法，则颇有与北土异者。如状语例置主语之前，如"汨余若将不及兮""纷吾既有此内美兮""謇吾法夫前修兮"皆是。其最特殊者，则莫如三字状语或形容词置于主语之前，如"纷总总其离合兮""斑陆离其上下"。又如"览相观於四极兮"与"闻省想而不可得"，则三动词连用，其艺至奇。览相观三动字连，此三字皆言视，

① 见姜亮夫《楚辞通故撰写经过及其得失》。
② 见姜亮夫《楚辞学论文集》。

而视有深浅，览者普遍视之也；相者一再视之也；观者观赏之，细看详看而审视之也。此在北土文学，无如此细而深邃之描写者。

一九七九年，姜亮夫以近八十高龄，接受教育部的重托，为全国重点大学培养讲师以上楚辞进修生，出版《楚辞学五书》：《楚辞今绎讲录》《屈原赋今译》《三招校注》《楚辞楚言考》《屈子自叙疏证》，是他晚年从事楚辞教学与研究，培养专门人才的又一重要贡献。

十、朱季海、马茂元、汤炳正、蒋天枢和其他学者的卓越贡献

我国的楚辞学术，是一门人才辈出、硕果累累的学术。现代的研究，不论在开拓的广度和研讨的深度上都远远超过了古代的水平。然而本书到此，业已超出约定的篇幅，再以专篇的形式评介每一位有成就的《楚辞》学家已不可能，且还有海外的研究情况，得留一点篇幅，所以也就只有择其要者写"合传"，并尽可能压缩其内容一法了。

朱季海（1916—2011）的《楚辞解故》是一部属于考据范畴的专门著作。他不是逐字逐句考释，不出原作全文，只是列出每篇诗的若干条目加以考辨，因此每一条目（多为一句，也有两句乃至六句者）可以看作是一篇独立的短文。

《解故》之作，目的在"务使楚事、楚言，一归于楚"①，以求得《楚辞》的达诂。其方法是根据荆楚、淮楚之间的方言、风土、习俗等文献资料和出土文物，从校勘、训诂、谣俗、名物、音韵五个方面，进行全面的探索，因此在《楚辞》研究领域形成了自己的特色。如"琼芳之为琼茅，疏麻之为野麻，皆求诸楚俗所有，风土所具，一本良史所书，地记所载，语无增益，而方物可晓"。②朱氏又有《楚辞解故识遗》，杨家骆收于《楚辞新义五种》中。杨氏《识语》说："朱季海《楚辞解故识遗》，训释名物特详。世人皆知楚辞多言草木，然所举植物，果为后世何物？独季海能以《本草》等书证之，此尤为诸注所不能及者。"

---

① 见朱季梅《楚辞解故》后记。
② 见朱季梅《楚辞解故》后记。

马茂元（1918—1989）所著《楚辞选》是《中国古典文学读本丛书》的一种，流传较广。其注释"一是解决文字上的声音训诂问题，扫除阅读的障碍；二是阐明作品的内涵，它所表现的作者的思想、感情；三是通过词的用法、句的结构的分析，使读者进一步体会到作品的语言艺术特色"。在解题中分析了"有关作者生平和作品时代背景的资料"①，说明了"综合全篇的内容及形式"。②

在"前言"中作者指出：《楚辞》是在楚国本身诗歌艺术发展的基础上同北方文化接触后酝酿而成的。他认为屈原部分地吸收了法家思想，而这又以儒家的进德修身的人生哲学为出发点。这都是有意义的观点。

这个选本注释详备，深入浅出，尤注重文义的阐发和文气的串通，既有助于学术研究的参考，尤其有助于文学青年的阅读，体现了提高与普及的统一，很有实用价值。因此自一九五八年由人民文学出版社出版以来，受到广大读者的欢迎，重版已达六次之多。

1984年至1986年，马茂元主编出版了《楚辞研究集成》五种，凡百九十六万言：一、《楚辞注释》；二、《楚辞要籍解题》，附《楚辞专著目录》；三、《楚辞评论资料选》；四、《楚辞研究论文选》，附《楚辞研究论文目录索引》；五、《楚辞资料海外编》，附《国外楚辞研究论著目录索引》。

本书由马茂元任总主编并第一分册主编，第二、第三、第四、第五分册主编分别由洪湛侯、杨金鼎、尹锡康和周发祥担任。

这是一部很实用的工具和学术参考书，其目的在于帮助"一般有志于《楚辞》研究的同志"解决文献资料的困难，"并帮助一般文学爱好者通过阅读欣赏《楚辞》原作，进入研究领域"。

现代楚辞学的研究，汤炳正和蒋天枢是很有特色的。

汤炳正（1910—1998）的《屈赋新探》以其利用出土文物和少数民族习俗探讨屈赋中的疑难问题和见解之新、研究之精引人注目。

①② 见此书前言。

《新探》由二十篇论文组成，探讨的问题属五个方面：一、屈原的生平事迹；二、《楚辞》的成书与传本；三、屈原的思想与流派；四、屈赋里的神话传说；五、屈赋的语言艺术。

《新探》考证屈原的出生时间为楚宣王二十八年（前 342 年）乙卯，夏历正月二十六日庚寅，与历来所有的结论不同。作者推论的主要根据是 1976 年陕西临潼出土的《利簋》铭文"岁贞克闻"、1972 年临沂银雀山汉墓出土的《元光历谱》、1973 年长沙马王堆三号汉墓出土的帛书《五星占》。作者指出，"岁贞克"与"摄提贞于孟陬"同是以岁星晨出东方的十二个月来标记年月的。用这种方法记录出生年月，就需要"找到一个跟具体年代相结合的、以实测的岁星晨出东方的年月为标志的原始材料。再用岁星的'恒星周期'和'会合周期'进行推算"。这样，不管各国的历法如何不一致、朝代如何更替，而所得到的结论总是比较可靠的。而《元光历谱》《五星占》正好满足了这个要求。作者考证"岁贞克"为"岁当辜"，"摄提"是"岁星摄提"。加上对后两种出土文物和其他材料的分析，使推断具有了相当强的说服力。

《〈天问〉"顾菟在腹"别解》也是训诂和出土文物相印证的力作。在前面评介闻一多一节中，曾列举过"顾菟"一词。闻一多以"顾菟"为蟾蜍、活东、科斗，曾受到郭沫若的称赞。汤炳正从郭德维的《曾侯乙墓中漆箧（音 hū）上日、月和伏羲、女娲图像试释》得到启示，并辨析了郭文所附曾侯乙墓衣箱盖上图像，申发他在《从屈赋看古代神话的演化》一文中提出的"古代神话的演化往往以语言因素为媒介"之说，考证了月中阴影古代神话的兔、蟾蜍、虎的不同传说，分析了顾菟至於菟至於虥（左兔右虎）乃至于狗窦的演化之迹，从而说明曾侯乙墓衣箱盖上的虎头兔身兔尾之兽，正是由兔到虎的传说演化的物证。"於虥（左兔右虎）"是楚人名虎的异名。则《天问》"厥利维何，而顾菟在腹"从利害角度提出问题，只有从凶残的猛兽解释，才能通达。把神话的演化和语言的演化结合起来，把文字材料的训诂和出土实物的考证结合起来，是一条宽广的道路。这种研究方法是值得称道的。

《〈楚辞〉的成书之谜》是一篇十分精彩的文章，本书在第二章即取其说。

《楚辞》的篇次，洪兴祖《补注》与王逸《章句》不合。《补注》按作者排列，而《章句》则较混乱。《章句》的编排与古本《楚辞释文》（据余嘉锡考证，为南唐王勉作）相同。对于古本的似乎十分混乱的状况，作者进行了缜密的分析，令人信服地揭示了《楚辞》成书的过程。作者的《楚辞》纂辑五阶段说，科学地反映了《楚辞章句》和《楚辞释文》编目篇次的历史。

汤炳正的论文思路开阔，材料翔实，论证严谨，而批驳持论亦平和。他的每一篇论文都能启发人的思维。

和汤炳正的论文有异曲同工之妙的有蒋天枢的《楚辞论文集》。

蒋天枢（1903—1988）的《楚辞》研究著作有《楚辞新著》和《楚辞论文集》。《楚辞论文集》有《〈楚辞新著〉导论》《〈楚辞新著〉导论二》《汉人论述屈原事迹中的一些问题》《屈原年表初稿》《〈后汉书·王逸传〉考释》《论〈楚辞章句〉》六篇。

蒋天枢的论文最大的贡献在于提出了对屈原生平事迹再认识的重大学术课题，同时也提出了对某些诗篇的写作背景和诗句解释的重新检讨问题。

本来屈原以及其作品从汉代开始，在解释和评价上就一直存在着分歧。随着现代科学的发展，研究方法的改进，对屈原及其作品的解说更趋深入，同时分歧也就更大。这种一时扩大的分歧经过再深入的研究，在某些方面可能达到统一，这是规律。蒋天枢的论文就是这一扩大分歧——提出新问题的反映。

蒋氏的研究重史籍的记载，重作品的互相联系的内证考索。他不是在对作品解释不通时就去怀疑史籍的记载，而往往能将作品和史籍记载以及某些原始的注释结合起来进行研究。这样他提出了令人震惊的崭新的观点，主要有：一、屈原只有一次放逐，其放逐是迁陈以后事；二、屈原在迁陈后曾有一段时间极被顷襄王信任，而终因与秦娸和派的得势，发生倒屈事件；三、构和派的离间与诽谤，使屈原见顷襄王已难，救国之策难以施展，于是自请南行，以求他图；四、屈原南行，先至汉北，再往江南。江南沅湘之广大南土，亦即南国，乃图秦事业兵源之所在。屈原"年既老而不衰"（《涉江》），年约七十一二岁（顷襄王三十年），期己为建立大业之吕望[1]；五、屈原之死，当在顷襄王三十六年或考烈王元年。这时秦占楚州，断屈原北返交通，破坏屈原计划。而秦更逼迫楚订立和秦新约，于是屈原绝望，投汨罗而死，年七十七八岁。六、屈原可以不死，南人亦将乐于拥戴屈原为主，《思美人》"欲变节以从俗兮，媿易初而屈志"诸诗句，即反映了众人的请求和屈原的态度。

蒋氏的屈原生平说虽有一些推断和猜测，但都可以在诗作中找到内证。蒋氏的研究很有些"索隐派"的意味，其坐实诗句，俨如《公羊传》之求大义微言，但是仔细分析，却又觉得有理有据，自成体系，不可忽视。可惜《导论》发表后没有引起大的讨论，仅有谭优学在中华书局《文史论丛》上发表楚辞新注导论质疑一文相驳难。蒋天枢即以《〈楚辞新注〉导论二》一长篇论文作答，时在 1964 年 8 月。

《楚辞》的研究，从来都是文与史并重的。这是因为《离骚》《九章》等篇章直接反映着他的生平事迹和遭遇。因此尽管前人对屈赋各篇所作时地都有考证，但如此全面地从新的分析角度去分析《离骚》《九章》的《悲回风》《抽思》《思美人》《怀沙》，去分析《天问》和《卜居》《渔父》，却只蒋氏一人。

《楚辞》研究卓有成绩者还有陆侃如、林庚、詹安泰、孙作云、谭介甫、胡念贻多人。近读周勋初《九歌新考》、肖兵《楚辞与神话》、黄中模《屈原问题论争史稿》，也感到新义颇多，只有留待以后再作介绍了。

---

[1]　见宋玉《九辩》："太公九十乃荣兮，诚未遇其匹合。"

第十一章　外国学者的《楚辞》研究

1953 年，世界和平理事会推举屈原为全世界人民纪念的"四大文化名人"之一。苏联费德林在《论屈原诗歌的独特性与全人类性》一文中对屈原及其作品的世界意义有过很好的评价。

一、日本的《楚辞》流传与研究

外国学者对屈原和《楚辞》的研究最为深入广泛的是日本。据《楚辞研究资料海外编》载，1951—1980 三十年间，日本所发表的《楚辞》论著就有一百五十余种。

《楚辞》传入日本在天平二年（730 年），较《文选》传入日本稍晚，已经有了近一千三百年的历史。

《楚辞》传入日本，受到广泛的喜爱，并对日本的文学和思想产生很大影响。早在《古事记·神代记》中就出现了楚辞《渔父》的词句，《日本书记》中又有《河伯》的词句。《楚辞》对于日本的影响可以追溯到十七条宪法的时代，日本古诗集《万叶集》的"反歌"就是源于楚辞的"乱辞"。

日本人的起源有可能是楚人。不仅在体质上日人和楚人极为相似，还可以从原始人的石器工具和文化习俗方面找到许多证据。柳田国南认为大米、币、《楚辞》三者的研究，有助于揭示问题的真相。《楚辞》的《招魂》与日本民族古老的镇魂习俗，《荆楚岁时记》所记载的活动与日本每年例行的节日活动、祭祀仪式都极为相似。日本学者重视《楚辞》是必然的。

《楚辞》传入日本后，最早是为阅读需要而做的注释，即"和训"。"和训本"是以日语解说的版本。

较早的研究有秦鼎（1761—1831）的《楚辞灯校读》。这是一部编纂体的著作，作者将屈复的《楚辞新注》并载于林云铭的《楚辞灯》中，为读者提供方便。其后有龟井昭阳（1773—1836）的《楚辞玦》。"本书注解的特色，是它具有透彻的合理性，和根据古代文献的适当确切的求证。"①但其书未展开全面研究。又有冈松瓮谷（1820—1895）的《楚辞考》。其书可取的见解不少，作者持屈原投水否定论，与明人汪瑗之说一致。又有西村硕园（1865—1924）的《屈原赋说》。

《屈原赋说》分上下两卷。上卷十二篇：名目、篇数、篇第、篇义、原赋、体制、乱辞、句法、韵例、辞采、风骚、道术；下卷十篇：名字、放流、自沉、生卒、扬灵、骚传、宋玉、拟骚、骚学、注家。此为未完成之大著，仅存前半。

从名目中可以看出这部概论体的专著体制的宏大，思虑的精密。《楚辞》的各主要问题都涉及了，加之考证的精深，至今仍是日本研究《楚辞》的权威性著作。

日本现代《楚辞》学的研究是很活跃的。自二十世纪初以来，专著二十余种，论文二百余篇。其主要注释有《楚辞师说》（浅见绚斋）、《楚辞》（冈田正之）、《译注楚辞》（桥本循）、《新释楚辞》（青木正儿），《新释》代表了日本注释《楚辞》的最新成果。主要研究著作有《楚辞》（桥川时雄）、《巫系文学论》（藤野岩友）、《楚辞之研究》（星川清孝）、《楚辞研究》（竹治贞夫）、《屈原》（目加田诚）。

《巫系文学论》把楚辞和古代民俗学的研究结合起来，极有特色。作者在《〈楚辞〉解说》一文中对《巫系文学论》的观点有简要明确的表述：

> 《楚辞》起源于祠祀和咒禁等仪式中所使用的文辞，这种文辞是
> 与巫觋和工祝有关的宗教性文学（宗教性文学尚不属文学之列）。在

---

① 见竹治贞夫《楚辞的日本刻本即日本学者的楚辞研究》。

将这种文学升华到具有明显的自觉意识的文学作品的过程中，屈原的作用应给予高度的评价。屈原以他的独创精神将这种传统的文学形式加以改革，使其完全摆脱了宗教的从属地位，成为立足于表现人的自觉意识而带有强烈个性的文学。《离骚》《天问》《九章》就是如此。《九歌》《招魂》等篇虽然出于宗教的目的而作，却完全是按照文学上的要求而选择文词并修饰其结构的，所以仍然不失为高度文学化的作品。

藤野的研究是深而且细密的。他指出，《楚辞》的自叙性质有三个特点：首先是使用第一人称的构思；其次是诉说和祖先之间的关系；最后就是毫无保留地叙述自己的优点长处。《离骚》是这样，而《尚书》里的《金縢》篇的《祝辞》也是这样。因此可以说《离骚》等是"祝辞"系统的文学。而《天问》的雏形则是卜辞，因此可看作是"卜问"系统的文学。此外还有"神舞剧文学""招魂文学"诸系统，[①]都是从宗教、巫这个基础上升华的。藤野的观点易引起误解，因此他一再强调，"楚辞出于巫所掌管的文学，即文学之前的文学系统。……并非是宗教性的文学"。如《天问》，也只是文学形式上承袭了卜问的形式而已。

竹治贞夫的《楚辞研究》以其深厚的功力和某些篇章的新鲜内容引起中国学者的浓厚兴趣。在《离骚——梦幻式抒情诗》中指出，《离骚》是"囊括现实世界与梦幻世界的宏大的传奇故事"。作者把《离骚》的段落结构与作品的本质特征结合起来进行分析，说明它的前一部分是现实性的抒情，后一部分是幻想式的叙事。其现实性的抒情由现实的体验和虚构的假托相结合而成，其幻想式的叙事则含"周游求女"和"占卜与再游"两部分。

竹治贞夫注意到《楚辞》各篇结尾部分的"乱""少歌""倡""重""叹"等名的性质，在《楚辞的二段式结构》中，通过深入的文字训诂研究，正确解释了它们的大致相同的含义和区别："乱"是总理总摄前意，"少歌"亦其类；"重"是前意不足而重复设辞，而较"乱"为长；"倡"是更造

① 据浅野通有、星川清孝、藤野岩友、松本清张《关于〈楚辞〉的座谈会》（《楚辞资料海外编》）。

新曲;"叹"是咏叹、吟咏。同时对"乱""重"等的较为复杂的形式都做了深入的分析。

《楚辞的日本刻本及日本学者的楚辞研究》介绍了《楚辞》传入日本及其流传情况,并介绍和评论了十八世纪后期到二十世纪初的注释与研究情况,是一篇日本《楚辞》传播研究史略,值得一读。

从上述各篇可以看出,竹治贞夫的《楚辞研究》是多新义有相当学术价值的著作。

星川清孝是当代日本楚辞研究界的一位元老,他的《楚辞之研究》是一部全面研讨的大著。

星川认为:为政治而进行的祭祀需要"祝辞",在外交场合需要讲究"辞令"。"辞""令""诰""会""祷""诔"都属于祭祀和政治的仪礼文学,因而带有庄严和神秘的色彩。在《楚辞之研究》第八章《楚辞的传统》从语言特色、思想情感等方面研讨楚辞与汉魏六朝文学、与唐末诗文的关系,用朱熹《楚辞后语》《续离骚》所提供的线索与材料,对楚辞的传统作了透彻说明。

星川指出,"哀悼忧愁色彩,应当说就是楚辞的特色。"这种色彩经贾谊的《吊屈原》而表面化,从而使汉以后逐渐使用《离骚》《九歌》的"兮"蹈袭屈赋的风格,写作辞、吊辞、祝辞、祭文。又指出,屈赋的神游观念,表现了对自由和理想世界的憧憬和讴歌,神游思想也联系着"隐仙"观念。这一内容特征在宋玉以后也被继承了的。

星川始终注重从内容和形式两方面说明楚辞对后世文学的影响,对唐宋大诗人李白、杜甫、韩愈、柳宗元、苏轼等人作品的楚辞流风都有深刻的见解。

日本学者的《楚辞》研究重一个问题一个问题地深入探讨,少有空泛的议论。除全面研究《楚辞》的专著外,单篇论文多能就一个大的或者很小的问题加以发掘。如《关于〈楚辞〉中的鸟》(桑山平龙)、《〈楚辞〉世界的再现——长沙马王堆发现古汉墓》(冈奇敬)、《〈楚辞章句〉中〈九辩〉的编次——王逸意图中经与传的构思》(浅野通有)、《〈楚辞·天问〉

与苗族的创世歌》（伊藤清司）、《鲁迅其人的屈原影子——其现实主义和浪漫主义》（山田敬三）等，都是饶有趣味的。

日本学者研究的广度和深度都引人注目。重视研究的研究，值得我国学者借鉴。如洪兴祖《楚辞补注》、朱熹《楚辞集注》、王夫之《楚辞通释》、佚书《楚辞释文》都有专文探讨。有些研究，如《〈楚辞集注〉中反映的思想》（山根山芳）、《朱熹编写〈楚辞集注〉的动机——对历代楚辞评价流变的考察》（林田慎之助）选题都不错。

日本学者凡研究屈原有素者，对屈原的真实存在从无怀疑。自 20 世纪 60 年代起，部分日本学者发表文章，否定屈原及其作品。1968 年，铃木修次、高木正一、前野直彬主编的《中国文学史》提出"屈原传说"及《离骚》《九歌》《九章》等篇章不是屈原所作的论点。这不过是我国 20 世纪 30—40 年代、40 年代廖平、胡适、何天行以及 50 年代朱东润的论点的翻版。其论点、论据也不出他们的范围。三泽玲尔的《屈原问题考辨》以曲解司马迁、扬雄、班固、朱熹、王若虚等人的论点为前提，作出错误的结论，否定屈原的真实性。为此中国学者举行了全国性的屈原问题讨论会，对国内外的"屈原否定论"进行了学术批评。1983 年—1984 年，在一些学报上发表 30 余篇批驳"屈原否定论"的文章。

在日本，严肃的楚辞学家对这一问题也是关注的。1967 年，日本国学院大学文学系教授浅野通有在《自叙性楚辞文学的系统》一文中把"自叙性"亦即作品表述作者处世立身态度作为楚辞一大特征立论，本身就是对"屈原否定论"的回答，和所有的楚辞学家一样，他也明白有许多疑点。但是这些疑点绝不能构成"屈原否定论"，他写道：

> 正如经常谈论的那样，在相距两千数百年以前的先秦作品中存在着许多疑点是必然的，《楚辞》是灭亡的楚国的文学，存在疑点更是必然的了。不过，虽然如此，只要存在确切的疑点就不应当一成不变地照搬旧的学说。反之，不掌握确切的反证而一味地穿凿疑点，割离了《楚辞》和屈原之间的关系，甚至否定了屈原的存在，这只会引起

徒劳的纷争。

在这段文字的注释中，作者对廖平、胡适、朱东润的观点作了介绍，指出："上述各种论点证据均甚薄弱。"

1974 年，由浅野通有主持，开了一次《关于〈楚辞〉的座谈会》，与会者有星川清孝、藤野岩友、松本清张。这是一次高层次高水平的座谈会，座谈记录发表在《国学院杂志》七十五卷一月号上。

座谈会是因 1972 年田中首相访华，毛泽东主席赠送朱熹《楚辞集注》引起的。浅野说："《楚辞》在近年来已从各个角度放射出新的光芒，故有必要重新认识它的重要性。在此时刻，仅仅以《楚辞》与日本民族、日本文化有着重大关系的角度考虑，共同来讨论《楚辞》，也是非常适宜的。"记录分五层内容：一、《楚辞》的宗教基础；二、南方农耕民族的文学；三、古墓壁画和《楚辞》的世界；四、《楚辞》的传入；五、《楚辞》研究的动向及其课题。星川指出，楚辞是由祝所使用的辞逐渐发展而成的专门文学，"而真正将它发展成为精美的文学作品的则是楚国的屈原。"藤野说："屈原等人的作品已经是自觉的文学，并非宗教性的文学"。星川、藤野等人对《楚辞》的性质做了深入细致的探讨。在二、三两个问题中着重讨论了《楚辞》与日本民族、日本文化的重大关系。第四个问题介绍《楚辞》传入日本的历史。第五个问题对今后的《楚辞》研究提出了几点意见：1. 研究《天问》（屈原）、《天对》《天说》（柳宗元）、《天论》（刘禹锡）、《天论》（荀子）系列，正确认识中国古代关于"天"的思想（星川）；2. 以日本古典著作反过来考证《楚辞》（松本）；3. 研究《楚辞》中出现的异民族（藤野）。这一层很重要，利用民族、民俗和人类学研究《楚辞》有着广阔前景。

二、欧美的《楚辞》研究

屈原的作品传到欧洲的历史只一百六十余年。据闻宥《屈原作品在国外》一文介绍，最早翻译屈原作品的是德国的费慈曼。1852 年，在维也纳皇家科学院报告上发表了他的《〈离骚〉和〈九歌〉——纪元前三世纪的两篇中国诗歌》。其后有法国、英国、意大利译文。德国的研究也比较早，孔好古（A.Conrady）有译文《天问》，并附有长篇考证。书名为《中国艺术史上最古的文献——〈天问〉》，是他的弟子爱吉士教授（E.Erkes）整理遗稿，于1931年出版的。各国楚辞研究论著，据《楚辞资料海外编·国外〈楚辞〉研究论著目录（1951—1980）》统计，英文15篇，德文4篇，法文2篇，俄文15篇。规模小，影响也有限，但也不乏有价值的见解。

孔好古在《公元前四世纪印度对中国的影响》中指出：《天问》的许多素材在印度文化中也有，例如月中玉兔、乌龟与幸福岛、吞舟大鱼等。他又说：这些素材"刚好使人想到印度的诗歌"。德国《华裔学志》多次发表文章论述屈原《天问》一诗。卫德明（Hellmut Wilhelm）撰《〈天问〉浅论》一文对孔好古说加以批驳，就孔好古征引的《梨俱吠陀》和其他"吠陀经"材料进行分析，同时又以冰岛诗集《埃达》和其他材料为例说明："现代比较宗教学告诉我们，这种文化上的平行类似现象，没有必要解释为相互直接影响的结果。"他认为，屈原对他故乡的祭祀知识和神话知识的渊博，足可以使他产生创作的灵感。他的观点受到法国学者戴密微（Paul Demievlle，1894—1978）的肯定。戴密微在《道家的谜》一文中把《天问》对世界的起源、结构，及其存在原因的哲学思辨和《庄子》《老子》进行比较，又和印度的吠陀文学、斯堪的纳维亚古代民族的神话传说集《埃达》、伊朗的《波斯古经》进行比较，确认了这种现象的普遍性。对荷兰史学家于新加和德人卫德明的观点表示赞同。他完全同意于新加的形象比喻：哲学像孩子们不倦地提出一些既十分重要又难以解决的问题一样，是在"游"的形势下产生的。

英国学者的研究，也许比德国还要早。1895年1月，在《皇家亚洲协会会刊》上发表有詹姆士·莱格《离骚及其作者》一文，1927年《大亚细亚》第4卷、1928年《皇家亚洲协会北中国支会会刊》第59期先后发表了鲍润生的《屈原的远游》《屈原的生平及诗作》两篇论文。

这些专著、译文为英美学者所熟悉。美国哈佛大学教授詹姆士·R.海陶玮（James R.Hightower）曾批评他们依据的资料贫乏。1951年，海陶玮得到洛克菲勒基金会的允诺，针对中国学者的研究某些不顾及已取得的成果，好为重复的劳动的弊病，表示要对数量众多的论文作一总结。"以便为学者们筑起立论的根基"。他的《屈原研究》①就是基于这个目的写作的。

海陶玮指出，中国楚辞学研究有两个明显的缺陷：一是重复、雷同，"常常忽视已经问世的论著"；二是"大多数的屈原研究带上了理想化传记的性质，而缺乏学术探讨的特点"。海陶玮申明，他"准备站在承认屈原的论者之列"，但是他感到惋惜的是，司马迁的《史记》，把屈原"铸造成文学型而非历史型"的人物。因此，在这个基础上研究屈原生平及其作品，就会发生"一个论者一种传记"，和西方学者研究莎士比亚一样。

《屈原研究》对《史记》的"传"解释说："我主张'列传'的'传'主要是传说之意。"这是他的立论的出发点之一。他对谢无量、陆侃如、郭沫若、游国恩、林庚等人的论著作了评介，认为："大多数文章或者弄错了事实，或者弄错了所引资料的性质。"他希望对有充分资料的诗作的风格、形式、想象力这类诗歌本身的问题还要加强研究，而不宜对人物思想状况、审美观、政治态度、宗教信仰轻易做出结论。

海陶玮的批评和建议有合理的，甚至是十分重要的一面，但他对中国学者的卓有成效的楚辞研究更多地带有否定的倾向，且自视甚高，居高临下，殊不可取。他的"为学者筑起立论的根基"的愿望，怕是难以由他个人或一个研究机构实现的。例如他在《屈原研究》中说《离骚》"很长而又不易读懂"。在《中国文学大纲》又认为《离骚》结构模糊，仿作《远游》胜过《离骚》。他事实上也是不顾已有的结论，徒增分歧。匈牙利汉学家F. 托凯在《中国悲歌的起源》一书中就曾对此提出批评："海陶玮认为《离骚》的结构模糊，而看不到《远游》的诗人歪曲了《离骚》的结构，这并不奇怪，因为他认为仿作胜过原著。"②

英国戴维·霍克思（Tavid Hawkes）的《楚辞——南方的歌》（1959 年，牛津）和《求宓妃之所在》（《大亚细亚》第 8 卷，1960 年），是常被

---

① 日本西文论文汇编《京都大学创立廿五年纪念文集》，1954 年。

② 该书第 11 章《屈原诗派及其对中国诗歌的影响》。

征引的论著。

霍克思对《楚辞》研究在史料不甚充足的情况下，对于屈原作品的真伪和屈原生平、思想行为的肯定性的评价，表示了和海陶玮相似的观点。他在《求宓妃之所在》一文中说："文学批评家在作品年代无从稽考的时候，便只能从美学的角度随意加以附会。西方学者研究《楚辞》着意在寻出它的诗歌创作年代的某种次序，而不是某个爱国诗人得以复活。"他认为，应用语言学的标准，只能指出一部作品与另一部作品的异同。而要想从这异同中推断作品的创作年月，只能凭直觉和推测，这是伪科学。

从该篇的注释中可以看出，他对闻一多和郭沫若在抗日战争时期对屈原的宣传不以为然。他认为东方学者对屈原作品的创作时间的考证是徒劳的。

中国学者从清代开始，在屈赋的创作时地考证上做了浩繁的工作，其研究方法则不仅仅是注意语言的标准。诗句和史籍的相联系的考证，在中国和日本学者中运用得比较普遍。这个事实在海陶玮和霍克思的研究中似乎都没有引起重视。

无论东方还是西方，在屈原和《楚辞》的研究上都有共同的遗憾：史料的直接材料太贫乏了。如何从有限的史料和屈原作品的自我暗示中进行科学的考证，确实是一个重要的课题。蒋天枢的《楚辞新注导论》的研究方法也许是值得参考的。

霍克思事实上也参加了这种考证。在《楚辞——南方的歌》一书中，对《招魂》的创作时间及其对象表示了这样的见解：在楚顷襄王——他在其父死后登位，而平庸过于其父——时代，屈原召唤楚怀王的灵魂。

霍克思主张用人类学和心理学去研究《楚辞》的原型，他写道：

> 对文学原型的研究在一定程度上涉及对人类学和心理学等学科的研究。……单从形式方面去说明文学，从来不能满足于习惯思索探究的人的要求；如果没有新的理论，旧的教条就少不了。在我看来，重要的是利用现有材料，以阐述现在的文学原型。

这种原型批评的方法，对克服楚辞研究中的某些弊病，使研究与对象的主要价值相密合，无疑是有意义的。

《楚辞——南方的歌》以及《求宓妃之所在》是他的主张的具体表现。

楚国是一个巫风盛行的国家，作为南方文学的代表，楚辞在以巫术的活动为题材进行创作（如《九歌》）和在诗作中反映着巫术这两个方面其地域的特征极为鲜明。而屈原的艺术手法，尤其是富于幻想和浪漫主义，无不与巫有关。日人藤野岩友的《巫系文学论》对这一问题的研究十分深刻。霍克思的《求宓妃之所在》，以丰富的引证，说明楚辞、汉赋与古代巫术活动和封禅观念的密切关系，因此有一些与仪式有关的虚构文字。

作者的考辨精微，理论的角度新颖。他认为王逸关于《九歌》是对传统的宗教素材的文学性的再创造的观点"是独具只眼，颇有心得的见解，很可能成为求得对于全部《楚辞》的更好的理解的一把钥匙。"他先以《湘君》为例作了这样的判断：

> 这里始终只让一个歌者——那个追求湘水女神，却又不能如愿以偿的男巫——在诉述。他指望她会出现。他甚至听到了女神的笛声；然而她并不是在为他演奏。不知何故，她竟未出现；男巫将玉制的祭物投入江水，怅然离去。

作者认为只有这样设想，才能对《湘君》和《湘夫人》做出最有意义的解释。他认为，"诗中暗示，女神与一个'大人物'温存去了"。在注释中他解释说，这个"大人物"便是女神的夫婿舜。因此舜成为了巫者的情敌。《少司命》中也提到巫者的情敌，其说解之新颖由此可见一斑。他的某些训诂也有意义，如释"辞"为"字"，就是记录和写作的文字，"楚辞"即"楚纪"，"屈原纪"。这是因为《楚辞》中有些作品并不属于一种形式，一种体裁，只能解释为是屈原一派人的新的、世俗的文学作品。

他把《楚辞》（除《九歌》、《招魂》和《天问》外）分为"忧郁"和"巡游"两类，认为"'忧郁'类诗歌的感伤调子也许来自传统的巫者对变幻无常的神的祭文中惯有的那种忧郁、失意的语调"，而"'游历'，即宗教仪式化的旅行"，"本质总是具有巫术的性质"。作者征引了邹衍、

《穆天子传》《山海经》以及秦始皇、汉武帝巡游封禅的材料，对《离骚》和汉赋（如张衡《思玄赋》）作了多方面的分析，透彻说明了楚辞文学原型，其研究方法是很可取的。

上面我们提到匈牙利H.托凯（Ferenc Tokei）的《中国悲歌的起源》一书。这部书1959年在匈牙利出版，1967年出版法译本，1972年又出版了日译本，在国际上有一定的影响。

这部著作主要是从美学上，以马克思主义观点和方法研究屈原与中国悲歌，在西方是第一次。戴密微的法译本写的序言，对此作了肯定的评价。

全书由十二章组成：《周代的中国社会》《铭文》《书经》《哲学著作里的史诗》《诗经和抒情诗问题》《屈原的时代和诗人的生平》《九歌》《九章》《离骚》《〈天问〉〈卜居〉和〈渔父〉》《屈原诗派及其对中国诗歌的影响》和《关于悲歌理论》。前有"导言"。

作者把《离骚》等作品放在中国的广阔的社会背景即古代家长制社会条件和世界文学的背景上进行论述，指出屈原的《离骚》等篇章，既有史诗的客观的外部世界即社会及其风俗的描绘，又有主观的属于个人际遇的抒情，而在描绘和抒情中又含有深沉的哲学思考。这便是悲歌。假若没有史诗的广度，就只能成为讽刺短诗；假若没有哲学的思考，没有对理想的热烈追求，就会成为平庸的牧歌——"农民的乌托邦"。

托凯认为"屈原诗派的诗歌有两方面的特点：一方面具有通过道教的神秘之路来寻求的、并在牧歌中发现的理想；另一方面又存在一种把理想和屈原的榜样抛在一边的强大诱惑力"[①]。因此他又认为屈原以后的悲歌出现了衰落趋势，宋玉的《风赋》和汉赋的耽于描绘就是事实。同时他又指出，"赋虽然放弃了成为伟大史诗的愿望，但恰恰是散文化的和重描绘的鲜明特色，使它成了汉代诗歌中的杰出体裁"[②]。

托凯对唐代大诗人李白、杜甫、白居易所写的长篇的悲歌给予高度评

---

①② 均引自《中国悲歌的起源》第11章《屈原诗派及其对中国诗歌的影响》。

价，认为"从艺术观点来看可能是最成功、从文学史角度来看则肯定是最为重要的作品"①。而这正是对屈原诗派的影响的反映。

苏联的《楚辞》介绍和研究较晚，现在所能见到的材料，最早可能是20世纪40年代费德林发表的《屈原的生平和创作》一文。1953年，屈原被举为世界"四大文化名人"之一，在苏联连续发表了Л.Э. 艾德林《中国人民的诗人屈原》（苏联科学院东方研究所简报1953年第9期），Л.N. 杜曼《政治家屈原和他的时代》（同上），《屈原——伟大的中国诗人》（《科学院学报》1953年第9期），H.T. 费德林《伟大的中国词人屈原》（《真理报》1953年6月15日），Л.Э. 艾德林《伟大的中国诗人屈原》（《星火》1953年第24期）。以后又陆续发表过一些文章。

费德林是著名汉学家，屈原研究是他中国古代文学研究领域的一个重要方面。20世纪50年代曾主编《屈原诗集》俄译本。其代表性的论文有《论屈原诗歌的独特性与全人类性》《屈原辞赋垂千古》等。在前一篇文章，费德林指出："在艺术的民族特色中，又总是蕴含着全人类性的因素。"他始终把握着"从民族特点这一角度来考察美学观点和艺术鉴赏力"这一原则来研究东方文学，研究屈原。他认为屈原是"真正的艺术"的创造者，他的"独一无二的艺术瑰宝"，是"人类生活中真正美好事物"。因此屈原的作品能够"超越自己的时代""具有全人类性意义"，屈原诗歌的美学价值就在这里。

用马克思主义的美学原理分析屈原的作品是苏联学者的共同特点。他们对某些可能引入歧途的考证的兴趣，远远不及对作品本身的美学价值的研究。费德林说："屈原是一个历史的具体的人，屈原的作品，较之任何其他文献及注释者的假说都更为可靠。……屈原诗篇中这种自传性内容，愈是晚期作品愈多。屈原文学创作的美学价值也是如此。"

《屈原辞赋垂千古》表述的基本观点与上述内容是一致的，而着重点在研讨艺术方法。他指出，屈原创作与民间创作有密切关系，但是"民间

---

① 引自《中国悲歌的起源》第11章《屈原诗派及其对中国诗歌的影响》。

创作到了屈原手里便同他的艺术构思，同他个人对于周围世界的观察融为一体了，所以民间创作在屈原的诗歌里得到了创造性的利用。……获得了新的色彩、新的意义和感染人的新的思想艺术力量"。作者较为全面地分析了屈赋的艺术风格，同时从他的创作实践分析其创作指导思想和文艺理论，说："从某种意义上说，屈原的创作可以同古希腊罗马的诗法相比较，即同大约产生于公元前八世纪的古希腊诗歌体系及公元前三世纪从希腊传入的古罗马诗歌创作体系相提并论。"

苏联学者的见解往往有启发意义。E.A.谢列勃里雅可夫在《屈原和楚辞》一文中提出"屈原的诗篇第一次如此强烈地表达了知识分子阶层的代表对人生、对国家应负什么责任的见解"，就很耐人寻味。他这样从社会学、从美学的角度提出问题，也表现在对某些诗句的解说中。他认为"夫惟圣哲以茂行兮，苟得用此下土"这两句诗，"反映出他相信当时为官的知识分子是有高度天赋的"，"每个有学问的人都崇拜着庄严的道德准则"。

《屈原和楚辞》载于《中国古代文学》（1969年）一书，研讨的是《楚辞》产生的历史条件、屈原作品的内容和艺术特色。最后，他写道：

> 楚辞的产生标志着中国古代文学作品的一个质的飞跃，它直到今天还给读者以美的享受。楚辞最重要的作家屈原的英名也赫然列于世界文豪之林。楚辞为发现那些东西文化在类型学上的相似，使人们能够理解作为整体的文化史现象的古代文化发展的共同规律，提供了很有价值的材料。

下篇 《离骚》《九歌》《九章》注译

第十二章　《离骚》注译

一、《离骚》注释

离骚　离，通"罹"，遭受。骚，忧。离骚，遭忧。《史记·屈原贾生列传》："离骚者，犹离忧也。"班固《离骚赞序》："离，犹遭也。骚，忧也。明己遭忧作辞也。"朱季海《楚辞解故》："《史记》之叙《离骚》，实取诸淮南王《离骚传》，是以'离骚'为遭忧，自淮南王、太史公以至班孟坚无异辞。"又曰："离骚之为遭忧，质诸楚语而弥信，三家之言，不可易矣。"东方朔《七谏·沉江》又有"离忧患而乃寤兮"之语，离，一作罹。朱说是。或释为"别愁"（王逸），或疑即楚曲《劳商》之音或异写（游国恩），或释为"牢骚"。诸说并可参。

《离骚》是中国古代诗歌史上最长的一首政治抒情诗，楚辞的代表作。诗人以他深沉的笔触，浪漫主义手法，自序身世、品德修养、治国的理想追求和与楚王君臣的关系，以及所遭受的诽谤、排挤、迫害，斥责了楚王的昏庸、群小的贪鄙和猖獗，表达了他对楚王的忠心，对楚国和人民的热爱以及对高洁品格的持守。《离骚》崇高的政治思想内容、伟大的爱国情怀、沉郁的语言风格和浪漫主义的艺术手法流传于世，对历代知识分子和中华民族的民族精神产生了深远影响。

帝高阳之苗裔兮，朕皇考曰伯庸。

高阳　颛顼（zhuān xū）有天下之号。颛顼为黄帝之孙，生老童，是为楚先。周时其后裔武王僭号称王，都于郢，生子瑕，受屈为客卿，因以为氏。

苗裔　后代子孙。《左传·召公二十九年》"有裔子"杜预注："裔，远也，玄孙之后为裔。"朱熹《楚辞集注》："苗裔，远孙也。苗者，草之茎叶，根所生也。裔者，衣裙之末，衣之余也。故以为远末子孙之称也。"

朕（zhèn）　第一人称代词，我。自秦始皇始，为帝王自称所专用。

皇考　称已故父亲。《礼记·曲礼》："祭王父曰皇祖考，王母曰皇祖妣，父曰皇考，母曰皇妣。"（王父，祖父。王母，祖母。）

摄提贞于孟陬兮，惟庚寅吾以降。

摄提（shè‐）　摄提格的省称，寅年的别名。古划周天黄道为十二等分，即十二宫，与十二地支相应，以岁星在天宫运转的方向和所在位置纪年，岁星指向斗牛之间的星纪宫时称太岁在寅，亦称摄提格，该年即寅年。《尔雅·释天》："太岁在寅曰摄提格。"太岁星是古代天文学假设的星名，与木星相应。

贞　正；当。

孟陬（‐zōu）　孟，始。陬，正月的别称。夏历建寅，以正月为寅月。孟陬，即孟春正月。

庚寅　战国时以干支纪日，庚寅，纪日干支。

降（hóng）　诞生。《集韵·冬韵》："降，乎攻切，下也。"

皇览揆余初度兮，肇锡余以嘉名。

皇　皇考。

览揆（‐kuí）　览，观察，审视。揆，度，揣度。览揆，犹言观察，审度。

初度　初生的气度。

肇　始。

锡　通"赐（cì）"。《尔雅·释诂上》："锡，赐也。"

嘉名　美名。

名余曰正则兮，字余曰灵均。

正则　公正而有法则。屈原名平，正则系阐明名平之义。

字　古人二十行冠礼，有表字。字为别名，与名的意义关连。字余为后来之事。

灵均　灵善、均一，系阐明原之义。《文选》五臣注谓正则为释原名，灵均为释平字，其说甚确，为李陈玉《楚辞笺注》、王夫之《楚辞通释》所取。

　　按：屈原为高阳苗裔，与楚同姓，且生于寅年、寅月、寅日，岁逢三寅，得人道之正，不仅表明与楚的血统关系，也表明了与生俱来的正直崇高人品。这一简短陈述，为推断屈原诞生的时间提供了重要依据，为表明他正道直行和忠于楚国做了重要铺垫。

纷吾既有此内美兮，又重之以修能。

纷　盛貌。状语前置，施于句首，为楚方言的习惯用法。

内美　内在本质之美。胡文英《屈骚指掌》："内美，本质也。"汪瑗《楚辞蒙引》："内美，总言上二章祖、父、世家之美，日月生时之美，所取名字之美，故曰纷，言其盛也。"（见《楚辞集解》）汪说是。

重（chóng）　再，加。

修能　长才，超人的才能。王逸《楚辞章句》："修，远也。言己之生，内含天地之美气，又重有绝远之能，与众异也。言谋足以安社稷，智足以解国患，威能制强御（强御，强暴），仁能怀远人也。"洪兴祖补注："有绝人之才者，谓之能。此读若耐，叶韵。"

扈江离与辟芷兮，纫秋兰以为佩。

扈（hù）　披。王逸《楚辞章句》："扈，被也，楚人名被为扈。""被"，同"披"。

江离　香草名，蘼芜的一种。

辟芷　辟，同"僻"。芷，白芷，香草名。生于幽僻处，故名辟芷。

纫　绳索。此处用作动词，有贯串、联缀、编结义。

秋兰　香草名。属菊科，高三四尺，茎叶均有香气，秋天开淡紫色小花，故名秋兰，与今所谓兰花不同。

佩　佩带，环佩。古男女均有佩饰，以祓除不祥。洪兴祖《楚辞补注》："古者男女皆佩容臭，臭，香物也。"（容臭，香囊。臭，读 xiù）

汩余若将不及兮，恐年岁之不吾与。

汩（yù）　水流疾貌。王逸《楚辞章句》："汩，去貌，疾若水流也。"一说，汩，语助。王夫之《楚辞通释》："汩，聿也，语助辞。"亦通。

不吾与　不与吾。王逸《楚辞章句》："言我念年命汩然流去，诚欲辅君，心中汲汲，常若不及。又恐年岁忽过，不与我相待，而身老耄也。"朱熹《楚辞集注》："言己之汲汲自修，恐年岁不待我而过去也。"汲汲，急切追求貌。

朝搴阰之木兰兮，夕揽洲之宿莽。

搴（qiān）　拔取。

阰（pí）　大山坡。

木兰　香木，辛夷的一种。去皮不死，四时著花，花似莲。

揽　采。

宿莽　楚称冬生不死之草为宿莽。莽，指草。

日月忽其不淹兮，春与秋其代序。

忽　迅疾。

淹　停留，久留。

代序　代谢；轮换。古读序为谢。王逸《楚辞章句》："春往秋来，以次相代。言天时易过，人年易老也。"游国恩《离骚纂义》："春秋代谢者，言四时更迭逝去，犹云日月代迁也。"

　　按：汪瑗《楚辞集解》曰："二句即上年岁不吾与之意。"

惟草木之零落兮，恐美人之迟暮。

惟　思；念。

零落　凋零；凋谢，凋落。

美人　喻指国君。王逸《楚辞章句》："美人，谓怀王也。"多以美人为屈原自况。王说可从。

迟暮　指暮年。

不抚壮而弃秽兮，何不改乎此度？

抚　凭；趁着。徐焕龙《屈辞洗髓》："抚，凭也。"

壮　指盛壮之年。朱熹《楚辞集注》："三十曰壮。"

秽　荒秽，不洁之物。喻指恶行秽德。洪兴祖《楚辞补注》："不抚壮而弃秽者，谓其君不肯当年德盛壮之时，弃远谗佞也。"

此度　度，态度。此度，指上句"不抚壮而弃秽"。按：洪兴祖《楚辞补注》："《文选》云：'何不改其此度'，一云'何不改乎此度也'。"

乘骐骥以驰骋兮，来吾道夫先路。

骐骥　骏马，千里马。

来　句首发声之词。

道　导，引。

　　按：王逸《楚辞章句》："骐骥，骏马也，以喻贤智。言乘骏马，一日可致千里，以言任贤智则可成于治也。路，道也。言己如得任用，将驱先行，愿来随我，遂为君导入圣王之道也。"王说是。

以上二十四句为一节。自叙世系皇考、生辰名字与及时自修、辅佐楚君之志。

《离骚》的段落划分，结构分析极为分歧，姜亮夫先生据中日学者95家之说定为三大段。刘永济先生据清代七家分节法分为五节九段，北京大学《先秦文学史参考资料》分为三大段，15小段。拙著《注释学纲要》曾专章讨论"章句——段落划分和结构分析"，并以《离骚》为例做过分析，指出："划分段落的标准是相对的，有些作品不可能统一，因而也不需要定于一尊。划分层次，进行结构分析，能够起到'钩玄提要'的作用，做到相对的合理也就行了。"又说；"对前人的划分不要轻易批评，也不要以为自己的划分绝对正确。我们既承认有不同的划分角度，对作品的认识可以不同，那么对有助于理解作品的任何一种严肃划分，都应当肯定其合理的有参考价值的因素，然后做出自己的判断。若自己并无新的、超过前人的见解，不如主一家之说。这是古籍整理中应有的态度。"本书的划分，以《先秦文学史参考资料》、游国恩《离骚纂义》、陆侃如等《楚辞选》为主要参考。

昔三后之纯粹兮，固众芳之所在。

三后　古天子，诸侯皆称后。三后，不可确指。王逸《楚辞章句》："后，君也。谓禹、汤、文王也。"汪瑗《楚辞集解》："三后谓楚之先君，特不知其何所的指也。"马其昶《屈赋微》："熊绎为楚始封君，若敖、蚡冒为楚人之所常颂，三后多指此。"三说并可参。

纯粹　纯美而无杂质，指三后的品德至善至美。

固　通"故"。所以。

众芳　各种芳草。喻众贤臣。王逸《楚辞章句》："众芳，喻群贤。言往古夏禹、殷汤、周之文王，所以能纯美其德，而有圣明之称者，皆举用众贤，使居显职，故道化兴而万国宁也。"

杂申椒与菌桂兮，岂维纫夫蕙茝？

杂　多种或广泛聚合，不单一。

申椒　椒，香木名，实即花椒。

菌桂　香木名，即肉桂。

岂维　岂唯。

蕙茝（- zhǐ）　蕙，蕙草，又名薰草。茝，同"芷"，即白芷。蕙茝皆香草。

　　按：此二句之意，朱熹《楚辞集注》云："言杂用众贤以致治，非独专任一二人而已也。"

彼尧舜之耿介兮，既遵道而得路。

彼　那；那个。

尧舜　唐尧和虞舜的并称。远古部落联盟的首领，古史传说中的圣君，文人笔下的理想帝王。

耿介　光明正大。

遵　遵循。

道　正道。

路　大道。

何桀纣之猖披兮，夫唯捷径以窘步。

何　与上句"彼"相应，疑当释为"那"。《字汇·人部》："何，那也。"

桀纣　夏桀和商纣的并称，是古史上著名的暴君，文人笔下与尧舜相反的邪恶的帝王。

猖披　猖狂邪乱。

夫唯　用于句首的语气词，有说明原因的作用。

捷径　邪出的小路。

窘步　指不走正道而步履窘迫。

惟夫党人之偷乐兮，路幽昧以险隘。

惟夫　惟，思。夫，语中助词，无义。朱熹《楚辞集注》："惟，思念也。"朱本王逸，说见下按语。汪瑗《楚辞集解》："惟，语词。旧注

下篇　《离骚》《九歌》《九章》注译

205

为思念也，非是。"其说可参。

党人　古指结党营私的群小。

偷乐　偷，苟且。偷乐，谓偷取一己之乐，而不顾君国。

幽昧　昏暗不明。

险隘　危险而狭窄。

　　按：此二句之意，王逸《楚辞章句》云："党，朋也。《论语》曰，群而不党。偷，苟且也。路，道也。幽昧，不明也。险隘，谕倾危。言己念彼谗人相与朋党，嫉妒忠直，苟且偷乐，不知君道不明，国将倾危，以及其身也。"

岂余身之惮殃兮，恐皇舆之败绩。

惮　畏惧，惧怕。

殃　祸殃。

皇舆　君王的车乘，借指国家。王逸《楚辞章句》："皇，君也。舆，君之所乘，以喻国也。"汪瑗《楚辞集解》："盖不敢斥言其君，故以皇舆言之，且于行路之比亦切也。"

败绩　车覆，溃败。喻指君国的倾危，覆亡。王逸《楚辞章句》："绩，功也……但恐君国倾危，以败先王之功。"汪瑗《楚辞集解》："败绩则指车之覆败，以喻君国之倾危也。"

忽奔走以先后兮，及前王之踵武。

忽　急；速。

及　继。

前王　即上文的"三后"。

踵武　足迹。

　　按：王逸《楚辞章句》："言己急欲奔走先后，以辅翼君者，冀及先王之德，继续其迹而广其基也。"闻一多《离骚解诂》："'忽奔走以先后'，承上'皇舆'言，谓奔走于皇舆先后也。"《史记》

本传谓屈原为左徒时"入则与王图议国事，以出号令；出则接遇宾客，应对诸侯。王甚任之"事，可为此二句注脚。

荃不察余之中情兮，反信谗而齌怒。

荃　石葛蒲一类香草。又名荪。喻君。

察　体察。

中情　内心的思想感情，即上句所说"恐皇舆之败绩"。

谗　谗言。

齌怒（jì -）　盛怒。

　　按：《史记》本传载，上官大夫心害其能，向楚王进谗，使"王怒而疏屈平"，屈平"忧愁幽思而作《离骚》"。刘向《新序·节士篇》载，秦以屈原为患，使张仪之楚"货（贿赂）楚贵臣上官大夫靳尚之属，上及令尹子兰，司马子椒，内赂夫人郑袖，共谮（zèn，诬陷）屈原。屈原放逐于外，乃作《离骚》"。二书所载，与此二句正合。

余固知謇謇之为患兮，忍而不能舍也。

謇謇（jiǎn jiǎn）　忠贞正直之言。王逸《楚辞章句》："謇謇，忠贞貌也。"朱熹《楚辞集注》："謇謇，难于言也。直词进谏，己所难言，而君亦难听，故其言之出有不易者，如謇吃然也。"朱说可参。

忍　忍耐；忍受。

舍　舍弃。王逸《楚辞章句》："舍，止也。"徐焕龙《屈辞洗髓》："余固知忠言逆耳，必为身患，欲隐忍不发，而爱君至性终不能止。"训舍为止。王萌《楚辞评注》："舍，《说文》释也，不必训止。"释义为放弃，二说并可通。

指九天以为正兮，夫唯灵修之故也。

九天　天；至高之天。古人以为天有九重。"指九天"，如言指上苍，

苍天，皇天。

正　证；证明。指九天以为正，即后世所言对天发誓之义。

唯……之……　固定格式，表示行为对象的单一性。

灵修　谓怀王。陆善经《文选·离骚注》："灵修，谓怀王也。"游国恩《离骚纂义》："《楚辞》凡事涉鬼神，多以灵言之，若灵巫、灵保、灵氛等。《山鬼》言'留灵修兮憺忘归'，亦因山鬼之恋必其同类。修者，美也，义已见前。盖《离骚》作于顷襄王时见放之后，其曰灵修者，是时怀王已死，追溯之称，犹云先王、先帝、先君也。其曰哲王者（见后），正对顷襄而言，犹云今上、圣上也。故一篇之中，前言灵修而后又言哲王也。言我之苦口犯颜，堪以求证于皇天者，惟以先君之故耳。"按：此说涉《离骚》写作时间，与上文注引《史记》《新书》所记相左。

曰黄昏以为期兮，羌中道而改路。

洪兴祖《楚辞补注》："一本有此二句，王逸无注；至下文'羌内恕己以量人'，始释羌义，疑此二句后人所增耳。"洪疑甚是，此二句为衍文，译文不取。

初既与余成言兮，后悔遁而有他。

成言　订约；成议。《左传·襄公二十七年》："壬戌，楚公子黑肱先至，成言于晋。"杜预注："时令尹子木止陈，遣黑肱就晋大夫成盟载之言，两相然可。"成盟，即订约。《离骚》之"成言"与《左传》之"成言"义同。

悔遁　反悔而改变主意。遁，戴震《屈原赋注》引《说文》："遁，迁也。"与"有他"义合。

余既不难夫离别兮，伤灵修之数化。

难　难于。有担心害怕义。《释名·释言语》："难，惮也，人所忌惮也。"

数化　化，变。数次变化。

　　按：怀王曾信任屈原，让他"造为宪令"，改革内政，并实行联齐抗秦的外交。而怀王在党人的包围之中，"外惑于张仪，内惑于郑袖"，内政、外交政策摇摆不定，致使张仪离间之计得逞，齐楚联盟被破坏，屈原被疏远、放逐。屈原痛心疾首，并非"难夫离别"，而是痛惜"灵修之数化"，其忠贞之情，九天可证。汪瑗《楚辞集解》曰："篇名'离骚'二字之义，盖取诸此。"其说可参。

　　以上二十四句（不计曰黄昏之句衍文）为一节。引古帝王以为鉴戒，并言己之忠诚可鉴于九天，竟不为楚君所谅。

余既滋兰之九畹兮，又树蕙之百亩。

滋　栽种。王逸《楚辞章句》："滋，莳也。"莳即栽种之义。

畹　与下句"亩"皆为田地单位。面积大小说法不一，王逸以十二亩为畹，《说文》以三十亩为畹。洪兴祖《楚辞补注》："《说文》，田三十亩曰畹。《司马法》六尺为步，步百为亩。秦孝公之制，二百四十步为亩。"九畹、百亩并非确数，仅言其多而已。

兰、蕙　皆香草名。

　　按：兰之为物，众说纷然，未知确指。春芳者为春兰，秋芳者为秋兰。李时珍曰："近世所谓兰花，非古之兰草也。兰有数种，兰草、泽兰生水旁，山兰，即兰草之生山中者。兰花亦生山中，与三兰迥别。"审文意，或当为泽兰。

畦留夷与揭车兮，杂杜衡与芳芷。

畦（qí，旧读 xī）　畦陇，田中四面有界埂相区隔的块。此处用作动词，指一陇一陇地种植，即陇种。朱熹《楚辞集注》："畦，陇种也。"

留夷　香草名，即芍药。说详王念孙《广雅疏证·释草》王引之述。

揭车　也作"藒车"。香草名，一名芞（qì）舆。洪兴祖《楚辞补注》："《尔雅》：藒车，芞舆。《本草拾遗》云：藒车味辛，生彭城，高数尺，白花。"

杂　参合，夹杂。

杜衡　香草名。似葵而香，俗名马蹄香。

　　按：此节四句广言芳草，以喻众贤。钱澄之《屈诂》云："从上所称兰芷，言己之怀芳以为德也；此则广集众芳，以人事君之义也。屈原序其谱属，率其贤良，以励国士，固有进贤之职。木兰宿莽，其所朝夕者也；兰蕙衡芷，其所培植者也。"游国恩《离骚纂义》："此节所云香草，皆喻平日所栽培荐拔与己同志者。"甚是。

冀枝叶之峻茂兮，愿竢时乎吾将刈。

冀　望；希望。

峻茂　壮实茂盛。王逸《楚辞章句》："峻，长也。"

竢　同"俟"。等待。

刈（yì）　收割。王逸《楚辞章句》："刈，获也。草曰刈，谷曰获。"

　　按：望枝叶峻茂，俟时将刈，承上四句广植芳草言，表明自己注重培养高洁人才，以便日后为国家效力。

虽萎绝其亦何伤兮，哀众芳之芜秽。

萎绝　枯萎凋落。戴震《屈原赋注》："萎绝，黄落也。"

众芳　各种芳草。

芜秽　荒芜污秽，指众芳之变质。戴震《屈原赋注》云："芜秽，如后所云兰芷变而不芳之属是也。"李光地《离骚经注》云："言我昔者有志于为国培植，冀其及时收用。今则不伤其萎绝，而哀其芜秽。虽萎绝，芳性犹在也。芜秽，则将化而为萧艾，是乃重可哀已。"

以上八句为一节。忆昔广植芳草，培养贤才，冀与己同心一志，助行美政。而不期众芳变质，而成芜秽，与恶草合污，深可哀伤。然"众芳之芜秽"，即后之所谓"化而为萧艾""化而为茅"者，必有所指，而究为何人，已不可考。

众皆竞进以贪婪兮，凭不厌乎求索。

众　指党人和"众芳之芜秽"者。

竞进　争相谋求迁升进身。

贪婪　贪得无厌。

凭　满。楚语习见之句前状语。

求索　向人索取财物。

羌内恕己以量人兮，各兴心而嫉妒。

羌　楚发语词。

恕　以己量人。《新书·道术篇》："以己量人谓之恕。"王逸《楚辞章句》："以心揆心为恕。"按：恕本忠恕仁爱义，谓能推己及人。此句则为以小人之心度君子之腹。

兴心　兴，起，生。兴心，起不良之心。

忽驰骛以追逐兮，非余心之所急。

忽　急，速。

驰骛　奔驰乱走。

追逐　追逐势利。

急　急需，需要。言追逐势利，非我所需，不会为此而着急。

老冉冉其将至兮，恐修名之不立。

老　年老，老年。王逸《楚辞章句》："七十曰老。"汪瑗《楚辞集解》："老者泛言其老耳，不必引《曲礼》'七十曰老'而拘其数也。"

冉冉　　渐渐。游国恩《离骚纂义》："古多以冉冉或荏苒况岁月之迁移也。"

修名　　美名。

　　按：此二句为推求屈原作《离骚》时间的依据之一。老之将至而未至，或以为《离骚》作于40岁时，或以为在45岁左右，均在怀王时。或以为作于顷襄王时代。众说纷然，各有所据。游国恩曰："《离骚》作于怀王没后，此文言老之将至，实与屈子年岁相合。"（见游国恩《离骚纂义》）班固《离骚赞序》谓《离骚》作于怀王"终不觉寤，信反间之说，而朝于秦，秦人拘之，客死不还"之前，而《九章》则作于襄王"复用谗言，逐屈原在野"之后。又，"恐修名之不立"，亦可证"老冉冉其将至"的大致年岁。《论语·卫灵公》云："子曰：'君子疾没世而名不称焉'"又《子罕》篇云："后生可畏，焉知来者之不如今也。四十、五十而无闻焉，斯亦不足畏也已。"孔子所言之名即修名，而修名彰显于世的年岁，当在四十、五十之间。

朝饮木兰之坠露兮，夕餐秋菊之落英。

木兰　　与上文兰蕙之兰有别。兰蕙之兰为芳草，而此句之木兰为香木，落叶小乔木或灌木，属木兰科。花大，外紫内白，微香，干燥的花蕾中医学上称为辛夷。

坠露　　坠落的露水。

落英　　落，始。英，花。始开的花朵。

　　按：落英一词，歧说纷纷，而不外落训始或训坠两种。王逸《楚辞章句》云："坠，堕也。英，华也。言己旦饮香木之坠露，吸正阳之津液；暮食芳菊之落华，吞正阴之精蕊（蕊），动以香净，自润泽也。"孙奕《示儿篇》："《楚词》云'夕餐秋菊之落英'谓始生之英可当夕粮也……设若殒落，岂复可餐？"游国恩《离骚纂义》云："此二句坠露落英，本为对文，词恉显然，无待深求。"以对文坠、落必同义，非为确诂；训落为始，坠落之露，始开之花，在语法构词上亦属对文。《尔雅·释诂》曰："初……落，始也。"孙奕说不误。

苟余情其信姱以练要兮，长顑颔亦何伤！

苟　如果；只要。

信姱（-kuā）　信，确实。姱，美。信姱，真好；确实美好。

练要　精要；精粹。指自己的操守。

顑颔（kǎn hàn）　食不饱，面黄肌瘦貌。洪兴祖《楚辞补注》："信姱，言实好也，与信芳、信美同意。""言我中情实美，只择要道而行，虽颜色憔悴，形容枯槁，亦何伤乎……顑颔，食不饱，面黄貌。"

擥木根以结茝兮，贯薜荔之落蕊。

擥　同"揽"，持。

木根　泛指香木的根。

贯　贯串，串联。

薜荔（bì lì）　一种蔓生的香草或香木。王逸《楚辞章句》："薜荔，香草也，缘木而生。"杨慎《丹铅录》："薜荔，据《本草》，络石也。在石曰石鳞，在地曰地锦，绕丛木曰常春藤，又曰鳞薜荔，又曰扶芳藤，今京师人家假山上种巴山虎是也。"又曰："凡木蔓生，皆曰薜荔。"

落蕊　蕊，花心，亦指花。落，即上文"落英"之落。落蕊，即始开之花或花蕾。

矫菌桂以纫蕙兮，索胡绳之纚纚。

矫　举；取，拿。

索　绳索。此处用为动词，表示以手搓绳。

胡绳　香草名。未详何物。朱熹《楚辞集注》："胡绳，亦香草，有茎叶，可作绳索。"

缅缅（xǐ xǐ） 形容长而下垂的样子。汪瑗《楚辞集解》云："言揽取香木之根，索之为缅缅之绳，以之结茞、贯蕊、矫桂、纫兰也，参错成文耳……此四句言己配饰之芬芳，以喻己之所行也。"游国恩《离骚纂义》云："以上四句仍以服饰芳美喻志行高洁，故下文言'謇吾法夫前修兮，非世俗之所服'。"

謇吾法夫前修兮，非世俗之所服。

謇 楚发语词。

法 效法。

夫 助词。

前修 前代圣贤；先贤。

世俗 社会的风气习俗。指普通的、非高雅的人群。

服 服用；佩服。

虽不周于今之人兮，愿依彭咸之遗则。

周 合。王逸《楚辞章句》："周，合也。"朱冀《离骚辩》："不周者，犹俗语不能委屈周旋世故之意。"

依 依照，效法。

彭咸 殷代贤人。究系何人，已不可考。然屈诗一再提及，凡六见，则可知上文所谓"前修"，主要指彭咸无疑。王逸《楚辞章句》："彭咸，殷贤大夫，谏其君不听，自投水而死。"不知所本。或以为即彭祖，乃帝高阳颛顼氏之玄孙，封于彭城，为彭姓。

遗则 遗留下的法则。王逸《楚辞章句》："遗，馀也。则，法也。"张惠言《七十家赋钞》："彭咸之遗则，谓其道也。"

按：屈原"心之所急"在"恐修名之不立"，故下文以饮坠露，餐落英，结茞纫蕙，述己效法前修，依彭咸之遗则，重视品德修养，虽为世俗所不悦，亦不顾惜。

以上二十句为一节，述己勤勉自修，效法前修，而与世俗之人各异其志。

长太息以掩涕兮，哀民生之多艰。

太息　叹息。

掩涕　掩面哭泣，以手拭泪。洪兴祖《楚辞补注》："掩涕，犹拭泪也。"

哀民生之多艰　民，人民，百姓。王逸《楚辞章句》："哀念万民，受命而生，遭遇多难，以殒其身。"朱熹《楚辞集注》："哀此民生，遭乱世而多难也。"

按：此句之"民"或以为即人，系屈原自指，或以为即同列小人。寻绎文义，当以王逸、朱熹之说为长。《九章·哀郢》："皇天之不纯命兮，何百姓之震愆。民离散而相失兮，方仲春而东迁。"与"哀民生之多艰"同义。

又按：屈原为国家而忧愤，为百姓而哭泣，其博大的胸襟，忧民的情怀，感人至深，遂使此二句成为千古名句。

余虽好修姱以鞿羁兮，謇朝谇而夕替。

修姱　美好。洪兴祖《楚辞补注》："修姱，谓修洁而姱美也。"汪瑗《楚辞集解》："好，爱也。修、姱皆美好貌。"

鞿羁（jī jī）　鞿，勒于马口的爵子，缰绳。羁，套于马首的络头。鞿羁，以马被套上缰绳、络头自喻，表示遭受羁绊。王逸《楚辞章句》："鞿羁，以马自喻。缰在口曰鞿，革络头曰羁。言为人所系累也。"一说喻自我约束。朱熹《楚辞集注》："鞿羁，言自绳束，不放纵也。"二说并可通。

谇（suì）　责骂。《说文·言部》："谇，让也。"《玉篇·言部》："谇，骂也。"蒋骥《山带阁注楚辞》："谇，诟也。"

替　谗毁。王夫之《楚辞通释》："替，亏替之也，谓谗毁也。"游国恩《离骚纂义》："朝谇夕替，谓谗言朝进，宗臣夕疏，此当有所指，或即追述上官夺稿之事。"其说可参。

既替余以蕙纕兮，又申之以揽茝。

替　废弃；毁坏。《尔雅·释言》："替，废也。"

纕（xiāng）　佩戴。

申　重。《尔雅·释诂下》："申，重也。"

揽茝　揽取芳茝为饰。

　　按：此二句写自己虽遭毁弃，而犹能自勉，不改修饰。王逸《楚辞章句》云："言君所以废弃己者，以余带佩众香，行以忠正之故也。然犹复重引芳茝，以自结束，执志弥笃也。"与下二句文意正合。

亦余心之所善兮，虽九死其犹未悔。

亦　语气词，表示转折。

善　以为善，认为好。

九死　九，言其多。九死，九死一生，表示至死不变初衷。

悔　悔恨。

虽……犹……　固定格式。让步句的一种，先让步，后逼近，语意重点在后一层意思上。"虽九死其犹未悔"意在强调"未悔"，表明不改初衷，坚定不移的态度。

以上八句为一节。写对民生的关切和对自我品德完美的追求及执着精神。

怨灵修之浩荡兮，终不察夫民心。

灵修　指怀王。

浩荡　本义为形容洪水泛滥，浩浩荡荡。借以形容人（这里指怀王）无思无虑、糊涂茫然的样子。

察　体察。

民心　人心。指屈原自己。汪瑗《楚辞集解》："人心，屈原自谓也。"戴震《屈原赋注》："泛云不察民心，以谓君之不己察，而毁谮得行也。"或以为民指众人，或以为兼指自己和党人。

众女嫉余之蛾眉兮，谣诼谓余以善淫。

众女　喻指君王周围的群小、谗臣。

蛾眉　像蚕蛾一样细长而弯曲的眉毛，借指女子姿容美丽。

谣诼（- zhuó）　造谣中伤。楚方言。钱杲之《离骚集传》："谣，飏言；诼，谗言也。"王夫之《楚辞通释》："谣，飞语。"谣诼，亦即今所谓流言蜚语。

善淫　好淫；淫荡。这是众女诬陷美女的有效手段。

固时俗之工巧兮，偭规矩而改错。

固　本来。

时俗　世俗之人。

工巧　工于心计，巧于言语。指时俗之人善于投机取巧。林云铭《楚辞灯》："时俗不循法度，争苟合求容，迎逢浩荡之意以为式，所以谓之工巧。"

偭（miǎn）　背；违背。王逸《楚辞章句》："偭，背也。"按：《说文·人部》："偭，向也。"义兼正反，古所常见，如以治训乱，以乱训理之类。二训并可通。

规矩　规，量圆的工具。矩，量方的工具。规矩，量方圆的工具，借指法度。

错　通"措"。措施。黄文焕《楚辞听直》："误灵修以改路，国之不幸；背规矩以改错，彼之得计也。"

背绳墨以追曲兮，竞周容以为度。

绳墨　匠人用以画直线的工具。朱熹《楚辞集注》："绳墨，引绳弹墨，以取直者，今墨斗绳是也。""背绳墨"与上文"偭规矩"同义。

追曲　追随邪曲。

周容　周，合。容，喜悦。迎合讨好；苟合取容。王逸《楚辞章句》："周，合也……苟合于世，以求容媚。"按：王夫之《楚辞通释》："周容，比周以求容。"比周，即朋党比周，结党营私之意。二说并可通。

度　法度。指常态，常理。朱熹《楚辞集注》："言争以苟合求容，为常法也。"游国恩《离骚纂义》："度者，常行之法，谓世俗之人，谗佞之辈，皆背弃绳墨而随邪曲，以为常法。"

忳郁邑余侘傺兮，吾独穷困乎此时也。

忳郁邑（tún - -）　忳，深忧貌。王逸《楚辞章句》："忳，忧貌。"王夫之《楚辞通释》："忳，积忧也。"郁邑，心中郁结。徐焕龙《楚辞洗髓》："郁邑，气不能舒发也。"忳郁邑，心中深深地忧愁、郁闷。

侘傺（chà chì）　失意而百无聊赖，坐立不安的样子。王夫之《楚辞通释》："侘傺，失志无聊而迟立貌。"徐焕龙《楚辞洗髓》："侘傺，坐立俯伸俱无生趣，亦方言也。"

穷困　处境十分困难、窘迫。指遭受群小的诬陷、排挤和君王的疏远、放逐，志不得伸。

宁溘死以流亡兮，余不忍为此态也。

溘（kè）　忽然。王逸《楚辞章句》："溘，犹奄也。"洪兴祖《楚辞补注》："溘，奄忽也。"

流亡　随波漂流。

此态　即上文所说"背绳墨以追曲兮，竞周容以为度"苟合取容的态度。

按：此二句"宁……不……"为固定结构，表示在两者之间进行抉择。"宁"后"溘死以流亡"表示取，"不"（不忍）后"为此态"表示弃。"不"亦可作"毋""无"。

以上十二句为一节。写自己宁死不屈，绝不因时俗之工巧中伤而改变遵循绳墨规矩的态度。

鸷鸟之不群兮，自前世而固然。

鸷鸟　鹰雕类猛禽。汪瑗《楚辞集解》："鸷鸟，雕鹗（è）鹰鸢（yuān）

之属，此取其威猛英杰，凌云摩霄之志，非谓悍厉搏执之恶也。"

不群　不合群，指不与凡鸟为伍。

固然　本来如此。王逸《楚辞章句》："言鸷鸟执志刚厉，特处不群，以言忠正之士，亦执分守节，不随俗人，自前世固然，非独于今，比干、伯夷是也。"

何方圜之能周兮，夫孰异道而相安？

方　方枘（ruì）。方的榫（sǔn）头。

圜　同"圆"。圆凿，圆的榫眼。

周　合。

孰　谁。

道　道路。指志向、理想和处事态度。王逸《楚辞章句》："言何所有圜凿受方枘而能合者？谁有异道而相安耶？言忠佞不相为谋也。"此即孔子所谓"道不同，不相为谋"（《论语·卫灵公》）之义。

屈心而抑志兮，忍尤而攘诟。

屈　委屈。

抑　压抑。"屈心"与"抑志"义同。

忍尤　尤，罪过。忍尤，忍受小人的罪责。

攘诟（rǎng gòu）　攘，取。诟，诟骂；耻辱。攘诟，遭受诟骂，含着耻辱。吴世尚《楚辞疏》："方底圜盖，必不相合，世岂有君子小人之异道而能相为安者乎？故余即屈心抑志，隐忍受过，攘取诟辱，而终有所不能也。"

伏清白以死直兮，固前圣之所厚。

伏　怀抱；持守。

清白　纯洁无污点。指自己一心为国，心无杂念。

直　直道。指光明正大，公正无私。

固　本来是，原本是。

前圣　前修；前代圣贤。

厚　重；重视，推重。

　　按："伏清白以死直"之伏，旧注或无解，或释为安，或释为"伏罪"之伏，唯游国恩《离骚纂义》释为"服膺"之服，庶几近之。《汉书·刑法志》："于是师旅亟动，百姓罢敝，无伏节死难之谊，孔子伤焉。"《旧唐书·张玄素传》："人不自励，若无故忽略，使其羞惭郁结于怀，衷心靡乐，责其伏节死义，岂可得乎？"陈子昂《为金吾将军陈令英请免官表》："（五人）皆伏节尽忠，身死王事。"伏节为古之常语，伏当训为持守、怀持。"伏清白以死直"，清白即清白的节操，直，即直道，正义忠直，与"伏节死义""伏节尽忠""伏节死难"义同，向为前圣所重视、推崇。

　　以上八句为一节，写与世俗不能异道相安，宁可"伏清白以死直"，为正义事业而死。

悔相道之不察兮，延伫乎吾将反。

悔　懊悔。王逸《楚辞章句》："悔，恨也。"

相道（xiàng -）　相，观看。王逸《楚辞章句》："相，视也。"道，道路。相道，省察自己处事态度和走过的道路。

不察　察，审察；明察。王逸《楚辞章句》："察，审也。"不察，未曾明察。

延伫　延，引颈。伫，立，久立。延伫，引颈伫立而望。

反　同"返"。返回。

　　按：此二句旧注多不甚明晰。王逸《楚辞章句》："言己自悔恨，相视事君之道不明审，当若比干伏节死义，故长立而望，将欲还反，终己之志也。"钱澄之《屈诂》云："业以死自矢矣，而又窃疑焉。

恐吾所以事君之术，犹有未尽，徒自枉死耳。虽云九死未悔，若是则死有馀悔矣。悔吾之道夫先路者，其相道犹或有差，故使君不见信，至于迷路也。延伫将反，盖不忍决绝之词。"说本王逸，可参。游国恩《离骚纂义》云："相道者，以视察道途比审择自处之道也。意谓己之决心，伏清白以死直，如此自处，固不失为贞介之操，且为前圣之所厚许；顾吾念之，謇謇之为患，我知之矣，然岂不可以洁身远引，以图自免于罪戾哉？是则向之立志孤行，一往不返者，未始不可以改，此所以有延伫将返之意也。"其说可从。上文方说"虽九死其犹未悔""宁溘死以流亡""伏清白以死直"而旋即言"悔"，虽为设辞，亦正露出屈原矛盾、痛苦之深。

回朕车以复路兮，及行迷之未远。

回　回转。王逸《楚辞章句》："回，旋也。"

复路　返回故道。

及　趁。

迷　迷误。王逸《楚辞章句》："迷，误也。"

　　按：上二句既已言"悔""吾将反"，此二句则表示决计返回，且谓行迷未远，为时未晚。而心中所想究竟为何，迂曲为说者颇多，难以定论。王逸《楚辞章句》云："言乃旋我之车，以反故道，及己迷误欲去之路，尚未甚远也。同姓无相去之义，故屈原遵道行义，欲还归也。"朱熹《楚辞集注》云："言既至于此矣，乃始追恨前日相视道路未为明审，而轻犯世患，遂引颈跂立，而将旋转吾车，以复于昔来之路，庶几犹得及此惑误未远之时，觉悟而还归也。"夏大霖《屈骚心印》云："言受屈抑如此，由不察贤奸不并立之势所致。今知悔矣，少待焉，吾将反，但回车复路，作自全计，岂遂晚乎？"三说并可参。

步余马于兰皋兮，驰椒丘且焉止息。

步马　行马；遛马。王逸《楚辞章句》："步，徐行也。"

兰皋（- gāo）　皋，泽岸。兰皋，生长着兰草的泽畔岸边。王逸《楚辞章句》："泽曲曰皋。"朱熹《楚辞集注》："泽曲曰皋，其中有兰，故曰兰皋。"钱杲之《离骚集传》："皋，泽旁岸也。"

椒丘　长着椒木的小山。《文选》李延济注："椒丘，丘上有椒也。行息依兰椒，不忘芳香以自洁也。"

且　暂且；姑且。

焉　于此；在此。

止息　停留、歇息。李陈玉《楚辞笺注》："虽延伫，而车马暂顿之地，尚依乎兰皋、椒丘，非芳洁不止，决不以世不我知，便不择地。"按：蒋骥《山带阁注楚辞》："步余马，止椒丘，所谓回朕车以复路也。止息，归隐之意。"游国恩《离骚纂义》："且焉止息者，言聊且于此处止息也。二句设言既不复坚持昔日之志矣，故于回车复路之后，息影岩阿，优游自得，而亦不失其高洁也。"其说可参。

进不入以离尤兮，退将复修吾初服。

进不入　进身而不能入于俗流，为群小所容。

离尤　离，通"罹"，遭受。尤，罪尤。也指怨恨，责怪。离尤，遭受罪尤、怨恨。

退　退隐。

复　再；重又。

修　修饰。

初服　当初的服饰，指芰荷、兰蕙之类的芳草。

按：《离骚》写于被放逐之后，此二句系据以往经历和遭遇写出。张凤翼所谓"徘徊于忠君洁己之间"（见《文选纂注》）、汪瑗所谓"恐进而遇祸，故退修初服"（见《楚辞集解》），以洁身自好，是也。游国恩《离骚纂义》："此二句承上启下……既为上文回车复路、步皋驰丘等句作结，又启下文荷衣蓉裳、高冠长佩各句。"

制芰荷以为衣兮，集芙蓉以为裳。

制　裁制。

芰荷　荷叶。

芙蓉　芙蕖，莲花。

　　按：上曰衣，下曰裳。以芰荷为衣，芙蓉为裳，不过随物寓言，取芳洁自勉之义。洪兴祖《楚辞补注》："芰，荷叶也，故以为衣；芙蓉，花也，故以为裳。"王逸《楚辞章句》："言己进不见纳，犹复裁制芰荷，集合芙蓉，以为衣裳，被服愈洁，修善益明。"可从。

不吾知其亦已兮，苟余情其信芳。

不吾知　不知吾的倒文。

其　代词，那。指不吾知那件事。

亦已　亦，也。已，罢，罢了。亦已，也罢。

苟　只要。比较二者，后者更重要。朱季海《楚辞解故》："于此言苟，止如今俗言'只要''但求'耳。"

其　用法与上其字同。

信芳　信，诚；确实。芳，芳洁美好。与上文"信姱""信美"义同。

　　按：此二句之义，当取汪瑗说："不吾知，言世俗之溷浊，不知己之奇服也。《涉江》曰：'余幼好此奇服兮，年既老而不衰'；又曰'世溷浊莫余知兮，吾方高驰而不顾'，是也。"（见《楚辞集解》）

高余冠之岌岌兮，长余佩之陆离。

岌岌　高貌。王逸《楚辞章句》："岌岌，高貌。"

佩　玉佩；佩饰。

陆离　光彩璀璨貌。洪兴祖《楚辞补注》："陆离，美好貌。"钱杲之《离骚集传》："陆离，光耀也。"李陈玉《楚辞笺注》："陆离，所佩光彩不定也。"王夫之《楚辞通释》："陆离，璀璨也。"按：王念孙《读书杂志》："陆离，有二义，一为参差貌，一为长貌……此云'高余冠之岌岌兮，长余佩之陆离'，岌岌为高貌，则陆离为长貌，非谓参差也。"其说可参。

芳与泽其杂糅兮，唯昭质其犹未亏。

芳　芳华；芳洁。

泽　污垢。

杂糅　混杂。

昭质　明洁之质。

　　按：芳与泽杂糅，一主王逸、朱熹说，一主郭沫若说。王逸《楚辞章句》："芳，德之臭（xiù 气味，香气）也。《易》曰，其臭如兰。泽，质之润也，玉坚而有润泽。糅，杂也。唯，独也。昭，明也。亏，歇也。言我外有芬芳之德，内有玉泽之质，二美杂会，兼在于己，而不得施用，故独保明其身，无有亏歇而已。所谓道行则兼善天下，不用则独善其身。"游国恩从王说。《离骚纂义》云："芳泽杂糅，自是承上文而言，盖谓既退之后，修吾初服，芳洁其衣裳，泽润其冠佩，香泽杂糅，美德在躬，而不失明洁之质也。"王、游之说可参。郭沫若《屈赋今译》注曰："泽字旧未得其解。今按《毛诗·秦风》：'子曰无衣，与子同泽。'郑注：'泽，亵衣也，近污垢。'即此泽字之义。"又曰："说到'杂糅'，必然是混淆着两种相反的东西，如象'同糅玉石'之例。故'泽'字应是'芳'的反对，不能解为光泽、色泽或德泽。"朱季海《楚辞解故》曰："《怀沙》：'同糅玉石兮，一概而相量'，注：'贤愚杂厕，忠佞不异'，此注最确。既云'杂糅'，明是异类，芳、泽相反，犹玉、石殊科，'芳与泽其杂糅'，正谓'愚贤杂厕'，设喻同尔……泽犹汗泽，亦污垢之类，义见《诗·无衣》郑笺及《释名·释衣服》）。汗衣，世人颇知之，故不烦辞费也。夫诟泽之与芳华，岂容不别乎？"郭、朱之说可从，刘重德《离骚注释》即取郭说。（见马茂元主编《楚辞注释》。）

忽反顾以游目兮，将往观乎四荒。

忽　忽然。王逸《楚辞章句》："忽，疾貌。"

反顾　回头望。汪瑗《楚辞集解》："反顾，回首而视也。"

游目　纵目远望。汪瑗《楚辞集解》："游目，谓纵目以流观也。"

四荒　四方的荒远之地。

　　按："将往观乎四荒"，寓意为何，确诂实难，《尔雅·释地》："觚竹、北户、西王母、日下，谓之四荒。"郭璞注："觚竹在北，北户在南，西王母在西，日下在东，皆四方昏荒之国，次四极者。"王逸《楚辞章句》："言己欲进忠信，以辅事君，而不见省，故忽然反顾而去，将遂游目往观四荒之外，以求贤君也。"其说或本诸《尔雅》，后注从其说者多。洪兴祖补注曰："四荒，皆四方昏荒之国。礼失而求诸野，当是时国无人，莫我知者，故欲观乎四荒，以求同志，此孔子浮海居夷之意。"朱熹《楚辞集注》："言虽已回车反服，而犹未能顿忘此世，故复反顾，而将往观乎四方绝远之国，庶几一遇贤君，以行其道。"夏大霖《屈骚心印》："忽游目四方者，审可仕之国；自顾佩饰者，负可仕之具。本传所谓'以彼其材游诸侯，何国不容'者。"本传，即《史记·屈原列传》。

　　战国时代，诸侯各国人才流动频繁，游说之士，凭轼结纼，或东入齐，或西入秦，以求实现其抱负。屈原处无可如何之世，独受谣诼之伤，彷徨哀愤，不能自已。然置心淡定，欲以隐伏自处。故回车反服，以怡情芰荷。而一念忽从中起，复又反顾，欲往观四荒，庶几一遇贤君，以行其道，亦在情理之中。往观四荒实与隐伏自处无异。游国恩《离骚纂义》以为求君等说于文义不可通，"此处往观四荒，但云洁身远游以避尤耳，岂得迳以求君、求贤当之乎。"其说可参。

佩缤纷其繁饰兮，芳菲菲其弥章。

佩　玉佩芳佩等佩饰之物。与前文"纫秋兰以为佩"、后文"惟兹佩之可贵"的佩义同。

缤纷　繁盛貌。

繁饰　盛饰。

芳菲菲　香气勃勃；芳香四溢。

弥　愈，更加。

章　彰显。

　　按：王逸《楚辞章句》："缤纷，盛貌。繁，众也。菲菲，犹勃勃。芳，香貌也。章，明也。言己虽欲之四方荒远，犹整饰仪容，佩玉缤纷而众盛，忠信勃勃而愈明，终不以远故改其行。"林仲懿《离骚中正》："虽观于四荒之远，而芳泽在身，令闻弥章。《思美人》云，纷郁郁其远蒸，满内而外扬；《涉江》云，吾与天地比寿，与日月齐光，皆是此义。"游国恩《离骚纂义》："自悔相道之不察，至此凡二十句，文义一贯，皆言回车复路，退修初服之事耳。盖谓我既拟变易曩之态矣，何妨洁身隐退，不涉世患，荷衣蓉裳，高冠长佩，以保其太璞之完。此奇服冠佩之芳泽，亦岂不缤纷繁饰，芳菲弥章，足可自慰于心乎？盖言既进不见用，即退而自修。缤纷二句，即总束上文衣裳冠佩言之。"诸说并可通。

民生各有所乐兮，余独好修以为常。

民生　人生。

乐　喜好。洪兴祖《楚辞补注》："乐，欲也。"

修　修饰；修美。

常　常态。

按：此二句之意，在说人生各有所乐所好，处事态度不同。而我独好修姱，且以为常，终不变易。王逸《楚辞章句》："言万民禀天命而生，各有所乐，或乐谄佞，或乐贪淫，我独好修正直以为常行也。"朱熹《楚辞集注》："言人生各随习气有所好乐，或邪或正，或清或浊，种种不同，而我独好修洁以为常。"戴震《屈原赋注》："进而事君，退而隐遁，要不变其好修，故曰好修以为常。"屈子所言与"余"相对之人，系泛指。

虽体解吾犹未变兮，岂余心之可惩？

体解　肢解，支裂。钱杲之《离骚集传》："体解，支裂之也。"

惩　惩戒。王逸《楚辞章句》："惩，艾也。"艾读 yì，通"乂"。《楚辞·刘向〈九叹·远游〉》曰："悲余性之不可改兮，屡惩艾而不迻。"惩艾，即惩戒。

按：此二句再次表示不改初衷，坚定不移之意。王逸《楚辞章句》："言己好修忠信，以为常行，虽获罪支解，志犹不艾也。"汪瑗《楚辞集解》："既曰虽九死其犹未悔，又曰虽体解吾犹未变，其所守坚确之至如此，则灵修虽数化而齑怒，党人虽嫉妒而谣诼，又岂可使余心之惩创而少易其操也哉！"屈复《楚辞新注》："天下重祸，无如支解，即使至此，吾犹不变，则党人之谣诼嫉妒，疏弃放逐，岂能使余心惩而少改哉。言坚确也。"

以上二十四句为一节。反省所走之路、所择之道，在进退两难中矛盾彷徨，并欲往观乎四荒，独善其身，虽为设辞，而好修之志不易，芳洁弥章。

自篇首至此，凡百二十八句为全文第一大段，总述己志。汪瑗《楚辞集解》："篇首至此当一气讲下……而所谓"离骚"之意已略尽矣。下文不过设为女媭之詈，重华之陈，灵氛、巫咸之占，而反复推衍其好修之美，远游之兴耳。"王夫之《楚辞通释》："此上原述志已悉，自女媭以下至末，复设为爱己者之劝慰，及鬼神之告，以广言之，言己悲愤之独心，人不能为谋，神不能为决也。"王邦采《离骚汇订》："文势至此，为第一段大结束，而全文已包举。后两大段虽另辟神境，实即第一段之意，而反复申言之，所谓言之不足，又嗟叹之也。其中起伏断续，变化离奇，令人莫测。诸家不辨过脉，妄分段落真是小儿强作解事者。"

女媭之婵媛兮，申申其詈予。

女媭　屈原姊。王逸《楚辞章句》："女媭，屈原姊也。"郦道元《水经注·江水》："（江水）又东过秭归县之南……袁山松曰，屈原有贤姊，闻原放逐，亦来归，喻令自宽全。乡人冀其见从，因名曰秭归。即《离骚》所谓女媭婵媛以詈余也。县北一百六十里，有屈原故宅，宅之东北六十里，有女媭庙，捣衣石犹存。"林仲懿《离骚中正》："楚人谓姊曰媭。"朱季海《楚辞解故》："《方言·第十二》曰：'媌，姊也。'钱绎笺疏：'媭，媌语之转。'今谓钱说是也。"审文义，当从王说。

婵媛（chán yuán）　情思牵萦貌。王逸《楚辞章句》："婵媛，犹牵引也。"朱熹《楚辞集注》："婵媛，眷恋牵持之意。"

申申　反复叮咛貌。王逸《楚辞章句》："申申，重也。"洪兴祖《楚辞补注》："申申，和舒之貌。"朱冀《离骚辩》："申申者，叮咛反复之意。"

詈（lì）　责备。有从旁婉曲劝诫之意。《韵会》："正斥曰骂，旁及曰詈。"

按：女媭之释，或以为贱妾，喻指党人，或以为女巫，或以为侍女，或以为屈原妹，或以为即上文"众女嫉余之蛾眉兮，谣诼谓余以善淫"的众女，言各有据，不可究诘。郭沫若《屈原赋今译》译为"女伴"，姜亮夫《屈原赋今译》译为"小妾"。洪兴祖《楚辞补注》云："女媭詈原，有亲亲之意焉。"钱澄之《屈诂》云："原自信心不可惩，忽述女媭之詈，通国唯一姊关切耳。言女媭知原终鲜兄弟，此身关系非轻，故深虑其殀死也。原志体解不惩，婆乃欲以死惩之。凡原自命为德美者，姊皆詈之为祸端，原一无可置辩，盖于姊情之切，益见原志之贞，自是女婆实语，非设词也。"贺贻孙《骚筏》云："袁崧云，屈姊有贤德，原放逐后亦来归慰，令之自宽，篇中所引女婆之婵媛兮，申申其詈予，即其相慰之语也。自鲧婞直以亡身，至汝何茕独而不予听八句，呢喃絮叨，无限亲爱，酷肖妇人姑息口气。无端插此一段作波澜，妙甚；尤妙在不作答语，便接以依前圣以节中云云，盖吾行吾意，付之不辩也。笔法高绝。"细审文意，原姊之说入情入理，视他说为长，余译为"阿姐"，本此。

曰："鲧婞直以亡身兮，终然殀乎羽之野。

曰　女婆曰。

鲧（gǔn）　同"鲧"，颛顼后五世孙。尧臣，夏禹的父亲。

婞直（xìng -）　刚直；固执。

亡身　当作"忘身"。闻一多《楚辞校补》："亡身即忘身，言鲧行婞直，不顾己身之安危也。"

终然　终于。

殀（yāo）　不得善终而死。王逸《楚辞章句》："婞，很也。盎死曰殀。言尧使鲧治洪水，婞直自用，不顺尧命，殛之羽山，死于中野。女婆比屈原于鲧，不顺君意，亦将遇害也。"洪兴祖补注："殀，殁也。鲧迁羽山，三年然后死，事见《天问》。"

羽　指羽山，舜流放鲧处。孙星衍《尚书今古文注疏·尧典下》："山在今山东郯城县东北七十里，江南赣榆县界。"

　　按：何以女婆先以鲧为喻劝诫，原因有三：一、鲧系颛顼五世孙，亦为高阳之苗裔；二、鲧是尧的重臣，据《尚书·尧典》《舜典》和《史记·五帝纪》载，尧欲治洪水，问于四岳，四岳乃羲和之四子，分掌四岳之诸侯，是唐虞之世与天子议大事的重臣，他们共同举鲧任其事，

足以说明鲧的才干和声望绝非等闲之辈。三、鲧性情狠戾、婞直，尧对他本有疑虑，终因治水九年而无功，为舜殛于羽山之野。殛并非处死，而只是流放，并让他治理东夷。洪兴祖据《天问》谓"鲧迁羽山，三年然后死"，以释殛义，则鲧非善终可知。汪瑗《楚辞集解》曰："不得善终而死曰殛。"以上三层，屈原与鲧相似。王逸《楚辞章句》曰："女媭比屈原于鲧，不顺君意，亦将遇害也。"朱熹《楚辞集注》："女媭以屈原刚直太过，恐亦将如鲧之遇祸也。"原之迁，犹鲧之殛，王、朱之说甚是。

汝何博謇而好修兮，纷独有此姱节？

博謇　博，广。謇，通"搴"，取。按句意，当为博采众芳之省，略去宾语。姜亮夫《楚辞今译》曰："诸家都说是忠贞，不合文义。按，上文说满身都以芳草为饰，此处正是批评他那种与人不同的修饰。故此一謇字，应从修饰被服立言。我定为是'搴'的借字，取也。'修兮'兮字，是喟叹而反诘之辞。"其说甚确。旧注或谓"广博而忠直"（朱熹《楚辞集注》），或谓"知无不言"（钱澄之《屈诂》），或谓"博学忠言"（林云铭《楚辞灯》），或谓"矫鸷卓厉"（吴世尚《楚辞疏》），或谓"謇谔之甚"（马其昶《屈赋微》），或谓"博，过其幅量之谓，犹言过也"。（王夫之《楚辞通释》），异说纷呈，莫衷一是，皆迁曲为说，不合文义，兹录以存参。

好修　即前之表白再三的注重修饰，追求节操的完美。

纷　盛貌。与前文"纷吾既有此内美兮"之纷用法同。

姱节　美好的节操。朱熹《楚辞集注》："姱节，姱美之节也。"一说奇行，王夫之《楚辞通释》："姱节，奇行也。"按此说，姱义为异。

按：此二句之意，王逸《楚辞章句》曰："女媭数谏屈原，言汝何为独博采往古，好修謇謇，有此姱异之节，不与众同，而见憎恶于世也。"

薋菉葹以盈室兮，判独离而不服。

薋（cí）　草多貌。此处用作动词，有聚积义。段玉裁《说文解字注》："《说文》薋，草多貌。《离骚》曰：'薋菉葹以盈室'，据许君说，正谓多积菉葹盈室，薋非草名。"胡文英《屈骚指掌》："薋，聚也。"

菉（lù）　草名。即荩草，一名王刍，楚名淡竹叶，又名竹叶菜。胡文英《屈骚指掌》："菉，王刍也。楚名淡竹叶，又名竹叶菜，豫名菉草，秦名翠蛾儿，吴名水淡竹。"

葹（shī）　草名。即枲耳、卷耳。洪兴祖《楚辞补注》："葹，形似鼠耳，诗人谓之卷耳，《尔雅》谓之苍耳，《广雅》谓之枲耳，皆以实得名。《本草》，枲耳，一名葹。"李时珍《本草纲目》："葹，其叶形如枲麻，又如茄，故有枲耳及野茄诸名。其味滑如葵，故名地葵，与地肤同名。诗人思夫赋《卷耳》之章，故名常思菜。"

盈室　满室。汪瑗《楚辞集解》："盈室，谓家佩而人服也。"

判　别；分。王逸《楚辞章句》："判，别也。"即判然有别，与众不同之意。孙诒让《礼迻》："判、牉、伴、叛字并通，盖分别离散之意，即《远游》注所谓叛散也。云判独立、牉独处者，言叛散而独立处也。"姜亮夫以"判独"为"《屈赋》术语"，义为"判散独立"（见《屈赋今译》），朱季海谓"判、牉、伴、叛……皆挥弃之意"（见《楚辞解故》），三说并可参。

独离　离，远离；离弃。独离，立异。王夫之《楚辞通释》："离，弃也。"汪瑗《楚辞集解》："独离，犹言立异也。"

服　服用；佩服。

按：此二句，疑难有二，一为"薋菉葹"，一为"判独离"。"薋菉葹"，王逸以为"三恶草"，以喻谗佞，汪瑗以为虽为三恶草，而并非喻谗佞，只为"当世时俗之所尚者也"。薋，非草名，说已见前。而所谓谗佞之喻，说亦太拘。菉葹既非恶草，亦非香草。戴震《屈原赋注》："喻众之所尚"，说同汪瑗，是也。"判独离"之释，歧说纷纷，并皆推测之辞，难以确诂，或读为"判——独离"，或读为"判独——离……",或读为"判独离",莫衷一是。本书所释,亦仅供参考而已。至于此二句之意,当如王萌《楚辞评注》:"其意恐其过异以罹祸耳,非欲其苟同以变节也。"

众不可户说兮,孰云察余之中情?

户说　户户而说;遍告。

孰云　谁说;谁能。

察　明察;体察。

余　我;我们。此为女嬃代原自指。赵南星《离骚经订注》:"女嬃言人不能察屈原之情。旧说溺余字,以为屈原之言。"夏大霖《屈骚心印》:"余,姊亲其弟之辞,如《春秋》于鲁称我也。"郭沫若《屈原赋今译》注曰:"余字在此当解作复数,古人用代名词,单复数之形每无别,如《诗》言'我车既攻,我马既同''母氏圣善,我无令人',我均是我们。此句余字亦正是我们。前人坐此字不得其解,以此节为屈原之语,非是。"姜亮夫《屈原赋今译》注文亦曰:"余,这是以单数代表复数,本来古诗中常有此例。若作为女嬃自称,则大错,这儿是女嬃把自身也化入了屈原的中心,予他以同情,正是诗人最善体会人情的地方。故译为'我们'。"

世并举而好朋兮,夫何茕独而不予听?"

世并举　并,副词,一起,一同。举,全;皆。并举,全都是,全皆,并皆。世并举,犹言举世。钱澄之《屈诂》:"世并举,犹言举世也。"

好朋(hào-)　朋,朋党。好朋,好结朋党,好结党营私。

茕独(qióng-)　孤独。

不予听　不听予。予,我,女嬃自指。

　　按:此二句之意,王逸《楚辞章句》:"言世俗之人,皆行佞伪,相与朋党,并相荐举,忠直之士,孤茕特独,何肯听用我言,而纳受之也。"钱杲之《离骚集传》:"女嬃谓人皆好朋,汝何茕苦独处,而不听我言。"

以上十二句为一节，写女媭的劝诫。

依前圣以节中兮，喟凭心而历兹。

前圣　前代圣贤，指下文的重华。

节中　折中。钱澄之《屈诂》："节中，节其太过，以合于中。"林云铭《楚辞灯》："节中，即折中，乃持平之意。"林仲懿《离骚中正》："节中者，裁制事理，以协于中。"按：此节中，含求其公正义。

喟（kuì）　喟叹；叹息。

凭心　凭，怒，愤懑。凭心，愤懑之心。洪兴祖《楚辞补注》："《方言》云，凭，怒也，楚曰凭。"

历兹　历，经历；至于。朱熹《楚辞集注》："历，经历之意。"刘梦鹏《屈子章句》："历，至也。"历兹，至此。戴震《屈原赋注》："历兹，犹言至此也。"一说历，犹逢；遭逢。洪兴祖《楚辞补注》："历，逢也。"逢与至、经历义通。

　　按：此二句，概略言之，当如游国恩《离骚纂义》所言："言己喟然太息，胸怀愤懑，以至于此，故复就前圣以求节中，即下文就重华而陈词也。"

济沅、湘以南征兮，就重华而敶词。

济　渡。

沅湘　沅水和湘水，是流入洞庭湖的两条大河。

征　行。

就　向。

重华　舜的名号。舜崩苍梧，葬于九嶷山，在沅、湘之南。

敶词　敶，同"陈"。陈述，陈词，一一陈述要说的话。

　　按：屈原欲济沅湘，就重华而陈词，原因有三：一、舜是明君，前圣，对自己的作为可以节中；二、鲧是尧舜大臣，女媭谓因婞直为舜所流放，与屈原有相似处，舜可以比较二人之异同，断其是非；三、舜崩于苍梧，葬于九嶷，南渡沅湘即可相遇。钱澄之《屈诂》云："姊所言殛鲧者，舜也，试济沅湘，就重华而叩之，鲧以婞直见诛，岂伏清白而死直者，亦在所诛乎？"蒋骥《山带阁注楚辞》云："舜葬九嶷山，今跨衡、永二府之界，在沅湘南。因女媭之言而自疑，故就前圣以正之。又以鲧为舜所殛，而九嶷于楚为近，故正之于舜也。"于义为近。

启《九辩》与《九歌》兮，夏康娱以自纵。

启 夏代帝王，大禹之子。

《九辩》与《九歌》 皆天上乐名，据说是被启窃到了人间。王逸《楚辞章句》："启，禹子也。《九辩》《九歌》，禹乐也，言禹平治水土，以有天下，启能承先志，缵叙其业，育养品类，故九州之物，皆可辩数，九功之德，皆有次序，而可歌也。《左氏传》曰：六府三事，谓之九功。九功之德，皆可歌也，谓之《九歌》。水、火、金、木、土、谷，谓之六府，正德、利用、厚生，谓之三事。"洪兴祖补注："《山海经》云，夏后上三嫔于天，得《九辩》与《九歌》以下。注云，皆天帝乐名，启登天而窃以下，用之。《天问》亦云，启棘宾商，《九辩》《九歌》。王逸不见《山海经》故以为禹乐。"洪说是。参见"第六章"。

夏 夏王，即启。游国恩《离骚纂义》："窃谓夏者，夏王也，犹下文不言文武，而言周也。上言启而下言夏，变词以避复耳。"或以夏训大，又谓以夏代启不合文义。游氏又曰："互文见义之例，古人正复不少，又安得以夏属启为嫌耶？"

康娱 沉迷娱乐。"夏康娱以自纵"，王逸以夏康连文，以为启子太康；下文"日康娱而自忘""日康娱以淫游"，王逸训康为安。按：康有荒淫邪恶义。《古文苑·诅楚文》："今楚王熊相康回无道，淫失甚乱。"杨树达《积微居小学述林·诅楚文》："康当读为荒，古康、荒二字音近相通……回，邪也。"《淮南子·要略》："文王之时，纣为天子，赋敛无度，杀戮无止，康梁沉湎，宫中成市。"高诱注："康梁，耽乐也。"康娱二字连文，篇内凡三见。戴震《屈原赋注》："夏之失德也，康娱自纵，以致丧乱。"王以夏康连文，误。

自纵　自我放纵而不节制。

不顾难以图后兮，五子用失乎家巷。

不顾难（nàn）　难，祸患。不顾难，不顾祸患。

图后　图谋后世。

五子　启的第五子，即五观。徐文靖《管城硕记·楚辞集注一》："'五子用失乎家衖'集注曰：'五子，太康兄弟五人也。太康盘游无度，五子用此亦失其家衖。事见《大禹谟》。'按：《周书·尝麦解》曰：其在启之五子，忘伯禹之命，假国无正，用胥兴作乱，遂亡其国。《竹书》夏启十一年，放王季子武观于西河；十五年，武观以西河叛，注曰，武观即五观。盖此五子者，谓启第五子也。非谓《书·五子之歌》能述大禹之戒者。"

用　因；因此。

失　此字衍。王念孙《读书杂志馀编下·楚辞》引王引之曰："失字因王注而衍。"

家巷　巷，通"鬨"（hòng），争斗。家巷，家中争斗耳，即内讧。指五观反叛。王念孙《读书杂志馀编下·楚辞》引王引之曰："巷读《孟子》'邹与鲁鬨'之'鬨'。刘熙曰，鬨，构也，构兵以斗也。五子作乱，故云家鬨。家犹内也，若《诗》云蟊贼内讧矣。"

> 按：此四句言启康娱自纵，不图后世，致使五观作乱。姚鼐《古文辞类纂》曰："启《九辩》下十六句，皆言失道君之致祸；汤禹四句，皆言得道君致福。启之失道，载《逸书·武观篇》，《墨子》所引是也。"王引之又曰："《墨子》引武观，亦言启淫溢康乐于野。是五观之作乱，实启之康娱自纵，有以开之。故云'启《九辩》与《九歌》兮，夏康娱以自纵；不顾难以图后兮，五子用乎家巷'也。"

羿淫游以佚畋兮，又好射夫封狐。

羿（yì）　羿为善射之号。黄帝、帝喾（kù）、尧、夏时皆有名羿之射官。此羿为夏代部落有穷氏的君长，在启之子太康时代因夏乱代夏政，淫佚于游猎，不修民事，为家臣寒浞所杀。

淫游　淫，过甚；无节制。淫游，无节制地游乐。

佚畋（yì tián）　佚，放荡；放纵。畋，田猎。佚畋，即无节制地游乐狩猎。

封狐　封，大。《广雅·释诂一》："封，大也。"封狐，大狐。王逸《楚辞章句》："封狐，大狐也。"一说"狐"为"猪"之误。闻一多《楚辞校补》："夷考古籍，不闻羿射封狐之说，狐疑当为'豬（猪）'字之误也……《天问》说羿事曰'冯珧利决，封豨是射'，《淮南子·本经篇》曰'尧乃使羿……禽封豨于桑林'，封豨即封豬也。"又引《左传·昭公二十八年》作"封豕"，扬雄《上林苑箴》作"封豬"，以证其说。姜亮夫《屈原赋今译》注曰："豨，今本多作狐，《天问》《淮南》说是'封豨'，当从。"闻、姜之说可参。按：羿既"淫游以佚畋"，则所射当不仅是大狐或大猪一种。戴震《屈原赋注》："封，大也。羿淫于原兽，浞杀羿而取其室。"狐、猪皆兽类，故本书意译为大兽。

固乱流其鲜终兮，浞又贪夫厥家。

固　本来；从来。

乱流　乱逆之流。钱澄之《屈诂》："乱流，谓乱逆之流，统诸凶言也。"

鲜终　少有善终，如今所谓不得好死。王逸《楚辞章句》："羿以乱得政，身即灭亡，故言鲜终。"汪瑗《楚辞集解》："鲜终，谓少有得善其终也。""乱流鲜终"可视为成语。

浞（zhuó）　寒浞，羿的国相。王逸《楚辞章句》："浞，寒浞，羿相也。"

贪　贪取。

厥（jué）　其。

家　家室，指妇人。王逸《楚辞章句》："妇谓之家。"

按：上四句写羿。王逸《楚辞章句》曰："言羿因夏衰乱，代之为政，娱乐畋猎，不恤民事，信任寒浞，使为国相。浞行媚于内，施赂于外，树之诈慝而专其权势。羿畋将归，使家臣逢蒙射而杀之，贪取其家，以为己妻。"事见《左传·襄公四年》。寒浞本寒君伯明之谗子弟，伯明后寒，弃浞不用，而羿独善浞之谗，宠以为相，而不用贤臣。后羿终为浞所杀，其尸为家人所烹。屈原以此为例，说明弃贤任奸的危害之大，君王当引以为戒。

浇身被服强圉兮，纵欲而不忍。

浇（ào）　寒浞子，即过浇。也作"奡"。浞杀羿，因其妻而生浇。

被服　本指穿戴（衣裳服饰），引申指依恃本身所具有的某些条件。

强圉（- yǔ）　强梁多力。《竹书纪年》卷上："初，浞娶纯狐氏，有子，早死。其妇曰女岐，寡居。浇强圉，往至其户，阳有所求。女岐为之缝裳，共舍而宿。"此可证下句"纵欲而不忍"。

纵欲　纵情淫欲。蒋骥《山带阁注楚辞》："纵欲，如淫于女岐之类。"

不忍　忍不住；不能克制。张凤翼《文选纂注》："不忍，不能自制也。"戴震《屈原赋注》："不忍，谓不能自止其欲也。"

日康娱而自忘兮，厥首用夫颠陨。

康娱　见上注。

自忘　忘其自身安危。王夫之《楚辞通释》："自忘，忘其身之安危也。"

首　头。

颠陨　坠落。指人头落地。

按：上四句写浇。浇自恃强圉，纵欲忘身，终至为少康所杀，人头落地。

夏桀之常违兮，乃遂焉而逢殃。

夏桀　夏代的亡国之君，性残暴。

常违　屡违常道。钱杲之《离骚集传》："常违，常违背天道也。"汪瑗《楚辞集解》："常违，谓屡背乎道也。"或以为"常违"系"违常"的倒文，即违背常理。朱冀《离骚辩》："常违，谓背其常道，用倒字法也。"

乃遂焉　于是就这样；终究。此三字旧注多诘屈聱牙，于文意不通。郭沫若《屈原赋今译》为"到头来"，姜亮夫《屈原赋今译》为"终于"，注文曰："乃遂焉，若直译则当为'于是就这样的。'"郭、姜二译甚确，远逾旧注。

逢殃　遭到祸殃。《史记·夏本纪》："汤修德，诸侯皆归汤。汤遂率兵以伐夏桀。桀走鸣条，遂放而死。"逢殃，即指此。

按：屈诗所写历史人物，多说因果，或前数句为因，后一句为果；或上句为因，下句为果。此二句上句之"常违"为因，下句"逢殃"为果。意在谏诫君王，吸取历史教训，行正道，以避祸殃。

后辛之菹醢兮，殷宗用而不长。

后辛　后，君后；帝王。辛，殷纣王名。后辛，即帝辛，殷纣王，为殷代亡国之君。

菹醢（zū hǎi）　菹为腌菜，又为肉酱。犯人剁成肉酱亦叫菹。《汉书·刑法志》："枭其首，菹其骨肉于市。"醢为肉酱，犯人剁成肉酱亦叫醢，与"菹"同义。《礼记·檀弓上》曰："孔子哭子路于中庭，有人吊者，而夫子拜之。既哭，进使者而问故，使者曰：'醢之矣。'"菹醢，古代酷刑，把人剁成肉酱。

殷宗　宗，宗庙社稷，指朝廷和国家政权。殷宗，殷朝。

用而　因而。

不长　不久长，指殷朝在纣统治三十年后灭亡，为周所代。

按：商朝历经554年，前期为前1600—前1300年，共300年，后期（也称殷）为前1300—前1046年，共254年。一个朝代，历经五个半世纪，不可谓不长，即令是从盘庚迁殷后的254年看，也是一段漫长的历史，而在纣王之时为周所灭。殷纣把贤臣剁为肉酱，其残暴腐败，见之载籍。洪兴祖《楚辞补注》云："《礼记》云，昔殷纣乱天下，脯鬼侯以飨诸侯。《史记》曰：纣醢九侯，脯鄂侯。《淮南子》云：醢鬼侯之女，菹梅伯之骸。"屈原以纣之残暴，导致朝廷灭亡，不能延续国祚为喻，劝诫楚王要吸取历史的教训，此即"后辛之菹醢兮，殷宗用而不长"的真意。从以上所写启、羿、浇、桀、纣五个史上著名的暴君亡国危身的事例，为楚王提供历史的教训，表现了屈原对楚国的一片忠诚，并用以证明下面所说"夫孰非义而可用兮，孰非善而可服"。

汤、禹俨而祗敬兮，周论道而莫差。

汤、禹　商汤和夏禹，皆为开国之明君。夏（约前2070—前1600年）历470年。商（前1600—前1046年）历554年。

俨（yǎn）　敬畏；庄重。王逸《楚辞章句》："俨，畏也。"王夫之《楚辞通释》："俨，庄恪也。"俨，一作严。

祗敬（zhī -）　祗、敬同义。祗敬，即敬，恭敬。王逸《楚辞章句》："祗，敬也。"《尚书·皋陶谟》："日严祗敬六德，亮采有邦。"孔安国传："有国诸侯，日日严敬其身，敬行六德，以信治政事，则可以为诸侯。"

周　周朝。指文、武、周公等。王逸《楚辞章句》："周，周家也。"洪兴祖补注："言周则包文武矣。"

论道　议论治国之道。洪兴祖《楚辞补注》："道，治道也。"

莫　不；没有。

差　差错；差失。洪兴祖《楚辞补注》："差，旧读作蹉。"

　　按：此二句之意，王逸《楚辞章句》曰："言殷汤、夏禹、周之文王，受命之君，皆畏天敬贤，论议道德，无有过差，故能获夫神人之助，子孙蒙其福祐也。"

举贤才而授能兮，循绳墨而不颇。

举贤授能　举，荐举；举用。贤，具有贤德的人。授，授予，任用，使得到一定的权力。能，有才能的人。闻一多《古典新义·离骚》："授能犹用能也。"让他们担负治国的重任。这是屈原一再强调的治国之道，历代明君无不重视这一治国之根本。

循　依循；遵照。

绳墨　工匠用于取直画线的工具墨斗绳。借指治国的准绳、法则。

颇　偏颇。王夫之《楚辞通释》："颇，倾仄不安也。"

　　按：此二句亦概三王而言，称颂三王的圣明。王逸《楚辞章句》："颇，倾也。言三王选士，不遗幽陋，举贤用能，不顾左右；行用先圣法度，无有倾失。故能绥万国，安天下也。"

皇天无私阿兮，览民德焉错辅。

私阿（-ē）　偏爱；偏袒。钱杲之《离骚集传》："偏爱曰私，徇私曰阿。"

览　观察；考察。

民德　人德，此处指人君之德。钱澄之《屈诂》："民德是民之有德，足以利赖万民者。虽帝王，自天视之，亦民而已。"

焉　于是；乃。

错辅　错，通"措"。措置。辅，辅佐；辅助。错辅，安排辅助者，即辅弼之臣。游国恩《离骚纂义》："错者，犹布置安排之谓，与辅连文为义。"一说，"错"即参错，交错。王邦采《离骚汇订》："错当作参错之错，禹而汤，汤而文，有德则辅，未尝私阿一姓，是其为辅参错而出者也。"其说可参。

夫维圣哲以茂行兮，苟得用此下土。

维　通"惟"。唯有，只有。

圣哲　圣明，此处指圣君哲后禹、汤、周。林仲懿《离骚中正》："圣哲，指禹、汤、周。”

茂行　美行；美政。

苟得　苟，乃。王夫之《楚辞通释》：“苟，乃也。”苟得，乃得；才能够。

用　有；享有。汪瑗《楚辞集解》：“用犹有也。”

下土　普天之下的土地，指天下。古以上天为万物的主宰。故称天之下的土地为下土。王逸《楚辞章句》：“下土，谓天下也。”林仲懿《离骚中正》：“用此下土，言富有四海也。”

> 按：此二句承上二句作结，说明茂行和王天下的关系，上句是条件，下句是结果。不具备茂行的条件，就不可能“用此下土”，而要享有天下，就必须有茂行，实行美政。这种条件和结果，也就是因果关系，即是上二句“皇天无私阿兮，览民德焉错辅”的注脚和具体说明。

瞻前而顾后兮，相观民之计极。

瞻前顾后　向上向前看曰瞻，迴视四顾，前谓古，后谓今。瞻前顾后，犹言历览古今治乱兴亡之事。王逸《楚辞章句》：“瞻，观也。顾，视也。前谓禹汤，后谓桀纣。”王邦采《离骚汇订》：“前后，只是古往今来耳，不必黏定禹汤桀纣。”

相观（xiàng -）　相、观同义。相观，审视观察。汪瑗《楚辞集解》：“相者，视之审也；观者，视之周也。”

民　人民；人们。

计极　计，计算，衡量；推究。极，极则；标准。

> 按：此二句之意，刘梦鹏言之甚确，《屈子章句》云：“上下古今，观其兴亡，而为之计其终极，未见有德不兴，败德不亡者。”游国恩《离骚纂义》：“此承上言，览察往古兴亡之事，以推断成败之极则也。”

241

夫孰非义而可用兮，孰非善而可服？

孰　谁；哪一个。指不论是君、是臣。

用　行。

服　行，与"用"同义。朱季海《楚辞解故》："服亦用也。"

按：此二句为屈原列举古今治乱、兴亡之事，总结历史经验教训的重要结论。王逸《楚辞章句》曰："言世之人臣，谁有不行仁义，而可任用；谁有不行信善，而可服事者乎？言人非义则不立，非善则行不成也。"汪瑗《楚辞集解·楚辞蒙引》曰："承上章而泛言之，则所以责当时之君臣，励自己之节义，而汤武桀纣之兴亡，古今之是非成败俱见于言表矣。"吴世尚《楚辞疏》曰："言我前瞻往古，后顾今兹，再四思维，其所以为民之至计，决未有非义非善而可用可行者。此固无论其为君、为臣，而其理皆莫之或易者也。"汪、吴说甚确。

又按：此二句承上章总结历史经验教训，重在说君：唯有茂行，方可用此下土。若非义非善，则不可用，不可服。则此用似可释为享用，服可释为信服。译文取此义，与旧注不同。

阽余身而危死兮，览余初其犹未悔。

阽（diàn）　临近（危险）。洪兴祖《楚辞补注》："临危也。"《汉书·文帝纪》："吾百姓鳏寡孤独穷困之人或阽于死亡"，周密《齐东野语》卷八："金入寇，仲山负其母以南，昼伏宵行，数阽于危仅得脱"，二阽字皆与本阽字同义。

危死　濒临死亡。朱熹《楚辞集注》："危死，言几死也。"

览　审览；审察。

初　初志。

按：此二句再明自己好修洁、求修名、爱国家、爱人民的初衷不改，至死不变，与前文所写"亦余心之所善兮，虽九死其犹未悔""虽体解吾犹未变兮，岂余心之可惩"义同。

不量凿而正枘兮，固前修以菹醢。

量　度量。

凿　器物上的凿孔。

枘（ruì）　嵌入凿孔的木柄或木榫。

固　连词。表示因果关系，相当于"因此""所以"。

前修　前贤。指龙逢、梅伯等，因谏夏桀、商纣王而受到杀害。

菹醢（zū hǎi）　把人剁成肉酱。

　　按：屈诗屡及前修。前修有逢明君者，有遇昏君、暴君者。逢明君，
抱负得以施展，遇昏君、暴君，则每遭杀害。《庄子·胠箧》："昔
者龙逢斩，比干剖。"韩愈《通解》："故龙逢哀天下之不仁，觐君
父百姓入水火而不救，于是进尽其言，退就割烹。"龙逢，即关龙逢，
夏之贤人，因谏桀而被杀，后用为忠臣的代称。又《韩非子·难言》：
"故文王说纣而纣囚之，翼侯炙，鬼侯腊，比干剖心，梅伯醢。"梅伯，
商纣王的忠臣。此二句之意，王逸《楚辞章句》："言工不量度其凿，
而方正其枘，则物不固而木破矣。臣不度君贤愚，竭其忠信，则被罪
过而身殆也。自前世修名之人，以获菹醢，龙逢、梅伯是也。"屈原
博闻强志，谙熟历史，明知不量凿而正枘，忠言直谏会危其自身而不
顾，益见其品格之高洁，精神之可贵。至此，向重华陈词已毕。朱冀《离
骚辩》曰："此章总承上七章，盖所陈之辞已毕，而大夫又复自叙云尔。"

曾歔欷余郁邑兮，哀朕时之不当。

曾　累。一次又一次。王逸《楚辞章句》："曾，累也。"游国恩《离
骚纂义》："本书曾与增多通作层，层者，重累不已之意。"当从《章句》。

歔欷（xū xī）　抽泣声。赵星南《离骚经订注》："歔，出气也。
欷与唏同，哀而不泣也。歔欷，悲泣气咽而抽息也。"

郁邑　心中郁结。与前文"忳郁邑余侘傺兮"之郁邑用法同。

朕　我。

时之不当　生不逢时之意。当，读平声 **dāng**。王逸《楚辞章句》："自哀生不当举贤之时，而值菹醢之世也。"王夫之《楚辞通释》："朕时不当，言不得逢舜禹汤武之时。"

揽茹蕙以掩涕兮，霑余襟之浪浪。

揽　持，拿着。

茹蕙　柔软的蕙草。王逸《楚辞章句》："茹，柔耎（软）也。"吕延济《文选·离骚注》："蕙，香草。"

　　按：茹蕙之释多歧说，或训为香草，或释为食，为藏，为香，为萌，为相牵引。朱季海《楚辞解故》："日本古钞卷子本《扬雄传反离骚》：'临江濒而掩涕兮'，晋灼曰：'《离骚》云"揽茹（jiā，通'荷'）蕙以掩涕"'（景祐本以下并作茹蕙。）寻《反离骚》：'衿芙茄之绿衣兮，被芙蓉之朱裳。'正旁《离骚》'制芰荷以为衣兮，集芙蓉以为裳。'师古曰'茄，亦荷字，见张揖《古今字诂》'，是也。平既茄衣而蕙纕，故云'揽茹蕙以掩涕，霑余襟之浪浪也'。晋灼本于义为长。"朱说可通，录以备参。

掩涕　掩面流泪、哭泣。与"长太息以掩涕兮，哀民生之多艰"之"掩涕"同。或以掩为拭，掩涕即掩拭、拭泪、拭涕（说见王逸《楚辞章句》、汪瑗《楚辞集解》、徐文靖《管城硕记》）。掩为掩覆，无拭义。

霑（zhān）　同"沾"。浸湿；沾濡。

襟　衣襟，指交领。王逸《楚辞章句》："衣皆谓之襟。"按：此为《尔雅》语，郭璞注："交领。"

浪浪　水流貌。形容泪流不止。王逸《楚辞章句》："浪浪，流貌也。"洪兴祖补注："浪，音郎。"

　　按：此二句承上言"哀朕时之不当"，故掩面哭泣，泪流沾襟而不能自已。

以上四十句为一节。屈原列举历代残暴昏聩之主和圣哲茂行之君与国家败亡和兴盛的史实，表明对楚国的忧虑和对楚王的期待，同时哀叹自己生不逢时，再次表白不改初衷的坚定态度。

跪敷衽以陈辞兮，耿吾既得此中正。

敷衽　铺开衣襟。王逸《楚辞章句》："敷，布也。衽，衣前也。"汪瑗《楚辞集解》："敷衽，犹言整肃其衣冠，戒严之意也。"一说衽为卧席。王树枏《离骚注》："《礼记》郑注云，衽，卧席也。"可参。

陈辞　即上文"就重华而陈词"的"陈词"。"辞"，亦作"词"。

耿　明；心中明亮，光明磊落。王逸《楚辞章句》："耿，明也。"

既　已。

中正　中正之道。即"就重华而陈词"的所陈之辞所体现的历史经验教训和治国道理。汪瑗《楚辞集解》："中者无过不及之谓，正者不偏不倚之谓，指己所陈之词，得圣人中正之道也。己既陈毕而舜无答词，其意若将深有以许之矣，故以既得此中正自信也。此二句与上'依前圣以节中'章相照应，为结上启下之词。"

驷玉虬以椉鹥兮，溘埃风余上征。

驷（sì）　古代四马所驾的车；也指一车所驾的四马。此处用作动词，义为驾。

玉虬　虬，无角的龙。色白如玉的虬龙。

鹥（yī）　凤凰的别名。

溘（kè）　急速。与前之"宁溘死以流亡"之"溘"义近。

埃　竢字之误。竢，同"俟"，待。王逸《楚辞章句》："埃，尘也。"朱熹《楚辞集注》、汪瑗《楚辞集解》、徐焕龙《屈辞洗髓》、胡文英《屈骚指掌》、龚景瀚《离骚笺》均以"埃风"为辞，为风起尘生之风。王夫之《楚辞通释》："埃，当作竢，传写之讹。嘉谋已定，惟俟君之用，则可以远征而高举。"闻一多《楚辞校补·离骚》："王说殆是也，《远游》

245

曰：'……凌天池以径度，风伯为余先驱兮，氛埃辟而清凉，'《淮南子·原道篇》曰'是故大丈夫……乘云凌霄，与造化者俱纵志舒节，以驰大区……令雨师洒道，使风伯扫尘。'诸言飞升者，必先使风扫尘。此亦托为神仙之言，何遽于冒尘埃之风以上升哉？'溘埃风余上征'与'愿竢时乎吾将刈'句法略同。"游国恩《离骚纂义》云："王夫之以埃为竢之讹，则肵说不可从。"视诸说，王、闻为长。

上征　上行；向天空飞行。指去追寻天上的奇幻世界，实现自己的理想。

朝发轫于苍梧兮，夕余至乎县圃。

发轫（- rèn）　轫，止车之木，将行则发之，止则置于轮下。发轫，将轫木拿开，表示启程、出发的意思。洪兴祖《楚辞补注》："轫，止车之木，将行则发之。"

苍梧　山名，即九嶷山。洪兴祖《楚辞补注》："《山海经》云，苍梧山，舜葬于阳，帝丹朱葬于阴。《礼记》曰，舜葬于苍梧之野。注云，舜征有苗而死，因葬焉。苍梧于周，南越之地，今为郡。如淳曰，舜葬九嶷。九嶷在苍梧冯乘县，故或曰舜葬苍梧也。"

县圃　悬圃。古代传说中的神山名，在昆仑之上。洪兴祖《楚辞补注》："东方朔《十洲记》曰，昆仑山有三角，一角正北，上干北辰星之燿，名阆风巅；其一角正西，名曰玄圃台；其一角正东，名曰昆仑宫。玄与县（悬）古字通。"

欲少留此灵琐兮，日忽忽其将暮。

灵琐　灵，神灵。琐，门扇上刻着花纹叫琐。灵琐，神灵之门，指仙宫。王逸《楚辞章句》："一云灵，神之所在也。琐，门有青琐也。"戴震《屈原赋注》："户边青镂为琐文，谓之青琐。"蒋骥《山带阁注楚辞》："《山海经》，昆仑山帝之下都，南有九门，百神之所在，故曰灵琐。"

忽忽　倏忽；急速貌。形容时光流逝很快。

按：此二句之意，刘梦鹏《屈子章句》言之甚确："原欲上征者，欲上至太帝之居，下文所谓开关，即其处也。县圃近帝关而尚未到者，故不敢少留，恐日暮不及上征者也。"

吾令羲和弭节兮，望崦嵫而勿迫。

羲和　古代神话中的太阳神，她是太阳的母亲，又是太阳的驾车人。王逸《楚辞章句》："羲和，日御也。"洪兴祖补注："《山海经》，东南海外，有羲和之国，有女子名曰羲和，是生十日，常浴日于甘渊。注云，羲和，天地始生，主日月者也。故尧因是立羲和之官，以主四时。虞世南引《淮南子》云，爰止羲和，爰息六螭，是谓悬车。注云，日乘车，驾以六龙，羲和御之，日至此而薄于虞渊，羲和至此而回。"朱熹斥为虚诞之说（见《楚辞集注》）。

弭节（mǐ-）　弭，止；按抑。节，节度。一说指鞭、策等策马的工具。弭节，驻车或按节徐行。王树楠《离骚注》："弭节，谓止其策。"

崦嵫（yān zī）　神话传说中的西方神山，为日所入处。王逸《楚辞章句》："崦嵫，日所入山也。"

迫　迫近。徐焕龙《屈辞洗髓》："惟恐日之将暮，故令羲和按节徐行，虽望崦嵫之山，幸勿迫近其地，盖以吾之路途方曼曼修远，吾将上天入地，求索美女，日暮斯难徧（遍）索矣。"蒋骥《山带阁注楚辞》："言使望日所入之山，而弗附近，盖不使遽暮也。"

路曼曼其修远兮，吾将上下而求索。

曼曼　形容道路长远。洪兴祖《楚辞补注》："《集韵》，曼曼，长也。"（一作"漫漫"）《文选》五臣注："漫漫，远貌。"）

求索　寻求。

　　按：求索一语，或谓求君，或谓求贤，或谓上谓君，下谓臣，或谓求女。游国恩《离骚纂义》皆斥之为扣盘扪烛之见，极易乱真之言，而以王邦采说为近是。王邦采《离骚汇订》曰："求索，求天帝之所在也。天帝广莫，冲居无朕（朕，行迹），以喻君门万里，欲叩无由。盖大夫既遭放斥之后，不能再近天颜。虽一念思绝尘离世，独作飞仙，而一念旋忧及君国，不能自已。急图以所得中正之道，再进之于君，又恐日暮途穷，补救莫及。欲令羲和弭节，暂稽日轮，庶天衢虽远，犹得从容求索天帝之所在，而一见之也。诸解甚谬。"

又按：此二句之意，已如上述。而推而广之，则其含蕴，远非止此。凡求正道，求真理，且其道路艰难曲折、扑朔迷离，非一朝一夕所能成其功者，皆可以此二句表述。"路曼曼其修远兮，吾将上下而求索"因此而成为表述坚定意志和探索精神，富于哲理的千古名句，可作为砥砺意志的座右铭。

饮余马于咸池兮，总余辔乎扶桑。

饮（yìn）　给牲畜水喝。

咸池　天池。神话传说中的日浴处。王逸《楚辞章句》："咸池，日浴处也。"洪兴祖补注："《九歌》云，与女沐兮咸池，逸云，咸池，星名，盖天池也。"

总　系；束。王逸《楚辞章句》："总，结也。"

辔　驾驭马的爵子和缰绳。

扶桑　神话传说中的树名，日出其下。王逸《楚辞章句》："扶桑，日所拂木也。"洪兴祖补注："《山海经》云，黑齿之北，曰汤谷，有扶木，九日居下枝，一日居上枝，皆戴乌。郭璞云，扶木，扶桑也。"《山海经·海外东经》作"汤谷上有扶桑，十日所浴，在黑齿北。居水中，有大木，九日居下枝，一日居上枝。"

按：此本幻想之辞，与上文言"驷玉虬以椉鹥"，下文又言"令凤鸟飞腾""帅云霓而来御"同。

折若木以拂日兮，聊逍遥以相羊。

若木　神话中所说木名。《山海经·大荒北经》："大荒之中，有衡石山、九阴山、洞野之山，上有赤树，青叶，赤华，名曰若木。"《说文·叒部》："叒（ruò），日初出东方汤谷所登榑桑若木也。"段玉裁注："《离骚》'总余辔乎扶桑，折若木以拂日'，二语相连，盖若木即谓扶桑，扶若字，即榑叒字也。"按《山海经》，为日所入者，在西极；按《说文》，为日所出者，在东极。细审文意，此当为西极之若木，而非东极之若木（扶桑）。

拂　拂拭。拂日，拂拭太阳。钱澄之《屈诂》："折若木以拂日，犹挥戈以返日也。吾既至西，犹当拂日，使不遽沉，得以逍遥相羊，庶可从容以求索耳。"王观国《学林》："扶桑者，日出之处；若木者，日入之处。折若木以拂日者，日既西矣，犹能折若木以挥拂其日，使之不暮，而我尚逍遥安舒以游也。"朱冀《离骚辩》："若木拂日者，日欲入则光微，拂拭之欲其明也。"二说并可通。

聊　聊且；姑且。

逍遥　安适自得貌。

相羊　徜徉。闲游。游国恩《离骚纂义》："逍遥相羊，皆从容自得之貌。"

前望舒使先驱兮，后飞廉使奔属。

望舒　月亮的驾车人；月神。王逸《楚辞章句》："望舒，月御也。"

飞廉　风师；风神。王逸《楚辞章句》："飞廉，风伯也。"

属（zhǔ）　连属。洪兴祖《楚辞补注》："属，音注，连也。"钱澄之《屈诂》："折若木以拂日，日终不可反，故使月御先驱。下文所谓继之以日夜也。月前而风后，欲其行速也。"

鸾皇为余先戒兮，雷师告余以未具。

鸾皇　鸾鸟和凤凰。传说中的神鸟，瑞鸟。王逸《楚辞章句》："鸾，俊鸟也。皇，雌凤也。"洪兴祖补注："《山海经》女床山有鸟，状如翟，而五彩毕备，声似雉而尾长，名曰鸾，见则天下安宁。《瑞应图》曰，鸾者，赤神之精，凤皇之佐也。《尔雅》曰，鹝（yǎn）凤，其雌皇，皇或作凰。"

先戒　先行警戒，即先驱。汪瑗《楚辞集解》："戒谓戒严其道，先戒犹先驱也。言望舒、飞廉相继而往，犹嫌其逗留，又使二鸟以促之也。"

雷师　神话传说中的雷神。钱杲之《离骚集传》："雷师，雷神也。"

未具　指行装、准备尚未完具。钱杲之《离骚集传》："雷师主号令，又告余未具，言不苟动。"汪瑗《楚辞集解》："告以未具，正言其将具而尚未具，非不备之谓也。下章飘风帅云霓而来迎，则具之谓也。"

吾令凤鸟飞腾兮，继之以日夜。

凤鸟　凤；凤凰。洪兴祖《楚辞补注》："《山海经》云，丹穴之山有鸟焉，其状如鸡，五彩而文，曰凤鸟。是鸟也，饮食则自歌自舞，见则天下大康宁。上言鸾皇，鸾，凤皇之佐，而皇，雌凤也。"按：鸾皇、凤鸟之注，混淆不清。审文意，似当以鸾皇为鸾鸟为是。《涉江》云："鸾鸟凤凰，日以远兮；燕雀乌鹊，巢堂坛兮。"王逸注："鸾、凤，俊鸟也。"鸾鸟、凤凰对举，燕雀、乌鹊对举，鸾鸟、凤凰皆瑞鸟，燕雀、乌鹊皆凡鸟。

继之以日夜　即夜以继日，日以继夜。指凤鸟飞腾，日夜兼程。

飘风屯其相离兮，帅云霓而来御。

飘风　旋风；回风。王逸《楚辞章句》："回风为飘，飘风，无常之风。"洪兴祖补注引《尔雅注》云："飘风，旋风。"一说，轻风。朱冀《离骚辩》："飘风，乃轻风，非回风也。"

屯　囤聚。洪兴祖《楚辞补注》："屯，聚也。"

相离　相附丽。王夫之《楚辞通释》："离，丽也，附也。"陆侃如等《楚辞选》高亨注："旋风起而尘土聚成柱形，即叫作'屯'。旋风不是一个，所以又说相离。"

帅　率领。汪瑗《楚辞集解》："帅，统而率之也。"

云霓　云和虹。

御（yà）　迎；迎迓。一说当释为"禦"，抵御。

纷总总其离合兮，斑陆离其上下。

纷总总　纷，盛多貌。总总，聚集貌。纷总总，指飘风、云霓及上文望舒、飞廉、鸾皇、雷师、凤鸟纷纷然离合聚散。

斑陆离　斑，斑驳，色彩斑斓。洪兴祖《楚辞补注》："斑，驳（bó）文也。"陆离，杂色貌。王夫之《楚辞通释》："陆离，杂色貌。"斑陆离，形容云霓、鸾皇、凤鸟斑然参差，文采相乱。游国恩《离骚纂义》："此二句盖总承上文，而言上征时仪从之盛，纷纷总总，或断或续而行（离合即断续之意），斑驳陆离，参差错综以往，谓先后杂沓，以抵天门也。"

> 按：屈子上天入地，役使望舒、飞廉，并鸾皇、凤鸟，本为寓言，神游幻境之辞，旧注多穿凿附和朝廷之事，殊不可取。

吾令帝阍开关兮，倚阊阖而望予。

帝阍（- hūn）　天帝的守门人。王逸《楚辞章句》："帝，谓天帝。阍，主门者也。"洪兴祖补注引《说文》云："阍，常以昏闭门隶也。"故主门者阍。帝阍，天帝的守门人。

开关　关，门栓。开关，把门打开。

倚　靠着。

阊阖（chāng hé）　天门。王逸《楚辞章句》："阊阖，天门也。"洪兴祖补注引《说文》云："楚人名门曰阊阖。"

望予　望望我。表示不予理睬。

> 按：此二句之意，王逸《楚辞章句》云："言己求贤不得，疾谗恶佞，将上诉天帝，使阍人开关，又倚天门望而距我，使我不得入也。"朱熹《楚辞集注》："令帝阍开门，将入见帝，更陈己志，而阍不肯开，反倚其门望而拒我，使不得入，盖求大君而不遇之比也。"一说

即跂予而望，形容盼望之切之谓。徐焕龙《屈辞洗髓》："望予，犹跂予之谓。旧说帝阍不肯开关，倚阊阖而望原，解错。"此二说皆误。闻一多《离骚解诂》曰："按王说非是。自此以下一大段皆言求女事，此二句若解为上诉天帝，则与下文语气不属。"又曰："司马相如《大人赋》曰：'排阊阖而入帝宫兮，载玉女而与之归。'以此推之，《离骚》之叩阊阖，盖所求玉女矣。帝宫之玉女既不可求，高丘之神女复不可见，故翻然改图，求诸下女。'及荣华之未落兮，相下女之可诒。'下女者，谓宓妃、简狄及有虞二姚，此皆人神，对帝宫、高丘天神而言之，故曰下女耳。"闻说可从。

时暧暧其将罢兮，结幽兰而延伫。

暧暧　日光昏暗的样子。

罢　尽；终。一说读"疲"，疲乏。钱杲之《离骚集传》："罢，读如字，作疲者非。"

延伫　引颈伫立而望。

　　按："结幽兰而延伫"，王逸《楚辞章句》曰："言时世昏昧，无有明君，周行罢极，不遇贤士，故结芳草长立，有还意也。"闻一多《离骚解诂》曰："此不得其解而强为之说也。结兰者，兰谓兰佩，结犹结绳之结。本篇屡言兰佩，'纫秋兰以为佩''谓幽兰其不可佩'，又言以佩结言，'解佩纕以结言兮'。盖楚俗男女相慕，欲致其意，则解其所佩之芳草，束结为记，以诒之其人。结佩寄意，盖上世结绳以记事之遗，己所欲言，皆寓结中，故谓之结言。"二说相较，闻说为长。又，刘德重《楚辞注释》："这两句，上句言等待之久，下句言寄情之深。由于所追求的女子在天国之中，而天门阻隔，寄意难通，只得空结幽兰，在阊阖外面延伫着。"其说甚确。

世溷浊而不分兮，好蔽美而嫉妒。

世　世俗；世道。

溷浊（hùn -）　溷，混乱。浊，污浊。溷浊，同"混浊"，混乱污浊。

不分　美丑善恶不分。

蔽美　掩蔽别人的美好品质。

　　按：此二句之意，在写追求天国女子而不得的感慨。朱熹《楚辞集注》："既不得入天门，以见上帝，于是叹息世之溷浊而嫉妒。盖其意若曰，不意天门之下，亦复如此，于是去而它适也。"

朝吾将济于白水兮，登阆风而𬨎马。

济　渡。

白水　神话中的河流，相传源出昆仑山，饮之不死。王逸《楚辞章句》："《淮南子》言，白水出昆仑之山，饮之不死。"

阆风（làng -）　神话中的山名，相传在昆仑山上。

𬨎马（xiè -）　𬨎，系。王逸《楚辞章句》："𬨎，系也。"𬨎马，拴马。

　　按：此二句，即上二句朱子所说"不意天门之下，亦复如此，于是去而它适"之意。

忽反顾以流涕兮，哀高丘之无女。

反顾　回顾；回头看。

涕　眼泪。

高丘　高山。或以为指阆风，或以为楚山名。游国恩《离骚纂义》："高丘泛指天门外之高山，固不当以为楚地，亦不指阆风。"

女　指神女。林云铭《楚辞灯》："阆风山上，无神女可求，固哀之。"

　　按：《离骚》一诗，两用"反顾"，四用"哀"。"忽反顾以流涕兮，哀高丘之无女"与"忽反顾以游目兮，将往观乎四方"相应。"反顾以游目"，不知何处可栖身；"反顾以流涕"，求女而无人。而四哀

字，一"哀众芳之芜秽"，二"哀民生之多艰"，三"哀朕时之不当"，四"哀高丘之无女"，再三再四用此感情浓烈之字，反映了诗人的痛苦之深，诗作的沉郁风格，具有感人至深的力量。至于"哀高丘之无女"之"女"，所指为何，似可不必坐实。王逸《楚辞章句》："女以喻臣……无女，谕无与己同心也。"朱熹《楚辞集注》："女，神女，盖以比贤者也。于此又无所遇，故下章欲游春宫，求宓妃，见佚女，留二姚，皆求贤君之意也。"二说并可通。游国恩《离骚纂义》："此文所谓女者，非指君，亦非指臣，乃隐喻可通君侧之人耳。"其说可参。

溘吾游此春宫兮，折琼枝以继佩。

溘（kè）　忽然。详前"宁溘死以流亡兮"注。

春宫　神话中东方青帝所居之宫，汪瑗《楚辞集解》："春宫，东方青帝之舍，神女之所居者也。"

琼枝　玉树之枝。朱冀《离骚辩》："玉树非凡间所有，不游春宫，孰从而攀折乎？"林仲懿《离骚中正》："琼树生昆仑西，流沙滨，大三百围，高万仞，花蕊食之长生。"

继佩　继，续。佩，佩带；佩饰。继佩，用琼枝续在自己的佩带上。汪瑗《楚辞集解》："继，续也。谓采取玉树之枝，纫续以为佩饰，而诒神女，以通好也。"

及荣华之未落兮，相下女之可诒。

及　趁着。

荣华　草木的花朵，指所折的琼枝之花。汪瑗《楚辞集解》："荣华，草木之英也，草曰荣，木曰华。"华，古花字。

落　衰退，凋落。此处喻颜色之未衰。

相　观察。

下女　下界之女子；人间神女。指宓妃、简狄及有虞二姚。蒋骥《山带阁注楚辞》："下女，指下宓妃诸人；对高丘言，故言下。"闻一多《离骚解诂》："帝宫之玉女既不可求，高丘之神女复不可见，故翻然改图，求诸下女。"又曰："下女者，谓宓妃、简狄及有虞二姚，此皆人神，对帝宫高丘二天神言之，故曰下女耳。"一说神女之侍女。朱熹《楚辞集注》："下女，谓神女之侍女也。欲及荣华之未落，而因下女以通意于神妃也。"汪瑗《楚辞集解》、徐焕龙《屈辞洗髓》等皆从其说。又，王夫之《楚辞通释》：'高丘无女，在位者不可与谋，故相下女，求草泽之贤，欲诒琼枝，而与偕游春宫也。'二说并可参。

诒（yí）　通"贻，赠送"。

吾令丰隆乘云兮，求宓妃之所在。

丰隆　云师。王逸《楚辞章句》："丰隆，云师，一曰雷师。"洪兴祖补注："据《楚辞》，则以丰隆为云师，飞廉为风伯，屏翳为雨师耳。"汪瑗《楚辞集解》："《离骚》曰，'吾令丰隆乘云兮，求宓妃之所在'；《思美人》曰，'愿寄言于浮云兮，遇丰隆而不将'；《远游》曰'召丰隆使先导兮，问太微之所居'，是亦承上句'掩浮云而上征'而来也。详此三言，则不待王逸之注，洪氏之辩，而丰隆之为云师章章矣。"

宓妃　宓，一音mì，安静；一音fú，姓。宓妃，亦作"伏妃""虙妃"。相传为伏羲氏之女，溺于洛水，化为洛水女神，即洛神。王逸《楚辞章句》："虙妃，洛水神，以喻贤臣。"洪兴祖补注："《洛神赋》注云，宓妃，伏羲氏女，溺洛水而死，遂为河神。"一说，伏羲氏之妃。屈复《楚辞新注》："下文佚女为高辛氏妃，二姚为少康妃，若以此意例之，则虙妃当是伏羲氏之妃，非女也。"

解佩纕以结言兮，吾令蹇修以为理。

佩纕（- xiāng）　佩带。

结言　说详上"结幽兰而延伫"注。又，朱季海《楚辞解故》："《后汉书·崔骃列传》骃所著二十一篇中有'婚礼结言'……盖《离骚》'结言'，汉世犹行于婚礼矣。"

蹇修（jiǎn-）　或作"謇修""謇修"。人名。王逸《楚辞章句》："蹇修，伏羲氏之臣也。"朱熹《楚辞集注》："蹇修，人名。"朱冀《离骚辩》："蹇修，疑是古之善为人作合者也。"戴震《屈原赋注》："蹇修，媒之美称。"闻一多《楚辞校补》："《路史·后记》注一引《文选》五臣本'蹇'作'謇'，最是。謇，吃也。上云'解佩纕以结言'，下云'令謇修以为理'，盖谓令謇吃之人为媒，结言而往求彼美，必难胜任，亦后文理弱媒拙（讪），导言不固之意也。求宓妃则謇修不良于言，求有娀则鸩鸠皆谗佞难任，求二姚又理弱媒拙，三求女而三无成，总坐无良媒故尔。合观三事，义可互推。王逸乃以蹇修为伏羲臣名，翟灏、章炳麟又并牵合《尔雅》；'徒鼓钟谓之修，徒鼓磬谓之謇'之义，谓以蹇修为理，即以声乐达情，意者皆不知字当作謇而强说之也。"按：章氏所说见《章氏丛书》三编《菿（dào）汉闲语》。姜亮夫《屈原赋今译》即从其说："蹇修，即《尔雅》的蹇修。徒鼓钟谓之修，徒鼓磬谓之謇。这在古人是常事，后世如司马相如以琴心挑卓文君，也是此义，旧注皆非。"诸说缤纷，各有所据，定于一尊，何其难哉！游国恩《离骚纂义》曰："謇修当为寓言人名，亦犹灵氛、巫咸之类，无烦深求。"然就诗意揆之，翟、章、姜氏之说亦不可谓强为之说，《诗·尔雅》："参差荇菜，左右采之，窈窕淑女，琴瑟友之。参差荇菜，左右芼之，窈窕淑女，钟鼓乐之。"亦可为章氏之说旁证。而闻氏以"蹇"为"謇"，謇义为口吃，謇修乃口吃之人，与下文"理弱媒拙"相应。朱冀又曰："此数章更要解得不即不离，方得其妙……诸家必坐煞本人，着相呆讲，绝世妙文，堕此恶劫。"其言可参。

理　媒理，即使者，媒人。朱熹《楚辞集注》："理，为媒以通词理也。"蒋骥《山带阁注楚辞》："理，媒使也。"又曰："《广雅·释古》：'理，媒也。'《离骚》'吾令蹇修以为理''理弱而媒拙'，《抽思》'理弱而媒不通'，《思美人》'令薜荔以为理'，皆指行媒之使言。"

纷总总其离合兮，忽纬繣其难迁。

纷总总　上文有"纷总总其离合兮，斑陆离其上下"，注已见前。此句"纷总总其离合兮"与上文辞同意异。龚景瀚《离骚笺》云："此言宓妃之意无定，一合一离，而后遂乖戾。"

离合　有离有合，即若即若离。

纬繣（wěi huà）　乖戾，乖违；不相投合。王逸《楚辞章句》："纬繣，乖戾也。"

迁　迁就。一说迁移、改变。

夕归次于穷石兮，朝濯发乎洧盘。

归次　次，舍。归次，回去止宿。王逸《楚辞章句》："次，舍也。"

穷石　西极山名，在今甘肃张掖。洪兴祖《楚辞补注》："弱水出自穷石……《淮南子》注云，穷石，山名，在张掖也。"

濯（zhuó）　洗。

洧盘（wěi -）　神话中水名，源出崦嵫山。王逸《楚辞章句》："洧盘，水名。《禹大传》曰，洧盘之水，出崦嵫之山。"

> 按：此二句之意，王萌《楚辞评注》："归次二语，正见宓妃遨游自恣之意。"刘梦鹏《屈子章句》："夕归朝濯，即下淫游之意。"二说是。

保厥美以骄傲兮，日康娱以淫游。

保　恃。王逸《楚辞章句》释"保厥美"之保为保守，"保厥美"意为"保守美德"。汪瑗《楚辞集解》释为"自守其颜色之美"，意为保守美貌。陈本礼《屈辞精义》："保，持也。"此为保守、保持一说。林仲懿《离骚中正》云；"保，恃也。"朱季海《楚辞解故》云："保当训恃……恃美骄傲，故云无礼，不关保守美德也。"林、朱说是。

厥　其。

美　美丽。

日　每日；日日。

康娱　沉迷娱乐。说详前文"夏康娱以自纵"注。

淫游　无节制的游乐，详前文"羿淫游以佚畋兮"注。

虽信美而无礼兮，来违弃而改求。

信　确实；的确。与上文"信姱""信芳"之信同。

无礼　不循礼法，没有礼貌。指骄傲淫游。刘梦鹏《屈子章句》："无礼，谓骄傲淫游，放于礼法也。"

来　乃；于是。

违弃　弃去。王逸《楚辞章句》："违，去也。"

改求　改变初衷，另作他求。指丢弃宓妃而追求别的美女。朱熹《楚辞集注》："言（宓）妃骄傲淫游，虽美而不循礼法，故弃去而改求也。"

　　按：以上十二句写求宓妃，为"哀高丘之无女""相下女之可诒"后求女第一次不遂者。

览相观于四极兮，周流乎天余乃下。

览相观　三字同义连用，义为观察。汪瑗《楚辞集解》："览，视之速也；相，视之审也；观，视之遍也。重言之也。"

四极　极，尽头。天空四方的极远之地，尽头。朱熹《楚辞集注》："四极，四方极远之地。"

周流　周游；遍游。

　　按：此二句与上文"吾将上下而求索"相应。

望瑶台之偃蹇兮，见有娀之佚女。

瑶台　美玉砌的台。徐焕龙《屈辞洗髓》："（瑶台）砌玉为台，仙女群居处。"

偃蹇（yǎn -）　高耸貌。王逸《楚辞章句》："偃蹇，高貌。"

有娀（- sōng）　即有娀氏，古国名。

佚女（yì -）　佚字亦作"妷"。美。佚女，美女。有娀之佚女，为帝喾（kù）高辛之妃，商代祖先契的母亲简狄。王逸《楚辞章句》："佚，美也。谓帝喾之妃，契母简狄也。"

吾令鸩为媒兮，鸩告余以不好。

鸩（zhèn）　毒鸟。王逸《楚辞章句》："鸩，运日也，羽有毒，可杀人，以喻谗佞贼害人也。"洪兴祖补注："《广志》云，其鸟大如鸮，紫绿色，有毒，食蛇蝮，雄名运日，雌名阴谐，以其毛历饮卮，则杀人。"

媒　媒理，媒人。

不好　不美好。

雄鸠之鸣逝兮，余犹恶其佻巧。

雄鸠　雄斑鸠。

鸣逝　鸣叫着飞去，前往。王逸《楚辞章句》："逝，往也。"

恶（wù）　厌恶；讨厌。

佻巧　轻佻而巧舌利口。王逸《楚辞章句》："佻，轻也。巧，利也。言又使雄鸠衔命而往，其性轻佻巧利，多语言而无要实，复不可信用也。"

心犹豫而狐疑兮，欲自适而不可。

犹豫　迟疑不决，拿不定主意。

狐疑　多疑虑，迟疑不决。

适　往。王逸《楚辞章句》："适，往也。言己令鸩为媒，其心谗贼，以善为恶；又使雄鸠衔命而往，多言无实。故中心狐疑犹豫，意欲自往，礼又不可，女当须媒，士必待介也。"

凤皇既受诒兮，恐高辛之先我。

凤皇　凤凰，传说中的灵鸟、瑞鸟名。《礼记·礼运》："麟、凤、龟、龙，谓之四灵。"

诒　遗；赠送。诒，一作诏。

高辛　高辛氏，帝喾的称号。王逸《楚辞章句》："高辛，帝喾有天下号也。《帝系》曰，高辛氏为帝喾，帝喾次妃有娀氏女生契。"

　　按：凤凰受诒，授者何人？或以为"我"，或以为天帝，或以为"玄鸟致诒"。审上下文意，鸩鸠既不可托以行媒之任，故欲令灵鸟凤凰往求。而凤凰既已先受人（高辛）之托，故我有"恐高辛之先我"之忧。朱熹《楚辞集注》曰："凤皇又已受高辛之遗，而来求之，故恐简狄先为喾所得也。"又曰："凤皇既受诒，旧以为既受我之礼而将行者，误矣。审尔，则高辛何由而先我哉？正为己用鸩鸠，而彼使凤皇，其势不敌，故恐其先得之耳。"其说可从。

　　又按：上十二句写第二次求女不成。

欲远集而无所止兮，聊浮游以逍遥。

远集　集，群鸟栖树上。远集，远去。此处喻指到远方去居住。

止　居止。汪瑗《楚辞集解》："或曰，集亦止也。止，居也。"无所止，无所止息，无处栖身。

浮游　漂泊，漫游。

　　按：此二句写二次求女而不得的彷徨心情。王逸《楚辞章句》曰："言己既求简狄，复后高辛，欲远集它方，又无所之，故且游戏观望以忘忧，用以自适也。"

及少康之未家兮，留有虞之二姚。

及　趁着。

少康　夏后相之子。相传夏后相为寒浞令其子浇所杀，少康逃到有虞国，后少康灭寒浞与浇，恢复夏朝，成为中兴之主。

未家 家，娶妻成家。未家，未成家。钱杲之《离骚集传》："未家，未有室家也。"

有虞 有虞是夏代的一个部落，姚姓。

二姚 有虞君长的两个女儿。少康逃奔有虞，君长将两个女儿嫁给了他。

　　按：此二句之意，朱熹《楚辞集注》云："言既失简狄，欲适远方，又无所向，故愿及少康未娶于有虞之时，留此二姚也。"又按：《离骚》是浪漫主义的诗，所说求女之事，不过是遐想和幻觉，不可深求。宓妃与简狄是神话传说中人物，而二姚与屈子亦相去二千年。游国恩《离骚纂义》曰："此上一段，义最难通，诸家释求女者，各异其说，而皆沾滞不合。"所叹极是。愚意屈子求女，不过是远离故都，孤独无助，身处报国无门之境，聊以遐想寄托情思而已矣。游氏谓"屈子所求之女，断为可通君侧之人"，视诸说庶几近之。

理弱而媒拙兮，恐导言之不固。

理 见"吾令蹇修以为理"注。

弱 拙劣，无能。

媒 见"吾令鸩为媒兮"注。

拙 拙劣，口才笨拙。

导言 导，传导、诱导。导言，指媒理的撮合之言。

不固 不牢固，不可靠。

　　按：行文至此，三求女之事已毕，王邦采《离骚汇订》曰："实言求之者，只第一节耳。第二节第三节，俱欲求而中止，玩两恐字便见。然要皆大夫凭空设想，莫认作事实也。"

世溷浊而嫉贤兮，好蔽美而称恶。

称 称道；称扬。王逸《楚辞章句》："称，举也。"

按：此二句与上文"世溷浊而不分兮，好蔽美而嫉妒"相应，为求女的总结，而在语意上略有区别。《文选》李周翰注："言时代乱浊，嫉妒贤良，蔽隐美行，称扬邪佞。"朱冀《离骚辩》："此一叹与见帝章一叹遥对作章法，而意有浅深。盖前云溷浊不分，是乱在邪正之莫辨也；今曰溷浊嫉贤，则浊乱之极，至于正道莫容矣。前云蔽美嫉妒，是犹知其为美而嫉妒兴心也；今云蔽美称恶，则公然恶直丑正，惟奸宄是崇矣。"其说可参。

闺中既以邃远兮，哲王又不寤。

闺中　闺，宫中小门。《尔雅·释宫》："宫中之门谓之闱，其小者谓之闺，小闺谓之阁。"闺中，宫室之中。此指闺中美女，即宓妃、简狄、二姚。

邃远　深邃而遥远；深远。

哲王　明哲之王。指怀王。

寤　觉悟，觉醒。

按：此二句之意，王逸《楚辞章句》云："言君处宫殿之中，其闺深远，忠言难通，指语不达。自明智之王，尚不能觉悟善恶之情，高宗杀孝己是也。何况不智之君，而多暗蔽，固其宜也。"洪兴祖补注："闺中既以邃远者，言不通群下之情；哲王又不寤者，言不知忠臣之分。怀王不明而曰哲王者，以明望之也。太史公所谓冀幸君之一悟，俗之一改也。韩愈《琴操》云：臣罪当诛兮，天王圣明。亦此意。"其说是。

怀朕情而不发兮，余焉能忍与此终古。

怀　怀藏。汪瑗《楚辞集解》："怀，匿也。"

情　情怀，情感。指上下求索，冀幸君之一悟的感情、愿望。

发　抒发。不发，指压抑而不能伸发。汪瑗《楚辞集解》："不发，不达也。"王夫之《楚辞通释》："发，伸也。"

焉能　怎么能。用反问的形式表示否定。

忍　忍耐，隐忍。

此　指示代词。这，指暗乱不悟之君和蔽美称恶之人。

终古　终身。吴世尚《楚辞疏》："怀此无限之情意，无一端之遂我，真有不能一朝居者，而况能隐忍而与之终此生此世乎？"

　　按：屈原怀深情而不能达，欲托身而无所止，"与（上文）阆风
　　緤马及欲远集句相呼应"，"以起下氛、巫占卜"之文（见夏大霖《屈
　　骚心印》）。

以上七十六句为一节，屈原写苦闷彷徨，上下求索，欲上见天帝而不可得，下求美女而无所获。而世俗溷浊，楚王不悟，屈原不能忍与此终古。于是转入下文，占之于卜，决之于巫。

自女嬃之婵媛兮至此，凡百二十八句，为全文第二大段。写女嬃的劝诫及历史的经验教训，感叹生不逢时，上叩天帝，下求美女而无果，表示自己不能忍与此终古。

索藑茅以筳篿兮，命灵氛为余占之。

索　取。王逸《楚辞章句》："索，取也。"

藑茅　一作瓊（琼）茅，一种可以为席、柔软而芳洁的茅草，湘楚人家多以此草和小竹为卜，故曰灵草。王逸《楚辞章句》："藑草，灵草也。"按：灵草仅述其占卜性质，究为何草，诸说不一。汪瑗《楚辞集解》："藑、茅皆草名。"王夫之《楚辞通释》："瓊（琼）茅，《本草》谓之旋覆花。"朱冀《离骚辩》："藑，香藑也。《韩诗》云，参差席香藑。茅，白茅也。《易》曰，借用白茅。二物皆芳洁而柔耎，可以为物之藉，故先索取之以席地，而后用折竹以卜之也。"胡文英《屈骚指掌》："藑茅，蓍草也，一名丝茅，似兰而狭，长三四尺，赤叶无中茎，郢中产。"诸说并可参。

筳（tíng）　小竹棍。字亦作"挺"。王逸《楚辞章句》："筳，小折竹也。"《后汉书·方術传》"挺専"李贤注曰："挺专，折竹卜也。《楚辞》曰：'索瓊茅以筳专'注云，筳，八段竹也。"

篿（zhuān）　楚人结草折竹以占卜的方法叫篿。王逸《楚辞章句》："楚人名结草折竹以卜曰篿。"

灵氛　神巫。灵是巫，氛是名。古者巫掌卜筮之事，灵氛即巫氛，亦即《山海经·大荒西经》之巫盼（bān）。王逸《楚辞章句》："灵氛，古明占吉凶者。"

曰两美其必合兮，孰信修而慕之？

两美必合　男女双方俱美，就必然结合，借指忠臣就明君。王逸《楚辞章句》："灵氛言以忠臣就明君，两美必合。"朱熹《楚辞集注》："两美，盖以男女俱美，比君臣俱贤也。"又曰："注直以君臣为说，则得其意而失其辞也。下章孰求美而释汝亦然。"王逸以此曰字为灵氛言，非是。

孰　谁；哪一个。

信修　信，诚；确实。修，美。信修，真正的美。戴震《屈原赋注》："信修，洵能好修者也。"

慕　倾慕，向往；爱慕。

思九州之博大兮，岂惟是其有女？

九州　古分天下为九州，曰冀州、兖州、青州、徐州、扬州、荆州、豫州、梁州、雍州，此指天下（见《尚书·禹贡》）。

博大　广大。

是　是处，这里。指楚地及上春宫、洛水、瑶台等处。

女　美女，指屈原所求宓妃、佚女、二姚等。

按：以上四句为屈子问卜之词。

日勉远逝而无狐疑兮，孰求美而释女？

勉　速；赶快。《史记·晋世家》："秦晋接境，秦君贤，子其勉行。"用法与"勉远逝而无狐疑兮"之勉同。此勉字多释为黾勉之勉，义为努力、勤力。《文选·楚辞》吕延济注"勉远逝"为"勤力远去"，不辞之甚。游国恩《离骚纂义》以"此至下文'谓申椒其不芳'皆灵氛之词，以答屈原问卜之意而勉其远去。"勉义为勉励。此说答词之意则可，说"勉其远逝"则不可。"勉远逝而无狐疑兮"，用现代语说就是"你要赶快远去而不能犹豫"。勉义为速无疑。

远逝　远去，即后世所说远走高飞之意。贾谊《吊屈原文》："凤漂漂其高逝兮，固自引而远去。"高逝、远去与此远逝义同。

释　放开，舍去。

女　同"汝"。你。

按：此二句至"谓申椒其不芳"十四句皆为灵氛答屈原之词。

下篇　《离骚》《九歌》《九章》注译

何所独无芳草兮，尔何怀乎故宇？

所　处所；地方。何所，哪个地方、处所，此处指楚国以外的地方。

芳草　芳洁、香馨之草。比喻美女，借指贤君。汪瑗《楚辞集解》："芳草，比美女也。"陈远新《屈子说志》："（芳草）喻贤君。"

尔　你。

何　为何；何必。

怀　怀念。

故宇　故居。王逸《楚辞章句》；"怀，思也。宇，居也。言何所独无贤芳之君，何必思故居而不去也。"

世幽昧以眩曜兮，孰云察余之善恶。

幽昧　昏暗。

眩曜　迷乱。王逸《楚辞章句》："眩曜，惑乱貌。"洪兴祖补注："眩，一作炫。炫，日光也，其字从日。眩，目无常主也，其字从目。"

徐焕龙《屈辞洗髓》："眩曜，目当日曜，眩然不辨黑白也。"一说，眩曜犹炫耀，言世人喜伪饰于外而不能修也。

孰云察余之善恶　此句与前文"孰云察余之中情"句法同。善，一本作"美"。

> 按：此二句并下八句亦为灵氛之言。陆侃如等《楚辞选》以此十句为屈原语，非是。

民好恶其不同兮，惟此党人其独异。

民　人；人们。

好恶　爱好和憎恶。

不同　不齐，不相一致。

惟　惟有；只有。

党人　党，朋党。党人，结为朋党的人们，指椒兰之徒。王逸《楚辞章句》："党，乡党，谓楚国也。"洪兴祖补注："党，朋党，谓椒兰之徒也。"洪说是。

独异　尤异于众人（即民）。

> 按：此二句之意，诸说不一。朱熹《楚辞集注》："言人性固有不同，而党人为尤甚也。"王夫之《楚辞通释》："好恶不齐者，虽凡民之情，拂人之性者，尤小人之异。"余萧客《文选纪闻》："灵氛言，万民好恶本不齐，然好善恶（wù）恶（è），大端是同。惟此楚国党人好恶（è）恶（wù）善，独与世异。"王、余说可从。

户服艾以盈要兮，谓幽兰其不可佩。

户　户户，家家户户。

服　佩；佩服。

艾　艾蒿。一种野草，有怪味，即下文所说"萧艾"之"艾"。王逸《楚辞章句》："艾，白蒿也。"吴仁杰《离骚草木疏》："《尔雅》郭璞注：

"艾，即今蒿艾也。王逸以艾为白蒿。按艾蒿与白蒿不同。"

盈　满。

要　古"腰"字。

幽兰　幽香的兰草。

佩　佩带；佩服。

按：此二句说楚国已被党人们弄得香臭颠倒，善恶不分，一片黑暗。

览察草木其犹未得兮，岂珵美之能当？

览察　览视，观察。王逸《楚辞章句》："察，视也。"李周翰《文选注》："览，视也。"

得　有所得，指得出正确的评价。

岂　副词。表示反诘。

珵（chéng）　美玉。王逸《楚辞章句》：'珵，美玉也。'

当（dàng）　合宜；合适。

按：此二句，王逸《楚辞章句》："言时人无能知臧否，观众草尚不能别其香臭，岂当知玉之美恶乎？"朱熹《楚辞集注》："言时人观草木尚不能别其香臭，岂能知玉之美恶所当乎？"王、朱说以"当"读 dāng。张凤翼《文选纂注》："言观草木犹未知香臭之宜，岂能辨玉而得其当乎？"闵齐华《文选瀹注》："嘉艾恶兰，是览草木而未得也，安能识玉而得其当乎？"蒋骥《山带阁注楚辞》："当，合也。"张、闵、蒋读"当"为 dàng，其说可从。

苏粪壤以充帏兮，谓申椒其不芳。

苏　取。王逸《楚辞章句》："苏，取也。"戴震《屈原赋注》："苏，索也，语之转。"

粪壤　粪土。

充　充实；充满。

帏　香囊。

申椒　香木名，实即花椒。见前"杂申椒与菌桂兮"注。

　　按：以上六句皆灵氛之词。余萧客《文选纪闻》："此六句，灵氛申言楚党人好恶独异，服艾不佩兰，草木未察，尔乃瑾美，玉之难别于草木，岂党人所复能当？粪壤至恶，椒芳远闻，党人尚欲互易，何况尔之瑾美？"夏大霖《屈骚心印》："氛言止此。按氛之言全不占，第据事理以断，劝以去国为是也。"

　　以上二十句为一节，屈原问卜于灵氛，灵氛指出，楚国党人既排挤贤能，就不必怀念故宇，而应速速去国远逝，求得美女芳草。

欲从灵氛之吉占兮，心犹豫而狐疑。

从　听从。

吉占（- zhàn）　吉利的占卜，指上文灵氛所说的话，即"勉远逝而无狐疑兮，孰求美而释女""何所独无芳草兮，尔何怀乎故宇"。钱澄之《屈诂》："原以灵氛之占为然，故曰吉占。"

犹豫、狐疑　见前"心犹豫而狐疑兮，欲自适而不可"注。

　　按：此二句之意，王逸《楚辞章句》云："言己欲从灵氛劝去之吉占，则心中狐疑，念楚国也。"洪兴祖补注："灵氛之占，于异姓则吉矣，在屈原则不可，故犹豫而狐疑也。"王夫之《楚辞通释》："原不忍背宗国，且尝受王之宠任，尤不忍绝君臣之义，故灵氛告以他适而不欲从。"钱澄之《屈诂》："原以灵氛之占为然，故曰吉占。灵氛勉以无狐疑，而不能不狐疑也。知远逝之当从，复去国之不忍，恋阙之情，未能决绝，故复决于巫咸。"

巫咸将夕降兮，怀椒糈而要之。

巫咸　古神巫，能通神。王逸《楚辞章句》："巫咸，古神巫也。"

王夫之《楚辞通释》："巫咸，神巫之通称。楚俗尚鬼，巫或降神，神附于巫而传语焉。"或以巫咸姓巫名咸，为殷之贤相。《说文》："巫，巫祝也，女能事无形以舞降神者也。"汪瑗《楚辞集解》："男曰觋（xí），女曰巫。颜师古曰，巫觋亦通称，是也。《楚辞》之所言巫者，皆通称之巫也。"

降　下。王逸《楚辞章句》："降，下也。"

怀　怀揣。

椒糈（- xǔ）　椒，申椒，香草。糈，精米。椒糈，祭神享神之物，如同后世的焚香、供祭品之类。或说即粽子。李陈玉《楚辞笺注》："椒糈，即今粽子，以椒裹之，所以享神。"

要　通"邀"。邀请，迎接。

按：此二句之意，王逸《楚辞章句》："言巫咸将夕从天上来下，愿怀椒糈要之，使占兹吉凶也。"汪瑗《楚辞集解》："欲从灵氛之占而远去也，则我之前此远游历览亦遍且久矣，而卒未有所遇也。使我不从灵氛之言而终止也，则其占又吉，而神岂欺我也。故再要巫咸以占之，而审其果有所遇不遇，以决其去不去之疑焉。"姜亮夫《楚辞详解》："疑灵氛劝去之言，而又占巫咸，仍是眷念不去也。"

百神翳其备降兮，九疑缤其并迎。

百神　众神；群神。言数量之多，场面之盛。

翳（yì）　遮蔽。王逸《楚辞章句》："翳，蔽也。"

备降　备，齐。备降，齐降。汪瑗《楚辞集解》："备降，犹言齐来也。"

九疑　山名，即九嶷山，屈原流放地。此指九嶷山之神。钱杲之《离骚集传》："九疑，九疑山之神也。九疑，舜所葬也。时原南征在其地。"

缤　缤纷，纷纷。形容场面之盛。

并迎　齐来迎接。朱珔《文选集释》"迎当为御，与上文'帅云霓而来御'一例。御本迓之借字，迓训迎，字形亦与迎近，传写遂作迎。《史

下篇　《离骚》《九歌》《九章》注译　一

记·天官书》'迎角而战者不胜'，《集解》引徐广曰，'迎，一作御'，是其证也。后《湘夫人》篇'九疑缤其并迎'，与此处语同，迎亦当作御。"其说可参。

皇剡剡其扬灵兮，告余以吉故。

皇　皇天。王逸《楚辞章句》："皇，皇天也。"朱季海《楚辞解故》："王注是也。《屈赋》之言'皇天'者，《离骚》上云：'皇天无私阿兮'，又《天问》云：'皇天集命'是也。但谓之皇，不言天者，《淮南》抑或如是。"按：皇字多歧说，或释为百神，或释为大，为煌，或以为百神、九疑之总称尊神之词，或谓读如先祖是皇之皇，训为往。皆不可取。

剡剡（yǎn yǎn）　光芒四射貌。王逸《楚辞章句》："剡剡，光貌。"汪瑗《楚辞集解》："剡剡，犹焱焱，辉光貌。"一说"皇剡剡"即恍惚惚。（见游国恩《离骚纂义》）。

吉故　前世的吉事。龚景瀚《离骚笺》："故者，已然之蹟（迹）也。下文傅说、吕望等是也。吉故，前事之吉者也。"

曰勉陞降以上下兮，求榘矱之所同。

曰　说。此句至"使夫百草为之不芳"十六句皆巫咸传述百神之词。刘梦鹏《屈子章句》："曰，巫述神之词。"

勉　勉力。

陞降、上下　陞，一作升。上升下降。洪兴祖《楚辞补注》："升降上下，犹所谓经营四荒，周流六漠耳。"朱熹《楚辞集注》："陞降上下，陞而上天，下而至地也。"汪瑗《楚辞集解》："升降上下，重言之也，上下与前'上下而求索'之上下同。"

榘矱（jǔ huò）　榘，同"矩"，量方的工具。矱，量长短的工具。榘矱，借指规矩法度，政治主张。

同　相同。指志同道合。

按：此二句之意，马其昶《屈赋微》引梅曾亮曰："灵氛劝其去而之他，巫咸则欲其留以求合。勉陞降二句，是求合大恉。"游国恩《离骚纂义》云："陞降与上下，其意一耳。勉升降以上下者，犹云姑且俯仰沉浮，忍而暂留于此，不必皇皇焉以求合也；尤非劝其过都越国，上下求索之谓也。"又云："神则告之姑且沉浮于此，但取古者君臣之默契者为例，则不必出疆载贽，以求介合异国之君，其意已在言外。故下文即明示之曰，苟中情其好修兮，又何必用夫行媒。行媒掩映求女，此正告以毋庸远适求媒之意。咎繇之于禹，伊挚之于汤，皆不求而合者也。傅说、吕望、宁戚诸贤，亦不求而合者也。盖贤者自修其德，则积中发外，自不假于干要，必有一朝之遇。而明君在上，亦必不使有遗贤在下也。此其意一则以尼其行，一则姑留以待时，虽讬诸聪明正直之口，实为屈子肺腑之言。无如楚国大坏，事势已非，遂欲恝（jiá）然舍去，故下文又紧接自念之言曰，时缤纷其变易兮，又何可以淹留也。又伸之以聊浮游求女，周流上下也。又决之以氛占可从，历吉将行也。直至篇末，犹作神游之想，而终之以临睨旧乡，仆悲马怀，不忍远离宗国。文心变幻，至此千回百折，一字一泪。在作者则含酸茹叹，荡气回肠，在读者则意夺神骇，目眩心迷，真千古之奇文也。"其说至深至切，鞭辟入里。刘永济《屈赋音注详解》云："此'曰'乃巫传示神的话，说屈子当勉力留楚，与其君臣周旋求合。升降上下，即周旋之意。"说与游同。

汤、禹严而求合兮，挚、咎繇而能调。

汤、禹　商汤和夏禹。古圣王。

严（嚴）　一作"俨（儼）"。敬；诚敬。王逸《楚辞章句》："严，敬也。"王夫之《楚辞通释》："俨，敬也。谓敬贤以求一德也。"

求合　求相合、相同。即求取志同道合之人，与上文"求榘矱之所同"义同。王逸《楚辞章句》："合，匹也。"

挚　汤臣伊尹名。

咎繇　即皋陶（gāo yáo），禹臣。

调　协调；调和。王逸《楚辞章句》："调，和也。"徐焕龙《楚辞洗髓》："汤禹俨然祗敬而求合德之人，一遇挚、咎繇即能调和，矩矱同也。"

苟中情其好修兮，又何必用夫行媒。

苟　若；如果，有只要义。

中情　内心的思想感情。

好修　追求美善。

行媒　做媒，指如上文令帝阍、令蹇修、令鸩鸩、凤凰做媒事。

　　按：此二句借男女求合喻君臣遇合。王逸《楚辞章句》："行媒，喻左右之臣也。言诚能中心常好善，则精感神明，贤君自举用之，不必须左右荐达也。"徐焕龙《屈辞洗髓》："苟中心情实，惟以好修，则君臣邂逅斯合，何必用夫行媒？挚、咎繇、说、望、咸皆未有为之作合者，承上以起下也。"朱冀《离骚辩》："言外隐然见得楚王矩矱不同，纵有行媒，终难调和，前此之皇皇求女，不惟不得，且不必也。巫咸之语，比灵氛俱进一层，前说止劝去国，此说重在择君。"王、徐、朱三说并可参。唯朱说进一层云云则未必也。屈子所问，灵氛所占，巫咸所劝，皆为择君。所异者，灵氛以楚已幽昧无望，当远逝九州以求，意重求；而巫咸劝其及时修养，而不用行媒，意含待。所举吉故，亦不过是以故事证灵氛之占，且有同为周室诸侯国齐之吕望，固不限留楚以待时也。汪瑗《楚辞集解》下文"恐鹈鴃之先鸣兮，使夫百草为之不芳"注云："大抵氛、巫二占之词，皆是即屈子之所言者而撮其要，语以劝之耳。咸之词亦不过发明氛之意，然比氛则力剀切，而又引证明著，故足以决屈子之疑，而终使之远逝矣。"其说甚当。去宗国，屈子不忍；待明君，楚国不能。唯余苦闷彷徨，忧愁忧思而作《离骚》，一篇之中三致志焉而已矣。

说操筑于傅巖兮，武丁用而不疑。

说（yuè）　傅说，殷高宗时贤相。

操筑　操，操持。筑，筑墙用的木杵。操筑，拿着木杵筑墙，筑土。

傅巖　巖，同"岩"。傅巖，地名，在今山西平陆县东。

武丁　殷高宗名。

用而不疑　任用而不怀疑。

　　按：傅说举于板筑之间，武丁用而不疑，是古代著名的君臣遇合佳话。王逸《楚辞章句》："言傅说抱道怀德，而遭遇刑罚，操筑作于傅巖。武丁思想贤者，梦得圣人，以其形象求之，固得傅说，登以为公，道用大兴，为殷高宗也。"下四句吕望、宁戚事与此相同。

吕望之鼓刀兮，遭周文而得举。

吕望　即姜尚。姜姓，先祖封于吕，又姓吕。名望，字尚父，一说字子牙，有太公之称，号太公望，俗称姜太公，亦称吕公。佐武王灭商，封于齐，为周代齐国始祖。

鼓刀　鼓动屠刀，指吕望在朝歌屠牛事。

遭　遇。

周文　周文王。

举　举用。

　　按：吕望故事，秦汉典籍多有记载，《史记·周本纪》《齐太公世家》言之甚详。王逸《楚辞章句》："太公避纣，居东海之滨，闻文王作兴，盍往归之。至于朝歌，道穷困，自鼓刀而屠，遂西钓于渭滨。文王梦得圣人，于是出猎而遇之，遂载而归，用以为师，言吾先公望子久矣，固号于太公望。"洪兴祖补注："《战国策》云，太公望，老妇之逐夫，朝歌之废屠，文王用之而王……《淮南子》曰，太公之鼓刀，注云，太公河内汲人，有屠钓之困。"又，"《天问》云，师望在肆，昌何识？鼓刀扬声，后何喜？注云，吕望鼓刀在列肆，文王亲往问之，对曰：'下屠屠牛，上屠屠国。'"汪瑗《楚辞集解》："上屠下屠之说，后世因鼓刀二字而妄益之者也。如《国策》之所谓废屠，盖谓太公道之不行，而废弃为屠者耳；注不解其意，遂有肉上生臭不售之说。是太公之事，当初相传亦本不如此，而因注者以意度解，多所错误，文人又辗转流传而粉饰之，故不胜其说之纷纭焉。"信史与传说相混，在屈原时代已难区分，汪说是。

宁戚之讴歌兮，齐桓闻以该辅。

宁戚　春秋时卫人，曾穷困为商旅，后为齐桓公大臣。

讴歌　唱歌；放歌。

齐桓　齐桓公。

该辅　该，备。辅，辅佐。该辅，备辅佐。王逸《楚辞章句》："该，备也。宁戚修德不用，退而商贾，宿齐东门外，桓公夜出，宁戚方饭牛，叩角而商歌，桓公闻之，知贤，举用为客卿，备辅佐也。"

　　按：宁戚故事与吕望同类，史实与传闻混杂，不可究结。即如讴歌，《吕氏春秋·举难篇》高诱注云，"歌《硕鼠》也"，《后汉书·马援传》注引《说苑》同。而《孟子·告子下》赵岐注："若宁戚商歌，桓公异之。"（商歌，悲凉之歌，后喻指自荐。）孙奭疏："宁戚角歌者，按《三齐记》云，齐桓公夜出迎客，宁戚疾击其牛角高歌曰：'南山粲，白石烂，生不遭尧与舜禅。短布单衣适至骭（gàn 小腿骨），从昏饭牛薄夜半，长夜漫漫何时旦？'桓公乃召与语，说（yuè，悦）之，遂以为大夫。"而许慎注《淮南子》所引歌词又不相同。至于宁戚遇齐桓而得任用，史籍记载皆可采信。《管子·小匡》云："（管仲）请论百官，公曰，诺。管仲曰，'……垦草入邑，辟土聚粟，多众尽地之利，臣不如宁戚，请立为大司田。'"《韩诗外传》卷六云："齐桓公困于长勺，疾据（急切依靠）管仲、宁戚、隰（xí）朋而匡天下，此皆困而知疾据贤人者也。

夫困而不知疾据贤人而不亡者，未尝有之也。"

巫咸在"汤、禹严而求合兮，挚、咎繇而能调"后，又列举傅说、吕望、宁戚三事，以证"苟中情其好修兮，又何必用夫行媒"，其说亦为《史记》采用。《鲁仲连邹阳列传》云："故百里奚乞食于路，缪公委之以政，宁戚饭牛车下，而桓公任之以国。此二人者岂借宦于朝，假誉于左右，然后二主用之哉！"

及年岁之未晏兮，时亦犹其未央。

及　趁，趁着。

年岁　年寿，人寿。

未晏　晏，晚，暮。未晏，未晚，指年岁尚壮。王逸《楚辞章句》："晏，晚。"钱杲之《离骚集传》："晏，暮也。未晏，年尚壮也。"

犹其　其犹的倒误。尚未。王逸《楚辞章句》："然年时亦尚未尽，冀若三贤之遭遇也。"闻一多《楚辞校补》："'犹其'二字当互乙，上文'虽九死其犹未悔''唯昭质其犹未亏''览余初其犹未悔''览察草木其犹未得兮'，并作'其犹未'可证。王注曰'然年时亦尚未尽'，正以'尚未'释'犹未'，是王本未倒。"闻说是。

未央　央，尽。未尽。

按：此二句与灵氛"勉远逝而无狐疑兮"义同。钱澄之《屈诂》："原恐年岁不吾与，急于及时，而咸亦劝原之及时。"徐焕龙《屈辞洗髓》："傅说诸人皆于他方获矩矱之同，今汝当及年岁未老未耄，于建功立业之时犹未过中，急急远逝。"二说是。

恐鹈鴂之先鸣兮，使夫百草为之不芳。

鹈鴂（tí jué）　即子规、杜鹃。洪兴祖《楚辞补注》："鹈，音提。鴂，音决。一音弟桂……《反离骚》云，'徒恐鶗鴂（即"鹈鴂"）之将鸣兮，顾先百草为不芳。'颜师古云，'鶗鴂鸟，一名买鵊（guǐ），一名子规，一名杜鹃，常以立夏鸣，鸣则众芳皆歇'……《思玄赋》云，'恃知己而华予兮，鹈（同'鹈'）鸠鸣而不芳。'注云，'以秋分鸣'……《广韵》曰，'鹈鸠……春分鸣则众芳生，秋分鸣则众芳歇。'"朱熹《楚辞集注》："鹈鸠，颜师古以为子规，一名杜鹃。服虔、陆佃以为鴂（jú），一名伯劳，未知孰是。"鹈鸠之异体、异名至为复杂，且与它鸟相混，难以定其是非。吕向《文选注》曰："鹈鸠，鸟名，秋分前鸣，则草木凋落。"则此鸟为秋分前鸣之鸟无疑。

先鸣　早鸣；提前鸣叫。屈复《楚辞新注》："先鸣者，不待当鸣之时而早鸣也。"

按：灵氛勉其速去，巫咸劝其及时上下求索，其意一也。朱熹《楚辞集注》云："巫咸之言止此，亦勉原使及此身未老、时未过而速行之意。鹈鸠先鸣，以此时一过则事愈变而愈不可为也。"游国恩《离骚纂义》云："巫咸盖勉其保身以待时，非劝其及时速去之谓也。"视二说，朱说为长。

以上二十四句为一节。写巫咸以前世君臣际遇的佳话勉励屈原，及时修养，上下求索，以待明君，而不必用夫行媒。

何琼佩之偃蹇兮，众薆然而蔽之。

琼佩　琼玉的佩饰。借以自况，指自己怀藏美德。

偃蹇　众盛貌。王逸《楚辞章句》："偃蹇，众盛貌。"

众　众人。指党人，群小。

薆然　掩蔽貌。洪兴祖《楚辞补注》："《方言》云：'掩、翳，薆也。'注云：'谓薆蔽也。'"

按：此二句之意，王逸《楚辞章句》云："言我佩琼玉，怀美德，偃蹇而盛，众人薆然而蔽之，伤不得施用也。"朱熹《楚辞集注》："此下至终篇，又原自序之词。言我所佩琼玉德美之盛，盖以自况也。

蔓亦蔽之盛也。"

惟此党人之不谅兮，恐嫉妒而折之。

谅　体察。《增韵》："谅，照察也。"韩愈《岳阳楼别窦司直》："颠
沉在须臾，忠耿谁复谅"之谅与此句用法同。《方言》曰："谅，信也。
众信曰谅，周南、召南、卫之语也。"释为"众信"，与"党人之不谅"合。

恐　恐怕。表疑虑、担心之词。王逸《楚辞章句》："言楚国之人，
不尚忠信之行，共嫉妒我正直，必欲折挫而败毁之也。"释恐为共，非是。

折　折毁；摧折。

时缤纷其变易兮，又何可以淹留？

时　时世；世道。

缤纷　纷乱。吕延济《文选》注："缤纷，乱也。"汪瑗《楚辞集解》：
"缤纷，乱之盛也。"

变易　变化；变化无常。

淹留　淹，留。淹留，羁留，滞留。一说，淹，久。淹留即久留。王
逸《楚辞章句》："言时世溷浊，善恶变易，不可久留，宜速去也。"吕
延济《文选》注："淹，久也。言世乱变易，不可住也。"

兰芷变而不芳兮，荃蕙化而为茅。

兰芷　兰花和白芷，泛指香草。

荃蕙　荃荪和蕙草，亦泛指香草。

茅　茅草。

按：此二句之意，王逸《楚辞章句》云："言兰芷之草，变易其体，
而不复香。荃蕙化而为菅茅，失其本性也。以言君子更为小人，忠信
更为佞伪也。"何焯《义门读书记》云："此所谓众芳之芜秽也。"

钱澄之《屈诂》云："咸言恐百草之不芳，不知不惟不芳，且变化为

恶草矣。盖已无复望，而安可以淹留也？"

何昔日之芳草兮，今直为此萧艾也。

直　径直，形容变化之速，有竟然、居然义。汪瑗《楚辞集解》："直者，变易太甚之意。"

萧艾　萧，野蒿。艾，艾蒿。萧艾，泛指贱草。洪兴祖《楚辞补注》："萧艾贱草，以喻不肖。"汪瑗《楚辞集解》："萧艾，茅之丑也，所喻亦同。"

按：上二句"兰芷变而不芳兮，荃蕙化而为茅"，直陈其事，此二句则表示慨叹和不解。所不解者为芳草变为萧艾，所慨叹者为变易之甚之速。忆昔日滋兰树蕙，畦留夷揭车，杂杜衡芳芷，希冀众芳枝叶峻茂，竢时将刈，而今日直为此萧艾，此屈子深为哀伤者也。

岂其有他故兮，莫好修之害也。

岂其　难道。

他故　别的缘故。

莫　不。

按：此二句之意，洪兴祖《楚辞补注》云："时人莫有好自修洁者，故其害至于荃蕙为茅，芳草为艾也。"汪瑗《楚辞集解》云："他故，别由也。莫，犹不肯也。害，犹弊也。言时人始焉为君子，中焉而变易者，盖由于不肯爱自修洁，无志向上，其弊遂至于如此也。"文义至明。而朱熹《楚辞集注》以"莫如好修之害"代"莫好修之害"曰："世乱俗薄，士无常守，乃小人害之，而以为莫如好修之害者，何哉？盖由君子好修，而小人嫉之，使不容于当世，故中材以下，莫不变化而从俗，则是其所以致此者，反无有如好修之为害也。东汉之亡，议者以为党锢诸贤之罪，盖反其词以深悲之，正屈原之意也。"此增字解经之法，迁曲求深，乖离文义，殊不可取。而蒋骥《山带阁注楚辞》从其说，又以害为被害，曰："莫好修之害，言莫如好修者之被害也。"尤谬。

余以兰为可恃兮，羌无实而容长。

兰　兰草。即上文兰芷变而不芳之兰。朱熹《楚辞集注》："此即上章兰芷变而不芳之意。"或以为影射楚襄王之弟令尹子兰。王逸《楚辞章句》："兰，怀王少弟，司马子兰也。"洪兴祖补注："于顷襄王立，以其弟子兰为令尹。"

可恃　可以依赖、仗恃。王逸《楚辞章句》："恃，怙（hù）也。"按：《说文》："怙，恃也。""恃，赖也。"《广韵》："恃，依也，赖也。"《集韵》："恃，仗也。"皆依赖、仗恃之义。

羌　乃；而。李周翰《文选注》："羌，乃也。"

实　实质。

容长　容貌外表美好。"羌无实而容长"，即兰已变而不芳，徒有其名其表，而无其实之义。

委厥美以从俗兮，苟得列乎众芳。

委　委弃。王逸《楚辞章句》："委，弃。"

厥　其。

美　美质，指芳洁。

从俗　随同俗流。

苟　苟且。有随便、马虎、强勉之义。苟得，苟且得以，苟且能够。

列　列于，排列于。

众芳　上文所说各种芳草。

椒专佞以慢慆兮，樧又欲充夫佩帏。

椒　申椒。注见前。此或影射大夫子椒。王逸《楚辞章句》："椒，楚大夫子椒也。"洪兴祖补注："《古今人表》有令尹子椒。"

专佞　专横谄媚。

慢慆（-tāo）　慢，傲慢。慆，慢。慢慆，傲慢放纵。也说慆慢。

椒　茱萸。椒与椒皆芳物。或以为影射楚室一般官僚。

佩帏　帏，香囊。佩帏，佩囊，香囊。

　　按：兰、椒、椒诸句，即申说前文"众芳之芜秽也"。朱熹《楚辞集注》："此即上章兰芷变而不芳之意。"是否影射，影射何人，众说不一。王逸、洪兴祖之说，已见上注，游国恩《离骚纂义》曰："详绎前后文义，此所云兰椒，绝非指子兰、子椒。盖承上文而反复申言之，即所谓昔日之芳草也。"何焯《义门读书记》曰："此即承上来，何必求其人以实之。"其说可参。然骚经皆借草木寓意，固不必一一坐实，亦不可排除某物有所特指的可能。芳草繁多，何独出兰椒之名？且以"可恃""无实""从俗"说兰，以"专佞""慢慆"说椒，概以拟人，而绝非等闲之物可知。考屈原曾为三闾大夫，又曾造为宪令，教育宗室子弟，培养治国人才，当属本分。故此处写兰、写椒以承前"哀众芳之芜秽""兰芷变而不芳"，昔日之芳草，"今直为此萧艾"，以喻所收贤才的现状，且突出与国家治理、内政外交息息相关者。屈子赋楚骚多有隐喻，研读者解读不可亦不必定于一尊一说。然此处兰椒，既为泛指，亦可视为特指。梁章钜《文选旁证》引后汉孔融曰："屈平悼楚，受谮于椒兰。"刘永济《屈赋通笺》曰："词人之言，原不可泥。惟细绎此段之文……意自有所指，非泛称香草以比众贤。"又曰："虽骚文空灵，初难指实。而二人之名，偶同香草。以之比况，抑何不可？且此段本答巫咸勉留求合之意，言此者，椒兰非可合之人，以见欲合之不可能也。屈子心事委曲盖如此。"兰、椒影射子兰、子椒说可从。

既干进而务入兮，又何芳之能祇？

干进　干，求，求进。王逸《楚辞章句》："干，求。"

务入　务，求，求进入。汪瑗《楚辞集解》："干者求之遍也；务者事之专也。将入曰进，既进曰入。干进务入，互文而重言之也。"

芳　芳洁，芳香。即上文"兰芷变而不芳"之芳。

祇（zhī）　振，振作。王逸《楚辞章句》："祇，敬也。言苟欲自进，求入于君，身得爵禄而已，复何能敬受贤人而举用之也？"后注多从其说而申发之。唯王引之释祇为振，其说甚确。王念孙《读书杂志馀编下·楚辞》引王引之曰："祇之言振也，言干进务入之人，委蛇从俗，必不能自振其芬芳，非不能敬贤之谓也。上文云，兰芷变而不芳，意与此同。《逸周书·文政篇》祇民之死，谓振民之死也，祇与振声近而义同，故字或相通。"游国恩《离骚纂义》云；"王引之说是也……盖此节自时缤纷其变易，至又况揭车与江离，皆言楚国今昔异形，贤者尽变，明不可淹留之故。"众芳芜秽，贤者尽变，此屈子之所哀痛者也。

固时俗之流从兮，又孰能无变化？

流从　《文选》作"从流"。指时世、世风随同俗流而变化，概不可免。

变化　即上文所说众芳芜秽，兰芷不芳。

览椒兰其若兹兮，又况揭车与江离？

若兹　若此，如此。

况　何况。

揭车　香草名。注见前。

江离　香草名。注见前。

　　按：此二句之意，上注已明。王逸《楚辞章句》："言观子椒子兰变志若此，况朝廷众臣，而不为佞媚以容其身邪？"洪兴祖补注："子椒子兰宜有椒兰之芬芳，而犹若是，况众臣若揭车、江离者乎？揭车、江离皆香草，不若椒兰之盛也。"

惟兹佩之可贵兮，委厥美而历兹。

惟　只；唯有。朱冀《离骚辩》："惟，独也。"

兹佩　此佩。指自己的佩饰、环佩。

委厥美　委，弃。指自己的美好品质为党人时俗所弃。即上文"众薆然而蔽之"之意。

历兹　经历此种时俗而至于困厄，而自身的美质不为改变。

　按：此二句之意，汪瑗《楚辞集解》："委厥美而历兹，是屈子自言己有琼佩之美，而为党众薆然而蔽之，嫉妒而折之，其弃之一至于此。"游国恩《离骚纂义》："二语承上众芳之易变，因言惟有己所操持甚固，磨涅不渝，故见异于时，以至于斯也。历兹与前段历兹同，犹言至斯困厄也。汪瑗说较确。"高亨注以委为秉字之讹："委，似当作秉，大概古秉字或写作委，因而错作委字。秉，抱持。此句比喻屈原抱持美德，而遭遇这种排挤。"其说可参。

芳菲菲而难亏兮，芬至今犹未沫。

芳　芳香。

菲菲　形容香气浓郁。

亏　亏损。王逸《楚辞章句》："亏，歇。"《文选五臣注》刘良曰："亏，损也。"

芬　芳香。喻指美德和清名美誉。

沫（mèi）　消散。洪兴祖《楚辞补注》："沫，音昧，微晦也。"朱熹《楚辞集注》："沫，昏暗也。"陈本礼《屈辞精义》："沫，没也。旧讹沫。"游国恩《离骚纂义》："昏昧晦暗，皆为日光亏损之义，故芬芳之亏损者，以得以沫言之；与从末之沫，音义迥别。"陆侃如等《楚辞选》高亨注："沫，消散。"游高说是。

和调度以自娱兮，聊浮游而求女。

和　调和，陈本礼《屈辞精义》："和，谐也。"

调度　格调和法度。指佩玉修饰有常度。朱熹《楚辞集注》："调，犹今人言格调之调。度，法度也。"王邦采《离骚汇订》："调字当依《集注》作去声读，言声调太高，则和者弥寡，法度太峻，则合者愈难。"钱澄之《屈诂》："调度，指玉音之璆（qiú）然，有调有度也。古者佩玉，进则抑之，退则扬之，然后玉声锵鸣。和者，鸣之中节也。"

自娱　自我欢娱、娱乐。汪瑗《楚辞集解》："自娱，犹自乐也。人生各有所乐，而余独好修以为常也。"钱澄之《屈诂》："自娱，谓自适其志，言足自乐也。"

聊　聊且；姑且。汪瑗《楚辞集解》："聊者，不敢必其遇不遇之词也。"

浮游　漂浮不定，随意行游。汪瑗《楚辞集解》："浮游而求，言求之非一方，无定在也。"

求女　寻求美女。林仲懿《离骚中正》："求女，即岂惟是其有女之女。"陈本礼《屈辞精义》："求女仍是欲求两美必合初意，此承上兹佩而言。"

　　按："和调度以自娱"之意，已如上注。"聊浮游以求女"，当如下说。钱澄之《屈诂》曰："浮游求女，随其所遇，不似向者之汲汲于所求也。向者志在求女，而浮游皆属有心，此则志在浮游，而求女听诸无意。"

及余饰之方壮兮，周流观乎上下。

及　趁。

余饰　我的服饰、修饰。朱熹《楚辞集注》："余饰，谓琼佩及前章冠服之盛。"

方壮　正壮盛。洪兴祖《楚辞补注》："'高余冠之岌岌兮，长余佩之陆离'，所谓余饰之方壮也。"钱澄之《屈诂》："方壮，承菲菲、难亏、未沫而言。"

周　遍；周遍。

流观　遍观，泛览。《九章·哀郢》："曼余目以流观兮，冀壹反之

何时？"与此句用法同。周流观，即遍流观。

按：此二句之意，王邦采《离骚汇订》曰："及此芳未亏，芬未沫之时，而周流四方，以观乎上下，或者于有意无意间，以庶几其一遇，未可知也。盖大夫明知求女之无益，终不以无益而自求。"其说甚当。

又按："及余饰之方壮"，亦有借指年岁未晚之意。朱熹《楚辞集注》："方壮，亦巫咸所谓年未晏、时未央意。周流上下，即灵氛所谓远逝，巫咸所谓陞降上下也。"钱澄之《屈诂》："及年之未晏，饰之方壮，犹可以周流上下。盖欲从灵氛远逝之占也。"毕大琛《离骚九歌释》："余饰方壮，应前年岁未晏，愈见《离骚》作于怀王见疏时。"三说皆可参。

以上三十二句为一节。写楚国现状：党人干进，兰芷不芳。自己将"及余饰之方壮"时，"周流观乎上下"。

灵氛既告余以吉占兮，历吉日乎吾将行。

吉占　即上文"灵氛为余占之"所说的话。主要是指两美必合，远逝求君。

历　择，选择。《文选五臣注》李周翰注："历，选也。言灵氛告我远去，我今选择吉辰良日，将行访贤君。"

吉日　吉利的日子。

将行　将要远行。指将听从灵氛之劝，远逝求女。

按：此二句之意，马其昶《屈赋微》引梅曾亮曰："灵氛欲其去，既答以去之无益。巫咸欲其留以求合，尤有所不能。呜呼！为屈子者，去耳，留耳，死耳，故不得已仍从灵氛之吉占焉。而卒亦不忍，则死从彭咸焉而已。"王闿运《楚辞释》："楚士尽变，留国无益，故仍从灵氛吉占决去也。"

折琼枝以为羞兮，精琼靡以为粮。

琼枝　琼树之枝。洪兴祖《楚辞补注》："张揖云，琼树生昆仑西，流沙滨，大三百围，高万仞，其华食之长生。"

以为　把……当作；当作。

羞　精美的食品。王逸《楚辞章句》："羞，脯也。"洪兴祖补注："羞、脩，二物也，见《周礼》，羞致滋味，脩则脯也。王逸、五臣以羞为脩，误矣。"

精　捣之使精细。王逸《楚辞章句》："精，凿也。"王夫之《楚辞通释》："精，春之精凿。"朱熹《离骚辩》："精，细也。"

琼靡（- mí）　靡，同"糜"。细粒，细屑。琼靡，琼玉春捣的细粒。

粮（zhāng）　粮；干粮。王逸《楚辞章句》："粮，粮也。"王夫之《楚辞通释》："粮，干粮。"

　　按：此二句写将远逝求女的准备。鲁笔《楚辞达》："琼枝琼靡，仙灵品味，非浊世所有。"屈复《楚辞新注》："言饮食皆玉，不独佩而已。"此与前"饮木兰之坠露，餐秋菊之落英"同，以服饰之美饮食之精喻行志的高洁。

为余驾飞龙兮，杂瑶象以为车。

为余　为读去声，为我（做什么），系命仆夫之词。

飞龙　即《周易》："时乘六龙以御天""飞龙在天"之龙。

杂瑶象　瑶，玉名。象，象牙。杂瑶象，瑶玉和象牙掺杂使用。朱熹《楚辞集注》："杂用象玉以饰其车也。"

　　按：上二句写将远逝求女所备之粮，此二句写将远逝所备之车。

琼枝琼靡，非复人间之粮；飞龙瑶象，非复人间之车。此所谓妄想游魂，参成世界也，与前文"驷玉虬以乘鹥兮，溘埃风余上征"和见帝求女铺陈排场用意相同。

何离心之可同兮，吾将远逝以自疏。

何　副词，表示反诘，相当于"岂"。

离心　异心。

自疏　自我疏远。

　　按：离心自疏之意，朱熹《楚辞集注》云："离心，谓上下无与己同心者也。自疏，则祸害不能相及矣。"姚鼐《古文辞类纂》："上虑妃有娀一节，犹言求女，灵氛、巫咸二节，亦以求女为言，欲其择君而事也。至此节则知求女之必不可矣，姑远逝以自疏，遨游娱乐，如《远游》一篇之旨。而卒以不忍，则死从彭咸焉而已也。"朱说是，姚说可参。

邅吾道夫昆仑兮，路修远以周流。

邅（zhān）　转；绕道。王逸《楚辞章句》："邅，转也。楚人名转曰邅。"胡文英《屈骚指掌》："吴楚谚谓绕道为邅。"

昆仑　神话传说中的仙山。王逸《楚辞章句》："言己设去楚国远行，乃转至昆仑神明之山，其路遥远，周流天下，以求同志也。"汪瑗《楚辞集解》："屈子之所用昆仑、阆风、玄圃等山，即如《列子》之所谓蓬莱、方丈、员峤、方壶诸山耳。盖虽有是名而本无是山，假设其号以为神仙清净高远之居也。"戴震《屈原赋注》："战国时言仙者，托之昆仑，故多不经之说，篇内寓言及之，不必深求也。"

周流　环游；遍游。

扬云霓之晻蔼兮，鸣玉鸾之啾啾。

扬　高扬；飘扬。王逸《楚辞章句》："扬，披也。"披有张开、散开义，义即高扬、飘扬。朱冀《离骚辩》："扬，飞扬也。"

云霓　本指虹，此处指画有彩虹的旗帜。《文选》李周翰注："云霓，虹也，画之于旌旗。"林仲懿《离骚中正》："云霓为旌旗，即下文云旗是也。"云旗可以是以云为旗，亦可以壮旗帜之高耸。《史记·司马相如列传》："拖蜺旌，靡云旗。"张守节正义："张云：'画熊虎于旌，似云气也。'"《文选·张衡〈东京赋〉》："龙辂充庭，云旗拂霓。"薛综注："旗谓熊虎为旗，为高至云，故曰云旗也。"审文义，云霓与玉鸾对举，当以李说为长，林说可参。

晻蔼（ǎn ǎi） 日光被遮蔽，昏暗不明貌。《文选》李周翰注："晻蔼，旌旗蔽日貌。"洪兴祖《楚辞补注》："晻蔼，暗也，冥也。"

玉鸾 指车衡上所挂的玉制铃饰，鸾鸟形。王逸《楚辞章句》："鸾，鸾鸟也。以玉为之，著于衡，和著于轼。"一说指旌旗上之铃饰。汪瑗《楚辞蒙引》："或曰，此指旌旗上之铃耳，谓旌旗扬则玉鸾鸣，与上句相唤。《尔雅》曰，有铃曰旂。则旌旗之上亦有铃也。"

啾啾 鸾铃的和鸣声。啾啾之释诸家各异，王逸释为鸣声，李周翰释为铃佩之声，洪兴祖引《埤仓》，释为众声和鸣之声，李陈玉释为声之清也，徐焕龙释为音韵清和之声，夏大霖释为悽惨之声，而王邦采则以为"大夫不忍去国，耳中所闻之声"，不一而足。盖啾啾一词，本为诗文状声音之常语，《九歌》即有"雷填填兮雨冥冥，猨啾啾兮狖夜鸣"之例。或状鸟兽，或状虫鸣，或状管吹，或状尖细悽惨之声，要皆随文而异。《文选》李周翰注："啾啾，佩玲之声。"洪兴祖《楚辞补注》："《礼记》曰，君子在车，则闻鸾和之音……《韩诗外传》曰，升车则马动，马动则鸾鸣，鸾鸣则和应。啾，《埤仓》云，众声也。"李、洪二说可从。

按：上既写饮食准备之精，复又写车乘之盛，则屈子启行远逝是何等景况，读者虽隔千载仿佛亲历，此骚诗之妙也。

朝发轫于天津兮，夕余至乎西极。

发轫 见前"朝发轫于苍梧兮"注。

天津 天河，即银河的津梁。王逸《楚辞章句》："天津，东极箕斗之间，汉津也。"朱熹《楚辞集注》："箕北斗南，天河所经，而日月五星，于此往来，故谓之津。又有天津九星，在虚危北，横河中，即津梁所渡也。"

西极　西方的极地，尽头。《文选》吕延济注："东极曰天津，西极日所入也。"刘梦鹏《屈子章句》："西极，西方之极。"

凤凰翼其承旂兮，高翱翔之翼翼。

翼　张开两翼；展翅。

承　承接。刘梦鹏《屈子章句》："承，接也。言凤凰同翔其上，其翼与车旂相承接也。"

旂（qí）　帛上画有两龙，竿头有铃的旗帜。洪兴祖《楚辞补注》："《周礼》，交龙为旂，熊虎为旗。《左传》曰，三辰旂旗。《尔雅》有铃曰旂。"又下句补注曰："古者旌旗皆载于车上，故逸以承旂为来随我车。"

翱翔　鸟鼓翅一上一下高飞曰翱，展翅而不鼓动飞行曰翔。翱翔，展翅高飞回旋貌。洪兴祖《楚辞补注》："《淮南》曰，凤凰曾逝万仞之上，翱翔四海之外。注云，鸟之高飞，翼一上一下曰翱，直刺不动曰翔。"按：洪引混《淮南子·览冥》与《俶真》经文注文为一，谬甚。《览冥》："还至其曾逝万仞之上，翱翔四海之外。"高诱注："翼一上一下曰翱，不摇曰翔。"《俶真》："虽欲翱翔，其势焉得。"高诱注："鸟之高飞，翼上下曰翱，直刺不动曰翔。"

翼翼　整齐而舒展自得的样子。徐焕龙《屈辞洗髓》："建旂车上，凤凰俨翼以承。凤飞翱翔，虽高，极其翼翼，卒不以行速而乖其调度也。两翅均齐为翼。"刘梦鹏《屈子章句》："翼翼，舒翅端好貌。"屈复《楚辞新注》："凤翼承旂，而翱翔甚闲，言行虽甚速，而不忙迫也。"陆侃如等《楚辞选》高亨注："翼翼，整齐的状态。"游国恩《离骚纂义》："此言神游之时，凤鸟相随，翼然与己车旂相接，高飞翱翔，闲暇而自得也。"

忽吾行此流沙兮，遵赤水而容与。

忽　忽然。陈本礼《屈辞精义》："忽，有不知不觉意。"

流沙　沙漠，西极之地。王逸《楚辞章句》："流沙，沙流如水也。"《文选》吕向注："流沙，西极。"

遵　遵循；沿着。

赤水　神话中发源于昆仑山东南的一条水名。王逸《楚辞章句》："赤水，出昆仑山。"洪兴祖补注："《博雅》云，昆仑虚，赤水出其东南陬（陬 zōu，角落，边上），河水出其东北陬，洋水出其西北陬，弱水出其西南陬。河水入东海，三水入南海。"

容与　徘徊犹豫。刘梦鹏《屈子章句》："容与，徘徊貌。"按：容与、犹豫乃训诂名例。王引之《经义述闻·通说》引王念孙曰："犹豫，双声字，字或作犹与。分言之则曰犹曰豫……合言之则曰犹豫，转之则曰犹夷、容与。"义即迟疑不决、踌躇不前。以容与等同犹豫，此以偏概全之说也。屈赋"容与"凡五见，除《离骚》本句可训为犹豫徘徊外，余皆与犹豫不同。《九歌·湘君》："时不可再得，聊逍遥兮容与"，《湘夫人》："时不可骤得，聊逍遥兮容与"，以容与连逍遥，当释为从容闲舒；《九章·涉江》："船容与而不进兮，淹回水而凝滞"，《哀郢》："楫齐扬以容与兮，哀见君而不再得"，此二容与皆含慢行义，与犹豫亦不相同。王逸《楚辞章句》："容与，游戏貌。"林云铭《楚辞灯》："容与，亦自娱之意。"林仲懿《离骚中正》："容与，从容也。"诸说并可参。

麾蛟龙使梁津兮，诏西皇使涉予。

麾　指挥。王逸《楚辞章句》："举手曰麾……或言以手教曰麾。"《文选》张铣注："麾，招。"

蛟龙　神话传说中生活在水中能腾云驾雾的神物。王逸《楚辞章句》"小曰蛟，大曰龙……蛟龙，水虫也。"洪兴祖补注："《广雅》曰，有鳞曰蛟龙，有翼曰应龙，有角曰虬龙，无角为螭（chī）龙。"

梁津　梁，桥梁。津，水津，津渡。《文选》张铣注："梁，桥也。"洪兴祖《楚辞补注》："《说文》曰，津，水津。"梁津，桥梁与渡口。此处用为动词，指为桥以渡。王逸《楚辞章句》："以蛟龙为桥，乘之以渡。"

诏（zhào）　告知；告令。王逸《楚辞章句》："诏，告也。"

西皇　西方的尊神。王逸《楚辞章句》："西皇，帝少皞也。"洪兴祖补注："少皞以金德王……故曰西皇。《远游》注云：'西皇所居，在西海之津。'"徐焕龙《屈辞洗髓》："少皞氏以金德王，西方盛德在金，故名西皇。"朱冀《离骚辩》："西皇者，西方主宰之神。"

涉予　涉，渡水。予，我。涉予，渡我过河。

按：此二句之意，《文选》张铣注："言我招蛟龙使为桥，告少皞济渡。"游国恩《离骚纂义》："言麾蛟龙使为流沙之梁，告西皇使济赤水之渡也。"二说相近，并可通。

路修远以多艰兮，腾众车使径待。

修远　见"路漫漫其修远兮"注。

多艰　多艰难险阻。王逸《楚辞章句》："艰，难也。"钱澄之《屈诂》："多艰，谓流沙之陷，赤水之险也。"

腾　传；传（言）。王逸《楚辞章句》："腾，过也。言昆仑之路，险阻艰难，非人所能由，故令众车先过，使从邪径以相待也。以言己所行高远，莫能及也。"闻一多《离骚解诂》："'过众车使径待'，文不成义，又强释之曰'令众车先过'，既增字为训，复傎（颠）到（倒）词位，注书之无法纪者，莫此为甚。案《说文·马部》曰：'腾，传也。'传当读如《仪礼·士相见礼》'妥而后传言'之传。《淮南子·缪称》篇曰'子产腾辞'，高注曰：'腾，传也，子产作刑书，有人传词诘之。'《汉书·礼乐志》：'腾雨师，洒路陂'，谓传言于雨师使洒路陂也。《后汉书·隗嚣传》'因数腾书陇蜀'，谓传书陇蜀也。《北堂书钞》一〇二引蔡邕《吊屈原文》'讬白水而腾文'，谓讬白水而传文也。《文选·洛神赋》'腾文鱼以警乘'，谓传文鱼以警乘。本书腾字多用此义。如本篇'腾众车使径待'，《远游》'腾告鸾鸟迎宓妃'，《九歌·湘夫人》篇'将腾驾兮偕逝'，《大招》'腾驾步游'皆是。"姜亮夫《屈原赋今译》："腾字作告字讲。"传、告义相通。

径待　当作"径侍"。一直跟着，径相侍卫。洪兴祖《楚辞补注》："待，一作侍。"姜亮夫《屈原赋今译》："径侍，一本作径待，误也。

径侍是《屈赋》术语，犹言一直跟着。"姜说可从。刘永济《屈赋释词》：
"径待，《离骚》'腾众车使径待'，王逸注'使从邪径以相待。'《考异》'待一作侍。'按王注迂曲，于句义不合。"《释词》引《说文》：
"待，竢也"，"侍，承也"，竢有等候义，承有侍候义，二义相近。径，直也，"此文言腾驾众车使直前相等候也"。其说可参。

路不周以左转兮，指西海以为期。

路　路经，路由。

不周　不周山。神话中的山名，在昆仑山的西北。王逸《楚辞章句》："不周，山名，在昆仑西北。"

左转　左行。

指　语，告诉。王逸《楚辞章句》："指，语也。"与前文"指九天以为正兮"之指义同。

西海　传说中西方的大海，为西皇所居。王邦采《离骚汇订》："西海，西皇之所居也。"朱琦《文选集释》："宋洪氏迈云，东北南三海，其实一也，无所谓西海者。《诗》《书》《礼》经称四海，盖引类言之。《离骚》指西海亦寓言尔。"

期　期限。指目的地。陈本礼《屈辞精义》："上文一则曰至西极，再则曰诏西皇，此又曰西海为期，正指出求女归宿之地。"

　　按：此二句写自流沙、赤水至西海，路由不周山而左转，本为幻想寓言之词，无甚深意，而注家穿凿附会，欲坐实其地其事，臆说纷纷，皆非文义。游国恩《离骚纂义》："盖浮游本属幻想，若有若无，亦真亦假，于迷离惝恍之中，写仙踪缥缈之境，此景宜莫西方昆仑若也，岂真有若何深意如后人云云者哉……此等处但会古人幻想所存，不必强索其实义，斯为得之。"所言极是。

屯余车其千乘兮，齐玉轪而并驰。

屯　屯聚。王逸《楚辞章句》："屯，陈也。"《文选》刘良注：

"屯，聚。"

乘（shèng）　古代四匹马拉一辆车的名称，此处用为量词。

齐　同；整齐。此处用为动词，使整齐之意。洪兴祖《楚辞补注》："齐，同也，言齐驱并进。"

玉轪（- dài）　轪，车毂（gǔ）端圆管状冒盖。玉轪，车轴端有玉饰的冒盖，亦指有玉饰的车轴。戴震《屈原赋注》："轪，毂端鐏（tà）也。《方言》，关之东西曰輨（guǎn），南楚曰轪……齐玉轪，言并毂而驰。"毂为车轮中心穿轴承的部分，也指车轮或车，鐏为金属套，輨为车毂端包的冒盖。戴说是。一说指车轮。洪兴祖《楚辞补注》："《方言》云，轮，韩楚之间谓之轪。"胡绍煐《文选笺证》："《广韵》轪，车轮。玉轪，犹言玉轮。"亦通。

驾八龙之婉婉兮，载云旗之委蛇。

八龙　龙，飞龙。参见上文"为余驾飞龙兮"之"飞龙"注。八龙，驾车之龙有八条。

婉婉　一作"蜿蜿"，屈曲而行貌。王逸《楚辞章句》："婉婉，龙貌。"胡文英《屈骚指掌》："蜿蜿，屈曲貌。"

云旗　高耸入云的旌旗。

委蛇（wēi yí）　飘扬舒展貌。王逸《楚辞章句》："载云旗，委蛇而长也。"《文选》吕向注："逶迤，长貌。"汪瑗"楚辞集解"："委蛇，犹飘扬。"胡文英《屈骚指掌》："委蛇，荡漾貌。"诸注并可通。又，宋洪迈《容斋随笔》曰："委蛇字凡十二变"，一曰委蛇，二曰委他，三曰逶迤，四曰倭迟，五曰倭夷，六曰威夷，七曰委移，八曰逶移，九曰逶蛇，十曰蜲蛇，十一曰遹迤，十二曰威迟。近人符定一《联绵字典》罗列该词字形或音转，凡八十三变，朱起凤《辞通》亦罗列其详，可资参考。

抑志而弭节兮，神高驰之邈邈。

抑志　抑，按下；抑止。志，通"帜"。抑志，按下旗帜，使不再飘动，犹言"偃旗"。张渡《然疑待征录》："（抑志）与'屈心而抑志'义别。'志'当作'帜'。《汉书·高帝纪》：'旗帜皆赤'颜师古曰：'史家或作识，或作志，音义皆同。'是其声通之证。'抑志'承'云旗'句，'弭节'承'八龙'句。"张说是。

弭节　止其旌节使徐行。汪瑗《楚辞集解》："弭节，谓弭止其旌节之属也。"参见前"吾令羲和弭节兮"注。

神　精神意识；心神。

邈邈　辽远貌。王逸《楚辞章句》："邈邈，远貌。"

按：此二句之意，王逸《楚辞章句》云："言己虽乘云龙，犹自抑按，弭节徐行，邈邈而远，莫能追及。"朱熹《楚辞集注》："言虽按节徐行，然神犹高驰，邈邈然而逾远，不可得而制也。"说同王逸。钱澄之《屈诂》云："原之远逝，至此极矣，山穷水尽，不得不抑志而弭节也。志虽抑而神且高，节虽弭而神犹驰，邈邈而不知其所之，神为之也。"游国恩《离骚纂义》云："盖二语但言神游之际，或急或缓，今兹远逝，已至穷荒，姑抑吾志，弭吾节，为之徐徐云尔。斯时也，神游物表，高驰乎冥邈之区，忽不自知其乐也。故下文即接之以奏《歌》舞《韶》者以此。"游说本诸王、朱、钱三家而申发之，至确。

奏《九歌》而舞《韶》兮，聊假日以媮乐。

九歌　古乐名，相传为夏后启的音乐。说详前文"启《九辩》与《九歌》兮"注。又，此《九歌》与屈原所作《九歌》内容不同。参见本书第六章。

韶　九韶，也作九招。古乐名。王逸《楚辞章句》："《九歌》，九德之歌，禹乐也。《韶》，《九韶》，舜乐也，《尚书》箫韶九成是也。"洪兴祖补注："《周礼》有九德之歌，九磬之舞，启乐有《九辩》《九歌》。又《山海经》夏后开始歌《九招》，开即启也。《竹书》云，夏后启舞《九韶》。"

聊　姑且。

假日　假借时日。

媮乐　媮，同"愉"。媮乐，娱乐。颜师古《匡谬正俗》："《楚辞》云聊假日以媮乐，此言遭遇幽厄，中心愁闷，假延日月，苟为娱耳。今俗犹言假日度时。故王粲云，登兹楼以四望，聊假日以消忧，取此义也。"

陟陞皇之赫戏兮，忽临睨夫旧乡。

陟（zhì）陞　陟、陞同义复合，上升。王逸《楚辞章句》："一无'陟'字。陞一作'阽'。"

皇　皇天。王逸《楚辞章句》："皇，皇天也。"林云铭《楚辞灯》："皇，天也，初升天之日，无远不照，而我反登于上。"

赫戏　光辉灿烂貌。王逸《楚辞章句》："赫戏，光明貌。"洪兴祖补注："赫戏，炎盛也。戏（戲）与曦同。"

临睨（-nì）　俯视。临，居高面下。睨，视。临睨，居高俯视。

旧乡　故乡，指楚国，郢都。王逸《楚辞章句》："旧乡，楚国也。"刘梦鹏《屈子章句》："旧乡，郢也。"

按：此二句之意，王逸《楚辞章句》曰："言己虽升昆仑，过不周，渡西海，舞《九韶》，升天庭，据光曜（耀），不足以解忧，犹顾视楚国，愁且思也。"

仆夫悲余马怀兮，蜷局顾而不行。

仆夫　随从的仆人、御者。王逸《楚辞章句》："仆，御也。"

怀　怀恋；伤怀。王逸《楚辞章句》："怀，思也。"

蜷局　屈曲貌。王逸《楚辞章句》："蜷局，诘屈不行貌。"

顾　反顾，回顾。《文选》刘良注："蜷局回顾而不肯行也。"

按：屈子欲远逝自疏，陟升皇天，而终不忍去国离乡。故忽临夫旧乡，托言仆悲马怀，以示终不忘欲反之意。仆马且然，况于原乎？

又按：仆悲马怀之马，系驾车之马，而非上文之飞龙或八龙之龙。屈原所驾，或为龙，或为凤，盖皆神游幻想恍惚之景，而"忽临夫旧乡"，又回到现实之中，则驾车者又为马而非龙。而注者不识，力证八龙为八马、八骏，不亦迂乎？

以上三十六句为一节。写周流观乎上下，欲去国远逝而终不忍之矛盾痛苦心情。

自索琼茅以筵篿兮至此，凡百一十二句，为全文第三大段，写欲从灵氛、巫咸的劝导，去国远逝，上下求索，而终不肯离开故国。

乱曰：已矣哉！国无人莫我知兮，又何怀乎故都？

乱　古代乐曲的最后一章或辞赋总括全篇要旨的篇末语皆称乱。亦即后世所说的尾声。《论语·泰伯》："《关雎》之乱，洋洋乎盈耳哉！"朱熹集注："乱，乐之卒章也。"王逸《楚辞章句》："乱，理也。所以发理词指，总撮其要也。屈原舒肆愤懑，极意陈词，或去或留，文采纷华，然后结括一言，以明所趣之意也。"按：乱词在《离骚》《九章》《招魂》中凡六见，蒋骥《山带阁注楚辞》以为不可一概而论，曰："旧解乱为总理一赋之终，今按《离骚》二十五篇，乱词六见，惟《怀沙》总申前意，小具一篇结构，可以总理言。《离骚》《招魂》，则引归本旨，《涉江》《哀郢》，则长言咏叹，《抽思》则分段叙事，未可一概论也。"游国恩《离骚纂义》曰："（蒋氏）以为不可一概而论，此蔽于实之患也。"游说是。

已矣哉　叹词，即今所说罢了，算了吧。王逸《楚辞章句》："已矣，绝望之词。"已矣哉三字连用，有加强语气，表示愤激的作用。

国无人　指朝中无贤明知己之人。王逸《楚辞章句》："无人，谓无贤人也。"

莫我知　即莫知我，不了解我。

故都　郢都，即故国。

按：此二句之意，王逸《楚辞章句》云："言众人无有知己，己

复何为思故乡念楚国也。"贺贻孙《骚筏》云："既曰忽临睨夫故乡，又曰何怀乎故都，愤懑之极，总是不能忘楚国一意，激言之耳。"而突接"已矣哉"三字，陈本礼《屈辞精义》云："大有一痛而绝之意，盖屈子一生，正为旧乡不忍去，故都不能忘，所以恋恋于兹者，君臣之谊，无所逃于天地之间也。"

既莫足与为美政兮，吾将从彭咸之所居。

既……将……　固定结构，"既……"表示已经造成某种现状，"将……"表示会产生某种结果。

莫足　不足以；不值得。

与为　与其共同做某事。

美政　美好的政治，即屈原草为宪令，实施他所主张的内政外交政策，以至于国家富强。

从　跟从，追随。

彭咸　见前"愿依彭咸之遗则"注。

居　居处，指归宿，隐指投水而死。

　　按："从彭咸之所居"，注家各异其说。王逸《楚辞章句》云："言时世之君无道，不足与共行美德、施善政者，故我将自沈汨渊，从彭咸而居处也。"王夫之《楚辞通释》注"虽不周于今之人兮，愿依彭咸之遗则"曰："君子孤尚姱修，志异道殊，进不屑与竞，退必不能与同，唯誓依彭咸，以死自靖而已。"张惠言《七十家赋钞》曰："彭咸之遗则，谓其道也，彭咸之所居，谓其死也。"此二家本诸王逸之说。而以王说无据而非之者颇多。游国恩《离骚纂义》辩之曰："窃意彭咸投水事虽不可考，然以篇末乱辞推之，则又似可信。观其所谓已矣哉，国无人，莫我知，既莫足以为美政，吾将从彭咸之所居者，非已自知绝望，决计效法彭咸之孤忠乎？盖此篇本作于顷襄再放之后，其时屈子窜逐江南水乡泽国之地，久而不复，遂萌自沈之志，故终之曰从彭咸之所居也。"其说甚确。龚景瀚《离骚笺》注乱辞曰："国无人莫我知，为一身之言也，故曰又何怀乎故都，似乎可以去矣。然一身其小者也，使宗社无恙，去留何所不可。而今哲王不寤，求女不得，既莫足与为美政，而宗社将墟矣。此为宗社之言也，是岂可去乎？留矣，其尚忍见之乎？从彭咸之所居，舍死而别无他求矣。身为同姓世臣，与国同其休戚，苟己身有万一之望，则爱身正所以爱国，可以不死也。至于莫足与美政，而望始绝矣。既不可去，又不可留，计无复之，而后出于死，其心良苦矣。此屈子之忠，所以为万古人臣之极，而太史公谓之与日月争光者也。若宗社无故，而徒以君不我用，俗不我知，遂忿恚而自沉，则懥而已，岂得为屈子哉！"又曰："太史公于其本传终之日，其后楚日以削，数十年竟为秦所灭，言屈子之死得其所也，是能知屈子之心者也。千古以下，善读《离骚》者，太史公一人而已。"其说之精辟，其情之深，自来注家，无有出其右者。

乱曰五句为全诗结语，屈原于绝望中，决计效法先贤彭咸之孤忠，以死殉国。

《离骚》今译

（阅读顺序先上下，后左右）

我是古帝高阳氏的后代子孙，
我的父亲名叫伯庸。
正当太岁在寅的孟春正月，
庚寅的那天我便诞生。

父亲考究了我的生辰，
才赐给了我的美名。
给我取的名字叫作正则，
给我取的别号称为灵均。

我既有这样美好的本质，
又有美好超人的才智；
如同披上了芳洁的江蓠和白芷，
又戴上秋兰编织的环佩。

时光流逝，岁月不居，
我勤勉自修着，唯恐不及。
早晨摘取山岗上的木兰，
黄昏把洲中的宿莽采集。

日月匆匆呵不肯停留，
春天和秋天循环相替；
想到那草木的凋零，
真怕美人儿憔悴。

为什么你不改前非，
趁这强壮的年华扬弃芜秽？
快来吧，我要为你引路。
让我们乘驾骏马如飞！

往昔，三后是那样的纯美、无私，
因此，贤能的人们都聚集周围。
申椒与菌桂也夹杂其中，
岂但是编结兰蕙与白芷？

呵，唐尧和虞舜是多么的正大光明，
遵循着正道在坦荡的大路上行进；
那夏桀和商纣是放纵而自恣的，
他们在邪曲的小路上终究寸步难行！

想到结党营私的人们苟且偷安，
就感到前途黑暗，而且危险。
并不是因为我害怕自己遭祸，
怕的是国家将遭受灭亡的灾难。

我忙忙碌碌奔走在君王的前后，
紧紧地追随着先王的脚步。
君王啊！你不体察我的心情，
反而听信谗言而向我发怒。

我知道忠言直谏会带来忧患，
可是我难以忍耐而不把话儿说出。
指着九天来做证明，
我全然是为了君王的缘故。

当初你曾和我订盟，
而今你反悔了，有了他心。
我并不是怕与你的别离，
你摇摆不定数次地受骗却使人伤情。

我培植了兰草有九畹之地，
又栽种了百亩的香蕙。
还种了一块块的留夷与揭车，
和那香馨的杜衡与白芷。

我盼望着它们枝叶繁茂，
待到成熟的时候便可丰收。
香草纵是枯萎也算不了什么，
群芳的变节却使人哀愁。

人们都争逐势利，贪婪无比，
钱财塞满了私囊还要拼命追求。
他们自我宽恕,用小人之腹来度君子，
于是都产生了对我的嫉妒。

人们匆忙地奔走，追逐势利，
这些也并非是我的所急。
我担心着年华不再，渐渐衰老，
怕的是美好的名声不能树立。

清晨我啜饮木兰上甘醇的露水，
黄昏我吞食秋菊初生的蓓蕾。
若是我持守着信诚和美好的德行，
纵是长久地面黄肌瘦又有何关系！

我在香木的根上系上香芷，
串联了一朵朵薜荔的花蕊；
又拿菌桂编结了蕙草，
把胡绳搓成长长的绳子。

我效法先贤用香草修饰，
这香草却不是世俗愿意佩带；
我虽与现今的小人们不合，
却愿以彭咸的榜样作为标尺。

我掩着涕泪而长长地哀叹，
哀叹民生的多灾多难。
我因为修美而遭羁绊，
从早到晚都被小人们责骂和暗算。

他们毁坏了我蕙草的佩带，
我却又采集了香芷。
这本是我内心持守的美德，
我决不后悔，纵然是九死。

我抱怨君王的任意胡行，
始终不肯体察我的内心。
那些女人嫉妒我的美貌，
竟造谣说我是十分好淫。

本来嘛，时俗们惯于取巧投机，
违背了正常法则而更改了措施。
不依循绳墨而追随邪曲，
争求苟合是他们的常理。

我忧愁郁闷而心神不定，
孤独地生活在这黑暗的困境；
我宁愿忽然死去而随波漂流，
也不愿争求苟合去取得宠幸！

勇猛的苍鹰不能与凡鸟为伴，
自古以来本就是这般。
端方与圆滑怎会相容，
不同道的人又怎能相安？

委屈着心灵，压抑着意志，
我是忍受着责骂，含着羞耻；
持守清白的节操而殉身正道，
这本是前代的圣贤之所重视。

我懊悔当初没有看清道路，
我久立遥望将返回归途。
回转我的车驾向旧路走吧，
趁迷途未远，还来得及醒悟。

我骑着马儿在兰草丛生的水边慢走，
奔驰到椒木生长的山丘暂且停留。
进身君前，我不受重用而反遭罪尤，
那就退身自保，把当初的服饰重修。

我剪裁了荷叶做成上装，
搜集了荷花来缝成下裳。
纵然人们不了解我也罢，
只要我内心是真正的芳香。

我高高的帽子是这般雄壮，
我长长的佩剑是这般辉煌。
芳洁和污垢掺杂一起，
只有我清白的本质还未损伤。

忽然我回头纵目远望，
我将去观察四野八荒。
我的佩饰是这般多样，
浓郁的香气四处远飏。

人生各有各的爱好，
我独爱修洁且习以为常。
纵使遭到肢解也不改变，
我的心志是不可毁伤。

阿姐为我感到焦急，
一次又一次责备我的憨直。
她说："鲧任性而忘了自身，
终因不听尧命放逐羽山而死。

你何苦这样博采众芳，爱好修洁，
独出群俗而保持美好的品质？
你看，人们把竹叶菜和地葵堆满了一室，
你却与众不同，不用它们装饰。

你不能挨门逐户去说明真情，
谁又能体察我们的内心？
世上的人们互相抬举，惯于勾结，
你又何苦孤独自守不听我的叮咛？"

我依循前圣的准则而行事公允，
唉，我愤懑抑郁直到如今。
我要渡过沅水和湘江向南远走，
向重华陈述我的衷情：

"夏启王从天上偷下了《九歌》《九辩》，
沉醉于玩乐而纵情淫乱。
他不顾危难也不想后果，
因此他的幼子五观起来反叛。

后羿恣意地畋猎出游，
嗜好射杀巨大的野兽。

好乱之辈本不会有好的结果，
终于寒浞杀了他，把他的妻子占有。

寒浞的儿子过浇以强暴自恃，
纵欲胡为而不能节制。
每日里淫乐而忘乎了所以，
他的头颅因而被少康所弑。

夏桀违背了天常，
终究遭到了祸殃。
殷纣王把忠良剁成了肉酱，
于是殷室的宗祠不得久长。

汤禹敬畏上苍又尊重贤德，
周王文武讲论道义而没有差错；
他们荐举贤才而给以重任，
一切都依循着准绳而没有偏颇。

皇天大公无私并不把谁袒护，
他观察人们的德行确定把谁辅助。
只有圣明的人实施了美政，
才能够享有天下的疆土。

看看前朝想想以后的事情，
考察一下人民衡量事物的标准。
哪一个不义的君王能久享天下，
哪一个不善的人能取信于民？

我的身体已濒临死亡，

回顾当初我并不懊丧。
不量好凿孔来削正木柄，
所以前贤才被剁成肉酱。

我一次又一次地抽泣、悲伤，
我哀叹没有逢上美好的时光。
我用柔软的茹蕙掩着涕泪，
泪水滚滚呵，沾湿了衣裳。"

铺开衣襟，我跪着陈述衷情，
我是光明磊落的而德行中正。
我驾着白龙，乘着彩凤，
只待风起我便向上空飞腾。

清晨发车时还在苍梧，
傍晚就到达了昆仑的悬圃。
我想在神灵门前停留片刻，
可是太阳匆匆，天色将暮。

我令羲和让太阳停留，
不要向西方的神山——崦嵫行走。
道路漫长是那么遥远，
我将上上下下把美人儿寻求。

给马儿饮水，在咸池的边上，
把马儿的缰绳拴在扶桑。
折下若木拂拭昏暗的太阳，
姑且在这儿逍遥地游逛。

使月神在前面开路先驱，
令风神在后面紧相追随。
让鸾鸟为我先行警戒，
雷师却告诉我说，行装尚未齐备。

于是我叫凤凰振翅飞腾，
夜以继日地奋飞不停。
旋风阵阵吹来，聚结不散，
率领了云霓前来欢迎。

纷乱的云霓离合无常，
五光十色而忽下忽上。
我叫天帝的守门人把门打开，
他却靠着天门冷眼相望。

白天将尽天色已经昏暗，
我仍然伫立门外编结幽兰。
唉，世道混浊竟至美恶不分，
使善良的遭嫉妒，美好的被遮掩。

我在清晨渡过了白水，
登上阆风山，把马儿系在山隅。
忽然我回想过去而痛哭流涕，
我悲哀这高高的山上并没有美女。

我急忙赶到东方的春宫，
折下玉树枝儿来把佩带装饰。
趁玉枝儿的花朵还未凋落，
赠送给我人间的美女。

我令云师乘驾云彩，
去寻找洛神宓妃的所在。
我解下佩带来表达深爱，
使蹇修去做媒介。

宓妃呵，你反反复复而时来时走，
你性情乖张难以迁就。
晚上你住宿在穷石山上，
清早你却在洧磐洗头。

你自恃貌美是那样骄傲，
每日里只贪图娱乐、淫游。
虽然你确实很美但是没有礼貌，
我只好违背初衷而另作他求。

我观察了四面八方，
周历了天界才开始下降。
我望见瑶台是又高又长，
有娀氏的美女简狄就住在台上。

我叫鸩鸟为我做媒，
他告诉我说简狄不美；
雄鸩鸣叫着飞来飞去，
我又讨厌他的轻佻、巧嘴。

我犹豫而且怀疑，
想亲自去说可又无理。
凤凰受了我的诏命去做媒人，
又恐怕帝喾在我之先娶了简狄。

我想远游而没有停留的地方，
姑且就这样逍遥地游荡。
趁着少康还没有家室，
去追求虞君长两个俊俏的姑娘。

提亲的人没有能耐，口舌又笨，
说合我们的亲事怕是不成。
世间是这样混浊而嫉妒贤者，
总是蒙蔽美名而称道恶声。

美丽的闺秀已经是渺远难寻，
圣明的君王又不肯觉醒。
我满怀衷情而无处倾吐，
这样了此终身我岂甘心！

用琼茅把细竹儿串上，
请灵氛为我占卜吉祥。
我说："虽说是两个美人儿必然
成双，
但谁是真美而值得向往？
试想九州是这样的广大，
难道只这儿才有美丽的姑娘？"

灵氛说："你应该赶快远行而不
必犹豫，
哪一个寻求美人的女子会放弃
你？
何处找不到贤明的君主，
你何必这样怀念你的故居？"

世道昏暗得使人迷乱，
谁说能明察我的美善？
人们的爱憎本不尽相同，
唯独这群小人才如此这般！

家家户户的人们把艾蒿挂得满腰，
反而说幽兰并不美好；
他们连草木都不能辨别，
又怎知美玉的价值多高？
他们把粪土填满了佩囊，
反而说申椒并不是香料。

我想听从灵巫的吉占远行，
可心里是疑惑不定。
巫咸之神将在傍晚降临，
我怀抱着申椒和精米相迎。

天上的百神遮天齐下，
九嶷山的女神都来迎迓。
皇天闪闪发光，显着灵异，
巫咸又告诉我前代君臣遇合的佳话。

他说："自勉吧，你应该上下求索，
寻找那志同道合的君王与他共谋。
商汤与夏禹诚心地求访贤士，
于是得到伊尹和皋陶与他们共济同舟。

只要你的内心高尚修美，
明君自会拔举你又何用行媒？

傅说在傅岩做泥瓦工匠，
殷高宗——武丁求访了他而重用不疑。
吕望困在朝歌做了屠夫，
遇到周文王得以拔举。
宁戚曾一面喂牛，一面歌唱，
齐桓公听见了请他共理国事。

应珍惜年岁尚未衰老的时候，
时光也还没有到达尽头。
只恐怕杜鹃提早了啼叫，
使百花不芳，百草不茂。”

为什么琼枝的环佩这般茂美，
人们却把它深深地壅蔽？
想那些小人不明白是非，
恐怕会因嫉妒来把它败毁。

时世错综复杂，越变越糟，
久留在这儿又怎是依靠？
兰花、白芷失去了芬芳，
荃荪、蕙草甚至变成了茅草。

为什么往昔的香草是那么可爱，
今日竟变成了丑恶的萧艾？
这难道还有别的缘故吗？
是不好修洁自己的危害！

我本以为兰草可以依靠，
哪知它没有实际而徒有外表。

抛弃了自身的美质而随同流俗，
真不该把它列为香草。
椒专权奸佞而且傲慢放荡，
恶草楤又想钻进佩囊。
既然它们只知道钻营以谋求势利，
又怎会有芳香可以播扬？

本来时俗们都互相追随，
又有谁不发生变易？
你看芳椒与香兰都是这样，
更何况一般的揭车与江蓠？

只有我的环佩最可宝贵，
直到现在还保持着美的品质；
它浓郁的芳香是难以亏损的，
这芳香至今日还没有消失。

调整我的佩饰以自我欢娱，
姑且浮游他乡去追求美女。
趁我这修饰正盛的时候，
四处周游而上下寻觅。

灵氛告诉了我占卜的吉祥，
我将选择吉日而远走他方。
折了琼枝作为路菜，
捣碎玉屑当作干粮。

为我驾上飞腾的蛟龙，
把美玉和象牙来装饰车驾。

离心离德的人哪可同道，
我到远方求得自疏吧。
我绕道向昆仑奋飞，
路途遥远而且迂回。
高扬的云旗遮蔽了阳光，
玉饰的鸾铃响声清脆。

早晨我启程在天河的渡口，
傍晚我到达西极的尽头。
凤凰展翅，龙旗飘飘，
高高地翱翔，整齐而有节奏。

忽然我到达了西极的流沙之地，
顺着赤水而从容游戏。
我令蛟龙做河上的桥梁，
命西皇渡我过去。

道路漫长而又艰难重重，
我吩咐众车乘径相侍卫。
路经不周山而转向左行，
以西海为我最终的目的。

我屯聚了千乘的车辆，
品齐了玉轴而并驾齐驱。
驾上八条飞龙蜿蜒前行，
载着逶迤飘扬的云旗。

放下了云旗停住了车子，
心儿呵在邈远的天际飞驰。
奏起《九歌》，舞着《九韶》，
姑且假借时日来自我欢娱。

旭日的光芒灿烂辉煌，
蓦然间我望见了亲爱的故乡。
仆夫为我悲哀，马儿为我伤怀，
马儿蜷曲着不肯行走，仆夫回首盼望。

尾声：
罢了，罢了！
朝中无人，没人了解我的衷肠，
我又何必怀念故国家乡？
既然国君已不足与共行美政，
我将依就彭咸，去到他所居住的地方！

第十三章 《九歌》注译

　　《九歌》之名，古已有之，屈原《九歌》由十一首诗组成，篇目是：《东皇太一》《云中君》《湘君》《湘夫人》《大司命》《少司命》《东君》《河伯》《山鬼》《国殇》《礼魂》。王逸《九歌章句序》云："《九歌》者，屈原之所作也。昔楚国南郢之邑，沅、湘之间，其俗信鬼而好祠。其祠，必作歌乐鼓舞以乐诸神。屈原放逐，窜伏其域，怀忧苦毒，愁思沸郁。出见俗人祭祀之礼，歌舞之乐，其词鄙陋。因作《九歌》之曲，上陈事神之敬，下见己之冤结，托之以讽谏。故其文意不同，章句杂错，而广异义焉。"按：《九歌》的写作、篇数、内容，说详第六章。

一、《东皇太一》注释

　　【释题】　东皇，天之尊神，即上帝。太一，亦作"太乙"，东皇之名。亦为星名。太和一本为哲学概念，指先天地而生，化生万物的混沌之气，原始物质。至《庄子·天下篇》"建之以常无有，主之以太一"，始连缀为复合名词，指宇宙的本原，即道家所说的"道"。在战国时又为天神名，屈原《九歌》有"东皇太一"，宋玉《高唐赋》有"醮诸神，礼太一"。太一祠在楚东，为至尊之神，故又称东皇太一。《文选》吕向注曰："太一，星名，天之尊神，祠在楚东，以配东帝，故云东皇。"参见第六章之三。

　　【歌舞者】　东皇太乙（阳神，男巫扮，享受祭祀），主祭者（女巫扮，唱全篇词曲。众巫合唱。）

【原文及注释】

吉日兮辰良，穆将愉兮上皇。

吉日　吉利的日子。

辰良　良辰的倒置。辰，时辰。辰良，美好的时辰。王逸《楚辞章句》：
"日谓甲乙，辰谓寅卯。"古人以干支纪日纪时，"日谓甲乙"，指日以
甲乙丙丁等十天干纪之；"辰谓寅卯"，指辰以子丑寅卯等十二地支纪之。
王夫之《楚辞通释》曰："十干曰日，十二支曰辰……吉、良，卜得吉也。"
吉日良辰，后为常用成语。

穆　肃穆，恭敬。王逸《楚辞章句》："穆，敬也。"

愉　娱；使愉悦、快乐。

上皇　上帝，即至尊的东皇。王逸《楚辞章句》："上皇，谓东皇太
一也。言己将修祭祀，必择吉良之日，斋戒恭敬，以宴乐天神也。"

抚长剑兮玉珥，璆锵鸣兮琳琅。

抚　抚持；按抚。王逸《楚辞章句》："抚，持也。"洪兴祖补注：
"抚，循也，以手循其珥也。"

珥（ěr）　剑鼻；剑环。即剑柄和剑身相接处两边的突出部分。王逸
《楚辞章句》："玉珥，谓剑镡（xín，剑鼻、剑环）也。"洪兴祖补注：
"《博雅》曰：剑珥谓之镡。镡，剑鼻，一曰剑口，一曰剑环。珥，耳饰
也。镡所以饰剑，故取以名焉。"玉珥，珥以玉为饰。一说剑柄垂组。王
夫之《楚辞通释》："珥，剑柄垂组也。玉珥，系玉组间。"

璆锵（qiú qiāng）　玉相击声。朱熹《楚辞集注》："璆锵，皆玉声。
《孔子世家》云：'环佩玉声璆然。'《玉藻》云：'古之君子，必佩玉，
进则揖之，退则扬之，然后玉锵鸣。'"汪瑗《楚辞集解》："璆，璆然
也。锵，锵然也。皆玉佩之鸣声也。"

琳琅　美玉名。王逸《楚辞章句》："璆、琳琅，皆美玉名也。"朱熹《楚辞集注》："琳琅，美玉名，谓佩玉也。"

瑶席兮玉瑱，盍将把兮琼芳。

瑶席　瑶，通"䔉"，香草名。席，通"藉（jiè）"，垫子。瑶草编的坐席、垫子，或饰以五彩，或饰以瑶玉，设于神座前供陈放祭品。汪瑗《楚辞集解》："席，谓神位所坐茵褥之类。曰瑶席者，美词也。或曰，以瑶而饰之也。"闻一多《楚辞校补》："瑶与䔉，席与藉，并古字通，瑶席谓以䔉草为藉以承玉。（玉镇以䔉为藉，亦犹下文肴蒸以兰为藉。凡执玉必有缫藉，见《仪礼·聘礼》《周礼·典瑞》《礼记·玉藻》等注。）缫（zǎo），五彩丝绳。缫席，即五彩草席、丝垫。瑶席与缫席实同。

玉瑱　瑱同"镇"。玉瑱，镇席的玉。

盍　发语词。

将把　用手拿着，奉持。

琼芳　贵美如琼玉的鲜花芳草。林云铭《楚辞灯》："合众芳之贵如玉者，奉持而列于堂前，不独一玉镇之而已。"

蕙肴蒸兮兰藉，奠桂酒兮椒浆。

蕙　蕙草。

肴蒸　祭肉。古代祭祀、宴飨，杀牲肢解后置于礼器俎上，谓之折俎，亦即肴蒸。洪兴祖《楚辞补注》："《国语》曰：亲戚宴飨，则有殽烝。注云：升体解节折之俎。"殽烝，同肴蒸。朱季海《楚辞解故》："此云肴蒸，谓折俎也。"蕙肴蒸，指用蕙草包裹祭肉。

兰　兰草。

藉　垫；兰藉，用兰草做垫底。

奠　摆设祭品。洪兴祖《楚辞补注》："《说文》：奠，置祭也。汉乐歌曰：奠桂酒，勺椒浆。"

桂酒　用桂花浸泡的酒。

椒浆　用芳椒制作的浆。浆是古代酿造的一种微酸的饮料，为王的六饮之一。《周礼·天官》设有浆人一职，掌共王之六饮。

　　按：此二句之义，王逸《楚辞章句》："蕙肴，以蕙草烝肉也。藉，所以藉饭食也。《易》曰'藉用白茅'也。"蒸，一作莃，一作丞。"桂酒，切桂置酒中也。椒浆，以椒置浆中也。言己供待弥敬，乃以蕙草蒸肴，芳兰为藉，进桂酒椒浆，以备五味也。"

扬枹兮拊鼓，疏缓节兮安歌，陈竽瑟兮浩倡。

扬　举起。王逸《楚辞章句》："扬，举也。"

枹（fú）　同"桴"。鼓槌。

拊鼓　拊，击；轻击。王逸《楚辞章句》："拊，击也。"拊鼓，击鼓；轻轻地击鼓。

疏缓　稀疏缓慢。指缓而不迫。

节　节拍；节奏。

安歌　慢慢地歌唱；安适地歌唱。王逸《楚辞章句》："使灵巫缓节而舞，徐歌相和，以乐神也。"

竽瑟　竽，笙类；瑟，琴类。泛指各种乐器。

浩倡　倡，同"唱"。放声歌唱。

灵偃蹇兮姣服，芳菲菲兮满堂。

灵　神灵，指巫所扮的太一。

偃蹇（- jiǎn）　翩跹起舞。王逸《楚辞章句》："偃蹇，舞貌。"

姣服　美丽的服饰。王逸《楚辞章句》："姣，好也。服，饰也。"

芳　芳香。

菲菲　形容芳香的浓郁。

满堂　（芳香）盈满堂室。

五音纷兮繁会，君欣欣兮乐康。

五音　中国古代乐曲的五个音阶，即宫、商、角、徵（zhǐ）、羽。唐以后叫合、四、乙、尺、工，相当于简谱中的 1、2、3、5、6。泛指各种乐音。

纷　纷繁，形容乐音大作的盛况。王逸《楚辞章句》："纷，盛貌。"

繁会　繁，众多。会，合。繁会，即交响。

君　尊称对方（阳神），指东皇太一。

欣欣　形容欢欣的样子。

乐康　快乐安康。

【内容简述】　本篇可分为三节。第一节（前四句）从祭祀时间的选择和主祭人的修洁服饰，表示祭祀至尊之神太一的虔敬。第二节（瑶席兮玉瑱——陈竽瑟兮浩倡）从神位前之供张及乐神的歌舞，渲染出祭祀的肃穆和祭典的隆重。第三节（灵偃蹇兮姣服——君欣欣兮乐康）极写巫之歌舞达于高潮，并从巫的歌唱中表现出神灵的快乐。从本篇可见人神同乐的盛况。

《东皇太一》今译

（阅读顺序先上下，后左右）

选择了吉日美好的时光，
恭恭敬敬来祭享东皇。
手按长剑的玉柄，
身披美玉，响声叮当。

五彩的丝垫压上玉瑱，
把各种芳草陈列神堂。
蕙草包祭肉，兰草做垫底，
又献上桂花酒和香椒浆。

扬起鼓槌呵敲起鼓，
鼓儿敲得咚咚响。
随着鼓点慢慢儿歌唱，
竽瑟齐鸣，嘹亮又悠扬。

神灵蹁跹舞呵服装多漂亮，
芳菲馥郁香满堂。
五音繁会呵乐声交响，
东皇呵，愿你快乐而安康。

二、《云中君》注释

【释题】 云中君是云神丰隆，本篇是祭祀云神的乐歌。《汉书·郊祀志》有云中君。

【歌舞者】 云中君（阳神，男巫扮），主祭者（女巫扮，独唱，对舞。）

【原文及注释】

浴兰汤兮沐芳，华采衣兮若英。

浴、沐 即沐浴。沐为洗头，浴为洗身体，即洗头洗澡。古人祭祀之前，必斋戒沐浴，使身体洁净，以示虔敬。

兰汤 兰，兰草。汤，热水。有兰草芳香的热水。

芳 芳香。指兰汤。

华采 华美的色彩。王逸《楚辞章句》："华采，五色采也。"汪瑗《楚辞集解》："华采，言其色之艳丽也。"一说华采衣即盛采衣。朱季海《楚辞解故》："华，楚语谓赧也"，"此言华者，正谓衣饰之美晔（yè）如也。采衣即五采之衣。不以华采为义。"赧同"盛"，华以修饰采衣，而不以华采为词，其说亦通。

若英 若，如。英，花。若英，美丽如花。汪瑗《楚辞集解》："若，如也。英，泛指草木之花也。"王夫之《楚辞通释》："英，花也。若英，言衣之华采粲丽如花也。沐浴盛服，以承祭也。"一说若即杜若，芳草。王逸《楚辞章句》："若，杜若也。"王说非。

灵连蜷兮既留，烂昭昭兮未央。

灵 神灵，指云中君。王逸《楚辞章句》："灵，巫也。"非。

连蜷（- quán） 回环徘徊貌。王夫之《楚辞通释》："连蜷，云行回环貌。"云之在天，行游无定，故言连蜷。

既留 既，已。留，停留。指云神已出现在空中。

烂　灿烂。王逸《楚辞章句》："烂，光貌也。"

昭昭　形容十分明亮。王逸《楚辞章句》："昭昭，明也。"汪瑗《楚辞集解》："昭昭，犹明明辉光之至也。"

未央　未尽；未已。王逸《楚辞章句》："央，已也……见其光容烂然昭明，无极已也。"

蹇将憺兮寿宫，与日月兮齐光。

蹇（jiǎn）　崇高。王逸《楚辞章句》："蹇，词也。"刘永济《楚辞通笺》："蹇，诸家皆以为语词，非。蹇，即瑶台偃蹇之蹇，崇高貌。蹇将憺者，高且安也，皆状寿宫之词，不得曰神安乐于寿宫也。故下文曰：'与日月兮齐光'"刘说可从。屈原《离骚》"望瑶台之偃蹇兮"，偃蹇状瑶台之高；东方朔《七谏·哀命》"望高山之蹇产"，蹇产状高山之高而盘曲。又有表高傲之蹇傲，表昂首阔步之"蹇视高步"，诸蹇字皆有高义无疑。

将　连词。又；且。

憺（dàn）　安乐。王逸《楚辞章句》："憺，安也。"

寿宫　指云神的天庭宫阙。林云铭《楚辞灯》："寿宫，灵久居之处，即云中也。旧注非。"按：王逸《楚辞章句》："寿宫，供神之处也。祠祀皆欲得寿，故名为寿宫也。"洪兴祖补注："臣瓒曰：寿宫，奉神之宫。"林说可从，王、洪说亦可通。

齐光　同光。王逸《楚辞章句》："齐，同也。光，明也。言云神丰隆，爵位崇高，乃与日月同光明也。"汪瑗《楚辞集解》："此句言云光之盛而久也。"胡文英《屈骚指掌》："云以日月出而明，故云齐光。"陆侃如等《楚辞选》黄孝纾注曰："云在日月的映照下，也有霞彩，所以说齐光。"诸说并可通。淮南王安叙《离骚传》，谓《离骚》："蝉蜕浊秽之中，浮游尘埃之外，皎然泥而不滓；推此志，虽与日月争光可也。"司马迁略晚于刘安，亦有此语。"与日月齐光"遂为表示精神崇高伟大，可流芳百世的常语。

龙驾兮帝服，聊翱游兮周章。

龙驾　龙车。

帝服　天帝之服。

聊　姑且。

翱游　翱翔浮游。

周章　往来。王逸《楚辞章句》："周章，犹周流也。言云神居无常处，动则翱翔，周流往来，且游戏也。"汪瑗《楚辞集解》："翱游，谓翱翔而浮游也。周章，犹周流也。皆徘徊游戏之意。"

灵皇皇兮既降，焱远举兮云中。

灵　神灵，指云中君。王逸《楚辞章句》："灵，谓云神也。"

皇皇　同"煌煌"。光明灿烂；灿烂辉煌。王逸《楚辞章句》："皇皇，美貌。"汪瑗《楚辞集解》："皇皇，犹煌煌，言云神下来，煌煌而光明之盛也。"

降　降下。指云神降落神堂享受祭祀。

焱（biāo）　快速貌。王逸《楚辞章句》："焱，去疾貌。"洪兴祖补注："焱，卑遥切，群犬走貌。《大人赋》曰：焱风涌而云浮。李善引此作焱，其字从火，非也。"

远举　远远地飞去；高飞。

云中　天际，即云神居处。王逸《楚辞章句》："云中，云神所居也。言云神往来急疾，饮食既饱，焱然远举，复还其处也。"蒋骥《山带阁注楚辞》："言明明已见神之下，而倏忽之间，又远举云中，不能测其所极也。"

览冀州兮有馀，横四海兮焉穷。

览　观览。

冀州　中国古代分为冀、兖（yǎn）、青、徐、杨、荆、豫、梁、雍九州，冀州为九州之首，地域在黄河以北，为古代中华民族活动的中心区域，因又以冀州指代中国。

有馀　谓云神所览之地不只是中国，而是包括环中国的四海。

横四海　横，横行。四海，环绕中国四极之外的海洋。横四海，横绝四海。《文选》五臣注云："言神所居高绝，下览冀州，横望四海，皆有馀而无极。"

焉穷　焉，安；何。穷，穷尽；止境。焉穷，安穷，即无穷，没有止境。

思夫君兮太息，极劳心兮忡忡。

夫君　夫（fú）虚词。君，指云中君。夫君，即君。

太息　叹息。

劳心　忧心。《诗·齐风·甫田》："无思远人，劳心忉忉。"忉，音 dāo，忉忉，忧愁貌。

忡忡（chōng chōng）　忧心貌。王逸《楚辞章句》："忡忡，忧心貌……忡，一作怔。"洪兴祖补注："《说文》：怔，忧也。引《诗》忧心忡忡。《楚词》作忡。"

【内容简述】　本篇首二句写主祭女巫准备迎神的虔敬和服饰的华美。当女巫一面唱着"浴兰汤兮沐芳"二句的时候，云神也就出现在云中了，遥遥和女巫对舞。女巫接着歌唱，赞美云中君的寿宫和他的光明，而云中君却在云中舒卷徘徊。终于云中君皇皇降临，歆享了人间的祭祀。但一瞬间，云神焱然远举，高高飞去，令主祭感伤不已，忧心忡忡。本诗描绘云神的夭娇缥缈，生动形象，且有人神爱恋的意味。

《云中君》今译

（阅读顺序先上下，后左右）

我沐浴了芳洁的兰汤，
穿着华美如花的衣裳。
神灵夭娇地在云中行走，
闪灼着无尽的辉光。

你天庭的寿宫高峻而安乐，
灿烂的光芒同日月一样。
你驾着龙车，穿着天帝之服，
翱翔云中，迟迟不降。

神呵！你明光灿灿地降临，
一忽儿又回到云中。
冀州不足你一望呵，
你广照四海，光辉无穷。

思念你呵，我哀叹不已，
（你来既迟迟，去又匆匆。）
心儿沉浸在思念里，
我是深深地忧伤、苦痛。

三、《湘君》注释

【释题】　湘君为湘水之神，湘夫人的配偶。

按：湘君与湘夫人歧说至繁，宾主、彼我之辞最为难辨，有以湘君、湘夫人为尧之二女、舜之妻说，以湘君、湘夫人为舜之二妃说，以湘君为娥皇、湘夫人为女英说，以舜为湘君、二妃为湘夫人说，或舜之二女说，又有洞庭山神说或洞庭湖神说，不一而足。汪瑗《楚辞集解》云："此篇盖托为湘君以思湘夫人之词，后篇又托为湘夫人以思湘君之词。此篇曰吾、曰余者，湘君自谓也；曰君、曰夫君、曰女、曰下女者，皆谓湘夫人也。后篇曰予、曰余者，湘夫人自谓也；曰帝子、曰公子、曰佳人、曰远者，皆谓湘君也。"王夫之《楚辞通释》云："盖湘君者，湘水之神，而湘夫人其配也。"与汪说合。

《九歌》系祭祀歌舞，朱熹《楚辞集注》云："楚俗祠祭之歌，今不可得而闻矣。然计其间，或以阴巫下阳神，或以阳主接阴鬼。"

此篇属后者。然歌舞者及上下场情况，现代诸家闻一多、郭沫若、刘永济、高亨、姜亮夫等各异其说，高亨云："《湘君》《湘夫人》两篇是楚人祭祀湘水神的乐歌。湘水神有男女两个，男称湘君，女称湘夫人。楚人祭祀时，大概是由男巫扮湘君，而由女巫迎神，由女巫扮湘夫人，而由男巫迎神，相互酬答歌唱，并舞蹈，所以歌辞都是一对男女的对话，有人神恋爱的意味。"（见陆侃如等《楚辞选》）其说可参。

【歌舞者】　湘君（阳神，男巫扮），独唱独舞。

【原文及注释】

君不行兮夷犹，蹇谁留兮中洲？

君　湘君指湘夫人。王逸《楚辞章句》："君，谓湘君也。"汪瑗《楚辞集解》："君者，湘君指湘夫人也。"汪说可从。

不行　不起行；不来。汪瑗《楚辞集解》："不行，犹不来也。"

夷犹　犹夷；犹豫。

蹇（jiǎn）　楚语，发语词。

留　停留；等待。王逸《楚辞章句》："留，待也。"洪兴祖补注："留，止也。"

中洲　洲中。

美要眇兮宜修，沛吾乘兮桂舟。

要眇（yāo miǎo）　美目媚视貌。王逸《楚辞章句》："要眇，好貌……眇，一作妙。"胡文英《屈骚指掌》："要眇，窈窕倩盼（盼）之貌。"闻一多《怎样读九歌》："要眇，睇目媚视貌。"一说形容容貌妙丽。陆侃如等《楚辞选》高亨注："要眇，古本也作'要妙'，形容容貌妙丽。"

宜修　善于修饰打扮；修饰妆扮得很好。王逸《楚辞章句》："修，饰也……宜修饰也。"蒋骥《山带阁注楚辞》："宜，犹善也。言容质既美，又善修饰也。"一说"脩（修）疑当为笑，声之误也。"（见闻一多《楚辞校补》）

沛　行疾貌。王逸《楚辞章句》："沛，行貌。"按：《汉书·礼乐志》："灵之来，神哉沛。"颜师古注："沛，疾貌。"

桂舟　用桂木所造的船。

令沅湘兮无波，使江水兮安流。

沅湘　沅水和湘水。在湖南境内，流入洞庭湖。

江　长江。

安流　平缓地流动，与上句"无波"义同。

望夫君兮未来，吹参差兮谁思？

夫　语中助词。

君　指湘夫人。

参差　排箫的别名。排箫由十六管或二十三管组成，长短不一，音高低不同，故又名参差。亦作"篸篸"。

谁思　思谁。指思念湘夫人。

驾飞龙兮北征，邅吾道兮洞庭。

飞龙　指疾行的龙舟。

北征　向北行驶。王逸《楚辞章句》："征，行也。"

邅（zhān）　回转。王逸《楚辞章句》："邅，转也。"

洞庭　洞庭湖。王逸《楚辞章句》："洞庭，太湖也。"洪兴祖补注："吴中太湖，一名洞庭。而巴陵之洞庭，亦谓之太湖。逸云太湖，盖指巴陵洞庭耳。"

薜荔柏兮蕙绸，荪桡兮兰旌。

薜荔（bì lì）　香草名。又名木莲，缘木而生。《离骚》有"贯薜荔之落蕊（蕊）。"王逸《楚辞章句》："薜荔，香草也。缘木而生蕊实也。"

柏　一本作"拍"。通"箔"。簾子古名箔。船上有屋，门窗有簾。戴震《屈原赋音义》："拍，与'箔'通。"又《屈原赋注》："拍，王注云，搏壁也。刘成国《释名》云，搏壁，以席搏著壁也。此谓舟之阁闾搏壁矣。"

蕙绸　蕙，香草名。佩兰或蕙兰。绸，通"裯"。帐子。蕙绸，用蕙草做的帐子。陆侃如等《楚辞选》高亨注："绸，借为裯，帐子的古名。船屋内有帐子，蕙帐是用蕙草做的帐子。"朱季海《楚辞解故》："绸当读为裯（《释训》：'裯谓之帐。'）《释文》：'裯，本又作裯。'《诗》又作裯，《小星》：'抱衾与裯。'笺：'裯，床帐也。'"

荪桡（sūn ráo）　荪，一本作"荃"。香草名。桡，船桨。荪桡，用荪草装饰的船桨。陆侃如等《楚辞选》高亨注："荪桡是用荪草饰的桡。"

兰旌　兰草做的旌旗。

望涔阳兮极浦，横大江兮扬灵。

涔阳（cén -）　地名，在涔水北。王逸《楚辞章句》："涔阳，江碕（qí 曲岸；河岸）名。近附郢。"洪兴祖补注："今澧州有涔阳浦。《水经》云，涔水出汉中南县东南旱山，北至沔阳县南，入于沔。涔水，即黄水也。"涔阳浦在洞庭湖与长江之间。

极浦　水滨曰浦。极浦，辽远的水边。

横　横绝；横渡。

大江　长江。

扬灵　扬，显扬；灵，灵异。扬示其灵异，如后世所说显灵、显圣。此处指湘夫人的形象已经显现。蒋骥《山带阁注楚辞》："于时神既来格，而弥望涔浦大江之远，皆神之光灵所充满而发扬也。"

　按：《离骚》有"皇剡剡其扬灵兮，告余以吉故，"言"巫咸将夕降兮"

显灵事，与"横大江兮扬灵"用法正同。

扬灵兮未极，女婵媛兮为余太息。

未极　极，至，到来。王夫之《楚辞通释》："极，至也。"未极，未至。

女　侍女。

婵媛（chán yuàn）　缠绵多情貌。

余　湘君自称。

太息　叹息。

横流涕兮潺湲，隐思君兮陫侧。

横流涕　横流，漫溢，纵横而流淌。涕，眼泪。泪水横流，形容泪水极多。

潺湲（chán yuán）　水缓缓流淌貌。

隐　隐隐藏于心中。

思君　湘君思念湘夫人。

陫侧（fěi cè）　同"悱恻"。悲伤。

桂櫂兮兰枻，斲冰兮积雪。

桂櫂（- zhào）　櫂，船桨。桂木所制的船桨。王逸《楚辞章句》："櫂，楫也。"

兰枻（- yì）　兰，木兰。木兰所制的舵。王逸《楚辞章句》："枻，船旁板也。"枻，一作"栧"。洪兴祖补注："楫谓之枻，一曰栧也。"栧，同"舵"。桂兰，取其香也。

斲（zhuó）　砍；凿。斲冰积雪，谓天大寒，水上封冻，唯有破冰雪前行。此为比喻，以说迎接湘夫人之艰难。

采薜荔兮水中，搴芙蓉兮木末。

采　采摘；采集。

薜荔　见上注。薜荔缘木而生，不可在水中采集。

搴（qiān）　拔取。

芙蓉　荷花。芙蓉生水中，不可在树梢采摘。二句亦皆为比喻。

心不同兮媒劳，恩不甚兮轻绝。

心不同　心意不同，指男女双方或一方对爱情不忠。

媒劳　媒人徒劳。

恩不甚　恩，恩爱。不甚，不深。恩爱不深。

轻绝　轻易弃绝。

石濑兮浅浅，飞龙兮翩翩。

石濑（- lài）　沙石上的流水。

浅浅（jiān jiān）　水流湍急貌。王逸《楚辞章句》："浅浅，流疾貌。"
洪兴祖补注："浅，音牋（笺）。"

飞龙　指湘夫人所乘的龙舟。

翩翩　轻快飞行貌。

交不忠兮怨长，期不信兮告余以不闲。

交　相交；交友。王逸《楚辞章句》："交，友也。"

忠　忠诚；笃厚。王逸《楚辞章句》："忠，厚也。"

怨长　长相怨恨。王逸《楚辞章句》："言朋友相与不厚，则长相怨恨。"

期　期约；约会。

不信　不守信用；不践约。

不闲　没有空闲。告余以不闲，系推托之辞。

朝骋骛兮江皋，夕弭节兮北渚。

朝（zhāo）　通"朝"。早晨。

骋骛　急走。洪兴祖《楚辞补注》引《说文》曰："骋，直驰也。骛，
乱驰也。"《招魂》："步及骤处兮诱骋先，抑骛若通兮引车又还。"王

逸注骋、骛二字皆曰："驰也。"

江皋（- gāo）　皋，同"皋"。岸，水边高地。江皋，即江边，江岸。

弭节（mǐ -）　弭，止。王逸《楚辞章句》："弭，安也。"节，马鞭。弭节，指停车。

北渚（- zhǔ）　渚，水中小洲，也指水边。北渚，北岸。王逸《楚辞章句》："渚，水涯也。"涯，水边。

鸟次兮屋上，水周兮堂下。

次　栖息。王逸《楚辞章句》："次，舍也，再宿曰信，过信曰次。"

周　回环；围绕。王逸《楚辞章句》："周，旋也。"

　　按：鸟次二句，王逸《楚辞章句》曰："言己所居，在湖泽之中，众鸟舍止我之屋上，流水周旋己之堂下。"汪瑗《楚辞集解》曰："鸟次二句，盖即北渚所见之景而赋之，而比兴之义亦在其中，犹言徘徊北渚之上，只见鸟飞止乎屋上而已矣，水旋绕乎堂下而已矣。而湘夫人则不见其来也，其思望之意不言可知矣。"陆侃如等《楚辞选》高亨注曰："北渚有迎神用的屋子，常不用，空闲着，所以鸟在屋上栖宿。"审本篇并下篇《湘夫人》文意，此北渚之屋当是湘君与湘夫人的约会之所，汪、高说近是。

捐余玦兮江中，遗余佩兮醴浦。

捐　捐弃。

玦（jué）　玉扳指，男人戴在手指上。

遗（yí）　遗弃；抛弃。

佩　玉佩。古代男子所佩。

醴浦（lǐ -）　醴，亦作"澧"。澧水，水名。在湖南，流入洞庭湖。浦，水滨。澧水之滨。

　　按：捐玦遗佩，写湘君盼湘夫人不至，惆怅怨望，将昔日湘夫人所赠之玉玦、玉佩弃于江中、澧浦，以示绝意。

采芳洲兮杜若，将以遗兮下女。

芳洲　芳草丛生的水洲。王逸《楚辞章句》："芳洲，芳草蘽生水中之处。"洪兴祖补注："蘽，音丛。"

杜若　香草名，味辛香，夏日开白花，其根名当归，可药用。胡文英《屈骚指掌》："杜若，其根名当归。古诗，客行虽云乐，不如早旋归。古人多以客行喻失性，还归为返本，则遗之当归。"

遗（wèi）　赠送；给与。王逸《楚辞章句》："遗，与也。"汪瑗《楚辞集解》："遗、贻同。"读 yí，亦通。

下女　指湘夫人身边的侍女。汪瑗《楚辞集解》："下女，谓湘夫人之侍女，盖托侍女以指湘夫人也。"

　　按：此篇所写是湘君在失望中的思想活动，玦佩当是湘夫人赠湘君之念物。此四句，汪瑗《楚辞集解》曰："己迎湘夫人之不来，遂弭节北渚之间，而复捐玦遗佩，并采杜若以遗下女，而转致之于湘夫人，以达己殷勤之意，思望之心，而且贻其及时行乐之言也。"此说本诸朱熹《楚辞集注》，可参。

时不可兮再得，聊逍遥兮容与！

时　原作当，古本又作时。时光；岁月。

聊　聊且；姑且。

逍遥　优游自得貌。王逸《楚辞章句》："逍遥，游戏也。"

容与　从容闲适貌。

　　按：此二句之意，胡文英《屈骚指掌》曰："时过机失，岂有及哉！则亦惟有逍遥容与而已。"

【内容简述】　《湘君》是描写湘君等待湘夫人不至而感到怨慕悲伤

的诗篇。湘君和湘夫人期约而候之不至，故驾舟相迎。且行且望，终不见夫人来，于是吹排箫以寄托思念之情。此时湘君恍惚见夫人疾行北上，却又回转洞庭，于是装饰桂舟再往迎迓。但湘夫人虽光辉可见，却始终不来，令湘君悲叹不已，连侍女也为之叹息。湘君念夫人心切，敲冰雪艰难前行，渐生怀疑怨愤之心："心不同兮媒劳，恩不甚兮轻绝。""交不忠兮怨长，期不信兮告余以不闲。"湘夫人朝骋骛于江皋，夕止于北渚，其所居之处则见鸟栖屋上，水流堂下，无限凄寂。此时湘君悲极而投玦佩以示绝意。但仍存一线希望，于是暂且继续等待。

《湘君》今译
（阅读顺序先上下，后左右）

夫人呵！为什么犹豫着不肯行走？
停留在洲中把谁等候？
你向我含笑，打扮得这般美好，
快来吧，乘上我桂木的龙舟。

我令沅湘之水不要掀起波浪，
使浩荡的长江缓缓地漂流。
盼望呵，你怎么还不来呢？
我吹着排箫，寄托思念的烦忧。

你驾着龙舟向北疾行，
又回转道路去到洞庭。
我用薜荔做门帘，蕙草做帷帐，
荪草的桡片，兰草的旌旗散发芳馨。

向辽远的涔阳水滨眺望，

你横渡大江，闪灼着灵光。
望见了你的光辉你却不来，
侍女抽咽，也为我悲伤。
眼泪像流水一样落下，
我是在隐隐作痛，苦苦地把你盼望。

拿起桂木的桨，兰木的舵板，
敲冰击雪前行是多么艰难！
唉！我如同到水中采摘地上的薜荔，
爬上树颠采摘水中芙蓉的花瓣。
感情不能交融，媒介又有何用？
恩爱不深，你才轻易地把我丢在一边。

石滩的流水真是急湍，
疾行的龙舟如飞一般。
不真心相待使我长留怨恨，

你失了信却推说没有空闲。

可是你清早骑马在江边奔走，
傍晚止住了缰儿在北岸停留。
难怪鸟儿在屋上栖息，
水却在堂下环流！

我把玉玦向江中抛去，
把玉佩投进澧水。

采摘芳洲的杜若，
送给你的侍女。
唉！美好的时光不可再得，
惆怅呵！我姑且慢慢地等待。

四、《湘夫人》注释

【释题】 湘夫人为湘水之神，湘君配偶。

【歌舞者】 湘夫人（阴神，女巫扮），独唱独舞。

【原文及注释】

帝子降兮北渚，目眇眇兮愁予。

帝子 湘夫人称湘君。汪瑗《楚辞集解》："帝子，湘夫人指湘君也。降，下来也。前篇湘君言弭节北渚，故此言帝子降于北渚，亦相应也。"

眇眇 微视（即眯眼而视）远望貌。洪兴祖《楚辞补注》："眇眇，微貌。言神之降，望而不见，使我愁也。"蒋骥《山带阁注楚辞》："见神之远立微视，其目纤长。"

愁予 予，我，湘夫人自谓。愁予，使我忧愁。

按：此二句，汪瑗《楚辞集解》曰："二句湘夫人言湘君降于北渚以迎己，而己视之杳杳然远莫之能见，故中心愁闷也。"其说可从。

陆侃如等《楚辞选》高亨注："愁予，旧说使我发愁；但这个愁字恐怕不是忧愁，可能相当于现在的瞅字，瞧、看的意思。"亦通。

嫋嫋兮秋风，洞庭波兮木叶下。

嫋嫋（niǎo niǎo） 同"袅袅"。微风吹拂，枝条摇曳貌。王逸《楚辞章句》："嫋嫋，秋风摇木貌。"

洞庭波　波，用作动词。洞庭湖水涌起波澜。

木叶下　秋风起，树叶纷纷落下。

按：此二句写季节及景象，可谓悲秋之祖。朱熹《楚辞集注》："秋风起，则洞庭生波，而木叶下矣，盖记其时也。"汪瑗《楚辞集解》："秋风起则洞庭生波，而木叶脱落矣，盖记其时也。前言斫冰积雪，此言袅袅秋风，自冬至秋，岁一周矣。其思望愁苦之情，当何如耶？"汪说非是。《湘君》《湘夫人》所说季节、草木，多属比喻，不可以四季坐实，《湘君》"斲冰兮积雪""搴芙蓉兮木末"即是其例。然"其思望愁苦"之说可采。

（登）白蘋兮骋望，与佳（人）期兮夕张。

白蘋（- fán）　一种秋生草。王逸《楚辞章句》："蘋，草，秋生，今南方湖泽皆有之。"一本上有"登"字。汪瑗《楚辞集解》："蘋，草名，芳于秋者也。盖生于洲渚之上，故曰登白蘋也。"

骋望　骋，驰。骋望，极目远望，表示企盼之切。

佳人　湘夫人称湘君。在楚辞和汉魏南北朝诗文中，佳人既用于称美女、君子，亦可用于妻子称丈夫。上篇湘君称夫人为君，与本篇湘夫人称丈夫为帝子、佳人、公子相应。古本"佳"下有"人"字，今见诸本，多以"佳期"为一词，无此人字。或曰，佳为佳人之省。审文意，佳下当有人字。闻一多《楚辞校补》："当从一本于佳下补人字。下文'闻佳人兮召予'，亦作佳人，可资互证。（魏文帝《大墙上蒿行》'与佳人期为乐康'，又《秋胡行》'朝与佳人期，日夕殊不来'，语法仿此。）《文选》谢希逸《月赋》注，谢玄晖《晚登三山还望京邑》注引并作佳人。"闻说可从。

期　期会；约会。

张　张设；施陈。王逸《楚辞章句》："张，施也。言己愿……张施帷帐，与夫人期歆飨之也。"朱季海《楚辞解故》："书传凡言张者，率谓张施帷帐，王说得之。"

鸟（何）萃兮蘋中，罾何为兮木上？

何　何以；为何。洪兴祖《楚辞补注》："一本'萃'上有'何'字。"古本可从。

萃（cuì）　聚集。王逸《楚辞章句》："萃，集。"

蘋　萍类水草。

罾（zēng）　用竹木做支架下方上似伞形的鱼网，俗称扳罾。王逸《楚辞章句》："罾，鱼网。"鱼网多为以细绳编织在水面撒开然后收拢的鱼具，与罾不同。罾以纲结于竹木支架上，不能撒开，亦不能收拢，鄂湘多有之。

　　按：鸟集于水中，罾施于木上，皆颠倒错乱不得其所。汪瑗《楚辞集解》曰："此湘夫人言己与湘君曾约以佳期，而为夕张之欢也。此追思之词。由此观之，则前湘君责之以'期不信兮告余以不闲'，非湘夫人之本意也，不得已也……鸟宜集于木上，罾宜施于水中，二物所施，不得其所，以为己与湘君佳期乖违，不得相会之比也。首二句言湘君降于北渚以迎己，而己不得往见以愁也。袅袅以下六句，盖叙己感时恨别之情，承上二句而来者也。"其说近是。

沅有茝兮醴有兰，思公子兮未敢言。

沅　沅水，水名，源出贵州，流经湖南，入洞庭湖。

茝（zhǐ）　同"芷"。白芷，香草，开白花，可入药。

醴　澧水。见《湘君》"遗余佩兮醴浦"注。

兰　兰草，即泽兰。

公子　湘夫人称湘君。王夫之《楚辞通释》："或称公子，或称帝子，一也。"

荒忽兮远望，观流水兮潺湲。

荒忽　同"恍惚"。迷茫而若隐若现，若有若无貌。蒋骥《山带阁注楚辞》："荒忽，思极而神迷也。"

潺湲　水缓缓流淌貌。见《湘君》"横流涕兮潺湲"注。

　　按：上四句之意，朱熹《楚辞集注》曰："盖日沅则有芷矣，澧则有兰矣，何我之思公子而独未敢言耶？思之之切。至于荒忽而起望，则又但见流水之潺湲而已。其起兴之例，正犹《越人之歌》所谓'山有木兮木有枝，心悦君兮君不知'。"所言甚是。

麋何食兮庭中？蛟何为兮水裔？

麋（mí）　兽名，似鹿而大。

蛟　无角的龙。

水裔（- yì）　水边。

　　按：麋本山林之兽而觅食于庭中，蛟本深渊之物而来水边，皆错乱反常而不得其所，以喻对湘君的求爱是自寻苦恼，与上文"鸟萃蘋中，罾为木上"同。"食"一本作"为"。

朝驰余马兮江皋，夕济兮西澨。

驰　驱驰；使奔驰。

皋（皋）（gāo）　水边高地。江皋，江岸；江边高地。

济　渡河；渡过去。王逸《楚辞章句》："济，渡也。"

澨（shì）　水边；水边可居之地。王逸《楚辞章句》："澨，水涯也。"洪兴祖补注引《说文》曰："澨，埤增水边土，人所居者。"

闻佳人兮召余，将腾驾兮偕逝。

佳人　见上文"与佳（人）期兮夕张"注。又，汪瑗《楚辞集解》曰："湘君而亦谓之佳人者，佳者赞美之通称，如言佳士佳宾，不独美女可以谓之佳人也。"

召予　召我。湘夫人谓湘君召唤自己。汪瑗《楚辞集解》："召予，湘夫人谓湘君而召己也。"

将　将要。

腾驾　飞腾起车驾。表示速去。汪瑗《楚辞集解》："腾驾，欲赴之速也。上章朝驰夕济是也。"

偕逝　偕，俱；一同。逝，往。一同前往。王逸《楚辞章句》："偕，俱也。逝，往也。"《文选》五臣注云："冀闻夫人召我，将腾驰车马，与使者俱往。"汪瑗《楚辞集解》："言与召己之使者俱往也。一曰，言与湘君俱往，居于水中也。亦通。"二说并可通。

筑室兮水中，葺之兮荷盖。

筑　版筑；建造。洪兴祖《楚辞补注》："筑，版筑也。"

葺（qì）　编次芳草盖屋；编次。《说文》："葺，茨也。""茨，以茅苇盖屋。"《左传·襄公三十一年》"缮完葺墙"杜预注："葺，覆也。"陆德明释文："葺，谓以草覆墙。"

荷盖　荷叶所编盖的屋顶。

荪壁兮紫坛，㧬芳椒兮成堂。

荪壁　荪，荪草。用荪草装饰的墙壁。

紫坛　紫，紫贝。坛，中庭，厅堂的正中。用紫贝铺设地面的中庭。洪兴祖《楚辞补注》："紫，紫贝也。《相贝经》曰：赤电黑云谓之紫贝。郭璞曰：今之紫贝，以紫为质，黑为文点。陆机云：紫贝，其白质如玉，紫点为文。《本草》云：贝类极多，而紫贝尤为世所贵重。《淮南子》曰：腐鼠在坛。注云：楚人谓中庭为坛。《七谏》曰：鸡鹜满堂坛兮。注云：高殿敞阳为堂，平场广坦为坛。"

㧬　播的古字。播散。

芳椒　香椒，花椒。㧬芳椒，指在涂墙壁的泥中掺和着香椒，以取其香和温。王逸《楚辞章句》："布香椒于堂上。一云：播芳椒兮盈堂。"洪兴祖补注："㧬，古播字。《汉官仪》曰：椒房，以椒涂壁，取其温也。"

成堂　涂饰殿堂的墙壁。闻一多《楚辞校补》："成犹饰也。《仪礼·士丧礼》：'献素，献成亦如之'注曰：'饰治毕为成。'按成与素对举，未饰者曰素，已饰者曰成也。塈饰室壁亦谓之成……'罔芳椒兮成堂'者，以椒入泥，用饰堂壁也。""一本成作盈，此学者不知成义而臆改。"

桂栋兮兰橑，辛夷楣兮药房。

桂栋　桂，桂木。栋，屋梁。用桂木作栋。

兰橑　兰，木兰。橑，屋椽。用木兰作椽。

辛夷　木名，属木兰科，木有香气，开花早，南人呼为迎春。花苞如毛笔笔头，北人俗称木笔。花开似莲花，有兰花、荷花香气，故又称玉兰。王逸《楚辞章句》："辛夷，香草，以作户楣。"洪兴祖补注："《本草》云：辛夷，树大连合抱，高数仞。此花初发如笔，北人呼木笔。其花最早，南人呼迎春。逸云香草，非也。"

楣　门楣，门上横梁。辛夷楣，用辛夷木作的门楣。

药房　药，香草名，即白芷。用药草作房。王逸《楚辞章句》："药，白芷也。房，室也。"洪兴祖补注："《本草》：'白芷，楚人谓之药。'"

罔薜荔兮为帷，擗蕙櫋兮既张。

罔　古網（网）字。编结，结网。王逸《楚辞章句》："罔，结也。"

薜荔　香草名。见《湘君》"薜荔柏兮蕙绸"注。

帷　帐的四围；帷帐。洪兴祖《楚辞补注》："在旁曰帷。"

擗（pǐ）　掰开。

蕙　蕙草。

櫋（mián）　屋联，即俗称之隔扇。《文选》五臣注："罔结以为帷帐，擗析以为屋联。"屋联，即俗所谓隔扇。或说櫋为施帷帐之柱（汪瑗《楚辞集解》），或说櫋即檐际木（王夫之《楚辞通释》），或说古本櫋作槾（màn），当作幔（朱季海《楚辞解故》，陆侃如等《楚辞选》高亨注），歧说纷呈，并可存参。

张　张设；陈设。既张，已经张设起来。

白玉兮为镇，疏石兰兮为芳。

镇　压席之器，即玉镇。王逸《楚辞章句》："以白玉镇坐席也。镇，一作瑱。"

疏　布散。王逸《楚辞章句》："疏，布陈也。"

石兰　香草名，兰草的一种，即山兰。

为芳　使布散芬芳。《文选》五臣注："疏布其芳气。"一说"芳"为"方"之误。姜亮夫《屈原赋今译》："芳，芳字讲不通，应当是方的误字，因为上下都说草，所以误加了草头。方即古匚字，匚即今匡字，匡本来是盛物的器，而借为匡床，上面说以白玉为席之镇，则此言以石兰为床饰，是很合理的。"其说可参。又说："古社会，装饰房里，大体是女人的事，所以反映在人神之间的歌舞，也以装饰房屋属之女神湘夫人。"其说甚当。

芷葺兮荷屋，缭之兮杜衡。

芷　香草名。白芷。

葺　盖屋。王逸《楚辞章句》："葺，盖屋也。"《文选》五臣注："以芷草及荷叶葺以盖屋也。"

缭　缭绕；缠绕。王逸《楚辞章句》："缭，缚束也。"洪兴祖补注："缭，缠也。"

杜衡　也作杜蘅。香草名。洪兴祖《楚辞补注》："谓以荷为屋，以芷覆之，又以杜衡绕之也。"

合百草兮实庭，建芳馨兮庑门。

合　合汇；汇集。一说合作令（见姜亮夫《屈赋今译》）。亦通。

百草　指各种香草。

实庭　实，使充实，充满。庭，中庭，厅堂。实庭，使各种芳草充满中庭。

建　设置；陈设。

芳馨　指芳香远闻的花卉。王逸《楚辞章句》："馨，香之远闻者。"

庑门　庑，屋四周的走廊。庑门，走廊和门。洪兴祖《楚辞补注》："庑，《说文》曰：'堂下周屋也。'庑门，谓庑与门也。"

　　按：筑室以下十四句，汪瑗《楚辞集解》曰："言湘君筑水中之室，其美丽芳洁如此，而将召己以居之，此己之所以腾驾而偕逝也。"此说未必确当。此十四句，为湘夫人闻湘君"召予"，欲与湘君"偕逝"的设想的乐园，并非湘君筑室迎己也。

九嶷缤兮并迎，灵之来兮如云。

九嶷　山名，即九嶷山，又名苍梧山，在湖南境，九峰相像，相传舜葬于此。此处指九嶷山众神。

缤　缤纷，形容九嶷山神灵众多。

迎　迎接（湘君回去）。

灵　神灵，指九嶷山的众神灵。

如云　像云涌一样降临。

　　按：此二句写湘夫人正幻觉与湘君相会偕逝水中乐园，而九嶷山众神灵却纷纷降临，迎接湘君回去，于是感伤不已，有了以下的动作。

捐余袂兮江中，遗余褋兮醴浦。

袂　疑为"袟（zhì）"字之误。袟，小囊，妇女所佩。

褋（dié）　疑为"鞢（xié）"字之误。鞢，指环。

　　按：捐袂遗褋，洪兴祖《楚辞补注》："捐袂遗褋与捐玦遗佩同意。玦佩，贵之也。袂褋，亲之也。"古时妇女所佩有香囊（小囊）之类，小囊名袟，与袂形近。妇女所戴有指环、腕环之类，即后世之所谓戒指、手镯，皆信物也。本篇为湘夫人盼湘君而不至所唱，则于失望迷惘中捐弃昔日湘君所赠信物小囊、指环，以示决绝之意，与湘君盼湘夫人不至捐弃昔日湘夫人所赠玦佩同意。以袜（小囊）、鍱（指环）为释，庶几为近。

搴汀洲兮杜若，将以遗兮远者。

搴　见《湘君》"搴芙蓉兮木末"注。

汀洲（tīng -）　汀，水中平地。水中小洲。

遗（wèi）　赠送。

远者　远方之人，指湘君。《文选》五臣注："远者，神及君也。"汪瑗《楚辞集解》："远者……亦谓湘君也。"

时不可兮骤得，聊逍遥兮容与。

时　时光。指相会的美好时光。

骤　数；屡次。王逸《楚辞章句》："骤，数。"按：此数字读shuò，义为屡屡、屡次。洪兴祖补注："不可再得则已矣，不可骤得，犹冀其一遇焉。"

　　按：后六句与上篇近于全同。约会相爱之人而不遇，于失望中捐弃爱人所赠信物，以示怨望至极而欲决绝之意，抑亦古人习俗乎？

【内容简述】　《湘夫人》是描写湘夫人望湘君而不见，求而不得的诗篇。可以说是一篇幻想曲，一切都是空中幻影。幻想之开始是一个幻影的降临。此时秋风袅袅，洞庭波起，树木凋残。湘夫人恍惚已见湘君降临北渚，并张罗帐相待，但可望而不可即。湘夫人似乎已有预感：今之所求，如小鸟居于水中，鱼网挂在树上，不得其所。湘夫人心内愁郁，无限衷情不能倾吐，而极目远望，亦不见湘君，唯见一片汪洋，于是朝驰江畔，夕渡西岸以求。此时因思念至极，生出幻觉，以为湘君呼唤，于是与湘君同往水中，筑荷屋，陈芳草，极尽陈设铺张，思永居其中，以享受快乐无穷。然九嶷山诸神如同云集，顿将湘君迎去，使湘夫人幻影破灭，悲极而投小囊、指环于水，以示诀绝。但此时湘夫人仍存一丝希望，乃惆怅等待。

《湘夫人》今译

（阅读顺序先上下，后左右）

湘君呵！你降临在水的北岸，
我忧愁地盼望着，是望眼欲穿！
袅袅的秋风吹起阵阵的凄凉，
洞庭起了波浪，树叶纷纷凋残。

登上岸边的白蘋纵目张望，
我张设了罗帐，等待着你在黄昏会面。
唉，为什么小鸟聚集在水草里，
鱼网却挂上了树颠！

沅水有香芷，澧水有幽兰，
我思念着你却不敢倾吐衷言。
我渺渺茫茫地远望，
只见到流水潺潺，汪洋一片。

山林的麋为什么困在庭中？
深渊的龙为什么困在水边？
而我呢，早晨在江畔奔驰，
傍晚又渡过西岸。

仿佛听到了亲爱的人儿召唤，
我把车儿飞驾和你同往乐园：
在那水的中央造一座房屋，
把荷叶覆盖在上面。

用紫贝造高台，以荪草装饰墙壁，
涂墙的泥中散发出香椒的芳菲；
桂木的栋梁，木兰的椽子，
白芷的卧室，玉兰树的门楣。

把薜荔织成了帷帐，
蕙草的隔扇也已设张。
珍贵的白玉压着席子，
床上的石兰四溢清香。

荷屋之上又盖上香芷，
杜衡萦绕作为装饰。
百草百花充满了庭院，
门前廊下芳香四溢。

（本指望我们在这儿永久居住，）
唉！九嶷山的诸神却来接你回去。
他们纷纷下降如同云涌，
（亲爱的人儿远离，怎不使人伤悲！）

我把小囊向江中抛去，
把指环投进澧水。
又采摘芳洲的蕙草，
送给远去的人儿——呵！你在那里？
唉！美好的时光不可再得，

惆怅呵！我姑且慢慢地等待。

五、《大司命》注释

【释题】 大司命为星神，司人的寿夭。

【歌舞者】 大司命（阳神，男巫扮）、主祭者（女巫扮）、群众（众巫扮），对歌对舞，群众合唱。

【原文及注释】

广开兮天门，纷吾乘兮玄云。

广开 大开。

天门 上帝所居的宫门。洪兴祖《楚辞补注》："《淮南子》注云：天门，上帝所居紫微宫门也。"

纷 盛多貌。形容玄云汹涌。

吾 我，大司命自称。

乘 乘驾；驾御。

玄云 玄，赤黑色；黑色。玄云，黑中透红的云彩，或黑云、浓云。

令飘风兮先驱，使涑雨兮洒尘。

飘风 旋风；回风。王逸《楚辞章句》："回风为飘。"

先驱 前导；前行开路。

涑雨 暴雨。王逸《楚辞章句》："暴雨为涑雨。言司命爵位尊高，出则风伯雨师先驱，为轼路也。"轼，一作戒，即雨师洒道、风伯扫尘之意。

君回翔兮㫗下，踰空桑兮从女。

君 女巫对大司命的尊称。

回翔 翱翔。洪兴祖《楚辞补注》："回翔，犹翱翔也。"形容神灵自天而降的情态。

下　下降。

踰　逾越。

空桑　山名。王逸《楚辞章句》："空桑，山名，司命所经。"洪兴祖补注："《山海经》云：东曰空桑之山。"

从　跟从。

女　汝，你，指大司命。洪兴祖《楚辞补注》："女，读作汝。"

　　按：此四句之意，王夫之《楚辞通释》云："言大司命在天来降于祠宫也。涷雨，暴雨也。称吾称君，皆神也。自歌者言之称君，述神之意称吾，女，谓承祭之主人。错举互见意，故释者多惑焉。"

纷总总兮九州，何寿夭兮在予。

纷总总　总总，众多。纷总总，形容九州之人极多。王逸《楚辞章句》："总总，众貌。"

九州　古分天下为九州，泛指天下。参见《离骚》"思九州之博大兮"注。

何　谁；何者。

寿夭　寿，长寿；寿者。夭，夭折；短命。

在予　予，我，大司命自称。在予，在我的掌握之中。

　　按："何寿夭兮在予"，其说有三，歧义在"何"。一如上注，释何为谁。何者，即谁寿谁夭，皆在予之掌握中。蒋骥《山带阁注楚辞》："言人之寿夭，皆制于司命也。"陆侃如等《楚辞选》高亨注："何，与谁同意。""谁寿谁夭都掌握在我的手中。"一以何为哪里，表示反诘。王逸《楚辞章句》："予，谓司命。言普天之下，九州之民，诚甚众多，其寿考夭折，皆自施行所致。天诛加之，不在于我也。"一释何为何以，即为什么之义。洪兴祖《楚辞补注》："此言九州之大，生民之众，或寿或夭，何以皆在于我，以我为司命故也。"译文取章句说。

高飞兮安翔，乘清气兮御阴阳。

安翔　安，徐缓。从容地飞翔。王逸《楚辞章句》："徐飞高翔而行。"汪瑗《楚辞集解》："安翔，从容而翱翔。"

乘　乘御；乘驾。

清气　天空中的清明之气。

御　驾御；主掌。

阴阳　宇宙间化生万物的阴阳二气。王逸《楚辞章句》："阴主杀，阳主生。言司命常乘天清明之气，御持万民死生之命也。"

吾与君兮斋速，导帝之兮九坑。

吾　我，迎神的女巫自称。

与　对待。

君　指大司命。

斋速　即斋遬。虔诚而恭谨。斋（齋），一作"齐（齊）"。《礼记·玉藻》："见所尊者，齐遬。"遬，同"速"。王逸《楚辞章句》："斋，戒也。速，疾也。"洪兴祖补注："斋速者，斋戒以自敕（chì 整饬）也。"

导　导引。

帝　天帝。

之　往。

九坑（- gāng）　九冈山。闻一多《楚辞校补》："《文苑》作九冈，最是。九冈，山名，荆州松滋县有九冈山，郢都之望也。"九冈去县治九十里，秀色如黛，蜿蜒虬曲。楚人献馘（guó）于此，祀神亦于此。献馘，是古代杀敌献功、奏凯报捷的仪式，馘是割下的所杀之敌的左耳。一说九州。汪瑗《楚辞集解》："九坑，犹言九垓，谓九洲（州）也。"

灵衣兮被被，玉佩兮陆离。

灵衣　云衣之误。云霓之衣。灵（靈），繁体与云（雲）之繁体形近而误。闻一多《楚辞校补》："靈当为雲，字之误也。""雲衣与玉佩对文。《东君》曰'青雲衣兮白霓裳'亦云（雲）衣。《九叹·远逝》曰'服雲衣之披披'，则全袭此文。"

被被　同"披披"。形容衣服长大飘逸的样子。王逸《楚辞章句》："被被，长貌。"洪兴祖补注："被，与披同。"

玉佩　玉制的佩饰。

陆离　光彩闪烁貌。

壹阴兮壹阳，众莫知兮余所为。

壹阴壹阳　壹即一。忽阴忽阳，指神光忽隐忽现。阴阳，造分天地，化生万物的二气，也指生死。孙经世《经传释词补》曰："一，犹忽也。"朱熹《楚辞集注》："言其变化循环，无有穷已也。"蒋骥《山带阁注楚辞》："一阴一阳，言神之在位，其气发扬变化，若《洛神赋》所谓神光离合，乍阴乍阳也。"

众　众人。

余　我，大司命自称。

折疏麻兮瑶华，将以遗兮离居。

疏麻　神麻。王逸《楚辞章句》："疏麻，神麻也。"

瑶华　如白玉之麻花。王逸《楚辞章句》："瑶华，玉花也。"洪兴祖补注："说者云：瑶华，麻花也。其色白，故比于瑶。"

遗（wèi）　赠送。

离居　离居之人；远者。指大司命。洪兴祖《楚辞补注》："离居，犹远者也。"

老冉冉兮既极，不寝近兮愈疏。

冉冉　渐渐。

既极　既，已。极，至。既极，已至；已经到了。

寝近（qǐn -）　寝，逐渐。稍稍亲近。

愈疏　更加疏远。

乘龙兮辚辚，高驼兮冲天。

乘龙　乘驾龙车。

辚辚　车轮滚动声。

高驼　高驰。驼，一作驰。驼从它，驰从也。容庚《金文编》曰："也，与它为一字。"高驼，亦即高驰。陆侃如等《楚辞选》高亨注曰："驼，驰的古写。"是也。

冲天　冲天，冲入云天。洪兴祖《楚辞补注》："《史记》云：一飞冲天。冲，持弓切，直上飞也。《集韵》作翀，与冲通。此言司命高驰而去，不复留也。"

结桂枝兮延伫，羌愈思兮愁人。

结桂枝　束结桂枝以寄意。

延伫　引颈伫立而望。按："结桂枝兮延伫"与《离骚》"结幽兰而延伫"义同。说详《离骚》注。

羌　楚语发语词。

愈思　愈加思念（大司命）。

愁人　愁煞人；使人忧愁。

愁人兮奈何，愿若今兮无亏。

奈何　莫可奈何之奈何。谓事已如此，又该怎么办呢？

愿　但愿。

若今　如今；如同现在。

无亏　没有亏损。指神既高飞远去，而人们对神的爱恋之情却没有亏减。王夫之《楚辞通释》："言所以恋慕于神，而愁其去己者，以神司生人之命，愿承其保贶，长若今日，不忧老死也。虽知生死昼夜也，时值之不可违也。然身与世离，神与形离，永诀之际，怆凄生心，不能自己，则依神佑以求永命。唯恐去己，情自不容于己也。"

固人命兮有当，孰离合兮可为？

固　本来。

人命　人的寿命，宿命。

有当　当，当作常。常，常规。有常，有一定之数，一定的规律。王逸《楚辞章句》："言人受命而生，有当贵贱贫富者，是天禄也。"

孰　谁。

离合　离别、会和。

可为　可以有所作为。汪瑗《楚辞集解》："言人之或离或合，而非人力之所可为也。"

【内容简述】　这是一首祭司寿之神的诗篇。人们希望长寿，请大司命降临，享受祭祀；女巫紧紧相随，希望大司命赐寿于民。但大司命虽为司寿夭之神，而决定权在天帝。于是刚降临人间又高飞远举，以请天帝降临。此时女巫仍虔诚陪伴。群众见神、巫降临又飘然远逝，于是对歌合唱以寄深恋之情，并以"固人命兮有当，孰离合兮可为"之句自行宽解。

《大司命》今译
（阅读顺序先上下，后左右）

（神）　把天门大打开，
　　　　乘着汹涌的黑云下来。
　　　　令迴风前驱开路，
　　　　使暴雨洗洒尘埃。

（巫）　你高高地将飞向何方？
（神）　我乘清气驾阴阳要到天上。
（巫）　我虔敬地陪伴着你，
（神）　我们引导天帝降临九冈。

（巫）　神呵！翱翔而降，
　　　　我越过空桑之山紧相追随。
（神）　九州的人是这么众多，
　　　　我哪有掌握寿夭的权威！

（巫）　云衣呵随风飘飘，
　　　　玉佩呵光辉闪耀；
（神）　神光呵忽隐忽现，
　　　　我的所为谁也不知晓。

（众甲）我摘下如瑶玉之花的神麻，　　　　我束结桂枝伫立而望，

　　　　送给离去的神灵寄托怀念。　　　　忧愁呵，我是倍加思念。

　　　　我已慢慢衰老，

　　　　不亲近你就会更加疏远。　（众合）惆怅的人儿真是无可奈何，

　　　　　　　　　　　　　　　　　　　　但愿我们的志行没有偏颇。

（众乙）神呵，你乘着鳞鳞龙车而去，　　　人的寿命本有一定，

　　　　高高地飞驰，直冲云天。　　　　谁又能免得了悲欢离合。

六、《少司命》注释

【释题】　少司命为星神，司小儿之生命。

【歌舞者】　少司命（阳神，男巫扮），主祭者（女巫扮）。

【原文及注释】

秋兰兮麋芜，罗生兮堂下。

秋兰　兰草。秋日开淡紫色小花，故名秋兰。

麋芜　亦作蘼芜。香草名，即芎䓖（xiōng qióng），小叶、细茎、白花。一说即白芷。

罗生　罗，罗网。罗生，指秋兰和麋芜如罗网一样茂密地生长。

堂下　指祭祀的神堂阶下。

绿叶兮素枝，芳菲菲兮袭予。

枝　古本亦作华。素华，素色之花，即白色的花。

芳菲菲　形容芳香浓郁。

袭予　袭，侵，及于。予，我。芳菲菲袭予即香气袭人之意。王逸《楚辞章句》："袭，及也。予，我也。言芳草茂盛，吐叶垂华，芳香菲菲，上及我也。"

夫人自有兮美子，荪何以兮愁苦？

夫人　夫，句首语气词，无义。夫人，即人人，任何人。

美子　美好的配偶。郭沫若《屈原赋今译》："古人男女均称子，例如'之子于归'，便是女子称子之词。这儿的'子'字是指配偶，并非儿女。"

荪　香草名，又名荃。喻指少司命。

何以　以，一本作为。何为，为什么。闻一多《楚辞校补》："以当从一本作为。"

秋兰兮青青，绿叶兮紫茎。

青青（jīng jīng）　同"菁菁"。草木茂盛貌。洪兴祖《楚辞补注》："《诗》云：绿竹青青。青青，茂盛也，音菁。"

满堂兮美人，忽独与余兮目成。

目成　眉目传情，以示爱恋。王逸《楚辞章句》："言万民众多，美人并会，盈满于堂，而司命独与我睇而相视，成为亲亲也。"王夫之《楚辞通释》："目成，以目睇视而定情也。"

入不言兮出不辞，乘回风兮载云旗。

入　指神降临神堂。

不言　不言语。

出　指神离开神堂。

不辞　不告辞。王逸《楚辞章句》："言神往来奄忽，入不言语，出不诀辞，其志难知。"

回风　旋风。

云旗　以云为旗。王逸《楚辞章句》："言司命之去，乘风载云，其形貌不可得见。"

悲莫悲兮生别离，乐莫乐兮新相知。

莫　莫过于。

生别离　生生地别离；难以再相见的别离。

新相知　始相知、爱恋。王逸《楚辞章句》："人居世间，悲哀莫痛与妻子生别离"，"天下之乐，莫大于男女始相知之时也。屈原言己无新相知之乐，而有生别离之忧也。"《乐府》有《生别离》，盖出于此。刘永济《屈赋音注详解》云："其志悲乐两言，实千古情语之祖。"

荷衣兮蕙带，儵而来兮忽而逝。

荷衣蕙带　荷叶荷花所制的衣裳，蕙草编织的飘带。

儵（shù）　一作倏。倏忽。

忽　倏忽。

逝　消逝；离去。王逸《楚辞章句》："言司命被服香净，往来奄忽，难当值也。"

夕宿兮帝郊，君谁须兮云之际。

帝郊　上帝的郊野，即天界。

君　指少司命。

谁须　《尔雅·释诂》："须，待也。"谁须，待谁。

云之际　帝郊的云际。朱熹《楚辞集注》："神之始也，虽倏然不言而来，今乃忽然不辞遂去，而宿于天帝之郊，不知其何所待于云之际乎？"

与女沐兮咸池，晞女发兮阳之阿。

女　同"汝"。

沐　洗发。

咸池　古代神话中的水名，太阳出来先在咸池洗浴。

晞（xī）　晒。

阳之阿　古代神话中的山名，太阳初升时的第一个山丘。《淮南子·天文》："日出于旸谷,浴于咸池。"阳之阿,疑即阳谷。

望美人兮未来,临风恍兮浩歌。

美人 即上文的女,主祭的女巫。

临风 迎风。

恍(huǎng) 怅惘失意貌。

浩歌 大声歌唱。

孔盖兮翠旍,登九天兮抚彗星。

孔盖 孔,孔雀。用孔雀羽毛做的车盖。

翠旍 翠,翡翠鸟。旍,同"旌"。用翡翠鸟羽毛做的旌旗。

九天 九重天。古代神话天有九层。九天,指极高的天空,天空的最高处。

抚 抚持;按压。

彗星 星名,俗称扫帚星。其说有二,一为除旧布新之星,说见《左传·昭公十七年》:"彗,所以除旧布新也。"一为灾星、妖星。《晋书·天文志》云:"彗体无光,傅日而为光……光芒所及则为灾。"《新唐书·天文志》云:"孛与彗皆非常恶气所生,而灾甚于彗。"孛星是彗星中光芒四射的一种,旧谓彗孛的出现是灾祸或战事的预兆。审屈诗文意,登九天与竦长剑对举,抚彗星与拥幼艾对举,此彗星当为灾星、妖星。少司命登九天按压彗星,使不为灾,与下文"拥幼艾"正合。戴震《屈原赋注》:"彗星,或谓之埽星,妖星也。按抚之,使不为灾害。"是也。

竦长剑兮拥幼艾,荪独宜兮为民正。

竦(sǒng) 向上挺出。一作"愯(怂)"。王逸《楚辞章句》:"竦,执也。"

拥 抱持;保护。

幼艾 幼小而美好者,泛指少年男女。陆侃如等《楚辞选》高亨注:"幼艾,指少年的男女。"一说即长幼。王逸《楚辞章句》:"幼,少也。艾,长也。言司命执持长剑，以诛绝凶恶，拥护万民少长，使各得其命也。"汪瑗《楚辞集解》："拥，护也。十年曰幼，五十曰艾，有老者安之，少者怀之之意。"二说并可通。又，王夫之《楚辞通释》："幼艾，婴儿也。竦剑以护婴儿，使人宜子，所为司人之生命也。"其说可参。

荪　香草名。一本作"荃"。指少司命。

正　官长；君长。《尔雅·释诂下》："正、伯，长也。"郭璞注："正、伯皆官长。"《老子》第四十五章："清静为天下正。"高亨正诂："正，长也，君也。"王逸《楚辞章句》："言司命执心公方，无所阿私，善者佑之，恶者诛之，故宜为万民之平正也。"陆侃如等《楚辞选》高亨注："古代人称其君长作正。此正字意同主宰。少司命应该做人民的主宰。"高说是。

　　按：少司命是阳神还是阴神，主祭者是男巫（觋）还是女巫，其说不一。郭沫若以少司命为司爱恋的处女神（说见《屈原赋今译》），姜亮夫以二司命是就阴阳之义引而为配偶（说见《屈原赋今译》）。以少司命为女神者还有马茂元《楚辞研究集成·楚辞注释》、袁梅《屈原赋译注》等。朱熹《楚辞集注》云："大司命阳神而尊，故但为主祭者之词"，"少司命亦阳神少卑者，故为女巫之言以接之。"刘永济从朱说，曰："朱熹说：古者事男神用巫（女巫），事女神用觋（男巫）。或可信。大司命、少司命皆男神，此两篇抒情悲苦而柔婉，亦与女性相合。"（说见《屈赋音注详解》）高亨说："少司命主宰少年儿童的命运。楚人祭祀时，大概是由男巫扮少司命，而由女巫迎神，相互酬答着歌唱并舞蹈。所以歌辞是一对男女的对话，有人神恋爱的意味。"审文意，男神说可从。

【内容简述】　　这是一首祭主少年男女命运之神的诗篇，有人神恋爱的意味。少司命在秋兰青青之时降临人间，祭祀的美人满堂，而独与主祭的女巫眉目传情。但少司命不能违背天规，主宰自己的命运，于是不辞而飘然远逝，宿于天帝之郊，临风浩歌，盼望美人到来。既不能爱而偏又爱，这就是矛盾之所在、悲哀之所在。故少司命上天之后，仍能恪尽职守，抚彗星，拥幼艾，为民消灾除害，令主祭之女巫十分感动，因此唱出了"荪独宜兮为民正"，以这种赞美表达对少司命的深爱。诗中所写女巫，内心活动极为逼真。

《少司命》今译

（巫）秋兰呵芬芳，白芷呵清香，
　　茂密地在堂下生长。
　　碧绿的叶子，洁白的花朵，
　　袭人的香气呵，满屋里飘荡。
　　呵！人们都有美好的配偶，
　　少司命呵，你为什么忧伤？

　　秋兰是这般繁茂，
　　翠绿的叶子，紫色的花茎。
　　济济一堂都是美丽的人儿，
　　忽然你的美目向我传递爱情。

　　你不言而来，又不辞而去，
　　乘驾回风，载着云旗。
　　唉！没有比生生地别离更悲伤的事了，
　　最大的快乐莫过于初恋的情意。
　　蕙草的飘带系着荷花的衣裳，
　　你是来既匆匆，去又茫茫。
　　傍晚你停留在天帝之郊，
　　在等待谁呢，在那云霄之上？

（神）我真想和你一起在天池沐浴，

　　看着你晒干头发，在那阳之阿山上。

　　我盼望着美人儿你怎么还不来呢？

　　我临风歌唱着，寄托我的悲凉。

（巫）孔雀之翅的车盖呵，翡翠之羽的旌旗，

　　你登上九天，按住妖星，消除灾害。

　　手持长剑，保护天下的少男少女，

　　少司命呵，独有你才配做人民的主宰。

七、《东君》注释

【释题】　东君为太阳神。洪兴祖《楚辞补注》："《博雅》曰，东君，日也。《汉书·郊祀志》有东君。"朱熹《楚辞集注》："此日神也。《礼》曰，天子朝日于东门之外。又曰，王宫祭日也。"汪瑗《楚辞集解》："日出于东方，故曰东君。"陆侃如等《楚辞选》高亨注："东君是祭祀太阳神的乐歌，东君即太阳神。"

【歌舞者】　东君（阳神，男巫扮），主祭（女巫扮），对歌对舞。乐队舞队（群巫男女扮演）伴唱伴舞。

【原文及注释】

暾将出兮东方，照吾槛兮扶桑。

暾（tūn）　初升的太阳；太阳。王逸《楚辞补注》："谓日始出东方，其容暾暾而盛大也。"蒋骥《山带阁注楚辞》："暾，日将出时，光明温煖之貌。"按：南朝梁沈约《南郊登歌》之二："暾既明，礼告成。"二暾字用法同。暾指初升的太阳，也指太阳。"暾将出"，太阳将出；"暾既明"，太阳已经升起、明亮。

吾　我，迎神的女巫自称。

槛（jiàn）　栏杆。

扶桑　神话中的神木名。传说日出其下，拂其树梢而升。王逸《楚辞章句》："日出，下浴于汤谷，上拂其扶桑，爰始而登，照耀四方。"

抚余马兮安驱，夜皎皎兮既明。

抚　持；按。指按辔。

余　我。

安驱　慢慢地走；徐行。此句指迎神女巫按辔徐行。

皎皎　光明貌。

既　已。

按：上四句写日初升，主祭者按辔徐行以迎日。蒋骥《山带阁注楚辞》："此（指上四句）迎日也……日已上矣，故安驱以迎之。"刘永济《屈赋音注详解》："此迎神之时，日方东升也……巫乘马迎神于天之方明。"

驾龙辀兮乘雷，载云旗兮委蛇。

龙辀（zhōu）　辀，车辕。王逸《楚辞章句》："辀，车辕也。"洪兴祖补注："《方言》曰：辕，楚、韩之间谓之辀。"龙辀，龙形的车辕，亦即龙车。

乘雷　雷，雷转而成的车轮。洪兴祖《楚辞补注》："《淮南》曰：雷以为车轮。注云：雷，转气也。"朱熹《楚辞集注》："雷气转似轮，故以为车轮。"乘雷，乘着风雷，或以雷为雷声，即车轮滚滚，轰鸣如雷。陆侃如等《楚辞选》高亨注："雷是车轮发出的声音。"可参。

载云旗　载，承载。云旗，以云为旌旗。旭日东升，漫天彩云，霞光万道，如同插上云彩的旌旗，故云"载云旗"。

委蛇（wēi yí）　形容云旗长而舒卷飘动的样子。王逸《楚辞章句》："言日以龙为车辕，乘雷而行，以云为旌旗，委蛇而长。"委蛇，后作逶迤。

长太息兮将上，心低徊兮顾怀。

太息　叹息。

将上　指日出后将升上天空。

低徊　徘徊，流连。

顾怀　回顾怀念，表示恋恋不舍。王逸《楚辞章句》："言日将去扶桑，上而升天，则徘徊太息，顾念其居也。"蒋骥《山带阁注楚辞》："言神之上而怀顾，以下文所陈声色之盛，足以娱人而忘归故也。"

羌声色兮娱人，观者憺兮忘归。

羌　楚语发语词。

声色　音乐和美色。指祭祀的音乐舞蹈表演和美女。

娱人　使人欢娱。王逸《楚辞章句》："娱，乐也。"

观者　观看祭祀的人；看热闹的人。

憺（dàn）　安，安然，有安于、贪恋义。

忘归　忘了回去，即乐而忘返。汪瑗《楚辞集解》："言声色之美，足以乐人，而使观者安然而忘返也。"

　　按：此二句写迎神之盛况，为东君升天时低徊顾怀所见，也是低徊顾怀的原因。

絙瑟兮交鼓，箫钟兮瑶簴。

絙瑟（gēng sè）　絙，绷紧。王逸《楚辞章句》："絙，急张弦也。"瑟，古代弦乐器，似琴而多弦。絙瑟，绷紧调好瑟弦，表示演奏。

交鼓　交相击鼓。汪瑗《楚辞集解》："交鼓，对击鼓也。"一说交相鼓瑟，鼓为弹奏，而瑟非一，故交鼓义为齐奏。王夫之《楚辞通释》："交鼓者，瑟非一，齐鼓之也。"二说并可通。

箫钟　箫，一本作萧，义为击。箫钟，击钟，撞钟。洪迈《容斋续笔》十五引蜀客说云："《广韵》训为'击也'盖是击钟，与'絙瑟'为对耳。"一说箫即横吹之排箫。汪瑗《楚辞集解》："箫，管也。箫钟者，谓钟与

哲人的悲歌——楚辞今读

箫相应者也。"王夫之《楚辞通释》："箫，排竹而张其尾，横吹之。"

瑶簴　瑶，摇字之误。摇，摇动，震动。簴，悬钟磬的木架。摇簴，因敲钟而震动木架。闻一多《楚辞校补》："瑶，王念孙读为摇。按，疑摇之误字。'簴钟'与'摇簴'对文，言击钟甚力，至其簴为之动摇也。"一说瑶簴，以美玉为簴饰。王夫之《楚辞通释》："瑶簴，以玉饰钟簴也。"

鸣鷈兮吹竽，思灵保兮贤姱。

鷈（chí）　同"篪"，古代乐器名，笛类，有八孔。汪瑗《楚辞集解》："篪以竹为之……名翘，横吹之。"

竽（yú）　古乐器，笙类。

思　发语词。

灵保　指神，亦指扮日神的巫。王夫之《楚辞通释》："灵保，即神保，见《诗》。谓尸也，祭日之尸。"按：尸即神主、神像，为神所凭依者。刘永济《屈赋音注详解》："灵保乃神降于巫身之名，亦即神也。"

贤姱（- kuā）　贤，贤淑；姱，姱美，美好。美好而贤淑。

上四句写琴瑟交响、箫管齐奏、钟鼓齐鸣的音乐盛况及受祭灵保的姱美。

翾飞兮翠曾，展诗兮会舞。

翾飞（xuān -）　翾，小飞。洪兴祖《楚辞补注》："翾，小飞也。"翾飞，飞翔。

翠曾　翠，翠鸟。翠鸟身体小巧而羽毛艳美。曾，当作"翻（zēng）"，飞貌。洪兴祖《楚辞补注》："《博雅》曰：翻，翥飞也。"翠曾，像美丽的翠鸟那样飞翔。王逸《楚辞章句》："言巫舞工巧，身体翾然若飞，似翠鸟之举也。"

展诗　陈诗，即诗朗诵。王逸《楚辞章句》："展，舒。"洪兴祖补注："诗，犹陈诗也。"

会舞　合舞；齐舞。洪兴祖《楚辞补注》："会舞，犹合舞也。"

上写巫女的舞姿飘逸妙曼和诗舞配合的盛况。

应律兮合节，灵之来兮蔽日。

应律　应，应合。律，乐律、音律。应律，与乐律相应合。

合节　节，节奏、节拍。合于节奏、节拍。应律合节是对上写音乐歌舞的评价和赞美，并引出下句。

灵　神，指日神东君。灵之来，指神灵下降。

蔽日　遮蔽了太阳。此言东君降临，车驾随从极多，气势浩大，以致遮天蔽日。

青云衣兮白霓裳，举长矢兮射天狼。

青云衣　以青云为上衣。

白霓裳　白霓，白色的虹。以白霓为下裳。王逸《楚辞章句》："言日神下来，青云为上衣，白霓为下裳也。"

长矢　长箭。

天狼　天狼星，主侵掠。王逸《楚辞章句》："天狼，星名，以喻贪残。日为王者，王者受命，必诛贪残，故曰举长矢，射天狼，言君当诛恶也。"洪兴祖补注："《晋书·天文志》云：狼一星在东井南，为野将，主侵掠。"

操余弧兮反沦降，援北斗兮酌桂浆。

操　持拿。

弧　弓；木弓。

反　同"返"。回归；归去。

沦降　降落。指太阳落山。王逸《楚辞章句》："言日诛恶以后，复循道而退，下入太阴之中，不伐其功也。"汪瑗《楚辞集解》："反，复也。沦，没也。降，下也。言日下而入太阴之中也。"

援　持拿。

北斗　星名，北斗七星，形似舀酒的斗，在北方，故名北斗。

桂浆　浆，薄酒，酒浆。桂浆，桂酒。

撰余辔兮高驼翔，杳冥冥兮以东行。

撰（zhuàn）　握持。洪兴祖《楚辞补注》："撰，定也，持也。"

辔　驭马的缰绳。

驼翔　驰翔。驼，一作驰。参见《大司命》"高驼兮冲天"注。

杳（yǎo）　深远貌。洪兴祖《楚辞补注》："杳，深也。"

冥冥（míng míng）　昏暗；黑暗。洪兴祖《楚辞补注》："冥，幽也。"

东行（- háng）　夜里，太阳暗暗地向东方运行。王逸《楚辞章句》："言日过太阴，不见其光，出杳杳，入冥冥，直东行而复出。"洪兴祖补注："行，胡冈切，叶韵。"

【内容简述】　这首祭日神的诗是一篇优美的太阳神话。通过巫和神的对唱，把一个天体的运行写得这样逼真，反映了太阳从东升到西沉的全过程。诗的开始写天将明时神巫乘马安详地前驱以迎神，接着是日神乘雷车、扬云旗，缓缓上升。当太阳照临人间，日神见人间祭神音乐歌舞盛况和观者乐而忘归，也被吸引，于是降临祭坛，并表演射天狼的舞蹈，旋即又操雕弓，揽缰绳，向西方沉降，在幽冥的黑夜中走向东方，再造次日的光明。

《东君》今译

（神）东方将升起明亮的太阳，

照耀我的栏杆扶桑。

拍着我的马儿缓缓地行走，

夜色渐渐发白，东方已经明亮。

我驾着龙车，乘着风雷，

长长的云旗凌空飘飞。

我叹息着将要升天，

我怀顾着内心里徘徊；

看那动人的歌舞和美女真叫人心醉，

观看的人们入了迷，都乐而忘归。

（巫）张紧了琴弦，交相击鼓，

敲响钟磬，震动着悬木。

奏起了埙篪，吹起了笙竽，

神灵呵是这般美丽贤淑。

我们如同翠鸟一样翻飞，

陈诗会舞来迎接神灵。

合着音律节拍降下，

神呵，你的侍女如同蔽日的玄云。

（神）我穿着青云和白霓的衣裳，

举起长箭射杀凶残的天狼。

拿着弓不准它降下灾殃，

我又把北斗做杯子，畅饮桂花的酒浆。

手持着我的马缰高高地飞驰，

在这冥冥的黑夜里又走向东方。

八、《河伯》注释

【释题】　河伯为黄河神，凶残而浪荡。这首诗写为河伯娶妇事。

《河伯》一诗，自王逸以降，注释多含糊不清，不能使人明白所写何事，称谓何所指。

游国恩《论九歌山川之神·论河伯》云：春秋之时已载河有神，能为厉，且在四渎之中，河之为患最烈而广，故有祭河之风。祷之不足，又为之娶妇以媚之。凡河伯之种种神话，与夫民间种种悦神之习俗，皆由此而起。而河伯之名、河伯之说则始见于战国，楚昭王时祀河伯之俗已盛，《九歌》遂有《河伯》之篇。褚先生补《史记·滑稽传》尝记其事云：

> 魏文侯时，西门豹为邺令。豹往到邺，会长老，问之民所疾苦。长老曰："苦为河伯娶妇，以故贫。"豹问其故。对曰："邺三老、廷掾常岁赋敛百姓，收取其钱，得数百万；用其二三十万为河伯娶妇，与祝巫共分其馀钱持归。当其时，巫行视人家，女好者，云'是当为河伯妇'。即娉取，洗沐之，为治新缯绮縠衣。间居斋戒，为治斋宫河上，张缇绛帷，女居其中，为具牛酒饭食。行十馀日，共纷饰之，如嫁女。床席，令居其上，浮之河中。始浮行数十里，乃没。其人家有好女者，恐大巫祝为河伯取之，以故多持女远逃亡，以故城中益空无人，又困贫。所从来久远矣！民人俗语曰：'即不为河伯娶妇，水来漂没，溺其人民'云。"

魏文侯在位50年（前445年—前396年），楚昭王在位26年（前515年—前489年），不祭河神，而民间祀河伯之风已盛。屈原写《九歌》约在怀王十三年（前316年），尚不足30岁（用游国恩、刘永济说，见本书第三章屈原生平事迹表）。此时楚人之祀河伯以娶妇事媚神，祈求平安，亦非昔日邺地残忍沉美女之事，仅有象征性的祭祀娱乐形式而已。游国恩云：

> 今按《河伯》之文，从来释《楚辞》者，皆为模糊影响之谈，绝无明瞭塙切之解。窃尝反复玩索，以意逆志，而后知其确为咏河伯娶妇之事也。观篇末之词云："子交手兮东行，送美人兮南浦。波滔滔兮来迎，鱼鳞鳞兮媵予。"夫曰送美人，曰迎，曰媵，非明指嫁娶之事乎？所谓美人者，非绛帷之中，床席之上，粉饰姣好之新妇乎？曰南浦，曰波滔滔，曰鱼鳞鳞，非"浮之河中，行数十里乃没"之情景乎？

游说可从。郭沫若《屈原赋今译》云："女，当指洛水的女神。下文有'送美人兮南浦'，我了解为男性的河神与女性的洛神讲恋爱。"其说可参。

【歌舞者】 河伯（阳神，男巫扮），送嫁者（女巫扮），新嫁娘（女巫扮）

【原文及注释】

与女游兮九河，冲风起兮横波。

女　同"汝"。指新嫁娘。

九河　指黄河之尾的九条河道。据史籍记载，夏禹治河水至下游兖州分出九条支流，以防止河水泛滥四溢。王夫之《楚辞通释》："九河，河之下流，入海，禹所凿者。"刘永济《屈赋音注详解》："九河，河之下游分为九派也。"

冲风　暴风。

横波　水波汹涌横溢。汪瑗《楚辞集解》："横波，恶波也。"横，一本作"扬"，一本"扬"上有"水"字。

乘水车兮荷盖，驾两龙兮骖螭。

水车　水中行走之车。

荷盖　荷叶所制的车盖。汪瑗《楚辞集解》："荷盖，以荷叶为车盖也。荷形似盖，故曰荷盖。"

驾两龙　谓以两龙驾水车。两龙，即骖螭。

骖螭（cān chī）骖　周人以四马驾车，在两旁为骖，亦曰騑（fēi）。两龙即两騑。螭，如龙而黄，无角。骖螭，在水车两旁驾车的两条无角龙。汪瑗《楚辞集解》："驾两龙，谓以两龙而驾车也。在旁曰骖，骖，两騑也。两龙则两騑也。螭如龙而黄，无角。"

登昆仑兮四望，心飞扬兮浩荡。

昆仑　山名，黄河的发源地。洪兴祖《楚辞补注》："《淮南》曰：河出昆仑，贯渤海。"

浩荡　本指水势浩大，此处形容心志开阔。

日将暮兮怅忘归，惟极浦兮寤怀。

怅忘归　怅，当作"憺"。憺，意安，有乐悦贪恋义。憺忘归，乐而忘归。王逸《楚辞章句》："言昆仑之中，多奇怪珠玉之树，观而视之，不知日暮。言己心乐志说（悦），忽忘还归也。"刘永济《屈赋音注详解》作"憺忘归"，注曰："日暮忘归，游之乐也。"闻一多《楚辞校补》："刘永济氏疑怅当为憺，按刘说是也。"

惟　思念。洪兴祖《楚辞补注》："惟，思也。"

极浦　浦，水滨。远浦，遥远的水边。

寤怀　寤，当为顾。顾怀，怀念，思念。王逸《楚辞章句》："寤，觉也。怀，思也。言己复徐惟念河之极浦，江之远碕，则中心觉寤，而复愁思也。"闻一多《楚辞校补》："按'寤怀'无义，寤，疑当为顾，声之误也。《东君》曰'心低徊兮顾怀'，扬雄《反骚》曰'览四荒而顾怀兮'，魏文帝《燕歌行》曰'留连顾怀不能存'，是顾怀为古之恒语。顾，念也（《礼记·大学》郑注），怀亦念也。'惟极浦兮顾怀'，犹言惟远浦之人是念耳。王注训寤为觉，是所见本已误。"

鱼鳞屋兮龙堂，紫贝阙兮朱宫。

鱼鳞屋　以鱼鳞盖屋。

龙堂　堂以画龙为饰。

紫贝阙　紫贝，一种珍贵的海贝。阙，宫门前的楼台。紫贝阙，以紫贝作的门阙。

朱宫　《文苑》朱作珠，是。珠宫，以珍珠为宫，与贝阙对文。王逸《楚辞章句》："言河伯所居，以鱼鳞盖屋，堂画蛟龙之文，紫贝做阙，朱丹其宫，形容异制，甚鲜好也。"释朱为朱丹之色，可参。

灵何为兮水中，乘白鼋兮逐文鱼。

灵　指河伯。

何为　为何。

鼋（yuán）　大鳖。

逐　跟随。王逸《楚辞章句》："逐，从也。"

文鱼　有斑彩的鱼，如文鲤之类。洪兴祖《楚辞补注》："按《山海经》：睢（suī）水东注江，其中多文鱼。注云：有斑彩也。又《文选》云：腾文鱼以警乘。注云：文鱼，有翅，能飞。逸以文鱼为鲤，岂有所据乎？"陆侃如等《楚辞选》高亨注："此句失韵，应移在'灵何为兮水中'句上。"

与女游兮河之渚，流澌纷兮将来下。

女　同"汝"。指新嫁娘。

渚（zhǔ）　河中沙滩，小洲。洪兴祖《楚辞补注》："渚，洲也。"

流澌　流水。按：流澌，或以为澌当作凘，义为流冰。或释澌为水，流澌即流水。王逸《楚辞章句》："流澌，解冰也。"汪瑗《楚辞集解》："流澌，水流涣漫貌。"闻一多《楚辞校补》："详审文义，似仍以作凘为正。"

与子交手兮东行，送美人兮南浦。

子　你，指新嫁娘。

交手　手牵着手；携手。

美人　指新嫁娘。

南浦　南边的水滨。

波滔滔兮来迎，鱼鳞鳞兮媵予。

滔滔　大水奔流貌。

隣隣　　亦作"鳞鳞"。形容鱼儿众多，一个接着一个。

　　媵予（yìng -）　　媵，送。王逸《楚辞章句》："媵，送也。"媵又有从嫁之义。予，我。新嫁娘指自己。媵予，指鱼儿相从，送我出嫁。

　　【内容简述】　　河伯为黄河之神，凶残而浪荡。《史记·滑稽列传》载有西门豹治邺，禁止民间为河伯娶妇事。相传不为河伯娶妇，必有凶灾。因此巫与邺地方官吏相勾结，赋敛百姓，见人家有美女，就说要为河伯娶妇，于是聘取，斋戒沐浴，制新衣，具牛酒饭食，行十余日，如嫁女。然后治床席，浮于水，令女居其上，浮之河中，行数十里，乃没，表示河伯已娶妇去。这首诗描写河伯娶妇，十分真切。巫（送嫁者）和美人（新嫁娘）同游于河尾，再溯河而上至昆仑以寻河伯，后又寻至水中。美人见水中宫殿，感到惊讶：为何河伯居于水中？巫又与美人游于河渚，送至南浦，这时河伯已至，波浪滔滔相迎，鱼儿阵阵相送，于是巫将美女交给河伯，美女也就沉没于波涛之中，成为河伯之妇。

《河伯》今译

（送嫁者）和你同游黄河之尾，
　　　　　暴风呼啸，水波横起。
　　　　　乘着荷盖的水车，
　　　　　两条无角龙驾车飞驰。

　　　　　登上昆仑之顶极目四望，
　　　　　呵！开廓的心神如同飞扬。
　　　　　夕阳西下了我贪恋地忘了归去，
　　　　　我记挂着遥远水滨的地方。

（新嫁娘）屋上盖着鱼鳞，堂上画着蛟龙，

紫贝做的楼台，珍珠做的宫。

呀！河伯之神为什么居住在水中？

（送嫁者）乘着白鼋，随着文鱼，

与你同到洲中寻觅。

滔滔流水溅起浪花，

呵！河伯之神已来接你。

你们手牵手顺流东下，

我送你远行直到南边的水涯。

（新嫁娘）呵！波涛汹涌来相迎迓，

一群群鱼儿来送我出嫁。

九、《山鬼》注释

【释题】 山鬼是山神，此诗是楚人祭祀山神的乐歌。

按：《九歌》各篇称谓之词，难以分别，如《湘君》《湘夫人》《河伯》，而《山鬼》尤甚。古今注家歧说杂呈，或以通篇为山鬼所唱，或以此篇为主祭者之辞，或以为山鬼与主祭巫对唱，而对唱又有若干区别。而不论怎样区分，皆不能尽人意。王夫之《楚辞通释》以为首四句以下"皆山鬼之辞"，陆侃如等《楚辞选》高亨注或本王说，以首四句并"留灵修兮憺忘归，岁既晏兮孰华予"为主祭男巫所唱。今且取王、高之说注译其诗，于文意庶几为近。

【歌舞者】 山鬼（阴神，女巫扮），主祭者（男巫扮），对歌对舞。

【原文及注释】

若有人兮山之阿，被薜荔兮带女罗。

若　发语词，无义。

有人　指山鬼。

山之阿　阿（ē），曲角、弯曲处。山之阿，山的曲角。

被　披。

薜荔　香草名。又名木莲，缘木而生，见《湘君》"薜荔柏兮蕙绸"注。

带　指腰带。

女罗　一作女萝。又名兔丝，是一种蔓生植物。王逸《楚辞章句》："女罗，兔丝也。言山鬼仿佛若人，见于山之阿，被薜荔之衣，以兔丝为带也。薜荔、兔丝皆无根，缘物而生。山鬼亦晻忽无形，故衣之以为饰也。"

既含睇兮又宜笑，子慕予兮善窈窕。

含睇　睇（dì），微微斜眼相看。王逸《楚辞章句》："睇，微眄（miǎn）貌也。"含睇，含情而视。

宜笑　宜，适宜；善于。宜笑，笑得很美。王逸《楚辞章句》："言山鬼之状，体含妙容，美目盼然，又好口齿，而宜笑也。"

子慕予兮善窈窕　子慕，慈慕。予，疑当作舒，有从容闲雅义。窈窕，苗条。王逸《楚辞章句》："子，谓山鬼也。窈窕，好貌。《诗》曰：窈窕淑女。言山鬼之貌，既以姱丽，亦复慕我有善行好姿，故来见其容也。"洪兴祖补注："《方言》云：美状为窕，美心为窈。注云：窈，幽静。窕，闲都也。"

　　按：后世注释皆本王说，义不可通。唯郭沫若《屈原赋今译》别作新说，云："子慕，是慈慕的意思。予字当读为舒或是舒的坏字。前人把予作尔我解，不可通。"视王逸并后世诸说，郭说于文意庶几为近。而"善窈窕"之善难以确解，其为程度副词甚、十分、非常乎？

此四句为主祭男巫所唱，介绍山鬼的居处、服饰、容貌、性情和身姿，展现出一美女异类形象，隐含着爱慕之情。

乘赤豹兮从文狸，辛夷车兮结桂旗。

赤豹　红色的豹。洪兴祖《楚辞补注》："豹有数种，有赤豹，有玄豹，有白豹。《诗》曰：赤豹黄黑。陆机云：毛赤而文黑，谓之赤豹。"

从　跟从，随从。

文狸　有斑文的狸。洪兴祖《楚辞补注》："狸有虎斑文者，有猫斑者。"

辛夷车　辛夷，香木名。辛夷车，用辛夷木做的车。

结桂旗　用桂花枝编结的旌旗。王逸《楚辞章句》："结桂与辛夷以为车旗，言其香洁也。"

被石兰兮带杜衡，折芳馨兮遗所思。

被（pī）　同"披"。

石兰　香草名。

带　系在腰间的带子。此处用为动词。

杜衡　香草名。

折芳馨　采折芳馨的香草。

遗（wèi）　赠送。

所思　所思念的人。

余处幽篁兮终不见天，路险难兮独后来。

幽篁　幽，幽深。篁，竹林。幽篁，幽深的竹林。

终　始终；整日。

不见天　不见明朗的天空，指不知早晚。

险难　险阻。朱季海《楚辞解故》："险难犹险阻矣。"

后来　晚来；迟来。

表独立兮山之上，云容容兮而在下。

表　特出；突出。王逸《楚辞章句》："表，特也。言山鬼后到，特立于山之上，而自异也。"

容容　飞扬貌。《汉书·礼乐志》："神之行，旌容容。"颜师古注："容容，飞扬之貌。"云容容，云彩涌动、飞扬貌。

杳冥冥兮羌昼晦，东风飘兮神灵雨。

杳冥冥（yǎo - -）　杳、冥冥皆为昏暗。杳冥冥，形容十分昏暗。

羌　语词，无义。

昼晦　昼，白昼。晦，晦暗不明。昼晦，白天晦暗不明，如同黑夜。王逸《楚辞章句》："言云气深厚，冥冥使昼日昏暗。"

飘　飘扬。

神灵　指雨神。神灵雨，雨神降下雨来。王逸《楚辞章句》："言东风飘然而起，则神灵应之而雨。"

下篇　《离骚》《九歌》《九章》注译

留灵修兮憺忘归，岁既晏兮孰华予？

留　待。此与《湘君》"君不行兮夷犹，蹇谁留兮中洲"之"留"义同。王逸《楚辞章句》："留，待也。"

灵修　神灵，男巫称山鬼。

憺（dàn）　安心。参见《东君》注。

忘归　忘了归去。参见《东君》"观者憺兮忘归"注。

岁　岁月；年岁。

晏　晚，指年老。

孰华予　孰，谁。华予，使我们像花儿一样。孰华予，谁能使我们像花儿一样美丽芳馨。此句有劝及时行乐之意。

采三秀兮於山间，石磊磊兮葛蔓蔓。

三秀　灵芝草的别名。王逸《楚辞章句》："三秀，谓芝草也。"《尔

361

雅翼·释草三》："芝，瑞草，一岁三华，故《楚辞》谓之三秀。"

於山间　在山间。郭沫若《屈原赋今译》："於山即巫山。凡楚辞兮字每具有於（于）字作用，如'於山'非巫山，则於字为累赘。"其说亦可通。

磊磊　乱石堆积貌。洪兴祖《楚辞补注》："磊，众石貌。"

葛　一种蔓生植物，即葛麻。

蔓蔓　形容蔓生植物蔓延貌。

怨公子兮怅忘归，君思我兮不得闲。

公子　指男巫。

怅忘归　惆怅忘归。

君　指公子。

山中人兮芳杜若，饮石泉兮荫松柏。君思我兮然疑作。

山中人　山鬼指自己。

杜若　香草名。详《湘君》"采芳洲兮杜若"注。

饮石泉　饮的是石中泉水。

荫松柏　荫，遮蔽，隐蔽。荫松柏，荫蔽在松柏之间。

君　山鬼称男巫。

然疑作　然，诚然，是这样。疑，怀疑，不是这样。作，发生，交作。指"君思我"既相信又怀疑。洪兴祖《楚辞补注》："然，不疑也。疑，未然也。"

霝填填兮雨冥冥，猨啾啾兮又夜鸣。

霝　古"雷"字。

填填　雷声。形容雷声震响，声音很大。

冥冥　昏暗不明。雨冥冥，下雨时雾蒙蒙，天空昏暗不明。

猨　同"猿"。

啾啾　象声词。所象何声，随文而异。此处象猿鸣声。

又　当作"狖（yòu）　长尾猿。"王逸《楚辞章句》："又，一作狖。"洪兴祖补注："狖，似猨，余救切。"《文选·左思（吴都赋）》刘逵注引《异物志》"狖，猿类，露鼻，尾长四五尺。"

风飒飒兮木萧萧，思公子兮徒离忧。

飒飒　象声词。风声。《说文》："飒，翔风也。"段玉裁据《文选·风赋》李善注并《广韵》改"翔风"为"风声"。

萧萧　象声词。可用于风雨、流水、马鸣、草木摇落、器乐声等，此处形容树木摇落之声，与飒飒之风声并含有凄清、萧条义。

徒　徒然；白白地。

离忧　忧伤。

【内容简述】　山鬼是一位美丽温柔而多情的姑娘。她居住在山上，因为路途艰难而迟误了与爱人的约会。于是一人站立在山顶盼望着、思念着，甚至在风倏起，雨淋淋，天昏地暗的时候也忘了归去。她痴立在那里，发出无限感慨："岁既晏兮孰华予！"这时她开始怨恨公子了，但是她又想，也许是公子没有空闲才不来的吧。所以她仍然盼望着、思念着。她相信她自己是芳洁的，但对于公子却在忧愁的盼望中生出了疑团。她还是等待着，一直到深夜。可以想见，她的爱情是多么真挚！

《山鬼》今译

（阅读顺序先上下，后左右）

（巫）有一位美丽的姑娘住在山腰，
　　薜荔之衣身上披，兔丝的带子风里飘。
　　她含情的眸子笑得多美好，
　　性情是那样温柔，身姿是这般苗条。

（神）赤豹驾着车，文狸后面随，
　　辛夷的车子桂花旗帜飞。
　　车上披石兰，系上杜衡带，
　　采些芳香的花草送给我所爱。

我住在幽深的竹林不见天，
道路又艰难，我才迟迟来。

我孤独地站在山之顶，
脚下弥漫着流动的云。
晦暗的白天如黑夜，
东风刮，神灵又把雨儿淋。
为你我留在这儿，安然忘了归去，
（你来吧！）
一旦年岁迟暮，谁能使我们如
花吐芳馨？

我采摘芝草在山间，

乱石磊磊，葛草蔓延。
我怨恨公子，惆怅地忘了归去，
我知道你是在思念着我，只是
不得空闲。
我这山中的人儿如杜若一样芬芳，
饮着石泉之水，住在松柏中央。
你是在思念我吗？
我是既相信你，又感到迷惘。

隆隆的雷声，蒙蒙的雨，
猿猴悲鸣，午夜不止。
飒飒寒风吹得树林萧萧响，
思念公子呵我空忧思。

十、《国殇》注释

【释题】　夭折曰殇，无主之鬼亦谓之殇。国殇，为国而战死者。这是一首追悼阵亡将士悲壮的祭歌。

【歌舞者】　全诗为男巫合唱合舞，场面热烈而壮观。

【原文及注释】

操吴戈兮被犀甲，车错毂兮短兵接。

操　操持；持拿。洪兴祖《楚辞补注》："操，持也。"

吴戈　戈，戈矛，古时用以刺杀的兵器，吴地冶炼精良，因而吴戈特别锋利。吴戈，即吴地制作的戈矛。

被　披，披挂。

犀甲　犀牛皮所制的铠甲。铠甲用以防身，而犀牛皮特坚韧，故以为甲。

王逸《楚辞章句》："甲，铠也。言国殇始从军之时，手持吴戟，身被犀铠而行也。"此即披坚执锐之义。

车错毂　车，战车。错，交错。毂（gǔ），车轮中心辐条凑集部分。车错毂，敌我双方战车交错在一起。

短兵接　短兵，刀剑之类的短兵器。古时作战，有五兵，即弓矢、围殳、矛、守戈、戟助五种。长以卫短，短以救长。短兵接，即短兵器相接。王逸《楚辞章句》："错，交也。短兵，刀剑也。言戎车相迫，轮毂交错，长兵不施，故用刀剑，以相接击也。"

旌蔽日兮敌若云，矢交坠兮士争先。

旌蔽日　旌旗遮蔽了太阳。

敌若云　敌人如同云涌。王逸《楚辞章句》："言兵士竞路趣敌，旌旗蔽天，敌多人众，来若云也。"

矢交坠　流矢交坠。

士争先　士，指楚军将士。士争先，楚军将士奋勇争先，与敌作战。王逸《楚辞章句》："言两军相射，流矢交堕，壮夫奋怒，争先在前也。"

凌余阵兮躐余行，左骖殪兮右刃伤。

凌　侵犯。王逸《楚辞章句》："凌，犯也。"

余　我；我方。

阵　阵地。

躐（liè）　践踏。

行（háng）　行列。

骖（cān）　古车驾四马，位于两边的马叫骖，又叫骒（fēi），中间的叫服。《诗·秦风·小戎》："骐骝（骝）是中，骗（guā，浅黄色马）骊（lí，深黑色马）是骖。"郑玄笺："中，中服也。骖，两骒也。"孔颖达疏："车驾四马，在内两马谓之服，在外两马谓之骒。"

殪（yì）　倒仆而死。

右刃伤　右边的马被兵刃所伤。

霾两轮兮絷四马，援玉枹兮击鸣鼓。

霾（mái）　通"埋"。瘗（yì）埋，掩埋。洪兴祖《楚辞补注》："霾，读若埋。"霾两轮，指战车两轮陷没于泥水中。

絷（zhí）　绊。絷四马，指驾车的四马被绳索绊住。王逸《楚辞章句》："絷，绊也。《诗》曰：絷之维之。言己马虽死伤，更霾车两轮，绊四马，终不反顾，示必死也。"

援　执持；拿起。洪兴祖《楚辞补注》："援，引也。"

玉枹（‐fú）　枹，一作桴。鼓槌。玉枹，疑为以美玉镶嵌的鼓槌。王夫之《楚辞通释》："玉枹，未详。或大将以玉嵌枹。"

鸣鼓　响鼓。按：援枹而鼓。王逸《楚辞章句》曰："言己愈自厉怒，势气益盛。"王夫之《楚辞通释》："车絷不行，犹援枹而鼓，死战也。"

天时坠兮威灵怒，严杀尽兮弃原壄。

天时坠　天时，犹言天命。《汉书·王莽传下》："惟是言之，亦天时，非人力之致矣。"《周书·李穆传》："周德既衰，愚智共悉，天时若此，吾岂能违天。"坠，坠落，有衰微义。天时坠，指楚与秦争，天时已衰。王逸《楚辞章句》："坠，落也。言己战斗，适遭天时，命当坠落。"王夫之《楚辞通释》："天时坠，大命倾也。"刘永济《屈赋音注详解》："天时坠，天时不利也。"一本坠（墜）作怼（懟），义为愤怒，怨恨。坠、怼（duì）叠韵，可以通假，亦通。

威灵怒　威灵，有威力的神鬼。威灵怒，指神鬼亦为之震怒。

严杀　惨杀；痛杀。刘永济《屈赋音注详解》："严杀，惨杀也。"陆侃如等《楚辞选》高亨注："严杀，就是痛杀他一场。"一说严本作庄（莊），读为戕，戕杀。闻一多《楚辞校补》："严本作庄（庄），避汉讳改，莊（庄）读为戕。""《周书·谥法篇》曰'兵甲亟作曰莊''屡征杀伐曰莊''死于原野曰莊'，莊皆读为戕也。此曰'莊杀尽兮弃原壄'，亦谓戕杀尽而弃于原野。"其说亦可通。

壄　古"野"字。

出不入兮往不反，平原忽兮路超远。

出不入　指将士出征，不准备再入国门。

往不反　反，同"返"，返还。往不反，与出不入互文见义，指往赴战场，誓死杀敌，有"壮士一去不复还"之义。王逸《楚辞章句》："言壮士出斗，不复顾入，一往必死，不复还反也。"

平原忽　忽有荒忽邈远义。平原忽，谓平原一望无际，荒忽邈远。闻一多《楚辞校补》："《方言》六曰：'伤、邈，离也。楚谓之越，或谓之远，吴越曰伤。'忽伤通。《荀子赋篇》曰'忽兮其远之极也'，本书《怀沙》曰'道远忽兮'，字并作忽。'平原忽'与'路超远'祇是一义，而变文重言之以足句，此与上文'出不入兮往不反'词例正同。"刘永济《屈赋音注详解》："平原忽者，战场广阔，望之荒忽也。"一说"忽是风尘弥漫，看不清楚的状态。又忽或是借作飂，飂是刮大风。"（见《陆侃如等《楚辞选》高亨注》）兹录以存参。

超远　超，远。《方言》七："超，远也……东齐曰超。"超远，遥远。

带长剑兮挟秦弓，首身离兮心不惩。

挟（xié）　用胳膊夹着。

秦弓　秦地所制之弓。秦地善射猎，南山檀柘，坚韧有弹性，可为弓干。故秦地所制之弓射程远。挟秦弓，一如操吴戈，借指兵器精良。

首身离　身首分离。

心不惩　惩，惩戒，有怨悔义。心不惩，心里并不怨悔。王逸《楚辞章句》："惩，忥也。言己虽死，头足分离，而心终不惩忥。"忥，读yì，惩忥亦作惩艾。朱熹《楚辞集注》："惩，创艾也，虽死而不悔也。"一说，惩，恐惧。陆侃如等《楚辞选》高亨注："惩，是恐惧。"可参。

诚既勇兮又以武，终刚强兮不可凌。

诚　诚然；确实。

勇　勇敢。

以　语中助词，无义。

武　威武，武艺高，力量强。

终　副词。终究，表示肯定。

凌　凌辱；侵犯。

身既死兮神以灵，子魂魄兮为鬼雄。

神以灵　神，精神。灵，威灵，灵威。以，语中助词，无义。神以灵，指精神不死，浩气长存，有灵威。

子　你，你们，指国殇。

魂魄　指人死后离开人体而存在的精气。亦即灵魂。

鬼雄　鬼中英雄。

【内容简述】　这是一首哀悼祭奠为国牺牲的将士的诗歌。诗的第一部分描写战斗场面的浩大和惨烈，第二部分写楚国将士英勇奋战，不怕牺牲的爱国精神，反映了楚国人民对于国殇的崇高敬意。

《国殇》今译
（阅读顺序先上下，后左右）

手把吴戈拿，
身披犀牛甲。
战车毂交错，
刀剑相砍杀。

敌军如同云涌，
旌旗遮蔽太阳。
战士争先奋勇，
飞箭交织如网。

敌侵我阵地，
敌乱我军行。
战车左骖死，
右骖也受伤。

两轮陷泥中，
四马没力量。
玉槌击战鼓，
（士气更昂扬。）

只杀得天昏地暗神鬼怒，　　　　心里并不抱怨。

好一场恶战死尸遍布原野上。

　　　　　　　　　　　　　　　作战多么英勇，

壮士为国出征，　　　　　　　　武力何等强盛。

决死不再回还。　　　　　　　　他们刚强不屈，

不怕原野荒茫，　　　　　　　　他们不可侵凌！

不怕路途遥远。

　　　　　　　　　　　　　　　身躯已经牺牲，

虽死还挟秦弓，　　　　　　　　精神万古长存。

既亡还握长剑。　　　　　　　　灵魂坚毅无比，

身首已经分离，　　　　　　　　是为百鬼之雄。

十一、《礼魂》注释

【释题】　礼魂就是礼成，是祭诸神后的合歌合舞，场面热烈而壮观。王逸《楚辞章句》："礼魂，谓以礼善终者。"汪瑗《楚辞集解》："或曰礼魂谓以礼善终者，俱非是。""此篇乃前十片之乱辞，故总以《礼魂》题之。"王夫之《楚辞通释》："凡前十章，皆各以其所祀之神而歌之，此章乃前十祀之所通用。"其说可参。

【歌舞者】　群巫合歌合舞。

【原文及注释】

成礼兮会鼓，传芭兮代舞，姱女倡兮容与。

　　成礼　礼成，亦即礼备。蒋骥《山带阁注楚辞》："成礼，备祭祀之礼也。"胡文英《屈骚指掌》："成礼，备礼也。礼仪既备，而后鼓以会与祭之人也。"

　　会鼓　数鼓齐鸣。蒋骥《山带阁注楚辞》："鼓，击也。会鼓，聚众

声也。"按；王逸《楚辞章句》："言祠祀九神，皆先斋戒，成其礼敬，乃传歌作乐，急疾击鼓，以称神意也。"

传芭　芭，同"葩"。花朵。传芭，指群巫歌舞时互相传递花朵。

代舞　代，更迭，交替。代舞，更番交替而舞。王逸《楚辞章句》："代，更也。言祠祀作乐，而歌巫持芭而舞，讫以复传与他人更用之。"

姱女（kuā-）　姱，美好。姱女，好女，美女，指歌舞美女。王逸《楚辞章句》："姱，好貌。"蒋骥《山带阁注楚辞》："女，女乐也。"

倡　通"唱"。歌唱。洪兴祖《楚辞补注》："倡，读作唱。"蒋骥《山带阁注楚辞》："倡，歌也。"

容与　从容不迫貌。

春兰兮秋菊，长无绝兮终古。

春兰、秋菊　春天的兰花，秋天的菊花，各一时之秀，年年盛开，永无绝期。此指每年祭祀诸神的季节，在春兰秋菊盛开时。

终古　终，终结，终了。古，久远的时间。终古，时间的终了，义为长久，永远。《离骚》"怀朕情而不发兮，余焉能忍而与此终古"朱熹集注："终古者，古之所终，谓来日之无穷也。"此二句，王逸《楚辞章句》曰："言春祠以兰，秋祠以菊，为芬芳长相继承，无绝于终古之道也。"

【内容简述】　本篇仅五句（闻一多《楚辞校补》以为"姱女倡兮容与"前脱一句），前三句写祭祀诸神毕合歌合舞，乐鼓大作的欢乐热烈送神盛况，后二句是祭巫向诸神鬼所作的表示：每年春兰秋菊开花的时节都要这样祭祀，永相承继。其场面的欢乐、热烈、壮观可以想见。

《礼魂》今译

祭祀礼毕紧敲鼓，　　　　　　　欢乐地歌唱旋律舒。

传递鲜花更相翩翩舞。　　　　　春兰秋菊年年开，

美丽的姑娘一对对，　　　　　　永远祭祀继千古。

第十四章　《九章》注译

　　《九章》由九首诗组成，篇目是：《惜诵》《涉江》《哀郢》《抽思》《怀沙》《思美人》《惜往日》《橘颂》《悲回风》。王逸《楚辞章句》云："《九章》者，屈原之所作也。屈原放于江南之壄（野），思君念国，忧心罔极，故复作《九章》。（《史记》云：上官大夫短屈原于顷襄王，王怒而迁之，乃作《怀沙》之赋。则《九章》之作，在顷襄时也。）章者，著也，明也。言己所陈忠信之道，甚著名也。卒不见纳，委命自沈。楚人惜而哀之，世论其词，以相传焉。"朱熹《楚辞集注》云："《九章》者，屈原之所作也。屈原既放，思君念国，随事感触，辄形于声。后人辑之，得其九章，合为一卷，非必出于一时之言也。今考其词，大抵多直致无润色，而《惜往日》《悲回风》又其临绝之音，以故颠倒重复，倔强疏卤，尤愤懑而极悲哀，读之使人太息流涕而不能已。董子有言：'为人君者，不可以不知《春秋》，前有谗而不见，后有贼而不知。'呜呼，岂独《春秋》也哉！"

　　《九章》各篇真伪顺序，自洪兴祖始已有怀疑，而写作时间、地点亦各逞其说。刘永济《屈赋通笺》曰："今统观前五篇之辞，如《惜诵》之追惟往复，《涉江》之经历荒远，《哀郢》之深慨乱离，《抽思》之心神飞越，皆与逐居情事相合。而《怀沙》一篇，太史公明以为自沉前作，则为屈子绝笔，以后不容再有言。是前五篇之文，虽非一时所为，要皆在南迁以后，顷襄继世之时矣。五篇次第，虽难泥定，要之前四篇皆在《怀沙》之前矣。然则题曰《九章》，而篇止于五者，岂非屈子悲极自沉，遂绝笔于五邪？刘向'未殚于九章'之言，殆可信矣。"刘氏断然删除后四篇，似嫌武断。汤炳正《关于〈九章〉后四篇真伪的几个问题》指出："《怀沙》以前的篇章先秦早已存在，而且证明了《怀沙》以下的篇章宋玉早已见过"，是很重要的结论。

一、《惜诵》注释

【释题】　《惜诵》篇名，一如《离骚》，歧说纷纷，莫可究诘。王逸《楚辞章句》云："惜，贪也。诵，论也。"惜诵，即贪论，好谏，郭沫若、游国恩、陆侃如等皆从其说。以今语拟之，则为爱提意见，爱批评时政。又有作爱作赋、爱惜歌颂（即不好歌颂）解释者。

蒋骥《山带阁注楚辞》云："惜，痛也。"戴震《屈原赋注》："诵者，言前事之称；惜诵，悼惜而诵言之也。"义为痛切陈词。审文意，戴说庶几为近。

《惜诵》的写作时间，大致在被怀王疏远之初。楚怀王十六年（前313年），屈原因草拟宪令为靳尚所谗，终为怀王疏远。屈原感于国家之痛、自身之苦，悲愤而作此诗。

【原文及注释】

惜诵以致愍兮，发愤以杼情。

惜诵　注见上。

致愍　致，表达。愍，忧伤；不幸。王逸《楚辞章句》："致，至也。愍，痛也。"朱熹《楚辞集注》："愍，忧也。"致愍，表达忧伤、不幸。

发愤　发，发抒。愤，忧愤。王逸《楚辞章句》："愤，懑也。"发愤，抒发愤懑之情。

杼情　抒发情愫。洪兴祖《楚辞补注》："《文选》云：抒情素。又曰：

抒下情而通讽谕。其字并从手。"

所非忠而言之兮，指苍天以为正。

所　若，如，倘。此为誓词，古人发誓，往往前面冠一所字。

正　同"证"。指苍天以为正，王逸《楚辞章句》："夫天明察，无所阿私，惟德是辅，惟恶是去，故指之以为誓也。"

令五帝使折中兮，戒六神与飨服。

令　使；让。

五帝　上古传说中的五位天帝，说法不一。王逸《楚辞章句》："五帝，谓五方神也，东方为太皞，南方为炎帝，西方为少昊，北方为颛顼，中央为黄帝。"

折中　一本作枑中。王逸《楚辞章句》："言己复令五方之帝，分明言是与非也。"洪兴祖补注："按《史记索隐》解折中于夫子，引此为证。云：折中，正也。"

戒　与"令"义同。

六神　其说不一。王逸《楚辞章句》："六神，谓六宗之神也。"六宗之神，或以为时、寒暑、日、月、星、水旱，或以为星、辰、风、雨、司中、司命，或以为天地四时，或以为日、月、星辰、太山河海，或以为上下四方之神，或以为日神、月神、风神、雨神、雷神、云神。凡此种种，不一而足。屈原遭谗被疏，申诉呼号，无非向怀王发誓，其耿耿忠心，神灵可鉴，五帝、六神皆上苍之义，具体所指，诸家之说概可参考。

与　给予。

飨服　飨，通"向"。面对。服，即《舜典》"五刑有服"、《左传·襄公三十年》"上下有服"之服，义为法度。飨服，就是面对法度，依法断事。

俾山川以备御兮，命咎繇使听直。

俾（bǐ）　使。

山川　山神水神。王夫之《楚辞通释》："（山川）山川之神。"

备御　御，侍。王逸《楚辞章句》："御，侍也。"备御，备侍，即陪侍。

命　令；使。

咎繇　即皋陶，虞舜时法官。王逸《楚辞章句》："咎繇，圣人也。"

听直　听，听决，听断。王夫之《楚辞通释》："听，断也。"听直，听断是非曲直。朱熹《楚辞集注》："听直，听其词之曲直也。"戴震《屈原赋注》："听直，平断而治其当也。"

竭忠诚而事君兮，反离群而赘肬。

竭　竭尽。王逸《楚辞章句》："竭，尽。"

离群　群，众，指朝廷群小。王逸《楚辞章句》："群，众也。"离群，指遭到群小的排挤。王夫之《楚辞通释》："离群，为众所不容也。"

赘肬（zhuì yóu）　赘，多余的，无用的。肬同"疣"。王夫之《楚辞通释》："赘，馀肉。肬，音侯，痣也。"赘肬，附着于身体上的肉瘤。屈原感叹自己竭诚事君，反遭众人的排挤，视为赘疣。

忘儇媚以背众兮，待明君其知之。

儇媚（xuān -）　儇，巧佞。媚，谄媚。儇媚，轻佻，巧佞谄媚。王逸《楚辞章句》："儇，佞也。媚，爱也。"王夫之《楚辞通释》："儇，小慧，轻薄也。忘儇媚者，戆直而不能同于众人之巧媚也。"

以　连词，而。

背众　违背众人。即上句"反离群而赘肬"之义。王逸《楚辞章句》："言己修行正直，忘为佞媚之行，违偝（同'背'）众人，言见憎恶也。"

待　俟，等待。《说文》："待，俟也。"

明君　贤明的君主，与"昏君"相对。

其　连词。表示承接，相当于然后就。

知之　之，指自己的忠诚行为。知之，知道自己的忠诚言行。王逸《楚辞章句》："须贤明之君，则知己之忠也。"

言与行其可迹兮，情与貌其不变。

可迹　迹，足迹，引申为印证。可迹，可以考察、印证。

情与貌　情，内心的思想感情。貌，外貌。情与貌，内心的思想感情与形诸于外的行为。

不变　变，易。不变，不改变，指表里如一，言行一致，对楚王忠心耿耿。王逸《楚辞章句》："出口为言，所履为迹。志愿为情，颜色为貌。变，易也。言己吐口陈辞，言与行合，诚可循迹。情貌相副，内外若一，此不变易也。"

故相臣莫若君兮，所以证之不远。

故　连词。表示因果，相当于因此。

相臣　相（xiàng），省视，考察。《说文》："相，省视也。"相臣，省视臣子的忠奸贤愚。

莫若　莫如，比不上。

君　国君。

所以　所用以，用来。

证　证验。

不远　指证验就在眼前、身边。王逸《楚辞章句》："言君相臣动作应对，察言观行，则知其善恶所证验之迹，近取诸身而不远也。"

吾谊先君而后身兮，羌众人之所仇。

谊　同"義（义）"。道义。洪兴祖《楚辞补注》："谊，与义同。"

先君而后身　君，指国君、国家。身，指自身、自己。先君而后身，就是公而忘私，国而忘身。王逸《楚辞章句》："言我所以修执忠信仁义者，诚欲先安君父，然后乃及于身也。"洪兴祖补注："人臣之义，当先君而后己。"

羌　发语词，无义。

众人　大家，指群小。与上文"离群"之"群"、下文之"众兆"义同。

仇　仇怨。王逸《楚辞章句》："言在位之臣，营私为家，己独先君后身，其义相反，故为众人所仇怨。"

专惟君而无他兮，又众兆之所雠。

专　专一，一心一意。王夫之《楚辞通释》："专，壹也。"

惟　一本作"为"，一本作"思"。

无他　没有他念。

众兆　众，众人。兆，百万为兆。众兆，众人，极言其多。兆，一作"人"。

雠　同"仇"。仇怨。

壹心而不豫兮，羌不可保也。

壹心　一心一意。

不豫　不犹豫，指毫不犹豫地专为国家、君主着想。

羌　楚语发语词，有"乃"义。

保　保全。不可保，不能自保。

疾亲君而无他兮，有招祸之道也。

疾　急切；尽力。

亲君　亲近热爱君王，努力为国家君王谋虑。

有　又。

道　道理；途径。有缘故、缘由义。王逸《楚辞章句》："招，召也，言己疾恶谗佞，欲亲近君侧，众人悉欲来害己，有招祸之道，将遇咎也。"

思君其莫我忠兮，忽忘身之贱贫。

思君　惦念记挂着国君。指为国君着想。

其　代词。虚指，无义。

莫我忠　没有人比我更忠诚。忠，一作知。莫我知，即莫知我，亦通。

忽忘　忽然忘了。指忽然忘了自己现在的身份、处境。

身之贱贫　贱贫，身份低贱，生活贫困。身之贱贫，指被疏以后没有了地位，生活也陷于贫困。王逸《楚辞章句》："言己忧国念君，忽忘身之贱贫，犹愿自竭。"

事君而不贰兮，迷不知宠之门。

贰　二。

迷　迷惑。

宠之门　得宠的门路。王逸《楚辞章句》："言己事君，竭尽信诚，无有二心，而不见用，意中迷惑，不知得遇宠之门户，当何由之也。"

患何罪以遇罚兮，亦非余心之所志。

罚　惩罚；治罪。指失去职位，被疏远。亦即上文"忽忘身之贱贫"之贱贫。

志　意愿；意料。王逸《楚辞章句》："言己履行忠直，无有罪过，而遇放逐，亦非我本心宿志所望于君也。"按王说，本篇作于放逐时。

行不群以巅越兮，又众兆之所咍。

行不群　行为与群异，不合俗流。

巅越　巅，同"颠"。颠仆，倒仆。越，坠落。王逸《楚辞章句》"巅，殒。越，坠。"巅越，殒落，坠落，即跌倒。

咍（hāi）　讥笑。王逸《楚辞章句》："咍，笑也。楚人谓相啁（tiáo）笑曰咍。言己行度不合于俗，身以巅堕，又为人之所笑也。"

纷逢尤以离谤兮，謇不可释也。

纷　纷纷；乱貌。洪兴祖《楚辞补注》："纷，众貌。言尤谤之多也。"

逢尤　逢，遭。尤，过。逢尤，遭到指责。

离谤　遭到诽谤。与"逢尤"同义。

謇（jiǎn）　语助，无义。

释　排解。王逸《楚辞章句》："謇，辞也。释，解也。言己逢遇乱君，而被罪过，终不可复解释而说也。"

情沈抑而不达兮，又蔽而莫之白。

沈抑　沉闷而压抑。王逸《楚辞章句》："沈，没也。抑，按也。"

不达　达，上达。不达，不能上达，即不能"上达天听"。

蔽　蒙蔽；掩盖。指楚王左右的壅蔽。

白　表白。莫之白，不能表白。王逸《楚辞章句》："言己怀忠贞之情，沈没胸臆，不得白达，左右壅蔽，无肯白达己心也。"洪兴祖补注："情沈抑而不达，人君不知其用心也。又，蔽而莫之白，群臣莫肯明己所存也。"

心郁邑余侘傺兮，又莫察余之中情。

郁邑　邑，通"悒"。忧郁貌。郁邑，忧郁，愁闷。与《悲回风》"伤太息之愍怜兮，气於邑而不可止"之"於邑"同。王逸《楚辞章句》："郁邑，愁貌也。"汪瑗《楚辞集解》："郁邑，愁苦不伸貌。"

侘傺（chà chì）　怅惘失意貌。王逸《楚辞章句》："侘，犹堂堂立貌也。傺，住也。楚人谓失意怅然住立为侘傺也。"汪瑗《楚辞集解》："侘傺，彷徨失志貌。"

察　体察。

中情　衷情，内心的思想感情。

固烦言不可结诒兮，愿陈志而无路。

固　本来。

烦言　烦乱之言。朱熹《楚辞集注》："烦言，烦乱之言。"

结诒　结，义同缄。诒，以言语相赠。结诒，将言语写于书札相赠。

愿　希望。

陈志　陈述内心的想法、愿望。

无路　没有途径、门路。按：朱熹《楚辞集注》以为上文"中情"应改为"善恶"，可与"无路"叶韵，郭沫若《屈原赋研究》以为"路"可改为"径"，中情可保留。郭说可参。

退静默而莫余知兮，进呼号又莫吾闻。

退　退避。

静默　指静默不语，不作申诉。

莫余知　不知我的冤屈。

进　进前，指面对国君。

呼号　大声呼喊哭叫，倾诉冤情，表白忠心。

莫吾闻　不听我的呼号。

申侘傺之烦惑兮，中闷瞀之忳忳。

申侘傺　申，一次又一次。侘傺，失意。申侘傺，一次又一次失意。王逸《楚辞章句》："申，重也。"

烦惑　烦闷，困惑。

中　一本作"心"。心，心中。

闷瞀（- mào）　郁闷烦乱。王逸《楚辞章句》："闷，烦也。瞀，乱也。"

忳忳（tún tún）　烦闷忧伤貌。

昔余梦登天兮，魂中道而无杭。

中道　中途，半路。

无杭　没有航渡。王逸《楚辞章句》："杭，度也。"洪兴祖补注："杭与航同。"按：杭字多歧说，或释为航，或释为阶。闻一多《楚辞校补》则以"无杭"为"茫沆"，为魂之貌。

吾使厉神占之兮，曰："有志极而无旁。"

厉神　主杀罚的大神，大神之巫。

占　占卜。

有志极　极，至。志极，志向。有达到目的，为国尽忠的志向。王夫之《楚辞通释》："志极，谓志所至也。"

无旁　没有帮助。王逸《楚辞章句》："旁，辅也。"言厉神为屈原占之曰："人梦登天无以渡，犹欲事君而无其路也。但有劳极心志，终无辅佐。"

"终危独以离异兮？"曰："君可思而不可恃。"

终　终究，终归。

危独　危险而孤独。

离异　指与楚王分离。此句为屈原向厉神发问。王逸以为"与众人异行。"王夫之《楚辞通释》从其说，曰："离异，与佞媚者异也。"

曰　说，指厉神回答，即对占词的说明。

君　国君，指楚王。

思　思念。

恃　依靠。王逸《楚辞章句》："恃，怙也。言君诚可思念，为竭忠谋，顾不可怙恃。"朱熹《楚辞集注》："君可思者，臣子之义也。不可恃者，其明暗贤否，所遇有不同也。"

故众口其铄金兮，初若是而逢殆。

众口铄金　众口，众人的言论。此处指众人的诽谤、谗言。铄（shuò）金，使金属熔化。众人的诽谤、谗言足以混淆是非，冤枉好人。王逸《楚辞章句》："铄，销也。言众口所论，万人所言，金性坚刚，尚为销铄，以喻谗言多，使君乱惑也。"洪兴祖补注引邹阳曰："众口铄金，积毁销骨。"

初若是　初，当初，一开始。若，如。是，这样。若是，如此。初若是，当初就是这样。

逢殆　逢，遭逢。殆，危险。遭到危害、危险。王逸《楚辞章句》：
"殆，危也。言己志行忠信正直，性若金石，故为谗人所危殆。"

惩于羹者而吹齑兮，何不变此志也？

惩羹吹齑　惩，惩戒，因某种教训而戒备。羹（gēng），肉末菜末等煮
成的浓汤。齑（jī）一作虀，切细或捣碎的姜、蒜、韭菜等凉菜。被滚热的羹
汤烫过，心存戒备，连吃冷菜都要先用嘴吹吹。比喻心有余悸，极其小心。

此志　这种志节。指屈原所一贯秉持的忠贞志节。

欲释阶而登天兮，犹有曩之态也。

释阶而登天　释，舍弃，弃置。阶，阶梯。登天，登上天空。释阶而
登天，舍弃阶梯而想登上天空。比喻不可能。王逸《楚辞章句》："人欲
上天，而释其阶，知其无由登也。"

曩之态　曩，往昔，以往。曩之态，往昔忠言直谏而不随同俗流的态度。

众骇遽以离心兮，又何以为此伴也？

众　众人，指群小。

骇遽　惊骇惶恐。洪兴祖《楚辞补注》："言众人见己所为如此，皆
惊骇遑遽，离心而异志也。"

伴　伴侣，伙伴。王逸《楚辞章句》："伴，侣也。"

同极而异路兮，又何以为此援也？

同极异路　同极，极，至。同极，目的相同，同为事君，也可说同为
人臣。异路，所走的道路相异，忠奸不同。同极异路，同为事君，而走着
不同的道路。王逸《楚辞章句》："言众人同欲极至事君，顾忠佞之行，
异道而殊趋也。"

援　援引，救助。王逸《楚辞章句》："援，引也。言忠佞之志，不
相援引而同也。"

晋申生之孝子兮，父信谗而不好。

申生　春秋时晋献公太子，是一位孝子。

不好　指献公对申生不好，听信谗言将太子逼死。

行婞直而不豫兮，鲧功用而不就。"

婞直（xìng -）　婞，《说文》："婞，很也。"段玉裁注："很者，不听从也。"婞直，倔强，刚直。

豫　犹疑，犹豫。

鲧　传说中禹的父亲，尧臣，因治水不成，被舜杀于羽山。

功用　功绩，指治水的功绩。

不就　不成功，没成就。厉神以为鲧之功用不就是因婞直不豫造成的。从上文"曰"字后至此，皆为厉神申说占梦之词，与《离骚》女媭劝诫屈原大意略同。

吾闻作忠以造怨兮，忽谓之过言。

闻　听说。

作忠　做忠于君国的事。

造怨　造成仇怨。

忽　忽略。

谓之　以为是。

过言　言过其实，夸大之言，即过分的言论。

九折臂而成医兮，吾今而知其信然。

九折臂而成医　九，言次数之多。臂，臂膀，胳膊。多次折断臂膀，就会成为治疗骨折的医生。比喻经过多次挫折失败，就会吸取经验教训，能更好地处理事情。

知其信然　其，指这句成语。信然，确实是这样。知其信然，知道这话确实如此。

矰弋机而在上兮，罻罗张而在下。

矰弋（zēng yì）　矰和弋都是系有丝绳用以射鸟的短箭。洪兴祖《楚辞补注》引《淮南》注云："矰弋，射鸟短矢也。"

机　捕鸟的器具。此处指射鸟的短箭都已装上了机关，随时可以发动、射出。洪兴祖《楚辞补注》引《淮南》注云："机，发也。"朱季海《楚辞解故》："《说文·木部》：'主发谓之机'，楚言以机发矢，亦谓之机。"

罻罗（wèi -）　捕鸟网。王逸《楚辞章句》："罻罗，捕鸟网也。言上有罥（juàn）缴（zhuó）弋射之机，下有张施罻罗之网，飞鸟走兽，动而遇害。喻君法繁多，百姓动触刑罚也。"

设张辟以娱君兮，愿侧身而无所。

设　设置。

张辟　张即弧张，捕禽兽的笼子。辟，疑通"繴"。即网辟，捕鸟的工具。张辟，捕鸟兽的工具。设张辟，义即设置圈套、陷阱。说详王念孙《读书杂志馀编下》。

娱君　取悦于君，亦即玩弄君主。

愿　希望。

侧身　转身躲避。汪瑗《楚辞集解》："娱，乐也。侧身，斜避也。屈子言上有矰弋之机，下有罻罗之张，使飞鸟走兽动无所逃，以喻谗贼之人，阴设机械，巧张密布，中伤良善，以乐君心，使己危殆不安，欲侧身以避之，而无其所也。"按：王夫之《楚辞通释》："乘间而进拯君之危也。"亦通。

无所　指没有容身的处所。

欲儃佪以干傺兮，恐重患而离忧。

儃佪（chán huái）　低佪；逗留，徘徊。王逸：《楚辞章句》："儃个，犹低个也。"王夫之《楚辞通释》："僵个，不行貌。"

干儌　干，寻求。儌，通"際（际）"。机遇，机会。

重患　再次遭到祸患。

离忧　离，罹，遭。离忧，遭忧。

欲高飞而远集兮，君冈谓汝何之？

高飞远集　鸟栖止于树曰集。高高地飞走，在远方栖身。亦即远走高飞之意。蒋骥《山带阁注楚辞》："远集，谓远逝他国也。"

冈　诬冈，有指责义。

汝　你，即楚王谓屈原。

何之　之，往。往何处去。王逸《楚辞章句》："言己欲远集他国，君又诬冈我，言汝远去何之乎？"

欲横奔而失路兮，坚志而不忍。

横奔而失路　横奔，横行，乱跑。失路，失道。横行乱跑而迷失道路和方向。喻指放弃正道。

坚志而不忍　意志坚定而不忍心变节从俗。王逸《楚辞章句》："言己欲变节易操，横行失道，而从佞伪，心坚于石，而不忍为也。"

背膺牉以交痛兮，心郁结而纡轸。

背膺　背和胸。

牉（pàn）　分裂。王逸《楚辞章句》："牉，分也。"

交痛　指背和胸交相疼痛。

郁结　思虑忧郁纠结不解。

纡轸（yū zhěn）　委屈而隐痛。王逸《楚辞章句》："纡，曲也。轸，隐也。言己不忍变心易行，则忧思郁结，胸背分裂，心中交引而隐痛也。"洪兴祖补注："纡，萦也。轸，痛也。"

擣木兰以矫蕙兮，繫申椒以为粮。

榜擣　一本作擣（梼）。同"搗（捣）"。舂捣（米粮等，使碎），

蒋骥《山带阁注楚辞》："擣，舂也。"

木兰　香木名。

矫　揉。王逸《楚辞章句》："矫，犹糅也。"

蕙　香草名。

繫（zuò）　舂。

申椒　香椒名。

　　按：此二句之意，王逸《楚辞章句》曰："言己虽被放逐，而弃

居于山泽，犹重繫兰蕙，和揉众芳以为粮。饮食有节，修善不倦也。"

按王说，本篇作于放逐之后，而细审文意，似当写于被疏之时。

播江离与滋菊兮，愿春日以为糗芳。

播　播种。王逸《楚辞章句》："播，种也。"

江离　亦作江蓠，香草名。又名芎藭、蘼芜。

滋　培植。王逸《楚辞章句》："滋，莳也。"

愿　但愿，希望。

春日　指来年春天时节。

糗（qiǔ）　干饭屑。洪兴祖《楚辞补注》："糗，干饭屑也。"

芳　香料。

　　按：此二句，王逸《楚辞章句》云："言己乃种江离，莳香菊，

采之为粮，以供春日之食也。"朱熹《楚辞集注》："春日新蔬未可食，

即且以此为糗，而又不忘其芳香，言不变其素守也。"

恐情质之不信兮，故重著以自明。

恐　恐怕。

情质　情，情志，内心的思想感情。质，本质，实质。情质，情实。王逸《楚辞章句》："情，志也。质，性也。"

不信　不被相信。

重著　重，重复，再次。著，义与明同。重著，一再申说。

自明　自我表白申明。王逸《楚辞章句》："言我修善不懈，恐君不深照己之情，故复重深陈饮食清洁，以自著明也。"蒋骥《山带阁注楚辞》："恐君终不信我之忠，故前诵言虽不见察，而复著此篇，以自抒其情也。"

矫兹媚以私处兮，愿曾思而远身。

矫　一本作"撟（挢）"。举，有持守义。王逸《楚辞章句》："矫，举也。"

兹媚　兹，此。媚，美好。蒋骥《山带阁注楚辞》："媚，爱也。谓所爱之道也。"兹媚，如此这般的美德。

私处　自处，指隐居他处，有独善其身义。

愿　宁愿。

曾思　高飞。王逸《楚辞章句》："曾，重也。言己举此众善，可以事君，则愿私居远处，惟重思而察之。"洪兴祖补注："曾，音增。"闻一多《楚辞校补》："'曾思而远身'义不可通。疑思当为逝，声之误也。《淮南子·览冥篇》曰'遝（tà）至其曾逝万仞之上，'（高注'曾犹高也，逝犹飞也。'）本书《九思·悼乱》曰'玄鹤兮高飞，曾逝兮青冥'或曰增逝……此云'愿曾逝而远身'……犹上文云'欲高飞而远集'也。"闻说可从。

远身　远离其身而自适，有躲开义。

《惜诵》今译

（阅读顺序先上下、后左右）

我痛切陈词以表达不幸，
抒发悲愤，表白苦情。
我的所说若非忠心耿耿，
那么，请苍天来做证明。

叫五帝公平地审判吧，
祷告六神看我有没有罪行。
使山川来做陪审吧，
是非曲直让咎繇来听听。

我竭尽忠诚侍奉君主，
反而被小人们排挤，看成是赘瘤。
我不愿轻佻地谄媚而违背了众人，
这只有等待明君才知晓其中的缘由。

我的言论和行为都可以检验，
我的内心和外表也不会改变。
了解臣子的忠奸莫过于君主，
可用来验证的事实就在眼前。

我本着先君而后身的精神，
就这样而被小人们仇恨。
我只为国君着想而无他念，
这又为众人所不能容忍。

我心地专一，毫不犹豫，

这样竟保全不了自己。
我努力亲近君王而无他心，
哪想到这又是招致祸患的道理。

为君王着想谁有我忠诚，
有时我会忘了自身的贱贫。
我侍奉君王是专心无贰，
不知道怎样争得宠幸。

忠心何罪而要遭到处罚？
这并非我所能意料；
我的行为不肯随俗而终于跌跤，
又被那些小人们讥笑。

唉！一个又一个的诽谤向我袭来，
巧辩的言辞使我无法脱开。
沉痛的感情压抑着而不能吐露，
人们蒙蔽了视听，使我无法表白。

心灵呵是这样失意苦闷，
又有谁能体察我的内心。
本来我有很多话而不能写于书简，
希望陈述我的志向却没有途径。

退而静默吧，没有人了解我的冤屈，
进而呼号吧，又怕君王充耳不闻。

唉！一次又一次的烦闷迷惑呵，
我这颗迷茫苦痛的心！
往昔我曾经梦游登天，
魂魄在半道找不到船儿摆渡。
我请厉神为我占卜，
他说："你有志向而无人帮助。"

我问："难道我就这样危险孤独与
楚王分离？"
他说："君王可以思念而不可相依。
众人的谗言甚至可以熔化金子，
所以一开始你就这样遭到了危机。

提防羹汤的人见了冷菜末也要吹一吹，
你何不改变这种心志？
想要登天而丢弃梯子，
你还是往昔那种脾气。

大家都心怀恐惧而不与你同心，
你又怎能把他们作为伴侣？
你们一同事君却走着不同的道路，
又怎能得到这种人的支持？

晋申是一位孝子，
他的父亲听信了谗言把他逼死。
行性憨直而不犹豫，
鲧因而不能成就治水的功绩。"

听说做事忠诚会造成怨恨，

我忽略了这一点还以为是说得过分。
人们说九折臂而成为了良医，
这个道理我如今才完全相信。

射鸟的短箭放置在机关之上，
捕鸟的网儿也已设张。
小人们张设罗网来捉弄君主，
想侧身躲避也没有地方。

想逗留在这儿做一番等候，
又怕更加不幸，遭到更多烦忧；
想高高飞去，在远方止息，
又怕君王责问，为什么要高飞远走？

想横奔乱跑而放弃正道，
可是我志向坚定而于心不忍。
我的背和胸像分裂一样痛呵，
心郁结像抽掣一样地疼。

捣烂了木兰，揉碎了蕙草，
又舂细了备作粮食的申椒。
播种了江蓠，培植了菊花，
想把它们作为来春的干粮和香料。

我怕我的真情不被相信，
所以一再申述以作自明。
我将保持这内美而独居他处，
宁愿高飞而逝，远离其身。

二、《涉江》注释

【释题】 涉，渡，济。涉江，济渡江湘。本篇所写，乃放流渡江南下，浮沅水西上，独处深山的情景，是屈原第二次流放之初所作，从首句"余幼好此奇服兮，年既老而不衰"可证。胡文英《屈骚指掌》曰："《涉江篇》，由今湖北至湖南途中所作，若后人述征纪行之作也。"是也。

确切的写作年代尚不可确定，明清诸家，现代学者，各异其说，或以为写在《哀郢》之前，或以为作于《哀郢》之后。《哀郢》大约是顷襄王二十一年秦将白起破郢时所作，而之前又有顷襄王二年、七年、九年诸说，又有作于怀王时说者，不一而足。

郭沫若以为《涉江》之作，与《离骚》相去不远，在《哀郢》之前。就诗文本身观之，"世溷浊而莫余知兮，吾方高驰而不顾""苟余心之端直兮，虽僻远其何伤""吾不能变心以从俗兮，固将愁苦而终穷""余将董道而不豫兮，固将重昏而终身"诸句，全合再放之初辩白述志口吻，且最后一句也只是"忽乎吾将行兮"，与《哀郢》之末"鸟飞反故乡兮，狐死必首丘"绝不相同，郭说可从。

【原文及注释】

余幼好此奇服兮，年既老而不衰。

奇服　奇异的服饰，即下文所说的修饰、佩带，亦即《离骚》所说"纷吾既有此内美兮，又重之以修能"。王逸《楚辞章句》："奇，异也。或曰：奇服，好服也。"胡文英《屈骚指掌》："以奇服喻懿行。服，被（披）服，犹云佩也，包下冠剑杂佩诸物而言。"

年既老　年岁已老。按：此诗作于再放江南之时，在《哀郢》之前，故曰年既老。

不衰　不曾衰退、衰减。王逸《楚辞章句》："衰，懈也。"胡文英《屈骚指掌》："不衰，指所好而言。"

带长铗之陆离兮，冠切云之崔嵬，被明月兮珮宝璐。

长铗　铗，剑把，代指剑。长铗，长剑剑名。王逸《楚辞章句》："长铗，剑名也。其所握长剑，楚人名曰长铗也。"

陆离　长貌。王念孙《读书杂志馀编下》曰："陆离有二义，一为参差貌，一为长貌。""带长铗之陆离兮，冠切云之崔嵬"与《离骚》"高余冠之岌岌兮，长余佩之陆离"义同。一说光辉貌。汪瑗《楚辞集解》："陆离，光辉貌。"王夫之《楚辞通释》："陆离，剑光。"

冠　帽子。此处用作动词，即戴帽子。

切云　冠名。《文选》五臣注："切云，冠名。"朱熹《楚辞集注》："切云，当时高冠之名。"蒋骥《山带阁注楚辞》："切云，高冠之名。"胡文英《屈骚指掌》："切云，绣云于冠也。"按：王逸《楚辞章句》："戴崔嵬之冠，其高切青云也。"审上下文意，长铗为长剑名，切云为高冠名，正相应，视王说，五臣注并朱说为长。

崔嵬　高耸貌。

被　披；披挂。

明月　珍珠名，即夜明珠。洪兴祖《楚辞补注》："《淮南》曰：明月之珠，不能无颣（lèi，疵点）。注云：夜光之珠，有似月光，故曰明月。"

珮　同"佩"。佩戴。

宝璐　璐，美玉名。宝璐，美玉。

按：此处或有错乱颠倒。刘永济《屈赋音注详解》将"被明月兮佩宝璐"置于"吾与重华游兮瑶之圃"后，为"被明月兮佩宝璐，登昆仑兮食玉英"。闻一多《楚辞校补》：以为"被明月兮佩宝璐"后和"吾与重华游兮瑶之圃"后各脱一句，且全段应移于《惜诵》篇末，论述甚详，可资参考。姜亮夫亦疑在"与日月兮齐光""歘秋冬之绪风"后皆有错简。又按：此节虽为三句，而长剑、高冠、明月、宝璐，皆为奇服的体现，文意连续，似无调整的必要。

世溷浊而莫余知兮，吾方高驰而不顾。

世　世道。

溷浊（hùn -）　即混浊。混乱而污浊。王逸《楚辞章句》："溷，乱也。浊，贪也。"

莫余知　莫知余，即不了解我的忠贞与贤能。

方　将；且。

高驰而不顾　高高地奔驰而不顾世俗的诬陷和排斥。王逸《楚辞章句》："言时世贪乱，遭君蔽暗，无有知我之贤，然犹高行抗志，终不回曲也。"胡文英《屈骚指掌》："我岂以世俗不知而易其操，亦各行其是而已。"

驾青虬兮骖白螭，吾与重华游兮瑶之圃。

青虬　虬（qiú），有角龙。青虬，有角的青龙。

骖（cān）　在左右外侧驾车的两马。用作动词。

白螭　螭（chī）无角龙。白螭，无角的白龙。

重华　舜的别号。

瑶之圃　瑶，瑶玉，此处指玉树。圃，园圃。瑶之圃，长着玉树的园圃。为古代神话传说中昆仑山上的仙境。

登昆仑兮食玉英，与天地兮同寿，与日月兮同光。

昆仑　亦作崑崙、崐崘。昆仑山，在新疆、西藏之间，山势极高峻，古代神话传为神仙居处，上有瑶池、阆苑、增城、玄圃等仙境。

食玉英　以玉英为食。玉英，玉树之花。

与天地兮同寿，与日月兮同光　一本作同寿齐光，一本作比寿齐光。同、比、齐义并相同、相近。朱熹《楚辞集注》用比寿齐光，戴震《屈原赋注》用同寿齐光，郭沫若《屈原赋今译》为比寿同光。刘永济《屈赋通笺》曰："同、比、齐义并相类，但二句复用一字，不如参互用之为长，今从朱本。"诸说并可。

哀南夷之莫吾知兮，且余济乎江湘。

哀　哀叹。

南夷　《国语》云，楚为荆蛮。南夷，即南人、南蛮，指湖南辰阳、
溆浦以西一带的异族。王夫之《楚辞通释》："南夷，武陵西南蛮夷，今
辰沅苗种也。"一说指楚国统治集团。朱熹《楚辞集注》："南夷，谓楚
国也。"陆侃如等《楚辞选》高亨注："南夷，与南人同意，指楚国的统
治集团。"按：莫吾知两出，此为"哀南夷之莫吾知"，上为"世溷浊而
莫余知"，二句有别，世溷浊指楚国朝廷和世道，莫余知是不知余对楚国
的忠诚和情志的高洁。而此南夷之莫吾知是指南蛮之地僻远，人们全然不
知吾是何人。视二说，王说为长。

旦　早晨。

济　渡水，过河。

江湘　长江和湘水。蒋骥《山带阁注楚辞》："济江湘者，原自陵阳
至辰溆，必济大江而历洞庭也。按湘水为洞庭正流，故《水经》以洞庭为
湘水。济洞庭，即济湘也。"戴震《屈原赋注》："济江而南往斥逐之所，
盖顷襄复迁之江南时也。湘水自洞庭入江，故洞庭之下，得兼江湘之目矣。"

乘鄂渚而反顾兮，欸秋冬之绪风。

乘　登上。王逸《楚辞章句》："乘，登也。"

鄂渚　地名。今湖北武昌。蒋骥《山带阁注楚辞》："鄂渚，今武昌府。
济江而西，道经武昌，其自陵阳可知。"戴震《屈原赋注》："言于鄂渚
登岸，循江岸行，以至洞庭也。"

反顾　回头望。

欸（āi）　叹息。王逸《楚辞章句》："欸，叹也。"

秋冬之绪风　绪有连续义，绪风疑当释为连续不断的风。秋冬风多且
寒，秋冬之绪风，即秋冬连续不断的寒风。胡文英《屈骚指掌》："绪风，
绩续之风也。"是也。王逸《楚辞章句》："绪，馀也。"旧注多从之。
陆侃如等《楚辞选》高亨注："绪风，大风。旧说'绪，馀也'，亦可通。"

步余马兮山皋，邸余车兮方林。

步　步行，慢走。

山皋　皋，水边高地。河岸、水边均称皋，如《离骚》"步余马于兰皋兮"，《九歌·湘夫人》"朝驰余马兮江皋"。山皋即山边、山冈。

邸（dǐ）　邸与抵通，有至、达、停住义。

方林　地名，不详。王逸《楚辞章句》："方林，地名。"王夫之《楚辞通释》："方林，方丘树林。"胡文英《屈骚指掌》："方林，即今岳州府方台山也。"胡说可参。

乘舲船余上沅兮，齐吴榜以击汰。

舲船　有屋有窗的小船。《玉篇》："舲，小船屋也。"《集韵·青韵》："舲，舟也。"

沅　沅水，沅江，在湖南。

齐　一齐，齐同，并举。朱熹《楚辞集注》："齐，同时并举也。"蒋骥《山带阁注楚辞》："齐，并举也。"

吴榜　拨船的桨。王逸《楚辞章句》："吴榜，船櫂也。"朱熹《楚辞集注》："吴，谓吴国。榜，櫂也。盖效吴人所为之棹，如云越舲蜀艇也。"蒋骥《山带阁注楚辞》："榜，櫂也。吴人善为櫂，故以为名。"按：吴榜多歧说，或释吴为大，吴榜即大櫂，大桨。或以吴为艎的借字，义为船，吴榜，即船楫、船桨。而王夫之《楚辞通释》则曰："言吴榜者未详。"

汰　水波。王逸《楚辞章句》："汰，水波也。言己始去乘艬舲之船，西上沅湘之水，士卒齐举大櫂而击水波，自伤去朝堂之上，而入湖泽之中也。"

船容与而不进兮，淹回水而疑滞。

容与　随水波起伏漂荡貌。王夫之《楚辞通释》："容与，不进。"

淹　停留。《文选》五臣注："淹，留也。"

回水　回旋的水，逆流。王夫之《楚辞通释》："回水，矶上逆流。"

疑滞　同"凝滞"。停滞不前。指船不能行进，困于回水。闻一多《楚辞校补》："疑与凝通，《书钞》一三七，《御览》七七〇，《文选·江文通〈别赋〉》注引并作凝。朱本，朱燮元本，大小雅堂本并同。"朱熹《楚辞集注》："船不进而凝滞，留落之意，亦恋故都也。"

朝发枉陼兮，夕宿辰阳。

枉陼　陼（zhǔ），同"渚"。枉陼，地名，在湖南辰阳东，沅水流经其地。

辰阳　地名，在湖南沅水上游。

苟余心其端直兮，虽僻远之何伤！

苟　如果；只要。

端直　正直。

虽　虽然；纵使。"苟……虽……"为固定结构，前一分句表示假设性的条件，后一分句表示可能产生的结果。

僻远　偏僻遥远。

何伤　何妨。

入溆浦余僭佪兮，迷不知吾所如。

溆浦　地名，在湖南溆浦县溆水之滨。

僭佪（chán huái）　一作邅迴。徘徊。

迷　迷惑，迷惘。

如　往。

深林杳以冥冥兮，乃猨狖之所居。

杳（yǎo）　幽深阴暗。

冥冥　十分昏暗、阴暗貌。

猨狖　猨同"猿"。狖（yòu），黑色长尾猿。猨狖，泛指猿猴。详《九歌·山鬼》"猨啾啾兮又夜鸣"注。

山峻高以蔽日兮，下幽晦以多雨。

峻高　高而陡峭为峻。峻高，高而陡峭险峻。

蔽日　遮蔽太阳。

幽晦　幽暗，晦暗。

以　而。

霰雪纷其无垠兮，云霏霏而承宇。

霰雪　霰（xiàn），雪珠，雪籽，形如米粒。霰雪，雪珠和雪花。

无垠　垠（yín），边际。无垠，无边无际。汪瑗《楚辞集解》："无垠，言霰雪之漫漫无涯也。"

霏霏　云雾雨雪浓密盛多貌。

承宇　宇，屋宇，屋檐。承宇，承接着屋檐。形容云层浓而低。汪瑗《楚辞集解》云："宇，屋檐也。盖山高则宇高，故云气反在下而承之也。"又曰："云日，言山上之峻高。雨雪，言山下之幽晦。林木猨狄，又言山中之深隩也。其无乐可知矣，其幽独可知矣，其愁苦可知矣。屈子宁甘于终穷，而终不能变心以从俗者，其志又可知矣。岂以寂寞而悲怨乎哉？读者以意逆志可也。"王夫之《楚辞通释》云："沅西之地，与黔粤相接，山高林深，四时多雨，云岚垂地，簷宇若出其上。江北之人，习居旷敞之野，初至于此，风景幽惨，不能无感。被谗失志之迁客，其何堪此乎！"

哀吾生之无乐兮，幽独处乎山中。

哀吾生　哀叹自己信而见疑，忠而被谤，屡遭疏远流放的一生。

无乐　没有欢乐。

幽　幽寂。

独处　独自居住。指远离国都、朝廷，流放湘沅山中。

吾不能变心而从俗兮，固将愁苦而终穷。

变心从俗　改变高洁忠贞的情志而随同俗流。王逸《楚辞章句》："终不移志，随枉曲也。"

固　连词，相当于因此，所以。

终穷　穷困至终了。

接舆髡首兮，桑扈嬴行。

接舆髡首　接舆，春秋时楚贤人、狂士，与孔子同时。《论语·微子》曾载："楚狂接舆歌而过孔子曰：'凤兮凤兮，何德之衰？往者不可谏，来者犹可追。'"髡（kūn）首，剃去头发。古人不剃发，此为刑罚的一种。按：《论语》所记隐士，皆以其事名之。曹之升《四书摭馀说》云："门者谓之'晨门'，杖者谓之'丈人'，津者谓之'沮''溺'，接孔子之舆者谓之'接舆'，非名亦非字也。"一说接舆髡首是自剃其发，以表示对现实的不满。

桑扈嬴行　桑扈，春秋时贤人、隐士，疑即《论语》所说子桑柏子，《庄子》所说子桑户。称伯子，则可能是卿大夫。《说苑》说他"不衣冠而处"，与"嬴行"正合。嬴行，即裸行，裸体而行。何以裸行？是因为对世俗的抗议，还是因为贫穷，尚不可考。审上下文意，似当属前种情况。

忠不必用兮，贤不必以。

忠　忠贞。

不必　不一定，不。

用　任用，重用。

贤　有才能；贤能。

以　用。王逸《楚辞章句》："以，亦用也。"

伍子逢殃兮，比干菹醢。

伍子逢殃　伍子，即伍员（yún），号子胥，吴国贤臣，因谏吴王夫差遭谗，被逼自杀。逢殃，遭殃。伍子胥因忠言直谏而遭到祸殃。王逸《楚辞章句》："伍子，伍子胥也。为吴王夫差臣，谏令伐越，夫差不听，遂赐剑而自杀。后越竟伐吴，故言逢殃。"洪兴祖补注引《史记》曰："越王勾践率其众以朝吴，吴王喜。惟子胥惧曰：是弃吴也。谏不听，赐子胥属镂之剑以死。将死，曰：抉吾眼，置吴东门之上，以观越之灭吴也。"

比干菹醢　比干，殷纣王的贤臣，一说纣王的叔伯父或庶兄。菹醢（zū hǎi），古代把人剁成肉酱的刑罚。比干因忠言直谏被殷纣王剁成了肉酱。王逸《楚辞章句》："比干，纣之诸父也。纣惑妲己，作糟丘酒池，长夜之饮，断斩朝涉（朝涉，早晨涉水者），刳剔孕妇。比干正谏，纣怒曰：吾闻圣人心有七孔。于是乃杀比干，剖其心而观之，故言菹醢也。"此与《离骚》"后辛之菹醢兮，殷宗用而不长"义同。

与前世而皆然兮，吾又何怨乎今之人！

与　　数。王夫之《楚辞通释》："与，数也。历数前世之贤而不用者。"

前世　　前代。

皆然　　都是这样。指自古有迷乱之君，若纣、夫差，不用忠信而灭国亡身。

今之人　　现今的人们。指楚王和在朝之人。前世皆然，何必抱怨今天的人们，系自我抑制、宽慰之词。

余将董道而不豫兮，固将重昏而终身！

董道而不豫　　董道，正道，持守正道。不豫，不犹豫。王逸《楚辞章句》："董，正也。豫，犹豫也。言己虽见先贤执忠被害，犹正身直行，不犹豫而狐疑也。"或释豫为厌（厌倦），或释为逾（变），并可通。汪瑗《楚辞集解》云："董，督也。道，谓前途之道路也。不豫，不犹豫而狐疑也……董道不豫，谓自湘而鄂，自鄂而沅，自沅而辰阳，决于隐去也。"其说可参。

重昏而终身　　重昏，重读 chóng。昏，指幽暗的境地。重昏，一次又一次地处在幽暗的境地。终身，终其一生。王夫之《楚辞通释》："重昏，幽闭于南夷荒远之中也。"重昏而终身，一再地处在幽暗的荒远之地而终其一生。

乱曰：鸾鸟凤皇，日以远兮。

乱　乱为乐之结，即尾声。详《离骚》"乱"字注。

鸾鸟凤皇　鸾鸟、凤凰同类，皆为古代神话传说中的祥瑞之鸟，神鸟。在《楚辞》中喻指贤士。

日以远　一天天疏隔、远离。指忠贞贤能的人被排挤，远离朝廷。王夫之《楚辞通释》："言君侧之无贤人。"

燕雀乌鹊，巢堂坛兮。

燕雀乌鹊　皆凡鸟。喻指奸邪小人。

巢堂坛　巢，筑巢。堂，殿堂。坛，土筑的高台。堂坛，借指朝廷。巢堂坛，在殿堂高坛上筑巢。喻指奸邪小人占据了朝廷。王夫之《楚辞通释》："疾小人之乘权误国。"

露申辛夷，死林薄兮。

露申　小灌木名，花香。又名瑞香，一说即申椒。蒋骥《山带阁注楚辞》："露申，未详。或曰，即瑞香花。"陆侃如等《楚辞选》高亨注："露申，小灌木名，花很香，又名瑞香。"

辛夷　香木木兰的别名，又呼为玉兰。《九歌·湘夫人》："辛夷楣兮药房。"洪兴祖《楚辞补注》："《本草》云：辛夷，树大连合抱，高数仞。此花初发如笔，北人呼为木笔。其花最早，南人呼为迎春。"

林薄　树林草丛。王逸《楚辞章句》："丛木曰林，草木交错曰薄。""犹言取贤明君子，弃之山野，使之颠坠也。"

腥臊并御，芳不得薄兮。

腥臊并御　腥臊皆恶气。喻指腐恶奸邪小人。御，用。腥臊腐恶的小人都得到信用。

芳不得薄　芳，香木芳草。比喻忠直贤能之人。薄，迫近；接近。洪兴祖《楚辞补注》："薄，迫也，逼近之意。"朱熹《楚辞集注》："薄，附也。言污贱并进，而芳洁不容也。"芳不得薄，喻指忠直贤能之人遭到排斥。

阴阳易位，时不当兮。

阴阳易位　阴阳易位是自然界、宇宙和人世间的严重错乱现象，与乾坤颠倒义同。阴阳可比忠奸，君子小人，可指君臣，亦可指白天与黑夜，黑暗和光明。易位，指错乱失常。王逸《楚辞章句》："阴，臣也。阳，君也。言楚王惑蔽群佞，权臣将代君，与之易位。"蒋骥《山带阁注楚辞》："喻小人在朝，君子在野也。"二说并可通。

时不当　当，读 dàng，适宜，适当。天时不适当。即生不逢时之意。王逸《楚辞章句》："自伤不遇明时，而当（dāng）暗世。"与《离骚》"哀朕时之不当"义同。

怀信侘傺，忽乎吾将行兮！

怀　怀抱，持守。

信　忠信。

侘傺（chà chì）　怅惘失意貌。参见《惜诵》"心郁邑余侘傺兮"注。

忽　飘忽。

吾将行　我将要远行到他乡。

《涉江》今译

（阅读顺序先上下、后左右）

我从小就爱好这种奇异的装扮，
年岁已老也没有改变。
我把长长的宝剑佩戴在身边，
戴着切云之冠是多么威严。

身披如同明月的夜光珠，
挂着珍贵的宝璐。
世道混浊，没人知道我，
管他干吗，我且高视阔步。

我坐在有角的青龙驾的车上，
没角的白龙配在两旁。
和重华相邀做伴，
去到长着玉树的园圃游逛。

登上昆仑山山顶，
采食那美好的玉英。
我要与天地同寿，
与日月同光。

唉，我独自来到这边远的南方，
我悲叹这里的人们不了解我的凄凉。
明日早晨就离开这儿吧，

我要渡过长江和湘江。

登上鄂渚我回望国都，
这秋冬连续不断的寒风撩起我阵阵
痛苦。
让我的马儿慢慢走上山岗吧，
将我的车子在这方林停住。

乘着小小的舲船溯沅江而上，
船夫们一齐划船摇桨。
小船儿慢慢腾腾不能前行，
停留在迴水里随波漂荡。

早晨从枉渚出发，
傍晚歇息在辰阳。
只要我的内心是正直的，
虽然是放流到僻远之地又有何妨！

进入溆浦我又发生了犹豫，
迷惘呵，我不知要到哪里。
树林是这样幽深、阴暗，
这里是猿猴之所居。

高峻的峰岭把太阳遮住，
阴暗的山下弥漫着茫茫雨雾。
雪花纷纷飞扬，无边无际，
密布的浓云压盖着房屋。

我悲痛我的一生没有欢乐，
独处幽深的山中我万分寂寞。
我不能改变心志去随同俗流，
因此我将终生愁苦地生活。

接舆自己剪去头发隐居山上，
桑扈裸体而行是异乎寻常。
庸俗的人们怎能了解他们的高尚，
我深深地同情他们，也感到自伤。

忠心的臣子不能为世所用，
贤能的人不能实现治国的理想。

伍子胥忠于吴王却被迫自杀，
比干劝诫纣王反被剁成了肉酱。
呵！前代的人都是这般，
我又何必抱怨今人！
我将正道直行，毫不动摇，
在黑暗愁苦中度过终生。

尾声：

鸾鸟和凤凰一天天飞到远方，
乌鸦和燕雀筑巢殿堂。
瑞香和玉兰死在草木丛生的荒野，
腥臊之物都得到信用却丢弃了芳香。

阴阳易位，乾坤颠倒，
这世道真是怪诞、荒唐。
怀抱忠信而终究惆怅，
我将飘然而逝，远走他乡。

三、《哀郢》注释

【释题】　哀郢，哀叹郢都为秦军所破，楚国将亡。

　　郢　旧郢一曰丹阳，即今枝江，为周成王时熊绎封地。熊绎十二世孙熊通自封为武王，子熊赀立为楚文王，都郢，此郢即江陵县城北，亦即今荆州城城北之纪南城，是为郢都。郢都物产丰饶，交通便利，在军事上可以北争中原，西据强秦，为战略要地，故自文王以后，历十世，直至顷襄王，皆建都于此。顷襄王二十一年（前 278 年），秦将白起攻破郢都，顷襄王东北逃至陈城（今河南淮阳），维持其行将灭亡的局面，后考烈王二十二年徙都寿春（今安徽寿县西南），是为东郢。屈原哀痛郢都的沦陷，预感国家的灭亡，于万分悲痛中作《哀郢》。汪瑗《楚辞集解》曰："（秦）

当顷襄王之二十一年，又攻楚而拔之，遂取郢……襄王兵散败走，遂不复战，东北退保于陈城，而江陵之郢，不复为楚所有矣。"又曰："（屈原）悲故都之云亡，伤主上之败辱，而感己去终古之所居，遭谗妒之永废，此《哀郢》之所由作也。"王夫之《楚辞通释》曰："《哀郢》，哀故都之弃捐，宗社之丘墟，人民之离散。顷襄不能效死以拒秦，而亡可待也。"又曰："曰东迁，曰楫齐扬，曰下浮，曰来东，曰江介，曰陵阳，曰夏为丘，曰两东门可芜，曰九年不复，其非迁原于沅溆，而为楚之迁陈也明甚。"

屈原《九章》，多为哀志之作，而沉痛悲愤，文词凄怆，概莫过于《哀郢》。作《哀郢》之次年初春西南行，至于黔中，孟夏又下沉入湘，至于长江，又逾月，于五月初五自沉汨罗，以身殉国。

《哀郢》一诗，对了解屈原生平、放逐时间及流亡路经至关重要，而历来歧说纷纭，不可究诘。如对屈原卒年的判断，《哀郢》的写作时间和"至今九年而不复"的理解，"东迁"是否为迁陈，章培恒在《关于屈原生平的几个问题》（见《屈原研究》1950 年版）曾有深入讨论，可资参考。

【原文及注释】

皇天之不纯命兮，何百姓之震愆?

皇天　对天及天神的敬称。许慎《五经异义·天号》引《古尚书说》："天有五号，各用所宜称之：尊而君之，则曰皇天；元气广大，则曰昊天；仁覆闵下，则曰旻天；自上监下，则曰上天；据远视之苍苍然，则曰苍天。"

不纯命　纯命，指天命有常，不纯命，指天命无常。《离骚》曰："皇天无私阿兮，览民德焉错辅"，此曰："皇天之不纯命兮，何百姓之震愆"，蒋骥《山带阁注楚辞》："不纯命，谓天福善祸淫，而今使善者蒙祸，是其命不常也。"

震愆　震，震惊。愆（qiān），遭遇灾殃。震愆，震惊遭难。

民离散而相失兮，方仲春而东迁。

离散相失　指百姓东迁逃难，亲人离散，不能相顾。

方　正当。

仲春　一年分春夏秋冬四季，每季第一个月为孟，第二个月为仲，第三个月为季。仲春，指农历二月。

东迁　向东方迁徙。指百姓随着朝廷，向东北方向陈城（今河南淮阳）逃亡。王夫之《楚辞通释》："至是东迁，泛江而下，迳江夏、陵阳，由江入淮，以达于陈。"按王说，陵阳为地名，安徽石台县北有陵阳山。一说在宣州城内，下文有"当陵阳之焉至兮"，陵阳与阳侯同为大波之名，孰是孰非，难以定说。

去故乡而就远兮，遵江夏以流亡。

去故乡　指百姓迁离家乡。

就远　到远方去。

遵　循；沿着。

江夏　长江和夏水。夏水，故道从湖北沙市（亦即江陵）东南石首长江北岸分出，经监利北折至沔阳入汉水，直至夏口（今汉口，亦称沔口、鲁口）注入长江的水流，因长江夏季涨水，始分出此水，称为夏水。王夫之《楚辞通释》："江夏者，江汉合流也。汉水方夏，水涨于石首，东溢，合于江，故汉有夏名，其经流至汉阳，乃与江合，而汉口亦名夏口，则汉谓之夏，相沿久矣。"

流亡　远离故土故国而逃生。

出国门而轸怀兮，甲之鼌吾以行。

国门　国都（即郢都）之城门。

轸怀　轸（zhěn），悲痛。轸怀，痛心。

甲之鼌　甲，十天干的第一位。古以甲、乙、丙、丁、戊、己、庚、辛、壬、癸纪日，鼌，本读 cháo，此处借为朝，读朝夕之朝（zhāo），早晨。甲之鼌，甲日的早上。这一天早上，屈原和郢都的百姓一道流亡，东迁。

陆侃如等《楚辞选》高亨注："屈原本来早已被放，到了秦兵进攻郢都的时候，也许屈原又回到了郢都，来赴国难，而仍被楚国统治集团所排斥，不得贡献他的力量，所以他在郢都失守的时候，又和百姓一同流亡。这件事实，史书未载，但不妨如此假定。"如此假定，颇为有理，兹录以存参。

发郢都而去闾兮，怊荒忽其焉极？

发郢都　从郢都出发，与"出国门"义一。

去闾　闾（lú），里巷的大门，指故里。去闾，离开故里。

怊荒忽　怊（chāo），惆怅。一本无"怊"字。荒忽，读为恍惚，迷糊不清、心神不定的样子。怊荒忽，惆怅恍惚。

其　连词。用同"将"。

焉极　焉，何。极，至。焉极，往哪儿去，即哪里是流亡的终极之地。

楫齐杨以容与兮，哀见君而不再得。

楫齐扬　一同举起船桨划船。王逸《楚辞章句》："楫，船櫂也。齐，同也。扬，举也。"

以　而。

容与　徐行貌。王逸《楚辞章句》："言己去乘船，士卒齐举楫櫂，低徊容与，咸有还意。"

不再得　再也得不到了。王逸《楚辞章句》："自伤卒去，而不得再事于君也。"

望长楸而太息兮，涕淫淫其若霰。

长楸　楸，大梓，乔木名。长楸，高大的楸树，疑为郢都的行道树。望长楸，望郢都之意。王逸《楚辞章句》："长楸，大梓。"胡文英《屈骚指掌》："长楸，桑梓所在，则涕有所难禁矣。"

太息　叹息。

淫淫　泪多貌。

若霰　霰（xiàn），雪籽。王逸《楚辞章句》："言己顾望楚都，见其大道长树，悲而太息，涕下淫淫，如雨霰也。"

过夏首而西浮兮，顾龙门而不见。

夏首　地名，夏水自江分出处，即夏水之头。王逸《楚辞章句》："夏首，夏水口也。"一说夏首即夏口。王夫之《楚辞通释》："夏首，夏口。"胡文英《屈骚指掌》："夏首，即江夏之首。"即今汉口武昌一带。按：此说有不可解处，详后按语。

西浮　乘船西行。胡文英《屈骚指掌》："自荆州至武昌，则为向东北行。由武昌而至洞庭，则为向西南行。"

顾　回头望；望。

龙门　郢都的东门或南门，指郢都。王逸《楚辞章句》："龙门，楚东门也。"一说南门，并可通。东门、南门相去不远，至江水道为一。蒋骥《山带阁注楚辞》曰："龙门，郢城东门。《水经》云，夏水出江，流于江陵县东南。是则夏首去郢绝近。然郢城已不可见，故其心伤怀而不已也。"其说可参。

　　按：此二句难以理解，按本诗所写流亡方向是"东（迁）"，路线是"遵江夏以流亡"，出发点是郢都。若以夏首为夏水入汉水再汇入长江的入江之口，亦即夏口（今汉口，亦称沔口、鲁口），西溯江而上洞庭，则"过夏首而西浮"就可以理解，但"顾龙门而不可见"却有悖于文理。"顾龙门而不可见"，是紧承"发郢都而去闾"的对国都和故居的留恋不舍之词，不可能是在数百里之遥的夏口再来顾望的。蒋骥以为夏首在江陵东南的绝近之处，且在《楚辞地理总图》中标出。在此处顾龙门而不见，因而感伤，是言之成理的，以理揆之，此夏首当不是夏水入于江的夏口，而是由江陵东南石首对岸分江而出，经监利，北折至沔阳入汉水的夏水之首（参见上文"遵江夏以流亡"注）。夏首、夏口，当为夏水头尾的两处地名，紧邻江陵县的石首本属湖南华容，晋代从华容分出设县，属湖北。石首之命名，极可能因夏首连类而及。石首江北无山陵，渡江始有石山，言石山自此而为首，石首在江南，而江北夏日水涨，由长江分出一支流，名曰夏水，分出处则为夏首，夏水之首也。石山之首名 石首，夏水之首名夏首。而作如是解释，则"过夏首而西浮"不可解，若在此西浮而不入夏水，则"遵江夏以流亡"又不可解。

心婵媛而伤怀兮，眇不知其所蹠。

婵媛　情思牵萦、缠绵。王逸《楚辞章句》："婵媛，犹牵引也。"

眇　同"渺"。迷茫，渺远。

蹠（zhí）　至。王逸《楚辞章句》："眇，犹远也。蹠，践也。言己顾视龙门不见，则心中牵引而痛，远视眇然，足不知当所践蹠也。"朱季海《楚辞解故》："怊荒忽之焉极，犹眇不知其所至，亦互文耳。《淮南》楚语，至谓之极，蹠，故是楚俗。王氏两注，皆未得其解。"

顺风波以从流兮，焉洋洋而为客。

从流　顺着水流。

焉　乃；于是。

洋洋　漂泊无定貌。

客　远离故乡而漂泊流浪的人。

凌阳侯之氾滥兮，忽翱翔之焉薄?

凌　乘。王逸《楚辞章句》："凌，乘也。"汪瑗《楚辞集解》："凌，凭凌也。"

阳侯　大水的波浪。王逸《楚辞章句》："阳侯，大波之神。"因称大水之波亦为阳侯。《淮南子·览冥》："武王伐纣，渡于孟津，阳侯之波，逆流而去。"高诱注："阳侯，凌阳国侯也。其国近水，溺水而死。其神能为大波，有所伤害，因谓之阳侯之波。"

氾滥　大水四溢横流貌。

忽　飘忽。

翱翔焉薄　翱翔，鸟飞翔。焉薄，到达何处。王逸《楚辞章句》："薄，止也。"汪瑗《楚辞集解》："言人之漂泊而行，不知所归，犹鸟之翱翔而飞，不知所止也。"

心绲结而不解兮，思蹇产而不释。

绲结　牵挂，郁结。王逸《楚辞章句》："绲，悬。"洪兴祖补注："绲，碍也。"

不解　指绲结之心不能解开。

蹇产　委屈，抑郁。王逸《楚辞章句》："蹇产，诘屈也。"

不释　与上句"不解"同义。

按：此二句又见于《悲回风》篇末，下句又见于《抽思》，义同。

将运舟而下浮兮，上洞庭而下江。

将　将要，表未然之辞。胡文英《屈骚指掌》："将者，亦豫期之辞。"

运舟　指驾船行驶。

下浮　向下漂流、运行；顺江而下。蒋骥《山带阁注楚辞》："下浮，顺江而东下也。"

上洞庭而下江　蒋骥《山带阁注楚辞》："上下，谓左右。礼，东向西向之席，俱以南方为上。今自荆达岳，东向而行，洞庭在其南，故以洞庭为上而江为下也。"

按：胡文英《屈骚指掌》曰："下浮，即顺汉江而下也，先下汉江，而后逆流上洞庭，倒言之者，以谐声也。"或以为先上洞庭，又入大江。

去终古之所居兮，今逍遥而来东。

去　离。

终古之所居　自古以来世世代代所居之地。汪瑗《楚辞集解》："终

古之居，谓先人自古居于此土，而子孙百世不迁者也。"

逍遥　漂泊流落。汪瑗《楚辞集解》："逍遥，本优游行乐之意，今又当解作漂摇流落之意，故读古书者，不可以词害意也。"

来东　指沿着长江夏水东行，至于夏口。

羌灵魂之欲归兮，何须臾而忘反。

羌　楚语发语词。

灵魂欲归　犹言梦魂归故里。王逸《楚辞章句》："精神梦游，还故居也。"王夫之《楚辞通释》："犹言梦魂归故都。"

何　何曾。

须臾　片刻，指极短的时间。

反　指返回故都、故里。指来东途中时时刻刻都魂牵梦萦想着返回故都、故里。

背夏浦而西思兮，哀故都之日远。

夏浦　夏口的水滨。亦可指长江、夏水交汇处，即今之汉口汉阳间汉水（即夏水）入长江处一带。《说文·水部》："浦，水濒也。"濒，同"滨"。又，《玉篇·水部》："浦，水源枝注江海边曰浦。"《广韵，姥韵》："大水有小口别通曰浦。"《说文》《玉篇》《广韵》之释正与屈诗相合。"背夏浦而西思"，屈原"遵江夏以流亡"至夏口，再"上洞庭"即背着夏口、夏浦。西思，夏浦在东，郢都在西，故曰西思。

故都　过去的都城、国都，指郢都。秦将白起破郢，顷襄王东保于陈城，国都（郢）沦陷，故曰故都。

日远　一天天远离。

登大坟以远望兮，聊以舒吾忧心。

大坟　大堤；高地。《尔雅·释丘》："坟，大防。"《方言》卷一："青幽之间，凡土而高大者谓之坟。"王夫之《楚辞通释》："坟，隄岸也。登者，泊岸而登也。"

按：王逸《楚辞章句》："水中高者为坟"，注家多从其说，或以为堤岸，或以为沙洲。审文意，"遵江夏以流亡"，长江、夏水，堤防夹岸，每泊岸而必登堤，以活动筋骨，四处瞭望，而独于"来东"达于夏口后，始言登大坟远望故都者，则此大坟当与时时所见、日日可登之堤岸有别，此大坟必当大而高，状如坟墓，且林木葱郁，既可登高望远，以寄托对故都的哀思，又可舒我忧心，得以暂时的逍遥，而其地必与"背夏浦而西思"相合。凡此种种，唯夏水汇于长江处之龟山可以当之。龟山树木深深，高且状如坟，在当时已是名山（上有汉末鲁肃墓，且有大禹治水的传说可证，且伯牙鼓琴的传说，亦在附近一带），故屈原登临龟山，极目西望，以寄不忘故都之情，是十分自然的。

上述文字仅属推理，而注译仍取王夫之说，谨此说明。

哀州土之平乐兮，悲江介之遗风。

州土　指楚国荆州的土地。楚在荆州，为《禹贡》所说天下分为九州之一州。郢都在荆州之境，地处江汉平原，土地肥沃富饶。

平乐　平坦而快乐。江汉平原地势平坦，物产丰饶，人民生活快乐。

江介　介，同界。江介，江岸。指沿江一带，江夏之间平乐的州土。

遗风　古代流传下来的朴质善良风俗。悲江介之遗风，指秦军入侵，沦陷地区的安乐生活和良好风俗都被破坏了。

当陵阳之焉至兮，淼南渡之焉如？

陵阳　大波。多释为地名。王夫之《楚辞通释》："陵阳，今宣城。"似不可取。汪瑗《楚辞集解》："陵阳即阳侯""当陵阳之当，如两雄力相当之当，谓陵阳之波起，而舟以当之也。"戴震《屈原赋注》："上云陵阳侯之氾滥，此言当陵阳，省文也。"又，刘永济《屈赋音注详解》以陵阳作陵扬，"陵同凌，陵扬，飞扬之义"。

焉至　到哪儿去。

淼（miǎo）　大水渺茫貌。

焉如　如，往。焉如，往哪里走。

按：上句"焉至"似指放流终极之地，此句"焉如"是南渡往哪儿走。汪瑗《楚辞集解》云："或曰：当时所迁之地，恐在东南之方，而非正东也。未之其审。大抵此上所言经由之道，自郢至东皆系水路，其大势虽不过沿江夏二水之间，然或东或西或南，或上或下，其水势之曲折萦回，叙述最详，非尝远游经历者不知此意。"其说甚是。

曾不知夏之为丘兮，孰两东门之可芜?

曾不知　竟不知，表示意想不到。

夏　借为厦，大屋，大厦。王逸《楚辞章句》："夏，大殿也。"洪兴祖补注："夏，大屋。"

丘　土丘，丘墟。夏之为丘，写故都惨遭秦军破坏。王逸《楚辞章句》："丘，墟也。"

孰　谁。王逸《楚辞章句》："孰，谁也。"

两东门　郢都有两个东门。

芜　荒芜，长满杂草。洪兴祖《楚辞补注》："《说文》曰：芜，薉也。"薉，杂草。

按：此二句写未曾料想到楚国国都郢会败落到这种可悲的程度。

心不怡之长久兮，忧与愁其相接。

心不怡之长久　怡，悦怡，快乐。长久地抑郁不乐。王逸《楚辞章句》："怡，乐貌也。"从下文"至今九年而不复"，可见屈原第二次流放的时间之长，而这一次随百姓之东迁可以推断，屈原是在长期流放江南中，听到国家的灾难，郢都将破时赶回都城准备赴国难，而又遭到朝廷的拒绝而随百姓向东流亡的。他并没有到顷襄王退保的陈城去。

忧与愁其相接　忧与愁接连不断。王逸《楚辞章句》："接，续也。言己念楚国将墟，心常含戚，忧愁相续，无有解也。"汪瑗《楚辞集解》："言忧心如连环，不断绝也。"

惟郢路之辽远兮，江与夏之不可涉。

郢路辽远　东迁之地，不论是夏口，还是陵阳（此用地名说），水路距离郢都都很遥远。

江与夏之不可涉　江与夏不可复涉，回到故都。汪瑗《楚辞集解》："郢路辽远，故都云亡，江与夏之不可复涉矣。江与夏之不可涉，谓从此再不得复涉江夏，而归郢都耳。"

忽若去不信兮，至今九年而不复。

忽若去不信　忽若，恍若，好像。去，离去，指被放逐，离开朝廷。不信，令人难以置信。闻一多《楚辞校补》："忽犹怳忽也。此盖言身虽去国，犹疑未去，心志瞀乱，若在梦中也。"

　　按：此句句意为何，注家各骋其说，唯闻说能得其大概。

至今九年而不复　九年，指顷襄王放逐屈原至作此诗时已经九年。王逸《楚辞章句》："放且九岁，君不觉也。"洪兴祖补注："屈平在怀王之世，被绌复用。至顷襄即位，遂放于江南耳。其云既放三年，谓被放之初。（按：《卜居》：'屈原既放，三年不得复见。'）又云九年而不复，盖作此时放已九年也。"王夫之《楚辞通释》："至此作赋之时，九年不复，终不可复矣。赋作于九年之后，则前云仲春、甲之朝者，皆追忆始迁而言之。"白起拔郢，在顷襄二十一年，屈原作《哀郢》，而此时离再放已经九年，则所云仲春、甲之朝皆是秦军破郢后百姓东迁流亡的情景。游国恩就《哀郢》写作时地与《思美人》相同，所表达国破之忧以及文字特别凄怆沉痛，断言"必作于顷襄王二十一年（公元前278年）"，是可信的。

惨郁郁而不通兮，蹇侘傺而含慼。

惨郁郁　十分地悲惨忧郁。

不通　心里的郁结不能排解，老是想不通。

蹇（jiǎn）　楚语，发语词。

侘傺（chà chì）　失意貌。

慼（qī）　悲慼，忧伤。

外承欢之汋约兮，谌荏弱而难持。

外　外表。

承欢　承欢于楚王。汪瑗《楚辞集解》：“承欢，承奉君之欢心也。”

汋约（zhuó -）　犹绰约。美好貌。王逸《楚辞章句》：“汋约，好貌。”

谌（chén）　诚，其实，实际上。洪兴祖《楚辞补注》：“谌，信也。”

荏弱（rěn -）　荏、弱同义。软弱，怯弱。

难持　持，借为恃。难持，难以依赖。或说持即支持，支撑。指楚王周围的群小不能支撑局面，亦通。王逸《楚辞章句》：“言佞人承君欢颜，好其谄言，令之汋约然，诚难扶持之也。”

忠湛湛而愿进兮，妒被离而鄣之。

忠　忠诚之人。

湛湛（zhàn zhàn）　厚重貌。王逸《楚辞章句》：“湛湛，重厚貌。”

愿进　愿意进用，为国家效忠。

妒　嫉妒。

被离　披离，纷乱，杂乱。汪瑗《楚辞集解》：“披离，杂乱貌。”

鄣（zhàng）　亦作“障”。壅蔽。汪瑗《楚辞集解》：“障，壅也。此二句言己欲进思尽忠，而谗人妒忌，披离以障壅也。”

尧舜之抗行兮，瞭杳杳而薄天。

尧舜　唐尧和虞舜的并称，古史传说中的圣明君主。参见《离骚》“彼尧舜之耿介兮”注。

抗行　高尚的行为。汪瑗《楚辞集解》：“抗，言其高也。”

瞭（liǎo）　眼光明亮。洪兴祖《楚辞补注》：“瞭，目明也。”

杳杳（yǎo yǎo）　深远貌。洪兴祖《楚辞补注》：“杳杳，远貌。”

薄天　薄，至。远至上天。指古代圣君，目光明亮深远，能达于上天，察照一切。

众谗人之嫉妒兮，被以不慈之伪名。

谗人　谗佞之人。

被（bèi）　他人加给。

不慈之伪名　尧舜德行高尚，目光远大。尧感到自己的儿子丹朱不贤，把帝位传给了舜，舜也未将帝位传给自己的儿子商均，而传给了禹。又传说，尧杀长子考监明，舜不能侍奉父母，擅自结婚。《庄子·盗跖篇》借盗跖斥孔子，即有"尧不慈，舜不孝"之说。孟子斥之为邪说淫词。不慈之伪名，即不慈的而枉受的恶名。洪兴祖《楚辞补注》："言此者，以明尧舜大圣，犹不免谗谤，况馀人乎？"汪瑗《楚辞集解》："尧舜之行，不以谗人嫉妒而有损，则屈子之忠，又岂因谗人嫉妒而有所泯哉？"

憎愠惀之修美兮，好夫人之忼慨。

憎愠惀（- yùn lùn）　憎恶，怨恨。汪瑗《楚辞集解》："憎，恶也，愠，含怒意。惀，怨恨也。恶而至于怒，怒而至于恨，言疾之之甚也。'憎愠惀之修美'，犹《离骚》'相览观于四极'之文法。既言览，又言相，又言观，以三字相连为意，古人多有此文法。洪氏解愠为心所蕴积也。思求晓知谓之惀，惀因训思也。然以愠为蕴，非是。"

修美　修洁美好和对楚国的忠诚。

好夫人之忼慨　好，喜好。夫，语词，无义。人，指谗佞之人。忼慨，慷慨，指谗佞小人的假意慷慨。

上二句指斥小人，亦斥人君憎恶真诚美好，喜好虚伪丑恶的反常行为。

众踥蹀而日进兮，美超远而逾迈。

众　众人，指群小。

踥蹀（qiè dié）　趋走貌。洪兴祖《楚辞补注》："踥蹀，行貌。"

日进　一天天亲近楚王，受到任用。

美　与上句"众"相对，指君子。

超远　超然远离。汪瑗《楚辞集解》："超远，谓超然远去也。"

下篇　《离骚》《九歌》《九章》注译

逾迈　逾，逾加，更加。迈，远行。更加远离。指楚王为小人所蔽，弃逐忠贞而有长才之臣，使贤人君子离开朝廷，逾行逾远。汪瑗《楚辞集解》叹曰："呜呼！小人之进，君子之退也。君子小人之一进一退，系于君心一念，好恶之微，而国家之治乱存亡随之矣。可不知所谨哉！"

乱曰：曼余目以流观兮，冀壹反之何时？

乱曰　乱为乐之结，即尾声。详《离骚》"乱"字注。

曼余目　曼，引。曼余目，即放开我的眼睛。洪兴祖《楚辞补注》引《说文》曰："曼，引也。"

流观　即四望。曼余目以流观，即我极目四望。汪瑗《楚辞集解》："流观，谓周流遍观也。"

冀　希冀，希望。

壹　通"一"。表示冀与反两个动词的紧接。

反　返回。指回到故都和君王身边。冀壹反之何时，王逸《楚辞章句》曰："言己放远……急欲一还，知当何时也。"屈原再放九年，知一反无望，故有此叹息。

鸟飞反故乡兮，狐死必首丘。

鸟飞反故乡　鸟高飞远集，总会返回它的生长栖息之地。也说"鸟飞反故林"。王逸《楚辞章句》："思故巢也。"

狐死必首丘　狐狸将死时，一定把头朝向它出没生活的山丘。王逸《楚辞章句》："念旧居也。"洪兴祖补注引《淮南》云："鸟飞反乡，狐死首丘，各哀其所生。"

信非吾罪而弃逐兮，何日夜而忘之。

信非吾罪而弃逐　信，诚。非吾罪，不是我有罪。弃逐，指遭到怀王、顷襄王的弃逐。此句一如司马迁所说是因为王听之不聪，谗谄之蔽明，邪曲之害公，方正之不容。

何日夜而忘之　之，指"非吾罪而弃逐"，亦可指不能忘怀的楚国、楚都、楚王。何，哪里。表示日日夜夜都记挂着楚国、楚都和楚王。

《哀郢》今译

（阅读顺序先上下、后左右）

天道啊是这样反常，
为什么要使百姓遭受灾殃！
人们妻离子散，失去了依仗，
在仲春二月里迁往东方。

离开故乡而远到异地，
沿着长江夏水流亡。
出了国门真让人痛心呵，
我动身起行是在甲日的早上。

从郢都出发离别了故里，
我惆怅恍惚不知要到何方。
一齐举起船桨，船儿缓缓行走，
悲哀呵，想见君王怕是再没希望。

回望高大的楸树我长声叹息，
泪水滚滚，如同雪籽儿一样。
过了夏首船儿向西漂行，
唉！龙门无法再见，我是一望再望。

我心绪缠绵，感到悲戚，
前途渺茫，不知要到何地。

顺着风波，随着流水，
漂泊流浪的人儿无家可归。

乘着汹涌横流的波涛前行，
像鸟儿飘忽地飞翔，不知在何处栖息？
心中的牵挂无法放下，
思虑的纠结无法消释。

我将驾着船儿顺江东行，
北去长江而南入洞庭。
离开了世代所居的故土，
今日一天一天向东飘零。

我的灵魂总想归去，
哪有一刻忘了返回故里。
背向夏口之滨而西思家国，
悲哀呵，故都是一天天远离。

登上水边的高地而极目远望，
聊且纾解我的愁肠。
我哀叹平乐富饶的国土不能长保，

沿江的古朴遗风不再纯良。

面对汹涌的波涛又能往何处而去，
大水渺渺，我南渡又能去到哪里？
真不会想到高大的房屋变成丘墟，
又谁能料想两座东门竟已荒秽？

心中的不乐已是很久很久，
巨大的忧患紧接着深深的伤悲，
想那郢都相隔是那么遥远，
唉！隔着江水夏水又怎好涉水返回？

恍恍惚惚，真不敢相信，
流放了九年，还不能回去。
凄惨惨心中老是郁结不通，
我是深深感到失意和悲感。

奸佞的人们装着媚态讨君王喜欢，
其实是内心脆弱而难以依恃。

忠诚厚重的人愿为国效力，
小人们嫉妒，纷纷把他们障蔽。

尧舜的行为伟大而高尚，
他们的目光深远，直达天上。
然而谗佞的人们却嫉妒他们，
以不慈的伪名进行诽谤。

憎恶修洁忠诚的君子，
喜爱假意奉承的小人。
君子和国君愈来愈加疏远，
小人和国君愈来愈加亲近。

尾声：

我放眼向四方眺望，
何时才能返回家乡？
远方的鸟儿总要飞回故林，
狐狸死时还要把头朝向他生长的山岗。
我相信我不是因为罪过而被弃逐，
君王呵，日日夜夜，我何尝有一时遗忘。

四、《抽思》注释

【释题】 抽，绎也；思，情也。抽思，抽其悲思也。注见张京元《删注楚辞》、王夫之《楚辞通释》。屈原信而见疑，忠而被谤，被放于外，其忧愁抑郁可想而知。在这首诗中，他要把这如乱丝一样的情思抽绎出来，向楚王表白，因此取本诗"少歌"曰"抽思"之意，命名曰"抽思"。

《抽思》写作时地，注家各骋其说，蒋骥《山带阁注楚辞》云："此篇盖原怀王时斥居汉北所作也。史载原至江滨，在顷襄之世，而怀王之放流，其地不详。今观此篇曰来集汉北，又其逝郢曰，南指月与列星，则汉北为所迁地无疑。黄昏为期之语，与《骚经》相应，明指左徒时言，其非顷襄时作，又可知矣。原于怀王，受知有素，其来汉北，或亦谪宦于斯，非顷襄弃逐江南比。故前欲陈辞以遗美人，终以无媒而忧谁告。盖君恩未远，犹有拳拳自媚之意，而于所陈耿著之词，不惮亹亹（同"娓娓"）述之，则犹幸其念旧而一悟也，视《涉江》《哀郢》《惜往日》《悲回风》诸篇，立言大有迳庭矣。"游国恩曰："《抽思》是屈原初放于汉北时所作，那时在楚怀王二十四年（纪元前305年）……汉北在汉水以北，今樊城邓州一带（其后顷襄王十九年割其地予秦），是楚国的边境，故曰异域。"（见《楚辞论文集·屈原作品介绍》）这首诗的内容和《离骚》相似，《史记》所说"屈原放流，睠顾楚国，系心怀王，不忘欲反，幸冀君之一悟，俗之一改也。其存君兴国而反复之，一篇之中，三致志焉。"道出了这首诗的写作动机和主旨。

【原文及注释】

心郁郁之忧思兮，独永叹乎增伤。

郁郁　心中抑郁，深深忧思貌。汪瑗《楚辞集解》："郁而又郁，忧思之甚也。"

忧思　忧伤的情思。王逸《楚辞章句》："哀愤结縎（gǔ，打结），虑烦冤也。"

独　孤独。

永叹　长叹。

增伤　加倍地悲伤。王逸《楚辞章句》："哀悲太息，损肺肝也。"

思蹇产之不释兮，曼遭夜之方长。

思蹇产之不释　见《哀郢》注。此句又见于《悲回风》。王逸《楚辞章句》："心中结屈，如连环也。"

曼遭夜之方长　曼，漫漫，形容长。心情抑郁，又遭漫漫长夜。王逸《楚辞章句》："忧不能眠，时难晓也。"王夫之《楚辞通释》："怀忧不释，

长夜追思，忆往昔纳忠见逐之情，如下文所云，所谓抽绎旧事而思也。"

悲秋风之动容兮，何回极之浮浮。

悲秋风之动容　动容，犹言变色改容。或以为此容是自然之容，或以为是人之容。王逸《楚辞章句》："言风起而草木之类摇动。"朱熹《楚辞集注》："谓秋风起而草木变色也。"汪瑗《楚辞集解》："秋风动容，谓寒气之中人，使人颜容萧索而变易也。动容，犹言变色改容耳。旧说俱谓秋风起而草木变色，非是。"洪兴祖《楚辞补注》："《九辩》曰：悲哉秋之为气也！萧瑟兮草木摇落而变衰。意与此同。"悲秋风之动容，谓秋风起，寒意袭人，草木凋零，使人悲伤。悲伤亦即动容。

回极　回，回旋。极，至。回极，秋风回旋而至。或以为天极回旋之枢轴，或以为回旋之北极。林云铭《楚辞灯》以回为四之误，四极即四方极边。诸说均可参。

浮浮　旋风至，空气飘荡貌。汪瑗《楚辞集解》："浮浮，犹飘飘也。"王夫之《楚辞通释》："浮浮，不定也。"

数惟荪之多怒兮，伤余心之懮懮。

数惟　数（shuò），屡次，多次。惟，思。数惟，多次想起，每每想起。洪兴祖《楚辞补注》："数，计也。惟，思也。"

荪　荃荪，香草名，喻指怀王。蒋骥《山带阁注楚辞》："荪，指怀王。"

多怒　好怒，易发怒。王夫之《楚辞通释》："荪之多怒，谓怀王轻于喜怒，无定情以谋国。"

懮懮　懮，同"忧"，今简作"忧"。懮懮，伤痛貌。王逸《楚辞章句》："懮，痛貌也。"

愿摇起而横奔兮，览民尤以自镇。

愿　欲；打算。

摇起　摇身而起。一说当作"遥赴"。

横奔　乱奔，向四方奔跑。亦即《离骚》"将往观乎四荒""吾将远逝以自疏"之意。

览　观览；看到。

民尤　尤，灾难。民尤，百姓所遭受的灾难。

自镇　自我镇定下来。

　　按：此二句与《离骚》"陟陞皇之赫戏兮，忽临睨夫旧乡。仆夫悲余马怀兮，蜷局顾而不行"义近。

结微情以陈词兮，矫以遗夫美人。

结　编结，即"结言"。

微情　谦词。私下的情思。

陈词　陈述表达微情的言词。王逸《楚辞章句》："结续妙思，作辞赋也。"

矫　举。汪瑗《楚辞集解》："矫，举也。"

遗（wèi）　赠送。

美人　即上文之"荪"，指怀王。王逸《楚辞章句》："举以怀王，使览照也。"

昔君与我成言兮，曰黄昏以为期。

成言　订约；彼此约定。朱熹《楚辞集注》："成言，谓成其要约之言也。"

曰　说。下即怀王和屈原约定信任屈原的话。

黄昏　天将暮时，喻指老年，终老。

期　期限。汪瑗《楚辞集解》："言楚王昔日与己相约之成言，曾以终身为期，而毋许变易也。"

羌中道而回畔兮，反既有此他志。

羌　楚语发语词。

中道　中途。

回畔　回，回折。畔，通"叛"，背离。回畔，回折违背。

反　反而。

既　既已；已经。

他志　别的想法，打算。他志包括两方面内容，一是内政外交政策；二是对自己的态度。

　　按：以上四句与《离骚》"曰黄昏以为期兮，羌中道而改路。初既与余成言兮，后悔遁而有他"义同。

憍吾以其美好兮，览余以其修姱。

憍　同"骄"。骄矜。洪兴祖《楚辞补注》："憍，矜也。"

其　其人，指上官大夫、子兰那些人。

览　显示，炫耀。汪瑗《楚辞集解》："览，示也。"

修姱　与上句"美好"义同。洪兴祖《楚辞补注》："姱，好也。"

与余言而不信兮，蓋为余而造怒。

与余言　与我说过的话，即上文之"成言"。

不信　不讲信用，不守信诚。

蓋　一作"盍"。何。

造怒　作怒；故意找碴生怒。王逸《楚辞章句》："责其非职，语横暴也。"

　　按：从"昔君与我成言兮"至此，皆追述之辞。王夫之《楚辞通释》："怀王初与己同心谋国，既为奸佞所惑，背己而从异说，反自谓得策，而骄我之不如，余虽与言而不信，顾且怒我之不顺从。此述始谏怀王而不听之情事。"蒋骥《山带阁注楚辞》："此追序立朝时蒙谗被放之事也。"二说是。

愿承间而自察兮，心震悼而不敢。

愿　希望。

承间　承，通"乘"。承间，寻找机会，趁着机会。间，一本作"閒（闲）"，闲暇。

自察　察，表白。自察，自我表白。王逸《楚辞章句》："思待清宴，自解说也。"洪兴祖补注："察，明也。"

震悼　震、悼义同。恐惧，颤抖。汪瑗《楚辞集解》："震悼，犹言战栗也。"

不敢　指心有所想，而不敢去做。王逸《楚辞章句》："志恐动悸，心中怛也。"怛（dá），痛苦，惊恐。

悲夷犹而冀进兮，心怛伤之憺憺。

夷犹　犹疑。

冀进　希望进见。蒋骥《山带阁注楚辞》："冀进，欲进其言也。"

怛伤　痛苦，悲伤。

憺憺（dàn -）　忧伤不安貌。王夫之《楚辞通释》："憺憺，犹言荡荡，动而不宁貌。"

历兹情以陈辞兮，荪详聋而不闻。

历　列举，依次列出。

兹情　此情，即上述种种情事。一本作"兹历情"。

陈辞　陈述、申诉。参见上文"结微情以陈词兮"注。

荪　荃荪，喻指怀王。

详聋　详，一作佯。装佯。详聋，假装听不见。洪兴祖《楚辞补注》："详，诈也。与佯同。"

不闻　不闻不问，置若罔闻。王逸《楚辞章句》："君耳不听，若风过也。"

固切人之不媚兮，众果以我为患。

固　本来，与下句果构成固定结构，表示因果关系。

切人之不媚　忠直恳切之人，不会谄媚。朱熹《楚辞集注》："言恳切之人，不能软媚。"汪瑗《楚辞集解》："言忠诚恳切之人，不能为阿谀谄媚之事。"

众　党人，群小。

果　果然。与上"固"字构成固定结构，表示因果关系。

以我为患　把我当作祸患。汪瑗《楚辞集解》叹曰："呜呼！直道之不行于世也久矣。有志者读此，能不为之掩卷而太息也哉？"

初吾所陈之耿著兮，岂至今其庸亡？

初　当初。

耿著　显著；明白。指昔所陈光明正大之言。王逸《楚辞章句》："论说政治，道明白也。"朱熹《楚辞集注》："耿，明貌。"汪瑗《楚辞集解》："耿著，言己所陈之辞，乃光明正大，昭彰宣朗之道，而非卑污隐僻愚君之说也。"

岂　表示疑问。

庸　义与遽同。很快就。王逸《楚辞章句》："文辞尚在，可求索也。"王引之《经传释词》："庸，词之遽也，犹遂也。"

亡　同"忘（wàng）"。忘记。

何独乐斯謇謇兮，愿荪美之可光。

何　何以。

独乐斯　斯，此。独以此为乐。

謇謇　指忠贞正直之言。此句含义与《离骚》"余固知謇謇之为患兮，忍而不能舍也""民生各有所乐兮，余独好修以为常"相同。

荪美　君王的美德。

可光　可以发扬光大。光，一本作"完"，失韵，误。

　　按：此二句表明自己好忠言直谏的原因，是为了使怀王的德行完美，发扬光大。

望三五以为像兮，指彭咸以为仪。

三五　指三王和五霸。三王，指夏禹王、商汤王、周文王。五霸，多指春秋时期的齐桓公、晋文公、秦穆公、宋襄公和楚庄王。或以为指三皇五帝。三五，一本作前圣。

像　法式；典范。王逸《楚辞章句》："三王五伯，可修法也。"

指　指着。

彭咸　殷代贤人。详《离骚》"愿依彭咸之遗则"注。

仪　法式；表率。王逸《楚辞章句》："先贤清白，我式之也。"朱熹《楚辞集注》："谓以彼人为法，而效其仪。"

夫何极而不至兮，故远闻而难亏。

夫　发语词。

何极而不至　极，终极的目的地。至，到达。指前贤能达到至高的境界。洪兴祖《楚辞补注》："此言以圣贤为法，尽心行之，何远而不至也。"

远闻而难亏　远闻，远播的名声，指前圣美名远播，流芳千古，而难以亏损。王逸《楚辞章句》："功名流布，长不灭也。"

善不由外来兮，名不可以虚作。

善不由外来　指善来自自身。这里所说是内因和外因，起决定作用的是内因。王逸《楚辞章句》："才德仁义，从己出也。"

名不可以虚作　指名声不能造假。这里所说是名声和行为的关系，名和实的关系，起决定作用的是行为，是实。洪兴祖《楚辞补注》："此言有实而后名从之。"此即实至名归之意。

孰无施而有报兮，孰不实而有获？

孰　谁。

施　施予，付出。

报　回报，报答。王逸《楚辞章句》："谁不自施德而蒙福？"

实　播种。实，子实，种子。引申而有播种义。朱熹《楚辞集注》："实，当作殖。"其说可参。

获　收获。

按：此二句说人的行为和结果的关系，一是施予和回报；二是耕耘和收获。王逸注上句，"谁不自施德而蒙福"，是。注下句："空穗满田，无所得也。"则非。"空穗满田"，可以是因为作物的生长过程还未完成，不当收获；也可以是耕作不当，而造成苗而不秀、秀而不实的结果。而屈原所说则是施予和回报、耕种和收获的关系，意在强调人当有美德善行，努力付出，这样才会有回报、有收获。故朱以殖读实，于义为近。旧注多本王说，汪瑗《楚辞集解》："下二句又以报施之礼，耕获之道申喻之也。或曰，先施而后有报，是报非由外来，乃由内出者也，喻善不由外来也。苗而不秀，秀而不实，皆无所获也。是有实而后有获，非空穗之能有所得也，喻名不可虚作也……朱子疑实字当作殖字，瑗谓不若实字有味。"汪说"报施之礼，耕获之道"可，非朱说则非。

少歌曰：与美人抽思兮，并日夜而无正。

少歌　小歌，即诗篇中某一部分内容的小结。王逸《楚辞章句》："小唫（吟）讴谣，以乐志也。"

美人　喻指楚王。

抽思　抽绎愁怨的情思，亦即抒写心中的忧怨。思，一作"怨"。

并日夜　并，合。从白天到黑夜，日日夜夜。

无正　正，止。无正，无止，指昼夜不止。《诗·邶风·终风序》："见侮慢而不能正也。"郑玄笺："正，犹止也。"《小雅·宾之初筵》"屡舞僛僛"毛传："僛僛，舞不能自正也"陆德明释文："注本'正'或作'止'"是正有止义之证。又，《毛诗》有《雨无正篇》，《韩诗》有《雨无极篇》，其诗之文比《毛诗》篇首多"雨无其极，伤我稼穑"八字。事见朱熹《诗集传》引北宋刘安世说。汪瑗《楚辞集解》"并日夜而无正犹言并日夜而无止之意……《诗》'雨无正'，《韩诗》作'雨无极'，是正字古或有极字之义，此作并日夜而无极止之意方明白，更详之。"高亨《诗经今注》："篇名《雨无正》当作《雨无止》。止正形近而误。止与极古字通。"汪、高说结论可，而迂曲改字为说则不必。旧注多以正为评正其是非，朱熹《楚辞集注》："无正，无与平其是非也。"非是。

憍吾以其美好兮，敖朕辞而不听。

憍　同"驕（骄）"。一本作"驕"。

其　他们，指受楚王宠信的小人。

敖　同"傲"。傲慢。洪兴祖《楚辞补注》："敖，倨也，与'傲'同。"

朕辞　我的忠言直谏之辞。

不听　不听取。王逸《楚辞章句》："慢我之言，而不采听也。"此亦即上文"荪详聋而不闻"之意。

倡曰：有鸟自南兮，来集汉北。

倡　同"唱"。有另起一层之意。王逸《楚辞章句》："起倡发声，造新曲也。"洪兴祖补注："倡，与'唱'同。"马其昶《屈赋微》："'倡曰'者，更端言之。"

有鸟自南　王逸《楚辞章句》："屈原自喻生楚国也。"洪兴祖补注："孔子曰：鸟则择木，木岂能择鸟？子思曰：君子犹鸟也，疑之则举矣。色斯举矣，翔而后集。故古人以自喻。"

集　鸟栖息木上曰集。

汉北　汉水北面。疑为屈原初放之地。

好姱佳丽兮，牉独处此异域。

好姱　姱美，美好。与"佳丽"义同。

牉（pàn）　分离，指远离旧都、楚王。

独处此异域　　汉北对郢都而言是荒远之地，风土人情与郢有别，故称异域。而言独处者，是对在朝同僚而言。此为遭放逐，背井离乡之叹。

既惸独而不群兮，又无良媒在其侧。

既……又……　　固定结构，表示兼有两种情况。

惸独（qióng -）　　惸，同"茕"。洪兴祖《楚辞补注》："惸，无弟兄也。"惸独，茕独，孤独。

不群　　不合群，指不能随同俗流。王逸《楚辞章句》："行与众异，身孤特也。"

良媒　　好媒介，指能在楚王身边替自己申述说合的贤臣。

在其侧　　在国君的身边。

道卓远而日忘兮，愿自申而不得。

卓远　　卓、远同义。遥远。

日忘　　一天天忘记。

愿　　欲；希望。

自申　　自我申述。

不得　　不能。指得不到自申的机会。

望北山而流涕兮，临流水而太息。

北山　　一本作南山。陆侃如等《楚辞选》黄孝纾注："北山当从一本作南山，屈原被放汉北，郢都在南，当向南望。"杨金鼎注："北山，可能是郢都附近的山名。一说指郢都北十里的纪城。一作'南山'，则系泛指远望中的南方的山。"（见《楚辞研究集成·楚辞注释》）以所居之地方位命名山水，是处皆然，屈原所望，当是郢都之北山名。作南山，恐非。

流涕　　流泪。

临　　面对着。

太息　叹息。

望孟夏之短夜兮，何晦明之若岁！

孟夏　夏季的第一个月，农历四月。

短夜　夜间时间较短。一年四季冬秋夜长，夏夜短。洪兴祖《楚辞补注》："上云曼遭夜之方长，此云望孟夏之短夜者，秋夜方长，而夏夜最短，忧不能寐，冀夜短而易晓也。"

晦明若岁　从黑夜到天明，就像一年那样长。王逸《楚辞章句》："忧不能寐，常倚立也。"此愁人苦夜长之意。从晦至明，而度之若岁，愁何如哉！

惟郢路之辽远兮，魂一夕而九逝。

惟　句首助词。

郢路　去郢都的路途。

辽远　遥远。指从汉北到郢都的距离。

魂　魂魄。指梦魂。

一夕九逝　逝，往。指返回郢都。一夕九逝，一个夜晚会有无数次回到郢都。朱熹《楚辞集注》："晦明若岁，夜未短也。一夕九逝，思之切也。"此二句与《哀郢》"羌灵魂之欲归兮，何须臾而忘反"意同。

曾不知路之曲直兮，南指月与列星。

曾不知路之曲直　曾不知，竟不知。指黑夜不能辨别道路的曲直方向。

南指月与列星　在汉北，于黑夜中只能向南指着月亮和星星做标志，来识别返回郢都的方向和道路。

愿径逝而未得兮，魂识路之营营。

愿　欲，想。

径逝　径直回去。

未得　未能。王逸《楚辞章句》："意欲直还，君不纳也。"

识路　识别道路。

营营　往返忙碌貌。一作"荧荧"。洪兴祖《楚辞补注》："《诗》注云：营营，往来貌。荧荧，忧也。"朱熹《楚辞集注》："魂虽识路，而荧荧独往，无与俱也。"汪瑗《楚辞集解》："此四句极尽梦归之情状，必尝实有此情此梦者，而知其妙也。彼漫然而视之，孰能味乎其言哉？"

何灵魂之信直兮，人之心不与吾心同！

信直　信诚忠直。王逸《楚辞章句》："质性忠正，不枉曲也。"

人之心不与吾心同　泛指楚王及其身边的群小的政治主张和思想感情与我不同。王逸《楚辞章句》："我志清白，众泥浊也。"

理弱而媒不通兮，尚不知余之从容。

理弱而媒不通　理，使者；媒，媒介。使者无能，媒介不通。此与《离骚》"理弱媒拙"义近。

尚　还。

从容　举动。与《怀沙》"孰知余之从容"义同。理弱而媒不通，则我的举止行为他们就无法了解。

乱曰：长濑湍流，泝江潭兮。

乱　乱为乐之结，即尾声。详《离骚》"乱"字注。

濑（lài）　从沙石上流过的水。

湍流（tuān-）　湍急的流水。

泝（sù）　同"溯"。逆流而上。王逸《楚辞章句》："逆流而上曰泝。"

江潭　江中的深潭。王逸《楚辞章句》："楚人名渊曰潭。"一说指沧浪江（见郭沫若《屈原赋今译》）。

狂顾南行，聊以娱心兮。

狂顾　佯狂四顾。王逸《楚辞章句》释狂为遽，王夫之释为佯狂（见下注），今取王夫之说。

南行　向南方行走。

聊　聊且；姑且。

娱心　娱乐心情，使忧郁的心情能在狂顾南行中得以暂时的自我宽慰。王夫之《楚辞通释》："佯狂四顾以自娱，欲以忘忧，而忧固有不能忘者。"

轸石崴嵬，蹇吾愿兮。

轸石（zhěn -）　方石。王逸《楚辞章句》："轸，方也。"洪兴祖补注："轸石，谓石之方者，如车轸耳。"蒋骥《山带阁注楚辞》："轸石，方崖也。"

崴嵬（wēi wéi）　形容巨石高低不平。王逸《楚辞章句》："崴嵬，崔巍，高貌也。"

蹇　阻碍。

吾愿　我（返回郢都）的心愿。

超回志度，行隐进兮。

超回　超，超越。回，迂回曲折，绕弯走路。超回，指行走时快时慢、时曲时直，与下词"志度"义同。

志度　借为"踌躇（chì duó）"。徘徊不前，心存疑虑，乍进乍退貌。与"踟蹰"义同。《广韵·至韵》："踌，踌躇，乍前乍却。"刘永济《屈赋音注详解》："惟超回二句，意有难明者，姑且阙疑。"此知难阙疑之义。自王逸以下，注此二句者，皆望文推测，迂曲为说，概不可取，唯郭在贻《楚辞解诂》，始以"踌躇"为释，庶几近之："踌躇，实即连绵词'踟蹰'之异文，而'志度'实又为'踌躇'之假借。"

行隐进　行，行进。隐，歇息。进，疑为难字之误。郭沫若《屈原赋今译》："'进'字与上'蹇吾愿兮'失韵，义亦难通，当为'难'字之误无疑。"行隐难，即进退两难。此二句计八字，前四字说徘徊不前，后四字说进退两难。

低徊夷犹，宿北姑兮。

低徊夷犹　徘徊犹豫。

北姑　地名，未详。大约在汉北、郢都之间。

按：饶宗颐《楚辞地理考》以为北姑即齐地之薄姑，在今山东省博兴县东北。此篇作于第二次使齐，而怀王入秦之后。其说可参。

烦冤瞀容，实沛徂兮。

烦冤　心情烦乱，感到冤屈。

瞀容　瞀（mào），心神昏乱。王逸《楚辞章句》："瞀，乱也。"容，通"傛（yóng）"，不安。瞀容，心神昏乱不宁。

实　是；此。王逸《楚辞章句》："实，是也。"

沛徂　疾走；颠沛奔走。王逸《楚辞章句》："徂，去也。"陆侃如等《楚辞选》黄孝纾注："沛徂，疾走。"

按：以上四句写"狂顾南行"的佯狂行动和冤屈难申的痛苦心情。

愁叹苦神，灵遥思兮。

愁叹苦神　愁，忧愁。叹，咏，咏诗。苦神，使精神劳苦。忧愁幽思吟诵诗章，使精神十分劳苦。王逸《楚辞章句》："愁叹苦神者，思旧乡而神劳也。"旧注多本王说。

按：《广雅·释诂二》："叹，咏也。"《杨君石门颂》："世世叹诵。"此愁叹苦神与"忧愁幽思而作《离骚》"之义略同。屈赋言愁者多，而以"愁叹"为词者仅此一见，下文有"道思作颂"，可知"愁叹"亦即言此，故又有"苦神"之语。

灵　灵魂。

遥思　远思。指思念遥远的郢都。王逸《楚辞章句》："灵遥思者，神远思也。”

路远处幽，又无行媒兮。

路远　指汉北至郢都路途遥远。

处幽　处于幽僻之处。王逸《楚辞章句》：“路远处幽者，道远处僻也。”

无行媒　行媒，媒介。喻指可向楚王说合的人。无行媒，没有媒介。

道思作颂，聊以自救兮。

道思　在道路上思想，即边行边思。朱熹《楚辞集注》：“道思者，且行且思也。”一说道训道说，述说。道思，述说思想。

作颂　颂为《诗》的六义之一，又为用以颂扬的诗文文体。此处指诗歌。作颂，作诗歌。

聊以　姑且用以。

自救　自我解脱。王逸《楚辞章句》：“道思者，中道作颂，以舒怫郁之念，救伤怀之思也。”

忧心不遂，斯言谁告兮。

不遂　不达；不能表达。王逸《楚辞章句》：“忧心不遂，不达也。”

斯言　这些话。

谁告　告诉谁。王逸《楚辞章句》：“谁告者，无所告愬（诉）也。”

《抽思》今译

（阅读顺序先上下、后左右）

我抑郁，我忧伤，
孤独长叹，倍感凄凉。
心绪抑塞着总不能舒畅，
身处黑夜，黑夜又是这般漫长。

秋风动容，使草木凋落，
为什么是这样回旋飘荡！

唉！每每想起君王的多怒，

我就格外地痛苦悲伤。
我想离开故乡而高飞远走，
看到人民的苦难我就镇定下来，不忍
心这样。
我把种种情感结成诗章，
恭恭敬敬呈献给君王。

往昔，你曾与我约定，
信任我直到岁月的黄昏。
可是中途你就改变了，
真没想到你又有了他心。

你骄傲地向我夸耀他们的美好，
又傲慢地向我炫示他们的德性；
和我说过的话全不信守，
你发怒，故意给我加上罪名。

我想寻找机会自我表白，
怎敢呢，我怀着深深的恐惧；
我想进见而犹疑不定，
唉！真叫人伤心、悲戚。

我把这种种感情一一表白，
君王呵，你却装聋不闻不睬；
本来忠直的人不会做出媚态，
果然众人把我当作了祸害。

当初我所说的道理明白无疑，
哪知你很快就已忘记；

为什么我要忠言直谏，
我是希望你的德行更加完美。
希望你以三王五霸作为榜样，
我也以彭咸来勉励自己。
效法圣贤就会达到至高境界，
远播的声誉就会千秋永垂。

善良的德行不由外来，
美好的名声不可虚作。
谁不付出会得到报答？
谁不播种会有收获！

小歌：
君王呵，我向你抒发胸中的不平，
朝朝暮暮都在倾诉衷情。
你骄傲地向我夸耀他们的美好，
我的忠言，你却傲慢地不屑一听。

唱：
有只鸟儿从南方飞来，
栖息在这汉北的地方。
她美好的羽毛，艳丽的模样，
被弃逐在外，独处荒远的异乡。

既然我孤独地洁身自保不随俗流，
又无替我说合的良媒在君王身旁。
因此在遥远的异地被一天天忘记，
希望申诉也成了梦想。

南望郢都的北山我流下眼泪，
面临流水而长长叹息。
本指望孟夏的短夜很快可以过去，
何曾想从夜晚到天明是度日如岁！
郢都的路途是这么遥远，
每天夜里我的灵魂都要无数次地来回。

茫茫黑夜，我看不清道路曲直，
南指着星月来辨识方向。
我希望径直地回去而不可能，
灵魂呵，为识别道路而来来往往。

为什么我的灵魂忠而又忠，
人们的心思都与我不同？
我的使者孱弱，媒介不通，
并且还不理解我的举动。

尾声：
长长的浅滩急流奔湍，
逆流而上，又经过了深潭。
我佯狂四顾向南行走，

姑且让这忧郁的心得以慰安。
田间小道上的石头高低不平，
阻碍着道路，我无法如愿。
迂回往复，徘徊不前，
我或行或歇，进退两难。

我徘徊犹豫，
在北姑宿留。
我心烦意乱，感到冤屈，
就这样往南疾走。

唉！我忧愁咏叹而神思劳苦，
我的灵魂却总是遥念国都。
路途遥远我又独处（chǔ）幽处（chù）。
没有媒介，这情怀怎能陈述！

我一边行走一边作诗，
且聊以解救自身的痛苦。
一片忧心不能表达，
这些话儿又能向谁倾诉！

五、《怀沙》注释

　　【释题】　怀沙，怀念长沙，与《哀郢》构词相同。汪瑗《楚辞集解》云："怀者，感也。沙，指长沙。题'怀沙'云者，犹《哀郢》之类也。"楚先王熊绎始封于丹阳，南括长沙。长沙为楚东南之会，汨罗所在。自白起拔郢，屈原已觉报国无门，遂有沈渊效国，终焉之志。长沙，楚先王故居之地，而抱石沉于汨罗，亦首丘之意耳。东方朔《沉江》篇有"怀沙砾以自沉"之语，是误解"怀沙"之义。太史公本传曰："（屈原）乃作《怀

沙》之赋……于是怀石，遂自投汨罗以死。"朱熹《楚辞集注》曰："怀沙，言怀抱沙石以自沉也。"显系误读太史公所致。《史记》所言，并非解释"怀沙"，而在记述作《怀沙》后，屈原自沉的方式。朱子不察，遂有抱石怀沙以沉汨罗之说。蒋骥《山带阁注楚辞》："若以怀沙为怀石，失其旨矣。"王夫之《楚辞通释》又有"怀沙者，自述其沉湘而陈尸于沙碛之怀"，亦非。

【原文及注释】

滔滔孟夏兮，草木莽莽。

滔滔　《史记》引作"陶陶"。和暖貌。王逸《楚辞章句》："滔滔，盛阳貌也。"

孟夏　夏季的第一个月，即农历四月。

莽莽　草木茂盛貌。王逸《楚辞章句》："言孟夏四月，纯阳用事，熙成万物。草木之类，莫不莽莽盛茂。"

伤怀永哀兮，汩徂南土。

伤怀　伤心，痛心。

永哀　永，长。长久地悲哀。王逸《楚辞章句》："怀，思也。永，长也。"

汩徂　汩（yù），迅疾貌。《方言》六："汩，疾行也。"王逸《楚辞章句》："汩，行貌。"按：字从曰，与从日之汨罗江之汨不同。又，汩有三音，汩乱、流水汩汩之汩读 gǔ；汩徂之汩读 yù，与《离骚》"汩余若将不及兮"之"汩"音同；涌波之汩读 hú，不可相混。徂（cú），往。《尔雅·释诂上》："徂，往也。"王逸《楚辞章句》："徂，往也。"汩徂，急往。

南土　南方之地。王逸《楚辞章句》："往居江南之土，僻远之处，故心伤而长悲思也。"按：长沙在郢都之南，故曰南土。

眴兮杳杳，孔静幽默。

眴（shùn）　同"瞬"。看。王逸《楚辞章句》："眴，视貌也。"洪兴祖补注："眴，与'瞬'同。"

杳杳　深远迷茫而无所见貌。

孔静　孔，甚。很静。

幽默　幽静无声。形容孔静。王逸《楚辞章句》："孔，甚也……默默，无声也。言江南山高泽深，视之冥冥，其野清静，漠无人声。"

郁结纡轸兮，离慜而长鞠。

郁结　郁积不畅。

纡轸　委屈而隐痛。此句与《惜诵》"心郁结而纡轸"义同，参见该条注。

离慜　离，同"罹"。遭遇。慜同"愍"。忧患。王逸《楚辞章句》："慜，痛也。"洪兴祖补注："离，遭也。慜，与愍同。"

长鞠　鞠，通"鞠"。穷困。《尔雅·释言》："鞠，穷也。"陆德明释文："鞠，又作鞠，同。"长鞠，久穷，久处困穷中。

抚情效志兮，冤屈而自抑。

抚情效志　抚问内心的情怀和检校自己的志节。与"扪心自问"义同。

冤屈而自抑　遭受冤屈，无处申诉而自我压抑。上句言扪心自问，此句言问心无愧。王逸《楚辞章句》："抚己情意，而考覈心志，无有过失，则屈志自抑，而不惧也。"

刓方以为圜兮，常度未替。

刓方以为圜　刓（wán），削。王逸《楚辞章句》："刓，削也。"圜，同"圆"。把方形之物削成圆形之物。与下文"变白以为黑"相类。

常度未替　常度，正常的法度。未替，没有废弃，改变。正常的法则并未废弃，改变。王逸《楚辞章句》："度，法也。替，废也。言人刓削方木，欲以为圜，其常法度尚未废也。以言谗人谮逐放己，欲使改行，亦终守正而不易也。"

易初本迪兮，君子所鄙。

易初本迪　易初，改变初衷。本迪，本当为下，下、变古通。迪，道。本迪，变道。说详闻一多《楚辞校补》。

君子所鄙　君子所鄙视。王逸《楚辞章句》："鄙，耻也。言人遭世遇，变易初行，远离常道，贤人君子之所耻，不忍为也。"

章画志墨兮，前图未改。

章画志墨　章，明。画，谋。志，念、记。墨，绳墨，准绳。意谓铭记着从前的谋划和行为的准绳。

前图未改　以往的图谋未曾改变。王逸《楚辞章句》："图，法也。改，易也。""以言遵先圣之法度，修其仁义，不易其形，则德誉兴而荣名立也。"其说亦通。

内厚质正兮，大人所盛。

内厚质正　内心忠厚，品质纯正。

大人所盛　大人，品格高尚的人。　盛，嘉许，赞美。大人所盛，为高尚的人所赞美。

巧倕不斵兮，孰察其拨正。

巧倕　倕，人名，尧时巧匠，是耜耒、钟、规矩、准绳的发明者。

斵　同"斫"，用刀斧砍削。

孰　谁。

察　明察，知晓。

拨正　曲直。徐灏《说文解字注笺》："拨有反正之义，故谓不正为拨。"《淮南子·主术》："扶拨以为正。"高诱注："拨，枉也。"孙诒让《札迻（yí）》："拨，谓曲枉。与正对文。"

玄文处幽兮，蒙瞍谓之不章。

玄文　黑色花纹。王逸《楚辞章句》："玄，墨也。"姜亮夫《屈原赋校注》："玄文，黑文也。"

处幽　处在幽暗的地方。王逸《楚辞章句》："幽，冥也。"

蒙瞍（méng sǒu）　有眸子而无见曰蒙，有目而无眸子谓之瞍。蒙瞍，瞎子。

不章　章，文采。不章，没有文采。一说，章，明。王逸《楚辞章句》："言持玄墨之文，居于幽冥之处，则蒙瞍之徒，以为不明也。言持贤知之士，居于山谷，则众愚以为不贤也。"

离娄微睇兮，瞽谓之不明。

离娄　传说中古之明目者，能见百步之外，秋毫之末。

微睇　略微一看。睇（dì），微视。意谓离娄略微一看，就能明白。

瞽（gǔ）　盲人。王逸《楚辞章句》："言离娄明目，无所不见，微有所眄（miàn），盲人轻之，以为无明也。言贤者遭困厄，俗人侮之，以为痴也。"洪兴祖补注："说文"：'瞽，目但有眹也。'"

变白以为黑兮，倒上以为下。

变白以为黑　把白的说成黑的。王逸《楚辞章句》："世以浊为清也。"汪瑗《楚辞集解》："白黑，喻善恶之混淆也。"

倒上以为下　即上下颠倒。王逸《楚辞章句》："俗人以愚为贤也。"汪瑗《楚辞集解》："上下，喻爵位之错乱也。"

凤皇在笯兮，鸡鹜翔舞。

凤皇在笯　凤凰，传说中的瑞鸟。笯（nú），鸟笼。《说文·竹部》："笯，鸟笼也。"《方言》卷十三："笼，南楚、江、沔之间谓之篣（péng），或谓之笯。"王逸《楚辞章句》："笯，笼落也。"祥瑞高贵的凤凰被关在竹笼里。

鸡鹜翔舞　鹜，鸭。鸡鸭飞舞游逛。王逸《楚辞章句》："言圣人困厄，小人得志也。"洪兴祖补注："鹜，凫属。"

同糅玉石兮，一槩而相量。

同糅玉石　糅，混杂，掺杂。玉与石一同混杂在一起。比喻贤愚、忠奸、好坏不分。王逸《楚辞章句》："贤愚杂厕。"洪兴祖补注："糅，杂也。"

一槩相量　槩，同"概"。古代量谷物时刮平斗斛的器具。《礼记·月令》："正权概。"郑玄注："概，平斗斛者。"一概相量，同等看待、评价。

夫惟党人之鄙固兮，羌不知余之所臧。

夫惟　句首语气词，有说明原因的作用，常在下句表示结果，略相当于正是因为。

党人　结党营私的人们。

鄙固　鄙陋，顽固。

羌　连词。楚语，相当于"乃"。

臧　同"藏"，汪瑗《楚辞集解》："余，屈子自谓也。所藏，谓之所蕴蓄者，下文所言是也。藏，一作臧，古通用，或曰，臧，善也。谓不知己之善也。亦通。"王夫之《楚辞通释》："今党人识既鄙固，又怀嫉忌，国事不审，安危不察，既莫我用，反诬我以所谋不臧而屈抑之。忠直之不达，固已。"

任重载盛兮，陷滞而不济。

任重载盛　任重，指能担负重任。载盛，指能承载很多东西。任重载盛，指自己有担当重任的能力。洪兴祖《楚辞补注》："盛，多也。言所任者重，所载者多也。"汪瑗《楚辞集解》："以牛马负物曰任，以舟车乘物曰载。盛，多也。言所任者重，所载者多也。"

陷滞不济　陷滞，陷没于坎阻而沉滞不能行。不济，不济事，不能成功。

陷没于坎阻而沉济不行，不能成其事。王逸《楚辞章句》："陷，没也。济，成也。言己才力盛壮，可任重载，而身放弃，陷没沈滞，不得成其本志。"一释济为度。不济，指车载重，陷入泥泞，而不能度过。朱熹《楚辞集注》："此言重车陷泞，而不得度也。"喻指小人当权误国。其说可参。

怀瑾握瑜兮，穷不知其所示。

怀瑾握瑜　瑾、瑜皆美玉。怀揣着瑾，握持着瑜，比喻人具有高洁的品格和非凡的才能。

穷不知所示　穷，困穷。示，示人，给人看。有宝玉而不知向谁举示。王逸《楚辞章句》："示，语也。言己怀持美玉之德，遭世暗惑，不别善恶，抱宝穷困，而无所语也。"蒋骥《山带阁注楚辞》："不知所示，人皆不识，无可举示也。"按：汪瑗《楚辞集解》："不知所示，谓不自夸示于人也……屈子可谓得孔子韫椟而藏，待价而沽之道矣。"非是。

邑犬群吠兮，吠所怪也。

邑犬　人所聚居之地为邑。邑犬，邑中之犬。

群吠　狗叫为吠。成群的狗叫。

所怪　所感到怪异的，指贤者和世俗小人不同，故为群犬所吠。王逸《楚辞章句》："言邑里之犬，群而吠者，怪非常之人而噪之也。以言俗人群聚毁贤智者，亦以其行度异，故群而谤之也。"

非俊疑杰兮，固庸态也。

非俊疑杰　非，诽谤，排挤。疑，疑忌，猜疑。俊、杰，才过千人为俊，过万人为杰。说见《说文》并《说文系传》。俊杰，才能超群能治国的人。王逸《楚辞章句》："千人才为俊，一国高为杰也。《史记》云：诽骏疑杰。"非俊疑杰，诽谤疑忌有治国之才的俊杰。

固　本来。

庸态　庸俗的人们的常态。王逸《楚辞章句》："庸，厮贱之人也。

言众人所谤，非杰异之士，斯庸夫恶态之人也。何者，德高者不合于众，行异者不合于俗，故为犬之所吠，众人之所讪也。"

文质疏内兮，众不知余之异采。

文质疏内　文、质相对，疏、内相对。文疏，指文饰于外的（即外表）疏疏落落。质内，指韫含于内的品德坚毅刚强。

众　众人，大家。包括党人和世俗之人。

不知　不知道，不了解。

异采　特异的文彩。指自己崇高的品德和对国家生死存亡及富强的价值。

按：此句多歧说，陆侃如等《楚辞选》黄孝纾注："文，文彩。质，品德。疏，布也。此句是说文彩、品德都布存在内心。"可参。

材朴委积兮，莫知余之所有。

材朴　又直又粗壮的木材。王逸《楚辞章句》："条直为材，壮大为朴。"

委积　委，委弃。积，堆积。委积，委弃堆积。材朴委积，喻指把栋梁之材堆积一边，弃置不用。或以为喻多才艺。

莫知余之所有　所有，指自己所具有的美德和才能。众人概不知我所具有的美德和才能。王逸《楚辞章句》："言材木委积，非鲁班则不能别其好丑。国民众多，非明君则不知我之能也。"

重仁袭义兮，谨厚以为丰。

重仁袭义　重，读 chóng，累积。袭，与"重"同义。仁而又仁，义而又义，即积仁累义。王逸《楚辞章句》："重，累也。袭，及也。"洪兴祖补注："《淮南》云：'圣人重仁袭恩。注云：袭亦重累。'"

谨厚以为丰　谨厚，谨慎敦厚。丰，大。以谨慎敦厚来提高自己的修养。王逸《楚辞章句》："谨，善也。丰，大也。言众人虽不知己，犹复重累仁德，及兴礼义，修行谨善，以自广大也。"

重华不可遌兮，孰知余之从容。

重华　虞舜的名。

遌（è）　义与迕（wǔ）同，相遇。按：《广韵·铎韵》："遌，心不欲见而见曰遌。"也泛指相遇。《玉篇·辵部》："迕，遇也。遌，同迕。"遌，《广韵》音五各切，今音为è。《玉篇》音吴故切，今音为wǔ，为迕的异体。本注不取《玉篇》异体之说，而仅以义同释之。

从容　举动。王逸《楚辞章句》："从容，举动也。言圣辟重华，不可逢遇，谁得知我举动欲行忠信也。"汪瑗《楚辞集解》："从容，举动自得之意，言不变其所守，而汲汲以求进也。"

古固有不并兮，岂知其故也？

古固有不并　不并，指不能并出。自古以来圣君和贤臣就有不同时而生的情况。王逸《楚辞章句》："并，俱。"洪兴祖补注："此言圣贤有不并时而生者，故重华不可遌，汤、禹不可慕也。"

岂知其故也　岂，表示反诘。故，缘故。哪里知道这是什么缘故。王逸《楚辞章句》："言往古之世，忠佞之臣不可俱并事君，必相戕害。故曰：岂知其何故。一本此与下句末皆有'也'字。《史记》云：岂知其故也。"闻一多《楚辞校补》："当从《史记》作'岂知其故也'。"

汤禹久远兮，邈不可慕也。

汤禹　夏禹和商汤两位圣君。

久远　时间相离长久，邈远。夏禹建国在公元前 2070 年，商汤开国在前 1600 年，离屈原生活的时代（前 343—前 272 年）相距千数百年，故言久远，言邈。

邈不可慕　邈远而不可思慕。王逸《楚辞章句》："慕，思也。言殷汤、夏禹圣德之君，明于知人，然去久远，不可思慕而得事之也。《史记》云：邈不可慕也。"《章句》"慕"后无"也"字。闻一多《楚辞校补》："当从《史记》作'邈不可慕也'。"

惩连改忿兮，抑心而自强。

惩连改忿　惩，止。王逸《楚辞章句》："惩，止也。"连，当从《史记》作违。违与悍通，恨也。忿，愤恨。闻一多《楚辞校补》："王念孙云：连当从《史记》作违。违与悍通，《广雅·释诂四》曰：'悍，恨也。''惩违'与'改忿'对文。按王说是也。朱本亦作违。"

抑心自强　抑心，抑制怨愤之心，而努力自勉。王逸《楚辞章句》："按慰己心，以自勉强也。"

离愍而不迁兮，愿志之有像。

离愍不迁　离愍，亦作离愍、离闵、离潜。遭遇忧患，痛苦。不迁，不迁易、改变初衷。虽遭受忧患痛苦，而不改变初衷、节操。

愿志之有像　愿，希望。志，志意。像，法式，榜样。但愿我的志节能为后人留下榜样。王逸《楚辞章句》："像，法也。言己自勉修善，身虽遭病，心终不徙，愿志行留于后世，为人法也。《史记》像作象。"一说以古人为法。蒋骥《山带阁注楚辞》："有像，欲法彭咸之死也。"马其昶《屈赋微》："谓以古人为法也。"

进路北次兮，日昧昧其将暮。

进路北次　路，道路。次，止舍。在北行的路途舍止。

日昧昧其将暮　昧昧，昏暗不明貌。将暮，将要天黑。胡文英《屈骚指掌》："汨罗水，在湘阴县北七十里，由湘阴至汨罗，则为北次。而日阇阇而无光，悽惨之象，为时将至矣。"

舒忧娱哀兮，限之以大故。

舒忧娱哀　使忧愁之思得以舒解，使哀伤之心暂得欢娱。王逸《楚辞章句》："娱，乐。《史记》云：含忧虞哀。"

限以大故　限，极限，大限。大故，指死亡。即死期已到。王逸《楚辞章句》：“限，度也。大故，死亡也。言己自知不遇，聊作词赋，以舒展忧思，乐己悲愁，自度以死亡而已，终无它志也。”

乱曰：浩浩沅湘，分流汩兮。

乱 乱为乐之结，即尾声。详《离骚》“乱”字注。

浩浩 水流广大貌。王逸《楚辞章句》：“浩浩，广大貌也。”

沅湘 沅水和湘水。

分流 乱流。汪瑗《楚辞集解》：“分流，乱流也。”

汩（hú） 波涌貌。洪兴祖《楚辞补注》：“汩，音骨者，水声也。音鹘者，涌波也。”

修路幽蔽，道远忽兮。

修路 漫长的道路。

幽蔽 幽深蔽暗。

忽 荒忽。形容道远。王夫之《楚辞通释》：“忽，荒忽。”或以远忽连言为词，远忽，即极远之意。蒋骥《山带阁注楚辞》：“幽蔽远忽，即杳杳静默之意。”姜亮夫《楚辞校注》：“远忽，犹言远极也。”亦通。

怀质抱情，独无匹兮。

怀质抱情 怀、抱同义，同义复合则为怀抱。质、情同义，义为诚信。怀抱诚信。《左传·昭公十九年》：“楚子闻蛮氏之乱也，与蛮子之无质也。”杜预注：“质，信也。”

独无匹 独，孤独。无匹，当作无正，无人证明。按：正，众本多作匹。朱熹《楚辞集注》：“匹，当作正，字之误也。”闻一多《楚辞校补》：“匹，俗作疋，与正字形近……朱说是也。”

伯乐既没，骥焉程兮。

伯乐 春秋时善相马的人，即受到秦穆公赏识的孙阳。

没　殁，死去。《史记》没作殁。

骥　骐骥，千里马。

焉程　焉，哪里，怎么。程，量。哪里衡量。王逸《楚辞章句》：“伯乐，善相马也。程，量也。言骐骥不遇伯乐，则无所程量其才力也。以言贤臣不遇明君，则无所施其智能也。”

万民之生，各有所错兮。

万民之生　万民的一生。一本作人生禀命，一本作民生禀命，一本作民生有命。闻一多《楚辞校补》：“当从一本作‘民生禀命’。……‘禀命’为古之恒语。王注曰‘言万民禀受天命’，正以‘禀受天命’释‘禀命’二字。宋本及泷川会注本、《史记》并作‘民生禀命’。朱本、元本同。”现当代注家或作“万民之生”（姜亮夫）、“人生禀命”（刘永济）、“民生禀命”（陆侃如等），皆可通。

各有所错　错，通“措”。措置，安排。各人有各人的安排。王逸《楚辞章句》：“错，安也。言万民禀受天命，生而各有所错，安其志。或安于忠信，或安于诈伪，其性不同也。一云：民生有命。《史记》民作人。一云：民生禀命。”按王注，当作“万民禀命”。

定心广志，余何所畏惧兮。

定心广志　定，坚定。广，光大。心、志，思想和意志。使心志更加坚定、宽广。

何所畏惧　没有什么可惧怕的。王逸《楚辞章句》：“言己既安于忠信，广我志意，当复何惧乎？威不能动，法不能恐也。”朱熹《楚辞集注》：“言民之生，莫不禀命于天，而随其气之短长厚薄，以为寿夭穷达之分，固各有置之之所而不可易矣。吉者不能使之凶，凶者不能使之吉也。是以君子之处患难，必定其心而不使为外物所动摇，必广其志而不使为细故所狭隘，则无所畏惧而能安于所遇矣。”此理学家之言也，与屈子意合。又，胡文英《屈骚指掌》：“人命受命于天，谅有一定之数，则余之心，虽将死不乱；余之志，将取义成仁，又何畏惧哉！"其说至确。

曾伤爰哀，永叹喟兮。

曾伤　曾，一作"增"，通"增"。曾伤，深重的悲伤。

爰哀　爰、哀义同。悲哀，悲愤。《方言》卷六："爰，恚也。楚曰爰。"郭璞注："谓恚悲也。"又卷十二："爰，哀也。"或以为通"咺（xuǎn）"。王念孙《读书杂志馀编·楚辞》："爰哀，谓哀而不止也……《方言》曰：'凡哀泣而不止曰咺。'又曰'爰、嗳，哀也。'爰、嗳、咺，古同声而通用。"

永　久，长。

叹喟　叹、喟（kuì）同义。感慨叹息。王逸《楚辞章句》："喟，息也。言己所以心中重伤，于是叹息自恨，怀道不得施用也。"

世溷浊莫吾知，人心不可谓兮。

世　世道。

溷浊　溷（hùn），混乱。浊，污浊。混乱而污浊。

莫吾知　莫知吾；不了解我。

人心　指世俗之人，小人之心。

不可谓　谓，说。不可谓，不可说。王逸《楚辞章句》："谓，犹说也。言己遭遇乱世，众人不知我贤，亦不可户告人说。"人心不可谓，亦有人心叵测之意。

知死不可让，愿勿爱兮。

知死不可让　让，辞让，避免。知道死亡不可避免，自己将以身殉国。王逸《楚辞章句》："让，辞也。言人知命将终，可以建忠仗节死义，愿勿辞让，而自爱惜之也。"

愿勿爱　愿，愿意。勿爱，指不惜舍弃生命，即愿以身殉国。洪兴祖《楚辞补注》："屈子以为知死之不可让，则舍生而取义可也。所恶有甚于死

者，岂复爱七尺之躯哉！"舍生取义，语出《孟子》，《告子上》曰："生亦我所欲也，义亦我所欲也；二者不可得兼，舍生而取义者也。"

明告君子，吾将以为类兮。

明告君子　明告，当读为"明皓"，光明磊落之意。明皓君子，光明正大的君子。

吾将以为类　以为，以此为，即以明皓君子为……。类，法式，榜样。我将以光明正大的君子为榜样。

> 按：此二句自王注以降，释皆有误。王逸《楚辞章句》："告，语也。类，法也……言己将执忠死节，故以此明白告诸君子，宜以我为法度。"于文义不可通。所谓"吾将以为类"者，当是以上句"明告君子"为类。郭沫若《屈原赋今译》注曰："明告，当读为明皓，乃君子之形容辞。"亦即《离骚》"从彭咸之所居"、《抽思》"指彭咸以为仪"之义。郭说是也。

《怀沙》今译

（阅读顺序先上下、后左右）

和煦的孟夏呵，
草木青青。
心灵的创伤，使我永含哀愁，
我向荒远的南方疾行。

渺渺茫茫，什么也不曾看见，
四周幽静极了，没有一点儿声音。
委曲、抑郁压着心胸，

我遭受着忧患的困境。
抚胸自问而不惭愧，
我只有强抑着这含冤的心灵。

难道方形的东西可以削为圆的？
正常的法则不可更替。
改变当初的志向和主张，
这是为忠正的君子所鄙夷。

我铭记着当初的谋划和行为准绳，
从前的志向和谋划决不变易。

我相信内心敦厚、品质方正，
总会得到仁人君子的赞美。
名匠巧倕如果不用斧子砍削，
谁又能知道他技艺的神奇。

五彩的花纹放在幽暗的地方，
眼瞎的人却说并不漂亮。
明察秋毫的离娄只消略略一望，
而盲人却以为他眼力不强。

把洁白的说成污黑，
把上面的颠倒在下方。
高贵的凤凰关在竹笼里，
鄙俗的鸡鸭却逍遥地飞舞游逛。

美玉和顽石混杂一起，
把它们来同等衡量。
试想那批鄙俗顽固的小人，
怎能了解我怀抱的志向。

我本有肩负重任的德才，
不被重用，却被掩埋。
如同怀持着美好的宝玉，
终不能贡献、表白。

街巷的群犬一同狂吠，

它们见了我感到奇怪。
非难和怀疑俊杰，
这本是庸人的常态。

我外表疏落而内心高尚，
人们却不知道我的异彩。
如同把未雕琢的木材堆弃一边，
不知我有栋梁之材。

仁而又仁，义而又义，
我谨慎厚重，不断提高自己。
圣明的重华不可遇到，
谁能知道我志行的高洁！

自古以来贤臣和明君难以并出，
谁知这是什么缘故！
夏禹和商汤离我们这样久远，
久远得简直是不可追慕。

改变我的怨艾吧，虽然我是怨恨满腔，
我要抑制激动的情感而勉力自强。
遭遇了忧患而不改变主张，
愿我的志行能成为后人的榜样。

我想向着北方找寻可以止息的处所，
可是天色将暮，太阳落下了山岗。
我该舒缓忧愁，欢娱衷肠，
大限已到，我将这样死亡。

尾声：

浩浩的沅湘，

奔流的波浪。

道路漫长而幽暗，

前途遥远而渺茫。

我怀抱着质朴而忠正的感情，

孤独地无人来做证明。

伯乐既已逝去，

千里马又有谁来鉴定？

人受命于天，禀赋不可变易，

是忠是奸自有一定的道理。

坚定了心意，光大了志向，

我又有什么可以畏惧！

悲伤重重呵我哀泣不止，

一次又一次长长叹息。

世道污浊，没有人能了解我，

人心不同，向他们倾诉又有何益！

我知道死已不可避免，

决不会爱惜我这身躯。

光明磊落的君子是我的榜样，

我将以他们为同志而千秋永垂！

六、《思美人》注释

【释题】 美人，喻指楚王。在《抽思》中指怀王，与《离骚》同，本篇则指顷襄王。思美人，以诗首句为题，即取思念楚王，欲与之倾诉之意。洪兴祖《楚辞补注》："此章言己思念其君，不能自达，然反观初志，不可变易，益自修饬，死而后已也。"本诗写作时地，所思美人何所指，王逸《楚辞章句》曰："言己忧思，念怀王也。"蒋骥、姜亮夫皆本王说，以该篇承《抽思》立说，皆作于怀王时斥居汉北之时（见《山带阁注楚辞》《屈原赋校注》）。汪瑗《楚辞集解》曰："篇内曰'遵江夏以娱忧'，曰'茕茕而南行'，与《哀郢》《抽思》《怀沙》诸篇内一二旨意相类。《哀郢》乃作于顷襄王二十一年，况《哀郢》曰'至今九年而不复'，又曰'冀一反之何时'，盖年犹可纪，而尚望其还也。此则云'独百年而离愍'，曰'宁隐闵而寿考'，曰'命则处幽，吾将罢兮'盖百年永久，非复可纪，安于优游卒岁，而无复望还之心矣。是此篇作于《哀郢》之后无疑也。虽不可考其所作之年，要之在襄王之时，而非怀王之时则可必也。"

游国恩或本汪说，以为"《思美人》《哀郢》和《悲回风》三篇，都是屈原在顷襄王再放江南所作的。《思美人》云：'开春发岁兮，白日出之悠悠。吾将荡志而愉乐兮，遵江夏以娱忧。'又云：'独茕茕而南行兮，思彭咸之故也。'这可证明《思美人》一篇正作于这次放逐的途中。"（见《楚辞论文集·屈原作品介绍》）游说可从，诗中不乏佐证：诗云，"媒绝路阻兮，言不可结而诒。"屈原在怀王时虽被疏远流放，但他还几次向怀王直谏。自子兰使上官大夫短屈原于顷襄王，顷襄王怒而迁屈原之后，屈原的处境就更加艰难了，所以说"媒绝路阻"。又云："独历年而离愍兮，羌冯心犹未化。"这也合于再放江南的语气。因为在这以前，屈原已经历了多年的忧患。若在怀王时这样说，则似过早。再如"知前辙之不遂兮，未改此度。"前句写怀王时背齐合秦政策的错误，后句指顷襄王的媚敌、重蹈错误的老路。至于篇中所反映的心情较为淡定，游氏曰："或因他饱经忧患，已自分'命则处幽'之故，所以反倒处之泰然，安之若素，不像初放时感情的波动。"是也。

本篇及《惜往日》《橘颂》《悲回风》计四篇关涉真伪，洪兴祖已疑《思美人》以下四篇非屈子所作，而现代学者怀疑者尤多，陆侃如、冯沅君、陈钟凡、林庚均本洪说而申发之，刘永济《屈赋通笺》则在《九章》中去除了这四篇，曰："今校定后四篇非屈作。"《通笺》在《九章》题解中言之甚详。

疑《怀沙》以下四篇非屈作的理由颇多：一为《史记》以《怀沙》为绝笔；一为扬雄拟古之作《畔牢愁》所拟自《惜诵》至《怀沙》，仅此五篇；一为后四篇皆无乱辞，除《橘颂》外又皆无标题；一为某些诗句不类屈原口气，有的似为吊屈子者所为；一为王逸注刘向《九叹》"叹《离骚》以扬意兮，犹未殚於《九章》"曰："殚，尽也，言己忧愁不解，乃叹唫（同'吟'）《离骚》之经，以扬己志，尚未尽《九章》之篇，而愁思悲结也。"诸种证据，以《史记》、扬雄《畔牢愁》和刘向《九叹》并王注最为有力，而其他皆推断而已。汤炳正在《关于〈九章〉后四篇真伪的几个问题》中对《怀沙》以下后四篇持肯定态度，他以为：一、屈赋二十五篇之数，最晚在西汉景、武之际的刘安早已辑成定本；二、元、成之世的刘向，是见过《九章》的，他的《九叹》即为摩拟《九章》之作，东方朔《七谏》与严忌《哀时命》，也有对《九章》的摩拟之迹；三、稍后于刘向的扬雄，也读过《九章》；四、上溯宋玉，宋玉也见过今本《怀沙》以下篇章（见《屈赋新探》）。论证甚详，其说可参。

【原文及注释】

思美人兮，擥涕而伫眙。

思美人　思念楚王。王逸《楚辞章句》："言己忧思，念怀王也。"

按：此美人当指楚襄王，说详"释题"。

擥涕　擥，同"揽（揽）"。涕，涕泪。挥泪。汪瑗《楚辞集解》："揽，抆而挥之也。自鼻出曰涕，哀泣则有之。"

伫眙（zhù chì）　伫，同"佇（伫）"，《文选》作"佇"。久立。眙，直视。汪瑗《楚辞集解》："佇，久立也。眙，直视也。揽涕佇眙，即《诗》'瞻望弗及，佇立以泣'之意。"

媒绝而路阻兮，言不可结而诒。

媒绝路阻　媒，媒人，媒介。绝，断绝。路，所以通往来的道路。阻，阻隔，阻断。媒介断绝，道路阻隔。形容自己孤立无援。

言不可结而诒　结，编结。诒，赠予。许许多多的话儿不可编结起来赠给君王。此句与《惜诵》"固烦言不可结而诒兮，愿陈志而无路"、《抽思》"结微情以陈词兮，矫以遗夫美人"略同。王逸《楚辞章句》："秘密之语，难传诵也。"

蹇蹇之烦冤兮，陷滞而不发。

蹇蹇　同"謇謇"，忠直貌。《易·蹇》："王臣蹇蹇。"高亨注："謇謇，直言不已也。"与《离骚》："余固知謇謇之为患兮"之"謇謇"义同。

烦冤　烦忧冤屈。

陷滞而不发　陷入泥淖而不能自拔。王逸《楚辞章句》："含辞郁结，不得扬也。"汪瑗《楚辞集解》："陷滞不发，言路阻也。"胡文英《屈骚指掌》："若车之陷于泥淖，不能自拔也。"此句与《怀沙》"陷滞而不济"略同。

申旦以舒中情兮，志沈菀而莫达。

申旦　申，至。自夜达旦，即通宵达旦。洪兴祖《楚辞补注》："《九辩》云：申旦而不寐。五臣云：申，至也。"按：王逸《楚辞章句》："诚欲日日陈己心也"，释申旦为日日，申义为重。胡文英《屈骚指掌》："申旦，明其旦誓之信"；释申为明，旦为旦旦之言，义为诚恳。二说亦通。

舒　抒发；舒展。

中情　内心的思想感情。王逸《楚辞章句》："诚欲日日陈己心也。"

沈菀　菀（yù），郁结。沈菀，沉郁。洪兴祖《楚辞补注》："菀，音郁，积也。"

达　通达。王逸《楚辞章句》："思念沈积，不得通也。"

愿寄言于浮云兮，遇丰隆而不将。

愿　愿意，希望。

寄言　寄托言语；捎话。

浮云　天空飘浮不定的云。王逸《楚辞章句》："思讬要媒于神灵也。"

丰隆　云神，一说雷神。

将　送。《淮南子·诠言》："来者弗迎，去者弗将。"高亨注："将，送也。""弗将"与"不将"用法同。王逸《楚辞章句》："云师径游，不我听也。"王夫之《楚辞通释》："将，致也。"蒋骥《山带阁注楚辞》："将，送也。"听、致、送义相通，均有送致、捎带义。

因归鸟而致辞兮，羌迅高而难当。

因　依凭。

归鸟　天将暮而欲归林之鸟。

致辞　致意，传话。与寄言义同。

羌　楚语词，用于句首。

迅高　飞得又疾又高。迅高一本作宿高。

难当　当，值。难以碰到。汪瑗《楚辞集解》："归鸟，疾飞之鸟，盖鸟归巢则飞犹疾也。致辞，犹寄言也。迅，言飞之速也。高，言飞之远也。当，值也。言欲因浮云而寄言于美人，则云师虽相遇，而乃径逝，莫我承也。欲因归鸟而致辞于美人，则归鸟飞速，而又高不易相值也。夫相遇者既莫我承，而归鸟迅高又不易值，则此言何时可结而诒邪？""呜呼！美人既不可得而见矣，然媒又绝焉，路又阻焉，言又不可结而诒焉，其能惄然（惄，jiá，无愁貌）于心乎？"

高辛之灵盛兮，遭玄鸟而致诒。

高辛　帝喾（kù）的别号。

灵盛　亦即神灵，德行神圣盛大。王逸《楚辞章句》："帝喾之德茂神灵也。"洪兴祖补注："《史记》：帝喾高辛者，黄帝之曾孙。生而神灵，自言其名。"

遭　遇。

玄鸟致诒　玄鸟，燕子。致诒，致赠。王逸《楚辞章句》："喾妃吞燕卵以生契也。言殷契合神灵之祥知而生，于是性有贤仁，为尧三公。屈原亦得天地正气而生，自伤不遭圣主，而遇乱世也。"玄鸟致诒，事本《商颂·玄鸟》："天命玄鸟，降而生商。"商即契，为商的始祖。郭沫若《屈原赋今译》释玄鸟为凤凰，以"玄鸟致诒"与《离骚》之"凤凰既受（授）诒兮，恐高辛之先我"为同一故事，非是。参见《离骚》注。

欲变节以从俗兮，媿易初而屈志。

欲　想要。为设若之词，不是真想。

变节从俗　改变忠贞的节操而随同俗流。王逸《楚辞章句》："念改忠直，随谗佞也。"

媿　同"愧"。

易初　改变初衷。

屈志　委屈心志。汪瑗《楚辞集解》："言己虽生不逢时，然亦不肯因世乱君昏，而遂变其所守，以赴时好也。"王夫之《楚辞通释》："贞邪异致，道不可屈。"蒋骥《山带阁注楚辞》："言所处虽穷，然节不可变。而设言宁守道以俟时也。"

独历年而离愍兮，羌冯心犹未化。

独　孤独。

历年　历，久。久年；以往的多年。《书·召诰》："有夏服天命，惟有历年。"孙星衍疏："历者，《释诂》云：'艾，历也。'《诗传》云：'艾，久也。'是历亦为久也。"

离愍　离，通"罹"。遭。愍，忧患。遭受忧伤祸患。

羌　楚语发语词。

冯心　冯，同"凭（凭）"。冯心，愤懑的心情。王逸《楚辞章句》："愤懑守节，不易性也。"洪兴祖补注："冯与凭（凭）同。"姜亮夫《屈原赋校注》："冯，洪、朱皆云与凭同。寅按：读为《天问》'康回凭（凭）怒'之凭（凭），愤懑也。"

未化　未变；未消。

宁隐闵而寿考兮，何变易之可为！

宁……何……　固定相关联格式或结构。宁后表示决意择取，何后表示决意摒弃。

隐闵而寿考　隐闵，隐忍忧伤。寿考，长寿；善终；终老。隐闵而寿考，隐忍忧伤而终老。王逸《楚辞章句》："怀智佯愚，终年命也。"汪瑗《楚辞集解》："寿考，善终也。"蒋骥《山带阁注楚辞》："寿考，犹没世也。"

453

按：考有终极义，汪、蒋释亦通。

何　表示反诘，相当于哪有。

变易　改变。即上句"易初而屈志"之意。

可为　可以做到。何变易之可为，变易，哪里可以做到？王逸《楚辞章句》："心不改更，死忠正也。"

知前辙之不遂兮，未改此度。

前辙不遂　辙，车辙，指道路。遂，顺遂。前辙不遂，前面已走过的道路不顺利，指怀王改变联齐抗秦的外交政策，致使军事受挫，国家受辱。王夫之《楚辞通释》："前辙，谓怀王听谗佞而国破身死于秦也。车覆马颠，所行不遂，亦明矣。"

未改此度　不改变错误的态度。与《离骚》"何不改乎此度"义略同。

　　按：此二句是写楚王还是自己，其说不一。王逸曰："比干、子胥蒙祸患也。""执心不回，志弥固也。"洪兴祖无补注。自朱熹以降，古今注家多本其说。唯王夫之大异其趣，以怀王、襄王军事外交政策之挫败说事，与《离骚》"不抚壮而弃秽兮，何不改乎此度"正合。其说可采，他说亦通。

车既覆而马颠兮，蹇独怀此异路。

车覆马颠　覆，翻覆。颠，颠仆。车仰马翻，指国家战败，处于危险境地。王逸《楚辞章句》："言车覆者，君国危也；马颠仆者，所任非人。"

蹇　楚语，发语词。

独　唯独，偏偏。指在有较好的选择时偏偏做了不当的选择。

异路　另一条路，指错误的道路。

勒骐骥而更驾兮，造父为我操之。

勒　套住，拉紧（骐骥的缰绳）。

骐骥　良马，千里马。

更驾　更换车驾。王逸《楚辞章句》："举用才德，任俊贤也。"

造父　周穆王时之善御者。王逸《楚辞章句》："御民以道，须明君也。"洪兴祖补注："《史记》：秦之先造父，以善御幸于周穆王。"

操之　操持；执辔。朱熹《楚辞集注》："操之，执辔也。"

　　按：此二句与《离骚》"乘骐骥以驰骋兮，来吾道夫先路"义合。

迁逡次而勿驱兮，聊假日以须时。

迁逡　逡巡；徘徊不进貌。洪兴祖《楚辞补注》："迁逡，犹逡巡，行不进貌。"

次而勿驱　次有停止义。驱为驱驰。次而勿驱，即不要匆忙奔驰，而是稳步行进之义。

聊　聊且，姑且。

假日以须时　假日，假以时日。须，待。假以时日，等待时机。

指嶓冢之西隈兮，与纁黄以为期。

嶓冢（bō zhǒng）　山名，在甘肃，又名兑山，秦国的始封地。

隈（wēi）　山角。

纁黄（xūn -）　即曛黄，昏黄。王夫之《楚辞通释》："嶓冢，在秦西，秦始封之地。纁黄，日斜色赤黄时。怀王听张仪之邪说，为秦所诱执。如纵辔驰驱以致倾覆，原愿顷襄惩前败而改辙，己将授以固本保邦待时而动之策。如操辔徐行，审端正术，则可以自强而待强秦之敝。秦者，楚不共戴天之仇而不两立之国也。深谋定虑以西捣其穴，至于嶓冢，虽未可卒图，而黄昏不为迟暮，此与岳鹏举痛饮黄龙之志同。而君懦臣奸，忠臣被祸，其不能雪耻以图存一也。"

开春发岁兮，白日出之悠悠。

开春发岁　春的开始，岁的开始，即春初岁首。

白日　晴日；明亮的太阳。

出之悠悠　悠悠然而出，冉冉升起。

吾将荡志而愉乐兮，遵江夏以娱忧。

荡志　散荡心情。汪瑗《楚辞集解》："荡志，谓开豁其心志也。"

愉乐　愉悦，欢乐。王逸《楚辞章句》："涤我忧愁，弘佚豫也。"弘，弘大。佚、豫义同，安乐。

遵江夏　遵，循。沿着长江和夏水。

娱忧　娱，欢娱，娱乐，有排遣义。娱忧，排遣烦忧。王逸《楚辞章句》："循两水涯，以娱志也。"汪瑗《楚辞集解》："娱忧，犹言消愁也。"

擥大薄之芳茝兮，搴长洲之宿莽。

擥　同"攬（揽）"。采摘。

大薄　草木丛生的荒野。

芳茝　茝，同"芷"。芳洁的白芷。王逸《楚辞章句》："欲援芳茝，以为佩也。"

搴（qiān）　拔取。

长洲　长长的沙洲。

宿莽　冬生不死的芳草。王逸《楚辞章句》："采取香草，用饰己也。楚人名冬生草曰宿莽。"此句与《离骚》"夕揽洲之宿莽"义同。

　　按：此二句写采芳草以为佩饰，亦即上二句所说荡志娱忧的内容。

惜吾不及古人兮，吾谁与玩此芳草？

惜　可惜。

不及古人　古人，指古之圣君贤臣。不及古人，意谓不与古之圣君贤臣同时。王逸《楚辞章句》："生後（后）殷汤、周文王也。"屈原在《离骚》中赞美汤与挚（伊尹）、禹与皋陶、殷王武丁与傅说、周文王与吕望、齐桓公与宁戚君臣际遇的佳话，表示了他的向往，对自己生不逢时表示了深深的遗憾和惋惜。此亦《离骚》"哀朕时之不当"之意。

谁与　与谁。

玩　赏玩。

　　按：此二句之意，汪瑗《楚辞集解》曰："此章言己采取芳草以为佩饰，而因叹俗人既不知此，古人又不可及，则将谁可与玩赏此芳草者乎？盖深憾浊世知己者之希也。"王夫之《楚辞通释》曰："原虽不见任，而犹未罹重谴，故将集思广谋，挐芳搴美，以有为于国。乃顷襄不可与言，无夏少康、燕昭王之志，则怀芳自玩，谁与听之。"二说甚是。

解萹薄与杂菜兮，备以为交佩。

解　采摘；摘取。汪瑗《楚辞集解》："解，折而取之也。"

萹薄　萹，萹竹。薄，野草丛生之地。萹薄，萹竹丛。王逸《楚辞章句》："萹，萹畜（蓄）也。"洪兴祖补注："《尔雅》曰：竹萹蓄。注云：似小藜，赤茎节，好生道旁。《本草》云：亦呼为萹竹。萹薄，谓萹蓄之成丛者。"又曰："按萹蓄、杂菜，皆非芳草。此言解去萹菜而备芳茝、宿莽以为交佩也。"

杂菜　各种野菜。汪瑗《楚辞集解》："萹蓄杂菜，皆非芳香久固之物，此言南夷俗人之所喜佩者也。下文所谓观南人之变态者，指此也。"王夫之《楚辞通释》："杂菜，薏菲之类，恶菜也。"

备　备置。

交佩　左右佩戴。按王逸章句，洪兴祖补注，此二句为屈原去除萹竹杂菜，而仅以芳茝、宿莽为佩饰。按汪瑗、王夫之说，则指朝廷之人、南人采摘恶草为佩饰，而抛弃芳草。审上下文意，汪、王说于理为近。

佩缤纷以缭转兮，遂萎绝而离异。

缤纷　繁盛，指顷襄王所采萹薄与杂菜之多。

缭转　纠缠，缠绕。喻指顷襄王为众多的小人所环绕。

遂　于是就。

菱绝　指屈原所采芳草枯萎死去。

离异　弃置不用。

吾且僤佪以娱忧兮，观南人之变态。

且　姑且。

僤佪（chán huái）　低回；逗留；徘徊。参见《惜诵》"欲僤佪以
干傺兮"注。

娱忧　见上注。

南人　本指南方荒远地区之人，与《涉江》之"南夷"同义。此处借
指楚朝廷群小之人。"观南人之变态"，王夫之《楚辞通释》："观党人
之所为。"是也。参见《涉江》"哀南夷之莫吾知兮"注。

窃快在中心兮，扬厥凭而不竢。

窃快在中心　窃，私，私下里。快在中心，在内心感到高兴。王逸《楚
辞章句》："私怀侥倖，而欣喜也。"

扬厥凭而不竢　扬，扬弃。厥，其。凭，凭怒，愤懑。《方言》卷二：
"凭，怒也。楚曰憑（凭）。"郭璞注："凭，恚盛貌。"不竢，竢同"俟"，
待。不俟，不待。马其昶《屈赋微》："《淮南》注：'扬，和也。''扬
厥凭'者，和其愤懑之心。'不竢'，言其忘仇之速也。"杨金鼎曰："两
句是说，楚国君臣只有欢娱逸乐之心，并无雪耻报仇之意，即上文所说的
'变态'。"是矣。

芳与泽其杂糅兮，羌芳华自中出。

芳泽杂糅　芳洁与污垢杂在一起。详《离骚》同句注。

羌　楚语词。

芳华自中出　芳华，芬芳的花朵。自中出，从中显现出来。芳香的花
朵虽与污秽的杂草混杂在一起，也能从中显现出来，不能掩盖。王逸《楚

辞章句》："生含天姿，不外受也。"朱熹《楚辞集注》："其芬芳自从中出，初不借美于外物也。"王、朱以芳华由内在本质决定，其说可参。

纷郁郁其远承兮，满内而外扬。

纷郁郁　纷，盛多。郁郁，浓郁。形容香气之浓盛。

远承　承，通"蒸"。蒸发。远蒸，芳香四溢，散发得很远。王逸《楚辞章句》："法度文辞，行四海也。"

满内　指芳香充溢自身。

外扬　向外播扬。王逸《楚辞章句》："修善于身，名誉起也。"

情与质信可保兮，羌居蔽而闻章。

情与质　行诸于外的情态和蕴含于内的本质。

信可保　信实可以保持。王逸《楚辞章句》："言行相副，无表里也。"

居蔽而闻章　居蔽，居处于偏僻之处。闻章，声闻彰显。王逸《楚辞章句》："虽在山泽，名宣布也。"

令薜荔以为理兮，惮举趾而缘木。

令　使。

薜荔　香草名。蔓生于树上，善攀缘。

理　媒理，媒人。王逸《楚辞章句》："意欲升高，事贵戚也。"

惮　难，怕。

举趾　抬脚。

缘木　缘，顺，循。缘木，顺着树干往上攀缘，亦即爬树。王逸《楚辞章句》："惮，难也。诚难抗足，屈蜷蜗也。"

因芙蓉而为媒兮，惮褰裳而濡足。

因　一本作"用"。就着；依凭；以。《说文·口部》："因，就也。"

芙蓉　荷花。

下篇　《离骚》《九歌》《九章》注译 一

459

媒　媒理；媒人。王逸《楚辞章句》："意欲下求，从风俗也。"

褰裳　褰，通"搴（qiān）"。撩起。洪兴祖《楚辞补注》："褰，读若搴，谓抠衣也。褰裳，撩起衣裳。"

濡足（rú -）　濡，沾湿。濡足，沾湿污浊了双脚。王逸《楚辞章句》："又恐汗泥，被垢浊也。"

　　按：上四句之意，汪瑗《楚辞集解》曰："薜荔，生于木者。芙蓉，生于水者。惮，畏难也。屈子思美人之情，可谓急矣。媒绝路阻，言不可结而诒矣。此令薜荔以为理，因芙蓉以为媒，特一举手一投足之劳，则言可结而诒矣，媒不绝路不阻矣，美人可得而见矣，顾以为惮而不为者。朱子曰：'内美既足，耻因介绍以为先容，而托以有惮也。'是此惮者，非不能也，不为也。观此，则前诸篇屡屡以理弱媒拙自恨者，岂诚然哉？特反言以责谗人之嫉己，人君之不察耳。此所谓惮者，乃其不肯变节以从俗，易初屈志之本心也，故曰情与质信可保兮。则上章所言，岂欺我哉？"汪说得之。

登高吾不说兮，入下吾不能。

登高　登上高处，指缘木而上。

不说　说，同"悦"。高兴；快乐。王逸《楚辞章句》："事上得位，我不好也。"

入下　进入低处，指濡足而下。

不能　做不到。王逸《楚辞章句》："随俗显荣，非所乐也。"汪瑗《楚辞集解》："登高不悦，入下不能，言不能与世浮沉也。"

固朕形之不服兮，然容与而狐疑。

固　本来，因为。

朕形　我的形之于外的表现、形象。

不服　不习惯。林云铭《楚辞灯》："不服，欲俗言不惯。"固朕形之不服，亦即《涉江》"吾不能变心而从俗"之意。王逸《楚辞章句》："我性婞直，不曲挠也。"

然　连词，表示承接关系，相当于乃，于是。

容与　徘徊。

狐疑　疑惑，犹豫。王逸《楚辞章句》："徘徊进退，观众意也。"汪瑗《楚辞集解》"然又自以为疑者，犹孔子曰'吾道非邪'之意，盖反言以见吾道之为是耳。屈子岂真遂有所疑于其心哉？"

广遂前画兮，未改此度也。

广遂　多方求得实现。汪瑗《楚辞集解》："广，扩而充之也。遂，必欲成之也。"

前画　先前的谋划，即对外联齐抗秦，对内任用贤才，实行法治。王逸《楚辞章句》："恢廓仁义，弘圣道也。"

此度　这种态度，指按前划去做。王逸《楚辞章句》："心终不变，内自守也。"

命则处幽吾将罢兮，愿及白日之未暮也。

命　命运。

则　副词。乃，就是。加强肯定的语气。

处幽　处于幽蔽的地方。

将罢　罢，读如字。休矣；完结。汪瑗《楚辞集解》："罢如字，休也。吾将罢兮，犹吾已矣夫之意，言道之不行也。旧注读作疲，谓身劳苦也。非是。"王夫之《楚辞通释》："罢，止也。"

白日　太阳。

未暮　未到日暮之时。汪瑗《楚辞集解》："犹言此身尚未死耳，欲及时修德立行也，唤上广遂前画二句。"

独茕茕而南行兮，思彭咸之故也。

独茕茕　孤独一人，没有伴侣。

彭咸　殷代贤人。详《离骚》"愿依彭咸之遗则"注。

故　故事；故迹。王夫之《楚辞通释》："故，故迹也。谓愤世沉江，彭咸之故事。己忠不白，国事益非，命已处于幽暗莫伸，则唯及败亡未至之日，一死而已。所以茕茕南行，将沉于湘也。"

《思美人》今译
（阅读顺序先上下、后左右）

思念美人儿呵，
擦干了眼泪而伫立远望。
媒介断绝，路途阻隔，
该用怎样的言语来表白衷肠？

忠言遭忧真是何天冤枉，
郁结不解的心儿怎能舒畅？
通宵达旦都想着表白我的情怀主张，
可是情志禁锢着又怎能张扬！

心想把话儿寄给天上的云彩，
遇着了云神他却不肯捎带。
又想就归鸟转达我的话语，
可是难得碰上呵，它飞得又高又快。

帝喾的德行神圣而善美，
他的妃子简狄遇着了玄鸟而生下殷契。

若要变节而随同俗流，
变易初衷、委屈心志我感到羞愧。

这些年，这祸患遭遇了多少，
至今我心中的愤懑未消。
我宁愿忍受痛苦直到终老，
改变志行却是无法做到。

你知道先王的道路很不顺利，
却偏偏不肯改变现在的主意。
车子既已倾覆，马儿也已倒地，
却执着地要依循这错误的轨迹。

你应该更换马儿而勒紧缰绳，
让善御的造父为我们驾车执辔。
慢慢儿前行且不要奔驰，
姑且费些时日等待时机。

你看那嶓冢山的西边，
那是秦国最初的封地。
我相信我们终究会达到目的，
即便是到了黄昏也在所不惜。

开春是一年开始的时光，
从东方升起了明亮的太阳。
我将要散荡心情，欢快地怀着希望，
顺着长江夏水游玩，排遣我的忧伤。

在草木丛生的旷野采摘芳芷，
在长长的洲中采摘宿莽。
可惜我不和古贤同时，
这芳草又能和谁玩赏？

你采集那些菪竹野菜，
用它做成左右的环佩。
成堆的恶草缠绕一起，
于是芳草枯萎而被抛弃。

我权且摈除烦忧在这儿逗留徘徊，
要看看朝中人们的变态。
他们在背地里苟且欢快，
把报仇雪耻置诸了度外。

芳洁与污秽掺杂一块，
芳香的花朵总能显现出来。
馥郁的香气散播得很远很远，
那是因为她有充实美好的内在。
我的情怀纯真而且长保，
纵是居于僻处声名也会传开。

让薜荔替我提亲吧，
我不愿抬起脚来攀登大树。
让芙蓉做我的媒介吧，
我不愿撩起衣裳沾污双足。

从来就不爱登高攀附，
也万万不能朝下同流合污。
因为我的身躯不习惯这样，
才徘徊不定而陷于孤独。

我遵循着从前的谋划行事，
决不会改变这种态度。
命运使我永处幽暗也罢，
也要努力前行，趁着还未日暮。
呵，我孤独一人向南行走，
是因为思慕彭咸的缘故。

下篇　《离骚》　《九歌》　《九章》　注译

七、《惜往日》注释

【释题】 《惜往日》之惜，与《惜诵》之惜义同，悼惜之义。往日，以往的时日、岁月。惜往日，即回忆悼惜从前的时日。洪兴祖《楚辞补注》曰："此章言己初见信任，楚国几于治矣。而怀王不知君子小人之情状，以忠为邪，以谗为信，卒见放逐，无以自明也。"诗中所写，带有回顾一生的性质，并屡言沉流赴渊，且情绪淡定，言辞浅显，故蒋骥、胡文英、游国恩、姜亮夫等皆以为绝笔之作。蒋骥《山带阁注楚辞》云："《惜往日》，其灵均绝笔欤？夫欲生悟其君不得，卒以死悟之，此世所谓孤注也。默默而死，不如其已，故大声疾呼，直指谗臣蔽君之罪，深著背法败亡之祸，危辞以撼之，庶几无弗悟也。苟可以悟其主者，死轻于鸿毛，故略子推之死而详文君之悟，不胜死后徐望焉。《九章》惟此篇词最浅易，非徒垂死之言，不暇雕饰，亦欲庸君入目而欲晓也。"胡文英《屈骚指掌》曰："《惜往日》之篇，垂死之音，作于今之湖南者。"而王夫之《楚辞通释》则以此篇为"决意沉渊"，《悲回风》为"永诀之辞"。

又，此篇亦涉真伪。"临沅湘之渊兮，遂自忍而沈流。卒没身而绝名兮，惜壅君之不昭""不毕辞而赴渊兮，惜壅君之不识"及一些其他诗句，绝类后人凭弔口气。

【原文及注释】

惜往日之曾信兮，受命诏以昭时。

惜往日 注见上。

曾信 曾经受到信任。王逸《楚辞章句》："先时见任，身亲近也。"

命诏 诏命，君王对臣民所发的命令。

昭时 昭，明。时，时代，时世。昭时，即使时世光明。王逸《楚辞章句》："君告屈原，明典文也。"此指命屈原"造为宪令"，使"国富强而法立。"一本作昭诗，说解大异其趣。王夫之《楚辞通释》："自当作时。时，是也。即下所云名法度也。"其说可参。

按：此时屈原曾任怀王左徒，"入则与王图议国事，以出号令；出则接遇宾客，应对诸侯，王甚任之。"事见《史记》本传。

奉先功以照下兮，明法度之嫌疑。

奉　承继，奉承。

先功　先王的功业。

照下　照临，昭示下民。王逸《楚辞章句》："承宣祖业，以示民也。"

明　明确。

法度　法律制度。

嫌疑　指法令中含混不清，不易理解把握的地方。王逸《楚辞章句》："草创宪度，定众难也。"朱熹《楚辞集注》："嫌疑，谓事有同异而可疑者也。"

国富强而法立兮，属贞臣而日娭。

国富强而法立　国家富强，法律建立，社会得到治理。王逸《楚辞章句》："楚以炽盛，无盗奸也。"楚怀王信任屈原，屈原受命昭时已见成效。

属　嘱托。

贞臣　忠贞之臣。屈原指自己。

日娭　娭，同"嬉"。戏乐。《说文·女部》："娭，戏也。"《广雅·释诂三》："嬉，戏也。"《玉篇·女部》："嬉，乐也。"按：《方言》卷十："江沅之间谓戏谓媱，或谓之嬉。"日娭，日日安乐，欢娱。王逸《楚辞章句》："委政忠良，而游息也。"

秘密事之载心兮，虽过失而弗治。

秘　秘而不宣；保密。

密事　国家机密之事。汪瑗《楚辞集解》："秘，不泄也。密事，机密之事。《易》曰：'凡事不密则害成。'夫事固当密，而密事自古有之，君子慎之。盖战国之时，征伐会盟，纵横游说之徒往来列国，曾无虚日，而密事更多，尤所当慎者，故屈子特言之。使造宪令，是一事也。

载心　藏之于心；装在心里。

虽……而……　一种固定连接结构。虽，虽然，表示有某种既成事实，预示后面的语意会有转折；而，表示转折。虽过失而弗治，虽然有过失，却不惩治。王逸《楚辞章句》："臣有过差，赦贳（shì）宽也。"赦贳，赦免。

　　按：此句注家多以秘密事三字连读，为名词，姜亮夫又以黾勉读秘密，非也。秘密事与上句"属贞臣"结构相同，为动宾词组。汪瑗以秘当动词，释为不泄，以密事为一词，为宾语，是也。

心纯厖而不泄兮，遭谗人而嫉之。

纯厖（- máng）　纯，纯洁。厖，厚实。纯洁而敦厚。

不泄　泄，泄露。不泄，不泄露。指秘密事，而不泄露。王逸《楚辞章句》："素性敦厚，慎语言也。"

遭谗人而嫉之　遭到谗佞之人的嫉妒。谗人，谗佞之人，此处指上官大夫。《史记》本传："上官大夫与之同列，争宠，而心害其能。怀王使屈原造为宪令，屈平属草稿未定，上官大夫见而欲夺之，屈平不与，因谗之曰：'王使屈平为令，众莫不知；每一令出，平伐其功曰，以为非我不能为也。'王怒而疏屈平。"本传所述，可为此句的注脚。王逸《楚辞章句》："遭遇靳尚及上官也。"

君含怒而待臣兮，不清澂其然否。

君含怒而待臣　指怀王偏听偏信，怒而疏屈平。王逸《楚辞章句》："上怀忿恚，欲刑残也。"

清澂　澂，同"澄"。清澈。清澂，澄清，鉴察。澂，一本作"澈"。蒋骥《山带阁注楚辞》："清澂，犹省察也。"

然否　然，是这样。否，不是这样。然否，是不是这样。不清澂其然否，即不分是非。王逸《楚辞章句》："内弗省察，其侵冤也。"侵冤，侵凌，使受冤屈。

蔽晦君之聰明兮，虚惑误又以欺。

蔽晦 掩蔽使不明，指谗佞之人掩盖真相蒙骗君王。汪瑗《楚辞集解》："蔽，壅其聰也。晦，障其明也。"

聰明 犹言视听。蔽晦君之聪明，即蒙蔽君王视听。王逸《楚辞章句》："专擅威恩，握主权也。"意谓蒙蔽君王，使君王按照他们的意愿行事。

虚惑误又以欺 虚，虚伪，虚假。惑，迷惑，惑乱。误，误导，误人。欺，欺骗。王逸《楚辞章句》："欺罔戏弄，若转丸也。"此指令尹子兰使上官大夫短屈原于顷襄王事。

弗参验以考实兮，远迁臣而弗思。

弗 不。

参验考实 多方验证，考察实情。王逸《楚辞章句》："不审穷覈（核）其端原也。"

远迁 远远地迁徙放逐于偏僻之地。

弗思 不加考虑。王逸《楚辞章句》："放逐徙我，不肯还也。"

信谗谀之溷浊兮，盛气志而过之。

谗谀 诬谄和阿谀奉承。

溷浊 同"混浊"。污浊。王逸《楚辞章句》："听用邪伪，自乱惑也。"

盛气志 气志，同义复合。盛气志，盛气。

过 错过。此处用作动词，是指责别人过失的意思，即督责，实则是盛气凌人找错，找碴。王逸《楚辞章句》："呵骂迁怒，妄诛戮也。"蒋骥《山带阁注楚辞》："过，督责也。"

何贞臣之无罪兮，被离谤而见尤。

何……反…… 何，为何，为什么，表示反诘。反，反而，却，表示转折。无罪而被斥责，不合情理，故而问之。

被离谤　被，当作"反"。离谤，离通"罹"。遭到诽谤。被离谤，反罹谤，反而遭到诽谤。

见尤　被罪责。

按：此二句与东方朔《七谏·沈江》"正臣端其操行兮，反离谤而见攘"义同。王逸《楚辞章句》曰："言正直之臣，端其心志，欲以辅君，反为谗人所谤讪，身见排逐而远放也。"闻一多《楚辞校补》以为《沈江》二句与此二句"语意酷似"。因疑"此文被为反之讹。反讹为良，因改为被也"。所疑极是。被改反，则"何……反……"之句式就简明易晓了。

慙光景之诚信兮，身幽隐而备之。

慙　同"惭（慚）"，惭愧。

光景　阳光。洪兴祖《楚辞补注》："《说文》云：景，光也。"

幽隐　幽远隐秘之处。

备　防备。

按：此句注家说解歧异，似可理解为：我具有如同日月光华的诚信，却遭到弃逐流放，身居幽远隐秘之处还难以自保，需时时提防，这真叫人羞愧。洪兴祖《楚辞补注》："此言身被放弃，多谗谤也。"于义为近。

临沅湘之玄渊兮，遂自忍而沈流。

临　来到。

沅湘　沅水和湘江。

玄渊　深渊。汪瑗《楚辞集解》："玄，黑色。渊，水深之处也。水深而色玄，故曰玄渊。"

遂　就。

自忍沈流　自忍，自己忍心。沈流，沉于河流、流水。王逸《楚辞章句》："遂赴深水，自害贼也。"汪瑗《楚辞集解》："盖死者人情之所不忍，今言于投渊而死，故曰自忍沈流。"

卒没身而绝名兮，惜壅君之不昭。

卒　终于；最终。

没身绝名　没身，身体沉没于江河。绝名，绝灭其姓名。王逸《楚辞章句》："姓字断绝，形体没也。"

惜　可惜。

壅君不昭　壅，古本作廱。壅君，被壅蔽的君主。不昭，不明。壅君不昭，被奸佞蒙蔽的君主糊涂不明，不醒悟。王逸以为指怀王。

君无度而弗察兮，使芳草为薮幽。

无度　没有尺度，规矩。

弗察　不能省察。王逸《楚辞章句》："上无捡押，以知下也。"洪兴祖补注："捡押，隐括也。隐括，即规矩法度。"

芳草　芳香的花草。喻指贤人。

薮幽　薮，草泽。薮幽，荒野的草泽。王逸《楚辞章句》："贤人放窜，弃草野也。"林云铭《楚辞灯》："竟把贞臣摈弃山泽，此障蔽之害也。"按：使芳草为薮幽，朱熹《楚辞集注》曰："言芳草宜殖于阶庭，而今反使为薮泽之幽暗也。"阶庭，喻指朝廷。

焉舒情而抽信兮，恬死亡而不聊。

焉　疑问代词，相当于哪里，怎么。

舒情　舒展心怀，抒发感情。

抽信　抽绎中诚；抽述诚信。王逸《楚辞章句》："安所展思，拔愁苦也。"

恬　恬静；安于。

不聊　不苟。洪兴祖《楚辞补注》："恬，安也。言安于死亡，不苟生也。"姜亮夫《屈原赋校注》："不聊,不苟也。"陆侃如等《楚辞选》黄孝纾注："不聊,不留念。"亦通。

独鄣壅而蔽隐兮,使贞臣为无由。

鄣壅　鄣蔽,壅蔽。与"蔽隐"义近。

蔽隐　隐蔽。王逸《楚辞章句》："远放隔塞,在裔土也。"

贞臣　忠贞之臣。

无由　由,途径,办法。没有为国效忠的途径。王逸《楚辞章句》："欲竭忠节,靡其道也。"

闻百里之为虏兮,伊尹烹于庖厨。

百里　百里奚,春秋时贤人,本为虞国大夫,晋虞之战,晋献公俘虏了虞君与百里奚,把百里奚当作陪嫁女儿(秦穆公夫人)的家奴送给秦穆公。百里奚逃走,至宛,被楚国守边的人抓住。秦穆公知道了百里侯贤,用五张羊皮把他赎回,与语国事,大悦,授之以国政,秦穆公因而成就了霸业,人称五羖(羖 gǔ,黑色公羊)大夫。

伊尹　商汤贤相,名挚。原是有莘国君把女儿嫁给商汤的陪嫁奴隶,善烹调,做过射手,多次见汤和桀,受到商汤的重用。《离骚》"汤禹严而求合兮,挚、咎繇而能调"王逸《楚辞章句》注曰:"挚,伊尹名,汤臣也。""汤、禹至圣,犹敬承大道,求其匹合,得伊尹、咎繇,乃能调和阴阳,而安天下也。"

吕望屠于朝歌兮,宁戚歌而饭牛。

吕望屠于朝歌　吕望,即姜尚,俗称姜太公,周武王贤相,曾在朝歌(殷都城)以屠牛为业,周文王发现了他,后辅佐武王灭商,建立了周朝。详《离骚》"吕望之鼓刀兮,遭周文而得举"注。

宁戚歌而饭牛　宁戚,春秋时卫人,困穷为商旅,夜晚喂牛时曾敲着牛角唱歌,被齐桓公发现,举用为客卿,备辅佐,成为辅佐桓公成就霸业的大臣之一。详《离骚》"宁戚之讴歌兮，齐桓闻以该辅"注。

不逢汤武与桓缪兮，世孰云而知之。

汤武　汤，商汤王。武，周武王。都是开国明君。

桓缪　桓，齐桓公。缪，同"穆"，秦穆公。都是春秋五霸之一。

世　世上之人，指普通人。

孰　谁。

云　语中助词。

之　指吕望和宁戚的贤能。

吴信谗而弗味兮，子胥死而后忧。

吴　指吴王夫差。

信谗　听信谗言。吴王夫差听信太宰嚭（pǐ）的谗言，赐剑子胥，让其自杀。详下注。

弗味　味，体味，玩味。此处有鉴察明辨义。弗味，不鉴察辨别是非曲直。洪兴祖《楚辞补注》："此言贪嗜谄谀不知忠直之味也。"一说为瞢昧之借。瞢昧，即目不明。说见郭在贻《楚辞解诂》。

子胥死而后忧　子胥，即伍子胥，名员，字子胥。曾助吴王阖闾成为一方霸主。阖闾死后，夫差即位，信用善于逢迎的伯嚭，逐渐疏远伍子胥。吴国打败越国，伯嚭受越国贿赂，力主媾和，伍子胥谏吴王拒绝越国求合并停止伐齐。夫差听信伯嚭谗言，与越媾和，并赐佩剑命子胥自杀。后吴国为越所灭。吴王悔不用子胥之言，遂自刭死。"子胥死而后忧"即指此。

介子忠而立枯兮，文君寤而追求。

介子忠而立枯　介子，即介子推，春秋时晋国贤人。随从重耳（晋文公）流亡十九年。文公归国称君，遍赏从行者。介子推与其母一同逃隐绵山。晋文公派人寻他，介子推不出，文公派人烧山，迫使他出来，介子推抱树而立，被烧死。"介子忠而立枯"即指此。

文君寤而追求　文君，即晋文公，名重耳。寤，醒悟、明白过来，指文公归国，遍赏随行者时想到了还未赏赐介子推。追求，寻求。指派人寻找介子，并放火烧山，希望介子推出来受封赏。

封介山而为之禁兮，报大德之优游。

封介山而为之禁　封，封赏。介山，为纪念介子推，文公更名绵山为介山。禁，禁止。王逸《楚辞章句》："言文公遂以介山之民封子推，使祭祀之。又禁民不得有言烧死，以报其德。"

报　报答，回报。

大德　大恩大德。指介子推随从重耳流亡齐、楚十九年，道乏粮，介子推自割股肉以食重耳。

优游　大德宽广貌。

按：上四句之意，洪兴祖《楚辞补注》曰："《史记》：晋初定，赏从亡，未至隐者介子推，推亦不言禄，禄亦不及。介子推从者，乃悬书宫门。文公出，见其书，曰：此介子推也。吾方忧王室，未图其功。使人召之，则亡。遂求其所在，闻其入绵上山中。于是文公环绵上山中而封之，以为介推田，号曰介山，以记吾过，且旌善人。《庄子》曰：介子推至忠也，自割其股，以食文公。公后背之，子推怒而去，抱木而燔死。《淮南》曰：介子歌龙蛇，而文君垂泣也。封介山而为之禁者，以为介推田也。逸说非是。优游，大德之貌。"补注所引《史记》《庄子》《淮南子》，与王逸所说有别，王说大意已见"介子忠而立枯，文君寤而追求"注，录补注以资参考。

思久故之亲身兮，因缟素而哭之。

思　思念；怀念。

久故　多年的故旧。

亲身　长在身边，不离左右。洪兴祖《楚辞补注》："亲身，言不离左右也。"一说自割其身。见下注。

因　因而。

缟素　白色丧服。此处用为动词，指穿着白色丧服。洪兴祖《楚辞补注》引《说文》云："缟素，白致缯也。"

之　指介子推。王逸《楚辞章句》："言文公思子推亲自割其身，恩义尤笃。因为变服，悲而哭之也。"

或忠信而死节，或訑谩而不疑。

忠信　忠贞信诚。

死节　持守气节而死。

訑谩（dàn -）　訑，同"诞"。放纵，蒙骗。《史记·龟策列传》："人或忠信而不如诞谩。"裴骃集解引徐广曰："诞，一作訑。"按：洪兴祖《楚辞补注》："訑、谩，皆欺也，上音移，下谟官切。"上音移，非。

不疑　不怀疑。指信用善蒙骗欺诈之人。汪瑗《楚辞集解》："人君信其欺而不疑也。"

弗省察而按实兮，听谗人之虚辞。

弗　不。

省察（xǐng -）　考察。

按实　考核实情。《韩非子·外储说左上》："考实按形，不能谩于一人。"按与考同义。王逸《楚辞章句》："君不参错而思虑也。"

听　听信，听从。

谗人　谗谀奸佞之人。

虚辞　虚构、捏造的不实之词。王逸《楚辞章句》："谄谀毁訾，而加诬也。"

芳与泽其杂糅兮，孰申且而别之。

芳泽杂糅　芳洁与污垢掺杂在一起。此句又见于《离骚》《思美人》。详《离骚》同句注。

孰　谁。

申旦　从夜晚到早晨。如今日所说一个晚上，指时间很短。参见《思美人》"申旦以舒中情兮"注。

别　辨别。"孰申旦而别之"，意谓芳与泽、忠与奸、贤与愚杂糅，不是一个夜晚就能分辨清楚的。王逸《楚辞章句》："世无明智，惑贤愚也。"

何芳草之早殀兮，微霜降而下戒。

殀　同"夭"，夭亡。芳草早殀，芳草早早地凋谢。王逸《楚辞章句》："贤臣被谗，命不久也。"

下　当作"不"。不戒，不警惕、戒备。微霜降而不戒，喻指屈原受小人诬谄打击而不知警戒。

谅聪不明而蔽壅兮，使谗谀而日得。

谅　委实；确实是。

聪不明　指视听不明，不能明辨芳泽与是非。《易·夬》："闻言不信，聪不明也。"孔颖达疏："聪，听也。"此句用法与《易》同。董仲舒《春秋繁露·五行五事》："听曰聪。聪者能闻事而审其意也。"一本作不聪明。疑非是。

蔽壅　壅蔽。指楚王为谗人所惑。王逸《楚辞章句》："君知浅短，无所照也。"

谗谀　谗谄阿谀之人。

日得　一天天得逞。王逸《楚辞章句》："谗人位高，家富饶也。"朱熹《楚辞集注》："得，得志也。"

自前世之嫉贤兮，谓蕙若其不可佩。

前世　指怀王之世。蒋骥《山带阁注楚辞》："前世，指怀王时。"

嫉贤　嫉妒贤者，王逸《楚辞章句》："憎恶忠直，若仇怨也。"

蕙若　蕙草和杜若，皆芳草，喻指贤者。

不可佩　佩，佩戴。不可佩，不可以为佩饰。指排斥贤者。王逸《楚辞章句》："贱弃仁智，言难用也。"

妒佳冶之芬芳兮，嫫母姣而自好。

妒　嫉妒。

佳冶　美丽。洪兴祖《楚辞补注》："冶，妖冶，女态。"此处用作名词，指美丽之人。

芬芳　指佳丽的芳洁和气度。王逸《楚辞章句》："嫉害美善之婉容也。"

嫫母　古代传说中最丑的妇人。洪兴祖《楚辞补注》："一曰黄帝妻，貌甚丑。"

姣而自好　姣，装出姣媚的样子。朱熹《楚辞集注》："姣，姣媚也。"自好，自以为美好。嫫母姣冶打扮，自以为美好。王逸《楚辞章句》："丑妪自饰以粉黛也。"汪瑗《楚辞集解》："好如字，洪氏音耗，朱子仍之，非是。自好，自以为美也。"

虽有西施之美容兮，谗妒入以自代。

西施　春秋时越国美女。洪兴祖《楚辞补注》："《越绝书》曰：越王勾践得采薪二女西施、郑旦，以献吴王。"

谗妒　谗谄嫉妒之人。

入以自代　指谗妒之人排挤贤良，以丑恶代替美好。汪瑗在《楚辞集解》："自代，谓丑妇夺美女之宠也。"林云铭《楚辞灯》："谗人志在专宠，不顾己才不堪，谄谀日得，自怀王时已然，其来久矣。"

愿陈情以白行兮，得罪过之不意。

陈情白行　陈述衷情，表白行为。王逸《楚辞章句》："列己忠心，所趋务也。"

不意　不曾意料到。谓对君王忠心耿耿，行事正大光明，却遭致罪责，不曾意料到。

情冤见之日明兮，如列宿之错置。

情冤　情实和冤屈。

见　表现。

日明　日见明白。王逸《楚辞章句》："行度清白，皎如素也。"

列宿（- xiù）　众星宿。

错置　陈列。王逸《楚辞章句》："皇天罗宿，有度数也。"汪瑗《楚辞集解》："列宿，众星也。错置，谓灿然而布也。盖众星之错置于天，自有确然之度数，一定而不可易，灿然之光辉，明白而不可掩，悬象著明，更立万古而不可磨灭者也。人君苟一考验之，则屈子之情冤岂有不毕见而明之，如众星之错置于天也哉？"

乘骐骥而驰骋兮，无辔衔而自载。

乘　乘驾。

骐骥　疑为驽骀之误，驽马。注详下按语。

驰骋　乘马奔驰。王逸《楚辞章句》："如驾驽马而长驱也。"

辔衔　辔，缰绳。衔，勒马口的铁。辔衔，驾驽马的缰绳和马勒。

自载　指没有辔衔的驭马工具而自己乘载。王逸《楚辞章句》："不能制御，乘车将仆。"

乘氾泭以下流兮，无舟楫而自备。

氾泭　氾，泛，浮。泭，竹木筏。王逸《楚辞章句》："编竹木曰泭。楚人曰桴，秦人曰筏也。"氾泭，漂浮在水上的竹木筏。

下流　随水漂流而下。王逸《楚辞章句》："乘舟泛船而涉渡也。"

舟楫　疑当作维楫。系船的绳索与船桨。贾谊《治安策》："若夫经制不定，是犹渡江河亡维楫，中流遇风波，船必覆矣。"桓宽《盐铁论·刑德》："执法者，国之辔衔；刑罚者，国之维楫（同"楫"）也。故辔衔不饬，虽王良不能以致远；维楫不设，虽良工不能以绝水。"贾、桓二例正可作屈诗之注脚。朱熹《楚辞集注》疑舟楫当作维楫（楫）。是也。

自备　自身应有的设备。指维楫之类。

背法度而心治兮，辟与此其无异。

背　背离。

法度　指传之于先王的治理国家的法律制度。

心治　凭主观想法办事。王逸《楚辞章句》："背弃圣制，用愚意也。"

辟　通"譬"。

此　指上四句所说现象。

无异　无区别。

　　按：上六句之注，歧异在"骐骥""舟楫"。王逸《楚辞章句》释骐骥为驽马。洪兴祖补注即以骏马纠正。后之注家多从洪说，申王说者唯朱熹而已矣。朱子以骐骥当作驽骀，又以舟楫当作维械。《楚辞集注》曰："骐骥。按：王逸解为驽马，又详下文，恐当作驽骀……舟字，疑当作维；械，一作楫；治，一作始，非是。辟，与譬同，一作譬。辔，马缰。衔，马勒也。载，乘也。泛泭，编竹木以渡水者也。既无骐骥。而但乘驽马，又无辔衔与御者，自为承载；既无舟航，而但乘泛泭，又无维械与舟人，而自为备御，其亦可谓危矣。背法度而以私意自为治者，与此无以异也。"屈诗所言，在刺顷襄之用人，谗佞之徒，一如驽骀与泛泭，背法度而心治，则如无辔衔、维楫。朱说是也。

宁溘死而流亡兮，恐祸殃之有再。

宁……恐……　宁，宁可，表示虽不情愿，也愿抉择。恐，表示所担心、害怕的事情。宁、恐相关联，二害相权，而取其轻。

溘死　溘（kè），忽然。溘死，忽然死去。

流亡　指投水溺亡后随水漂流。王逸《楚辞章句》："意欲淹没，随水去也。"

恐　担心害怕。

祸殃　祸患灾殃。指谗佞的打击迫害。

有再　再次发生。王逸《楚辞章句》："罪及父母与亲属也。"

不毕辞而赴渊兮，惜壅君之不识。

不毕辞　毕，完，完结。不毕辞，话未说完。

赴渊　赴，投，跳进。渊，深水。赴渊，投水而死。不毕辞而赴渊，王逸《楚辞章句》："陈言未终，遂自投也。"

惜　可惜。

壅君　壅蔽之君。与昏君义同。

不识　识，读 shí，明白，了解。一作明。不识，不明白、了解。王逸《楚辞章句》："哀上愚蔽，心不照也。"

《惜往日》今译

（阅读顺序先上下、后左右）

想起往日我曾受到信任，
秉承了王命要使时代光明。
把先王的功业昭示给民众，
严明治国的法度而无疑可存。

国家富强而纲纪确定，
委政忠良而可以日日欢欣。
机密大事我都放在心里，
有时我有过失也不受责问。

我心地纯朴，从不泄露风声，
却遭到了谗人的嫉妒而开始了不幸。

君王含着愤怒对待我，
是非曲直却不去辨个分明。

一群小人蒙蔽了君王的视听，
弄虚作假，惑误了君王的终身。
君王呵，你不考察事情的真相，
不假思索就流放了忠臣。
喜欢奉承，相信卑鄙的诬陷，
蓄意找我的过错，是那样盛气凌人。

为什么忠贞的人本来无罪，
反而要遭到诽谤责备？

羞愧呵，我虽有如同日月光华的诚信，
却难以自保，要到幽隐的地方躲避。

面临着沅湘之水的深渊，
就这样忍心沉入流水。
我可以卒然淹没了身躯，断绝名誉，
却仍然惋惜君王正被小人蒙蔽。

君王呵，你不肯明察，又没有尺度，
使芳洁的花草处于沼泽的深处。
我怎样才能抒发情怀，展示信诚，
还是安然地死去，不再有苟活的痛苦。
我是孤独地隐蔽着，隔着重重障碍，
你使忠臣想尽忠也没有门路。

百里奚曾经是晋国陪嫁的奴仆，
伊尹曾经做过伙夫。
吕望曾在朝歌做过屠户，
宁戚曾是一面喂牛一面唱歌的商贾。

假若他们不遇到商汤和周武，
假若他们不遇到齐桓与秦穆。
人们又有谁会知道他们，
（他们的贤能也只有埋没）。

吴王夫差听信谗言而不加辨究，
害死了忠臣伍子胥而果生后忧。

介子推忠心耿耿在绵山被烧死，
晋文公觉悟时已来不及追求。
封绵山为介山又禁止砍伐，
算是对介子大德的报酬。
想着他多年伺候在身边，
因而穿着白色的丧服痛哭故旧。

有的人忠信而死于守节，
有的人好欺骗而信而不疑。
不根据实情加以省察，
却宁愿听信谗佞之人虚诈的言辞。
芳洁和污垢混杂在一起，
谁又能一个早晚就能区别开来。

为什么芳洁的花草早早地夭亡，
是因为微霜降下而没有提防。
实在是因为视听不明而遭到蔽障，
才使谄谀之人当道而得意扬扬。

从前世到如今贤能的人就遭妒忌，
说什么蕙草和杜若不可佩戴。
妒忌佳冶美女的芳洁漂亮，
丑妇嫫母妖冶地打扮而自我得意。
虽有西施的容貌美丽无比，
谗妒的人也会用丑妇代替。
我希望陈述情怀以表白志行，
因此而获罪是意料不到的事情。

真实情况和冤屈已经一天天明白，　　违背法度而任由心治，
好像天上陈列的明亮的繁星。　　　　与这比喻又有什么两样。

乘着驽马驰骋，　　　　　　　　　　我宁愿立即死去，让灵魂流亡，
任它跑着而没有马嚼和马缰。　　　　我害怕再一次发生祸殃。
乘着木筏往下漂流，　　　　　　　　呵，话未说完就要跳下深渊，
任它自流而没有划拨的船桨。　　　　只可惜这壅君还是不明白我的衷肠。

八、《橘颂》注释

【释题】 橘，橘树。颂，赞颂，歌颂。橘颂，橘树的颂歌。胡文英《屈骚指掌》曰："此赋物之祖也，寓意分明，与《荀子》诸赋竟爽。"

橘树为常绿乔木，花白，果黄，甘酸味美，皮可入药，生长于江南各地。屈原赞美橘树受命不迁、深固难徙的品格和绿叶素荣、曾枝圆果、文章灿然的形象，皆用以自喻、喻人。《周礼·考工记》曰："橘蹦淮而北为枳，鹡鸰不蹦济，貉蹦汶则死，此地气然也。"此正与屈子对楚国的挚爱与忠贞相类。洪兴祖《楚辞补注》："美橘之有是德，故曰颂。"是矣。

此篇与《九章》其他八篇风格不同，当是屈原年轻受怀王信用时的作品。

【原文及注释】

后皇嘉树，橘徕服兮。

后皇　皇天后土，天地的代称。王逸《楚辞章句》："后，后土也。皇，皇天也。"

嘉树　嘉美之树，指橘树。王逸《楚辞章句》："嘉，美也。后皇嘉树，谓橘树乃天地间至美者也。"胡文英《屈骚指掌》："《禹贡》扬州厥包橘柚锡贡，自古帝王即以此为美树。"

徕服　来服习水土；适应。徕，古往来之来。服，服习。王逸《楚辞章句》："服，习也。言皇天后土生美橘树，异于众木，来服习南土，便其风气。屈原自喻才德如橘树，亦异于众也。"姜亮夫《屈原赋今译》：

"徕服，为古成语，言自天而降生于兹之义。"二说并可通，本书译文取姜说。按：郭沫若《屈原赋今译》以辉煌释后皇，以离靡释徕服，虽文义可通，且合声韵通转之理，但训诂根据仍嫌不足，故不取。

受命不迁，生南国兮。

受命　命，生命。受皇天后土之命，受之天地自然的生命。

不迁　迁，移。不迁，不能迁移，不能改变生存的环境。

生　生长。

南国　指楚国，泛指江南。王逸《楚辞章句》："南国，谓江南也。迁，徙也。言橘受天命，生于江南，不可移徙。种于北地，则化而为枳也。"枳，读 zhǐ，枸橘，又称臭橘，果小而酸，不能食，可入药，与橘皆属芸香科。

深固难徙，更壹志兮。

深固难徙　根深柢固，难以迁移。蒋骥《山带阁注楚辞》："深固，言橘之根。"

壹志　壹，专一。心志专一不二。王夫之《楚辞通释》："难于徙而更易之，其志壹矣。橘不踰淮，喻忠诚生死依于宗国。"

绿叶素荣，纷其可喜兮。

绿叶素荣　青绿的叶子，白色的花朵。素，白。荣，花。一本作华。《尔雅·释草》："木谓之华，草谓之荣。"橘为木，洪兴祖《楚辞补注》："此言素荣，则亦通称也。"

纷　纷然。此处形容绿叶素荣纷然繁茂。王逸《楚辞章句》："言橘青叶白华，纷然盛茂，诚可喜也。以言己行清白，可信任也。"

曾枝剡棘，圆果抟兮。

曾枝　曾通"层"。层叠。层层叠叠的树枝。

剡棘（yǎn jí）　剡，尖利。棘，刺。尖利的刺。

抟（tuán）　圆。楚方言。形容圆果形为抟。王逸《楚辞章句》："剡，利也。棘，橘枝，刺若棘也。抟，圜（圆）也。楚人名圜为抟。"

青黄杂糅，文章烂兮。

青黄杂糅　青色和黄色参错。王逸《楚辞章句》："言橘叶青，其实黄，杂糅俱盛，烂然而明。"洪兴祖补注："橘实初青，即熟则黄，若以青为叶，则上文已言绿叶矣。"汪瑗《楚辞集解》："青，果未熟时色也。黄，果已熟时色也。杂糅，犹言参错，谓果色之或青或黄，先后生熟之不同也。"视二说，洪、汪说为长。

文章　文采。

烂　灿烂。

精色内白，类任道兮。

精色　精纯鲜明之色。王逸《楚辞章句》："精，明也。"

内白　内瓤洁净。按：此白非白色之白，而是纯洁、高洁之义。旧注或以白色为释，非是。精色言橘实的外表，内白言内在。王逸《楚辞章句》："外有精明之貌，内有洁白之志，故可任以道，而事用之也。"其言是矣。

类　类似。

任道　任道的人。一本作"类可任兮"，意谓与可负大任的人相类。

纷缊宜修，姱而不丑兮。

纷缊　繁盛貌。王逸《楚辞章句》："纷缊，盛貌。"

宜修　修饰得宜。与《湘君》"美要眇兮宜修"义同。参见《湘君》注。

姱　美好。

丑　丑恶。王逸《楚辞章句》："丑，恶也。"又《章句》释此二句："言橘类纷缊而盛，如人宜修饰，形容尽好，无有丑恶也。"

嗟尔幼志，有以异兮。

嗟　叹词。

尔　汝，你。指橘树。

幼志　幼小时的志度。朱熹《楚辞集注》："言自幼而已有此志，盖其本性然也。"汪瑗《楚辞集解》："幼志，谓不迁之志，自受命之初而已有此志，盖其本性然也。"

有以异　指橘树有与众木不同之处。汪瑗《楚辞集解》："有以异，谓与众木不同也。"

独立不迁，岂不可喜兮！

独立不迁　独立于世，而忠贞之志不曾改易。

岂不可喜　以反诘表示肯定。即独立不迁的品格十分可喜。王逸《楚辞章句》："屈原言己之行度，独立坚固，不可迁徙，诚可喜也。"洪兴祖补注："自此以下，申前义，以明己志。"

深固难徙，廓其无求兮。

深固难徙　注见上。

廓其无求　廓，空廓，豁达。心胸豁达宽广无私利可求。洪兴祖《楚辞补注》："凡与世迁徙者，皆有求也。吾之志举世莫得而倾之者，无求于彼故也。"

苏世独立，横而不流兮。

苏世独立　苏，清醒。清醒地独立于污浊的世上。王逸《楚辞章句》："苏，寤也。"汪瑗《楚辞集解》："苏犹醒也，俗语亦谓之苏醒。苏世独立，犹举世皆浊我独清，众人皆醉我独醒之意。或曰，苏，疏也，谓与世相疏远也。橘树之扶疏而不偏倚，有似乎君子之独立于世也。"

横而不流　横，横绝而渡。陆侃如等《楚辞选》黄孝纾注："古语绝流渡水为横。言横渡而过，不顺水而流。"横而不流，形容苏世独立，不随同俗流的精神。一说横为充满。充满正气而不随同俗流。亦通。

闭心自慎，终不失过兮。

闭心自慎　闭心，封闭其心，使忠贞缊于内，私欲弃于外。自慎，自我谨慎。闭心自慎，指封闭其心，排除杂念。蒋骥《山带阁注楚辞》："闭心，谓固闭其心，不为物所摇也。"

终　终究。

失过　过失的倒文。一本作过失。终不失过，终究不会有过失。

秉德无私，参天地兮。

秉德无私　秉，执，持。德，品德，指美德。无私，大公无私，没有私心。秉德无私，秉持美德而大公无私。

参天地　参，参配，合于。参配天地。王逸《楚辞章句》："秉，执也。言己执履忠正，行无私阿，故参配天地，通之神明，使知之也。"洪兴祖补注："天无私覆，地无私载，秉德无私，则与天地参（参，配）矣。"此与《怀沙》"内厚质正兮，大人所盛"、《涉江》"与天地兮同寿，与日月兮齐光"义合。

愿岁并谢，与长友兮。

愿岁并谢　愿与岁月一同代谢。表示岁月长久，永无终了之时。一说并谢为岁寒百草百卉同时凋谢之时。屈复《楚辞新注》："橘不凋，故愿于岁寒并谢之时而长以为友。"非是。

与长友　与橘树长久为友。王逸《楚辞章句》："言己愿与橘同心并志，岁月虽去，年且衰老，长为朋友，不相远离也。"洪兴祖补注："此言年虽与岁月俱失，愿长与橘为友也。"

按：此二句似宜在下二句下。

淑离不淫，梗其有理兮。

淑离　淑，贤淑，善良。王逸《楚辞章句》："淑，善也。"离，通"丽"，美丽。淑离，内心贤淑而外表美丽。

不淫　不放荡淫惑。即上文不迁不流之意。

梗　刚强。王逸《楚辞章句》："梗，强也……梗然坚强。"《广雅·释诂曰》："梗，强也。"王念孙疏证："梗之言刚也。"

有理　有文理而不紊乱。汪瑗《楚辞集解》："梗，强也。有理，不乱也。惟其梗而有理，所以淑离而不淫也。"

年岁虽少，可师长兮。

年岁虽少　年岁，橘树生长的年龄。虽少，少读老少之少。此与"嗟尔幼志"之幼义同。王逸《楚辞章句》：即以"年虽幼少"为释。或说少读多少之少。王夫之《楚辞通释》："木之寿者，或数百年，橘非古木，故曰年少。"

可师长　可以为师为长，亦即可以效法。洪兴祖《楚辞补注》："言可为人师长。"胡文英《屈骚指掌》："承上淑离二句而颂之。言其有如是之德，则年虽少而可以取法，不必若栎之百围，椿之千岁也。"

行比伯夷，置以为像兮。

行　行为；品行。

比　比配；近似。

伯夷　王逸《楚辞章句》："伯夷，孤竹君之子也。父欲立伯夷，伯夷让弟叔齐，叔齐不肯受，兄弟弃国，俱去之首阳山下。周武王伐纣，伯夷、叔齐扣马谏之曰：父死不葬，谋及干戈，可谓孝乎？以臣弑君，可谓忠乎？左右欲杀之，太公曰：不可。引而去之。遂不食周粟而饿死。"伯夷在古代圣贤中是一位品行高洁的义士，特立独行的典型，屈原用以比配橘树，也用以自比。

置以为像　《广雅·释诂》："置，立也。"像，仪像，榜样。王逸《楚辞章句》："像，法也。……以伯夷为法也。"洪兴祖补注："韩愈曰：伯夷者，特立独行，亘万世而不顾者也。屈原独立不迁，宜与伯夷无异。乃自谓近于伯夷，而置以为像，尊贤之词也。"

按：伯夷事，又见于《论语》《孟子》《史记》诸书。

《橘颂》今译

（阅读顺序先上下、后左右）

皇天后土的嘉树郁郁苍苍，
橘树呵，你是从天而降。
你禀受了天命不可改变，
在南国的土地上茁壮生长。

你根深柢固，不可迁移，
你意志坚定，专心一意。
碧绿的叶，雪白的花，
纷纷繁繁，可爱可喜。

你枝条重叠，棘刺尖尖，
满树的果实，圆圆抟抟。
这累累硕果青黄相杂，
文彩鲜明，光辉灿烂。

鲜艳的外表，洁净的内在，
像那能当大任的仁人君子。
你繁茂，你美丽，
你的美丽没有瑕疵。

我嗟叹你年纪轻轻便有志气，
品质高尚，与众木相异。

你独立不苟，志向不可改易，
岂不是叫人赞美欣喜！

你根深柢固不可迁移，而枝繁叶茂，
开朗豁达，没有私利的追求。
你明白清醒，独立于世，
绝不会去随波逐流。

你闭心自慎，凡事都要深思熟虑，
这样就不会有什么过失。
你秉持美德而大公无私，
崇高的形象参配天地。

你善良美丽而不放荡，
你有理有节无比刚强。
橘树呵，愿我们与岁月一样久长，
永恒的友谊与日月同光。

你虽年少，不是百岁千年的古木，
却可以为人师长。
你的德行可以比配伯夷，
我们将以你为效法的榜样。

九、《悲回风》注释

【释题】 回风，回旋之风，亦名旋风、飘风。因秋日回风动摇蕙草而生悲，故以悲回风为题而作此诗，以抒发其忧愤之情。此诗通篇无一叙事之语，而全为抒情之词，郭沫若《屈原研究》说："《悲回风》最为悲愤，是他初遭放逐时感情最激烈的时候做的。"诗中"岁曶曶其若颓兮，岂亦冉冉而将至"和《涉江》"余幼好此奇服兮，年既老而不衰"相较，本篇仅为"岂冉冉而将至"，似宜在前。本篇顺序、是否为伪作、绝笔，歧说蜂出，不可究诘。洪兴祖《楚辞补注》云："此章言小人之盛，君子所忧，故托游天地之间，以泄愤懑，终沉汨罗，从子胥、申徒，以毕其志也。"从其说者有王夫之、王闿运等。《楚辞通释》曰："（此章）盖原自沈时永诀之辞也。"《楚辞释》曰："此篇总述志意踪迹，盖绝笔于此，若群书之自序也。"此又一说也，若为绝笔，其顺序当在最后。

孰为绝笔，难以定说，司马迁以为是《怀沙》，蒋骥、胡文英、游国恩、姜亮夫以为是《惜往日》，王夫之、王闿运从洪说以为是《悲回风》。而朱熹则最早提出《悲回风》与《惜往日》是屈原临绝之音。

《九章》真伪顺序，历来为注家所关注。若将《悲回风》和前面的《惜诵》《抽思》《思美人》诸篇加以比较，可以看出大致的顺序端倪。《惜诵》无放流只字，纯为信而见疑，忠而被谤申诉的口气，可以断为作于怀王疏远屈原之时。《抽思》乃因"君恩未远，犹有眷眷自媚之意……犹幸其（怀王）念旧而一悟"，当是第一次放流江北的作品。《思美人》作于顷襄王时放流江南之初无疑。这时屈原对美人（顷襄王）还有所思，《悲回风》则是对美人已经绝望，无所思了。思之无益，何需再思？于悲愤至极而转淡定中作此伤心之词，正是感情激烈的表现。而《涉江》所表现的却是"吾将高驰而不顾""虽僻远其何伤""忽吾将行兮"的情感，这又是激烈愤慨之余的话，也有些自我宽慰的意思。从这一层看，似乎两篇感情一前一后，紧紧相承。这种前后相承，还可从两篇写作的时令上求得旁证。《悲回风》云："悲回风之摇蕙兮，心冤结而内伤。"《涉江》云："乘鄂渚而反顾兮，叹秋冬之绪风。"绪风乃余风之谓，是写春天的口气，而回风摇蕙，却是秋天，《悲回风》在《涉江》前无疑。

如此排列顺序，又与洪兴祖、朱熹、王夫之、王闿运的临绝之音或绝笔说相抵牾。

所谓临绝之音或绝笔说者，其依据是"浮江淮而入海兮，从子胥而自适。望大河之渊渚兮，悲申徒之抗迹"以及上文"宁逝死而流亡兮，不忍为此之常愁""凌大波而流风兮，托彭咸之所居"诸语。而这种想法在《离骚》中已有表露。

想到死，并不一定就会马上死。"骤谏君而不听兮，重任石之何益"，表明了他对死的怀疑，屈原的品格和遭遇与介子、申徒、彭咸有相似之处，而现在产生"骤谏君而不听兮，重任石之何益"之叹，既是说申徒，也是在说自己。在这种情况下断言此诗是绝笔，根据似嫌不足。

《九章》是后人辑录的作品，非必出于一时之言，郭沫若在《九章》解题中，对九章顺序作了如下分析：

《橘颂》一篇，体裁和情趣都不同，这可能是屈原早期的作品。这篇，前半颂橘，后半颂人，与屈原身世无直接关联。他所颂的人是很年轻的，所颂者何人？不得而知。是不是自颂？也不得而知。

《橘颂》以外的八章，便都是失意以后的自述，和《离骚》是一脉相通的。其中有很多十分沉痛的话，著作的先后不易判断。大抵《惜诵》较早，可能是初受疏远时所作。《抽思》《思美人》次之，《悲回风》《涉江》又次之。《哀郢》毫无疑问是顷襄王二十一年，郢都破灭于白起时所作。《怀沙》《惜往日》大抵就是蝉联而下的作品了。

（见《屈原赋今译》）

文章两用"大抵"，一用"可能"，表示判断不易，是谦逊谨慎的态度，顺序排列也较为合理，很有参考价值。但郭先生又以《悲回风》当止于表示自沉决心的"从子胥而自适"，又与其所推断的《悲回风》在《涉江》之前，《惜往日》是最后的诗作发生了矛盾。

陈本礼在《屈辞精义》中曾有"《九章》难读，而《悲回风》尤难读"

的感慨，不仅是真伪顺序，就是一些文字浅显的诗句，也难以明白就里。《九章》诗题，《惜往日》注释涉及相同问题，可以参考。

【原文及注释】

悲回风之摇蕙兮，心冤结而内伤。

回风　注见上。王逸《楚辞章句》："回风为飘，飘风回邪，以兴谗人。"王夫之《楚辞通释》："回风，大风旋折，所谓焚轮之风也。"

摇蕙　摇动蕙草。

冤结　冤屈郁结。

内伤　内心伤痛。王逸《楚辞章句》："言飘风摇动芳草，使不得安。以言谗人亦别离忠直，使得罪过也。故己见之，心中冤结，而伤痛也。"

物有微而陨性兮，声有隐而先倡。

物　指蕙草。

微　微小，微弱。

陨性　陨，陨落。性，生机，生命。陨性，摧残生机、生命。《左传·昭公八年》："今宫室崇侈，民力彫尽，怨讟并作，莫保其性。"杜预注："性，命也。民不敢自保其性命。"《汉书·公孙贺刘屈氂等传赞》："处非其位，行非其道，果陨其性，以及厥宗。"颜师古注："性，生也。"此二例与本诗用法相同。王逸《楚辞章句》："陨，落也。言芳草为物，其性微眇，易以陨落。以言贤者用志精微，亦易伤害也。"

声　回风之声。风无形，故只称其声。

隐　隐微。

先倡　倡，读为"唱"。陆侃如等《楚辞选》黄孝纾注："声，指秋风。倡，读作唱。指秋风成声。这句是说秋声发动，从隐微转到响亮。"

夫何彭咸之造思兮，暨志介而不忘！

夫　发语词，引起议论。

何　何以，为什么。

彭咸　传说为殷贤大夫。《离骚》有"愿依彭咸之遗则""吾将从彭咸之所居"，《抽思》有"指彭咸以为仪"，《思美人》有"思彭咸之故也"，本章彭咸凡三见。可见屈原敬慕彭咸之志行，以彭咸为榜样。参见《离骚》注。

造思　追思；思慕。

暨　通"冀"，希冀。

志介　介，节操。《孟子·尽心上》："柳下惠不以三公易其介"，此介即志介。志介，志节。王逸《楚辞章句》："暨，与也……介，节也。言己见谗人倡君为恶，则思念古世彭咸，欲与齐志节，而不能忘也。"洪兴祖补注："此言物有微而陨性者，己独不忘彭咸之志节。"

万变其情岂可盖兮，孰虚伪之可长！

万变其情　情感的种种变化。指谗佞之人的各种欺骗手段。

盖　掩盖，使不露出真相。王逸《楚辞章句》："盖，覆也。言谗人长于巧诈，情意万变，转易其辞，前后反复，如明君察之，则知其志也。"洪兴祖补注："盖，掩也。"

孰虚伪之可长　孰，怎能，哪能。虚伪哪能长久呢？王逸《楚辞章句》："言谗人虚造人过，其行邪伪，不可久长，必遇祸也。"

鸟兽鸣以号群兮，草苴比而不芳。

鸣　鸣叫。

号群　呼唤同类；求群。

草苴（- chá）　芳草和枯草；草。王逸《楚辞章句》："生曰草，枯曰苴。"按：《诗·大雅·召旻》："如彼岁旱，草不溃茂，如彼棲苴。"孔颖达疏："苴是草木之枯槁者。"此与王注合，故取以为注。

比而不芳　比，掺和。芳草和枯草掺和失去了芬芳。此与"芳与泽杂糅"义近。

鱼葺鳞以自别兮，蛟龙隐其文章。

葺鳞　葺（qì），整治，排比。王逸《楚辞章句》："葺，累也。"朱熹《楚辞集注》："鱼整治其鳞，以自别异。"王夫之《楚辞通释》："葺，亦比也。"按：诸说并可通。鱼葺鳞以自别，谓鱼累积、排比其鳞，鼓鳞摇尾以自炫耀，此喻小人庸才也。

蛟龙隐其文章　蛟龙，喻君子、贤人。隐，隐藏。文章，文彩。指蛟龙的鳞甲。

> 按：此二句，鱼与蛟龙相对，葺鳞自别与隐其文章相对。王逸《楚辞章句》云："言众鱼张其鬐尾，葺累其鳞，则蛟龙隐其文章而避之也。言俗人朋党恣其口舌，则贤者亦伏匿而深藏也。"此亦即《涉江》乱辞"鸾鸟凤凰，日以远兮。燕雀乌鹊，巢堂坛兮。露申辛夷，死林薄兮。腥臊并御，芳不得薄兮"之意。

故荼荠不同亩兮，兰茝幽而独芳。

荼荠不同亩　荼（tú），苦菜。荠（jì），甜菜。不同亩，不种在同一亩地里。洪兴祖《楚辞补注》："此言荼苦而荠甘，不同亩而生也。"

> 按：王逸《楚辞章句》："以言忠佞亦不同朝而俱用也。"

兰茝　茝，同"芷"。兰草和白芷，皆芳草。

幽而独芳　幽，深幽，指幽僻之处。独芳，独散发其芳香。王逸《楚辞章句》："言贤人虽居深山，不失其忠正之行。"

惟佳人之永都兮，更统世而自贶。

惟　独；唯，只有。

佳人　美人，指君子。汪瑗《楚辞集解》："佳人，犹言君子，美好之通称耳，故有谓之佳士、佳宾，非必美女而后谓之佳人也。佳人，原自谓也。或曰，盖指彭咸，而因借以自寓也。"王夫之《楚辞通释》："佳人，犹言君子……君子不与众同汙，天下之情伪汇观，而择善以自处，乃己所欲效法也。"君子之释可从。王逸谓指怀王、襄王，汪瑗谓原自谓，非是。

都　美。永都，恒美。

更　历。

统世　统，通。统世，通世，犹言千秋万世。

自贶　贶，通"况"。比况。自贶，自比。即以古代佳人贤哲自比。

眇远志之所及兮，怜浮云之相羊。

眇　同"渺"，渺远。形容远志。

远志　高远的志向。远志之所及，指远志所达到的处所。王逸《楚辞章句》："言己常眇然高志，执行忠直，冀上及先贤也。"

怜　可怜。自叹之词。

浮云　天空飘浮不定的云彩。

相羊　徜徉，形容浮云往来不定的样子。王逸《楚辞章句》："相羊，无所依据之貌也。"

介眇志之所惑兮，窃赋诗之所明。

介　因。

眇志　亦即远志。

惑　疑惑。指自己的高远志向为世所疑惑。

窃　私下。

赋诗　写诗。

明　表白。朱熹《楚辞集注》："因自言其志之高远，与浮云齐而不能有合于世，是以其志不能无惑，而遂赋诗以明之也。"按：一本作感。林云铭《楚辞灯》云："因此有感，曾赋诗自明，如《离骚》所谓彭咸之遗则是也。"亦通。

惟佳人之独怀兮，折若椒以自处。

惟　见上注。

佳人　见上注。

独怀　崇高的有异于众的怀抱。

折　采摘。

若椒　杜若和花椒，皆芳草。

自处　自我安排。

曾歔欷之嗟嗟兮，独隐伏而思虑。

曾　同"增"。表示屡次。

歔欷　同"嘘唏"。叹息。王逸《楚辞章句》："歔欷，啼貌。"亦通。

嗟嗟　叹息声。汪瑗《楚辞集解》："嗟嗟，嗟而又嗟，叹之甚也。"

隐伏　隐居蛰伏。

思虑　思索忧虑。

涕泣交而凄凄兮，思不眠以至曙。

涕泣　痛哭时涕泪交流。涕泣，即哭泣。

凄凄　悲伤凄凉貌。

思　忧思。

不眠　不能入眠。

至曙　曙，天亮。至曙，直到天亮。指忧愁幽思，夜不成寐。

终长夜之曼曼兮，掩此哀而不去。

终长夜　即终夜，从天黑到天明的整个夜晚。秋日昼短夜长，故曰长夜。

曼曼　同"漫漫"。形容时间或道路漫长。此处形容长夜。王逸《楚辞章句》："曼曼，长貌。"

掩　掩抑；抑制。洪兴祖《楚辞补注》："掩，抚也，止也。"

此哀　指"独隐伏而思虑"之哀，忧国忧民之哀。

不去 不能排除。

寤从容以周流兮，聊逍遥以自恃。

寤 醒来；觉醒。

从容 舒缓不迫。

周流 四处游荡。

聊 聊且；姑且。

逍遥 自由自在，优游自得貌。

自恃 恃，依靠。自恃，犹自持、自遣、自娱。王逸《楚辞章句》："且徐游戏，内自娱也。"

伤太息之愍怜兮，气於邑而不可止。

伤 哀痛。

太息 长声叹息。

愍怜 怜悯。王逸《楚辞章句》："忧悴重叹，心辛苦也。"

气 气息；呼吸。

於邑 同"郁邑"，郁闷而气短。洪兴祖《楚辞补注》："於邑，气短。上音乌。"其说可参。

不可止 不可抑止。王逸《楚辞章句》："气逆愤懑，结不下也。"

糺思心以为纕兮，编愁苦以为膺。

糺 同"纠"。纠结，编结。

思心 忧愁幽思之心。

纕 佩带。

编 编结，与上句"糺"义同。

膺（yīng） 胸衣，即今之背心、兜肚。汪瑗《楚辞集解》："糺、编，皆结也。纕，佩带也。膺，胸也，谓络胸者也。纕膺之佩，无日而可去，以喻思心愁苦，无时而可释也。"

折若木以蔽光兮，随飘风之所仍。

若木　神话传说中木名，即扶桑。按《山海经》在西极，按《说文》在东极。此处似为东极之扶桑。详《离骚》"折若木以拂日兮"注。

蔽光　遮蔽日光。王逸《楚辞章句》："光，谓日光。"

飘风　飘旋之风，回风。

仍　因。王逸《楚辞章句》："仍，因也。"

　　按：此二句之意，或以为喻自晦而随俗，或以为表示韬光养晦。王夫之《楚辞通释》："蔽目之光，蔽目不欲视也；任风之发，塞耳不忍听也。目不欲视，耳不忍听，置斯世于若存若亡之表。"有生趣已尽、万念俱寂之意。

存髣髴而不见兮，心踊跃其若汤。

存　指周围存在的事物、现状。

髣髴　同"仿佛"。指不甚分明，看不真切。

踊跃　涌动，跳动。

汤　沸水。

　　按：此二句写自己思想的苦闷彷徨，时而万念俱灰，想超然物外，时而又心情激荡，对现实的绝望和对楚国的忧虑交织在一起。

抚珮衽以案志兮，超惘惘而遂行。

抚　抚摸。

珮衽　珮，佩带。衽，衣襟。

案志　按压心志。抑制激动的心情。王逸《楚辞章句》："整饬衣裳，自宽慰也。"

超　通"怊"。惆怅。

惘惘　失意惆怅貌。

遂行　速行。王逸《楚辞章句》："失志偟遽，而直逝也。"汪瑗《楚

辞集解》：“遂，犹速也。”

岁曶曶其若颓兮，恺亦冉冉而将至。

岁　岁月。

曶曶　曶，同“忽”。倏忽，形容岁月很快逝去。

颓　坠落；衰颓。岁曶曶若颓，形容岁月的流失就像物体从上往下坠落一样快。

恺　同“时”。此处指时限，大限，生命的最后时限。林云铭《楚辞灯》：“自己年老，死期将至。”

冉冉　时光渐逝貌。

　　按：此二句言岁月匆匆流逝，自己生命的大限亦渐渐到来，而国事颓败，力亦不能为。

蘋蘅槁而节离兮，芳以歇而不比。

蘋蘅　蘋，白蘋。蘅，杜衡。皆芳草。详《九歌·湘夫人》“白蘋兮骋望”“缭之兮杜衡”注。

槁　枯槁。

节离　草木枯槁后茎节断折、脱落。朱熹《楚辞集注》：“草枯则节处断落也。”

歇　消歇。指香气消散。

比　聚合。一说比借为苾，《说文·艸部》：“苾，馨香也。”亦通。

怜思心之不可惩兮，证此言之不可聊。

怜　可怜，哀怜。

思心　忧愁幽思之心。

不可惩　惩，止。不可抑止。

证　明；表白。

此言　思心之言，亦即《惜诵》“忠而言之”之言。王夫之《楚辞通释》："此言，所言也。"

不可聊　聊，聊赖。不可聊，指国事混乱如此，而己之时限渐近，此言此心纵然表白，亦属多余，无济于事。

宁逝死而流亡兮，不忍为此之常愁。

宁……不……　固定结构。表示在二者之间的抉择，前者表示择取，后者表示摒弃。

逝死　逝，死。逝死，死去。逝，一本作溘。溘死，忽然而死。亦通。

流亡　随水漂流。

不忍　不能忍受。

为此　成此。成为这样的。亦可释为如此这般的。一本作"此心"，亦通。

常愁　经常不断、无法排遣的忧愁。

孤子唫而抆泪兮，放子出而不还。

孤子　幼而无父或无母的孩子。

唫　古"吟"字。

抆泪　擦拭眼泪。王逸《楚辞章句》："自哀茕独，心悲愁也。"

放子　被放逐的儿子。

出而不还　还，返还。被放逐出去而不能返还。王逸《楚辞章句》："远离父母，无依归也。屈原伤己无安乐之志，而有孤放之悲也。"

孰能思而不隐兮，昭彭咸之所闻。

思　想，想到这些。

隐　痛。朱熹《楚辞集注》："隐，痛也。"谁能想到这些而不痛心呢？

昭　昭明。朱熹《楚辞集注》："昭，明也。"

彭咸之所闻　所听到的先贤彭咸的事迹。屈复《楚辞新注》："昭，昭明也，孤子放子，莫不皆然。平日所闻彭咸之事，昭然可见矣。"

登石峦以远望兮，路眇眇之默默。

石峦　石山之顶。《尔雅·释山》："山脊曰峦。"洪兴祖《楚辞补注》："山少而锐曰峦。"

远望　指遥望故都。王逸《楚辞章句》："昇彼高山，瞰楚国也。"

眇眇　同"渺渺"。辽远渺茫貌。

默默　沉寂。王逸《楚辞章句》："郢路辽远，居僻陋也。"洪兴祖补注："眇眇，远也。默默，寂无人声也。"

入景响之无应兮，闻省想而不可得。

景响　景，同影。人影和声响。

无应　没有回应。影响无应，指空寂无人。王逸《楚辞章句》："窜在山野，无人域也。"

闻省想　听看想。

不可得　不能得到。此二句指入无人之境，空寂无应，听、看、想，什么都得不到。

愁郁郁之无快兮，居戚戚而不可解。

郁郁　忧伤、沉郁貌。

无快　快，快意。无快，没有乐趣。王逸《楚辞章句》："中心烦冤，常怀忿也。"

居戚戚　居，指流放中居住在屋子的时候。戚戚，忧愁悲伤貌。居戚戚，独居在荒僻之处忧愤不已。或以居为"思"之误。闻一多《楚辞校补》："按'居'与上下文'愁''心''气'诸字义不类。王注曰：'思念憔悴，相连接也。'疑居为思之误。"闻疑亦通。王逸所见本，当为思字。

心鞿羁而不形兮，气缭转而自缔。

鞿羁　鞿（jī），马缰绳。羁（jī），马笼头。鞿羁，羁绊、束缚。

不形　形，显露。不形，不能显露、开展。一本形作开，亦通。王逸《楚辞章句》：“肝胆系结，难解释也。”洪兴祖补注：“不形，谓中心系结，不见于外也。”

气　气息。

缭转　缭绕束缚；纠结。

自缔　自己缔结。王逸《楚辞章句》：“思念紧卷而成结也。”洪兴祖补注：“结，不解也。”

穆眇眇之无垠兮，莽芒芒之无仪。

穆眇眇　穆，深远，幽微。眇眇，同“渺渺”。穆眇眇，形容虚空幽远渺茫。

无垠　垠，边际。无垠，广阔渺远而没有边际。

莽芒芒　莽，莽苍，指旷野。芒芒，同“茫茫”。形容广阔辽远，无边无际的样子。

无仪　仪，仪像；物像。无仪，没有物像。

　　按：此二句写虚空的空寂幽远，旷野的无形无垠。

声有隐而相感兮，物有纯而不可为。

声有隐而相感　声，秋声。隐，隐微，尚未显露。相感，相感应。秋声在隐微时，人或物就会有感应。

物有纯而不可为　物，事物，此处指草木。纯，纯朴，纯洁。不可为，不可有所作为，指面临秋声而纯洁的草木没有相应的办法。此处写芳草，写自身，也影射楚国将要败亡。

藐蔓蔓之不可量兮，缥綿綿之不可纡。

藐　同“邈”。形容怀想邈远；遥远。

蔓蔓　同“漫漫”，遥远貌。

不可量　指邈远而不可计量。王逸《楚辞章句》：“八极道理，难算计也。”

缥 缥缈。

縣縣 同"绵绵"。连绵不断。

纡（yū） 系结。王逸《楚辞章句》："细微之思，难断绝也。"

按：此二句写遐思怀想邈远而不能量其边际，忧愁幽思绵绵而不能使其断绝。或以为此二句似写秋风吹动的广远（见陆侃如等《楚辞选》黄孝纾注）。

愁悄悄之常悲兮，翾冥冥之不可娱。

愁悄悄 愁，忧愁。悄悄，忧伤貌。愁悄悄，形容十分忧愁的情状，与《诗·邶风·柏舟》"忧心悄悄"义同。

常悲 常常悲伤。谓自己生活在悲伤之中而不得排遣。

翾冥冥 翾，疾飞貌。洪兴祖《楚辞补注》："翾，疾飞也。"冥冥，幽深的高空中。翾冥冥，在幽深昏暗的高空中疾飞。

不可娱 指没有欢娱。

凌大波而流风兮，托彭咸之所居。

凌 乘。

大波 大波浪。

流风 乘风而流，随风而下。王逸《楚辞章句》："意欲随水而自退也。"洪兴祖补注："言乘风波而流行也。"

托 寄托。

彭咸之所居 彭咸投水而死，水下即为彭咸的居所。谓自己将和彭咸一样，投水而死。王逸《楚辞章句》："从古贤俊，自沈没也。"参见《离骚》篇末"吾将从彭咸之所居"注。

上高巖之峭岸兮，处雌蜺之标颠。

上 登上。

高巖 巖，山峰。高高的山峰。

峭岸　峭，陡峭。岸，山谷水边高地。峭岸，陡峭的谷岸。王逸《楚辞章句》："升彼山石之峻峭也。"

　　雌蜺　虹霓常有内外两环，内为虹，外为蜺。蜺色暗，为雌；虹色艳，为雄。雌蜺，指虹的外环。王夫之《楚辞通释》："雌蜺，虹外晕也。"

　　标颠　标，杪。颠，顶。标颠，山巅，山顶。王逸《楚辞章句》："讬乘风气，游天际也。"王夫之《楚辞通释》："标，杪也。颠，高顶也。"

据青冥而摅虹兮，遂倏忽而扪天。

　　据　依凭；凭据。

　　青冥　青天。王夫之《楚辞通释》："青冥，空宇也。"

　　摅　用手挽引。

　　遂　于是就。

　　倏忽　忽而，忽然。

　　扪天　扪，抚摸。扪天，手摩天空。

吸湛露之浮凉兮，漱凝霜之雰雰。

　　吸　吮吸。

　　湛露（zhàn -）　湛，露浓貌。湛露，浓露。

　　浮凉　一本"凉"作"源"。轻微的清凉。

　　漱　与"吸"义同。

　　凝霜　凝结的霜华；浓霜。

　　雰雰　纷纷落貌。《诗·小雅·信南山》："上天同云，雨雪雰雰。"雰雰，亦作纷纷。王逸《楚辞章句》："雰雰，霜貌也。言己虽升青冥，犹能食霜露之精，以自洁也。"

依风穴以自息兮，忽倾寤以婵媛。

　　依　依靠，就着。

　　风穴　风生之洞穴。古代神话中地名，在昆仑山上，为风聚处。

自息　独自休息。

忽　忽然。

倾寤　翻身觉醒过来。

婵媛　情思牵萦貌。详《离骚》"女婆之婵媛兮"注。

冯昆仑以瞰雾兮，隐岷山以清江。

冯　同"凭（凭）"。依凭，依据。或释为登。洪兴祖《楚辞补注》："冯，登也。"

昆仑　神话传说中的仙山。详《离骚》"邅吾导夫昆仑兮"注。

瞰雾　瞰(kàn)，俯视。瞰雾，俯视人间混浊之雾气。王逸《楚辞章句》："遂处神山，观浊乱之气也。"王夫之《楚辞通释》："瞰，俯视也。"一本瞰作澂，澂雾，澄清混浊的雾气。朱熹《楚辞集注》："澂雾，去其昏乱之气也。"

隐　与"冯"同义。依凭，依据。即-《庄子·徐无鬼》"隐几而坐"之隐义。洪兴祖《楚辞补注》："《列子音义》引《词》：隐汶山之清江。隐，依据也。"

岷山　岷，同"岷"。岷山，在四川北，是岷江、嘉陵江发源地，亦即长江发源地。

清江　澄清江水。朱熹《楚辞集注》："清江，去其浊秽之流也。"王夫之《楚辞通释》："澄江水使清也。"

　　按：此二句之意，王逸《楚辞章句》："言己虽远游戏，犹依神山而止，欲清澄邪恶者也。"王说是。

惮涌湍之礚礚兮，听波声之汹汹。

惮　惊惧。王夫之《楚辞通释》："惮，惊也。"

涌湍　汹涌的急流。

礚礚（kē kē）　水石相击声。洪兴祖《楚辞补注》："礚，石声。"

汹汹　形容水流湍急，波涛汹涌澎湃，发出巨大的声响。洪兴祖《楚辞补注》："汹，水势。"

纷容容之无经兮，罔芒芒之无纪。

纷容容　纷，纷乱。容容，变乱貌。纷容容，犹言乱纷纷。

无经　经，经纬的省文。无经，无经纬，指江水横流，四处泛滥。

罔芒芒　罔，同"惘"。迷惘。芒芒，同"茫茫"。罔芒芒，与纷容容义近。

无纪　与无经义同，即没有端绪。

　　按：此二句，洪兴祖以为皆喻指楚国社会混乱。"纷容容之无经兮"，《楚辞补注》曰："此言楚国变乱旧常，无定法也。""罔芒芒之无纪"，《楚辞补注》曰："此言楚国上下昏乱，无纲纪也。"其说可参。

轧洋洋之无从兮，驰委移之焉止。

轧　倾轧。指水流汹涌，波浪相互倾轧。

洋洋　形容水流浩大，无边无际。

无从　不知其所从来。

驰　指洪水奔流。

委移　同"逶迤"。洪水漫长而弯弯曲曲地流着。

焉止　在何处终止，即不知流到哪里去。

　　按：此二句之意，朱熹《楚辞集注》曰："言己心烦乱，无复经纪，欲进则无所从，欲退则无所止也。"其说可参。

漂翻翻其上下兮，翼遥遥其左右。

漂　漂荡。

翻翻　波涛翻滚。

上下　忽上忽下。

翼　迅疾貌。

遥遥　通"摇摇"。形容水流奔腾摇荡。

左右　指波浪左右动荡不定。

　　按：此二句之意，袁梅《屈原赋译注》云："神魂飘飞翻翻然，忽上忽下而不定，又展翅摇摇然，忽左忽右而不定。"释翼为翅，亦通。

氾滮滮其前后兮，伴张弛之信期。

氾　同"泛"。

滮滮（jué jué）　水涌流貌。洪兴祖《楚辞补注》："氾，滥也，音泛。滮，涌出也，音决。"

前后　前前后后，指洪水泛滥，四面八方皆水。

伴　伴随。

张弛　一张一弛，指潮起潮落。

信期　潮汐一日两次涨落，时间一定，故言信期。

　　按：自"隐岐山以清江"以下皆写岷山下的洪水，或写水声，或写水势，反映了屈原在登昆仑，隐岷山瞰雾清江的心潮涌动，恍惚不定的心情和对楚国命运的深深忧虑。

观炎气之相仍兮，窥烟液之所积。

观　观察。

炎气　夏日炎蒸之气；暑气。王逸《楚辞章句》："炎气，南方火也。"

相仍　相因不已。王逸《楚辞章句》："相仍者，相从也。"

窥　窥视。

烟液　云烟和雨水。王逸《楚辞章句》："火气烟上天为云，云出凑（còu 聚集）液而为雨也。"

积　聚集。

悲霜雪之俱下兮，听潮水之相击。

俱下　一起降落。

相击　相冲击。

　　按：上二句写夏春，此二句写秋冬。

借光景以往来兮，施黄棘之枉策。

借　凭借。

光景　日光月影。

往来　指神游于天地之间。

施　用。

黄棘　神话中木名。王逸《楚辞章句》：“黄棘，棘刺也。”洪兴祖补注：“黄棘，地名。”王夫之《楚辞通释》：“黄棘，未详。”按：《山海经·中山经》有黄棘之名，曰：“又东二十里，曰苦山……其上有木焉，名曰黄棘。”

枉策　枉，枉曲，弯曲。策，马鞭。枉策，弯曲的马鞭。

　　按：此二句，王逸说于义为近。《楚辞章句》云：“言己愿借神光电景，飞注往来，施黄棘之刺，以为马策。言其利用急疾也。”洪兴祖补注：“言己所以假延日月，往来天地之间，无以自处者，以其君施黄棘之枉策故也。初，怀王二十五年，入与秦昭王盟约于黄棘，其后为秦所欺，卒客死于秦。今顷襄信任奸回，将至亡国，是复施行黄棘之枉策也。”洪说与上下文意不相连属，不可取。

求介子之所存兮，见伯夷之放迹。

求　寻求。

介子　即介子推。春秋时晋国贤人，详《惜往日》“介子忠而立枯兮”注。

所存　所在。指介子推曾经隐居的介山。

见　探访；探见。

伯夷　商末孤竹君长子，贤人义士，参见《橘颂》“行比伯夷”注。

放迹　远行的行迹，即故迹。王逸《楚辞章句》：“放，远也。迹，行也。”

心调度而弗去兮，刻著志之无适。

调度（diào -）　调遣，有思量考虑义。此与《离骚》“和调度以自娱兮”

之调度有别。

弗去　指老是在想先贤的节操，而不能去怀。

刻著　铭刻。

志　心志。

无适　无他适，与"弗去"同义，即不向往他处，决计自沉。王夫之《楚辞通释》："既已豫念死后之情景，因决自沈之计。调度已审，刻志著意，从子推、伯夷之所适，弗能去此，而别有自靖之道也。"《通释》本"无"作"之"。蒋骥《山带阁注楚辞》："言心乎二子之调度而不忍舍去，故镌著其专一之志而告之曰，吾之宁死无他适者，盖以昔之期望大可哀，而后之危亡不忍见故也。"马其昶《屈赋微》："言向慕二子之专。"

曰：吾怨往昔之所冀兮，悼来者之悐悐。

曰　结语之词。或为"乱曰"之省。

怨　怨恨。

往昔　过去曾想有所作为的时日。

冀　希冀，希望。朱熹《楚辞集注》："往者所冀，谓犹欲有为于时。"

悼　忧惧。

来者　来日。

悐悐（tì tì）　悐，同"惕"。蒋骥《山带阁注楚辞》："悐悐，忧惧貌。来者悐悐，言危亡将至而可惧也。"

浮江淮而入海兮，从子胥而自适。

浮　浮行。

江淮　长江和淮河。

入海　江淮流入大海。

从　随从。

子胥　即伍子胥，吴国忠臣。洪兴祖《楚辞补注》："《越绝书》曰：子胥死，王使捐于大江，乃发愤驰腾，气若奔马，乃归神大海"，为江海潮汐之神。参见《惜往日》"子胥死而后忧"注。

自适　顺随自己的心愿。洪兴祖《楚辞补注》："自适，谓顺随己志也。"

望大河之洲渚兮，悲申徒之抗迹。

洲渚　水中陆地，大者为洲，小者为渚。

申徒　即申徒狄，殷末贤人。王逸《楚辞章句》："申徒狄也，遇闇君遁世离俗，自拥石赴河，故言抗迹也。"洪兴祖补注："《庄子》云：申徒狄谏而不听，负石自投于河。《淮南》注云：申徒狄，殷末人也，不忍见纣乱，自沉于渊。"

抗迹　抗，正直，高尚。高尚的行迹。汪瑗《楚辞集解》："抗迹，高踪也。"

骤谏君而不听兮，重任石之何益？

骤　数次，屡次。王逸《楚辞章句》："骤，数也。"

谏君　谏，直言规劝。谏君，规劝君主。

不听　不听从。

重任石　一本作"任重石"。任，义同抱。指申徒狄谏纣王不听，抱石自沉。

何益　有何益处，指纣不听规劝，申徒狄抱石自沉并不能救商之亡，没有益处。王逸《楚辞章句》："言己数谏君，而不见听，虽欲自任以重石，终无益于万分也。"以此二句"言己"不可从。屈原写申徒，其遭遇与己相类，因有如此感慨。

心结结而不解兮，思蹇产而不释。

结结　牵挂，郁结。

不解　指结结之心不能解开，与下句"不释"同义。

蹇产　委屈，抑郁。

不释　与上句"不解"同义。

按：此二句又见于《哀郢》、下句又见于《抽思》。一本无此二句。郭沫若《屈赋今译》："最末二句乃《哀郢》文，即注文亦同。陆侃如、闻一多均谓当删去，是也。但其前四句亦当是抄书者所窜入的别处文字。因文意相反，而语句亦仅复，如'悲申徒之抗迹'与'见伯夷之放迹'，相隔只数行，而句同韵同，屈原无此拙劣文字。故亦删去。"其说可参。蒋骥《山带阁注楚辞》："言由江达淮入海，还沂大河。见子胥申徒，皆其同类。而忽感二子之死，不能救商与吴之亡。故踌躇徘徊，卒又不忍遽死，而其愁思益萦徊而不能解释也。"杨金鼎曰："所论深得原意。"又曰："一本无末二句，误。郭沫若则将'望大河之洲渚兮'以下六句一并删去，谓系别处窜入的文字，更觉不妥。"（见马茂元主编《楚辞研究集成·楚辞注释·九章》）说亦有理。孰是孰非，难以定论。

《悲回风》今译
（阅读顺序先上下、后左右）

我悲叹旋风把蕙草摇荡，
冤屈郁结的心呵充满忧伤。
微弱的蕙草禁不住旋风的摧残，
隐微的秋风渐渐发出萧瑟的声响。

鸟兽鸣叫呼唤同类，
芳草掺和枯草便失去芳香。
鱼儿们鼓鳞摇尾以自我炫耀，
蛟龙却把它鳞甲的文彩隐藏。

为什么要追思古代的彭咸？
我希望志节品德同他一样。
逸人们的巧诈善变岂可掩盖，
一切的虚伪哪能久长！

所以苦荼和甜荠不能同亩，
幽兰和白芷虽处深山而独自芬芳。
唯有贤哲君子永放光芒，
虽历千秋万代都是我效法的榜样。

我的志向达到了很高很高的境地，
只可惜像浮云一样随风飘荡。
我的高远志向为世所疑惑，
所以要私下里赋诗来表白衷肠。

唯有仁人君子才有这种胸怀，
采折杜若申椒来独自收藏。
我一次又一次嗟嗟叹息，
隐伏在深山而孤独地思量。

涕泪交流呵我是凄凉万分，
忧愁忧思而直到天光。
这漫漫长夜实在是太长太长，
怎么抑制也无法排除哀伤。

清醒时我便去漫步游荡，
姑且带着哀愁消磨时光。
唉！可怜我的悲哀是太深太深，
郁抑之气呵梗塞着我的胸膛。

把幽思结成佩带，
把愁苦编成衣裳。
折了神木把阳光遮蔽，
任随飘风把我吹向哪方。

有时，世上的一切我仿佛不曾看见，
有时，激荡的心情又像沸腾一样。
抚摸佩带衣襟以抑制心志，
我惆怅地疾行，路途是那么渺茫。

岁月倏忽流逝，如同衰颓，
我生命的大限已渐渐到来。
白蘋和杜衡枯槁，茎节折断，
芳草消歇，馨香不再。

我哀怜我的忧思不可抑止，
已经没有了指望，纵然是一再表白。
我宁可忽然死去，随水漂流，
也不愿忍受这无尽的悲哀。

孤独的人呵呻吟着擦拭眼泪，
被弃逐的孩子呵不能返回。
想到这一切谁能不隐隐作痛，
我明白彭咸为后人景仰的原因所在。

故乡呵，我遥望你，登上了石山之顶，
路途是那么辽远，四周是那么寂静。
唉，到了形无影、声无应的境地，
听故乡的声音，看故乡的面容已不可能。

深深的忧郁使我失去了欢快，
独居荒僻之地使我悲愤满怀。
我的心胸羁绊着不能舒展，
连气息也纠结着不能解开。

渺茫的天宇无边无垠，
苍莽的大地无像无形。
隐微的秋声与万物相感，

芳洁的花草因而凋零。

秋风漫漫吹遍了四野八荒，
幽思缥缈，有割舍不断的凄凉。
忧心忡忡，常与我的生活相伴，
就是飞上冥冥苍穹也不能舒畅。
我只有乘着风波漂流而下，
去到彭咸所居住的地方。

登上高峻陡峭的谷岸，
处在虹霓的外环。
依凭着青天把彩虹挽引，
一忽儿又用手抚摩苍天。

我吮吸着浓露的清凉，
含漱着纷纷落下的凝霜。
就着昆仑的风穴独自休息，
忽然又清醒过来仍是忧伤。

凭着昆仑俯视云雾，
依着岷山察看大江。
我真怕那急流击岸发出的声响，
听那波涛汹汹，浩浩荡荡。

泛滥的江水不分南北，
茫茫的洪流不辨东西。
这洋洋的大水从何处而来，
逶迤奔流，到哪儿才能止息？

漂荡的波涛上下翻腾，
湍急的流水左右奔驰。
泛滥的潮汐前后相继，
思绪的起伏伴着潮汐的信期。

我观看那夏日一个又一个炎热的天气，
窥视那春天的烟云所凝聚的雨水。
我悲哀秋冬的霜雪纷纷降落，
聆听那大海的潮水汹涌相击。

借着神光电影往来天地之间，
挥动黄棘弯曲的鞭子策马奔驰。
追求介子所在的介山，
寻访伯夷在首阳的故迹。
效法他们的念头我挥之不去，
我把他们的榜样铭刻在心里。

尾声：
我怨恨过去的理想成为了梦幻，
我惧怕未来的道路充满危险。
我将浮游江淮而入大海，
追随伍子胥而顺适心愿。

我望着那大河中的洲渚，
悲怜着申徒狄的高尚事迹。
他一再地规劝纣王而不听取，
抱石自沉又有何益！
我的心结无法解开呵，
抑郁的思绪不能消释。

后 记

1992 年，我的一本小书《哲人的悲歌》出版。

在中国诗史上，论思想之深沉、堪称"哲人"的、首推屈原。这不是我的发明，唐人孟郊《湘弦怨》诗即有"嘉木忌深蠹，哲人悲巧诬。灵均入回流，靳尚为良谟"之句。至于"悲歌"，则是读屈原作品必然会有的感受。在漫长的中国文学发展史中，能够以其慷慨之悲歌，强烈地震撼人心者，亦首推屈原。屈原以楚国社会和秦楚之间的斗争为背景，叙写他和楚王的关系、他的遭遇，把他的崇高理想、执着追求、不息奋斗和不可遏止的悲愤，痛快淋漓地倾泻出来，从而展现了他伟大而完美的品格，成就了中国文学史上的伟业。这和一般的、在狭小的范围内抒发个人的哀怨的抒情诗是不同的。联缀二语，以"哲人的悲歌"名书，是希望读者能从最本质的方面领会楚辞的精髓。

这本书是应命之作，湖北省社联俞汝捷研究员（文学理论家，姚雪垠三卷本长篇小说《李自成》整理者）知道我早年好楚辞，为一家出版社向我约稿。我认真考虑过这本书的宗旨，一是读者面是普通的文学爱好者，一是有一个如教材般的体系，使读者一看目录就能明了全貌。

我三个多月完成了这本书的写作，但出版以后我发现校对问题太大，全书目录竟连页码也没有，所以也就秘不示人了。

不是秘籍宝典我却敝帚自珍，有时会翻出来看看，从中抽出一篇《〈九

歌〉之九考辨》发表在《古籍整理研究学刊》（1995年第1、2期合刊）上；书出之前在《文献》（1989年第3期）发表《外国学者的楚辞研究》，《中国古代近代文学研究》1989年第11期转载。

看到过和征引参考过这本书的人不多，从网上我知道的有写楚辞通论的学者，一位台湾地区写学位论文的作者，一位在报纸上写端午节和纪念屈原的教师。

近几年，几届校领导都到我家来探望，看到我已出版的论著和主编的词典，又看到我在20世纪80年代写作、90年代初出版的《注释学纲要》（国内已有三个版本）有三个韩文译本，都表示了极大的关注，表示要配备助手，完成多卷本的文集整理出版。现在将要出版的《哲人的悲歌——楚辞今读》就是在这一背景下增加今注、今译完成的。原先的《哲人的悲歌》分上、下两篇，现改为上、中、下三篇，第三篇为"《离骚》《九歌》《九章》注译"。

古诗的注释跟现代词典的编纂是不相同的，词目有时并不是词典释义的一个单位，而注释方式也不同于训诂考辨。本书的宗旨是通过注释使读者读懂原诗，所以往往只取其训诂结论，而不过多地考察得出结论的过程。

《楚辞》的注释训诂从汉至清直到现当代，可谓是汗牛充栋，本书尽可能吸收前人的成果，最大限度地采纳王逸、洪兴祖、朱熹、汪瑗、王夫之等人的成说，尽量吸收郭沫若、闻一多、游国恩、姜亮夫、朱季海的考辨成果，至于歧说，则以按语表明取舍。

屈赋的今译是十分困难的，要合于原诗的思想境界，使译文具有诗的韵律，读起来不是注释，而是诗歌，是屈原用现代语言写作、吟诵的悲歌，非得寻求其译诗与原诗相应的内部规律不可。译文三难：信达雅。我们需要的首先是信，就是今译的准确性；接着要求的是达，是讲译文的通达流畅；在这两层的基础上还要求雅，就是文字要优美、境界要高雅。曾在《古籍整理研究学刊》1988年第3期上发表的《古诗的今译》一文，是我在《注释学纲要》中所写的一节，讨论的就是以白话诗翻译古诗的规律问题。我曾略去译者姓名抄录过几首译诗让好诗的同志做过比较，这样才使我觉得更有底气。

为了减少差错，我们又将全书书稿打印出来，助手和我本人各校对了三遍，希望现在提交的本子的差错率在正常范围之内。

十分感谢校领导和老干处、科发院的关怀，感谢文学院和高研院的支持和帮助。张林川、周德美和杜朝晖教授曾为我提供参考文献、历代屈原图片，助手王学美同志为我整理打印文稿。没有这些关心和帮助，这本近50万字的书稿是难以完成的。

汪耀楠

2020 年 12 月 21 日

于武昌沙湖之滨湖北大学寓所

后记